Juliette Benzoni est née à Paris. Fervente lectrice d'Alexandre Dumas, elle nourrit dès l'enfance une passion pour l'histoire. Elle commence en 1964 sa carrière de romancière avec la série des *Catherine*, traduite en plus de vingt langues, série qui la lance sur la voie d'un succès jamais démenti jusqu'à ce jour. Elle a écrit depuis une soixantaine de romans, recueillis notamment dans les séries intitulées *La Florentine* (1988-1989), *Les Treize Vents* (1992), *Le Boiteux de Varsovie* (1994-1996) et *Secret d'Etat* (1997-1998). Outre la série des *Catherine* et *La Florentine*, *Le Gerfaut* et *Marianne* ont fait l'objet d'une adaptation télévisuelle.

Du Moyen Age aux années 30, les reconstitutions historiques de Juliette Benzoni s'appuient sur une documentation minutieuse. Vue à travers les yeux de ses héroïnes, l'Histoire, ressuscitée par leurs palpitantes aventures, bat au rythme de la passion. Figurant au palmarès des écrivains les plus lus des Français, elle a su conquérir cinquante millions de lecteurs dans plus de vingt pays.

Les Chevaliers

*

THIBAUT OU LA CROIX PERDUE

DU MÊME AUTEUR
CHEZ POCKET

Le Gerfaut
1. LE GERFAUT DES BRUMES
2. LE COLLIER POUR LE DIABLE
3. LE TRÉSOR
4. HAUTE SAVANE

Marianne
1. UNE ÉTOILE POUR NAPOLÉON
2. MARIANNE ET L'INCONNU DE TOSCANE
3. JASON DES QUATRE MERS
4. TOI MARIANNE
5. LES LAURIERS DE FLAMME - 1re partie
6. LES LAURIERS DE FLAMME - 2e partie

Le jeu de l'amour et de la mort
1. UN HOMME POUR LE ROI
2. LA MESSE ROUGE
3. LA COMTESSE DES TÉNÈBRES

Secret d'Etat
1. LA CHAMBRE DE LA REINE
2. LE ROI DES HALLES
3. LE PRISONNIER MASQUÉ

Le Boiteux de Varsovie
1. L'ETOILE BLEUE
2. LA ROSE D'YORK
3. L'OPALE DE SISSI
4. LE RUBIS DE JEANNE LA FOLLE

(Suite en fin de volume)

JULIETTE BENZONI

Les Chevaliers

*

THIBAUT
OU LA CROIX PERDUE

PLON

Handwritten notes:

Godefroi de Bouillon → son frère 1099
Baudoin de Boulogne 1ᵉʳ roi
1118 Baudoin du Bourg (cousin) = B2,
4 filles + Helisende (1131-1144 règne)
↓ + Plantagenêt

gaʳ { 1 Baudouin III 1144-1162
     { 2 Amaury Iᵉʳ

2 enfants d'Agnès de Courtenay — 1 fille de Marie Comnène
Sybille   Baudoin 4   Isabelle reine

+ 1 fils mort à 6 ans Baudouin V
Reine de Jérusalem × → 1190
avec Guy de Lusignan

Conrad 1ᵉʳ de Jérusalem 1192
+ Henri II + Amaury II

Helisende   Marie de Jérusalem

Le Code de la propriété intellectuelle n'autorisant aux termes de l'article L. 122-5, 2ᵉ et 3ᵉ a, d'une part, que les « copies ou reproductions strictement réservées à l'usage privé du copiste et non destinées à une utilisation collective » et, d'autre part, que les « analyses et les courtes citations dans un but d'exemple ou d'illustration, « toute représentation ou reproduction intégrale ou partielle faite sans le consentement de l'auteur ou de ses ayants droit ou ayants cause est illicite (art. L. 122-4).

Cette représentation ou reproduction, par quelque procédé que ce soit, constituerait donc une contrefaçon sanctionnée par les articles L. 335-2 et suivants du Code de la propriété intellectuelle.

© Plon, 2002.
ISBN 2-266-13336-5

Renaud

D'OU VIENNENT LES ROIS DE JERUSALEM ?

Au commencement était Godefroi de Bouillon que tout le monde connaît et qui prit la Ville sainte en 1099, au cours de la première croisade. On lui offrit d'en devenir le roi, mais il refusa en disant qu'il ne porterait pas couronne d'or là où le Christ avait porté couronne d'épines. Il se contenta donc du titre assez vague d'avoué du Saint-Sépulcre. A sa mort, son frère Baudouin de Boulogne accepta, lui, d'être couronné et devint Baudouin Ier.

Aucune de ses trois épouses successives ne lui donna d'enfant. Quand il mourut en 1118, les barons de Terre Sainte offrirent le trône à son cousin, Baudouin du Bourg, de la maison de Rethel, qui était alors comte d'Edesse. Et Baudouin du Bourg devint Baudouin II.

De son mariage avec la princesse arménienne Morfia, il eut quatre filles. L'aînée, Mélisende, devait recueillir l'héritage royal, mais ne pouvait régner seule sur une terre aussi turbulente. Sa main et son trône furent offerts à un croisé de très haut rang : Foulques d'Anjou, un Plantagenêt, qui régna de 1131 à 1144.

A son époux, Mélisende donna deux fils. L'aîné devint le roi Baudouin III, de 1144 à 1162, date où la mort le prit, trop jeune. Son frère Amaury lui succéda sous le nom d'Amaury Ier, mais il dut, avant de coiffer la couronne, répudier sa femme Agnès de Courtenay dont la réputation était détestable. Il en avait cependant deux enfants : le petit Baudouin (futur Baudouin IV) et Sibylle, dont les droits au trône furent déclarés imprescriptibles. Remarié à la princesse byzantine Marie Comnène, Amaury Ier en eut une fille : Isabelle.

Atteint de la lèpre dès l'âge de neuf ans, Baudouin IV fut cependant sacré en 1173 et devint ce roi héroïque jusqu'au prodige dont on va lire l'histoire... ainsi que celle de ses successeurs.

A la mémoire de Baudouin IV, le jeune roi lépreux qui fut le plus pur héros du royaume franc de Jérusalem.

Tu croiras à ce qu'enseigne l'Eglise, et observeras ses commandements.

Tu auras le respect de toutes les faiblesses et t'en constitueras le défenseur.

Tu aimeras le pays où tu es né.

Tu ne reculeras pas devant l'ennemi.

Tu feras aux infidèles une guerre sans trêve et sans merci.

Tu t'acquitteras de tes devoirs féodaux s'ils ne sont pas contraires à la loi de Dieu.

Tu ne mentiras point et seras fidèle à la parole donnée.

Tu seras libéral et feras largesses à tous.

Tu protégeras l'Eglise.

Tu seras partout et toujours le champion du Droit et du Bien contre l'Injustice et le Mal.

> Code de la chevalerie
> XIe et XIIe siècles

Prologue

LA TOUR OUBLIEE
1244

L'écho des pas de fer raclant la terre gelée s'éloigna, s'estompa, se perdit dans le lointain... Lentement, comme s'il craignait d'entendre craquer ses vertèbres, le fugitif releva la tête. Contre le sol son cœur cognait si fort qu'il lui semblait saisir les palpitations profondes des mondes souterrains. Cela faisait un bruit immense qui emplissait ses oreilles et chassait celui du vent d'hiver.

Son visage saignait des épines où il s'était jeté quand la lune avait fait luire un instant les casques des hommes d'armes, mais il ne sentait rien que ce battement inhumain qui l'étouffait et ne voulait pas se taire...

L'une après l'autre, ses mains raidies de froid se détachèrent des racines affleurantes où elles s'agrippaient, l'aidèrent à se remettre debout sans crainte d'être vu parce qu'il était à l'orée d'une forêt, la grande forêt qui faisait suite au bout de lande sauvage où ne poussaient guère que la bruyère et les rochers. Il devait à la vitesse de ses longues jambes et au sol dur qui ne gardait pas de traces de l'avoir traversée sans être repris. Devant lui, c'était la masse des arbres, des taillis, des buissons où il était si facile de se perdre. Les loups aussi, dont c'était le pays, mais derrière lui, il y avait celui des hommes où le danger était tapi sous chaque visage et sous le toit de chaque maison. Le choix était facile...

Pour apaiser son cœur fou, il respira longuement. L'air froid lui fit du bien même s'il frissonna sous sa morsure, conscient tout à coup de n'avoir sur lui que sa chemise et ses chausses. Jusque-là, il avait trop couru pour s'en apercevoir. Avec la mort aux trousses, qui se soucie de son vêtement ou de la température ? Certes, sa situation n'avait rien d'enviable mais au moins il était vivant... Vivant ! Alors qu'il ne devrait être, à cette heure, qu'un corps inerte, sans regard et sans voix, sans douleur et sans exigences. Un peu de chair morte pendue à un bout de chanvre et promise à l'enfouissement. Au lieu de cela, la vie courait toujours dans ses veines et le poids de la terre noire ne fermait pas ses yeux à jamais... Seulement, ce n'était peut-être que partie remise. Quelle belle chose qu'être en vie ! Encore fallait-il le rester.

Le premier besoin, le plus impérieux, c'était de manger et il ne s'agissait pas d'un petit problème pour un garçon qui n'avait que ses mains dans un paysage dénudé par l'hiver. Le dernier morceau de pain remontait à la veille. Ce matin, les gens du bailli n'avaient pas jugé bon de nourrir un condamné. Il avait tout juste reçu un verre de vin avant de monter à l'échafaud et comme c'était uniquement pour obéir à la coutume et pour la galerie, on lui avait donné une affreuse piquette à peine moins raide que du verjus. Il en sentait encore les effets dans son estomac vide.

Cela ne le gênait pas quand il n'attendait plus que la mort et s'y résignait mais voilà que, pour un incident fort mince – une bagarre entre deux marchands de volailles éclatant sur la place du Martroi dont on le destinait à devenir l'ornement –, il y avait eu un remous violent dans la foule, une trouée dans les gardes. Il en avait profité. Saisissant cette chance si faible qui s'offrait, il s'était jeté dans ce trou, noyé dans le flot humain. Un couteau invisible avait tranché ses liens avant qu'on le pousse vers l'extérieur. L'épaisseur de la foule avait élevé une barrière naturelle, difficilement franchissable, entre lui et les hommes d'armes, une barrière qui avait fini par céder devant le fer des guisarmes[1] mais qui avait tenu assez longtemps pour lui permettre de fuir.

De taillis en chemins creux, de bosquets en oseraies, il avait gagné les friches, courbé pour se perdre dans la nature, la tête plus souvent à la hauteur des genoux qu'à sa place normale et les genoux bien souvent sur le sol, indifférent au froid, aux épines, aux mares gelées, possédé tout entier par sa fringale de vie et de liberté. Le moindre bruit le couchait à terre, les oreilles bourdonnantes, le cœur arrêté. Mais mille fois aplati, mille fois relevé, il avait fait du chemin et le temps avec lui. Bientôt l'aube humide allait dissoudre en grisaille la suie épaisse du ciel. Quelque part dans la campagne, le cri enroué d'un coq annonçait déjà que, dans leurs maisons ou leurs cabanes closes, les hommes allaient s'éveiller. Il fallait trouver un endroit où se cacher. La forêt représentant le meilleur refuge, il s'y enfonça dans l'espoir d'y trouver, avec un abri pour dormir, quelques-unes de ces racines que, depuis l'enfance, il avait appris à reconnaître. En revanche, il ne savait pas où il était.

En sortant de Châteaurenard, il n'avait songé – en admettant qu'il songeât à quelque chose ! – qu'à

---

1. Ancêtre de la hallebarde terminée par un fer asymétrique et un ou deux crochets sur le dos.

mettre le plus de distance possible entre la potence et sa personne. Il avait fui droit devant lui comme un lièvre poursuivi, mais la réflexion et le semblant de lever de soleil le renseignèrent : après les grandes friches, la seule forêt dont il eût connaissance dans cette direction ne pouvait être que celle de Courtenay dont les maîtres, descendants d'un roi de France, étaient si hauts seigneurs qu'ils auraient réussi à coiffer, disait-on, une couronne impériale dans un lointain pays d'Orient. C'était peut-être pour ça qu'on ne les voyait jamais et qu'à Châteaurenard – de leur mouvance cependant ! – le bailli se comportait comme s'il était le seigneur du lieu ?

De toute façon qu'il allât vers Courtenay ou ailleurs était de peu d'importance. Tout autour de lui, le monde ne pouvait que se montrer hostile et sa seule chance était de trouver sur son chemin un moutier ou un lieu d'église qui lui serait un asile inviolable. Il devait bien en exister un ou deux aux abords de la cité suzeraine ?

Même dépouillée par l'hiver, la forêt était belle, coupée de menus ruisseaux. Il y avait de grands chênes, des hêtres, des bouleaux et des aulnes, des saules aussi près des filets d'eau, et dessous un fouillis de ronces, de merisiers, de prunelliers, de houx et de pommiers sauvages – sans plus de fruits, malheureusement ! Et le fugitif avait si faim, si faim ! En même temps, il se sentait bien las et l'idée lui vint que s'il trouvait un rocher ou des buissons pour s'abriter, le mieux serait peut-être de prendre un peu de repos en vertu du vieil adage qui veut que « qui dort dîne ».

Il trouva presque tout de suite ce qu'il cherchait : un amoncellement de trois rocs en surplomb d'un trou broussailleux mais dépourvu d'épines où il se glissa non sans s'écorcher encore. Le trou était étroit mais on pouvait s'y étendre une fois franchies les broussailles.

En outre, il y faisait sec et un peu moins froid. Conscient donc d'y être à peu près invisible, le jeune homme s'y coucha pelotonné sur lui-même et s'endormit.

Quand il s'éveilla, il avait toujours aussi faim mais il se sentait reposé et prêt à poursuivre son chemin. Le bref jour d'hiver s'achevait. Il était temps de se remettre en route. Ce qu'il fit après avoir bu un peu d'eau d'un ruisseau voisin et mâché une racine affleurante hâtivement lavée qui lui donna seulement l'illusion de la nourriture.

S'il ne trouvait pas très vite de quoi se sustenter, le résultat risquait d'être aussi désastreux que si on l'avait pendu, mais beaucoup plus long à venir... Cependant il se reprocha aussitôt ces idées noires. Si Dieu lui avait permis d'échapper au gibet, il ne l'abandonnerait pas dans sa quête pour la vie. Et tout en reprenant sa marche qu'il étaya d'une branche presque lisse trouvée à terre, il eut soudain l'impression que quelque chose le poussait en avant. Son ange gardien peut-être ?... Ou encore l'âme de sa pauvre mère que les soldats du bailli avaient assommée au seuil de leur maison quand ils étaient venus s'emparer de lui en l'accusant d'un meurtre qu'il n'avait pas commis ? A cette pensée, les larmes lui montèrent aux yeux et il s'en étonna : il avait tant pleuré sur elle dans sa prison qu'il ne devait plus lui en rester une seule à verser...

Le froid se faisait plus vif et, d'un revers du bras, il essuya sa figure de crainte que les pleurs n'y gèlent. En outre, ils lui brouillaient la vue et il n'y faisait déjà pas si clair ! Il avait rejoint un ruisseau qu'il décida de suivre en pensant qu'il devait bien mener quelque part...

Soudain, à travers le treillage serré des troncs d'arbres, le fugitif crut voir briller quelque chose : une faible lumière qui pouvait être celle d'une chandelle et, tout naturellement, il se dirigea vers ce menu signe de vie comme les Mages vers l'Etoile dans la nuit de Bethléem. Elle disparut pourtant sous la densité accrue des bois et parce que le ru s'offrait le luxe d'un méandre. A cause de ce caprice, pourtant, le jeune homme sut de quoi il s'approchait. Le souvenir lui revint de ce jour d'automne, il y avait... oh, plus de dix ans que son père l'avait mené ici en lui recommandant le silence et le secret – ce qui avait fait frissonner l'enfant de plaisir. Jamais encore, lorsque son père l'emmenait, on n'était allé si loin de la maison puisque l'on en était parti la veille. Ce dont le petit s'était émerveillé d'autant que l'on n'avait fait halte dans aucune auberge : le cheval portait avec eux ce qu'il fallait.

De questions, il n'en avait posé aucune, sachant bien qu'elles ne seraient pas reçues. Il s'était contenté d'attendre, avec la joie secrète, l'orgueil aussi, d'être jugé digne d'approcher un mystère. L'arrivée ne l'avait pas déçu et il espérait de tout son cœur qu'il en serait de même aujourd'hui.

Quand le rideau d'arbres et de buissons enfin s'écarta, révélant une clairière, la vieille tour à demi ruinée fut devant lui et, si le jeune homme frissonna une fois encore, ce fut de joie parce que la petite flamme de tout à l'heure brûlait derrière une étroite fenêtre. Cela devait vouloir dire que le vieil homme vivait toujours et qu'il allait le secourir. Le besoin s'en faisait sentir si cruellement qu'il repoussait la méfiance qu'éprouve une bête traquée. Après tout, même si quelqu'un d'autre habitait à présent la tour oubliée, même s'il se trouvait en face d'un ennemi, il ne lui restait plus grand-chose à perdre....

Quelques marches inégales menaient à la porte basse. Il se colla contre son bois rude, anticipant pour

son corps transi la bonne chaleur qui devait régner de l'autre côté puis, après une dernière hésitation, toqua d'un doigt si gourd qu'il ne fit guère de bruit. Alors il recommença, mettant ce qui lui restait de forces dans son poing. Une voix profonde lui répondit :
– Qui va là ?
– Un malheureux... qui implore secours !

Le vantail s'ouvrit aussitôt révélant, découpée dans la lumière, une haute silhouette en robe de bure noire, un crâne chauve où glissait un reflet jaune, une longue barbe blanche. La silhouette se voûtait et l'homme s'appuyait à présent sur une béquille mais le fugitif sut que c'était le même qu'autrefois.

– Sire Thibaut, pria-t-il, ayez pitié de moi !
– Tu me connais ? Qui es-tu ?
– Renaud des Courtils. Mon défunt père, jadis, m'a mené ici...
– Entre ! Entre vite !

Quittant le chambranle où il se soutenait, le jeune homme se jeta à genoux près de l'âtre central où brûlaient quelques bûches au point que le vieillard crut qu'il allait prendre le feu dans ses bras. Il n'était plus guère vêtu que de haillons trempés et tremblait si fort que ses dents claquaient.

– D'où viens-tu en cet état ? s'inquiéta celui qu'il avait appelé sire Thibaut. Où est ton père ?
– Mort... à la Saint-Hilaire, il y a un mois. Un flux de ventre qui l'a vidé comme un sac de son troué. Ça a été le premier de nos malheurs. Le bailli du roi a voulu s'emparer de notre héritage sous le prétexte d'argent que mon père lui aurait emprunté. Ce qui est faux !
– Tu n'as pas besoin de le dire. Jamais ton père n'a dû un liard à qui que ce soit. Mais ôte ces hardes trempées et enveloppe-toi là-dedans ! ajouta-t-il en tendant à son hôte un morceau de couverture tiré d'un coffre

en bois grossier. Je vais te frictionner pendant que tu me diras la suite.

– Oh ! Ce sera vite fait : le bailli est venu chez nous, aux Courtils, pour nous en chasser. Un de ses hommes a tué ma mère qui s'opposait à lui en le maudissant et moi on m'a jeté en prison après m'avoir désarmé...

– Pour avoir voulu défendre ton bien ?

– Non, ricana Renaud avec amertume. Pour avoir tué ma mère et volé une agrafe de manteau au bailli, et qu'on a trouvée dans mon matelas sans que je sache comment elle y était venue.

– Ce n'est pas difficile à deviner : l'un de ces misérables, le bailli lui-même peut-être, l'y a mise. Ensuite ?

– La prison... et puis, hier au matin, la potence... dont j'ai eu la chance extrême de pouvoir me sauver.

– La potence ? Mais enfin ton père était prud'homme et franc compagnon. Il avait des amis ? Et personne ne s'est venu mettre à la traverse des desseins du bailli ? Tout de même, la corde pour qui a du sang noble !

Renaud haussa des épaules encore frissonnantes sous la laine bourrue qui les réchauffait :

– La peur règne à Châteaurenard d'où beaucoup s'en sont partis pour la croisade... ou pour rejoindre l'empereur.

Le vieil homme alla chercher dans un coin une marmite à demi pleine qu'il mit à chauffer sur la grille de fer disposée au-dessus du foyer, après quoi, dans une huche, il prit un chanteau de pain noir dont il tailla une large tranche avant de la tendre au garçon :

– Mange ça en attendant la soupe. Tu dois mourir de faim...

C'était peu dire ! Renaud se saisit du pain offert et y

mordit à pleines dents. Armé d'une longue cuillère pour touiller le contenu de la marmite, le vieux Thibaut vint s'asseoir auprès de lui sur les blocs de pierre disposés autour du feu et soupira :

– La croisade ! C'était belle chose au temps du valeureux Godefroi et des princes de Tarente ! Belle chose aussi au temps où le royaume franc était grand aux mains de Baudouin et autres Amaury, comme ce roi trop tôt disparu qui m'a tenu sur les fonts baptismaux... Mais que de désastres en terre de France ! Les seigneurs partent pour un temps indéfini, laissant leurs fiefs aux mains des femmes dans le meilleur cas, et à condition qu'elles soient capables et gardent auprès d'elles un fils pour les aider. Sinon, on gage le fief à un cousin, à un voisin que l'on croit honnête ou encore au roi afin d'en obtenir des subsides pour l'expédition. Et que font ces gens à qui l'on a donné mandat ? Ils envoient d'autres gens à eux, un bailli qui pressure le peuple d'autant plus que son maître entend toucher de gros revenus et qu'isolé dans son coin, il peut s'assurer à lui-même une fortune. Et si, pour les pauvres gens, c'est le début des temps mauvais, pour le grand fief c'est celui de la décomposition...

– N'êtes-vous pas allé vous-même à la croisade, messire ? C'est du moins ce que disait mon père... et aussi que vous étiez...

Gêné par les mots qui lui venaient, le jeune homme préféra se consacrer tout entier à son morceau de pain et ce fut le vieillard qui acheva la phrase :

– ... un frère que le Temple a rejeté pour avoir manqué gravement à la règle de l'Ordre, et dont les âmes simples d'alentour ont fait un Templier maudit. Ce dont je suis redevable d'une grande solitude et d'une paix profonde tant on craint les maléfices que j'ai pu rapporter de là-bas ! De là-bas qui était mon pays. Car, sache-le comme le savait ton père, je ne suis jamais parti en croisade : je suis né là-bas.

– Né là-bas ? Vous voulez dire... en Terre Sainte ?

Le ton admiratif arracha au vieil homme un petit rire qui s'acheva en une quinte de toux, laquelle lui empourpra la figure et ne se calma qu'après quelques gorgées d'eau prises à la cruche. Une figure qui ressemblait à une coquille de noix tant elle était brune et ridée, mais les yeux gris où perlaient les larmes restaient clairs et vigilants.

– Vous êtes malade, messire ? s'inquiéta Renaud, impressionné par la violence de l'accès. Peut être faudrait-il un mire [1] ?

– Aucun n'accepterait de s'approcher de ma tour perdue et j'en sais plus qu'eux sur l'art de soigner les maux des hommes. C'est pourquoi je sais qu'un jour, proche je pense, cette toux m'emportera. Mais, puisque, grâce à Dieu, l'heure n'en est pas encore venue, ajouta-t-il avec un sourire, revenons à ce dont nous devisions... Je disais...

– ... que vous avez vu le jour sur la terre même où naquit le Seigneur Christ.

– Pas tout à fait. Je suis né à Antioche, la puissante cité du nord, sur le fleuve Oronte, à cent cinquante lieues de Jérusalem et plus loin encore de Bethléem où le Sauveur vit le jour... Mais nous parlerons plus tard. Tu es exténué et la soupe est chaude. Mange, puis tu dormiras !

Tandis que le jeune homme dévorait l'écuellée d'épais magma de raves et de fèves, le vieil homme alla chercher dans une petite resserre une botte de paille qu'il disposa sur le sol – son lit à lui se composait d'une planche nue, d'une couverture et d'un bou-

1. Médecin.

din de paille comme oreiller –, après quoi il prit dans le coffre une chemise de grosse toile et une cotte de laine bourrue qu'il lui tendit :

– Mets ça quand tu auras fini afin que la couverture puisse sécher. Puis couche-toi ! Tu en as grand besoin...

Renaud ne se le fit pas dire deux fois. Cependant, avant de s'étendre, il s'agenouilla devant la modeste croix de bois noir, pendue à la muraille entre des bouquets d'herbes sèches, pour remercier Dieu d'avoir placé sur sa route obscure la lumière du refuge. Debout, derrière lui, Thibaut priait aussi et prolongea sa prière bien après que le garçon se fut lové dans la paille avec un soupir de bien-être. Ensuite il remit deux ou trois bûches sur le feu, s'assit à nouveau sur une pierre de l'âtre et entra en méditation.

Il pensait bien qu'un jour le garçon viendrait à lui et que ce jour n'était pas éloigné puisqu'il venait d'avoir dix-huit ans, mais pas de cette manière. Pas comme une bête épuisée, traquée par le chasseur, la faim, l'hiver ! Quant à ce qu'il était advenu d'Olin des Courtils et de dame Alais, sa douce et patiente épouse, cela n'avait de nom dans aucune langue chrétienne. Depuis longtemps, il est vrai, lui-même ne gardait plus la moindre illusion sur les ravages que la cupidité et la corruption pouvaient opérer dans l'âme humaine : il les avait, de ses yeux, vues détruire un royaume, le plus sanctifié des royaumes de la terre, celui de Jérusalem. Mais que ces deux démons se fussent emparés d'un homme, d'un bailli dépêché par le roi Louis qu'en dépit de sa jeunesse on disait déjà saint, au point de lui faire oublier les plus élémentaires lois divines et jusqu'à la simple prudence envers la justice royale, cela dépassait l'entendement. Cela aurait dû tout au moins faire réfléchir ce bailli, mais la tentation était peut-être trop forte de se croire maître réel de la puissante et riche comtée dont le seigneur titulaire était absent au point d'avoir vu le jour dans la pourpre impériale de Constantinople. Et pas ici !...

Etrange famille en vérité que ces Courtenay – dont il était lui-même un mince rameau ! – sur lesquels agissait si fort la magie de l'aventure et des terres lointaines. L'ancêtre Athon, fils d'un capitaine apparenté aux comtes de Sens, ne s'encombrait pas de scrupules religieux et se tailla son premier fief de Courtenay dans les terres de la grande abbaye de Ferrières. Il y bâtit un fort château et, avec le concours d'une « haute dame » dont l'histoire n'a pas retenu le nom parce qu'il l'avait peut-être bien oublié lui-même, commença la famille : un fils d'abord et quelques filles puis quatre petits-fils dont deux quittèrent la tour paternelle pour n'y plus revenir. Tandis que Milon, l'aîné, recevait l'héritage et se consacrait à l'agrandir, le second, Jocelin, prit la croix en 1101 et suivit son ami Etienne de Blois en Palestine où il se mit au service de son cousin Baudouin du Bourg, parti plus tôt avec Godefroi de Bouillon, et devenu comte d'Edesse aux frontières de l'Arménie et des terres infidèles. Admirable image de la chevalerie dans ce qu'elle avait de plus noble et de plus pur, Jocelin, beau comme un dieu au demeurant ainsi que le seraient ses descendants, reçut la riche terre de Turbessel, sur la rive occidentale de l'Euphrate. L'ascension de Baudouin du Bourg au trône de Jérusalem sous le vocable de Baudouin II valut à Jocelin la comtée d'Edesse tout entière. Avec l'aide d'une princesse arménienne, il y implanta le nom de Courtenay qui allait emplir de son bruit tout le pays entre les deux fleuves et la Méditerranée. Pas pour son bien malheureusement, car le second Jocelin de Courtenay ne vaudrait pas son père et moins encore le petit-fils Jocelin III.

Mais il y avait alors beau temps qu'en France, la seigneurie du Gâtinais à laquelle s'ajoutaient Montargis, Châteaurenard et beaucoup d'autres avait changé de mains.

Le troisième petit-fils d'Athon, Geoffroy, s'en alla lui aussi en Terre Sainte mais beaucoup plus tard que Jocelin : en 1139. Ce fut pour y trouver la mort sous les murs de Montferrand, une forteresse de la comtée de Tripoli que tenait alors l'émir Zengi. Le château fut délivré mais toute l'armée pleura la mort de Geoffroy le preux.

Le dernier des quatre frères, Renaud, n'eut qu'une fille et Milon, l'aîné, n'ayant pas laissé de descendance, cette fille, Elisabeth, se retrouva investie de tout l'héritage familial, ce qui n'était pas peu dire. Au point de tenter le roi Louis VI le Gros qui demanda pour Pierre de France, son septième fils, la main d'Elisabeth. Le mariage eut lieu et le prince Pierre, obéissant alors à une coutume fort répandue – où, quand un cadet de famille, même royale, épousait une héritière, il s'intégrait tout entier dans ce qui devenait son bien –, prit le nom de Pierre de Courtenay et fit abandon de l'écu aux fleurs de lys pour celui aux besants d'or qu'il allait mener beaucoup plus loin qu'il ne l'imaginait. Jusqu'en Palestine lui aussi, où, en 1180, il se rendit avec le comte de Champagne pour aider à desserrer l'étau dont Saladin commençait à étrangler le royaume franc de Jérusalem.

Après avoir mis ordre à ses affaires et intronisé Elisabeth comme dame et maîtresse en toutes choses, il s'en alla vers son destin, laissant derrière lui une magnifique progéniture : sept fils et six filles qu'il ne revit jamais. La mort le prit quelques mois plus tard, alors qu'il défendait le grand château tout neuf du

Gué-de-Jacob dont les pierres blanches offensaient la vue du Sultan...

Pendant ce temps, le pré carré de Courtenay s'agrandissait encore. Titré comte d'Auxerre dès sa naissance, le fils de Pierre de France, Pierre II de Courtenay, devenait par un premier mariage avec Agnès de Nevers comte de Nevers et de Tonnerre et, neuf ans plus tard, marquis de Namur par la grâce d'un second mariage avec Yolande de Hainaut. Cependant que son frère Renaud, bientôt rebaptisé Reginald, suivait en Angleterre la reine Aliénor répudiée par Louis VII qui s'en allait porter à Henri II Plantagenêt presque la moitié de la France. Reginald y épousa une noble dame grâce à laquelle ses descendants devinrent comtes de Devon, pairs d'Angleterre et baronnets d'Irlande [1]. Mais revenons à Pierre II.

A celui-là, les jeux de l'Histoire réservaient un sort peu ordinaire mais, à tout prendre, absolument digne d'un prince du sang de France puisque, à la suite d'une croisade détournée par les Vénitiens, il allait se retrouver empereur de Constantinople.

Depuis, la prestigieuse couronne était restée dans la famille avec des fortunes diverses et, à l'heure où Thibaut rappelait ses souvenirs, elle y était toujours, à ce détail près que le dernier empereur Courtenay était en Occident depuis des mois afin de conclure des accords dont il avait le plus grand besoin pour raffermir un trône singulièrement branlant.

Le feu n'était plus que braises rouges et, le froid se glissant jusqu'à lui, l'ermite sentit un frisson qui le tira de la rêverie où il s'était enfoncé. Toujours toussant, il

1. Eteint en France après des vicissitudes diverses, le nom des Courtenay anglais s'est perpétué jusqu'à nos jours.

alla chercher un fagot de branchettes et quelques bûches, mais attendit d'avoir retrouvé sa respiration pour souffler dans le tube de fer dont il se servait pour attiser le feu. Il souffrait beaucoup avec l'impression que, dans sa poitrine, quelque chose se déchirait et que son cœur allait exploser ; mais enfin, tout se calma, une flamme monta joyeusement, puis une autre, et le vieil homme resta là un moment à se réchauffer avant d'aller s'agenouiller devant le crucifix où il s'abîma dans une ardente prière. Il savait que la mort approchait à grands pas, mais il ne voulait pas qu'elle le prenne avant que l'enfant venu se réfugier auprès de lui sût tout ce qu'il devait savoir sur ce qu'avait été sa vie à lui et les secrets qu'elle tenait cachés. Que Renaud eût été chassé de la terre des Courtils prenait à ses yeux les couleurs d'un ordre divin plus que d'une criminelle injustice. De toute façon, Renaud devait partir et peut-être serait-il moins malheureux en apprenant qu'Olin et Alais n'étaient pas ses vrais parents, qu'il avait vu le jour lui aussi au-delà des mers, dans cette terre lointaine à la sainteté lacérée par trop d'ambitions, trop de vils calculs, trop de sang aussi... et que sa mère était une belle et douce princesse victime d'un amour défendu. Oui, le temps était venu et il s'agissait de bien employer celui que la clémence divine accordait encore à son humble serviteur Thibaut.

Sa prière achevée, il sortit pour tirer de l'eau au puits dissimulé dans les broussailles. Le temps s'adoucissait. Il avait neigé vers la fin de la nuit et les traces de pas du fugitif, s'il en restait, ne se voyaient plus. Ce dont Thibaut remercia Dieu. Puis il alla chercher quelques légumes dans sa petite réserve ainsi qu'un morceau de lard, présent d'un bûcheron que, à l'automne dernier, il avait guéri d'une vilaine blessure à la jambe. Les gens de la forêt n'avaient pas peur de lui. Ils savaient qu'il connaissait les plantes et venaient volontiers. Tout au contraire de ceux des campagnes à qui faisaient peur la grande forêt et ses mystères.

Muni de tout cela, Thibaut nettoya les raves, le chou sauvage et mit la soupe à tremper. L'enfant – curieux que dans son cœur il ne pût l'appeler autrement en dépit d'une virilité déjà affirmée ! –, l'enfant aurait faim quand il s'éveillerait...

Un long moment, il le regarda dormir, attendri de retrouver sous la crasse et la barbe naissante quelques signes évoquant la part de sang grec de la mère : le nez surtout, si droit, prolongeant exactement la ligne du haut front intelligent que les volutes de cheveux blonds emmêlés et sales raccourcissaient à peine. Le reste appartenait au père : les yeux si noirs, un peu étirés vers les tempes sous les sourcils droits, la bouche nettement ourlée mais sans épaisseur excessive, une bouche dont on devinait qu'elle souriait volontiers. La mâchoire enfin, fermement dessinée dans la droite ligne d'un menton volontaire, annonçait l'énergie. Pourtant l'enfance n'était pas encore tout à fait effacée : la douceur de la peau ivoirine et des lèvres lui appartenait et aussi cette larme arrêtée dans le cerne de l'œil.

Le vieil homme prit l'une des mains abandonnées sur la couverture et en ouvrit doucement les doigts pour examiner la paume. Quelques écorchures s'y voyaient mais aussi le cal léger dû au maniement quotidien de l'épée, de la hache ou de la lance. On pouvait faire confiance à Olin des Courtils pour le rude apprentissage du métier des armes et du maniement des chevaux. S'il n'était dépossédé de tout, Renaud était prêt sans aucun doute pour l'adoubement mais puisqu'il avait pu échapper à ses ennemis et arriver jusqu'ici rien ne serait perdu. Restait à sonder son cœur et son âme afin de savoir s'il pourrait recueillir l'héritage que lui, Thibaut, lui destinait depuis si longtemps...

La main qu'il tenait se referma soudain sur la sienne et Renaud ouvrit les yeux. D'abord surpris de rencontrer un visage inhabituel, il sourit, se redressa et s'étira :

– Que j'ai bien dormi ! exhala-t-il dans un soupir. Cela ne m'était pas arrivé depuis...

– Qui peut dormir, à ton âge, quand on attend le bourreau avec un esprit plein de douleur et d'indignation ? Va te laver à présent ! Je t'ai tiré de l'eau et il fait moins froid. Je vais te préparer de quoi t'habiller d'une manière qui te permettra de passer inaperçu quand tu partiras d'ici...

– Vous me chassez, messire ? émit le jeune homme du ton d'un enfant apeuré que l'on menace des ténèbres extérieures.

– Où as-tu pris cela ? Tu partiras, bien sûr, mais je n'ai pas dit que ce serait sur l'heure. J'ai bien des choses à t'apprendre avant de t'envoyer à travers le vaste monde, ajouta Thibaut en tirant du coffre une coule de moine semblable à la sienne que le jeune homme considéra avec surprise : il était rare qu'un religieux, plus encore un ermite, eût une garde-robe si bien fournie. D'autant que ce vêtement était plus neuf que celui qu'il portait lui-même.

Le vieil homme saisit sa pensée et sourit :

– Cela m'a été donné par un ami pour remplacer ma vêture si l'usure l'amenait à m'abandonner. On ne refuse pas le présent d'un ami. Maintenant il est à toi. Tu peux l'endosser sans crainte. Ensuite nous mangerons... et puis nous parlerons...

– Je veux bien, mais est-ce qu'en restant ici je ne vous mets pas en danger ?

– Non. Pas plus que toi-même. S'il tient son pouvoir du roi, le bailli de Châteaurenard n'osera poursuivre ses recherches sur le fief souverain de Courtenay qui appartient toujours au jeune empereur et qui est bien gardé. Surtout qu'il est peut-être en France ces temps-ci et risque d'y venir à n'importe quel moment.

A nouveau Renaud s'émerveilla :

– Cette forêt est dense, profonde. Elle vous tient loin de tout et plus encore peut-être cette tour dont tous ou presque, selon mon père, ont oublié l'existence. Comment savez-vous tout cela ?

– Il arrive cependant que certains se souviennent comme tu le fis jadis avec le sage Olin. Fort peu sans doute, mais cela suffit pour que les nouvelles importantes arrivent jusqu'à moi. Oui, je sais bien des choses... que je ne retiens pas toujours. Seulement celles qui me paraissent importantes sur ce coin de terre, pour le royaume... ou pour ton avenir dont je me préoccupe depuis longtemps. Mais va te laver à présent. Ensuite je t'aiderai à parfaire ton apparence et quand nous aurons fini la soupe sera prête.

Un moment plus tard, après avoir dit les grâces, tous deux s'installaient une écuelle entre les genoux, pour manger une partie du contenu de la marmite dont le modeste fumet, à lui tout seul, réparait déjà les forces. Ils mangeaient en silence, comme il se doit, en marque de respect pour la nourriture qui est don de Dieu. Renaud dévorait littéralement les épaisses tranches de pain trempées de bouillon et sa part du lard auquel Thibaut n'avait pas touché, pour lui en laisser davantage sans doute mais aussi pour obéir à l'esprit de pénitence qui était l'une de ses règles. Mais tout en absorbant sa portion, il contemplait son œuvre avec une certaine satisfaction. Renaud avait déjà changé. Lavé, rasé avec sur les joues une ou deux estafilades, il n'arborait plus sa luxuriante tignasse blonde. Elle était réduite à une calotte ronde dégageant le cou et les oreilles et faisait de lui un autre homme. Oui, l'ouvrage était bien fait et, sous ce déguisement, le jeune homme pourrait aller sans trop courir de danger vers un destin tout autre que celui décidé par le bailli de Châteaurenard...

Le repas terminé, Renaud prit les écuelles et s'en alla les laver. Le vieillard, qu'une nouvelle et méchante toux venait de secouer si violemment qu'un peu de sang était apparu sur le tampon de charpie précipitamment appliqué sur sa bouche, semblait si faible tout à coup qu'il s'inquiéta et souhaita le servir de son mieux. Il était temps de renverser les rôles :

— Vous me sauvez la vie, messire. Dites-moi ce que je peux faire pour vous aider...

— Me chercher le pot de miel sauvage qui est sur une planche dans la resserre. Une cuillerée me fera du bien...

— Ma mère disait que nos abeilles du Gâtinais font le meilleur miel du royaume. Nous en avions toujours à la maison et vous devriez garder ce pot près de votre main au lieu de le mettre là-bas, fit le garçon en rapportant ce qu'on lui demandait.

— C'est que je n'en ai pas beaucoup et le temps de la récolte est encore loin. Je n'en prends que lorsque cela devient trop difficile. Mais, tu vois, cela va mieux, fit Thibaut en trouvant un sourire pour le jeune visage inquiet penché sur lui.

— Devez-vous vraiment rester seul ici ? Vous m'avez dit hier que le Temple vous avait chassé, mais il existe un devoir de charité envers ceux qui souffrent et je sais qu'il y a à Joigny une puissante commanderie. L'on y pourrait vous secourir. Surtout si vous avez grand regret de... de votre faute ? ajouta-t-il en rougissant, conscient de s'aventurer sur un terrain malséant.

Mais le vieux chevalier sourit à nouveau en hochant la tête :

— Non. De ma faute comme tu dis, de mes fautes plutôt, je n'ai nul regret car elles sont d'amour... et aussi d'un secret que j'ai refusé de livrer. J'ai doublement enfreint la règle et ai été justement banni. On ne me recevrait pas. Et je ne le demanderai pas.

— Mais il y a des monastères... et aussi la maison qu'à Courtenay, si j'ai bien compris, tiennent les chevaliers de l'Hôpital de Jérusalem...

— Saint-Jean de Jérusalem, rectifia Thibaut. Mais là non plus un ancien Templier n'a selon moi rien à faire ni dans aucun autre couvent. Ma solitude m'est chère et je veux y mourir.

— Alors je reste avec vous. Je vous soignerai si vous voulez bien me guider au milieu de toutes les herbes, fioles et petits pots qu'il y a là-bas, ajouta Renaud en pointant le menton en direction de la resserre. Enseignez-moi !

— Je n'en aurai pas le temps. La main du Seigneur t'a conduit jusqu'ici au moment où je cherchais comment faire parvenir un message à ton... père. Je voulais qu'il revienne avec toi parce que je sais que les jours me sont comptés et qu'il était temps pour moi de m'en remettre à lui, de l'autoriser à lever le voile. Ensuite de t'apprendre ce qu'il n'a jamais su.

Dans la clarté mouvante des flammes, les yeux agrandis du jeune homme se mirent à étinceler :

— Lever le voile ? Messire... vos paroles sont si obscures !

— C'est pourquoi il convient de les éclairer. Te reste-t-il quelques souvenirs de ta toute petite enfance ou bien es-tu persuadé d'être né aux Courtils ?

— Je n'ai d'autres souvenirs que celui de notre manoir. Devrais-je me souvenir d'autre chose ?

— Peut-être et peut-être pas. Tu avais quelques mois quand Olin qui était devenu mon compagnon et moi-même t'avons rapporté à dame Alais qui était bréhaigne, la pauvre, et songeait à aller vivre chez les nonnes si son époux ne revenait pas de la Terre Sainte où il était parti depuis cinq longues années. Ton arrivée a été pour elle le plus beau des présents du Seigneur et pas un instant elle n'a cru que son époux lui mentait en disant que tu n'étais pas son fils. C'est pourquoi elle t'a élevé si tendrement, pourquoi tu l'aimes tant et pourquoi tu peux toujours la pleurer comme ta mère.

– Oh, je n'ai pas besoin qu'on m'y encourage, fit Renaud dont les yeux, soudain pleins de larmes, débordèrent. Sa fin si cruelle me poursuit sans cesse et il n'est guère possible d'aimer plus que je ne l'aime. Et vous me dites qu'elle n'était pas ma mère ? Qui était alors la femme qui m'a rejeté si loin d'elle ?

– Une très haute dame et, si elle t'a rejeté comme tu dis, elle ne l'a pas fait de cœur mais poussée par la plus cruelle nécessité pour une mère : se séparer de son enfant ou le voir mourir... et mourir avec lui sans doute, ce qui, à tout prendre, lui eût été consolation...

– Et... elle s'appelait ?

– Mélisende de Jérusalem-Lusignan et par elle tu portes en toi le sang des rois francs. Elle a été mariée toute jeunette au prince d'Antioche Bohémond IV le Borgne... mais ce n'est pas lui ton père.

L'horreur des dernières paroles effaça la surprise merveilleuse suscitée par le si beau nom maternel :

– Un bâtard ! Je suis un bâtard ?

– J'en suis bien un, moi ! Et jamais n'en ai senti de honte. Dans les familles princières, tu sais, c'est chose presque normale et les enfants sont tous élevés ensemble.

– Peut-être, mais moi je préfère être l'honnête fils d'un honnête mariage et non le rejeton, fût-elle reine, d'une p...

La main de Thibaut durement appliquée sur sa bouche étouffa le mot insultant :

— Tais-toi ! Pour juger, il faut savoir et tu ne sais rien encore. Jamais je ne te permettrai de salir ta mère. C'est une belle et douce princesse pour qui l'amour de ton père a été le seul rayon de bonheur dans le genre de vie que l'on mène quand, par raison d'Etat, on est mariée à une brute. Avare, lâche et époux exécrable, tel était Bohémond le Borgne. Tel il est peut-être encore pour son malheur à elle !

— Vit-elle toujours ?

— Elle pourrait car elle doit avoir trente-huit ans, mais je ne sais s'il faut le souhaiter.

— Et... celui qui m'a engendré ?

Le détour et le ton raide firent sourire Thibaut :

— Je conçois que tu ne parviennes pas à lui donner le nom de père mais pour aujourd'hui tu n'en sauras pas davantage.

— Pourquoi ?

— Parce que je pense que le temps n'est pas encore venu et que...

Une nouvelle toux lui coupa la parole et le plia en deux. La fumée dégagée par une bûche moins sèche que les autres l'incommodait visiblement. Renaud courut à la porte, l'ouvrit toute grande puis, à l'aide d'une pelle trouvée dans un coin et d'un morceau de bois, ôta la bûche coupable et la jeta dehors. Après quoi il referma et alla chercher le pot de miel, mais le vieil homme refusa : il réclama d'abord un peu d'eau, puis, l'accès se calmant, il se leva et, soutenu par son bâton, marcha vers l'espèce de boursouflure accolée au mur de la tour et qu'il appelait la resserre.

— Assiste-moi ! dit-il.

Plus encore qu'autour de la croix, il y avait là des paquets d'herbes qui séchaient pendues à une longue perche appuyée sur deux pierres du mur. Il y avait aussi sur une planche des pots, des fioles portant des inscriptions latines.

– En Orient, j'ai appris à soigner bien des maux. Les maisons templières ont toutes leur apothicairerie et il faut bien avouer que nous avons beaucoup appris des médecins arabes... ou juifs...

– Des infidèles ? s'écria Renaud horrifié.

– Pourquoi pas ? Ils ne sont pas que des guerriers, mais aussi de grands sages et, entre les combats, il y avait de larges ères de paix pendant lesquelles on se rapprochait. Souvent parce que chacun pouvait reconnaître la valeur de l'autre. Et puis aussi, il faut bien le dire, parce que, là-bas, la façon de vivre est infiniment plus agréable que dans nos pays du Nord. Ne me regarde pas de cet air ahuri ! Je n'ai jamais eu commerce avec le malin mais, à ma petite échelle, j'ai appris bien des choses. Sans pour autant prétendre au rang de médecin. Vois-tu, j'ai toujours aimé les plantes, les fleurs qui sont nées d'un sourire de Dieu et cela m'a permis d'apaiser des souffrances. Tiens, voici de la bardane qui est bonne pour les maladies de la peau, la bistorte pour les flux du ventre, le sureau dont l'écorce, les fleurs et les baies peuvent soigner beaucoup d'indispositions, la valériane qui apaise les nerfs. Et ceci, c'est du « pas-d'âne » qui, en décoction, apaise la toux...

– Pourquoi n'en prenez-vous pas, alors ?

– Parce que je suis un vieil imbécile qui a laissé passer le temps sans en préparer. Peut-être parce que je me sentais un peu mieux. Mais je vais en faire tout de suite....

Il prit de l'eau dans un petit pot, y jeta une grosse pincée d'une herbe grisâtre et mit le tout sur le feu.

– Est-ce mieux que le miel ? demanda Renaud en fronçant le nez comme un chien qui flaire.

— Oui, dans un sens, mais il ne faut pas en prendre trop. En outre, la plante comme le miel ne sont que palliatifs. Le mal est plus profond en moi et je sais qu'il est sans remède. Mon poumon est rongé par une bête malfaisante qui aura le dernier mot...

— Et l'on ne peut tuer cette bête ?

— Non. Elle fait partie de moi à présent et, en la tuant, on me tuerait. Ce serait rapide, évidemment, mais dommage car la douleur est salutaire pour qui a beaucoup péché. Dieu me pardonnera davantage si j'ai beaucoup souffert...

— Et vous souffrez en ce moment, affirma Renaud sans crainte de se tromper en voyant des gouttes de sueur perler aux tempes dégarnies et autour de la bouche qui prenait une curieuse teinte de cire. Vous devriez vous étendre. Il est vrai que cette couche ne doit pas apporter grand apaisement, ajouta-t-il en considérant d'un œil sévère la planche nue où reposait le vieil homme. Laissez-moi l'arranger un peu !

Il cherchait déjà de la paille pour confectionner une sorte de matelas mais Thibaut l'en empêcha :

— Non. Je dors dessus depuis si longtemps que les coussins les plus moelleux me seraient une gêne. Cependant je vais m'étendre et prier. Il arrive que le sommeil me soit donné pendant l'oraison. Mais auparavant...

Il marcha vers l'angle le plus obscur de sa tour et, arrivé là, se retourna :

— Viens m'aider ! fit-il tristement après un effort infructueux. Il me semble que je n'ai plus de forces...

Sur ses indications, Renaud ôta deux grosses pierres derrière lesquelles il y avait un espace d'où il tira un paquet enveloppé d'une forte toile et le déposa sur la table.

— Ouvre-le ! ordonna Thibaut.

Renaud dénoua la cordelette qui maintenait l'ensemble, rabattit les pans de toile auxquels s'attachait une odeur ancienne et indéfinissable, et découvrit une pile de parchemins presque aussi fins que du vélin. Ils formaient des cahiers de plusieurs feuilles reliées par des brins de chanvre tordus ensemble, passés dans des trous et noués. Tous couverts d'une écriture bien formée et facilement lisible. C'était en quelque sorte un livre sans couverture et sans titre, sauf deux dates : 1176-1230.

Le vieux chevalier posa sur l'ouvrage une main restée belle parce que exempte des nœuds cruels qui, avec l'âge, déforment et boursouflent les jointures :

– J'ai écrit tout cela pour toi. Il y a là... ma vie et ce que le destin lui a apporté de secrets qui te seront, je l'espère, bénéfiques. Il y a aussi ce que je sais de ta naissance. Tu dois le lire maintenant afin que le pécheur que je suis puisse s'en aller vers la paix divine. Ensuite, je te donnerai les moyens de forger l'anneau qui rattachera ta vie à ce que fut la mienne, la vraie, aux lieux et temps où elle s'est arrêtée... Lis, mon enfant, lis !

Une sorte de solennité donnait à ces paroles un étrange relief. Impressionné, Renaud aida le vieil homme à s'étendre sur sa rude couche, lui fit boire un gobelet de tisane à laquelle il avait ajouté un peu de miel, remit du bois dans le feu, puis s'installa sur un grossier tabouret fait d'un tronçon d'arbre et de trois branches égalisées devant une planche posée sur des tréteaux. La lumière qui descendait comme une bénédiction de l'étroite ouverture sous laquelle il était assis avait à présent une douceur inattendue. Sa froideur hivernale se teintait d'or léger comme si le soleil tentait de venir jusqu'à lui.

Renaud leva vers elle un regard plein de gratitude, traça sur lui-même le signe de la croix puis avec le même respect que s'il s'agissait d'un évangile mais avec beaucoup plus de curiosité, il commença sa lecture...

« Venu finir ma vie dans cette terre ancestrale à laquelle je me sens tellement étranger et n'attendant plus de la divine miséricorde que le temps d'achever l'ouvrage que j'entreprends aujourd'hui pour l'édification de celui qui est l'enfant de mon cœur, je vais essayer de retracer ce que fut ma vie. Non parce qu'elle a été celle d'un homme illustre ou d'un important personnage : je n'en fus jamais rien, mais parce qu'elle a côtoyé tant de grandeur et de lâcheté, tant de gloire et de misère, tant de lumière et d'obscurité, tant d'abîmes et de sommets, tant de secrets et d'évidences qu'il faut bien, à la fin, que je dépose ici ce fardeau.

« Que l'Esprit-Saint me vienne en aide et que Dieu, avant de me pardonner, tourne Sa face glorieuse vers ceux, vers celles dont j'ai, par grand amour ou grande nécessité, partagé ou suscité le péché !

« Je m'appelle Thibaut de Courtenay et je porte les armes illustres d'une très ancienne famille du Gâtinais essaimée en Terre Sainte au temps de la croisade menée par Godefroi de Bouillon qui nous donna Jérusalem. Et même si la barre senestre proclame à tous que je suis un bâtard, cela ne m'a jamais empêché de les mener au combat avec orgueil – bien légitime lui ! – bien que mon père... Mais j'y reviendrai en temps voulu...

« Au moment de ma naissance, survenue à Antioche, la belle cité de l'Oronte, à l'automne de l'an 1160 du Seigneur, mon père Jocelin III de Courtenay n'était plus que comte titulaire d'Edesse et de Turbessel sans plus rien en posséder. La perte d'Edesse ne lui incombait pas mais à son père, Jocelin II, homme incapable et faible parce que trop ami des plaisirs. La belle comtée du nord de la Syrie lui avait été enlevée en 1144 par l'émir de Mossoul, le redoutable Zengi. Il lui restait encore, cependant, quelques forteresses dont Turbessel, la riante, où il se plaisait particulièrement mais, homme vantard et de peu de jugeote, il trouva distrayant de narguer Nur ed-Din, le puissant atabeg d'Alep. Une nuit de mai 1150, alors qu'il se rendait de Turbessel à Antioche pour y conférer avec le Patriarche, une embuscade qui traquait volontiers les voyageurs attardés vint à bout de sa petite escorte sans d'abord savoir qui en était le chef. Ce fut un Juif qui, l'ayant reconnu, révéla son identité et il fut conduit devant Nur ed-Din qui le chargea de fers et le mit en dure prison. Il l'y tint jusqu'à sa mort survenue neuf ans plus tard. Un sursaut d'honneur et de dignité lui aurait fait préférer le supplice à l'abjuration d'une foi chrétienne qui ne semblait pourtant pas l'occuper beaucoup jusque-là mais les voies du Seigneur sont impénétrables. Pendant cette absence qui ne devait jamais finir, son épouse – ma grand-mère Béatrice, dame de Saône – s'efforça de garder Turbessel et ses autres terres des bords de l'Euphrate tout en achevant d'élever son fils, Jocelin le jeune. La tâche était trop rude pour elle, le fief se trouvant aux avant-postes du royaume franc de Jérusalem dont les souverains, en dépit de leur valeur, ne pouvaient accourir sans cesse aux quatre coins de leurs domaines pour secourir tel ou tel baron coupable de n'avoir pas respecté les traités. A cette époque, en effet, une sorte d'équilibre s'était établi, sous la forme d'une longue trêve conclue entre le roi de Jérusalem et l'atabeg de Damas. Ainsi il était admis que les troupeaux damasquins puissent être menés paître aux sources du Jourdain, dans les belles prairies entourant la ville de Paneas. Or, les cavaliers gardant ces troupeaux montaient de magnifiques chevaux qui suscitèrent la convoitise des Francs de la région qui s'en emparèrent par surprise en massacrant les gardiens. Le butin que l'on ramena vers Jérusalem fut énorme mais les lois de l'hospitalité, sacrées en Orient, étaient violées et la guerre se ralluma qui allait durer trente ans...

« Pour en revenir à dame Béatrice, une solution fut trouvée que l'on crut satisfaisante : remettre contre dédommagement les fiefs menacés aux Byzantins et un accord ferme fut alors passé avec l'agrément du roi de Jérusalem qui se nommait Baudouin III. Et furent remis terres et châteaux mais une partie de la population refusa de passer sous la férule grecque et un long, un pénible exode s'ensuivit des rives de l'Euphrate jusqu'à Antioche et la côte. La comtesse Béatrice partit avec ses enfants : son fils devenu Jocelin III et ses deux filles : Agnès et Elisabeth, et s'en vint à Antioche où tous reçurent grand accueil.

« C'est là que je fis mon apparition. Comme tous les Courtenay, le comte Jocelin était d'une grande beauté et rencontrait peu de cruelles. Il eut un caprice pour une jeune Arménienne orpheline, de noble famille, vivant à la cour d'Antioche sous la protection de la princesse Constance qui en était la souveraine. Elle se nommait Doryla et c'est tout ce que je sais d'elle car elle mourut en me donnant le jour. Mon père n'ayant jamais eu la moindre intention de l'épouser, ce lui fut un grand soulagement et il se laissa convaincre de me reconnaître mais sans que je puisse jamais prétendre à sa succession, celle-ci étant réservée à ses enfants légitimes lorsqu'il lui plairait de se marier.

« Ce fut Elisabeth, sa plus jeune sœur, qui se chargea de moi et me montra une tendresse de mère. Elle se destinait à Dieu mais retarda son entrée au couvent afin de se consacrer à cet enfant qui lui tombait du ciel.

Elle était belle et douce et sage, et je garde au fond du cœur le souvenir d'une petite enfance épanouie dans la lumière de son sourire et de son regard tendre...

« Bien différente était Agnès, sa sœur aînée. Je n'ai jamais rencontré beauté plus fulgurante ni plus perverse. Lorsque je vins au monde, elle avait dix-huit ans et se mariait pour la seconde fois. Le premier époux, Renaud de Marash, qui l'avait eue à seize ans, s'était fait tuer au bout d'un an, désespéré par son infidélité. La belle Agnès, en effet, s'était éprise d'Amaury d'Anjou, comte de Jaffa et d'Ascalon, frère de Baudouin III de Jérusalem. Un homme sage, cependant, autant que preux chevalier, intelligent et pondéré, mais qu'elle avait affolé d'amour et dont, d'ailleurs, elle était enceinte lorsque mourut Marash. Les voiles du deuil ne la cachèrent pas longtemps : quelques semaines après son veuvage elle épousait Amaury. La couronne devait, plus tard, les séparer.

« En effet, le 10 janvier 1162, Baudouin III mourait à Beyrouth, empoisonné par Barac, son propre médecin, dont on ne sait trop s'il fut l'instigateur du meurtre. Il avait trente-trois ans, l'âge du Seigneur crucifié, et tandis que l'on portait son corps sur le Calvaire où était la sépulture des rois de Jérusalem, éclata la douleur du peuple, cherchant à qui s'en prendre de la fin tragique d'un si bon roi dont le génie politique avait su maintenir l'équilibre entre forces chrétiennes et forces musulmanes. Le sultan Nur ed-Din lui-même rendit hommage à cet adversaire chevaleresque.

« Cela changeait singulièrement les choses pour l'époux d'Agnès. Le roi étant mort sans enfants, son frère le comte de Jaffa lui succédait sous le nom d'Amaury Ier et ma tante aurait dû devenir reine si sa présence à ses côtés n'eût fait scandale. Son inconduite était notoire et les barons mirent le marché en main à

Amaury : s'il voulait être roi, il devait la répudier. Ce qu'il refusa d'abord : il avait d'elle deux enfants. En outre, il l'aimait encore mais l'assurance que son fils, le petit Baudouin âgé alors d'un an, lui succéderait emporta la décision de ce politique avisé et froid pour qui régner sur Jérusalem était de grande importance. Agnès de Courtenay repartit donc pour Antioche avec sa fille Sibylle, qui avait deux ans, mais le petit Baudouin, devenu prince héritier, demeura au palais de Jérusalem... et moi avec lui. Je n'allais plus le quitter.

« J'étais né presque en même temps que Sibylle et jusque-là ma mère adoptive Elisabeth et moi avions vécu à Jaffa, auprès d'Agnès, mais celle-ci repartant vers son destin – pas tragique le moins du monde d'ailleurs : quelques mois plus tard, elle épousait Hugues d'Ibelin, seigneur de Ramla, descendant des vicomtes de Chartres ! –, nous restâmes à Jérusalem où Elisabeth prit soin de son neveu en même temps que de moi.

« De mon père Jocelin de Courtenay, je ne sus rien pendant longtemps. D'autant moins qu'en août 1164 – j'avais donc à peu près quatre ans –, au cours d'un engagement devant la forteresse d'Harenc (que ceux d'en face appellent Harim) à l'est d'Antioche, il fut fait prisonnier avec le jeune Bohémond III d'Antioche (le fils de la régente Constance qui nous avait accueillis après la perte de Turbessel), le comte Raymond III de Tripoli, Hugues de Lusignan et le duc byzantin de Cilicie, Constantin. Toute cette jeunesse un peu trop turbulente n'avait pas pris l'affaire suffisamment au sérieux et se laissa capturer sans trop de difficultés. A l'exception du duc de Cilicie et de Bohémond, ils allaient souffrir de longues années dans les geôles d'Alep.

« Ce furent des jours d'enfance d'une telle douceur

qu'à l'instant où mon calame s'apprête à tracer les mots qui vont l'évoquer je la ressens encore. Je n'étais qu'un petit enfant lorsque je fus amené dans le palais neuf, aux pierres blondes, élevé contre la muraille occidentale de la ville entre la tour de David et la porte de Jaffa, et j'en ai aimé tout de suite les grandes salles fraîches, les cours ombreuses où les rameaux blancs de l'acacia et du jasmin se penchaient sur l'eau claire d'une fontaine scintillant dans l'air bleu pour retomber dans un bassin où nous allions patauger aux heures chaudes tandis que, dans le ciel turquoise, des colombes tournoyaient avant de se poser sur un entablement de fenêtre ou les chapiteaux de colonnettes d'une galerie. Nous, c'étaient moi et le petit prince Baudouin dont j'étais l'aîné d'un an et que j'ai aimé comme un frère, et plus encore je crois lorsque sont apparus les premiers signes du mal qui allait le détruire et qui d'abord fit tant d'incrédules.

« Jamais on ne vit enfant si beau, si droit, si fier et si rayonnant d'intelligence. De sa mère, Agnès, il tenait les épais cheveux dorés, les larges prunelles reflétant l'azur intense du ciel, la pureté des traits et la grâce du sourire. De son père, la stature qui s'annonçait élevée, l'esprit vif, la soif de culture, la vaillance et une étonnante disposition à tous les exercices du corps, l'habileté aux armes et à l'art équestre. A sept ans, il chevauchait mieux que quiconque, petit centaure que moi et ses autres jeunes compagnons avions peine à suivre dans les collines de Judée. De son père aussi le seul défaut physique qu'on lui connût : un défaut de la parole, un bégaiement léger mais qui l'irritait et qu'il s'efforçait de combattre en s'obligeant à parler lentement. Son maître – qui était aussi le mien ! – l'archidiacre Guillaume de Tyr, homme de grand savoir, de sage conseil et de vaste expérience bien qu'il n'eût pas atteint quarante ans, en était fier comme s'il était son propre fils et prédisait déjà qu'il serait un grand roi...

« En attendant, le temps coulait insouciant pour nous dans cette ville merveilleuse qu'était Jérusalem, dont la couleur des pierres changeait avec les heures du jour ! Elle était tout entière à nous dès l'instant où maître Guillaume nous accompagnait. En dehors du palais citadelle si majestueux et si bien gardé, il y avait la cité du Seigneur marquée du sceau de son martyre, mais aussi incroyablement vivante et gaie. Nous aimions ses rues à escaliers, ses venelles glissant sous des voûtes sombres, ses étroits passages débouchant sur des cours à arcades, ses places ornées de belles églises dont notre maître savait l'histoire comme il savait toutes choses, ayant déjà beaucoup voyagé – le droit acquis en Occident ainsi que les arts libéraux, l'histoire et les beaux textes, les langues aussi : français, latin, grec, arabe et même hébreu. Il semblait connaître tout le monde à Jérusalem et nous emmenait aussi bien parmi les éventaires de la grande place du marché que, hors les puissantes murailles décorées de mosaïques de marbre, galoper dans la vallée du Cédron ou prier au jardin des Oliviers et dans les lieux, si nombreux, où s'étaient posés les pas divins du Seigneur Jésus. Nous rentrions de ces expéditions affamés mais désaltérés à cette fontaine du savoir comme nous le faisions à celles des fontaines à dômes et à colonnettes des places, heureux et vivant par avance les jours à venir, tout aussi riches, tout aussi exaltants car nous savions aussi que viendrait celui où ce serait à nous de défendre la Cité sainte contre les armées infidèles de Nur ed-Din qui, trois quarts de siècle après la conquête de Godefroi, avait déjà arraché des morceaux du manteau royal étendu sur le royaume franc. Mais cela ne nous attristait pas, au contraire : Baudouin ne pensait qu'à reprendre au maître de Damas les terres de ses ancêtres et singulièrement ce beau comté d'Edesse qui le faisait rêver. Et puis...

« Et puis il y eut ce jour de malheur insigne où une incroyable catastrophe s'est abattue sur nous avec la soudaineté de la foudre. Baudouin avait alors neuf ans et moi dix. Comme cela nous arrivait fréquemment, nous jouions à la guerre dans les cours du palais et sous l'œil débonnaire des soldats montant la garde aux remparts de la citadelle. Plusieurs fils de hauts seigneurs qui faisaient notre compagnie habituelle y participaient avec entrain. Il y avait là, si je m'en souviens bien, Hugues de Tibériade et son frère Guillaume, et aussi le jeune Balian d'Ibelin et Pierre de Niané et Guy de Gibelet, d'autres encore dont j'ai oublié le nom. Nous y allions de si bon cœur que s'ensuivaient des égratignures, des petites blessures qui faisaient crier ou pleurer ceux qui les recevaient. Le prince seul semblait n'y prêter aucune attention. Ce qui étonna maître Guillaume. Il prit son élève entre ses genoux pour examiner une assez vilaine écorchure qu'il avait au cou :

« – Vous n'avez pas mal ? demanda-t-il.

« – Non, fit Baudouin avec son beau sourire. Ce n'est pas vaillance de ma part. C'est seulement que je ne sens rien. J'ai remarqué cela il y a déjà un peu de temps. Même une flamme ne me brûle pas ! N'est-ce pas merveilleux ?

« – Merveilleux, en effet...

« Guillaume de Tyr n'ajouta rien mais il avait pâli. La blessure pansée, il s'en alla trouver le roi Amaury. Le soir même, son médecin examina l'enfant et n'osa pas poser de diagnostic. Il fallut que le roi le pousse dans ses retranchements pour qu'il ose avouer enfin ce qu'il redoutait : que l'héritier du trône, l'enfant de lumière, fût atteint de la pire des maladies, celle qui fait reculer les plus braves – la lèpre.

« L'homme était assez savant pour qu'on le crût. Accablé de douleur mais fidèle à lui-même, le père décida de se battre. De tous les coins du pays mais sous le sceau du secret, il fit venir des hommes de science, des médecins, des religieux, des empiriques. On conduisit Baudouin au fleuve Jourdain dans l'espoir que se renouvellerait le miracle dont le prophète Elisée avait fait bénéficier Naaman, le général devenu lépreux. On l'y trempa sept fois. Sans résultat ! On envisagea aussi de conduire Baudouin à Tours, au tombeau de saint Martin où des lépreux avaient été guéris et, naturellement, père et fils allèrent prier longuement au Saint-Sépulcre. Rien n'y fit. L'enfant était toujours aussi insensible et même une tache brune avait fait son apparition sur son corps. Amaury cependant refusait de se rendre et cherchait toujours, lorsqu'il partit pour l'Egypte dont il voulait faire la conquête afin d'éviter à son royaume d'être pris en tenaille entre l'émir du Caire et l'atabeg de Damas. C'est là qu'il entendit vanter les mérites d'un médecin extraordinaire. On l'appelait Moïse l'Espagnol parce qu'il venait de Cordoue, la ville savante entre toutes dont l'avait chassé la victoire des noirs guerriers de Youssouf, mais il était connu sous le nom de Maïmonide. Amaury le fit venir puis conduire sous bonne escorte à Jérusalem où il put examiner Baudouin. Sa sentence quand il revint vers Amaury n'apporta aucune variante : c'était bien la lèpre mais, s'il ne connaissait pas de remède radical, il savait cependant une plante qui pouvait retarder les ravages du mal. Il s'agissait d'une huile tirée des pépins d'un fruit qu'il appelait " coba " ou " encoba " que l'on récoltait au cœur de l'Afrique, dans une région de grands lacs. Une plante qu'il dessina pour le roi.

« – Si tu peux envoyer une caravane dans le pays que je te dirai, je préparerai cette huile pour ton fils [1], mais le chemin est long et il faudrait faire une quantité d'un baume qui finira par se corrompre...

« – Est-ce un secret ou peux-tu apprendre à mon médecin à préparer ce remède ?

« – Si c'est un bon mire, il y arrivera.

« – Alors la caravane partira.

« Elle revint aussi et le baume fut préparé. Pendant des années la lèpre ne fit pas de progrès cependant que le secret restait bien gardé. D'autant plus facilement que Baudouin se développait de façon tout à fait normale. Néanmoins son entourage était réduit, et sous le prétexte de l'initier au gouvernement, le roi Amaury le tenait un peu à l'écart de ce qu'il aimait le plus. Ainsi de sa petite sœur Isabelle. En effet, afin de resserrer les liens politiques avec l'empereur de Byzance, Amaury avait épousé en secondes noces l'une de ses nièces, Marie Comnène, qui n'avait pas tout à fait quinze ans quand les navires grecs la déposèrent dans le port de Tyr au mois d'août 1167. Isabelle naquit un an après et c'était bien le plus ravissant bébé que l'on puisse voir. Sa mère était d'ailleurs jolie comme une fleur et possédait les plus beaux yeux noirs du monde. Elle était aussi douce, timide et aimante, tout le contraire d'Agnès la répudiée, et le roi son époux l'aimait chèrement. Or Baudouin, n'ayant plus guère l'occasion de voir sa sœur Sibylle élevée au couvent Saint-Lazare de Béthanie sous l'égide de sa grand-tante l'abbesse Yvette, se prit d'une profonde tendresse pour Isabelle qu'il venait voir dix fois le jour avant que le mal ne se manifestât. Et moi, je partageais cette tendresse parce

---

1. L'huile de Chaulmograa est restée le seul remède de la lèpre jusqu'à l'apparition des antibiotiques.

qu'il était impossible de ne pas aimer cette mignonne enfant.

« Mais l'apparition de la lèpre – qu'on ne lui cacha pas longtemps – obligea Baudouin à se tenir à l'écart. La reine Marie, qui aimait beaucoup Baudouin mais éprouvait une peur horrible de son mal, l'y aida et ce fut moi qui assurai alors le service des nouvelles. Je portais des lettres que la reine lisait puis brûlait, mais auxquelles elle répondait avec une tendresse qui s'efforçait de cacher une pitié que le prince n'eût pas acceptée. Car moi j'éprouvais pour lui une dévotion si vraie, si forte qu'il m'était apparu tout naturel de ne rien changer à notre existence, de rester auprès de lui et de partager chaque heure d'une vie que le cours des années allait rendre toujours plus douloureuse. Nous jouions aux osselets, aux tables, aux échecs où il était très fort, aux boules aussi et quand nous séjournions à Jaffa, nous nagions ensemble dans la mer pour laquelle il éprouvait une grande attirance parce qu'elle lui donnait l'impression de s'y purifier.

« – Tu peux si tu le veux t'écarter, m'avait dit le roi Amaury. Je saurai le comprendre si tu désires rejoindre ta tante à Ramla...

« – Elle ne m'aime pas et je ne suis pas certain de ne pas la détester. En revanche, j'aime mon prince et désire le servir et l'aider aussi longtemps qu'il voudra de moi...

« – Tu n'as pas peur de la lèpre ? C'est un mal abominable, tu sais ?

« – Notre maître, l'archidiacre Guillaume, n'en a pas peur et je ne vois pas pourquoi je serais plus craintif que lui. Je veux rester.

« Amaury Ier était un homme à l'intelligence froide, volontiers distant, mais cette fois il m'embrassa :

« – Je t'armerai chevalier de ma main en même

temps que Baudouin et tu deviendras son écuyer. Songe seulement que tu es bien jeune et que c'est là un grave engagement !

« – Il n'y a aucune raison pour que le temps me fasse changer...

« Peu après l'affreuse révélation, un autre drame vint frapper le royaume et faire saigner un peu plus le cœur du roi : le tremblement de terre qui secoua toute la côte syrienne, détruisant de nombreux villages et blessant gravement des villes comme Antioche, Tripoli où un seul homme fut retrouvé vivant, Alep, Hama, Baalbek où s'écroulèrent les hautes colonnes de marbre du temple colossal de Jupiter Héliopolitain, dont ne subsistèrent que six...

« Amaury Ier ne savait comment interpréter cette double catastrophe et ordonna de grandes prières pour détourner de ce pays si beau la colère de Dieu. Plus que tous peut-être, Baudouin pria, mais pas pour lui-même. Il n'avait de pensées que pour les malheureux emportés ou ruinés par le séisme et le raz de marée. En dehors de cela, nous ne changions rien à nos habitudes et chaque jour nous sortions, à pied ou à cheval, et, chose incroyable quand on sait la peur qu'inspire la lèpre, jamais le peuple de Jérusalem, jamais les hommes d'armes, jamais les paysans ne firent seulement mine de s'écarter devant mon ami. Le rayonnement de sa personne était tel qu'il chassait les craintes les plus légitimes. Seulement, quand il était passé, les femmes pleuraient et plus encore les jeunes filles que sa beauté menacée désespérait...

« En ce temps-là, le monde islamique se partageait encore en deux règnes ennemis relevant de courants de pensée et de rites différents : au califat de Bagdad, de confession sunnite, s'opposait le califat fatimide du Caire prônant le chiisme. Le second exécrait le maître de Bagdad d'autant plus que celui-ci vivait le rêve éveillé des Mille et Une Nuits, entouré de femmes, de poètes, d'émirs et de jardins. Pour assumer les dures réalités du pouvoir, il avait fait appel à des mercenaires turcs, véritables hordes de loups affamés qui dégringolèrent de leurs plateaux d'Asie Mineure et s'emparèrent des leviers de commande, laissant seulement au calife son pouvoir religieux. Deux maîtres donc, deux interprétations différentes des cent quarante sourates du Coran qui donnèrent naissance à une kyrielle de sectes. Certes, le Prophète avait dit : " La variété est une miséricorde d'Allah " mais cette fois, il y en avait un peu trop et Godefroi de Bouillon avait eu la partie assez belle de faire surgir le royaume franc au milieu de tout cela.

« Cependant les sabres turcs de Zengi puis de Nur ed-Din, son fils, ayant commencé à tailler dans ce beau royaume chrétien, les rois Baudouin III et Amaury Ier tournèrent leurs regards vers l'Egypte qui, à son tour, connaissait la décadence dans les délices d'une cour aussi raffinée, aussi corrompue que celle de Bagdad. Comme le faisait d'ailleurs Nur ed-Din à Damas.

« Après la mort de son frère, Amaury conduisit une première expédition contre les Fatimides du Caire. Ce ne fut guère qu'une razzia mais elle prouva au roi de Jérusalem que l'Egypte pouvait être une proie facile. Deux autres expéditions suivirent, avec des fortunes diverses. Par deux fois, le roi dut rentrer pour combattre Nur ed-Din qui profitait de son absence pour agrandir son pré carré. En outre, l'homme de Damas avait envoyé au Caire un guerrier valeureux, Shirkouh, afin de remplacer le vizir Chawer dont Amaury faisait à peu près ce qu'il voulait. Mais Shirkouh était vieux et Chawer espérait jouer au plus fin avec lui. C'était compter sans le neveu du vieux guerrier. Celui-ci était jeune, plein de génie et d'ambition et d'une extrême rigueur religieuse. Il proposa à Chawer une promenade pour visiter la tombe d'un saint musulman et chevauchait paisiblement auprès de lui quand, se penchant soudain, il arracha le vizir de sa selle, le fit charger de chaînes puis décapiter avant de s'installer à sa place au poste de vizir. Il se nommait Salah ed-Din dont nous autres Francs avons fait Saladin. Il allait réunir dans sa main les deux moitiés éclatées de l'Islam.

« Les espoirs d'Amaury Ier sur l'Egypte subissaient là un rude coup mais ce politique avisé en profita pour resserrer encore ses liens avec Manuel Comnène, l'empereur de Byzance dont la flotte puissante et les armées pouvaient lui apporter une aide appréciable.

« Cependant, au Caire, le jeune Saladin poursuivait sa politique d'assainissement en supprimant purement et simplement l'antique califat fatimide et en se déclarant maître du pays. Ce qui ne fut pas du goût de Nur ed-Din. Le vieil atabeg de Damas ne vit en lui qu'un simple sujet rebelle et se mit à organiser une expédition punitive. Saladin alors se rapprocha d'Amaury Ier dont les Etats lui semblaient constituer un excellent tampon entre " son " Egypte et Damas. Le roi de Jérusalem était trop fin politique pour ne pas se prêter à de si aimables dispositions. D'autant que Nur ed-Din mourut à Damas le 15 mai 1174, laissant un enfant de onze ans, Malik al-Salih. Et le roi de Jérusalem songeait sérieusement à se constituer le protecteur de cet enfant, à moins qu'il n'arrive à une entente avec Saladin dans le but de partager la Syrie quand, deux mois après la mort de Nur ed-Din, le 11 juillet 1174, il était emporté lui-même par le typhus à moins de quarante ans.

« Trois jours plus tard, le 14 juillet, celui que j'appelais mon frère était sacré dans la basilique du

Saint-Sépulcre et devenait le roi Baudouin IV. Il avait quatorze ans. Pas beaucoup plus sans doute que le jeune Malik al-Salih, mais il y avait entre eux une très grande différence : le mal dont souffrait Baudouin forgeait son âme, et cette couronne que l'on venait de poser sur sa tête, il l'avait reçue avec des larmes dans les yeux et une majesté qui frappa tous les assistants. Sa voix que la mue venait de changer était celle d'un homme énergique et décidé quand il prononça :

« ... "Je promets de garder les anciens privilèges et justices, et les anciennes coutumes et franchises, comme de faire bonne justice aux veuves et aux orphelins. Je garderai les anciennes coutumes des rois, mes devanciers, et tout le peuple chrétien du royaume selon les coutumes anciennes en leur droit et justice. Je garderai toutes choses fidèlement ainsi que le doit faire un roi chrétien et loyal envers Dieu !"

« Dieu m'est témoin qu'il ne manqua jamais à son serment, qu'il porta sa couronne avec une admirable vaillance et, jusqu'à l'heure dernière, qu'il fut grand au-delà des limites humaines et qu'il aima chèrement ce beau royaume où il était né ainsi que ce peuple dont il savait déjà l'amour.

« Mais à peine les yeux d'Amaury se furent-ils fermés qu'accourut à Jérusalem le pire couple de vautours qui se soient jamais abattus sur un cadavre : la mère du jeune roi, ma tante Agnès, et son " confesseur " le moine Héraclius. Puissent-ils brûler leur éternité dans les flammes de l'enfer !

« Quant à toi qui me liras, sache encore ceci : au cours de ce récit tu trouveras ce que mes yeux ont vu, mais aussi des moments d'existence vécus par certains de mes proches et dont ils m'ont donné connaissance. Aussi ai-je préféré, puisque je ne pouvais leur confier la plume, les placer dans la continuité de l'histoire comme si j'avais assisté moi-même à ce qu'ils m'ont raconté. Ne t'étonne donc pas et apprends, à présent, ce que tu dois savoir... »

Première partie

UN SI GRAND AMOUR !...

1176

CHAPITRE I

LES REVENANTS

Toutes les cloches de Jérusalem sonnaient à la volée pour annoncer à la terre entière que le jeune roi revenait victorieux. De Sainte-Anne au Saint-Sépulcre, de la cathédrale Saint-Jacques au Temple, de Saint-Etienne à Saint-Gilles, de Saint-Ladre à l'Hôpital, de Sainte-Marie et Saint-Sauveur du mont Sion à Sainte-Marie et Saint-Sauveur de Gethsémani, de toutes les chapelles, de tous les couvents, clos derrière les remparts ou dispersés dans la campagne, elles se répondaient, voix sonores ou frêles, profondes ou légères à travers l'air bleu du soir où montaient les nuages de poussière soulevés par les cavaliers.

L'ost n'était plus au complet. Rassemblée au début du mois d'août 1176 afin d'obliger Turhan shah, gouverneur de Damas pour son frère Saladin, à sortir de sa ville en ravageant ses greniers, les terres merveilleusement fertiles de la Beqa, elle s'était dissociée, fief après fief, durant le retour vers la ville capitale. Victoire acquise à Aïn Anjarr et Turhan shah repartit lécher ses plaies dans sa blanche cité. Baudouin IV était revenu à Tyr d'où son cousin, le comte Raymond III de Tripoli, avait regagné son château sur la mer avec ses gens et sa part d'un énorme butin. Jusqu'à ces derniers temps, le grand comte était régent du royaume mais à quinze ans la majorité royale était atteinte et Baudouin régnerait seul désormais. Ce que Raymond avait admis avec élégance. A Acre, à Césarée, à Jaffa, on avait laissé d'autres troupes, d'autres dépouilles mais nombreux étaient encore les chariots chargés de blé, les troupeaux et les captifs que l'armée royale ramenait à sa suite.

Sachant qu'il entrerait par la porte Saint-Etienne afin d'aller s'agenouiller au Tombeau pour y rendre grâce et déposer ses armes avant de retourner au palais, la foule se pressait sur cet itinéraire, tellement entassée sur les toits en terrasse des maisons qu'elle avait l'air d'une vague débordant en ressaut dans le passage crépusculaire des rues que le soleil couchant n'éclairait plus. Quand les trompettes sonnèrent sur le rempart pour annoncer l'arrivée, une immense ovation, une sorte d'alléluia tonitruant monta vers le ciel. Enfin « il » parut, droit sur son cheval – un bel arabe à la robe blanche, aux yeux de feu ! – qu'il menait d'une seule main, l'autre tombant calmement le long de l'épée dont le fourreau battait son flanc gauche. Sous le surcot de soie argentée frappée des armes des rois de Jérusalem – la croix potencée d'or accolée de quatre croisettes de même –, le haubert en mailles d'acier l'emprisonnait des genoux aux épaules, continué par le camail couvrant la tête sur lequel reposait le heaume cerclé de la couronne royale. Le brillant tissu de fer ne laissait paraître que le jeune visage impérieux à la peau hâlée, le nez fier, le menton volontaire et les larges yeux d'un bleu intense si lumineux qu'en rencontrant leur regard, les petites gens – les autres aussi parfois ! – croyaient voir se poser sur eux le regard même du Christ. Et quand Baudouin souriait, comme à cet instant dans la joie du triomphe, ils refusaient de croire ce que chacun savait pourtant à ce moment : qu'en cet adolescent si beau, ce jeune chef de quinze ans dont ses soldats vantaient la vaillance et la générosité, sommeillait la bête immonde de la lèpre. Aussi l'approchaient-ils sans peur, persuadés que le Seigneur Dieu corrigerait pareille injustice et qu'un miracle s'accomplirait. Ce miracle, le peuple l'appelait de toutes ses forces dans les clameurs dont il couvrait son jeune souverain au long de son chemin.

Un autre l'appelait aussi, un autre voulait y croire. Aux côtés de Baudouin IV, bardé de fer lui aussi et portant l'écu royal, le bâtard de Courtenay qui ne le quittait jamais, de jour ni de nuit, chevauchait pensivement. Il savait cependant que les marques de la maladie, les taches brunes, essaimaient sur le corps et que, si le mal cheminait lentement – grâce à l'huile du médecin juif ? –, il était toujours présent mais, comme celle de son roi, la foi de Thibaut était profonde, ardente et pleine d'espérance. Un fait, d'ailleurs, ancrait en lui le grand espoir d'une guérison miraculeuse quand il plairait à Dieu : ni lui-même ni aucun de ceux qui approchaient Baudouin et le servaient n'avait contracté la maladie. C'était déjà un signe cela, non ? Il se sentait lui-même plus fort que jamais.

Thibaut était un solide garçon de seize ans brun de peau et de cheveux avec de pénétrants yeux gris, grand pour son âge, comme Baudouin lui-même, avec une carrure développée par le maniement des armes et déjà redoutable. Un visage étroit aux traits finement ciselés aurait pu le faire passer facilement pour un Sarrasin sans ce regard différent et une nette propension à une gaieté inscrite par un pli d'ironie au coin de la bouche. En fait, il n'avait rien de la beauté blonde des Courtenay qui parait si bien Baudouin, et tenait son physique de la noble jeune fille arménienne qui avait été sa mère si peu de temps. Quant à son caractère, s'il était volontiers généreux et accommodant, il était aussi capable de s'emporter en de noires colères d'où jaillissait la violence dès que l'on s'en prenait à ce qu'il vénérait. Dans l'ordre : son roi, son Dieu, sa tante Elisabeth, son maître Guillaume de Tyr, les lois de la chevalerie et cette belle terre de Palestine où il avait poussé son premier cri. Il y avait aussi quelqu'un d'autre, mais il ne savait pas encore très bien quelle place lui donner dans sa dévotion. Plutôt méfiant, en outre, celui que Baudouin appelait en riant « Thibaut l'incrédule » ne se livrait pas facilement et savait d'instinct que, dans les entours d'un souverain, il n'était pas bon de faire crédit à tout le monde.

La rue était étroite qui montait par degrés souvent couverts d'une arche de pierre ou d'un passage reliant une maison à une autre et Baudouin se sépara de la plus grande partie de son escorte. Seuls purent le suivre le vieil Onfroi de Toron qui depuis vingt-cinq ans portait si vaillamment la grande épée de connétable, son porte-bannière Hugues de Gibelet, son écuyer Thibaut de Courtenay et cinq ou six barons. C'était très suffisant : la foule encombrait le passage et il fallait la protéger des réactions des chevaux. Enfin on déboucha – et le mot était exact car la rue parut éclater ! – sur la place étendue devant la basilique trois fois sainte, si majestueuse sous son dôme azuré dont le sommet s'ouvrait à la Pentecôte pour laisser pénétrer le feu du ciel. Le double portail ouvert laissait voir les ors, les émaux, les mosaïques de l'intérieur illuminés par des centaines de cierges rouges. Et là, devant, se tenait le Patriarche, Amaury de Nesle, imposant vieillard dont la barbe blanche, la mitre en tissu d'or et le manteau de pourpre attaché par une agrafe de rubis évoquaient l'image de Dieu le Père. En dépit du fait que se tenaient derrière lui le Maître du Temple, Odon de Saint-Omer, celui de l'Hôpital, le frère Joubert, et plus loin, une trentaine de prêtres et de clercs en grand habit, on ne voyait que lui. Sa haute taille faisait disparaître les autres et, comme on le savait profondément pieux, de mœurs austères et d'humeur hautaine, on s'attendait presque à voir la foudre jaillir de la crosse qu'il tenait plantée en terre.

Dans un soudain silence de la foule marquant ainsi la solennité du moment – les cloches, elles, s'en donnaient à cœur joie ! –, Baudouin sauta à terre comme si le fer dont il était vêtu ne pesait rien, ôta son heaume couronné qu'il tendit à Thibaut, rabattit le camail, découvrant ainsi une épaisse chevelure couleur de miel striée de mèches presque blanches puis, à grands pas souples, marcha vers le Patriarche devant lequel il s'inclina pour baiser l'anneau de sa main.

Avec un sourire où se lisait l'affection, Amaury de Nesle alors le prit aux épaules et l'embrassa avec des larmes dans les yeux... Il n'était pas difficile de deviner ce qu'il pensait : « Si jeune, si beau, si vaillant, si noble et déjà condamné à une mort lente, affreuse... et inévitable. » Il dompta cependant son émotion :

– Dieu a béni tes armes, mon fils ! dit-il d'une voix forte qui résonna au fond de la place. Allons ensemble l'en remercier !

Comme un père conduisant son enfant, ils marchèrent tous deux vers l'église sans que le bras du Patriarche quitte les épaules du jeune roi. Les prêtres les suivirent mais les hauts hommes qui escortaient Baudouin, tous ayant mis eux aussi pied à terre, s'agenouillèrent pour que leurs prières accompagnent celle des deux maîtres de Jérusalem.

Thibaut fit comme les autres mais avec un sourire de contentement. Il lui plaisait que ce soir on eût bousculé le cérémonial habituel plutôt pompeux pour cette simple et affectueuse rencontre du berger des âmes et du berger des corps.

Le roi pria longtemps, prosterné devant la dalle de marbre sous laquelle était le Tombeau, remerciant de tout son cœur pour la victoire donnée et pour cet instant de paix seul en face de Dieu.

Les prières de Baudouin n'avaient rien de commun avec celles d'un garçon de son âge occupé de plaisirs divers, de beaux coups d'épée, de conquêtes et aussi d'amour. Lui n'avait pas à se soucier d'un avenir puisque le sien se bornait à quelques années tout au plus, ni à se choisir une épouse qu'il ne pourrait étreindre. Son amour, c'était à son peuple qu'il le devait tout entier. Ce peuple, lui, avait un avenir et, dépositaire de la plus noble terre qui soit au monde, Baudouin devait, dès à présent, se soucier de celui qui serait assez digne et sage pour conduire après lui Jérusalem dans les eaux calmes d'une paix enrichissante. Alors le royal adolescent suppliait qu'on lui accorde la force et le courage de surmonter la souffrance qui viendrait bientôt et continuer sa tâche, envers et contre tout, pour le bien du royaume et l'honneur de Dieu.

Il savait que les conjonctures politiques lui étaient favorables. Saladin alors en Egypte d'où il avait chassé la dynastie fatimide pour implanter la sienne – celle des Ayyubides – souhaitait extirper définitivement de Syrie le jeune fils de Nur ed-Din, Al-Salih. Certes, il avait pris Damas, la « grande silencieuse blanche », mais le jeune prince gardait de chauds partisans appuyés sur les puissantes cités d'Alep et de Mossoul. Avec habileté, Raymond de Tripoli, régent jusqu'au quinzième anniversaire de Baudouin, avait compris qu'en aidant Al-Salih, il combattrait plus efficacement Saladin qu'en l'attaquant de face. Et des trêves, un traité d'assistance mutuelle même s'étaient conclus.

Ainsi l'année précédente, alors que Saladin assiégeait Alep, Raymond lui fit lâcher prise par une brève diversion sur Homs, en même temps que Baudouin, chef d'armée à quatorze ans, s'en allait ravager les abords de Damas, faubourgs et campagnes, afin de priver la ville de ses ravitaillements. Saladin s'était tenu tranquille quelque temps mais, toujours talonné par son désir ardent de rassembler sous sa main la totalité de la Syrie musulmane, il était revenu assiéger Alep dont la formidable forteresse hantait ses nuits. Baudouin, alors, avait levé l'ost et dirigé ses coups une fois encore sur Damas. Turhan shah battu à Aïn Anjarr, son frère aîné s'était résigné à abandonner Alep pour regagner Le Caire où des troubles se levaient. Remettant à plus tard ses projets d'empire unifié, le « sultan » venait de décider une longue trêve que le chancelier Guillaume de Tyr jugeait tout à fait satisfaisante. Baudouin, rentrant à Jérusalem, pouvait se consacrer tout entier à l'avenir de son royaume. Saladin apprenait à le respecter...

En ramenant Baudouin sur le parvis du Saint-Sépulcre avec le même geste chaleureux qu'à l'arrivée, le Patriarche fit tomber une large bénédiction sur les barons et les habitants qui s'y pressaient maintenant. Il annonça qu'une cérémonie d'action de grâces serait célébrée le lendemain et que tous y seraient conviés puis l'on se sépara. En s'enlevant en selle avec la maîtrise du cavalier consommé qu'il était, Baudouin sourit à Thibaut :

– Rentrons à présent. J'ai hâte de retrouver la maison...

– Il n'y a que vous pour l'appeler comme ça !

– Peut-être mais le mot palais qui plaît tant à ma mère lui va si mal !

En fait, aucun des deux termes ne convenait

vraiment au noble et sévère logis bâti par Baudouin Ier au cœur de l'ancienne citadelle de David reconstruite et cernée de massives tours carrées, d'où celle portant le nom du roi biblique surgissait, donjon sévère surmonté d'un élancement svelte comme un minaret de mosquée ou comme une fleur dont la haute galerie ajourée représentait la corolle encore close. Mais cette forteresse avait ses grâces, cette masse de pierres blondes enfermait des jardins pleins d'odeurs, des cours intérieures fleuries comme les patios mozarabes, des galeries couvertes soutenues par de fines colonnettes enroulées de jasmin blanc et d'ipomées bleues, des terrasses où la nuit venue il faisait bon s'étendre en regardant les étoiles. C'était à cela que rêvait Baudouin en guidant son cheval dans les rues ferventes. Le poids de la fatigue des derniers jours était en train de s'abattre sur lui comme cela arrivait parfois depuis quelque temps. Ce dont il enrageait : être las à quinze ans, qui a jamais entendu chose plus ridicule ? Il s'efforçait de n'en rien montrer, continuait à sourire, à saluer de sa main libre, à jeter un mot amical à une figure connue. C'était bon aussi cet amour de tous, cet orgueil de ses armes glorieuses qui leur rapportaient la paix. Une paix qu'ils espéraient fructueuse parce qu'elle signifiait le libre passage des riches caravanes, les cultures arrivant à terme dans les champs, et le droit de vaquer tranquillement à ses occupations sans qu'une mauvaise nouvelle, portée par un cavalier couvert de poussière et relayée par le tocsin, vînt annoncer une incursion ennemie à tel ou tel coin du royaume.

Sultan, le cheval de Baudouin, allait s'engager dans la pente douce menant au pont-levis de la citadelle quand une jeune fille surgit de la foule et se jeta presque dans les jambes du coursier. Elle tenait un bouquet de roses blanches qu'en tombant à terre elle réussit à lancer sur les mains du jeune homme en criant :

— Pour toi, mon roi ! Avec tout mon amour !

Le cri de Baudouin répondit au sien : elle allait être foulée aux pieds de Sultan sans qu'il pût rien pour la tirer de là, mais déjà Thibaut était à terre : sa monture à lui avait moins de sang que celle de son maître et ne rechignait pas à s'arrêter pile. Prenant la jeune fille dans ses bras, il la sortit de ce mauvais pas. Le roi, quelques foulées en avant, maîtrisait l'animal que ce projectile imprévu avait affolé, puis sautait à terre, abandonnant la bride sur le dos du cheval qui ne bougea plus. Il revint vers la jeune fille un peu étourdie, en train de reprendre ses esprits étendue sur le sol, le buste soutenu par Thibaut. Il mit genou en terre auprès d'elle et contempla un instant le mince et délicat visage ivoirin. Une épaisse natte noire et brillante échappée de la légère guimpe de mousseline blanche remontant jusqu'au petit tambourin de satin rouge de la coiffure mettait en valeur le rose de ses lèvres et la profondeur des yeux sombres qui s'illuminèrent en reconnaissant le roi.

— Est-elle blessée ? demanda celui-ci.

— Non, sire. Etourdie seulement, mais elle a eu de la chance : Sultan déteste que l'on se jette dans ses jambes.

— Et pour m'offrir ces fleurs ! fit Baudouin ému. Merci, jeune fille, mais vous avez couru un trop grand risque.

— Non, puisque vous êtes là près de moi. Oh, monseigneur, pour la joie de vous servir j'irais vers la mort en chantant...

Elle se redressait, se relevait en secouant sa robe en soie d'un rouge brillant sur laquelle glissait un collier d'or ciselé. Baudouin la regarda et sourit :

– Quelle folie ! Mais combien douce à entendre ! Quel est votre nom ?

– Ariane, sire, je suis la fille de Toros, l'orfèvre lapidaire arménien de la rue...

Elle n'eut pas le temps d'achever. Comme si le prononcé de son nom le matérialisait soudain, un gros homme emballé dans une robe lie-de-vin et coiffé d'un haut bonnet de feutre noir surgit de la foule et bouscula Thibaut pour s'emparer du bras de la jouvencelle :

– Fille sans pudeur ! As-tu donc juré de me faire mourir de chagrin ? Il faut lui pardonner, grand roi ! Sa pauvre cervelle est dérangée depuis la mort de sa mère et, en outre, elle est tout ce que cette malheureuse m'a donné comme descendance. Vous devez comprendre ma douleur et me la rendre. Viens par ici, toi !

Le flot de paroles s'accompagnait de calottes que Thibaut ne supporta pas : il arracha Ariane au courroux paternel qui, selon lui, ne sonnait pas très juste :

– Ça suffit ! N'as-tu donc aucun respect pour ton roi à te conduire devant lui comme si tu étais dans ta maison ? Personne ici n'a l'intention de te prendre ta fille : elle a eu seulement le joli geste d'offrir des roses. Il n'y a pas de quoi la frapper.

Le gros homme soufflait la fureur par les naseaux mais n'en considéra pas moins les six pieds de fer vêtus qui venaient de lui arracher sa proie. Il fit un gros effort et se calma :

– Comprends-moi, noble baron ! Cette fille de malheur vient de refuser cinq partis magnifiques sous le prétexte stupide qu'elle aime le roi et se garde pour lui. Elle veut aller au palais le servir...

Cette fois, ce fut Baudouin qui intervint :

– Paix, vous autres ! Ceci me regarde, il me semble !

Si impérieuse était cette voix déjà grave que le silence se fit. Le jeune roi alors poursuivit :

— Votre fille va vous suivre comme elle en a le devoir, Toros le lapidaire, car aucune femme n'a le droit de me servir à l'exception de Marietta que vous connaissez tous et qui m'a nourri de son lait. En échange, je vous prie de la bien traiter et non comme vous venez de le faire. Quant à vous, jeune fille, vous avez ma gratitude pour ces roses, mais je ne peux rien vous donner d'autre.

— Crois-tu ?

L'élan fut si rapide que personne n'eût pu l'arrêter. Ariane se jeta au cou de Baudouin et, appuyant ses lèvres sur sa bouche, lui donna un baiser que la stupeur de tous lui permit de prolonger. Puis elle se détacha du jeune homme et lui offrit un lumineux sourire :

— Voilà ! s'écria-t-elle. Que tu le veuilles ou non, je suis tienne, monseigneur, car on te dit mesel[1] et si mesel tu es, meselle je serai... Viens à présent, père ! Nous pouvons rentrer.

Le baiser avait pétrifié la foule. Elle s'ouvrit devant la jeune fille qui, tête droite et avec un sourire de bonheur, regagnait le quartier arménien, traînant après elle un père désorienté. Tous les regardèrent partir. Baudouin d'un geste machinal avait porté la main à sa bouche, mais sans l'essuyer, puis regardait cette main comme s'il s'attendait à y voir trace de cet instant incroyable... Enfin tournant les talons, il alla reprendre son cheval et s'engagea dans le chemin de la citadelle en respirant rêveusement le bouquet. Un instant, il se tourna vers Thibaut :

— Ses lèvres avaient le goût de la pomme et la

1. Lépreux.

fraîcheur de la menthe, murmura-t-il. Je ne pourrai jamais l'oublier... Mais pourquoi a-t-elle fait cela ?
– Parce qu'elle vous aime, tout simplement.
– Au point de vouloir partager mon mal ? Si elle doit souffrir de ce baiser, je ne me le pardonnerai jamais...
– Vous auriez tort. Voilà des années que je vis auprès de vous et je ne suis pas le seul. Personne n'a jamais rien attrapé. Alors ne cherchez pas à abîmer ce beau souvenir !

Baudouin le remercia d'un regard et tourna la tête vers les fortes murailles sur lesquelles sonnaient déjà les longues trompettes annonçant sa venue. Le pont-levis était baissé et la herse relevée, découvrant les avant-cours où s'était déversé tout le petit peuple de la citadelle éclairée par les pots à feu que l'on venait d'allumer. Tous acclamaient leur jeune roi et cela offrait à ses oreilles une belle et exaltante musique, doux corollaire de l'instant inouï qu'il venait de vivre. Tandis que Sultan le portait vers sa demeure, Baudouin oubliait le mal qui rongeait à la fois son corps et son esprit.

Devant l'entrée du logis royal, la cour l'attendait, une cour composée surtout de femmes, de jeunes enfants et de vieillards, religieux ou trop âgés pour porter les armes. Ils faisaient, dans la lumière dansante des torches, une fresque chatoyante et colorée dont le centre rayonnant était une noble dame, grande et belle, dont les approches de la quarantaine atténuaient à peine l'éclat : la mère du roi, la belle Agnès que certains appelaient – par convenance et encore du bout des lèvres ! – la « reine mère » bien qu'elle n'eût jamais porté couronne. A regret d'ailleurs, car aucune femme n'était aussi fascinante ; aucune aussi dissolue : dans son lit se succédaient des hommes qui n'avaient pas toujours droit au titre d'époux. Il lui suffisait qu'ils fussent beaux, vigoureux et ardents aux jeux de l'amour dont elle avait besoin comme d'une drogue. Elle ne rencontrait guère de refus. Son corps, qu'elle moulait des épaules aux hanches dans le satin ou le velours selon la saison, irradiait la sensualité et même ses pires ennemis avaient rêvé secrètement de la culbuter un jour dans un coin de galerie ou l'ombre d'un jardin, mais de préférence dans le bruit et la fureur d'une ville prise d'assaut et livrée au pillage, car c'était de bien bas instincts que cette femme éveillait. Certains y étaient arrivés, mais ne la haïssaient que davantage parce qu'ils n'avaient pas su la combler et qu'elle le leur avait fait savoir. Alors ils l'insultaient sous le manteau, murmuraient qu'elle avait communiqué à son fils la pourriture de son âme et que Baudouin payait les péchés de sa mère.

Quelle foudroyante beauté, en vérité ! Avec ses longs cheveux d'un blond ardent qu'elle laissait libres comme une jeune fille, à peine retenus au front par un cercle de saphirs recouvert d'une mousseline que le vent du soir faisait voltiger, elle ressemblait à une lionne triomphante avec ses longs yeux d'azur étincelant d'orgueil et ses belles lèvres carminées entrouvertes dans un sourire ressemblant à un appel au baiser. Son fils ne revenait-il pas vainqueur et avec lui le jeune Renaud de Sidon, son quatrième mari épousé bien qu'il eût quinze ans de moins qu'elle peu après la mort du troisième ? Celui-ci, Hugues d'Ibelin, avait lui-même succédé à celui qui devenait le roi Amaury Ier, mais était déjà son amant, au temps où elle était l'épouse du sire de Marash. Ce quadruple lien conjugal n'avait d'ailleurs jamais empêché Agnès de s'offrir à qui éveillait sa curiosité et son désir.

Le dernier élu en date se tenait auprès d'elle, à peine

en retrait, et c'était un évêque. Un drôle de prélat d'ailleurs qui avait choisi l'Eglise pour faire fortune comme d'autres choisissent le commerce ou le pillage dans une troupe mercenaire. C'était au départ un simple moine du Gévaudan qui avait dû fuir son couvent et le courroux de son abbé pour avoir engrossé la fille d'un notable du bourg voisin. Il avait couru ainsi jusqu'à Marseille où, l'appétit éveillé par le récit d'un croisé de retour de Palestine, il s'était embarqué avec une théorie de pèlerins. Débarqué à Césarée dont le seigneur était Renaud de Sidon, tout fraîchement marié à Agnès – on était à la fin de 1174 –, il s'était arrangé pour rencontrer la dame du lieu dont la réputation était venue à ses oreilles et n'avait pas eu la moindre peine à la séduire. C'était en effet un homme magnifique, un de ces Arvernes blonds, taillés dans la lave de leurs volcans avec des muscles d'acier, des yeux de feu, un sourire carnassier à belles dents blanches, et des appétits sexuels à la hauteur des exigences d'Agnès. Devenu son confesseur – ce qui était bien commode pour les rapprochements intimes, une connaissance des fautes évitant les longs développements –, la mort de l'évêque de Césarée survenue quelques mois après leur rencontre lui avait valu de coiffer la mitre et de brandir la crosse grâce aux bons offices de sa belle. Mais en fait on n'a jamais su son nom réel. Débarquant en Terre Sainte, il s'était choisi celui d'Héraclius, le parrainage d'un empereur qui avait jadis repris Jérusalem aux Perses lui paraissant de bon augure. Et ce soir du retour de Baudouin, il était là, aux premières loges, cet évêque dont les prières ne s'adressaient au Christ que lorsqu'il ne pouvait pas faire autrement et encore du bout des lèvres car, simoniaque, avide et totalement dépourvu de scrupules, il ne s'agenouillait en son âme perverse que devant deux déesses, la Fortune et Vénus.

Baudouin ne l'aimait pas et le cachait à peine : tout juste ce qu'il fallait pour ne pas peiner une mère qu'il aimait en dépit d'une réputation dont il ne voulait rien savoir. Héraclius s'en souciait peu. Il savait le jeune homme condamné à plus ou moins brève échéance alors qu'il se sentait lui-même plein de vie et de santé. Aussi ne lui coûtait-il guère de lui montrer un respect d'apparence : tout ce qu'il souhaitait était qu'il vécût assez longtemps pour qu'Agnès en obtienne pour lui la place du Patriarche. Amaury de Nesle était vieux, malade et ne durerait plus. Ce titre prestigieux donnait le pas sur le roi lui-même puisque le véritable souverain de la Ville sainte était le Christ dont le Patriarche était le représentant. Qu'il en soit digne ou pas était de peu d'importance... C'était du moins ce que pensait Héraclius tandis que ses yeux verts, toujours extraordinairement brillants, observaient les mouvements du jeune roi en train de mettre pied à terre pour aller saluer sa mère. En fait, le seul problème que lui posât Baudouin était cette étonnante résistance à un mal qui, constaté depuis six ans, ne semblait guère opérer de ravages. Or, s'il souhaitait que le lépreux vive assez longtemps pour lui donner ce qu'il voulait, il craignait affreusement une contagion dont Agnès n'avait pas l'air de se soucier. Officiellement tout au moins.

Certes elle ne l'embrassait pas, mais c'était le jeune homme lui-même qui avait, dès longtemps, banni cette marque de tendresse. Pourtant il arrivait à Agnès de lui donner l'accolade lorsqu'il était en armure et que leurs peaux ne se touchaient pas, ou encore de tendre ses mains vers ses lèvres en pliant le genou devant la majesté royale comme elle le faisait en cet instant de retrouvailles, et le moindre contact faisait frémir le trop bel évêque dont le courage n'était pas la vertu première. A supposer qu'il en eût d'autres !

— Sire, mon fils, s'écriait à cet instant la « reine mère » d'une voix claire et allègre, c'est grande joie de votre retour. Tous ici se réjouissent d'une victoire qui apporte la paix pour longtemps !

— Dieu vous entende, ma mère ! Dieu vous entende...

— Vous ne croyez pas à la parole de votre ennemi ?

— Turhan shah craint pour Damas qui va souffrir de famine et il a paré au plus pressé, mais celui qui compte c'est Saladin et Saladin est au Caire. Il est possible que son frère atermoie pour attendre son retour.

— Dans ce cas, que n'avez-vous pris Damas. Et Alep ?

— Alep est tacitement notre alliée, ma mère, puisqu'elle compte sur nous pour barrer la route à Saladin, faire reconnaître les droits du jeune Al-Salih, et maintenir ainsi la division de l'Islam. Quant à Damas, il y faudrait une armée plus puissante que je n'en puis réunir. Peut-être au printemps si le contingent de croisés envoyés d'Europe est important. Le temps ramènera sans doute Saladin mais Damas, elle, sera épuisée par les privations. Et nous n'en sommes pas là, grâce à Dieu.

— Qu'allez-vous faire ?

— Laisser faire les choses... et aussi le comte de Tripoli. Mon cousin Raymond a regagné son fief après le dernier combat et ne restera pas inactif. C'est un fin politique et...

Une soudaine poussée de colère fit flamboyer le visage et les yeux d'Agnès.

— Ce traître ! Vous continuez à vous en remettre à lui ? Je me demande bien pourquoi. Vous êtes roi, que je sache, et il n'est plus régent !

Baudouin connaissait bien la vieille haine que sa mère vouait à Raymond, celle-là même qu'elle vouait aux grands barons qui avaient forcé Amaury Ier à la répudier pour devenir roi. Avec peut-être un peu plus d'intensité qu'aux autres : lorsqu'il était régent, elle avait tenté de le séduire mais il était resté immuablement fidèle à son épouse, la belle Eschive de Tibériade. Naturellement le roi n'en montra rien :

– Il demeure notre plus puissant baron et sa connaissance des affaires le rend précieux. Cela dit, nous en reparlerons plus tard. Laissez-moi à présent saluer ma sœur !

Auprès d'Agnès, mais un peu en retrait, se tenait en effet Sibylle, sa fille aînée. Une blonde jeune fille de dix-sept ans, très belle aussi quoique d'une beauté différente. Plus blonde, plus déliée. D'Agnès elle tenait ses yeux bleus et ses lèvres pulpeuses, mais la coupe du visage, le petit menton rond et têtu, le pli obstiné de la bouche, elle les devait à son père, ce qui laissait supposer qu'elle était bien la fille d'Amaury Ier. Une question qui pouvait prêter au doute avec une femme comme Agnès. Infiniment gracieuse au demeurant, Sibylle possédait un corps souple et mince, encore un peu adolescent mais dont l'épanouissement s'annonçait et qu'elle savait déjà mouvoir avec cet art qui allume le regard des hommes et que sa mère pratiquait à un si haut degré. En résumé, une très séduisante jeune fille à ceci près que les beaux yeux regardaient rarement en face et que le sourire moqueur pouvait être déplaisant.

Thibaut de Courtenay observait la scène avec un peu d'agacement. Il n'aimait pas Agnès, sa tante cependant, pas beaucoup plus sa cousine Sibylle, et déplorait que Baudouin leur demeurât attaché. Ces deux femmes ne méritaient pas sa tendresse. Elles étaient si différentes d'Elisabeth ! La sœur d'Agnès et sa mère adoptive à lui Thibaut, à présent retirée chez les dames de

Béthanie, couvent fortifié élevé sur un contrefort du mont des Oliviers sous le vocable de Saint-Lazare par la feue reine Mélisende, épouse de Foulques Ier (d'Anjou), qui en épousant la fille de Baudouin II avait remplacé le sang de Godefroi de Bouillon par celui des Plantagenêt. La jeune sœur de Mélisende, Yvette, en était l'abbesse. C'était le refuge normal des femmes de la famille. Sibylle y avait été élevée sans y acquérir grande culture : elle était beaucoup trop paresseuse pour encombrer de grec, de science ou d'autres fariboles un esprit tourné exclusivement vers la toilette et les plaisirs.

Depuis peu une autre princesse l'y remplaçait : elle s'appelait Isabelle, elle avait huit ans et elle était la demi-sœur de Baudouin, fille de la princesse byzantine Marie Comnène, épousée par Amaury Ier après la répudiation d'Agnès. Elle était aussi la plus adorable petite fille que l'on puisse voir et Thibaut sentait des frissons courir le long de son dos chaque fois qu'il évoquait la mignonne silhouette qui se redressait si fièrement sous le poids des épaisses nattes brun doré, le délicieux visage aux traits si purs éclairé par les yeux mêmes de son frère : prunelles d'azur clair où le ciel semblait se refléter. Bien loin des langueurs précoces de Sibylle, elle avait la gaieté, la pétulance et l'espièglerie d'un lutin et faisait retentir la sainte maison de ses galopades et de ses fous rires. Baudouin l'adorait et Thibaut plus encore depuis le jour où, à cinq ans, elle avait réussi à se hisser sur le destrier moreau de son père et où il l'avait vue partir à fond de train sur le dos du cheval soudain emballé sous les cris des palefreniers. Thibaut sautant sur le premier coursier venu s'était lancé à sa poursuite et avait réussi à arracher Isabelle à sa périlleuse position, laissant la royale monture se calmer d'elle-même. Il n'avait alors que treize ans et c'était un exploit dont on l'avait félicité, mais ce qui comptait pour lui c'était l'impression de bonheur intense ressentie quand il avait recueilli Isabelle dans ses bras et qu'elle s'était pelotonnée contre lui en tremblant comme un oiseau effrayé. Elle n'avait pas émis un son, mais elle était toute blanche et son petit cœur battait la chamade. Il l'avait couverte de baisers et de caresses pour la rassurer et elle s'était apaisée tandis qu'au pas ils revenaient vers la porte de David. Quand il l'avait remise à sa gouvernante affolée, il avait eu l'impression qu'on lui enlevait une part de lui-même.

Les trois ans écoulés n'avaient fait que renforcer ce sentiment d'autant plus fort qu'à la mort du roi, la reine Marie s'était réfugiée avec sa fille dans son fief de Naplouse pour échapper aux fureurs d'Agnès qui la haïssait et était revenue en force s'installer au palais dès l'instant où son fils devenait roi. Heureux de retrouver sa mère, Baudouin l'avait accueillie mais c'était avec les honneurs royaux que Marie avait gagné son beau domaine en compagnie de sa petite Isabelle. Bien qu'il les aimât toutes les deux, le jeune roi s'était fié en cela au conseil de Guillaume de Tyr, son ancien précepteur, qui, sachant de quoi Agnès était capable, jugeait plus prudent de mettre la reine douairière et sa fille à l'abri des mauvaises surprises.

Ce départ, bien sûr, avait peiné Thibaut et c'était avec une vraie joie qu'il avait appris l'entrée de la petite fille au couvent de Béthanie : cela doublerait le plaisir de ses visites à Elisabeth.

Les sentiments que son ami portait à sa petite sœur n'avaient pas échappé à Baudouin. Lorsqu'un jour il y avait fait allusion, Thibaut était devenu tout rouge et s'était refermé comme une huître. Ce qui avait fait rire le jeune roi :

– Te sentirais-tu coupable, par hasard ? Aimer n'est pas un péché, que je sache ?

– Aimer trop haut, si ! Je ne suis qu'un bâtard.

– Qui donc y prête attention ? Et, à ta première action d'éclat, je te ferai prince. Je suis le roi. Et je vous aime tous les deux.

On n'en avait plus jamais parlé, mais Thibaut gardait cette promesse dans son cœur parce qu'il savait Baudouin capable de la tenir.

C'était à cela qu'il pensait, ce soir-là, en le suivant dans son appartement privé, essentiellement une grande chambre fraîche défendue par une galerie à arcades donnant sur l'agréable cour du Figuier où chantait une petite fontaine. Ainsi l'avait voulue le roi Amaury quand le mal s'était révélé, afin que son fils pût goûter au repos à l'écart du tintamarre quotidien du palais-citadelle. Des bains en dépendaient où l'on descendait par quelques marches. Seul Thibaut partageait ce logis sur lequel régnait Marietta. Elle avait été la nourrice de Baudouin et ne laissait à personne, pas même au médecin de la cour – qui se gardait bien de protester d'ailleurs –, ce qu'elle considérait comme un privilège : donner au jeune homme les soins de propreté ou autres que nécessitait sa maladie.

C'était une paysanne d'Ascalon dont l'époux cultivait et portait au château ces oignons au parfum différent qui faisaient la réputation de la région[1]. Au moment où Agnès, alors comtesse de Jaffa et d'Ascalon, allait accoucher de son fils, Marietta venait de perdre à la fois son mari écrasé par un pan de mur en démolition et son bébé enlevé par une fièvre maligne. Sa santé à elle était magnifique et elle débordait de lait. La nourrice retenue d'abord pour allaiter le fils du comte ayant

---

1. Ce sont les croisés qui ont apporté l'échalote en Occident.

eu l'heur de déplaire à la mère, on avait fait appel à elle et Marietta s'était donnée tout entière à cet enfant si beau qui lui rendait une raison de vivre. Depuis, elle ne l'avait plus quitté et l'apparition de la lèpre, loin de la faire fuir, n'avait fait que renforcer son amour parce qu'elle savait que Baudouin aurait besoin d'elle toujours davantage. Au physique elle était aussi large que haute, avec un corps massif, un visage plein, presque sans expression mais animé par un beau regard sombre qui ne se baissait pas facilement. Immuablement vêtue de toile bleue plaquée sur le ventre par un devantier blanc, ses cheveux gris enfermés dans une guimpe de coton blanc, Marietta menait à la baguette les valets chargés du service.

Naturellement elle était là quand les portes s'ouvrirent devant Baudouin et son écuyer. Ce dernier se sentait très soulagé parce que le roi venait de refuser sa présence au festin préparé sur ordre de sa mère en disant qu'il n'avait pas faim et souhaitait avant tout se laver et se reposer.

– Tu aurais pu rester, Thibaut, remarqua-t-il tandis que celui-ci débouclait sa ceinture de cuir supportant l'épée qu'il alla déposer sur un coffre. Tu as plus d'appétit que moi et ma mère t'a spécialement invité.

– Vous devriez savoir que je n'apprécie pas les festins de votre mère. Elle aime trop les mélanges d'épices et de parfums, et les vins sont toujours trop lourds. Ils rendent la tête pesante et les idées bizarres...

Il n'ajouta pas que, depuis quelques mois, il évitait de se trouver en présence d'Agnès quand le roi n'y était pas. Cette décision datait du jour de ses seize ans où, dans l'église du Saint-Sépulcre, Baudouin lui avait conféré la chevalerie. Le soir même, il recevait d'Agnès des félicitations un peu particulières. Elle lui fit comprendre qu'elle le trouvait assez à son gré et qu'il ne tenait qu'à lui de nouer des liens dépassant le plan des relations familiales. N'étant pas complètement idiot, le nouvel adoubé comprit fort bien ce qu'elle entendait par là. Choqué au plus haut point et pris de court, il s'en tira, sur l'instant, en jouant les imbéciles : il était vraiment très heureux que sa chère tante lui rende enfin l'affection qu'il lui avait toujours portée, ce qui ne manquerait pas de renforcer les liens qui l'attachaient déjà au roi son fils...

Pour cette fois Agnès n'insista pas, se demandant visiblement si ce garçon était vraiment aussi stupide qu'il le prétendait. Elle remit à plus tard l'éclaircissement d'une question somme toute secondaire puisqu'il ne s'agissait que d'un caprice comme elle en éprouvait parfois en face d'un beau garçon jeune et bien bâti. Thibaut, pour sa part, se le tint pour dit et se promit d'éviter à l'avenir le tête-à-tête avec l'incandescente Agnès. La guerre l'y avait aidé ; il fallait que la paix soit aussi rassurante...

Baudouin abandonna le sujet tandis que Thibaut l'aidait à ôter le haubert d'acier souple mais résistant – un cadeau de Raymond de Tripoli qui l'avait fait venir de Damas ! – sous lequel il ne portait qu'une chemise de forte toile. Songeur, il caressait du doigt une boule de chair apparue depuis peu entre ses sourcils et qui lui semblait avoir augmenté de volume. Il y portait la main fréquemment parce qu'il la percevait seulement par le toucher et non par sensation intérieure.

– Je crois, dit-il soudain, que le mal n'épargnera plus longtemps mon visage...

Marietta, qui allait descendre dans les bains avec le drap dont elle envelopperait Baudouin au sortir de la cuve, s'arrêta net au seuil, se sentit pâlir et prit un peu de temps pour se retourner :

– Vous aurez été piqué par une bête volante, dit-elle

enfin d'une voix mate. Je vais vous mettre un emplâtre...

– ... qui ne servira pas à grand-chose. Crois-tu que j'ignore comment agit la lèpre ? Peu à peu ma figure va se déformer, se boursoufler. Me donner ce qu'on appelle le « masque du lion ». Cela signifie que je dois me hâter...

Il n'acheva pas sa phrase. La porte venait de s'ouvrir sous la main d'un serviteur qui annonçait le chancelier et Baudouin renoua le cordon de sa chemise pour s'avancer à la rencontre de son ancien précepteur, le visage soudain apaisé et souriant car il l'aimait autant qu'il avait aimé son père.

A quarante-six ans, Guillaume, archevêque de Tyr depuis l'avènement de Baudouin et chancelier du royaume dont il était aussi le chroniqueur, ressemblait plus à un moine qu'à un prélat. De taille moyenne, de complexion moyenne, il avait le cheveu poivre et sel formant une calotte ronde autour d'une large tonsure que rejoindrait bientôt le haut front cn train de se dégarnir. Le visage, strictement rasé, était irrégulier mais vif et gai, avec des traits mobiles, une grande bouche souvent souriante et des yeux bruns dont la vivacité laissait parfois place à cette gravité dont se nourrit le grand dessein d'une pensée capable d'embrasser les affaires difficiles comme les profondeurs de l'âme humaine. Son savoir, acquis en Europe auprès des plus grands esprits tels que Bernard de Clairvaux, Gilbert de la Porrée, Maurice de Sully, Hilaire de Poitiers ou Robert de Melun durant les vingt années où il avait fréquenté les plus hautes universités, était immense. Cependant il n'avait rien d'un ascète comme l'attestait le début de ventre qui s'arrondissait doucement sous la robe à capuchon blanche qu'il couvrait d'une dalmatique noire, sans autre ornement qu'une croix pectorale en améthystes, rappel de l'anneau passé à son annulaire.

– Où étiez-vous passé, monseigneur ? reprocha doucement le jeune roi. J'espérais vous voir au Saint-Sépulcre afin de rendre grâces ensemble.

– Le Patriarche n'aurait peut-être pas apprécié et il aurait eu raison. La victoire est vôtre, sire, et c'est vous seul que Dieu voulait entendre. Quant à moi, j'avais à réfléchir sur un message que je viens de recevoir d'Alep. Al-Salih vous est si reconnaissant d'avoir fait lâcher prise à Saladin qu'il a décidé de vous rendre quelques prisonniers qui sont chez lui depuis longtemps. Et tout d'abord votre oncle, Jocelin de Courtenay, capturé à Haran il y a douze ans. Ton père, Thibaut, précisa-t-il en se tournant vers le jeune homme.

– Mon père ? fit celui-ci en haussant les épaules. Je crois que j'avais fini par l'oublier. J'avais quatre ans à peine quand il a été pris et, lorsqu'il venait chez celle que j'ai toujours appelée ma mère, il ne m'accordait guère d'attention, sinon pas du tout. Il me regardait comme un animal amusant et ne m'a jamais pris dans ses bras. Aussi, je me souviens seulement qu'il était très beau et toujours magnifiquement habillé. Et je pense que je l'admirais... mais c'est tout !

– Il sera certainement moins beau ! Douze ans dans une forteresse turque vous changent un homme. En outre, il n'y a pas que lui : on nous rend aussi Renaud de Châtillon. Et celui-là vous ne l'avez jamais vu, ni l'un ni l'autre, parce que vous n'étiez pas nés quand le sultan Nur ed-Din l'a capturé.

– Il vit encore ? s'étonna Baudouin. Je le croyais passé à l'état de légende. Il était, paraît-il, le plus fantastique guerrier qui soit au monde. Une bravoure sans exemple...

– Egale à sa folie, sa cruauté, son orgueil et son

égoïsme ! Le pire trublion que la terre ait jamais porté...

– Et on nous le rend ? Il me semblait avoir ouï dire que le défunt sultan avait juré de ne le rendre que contre une rançon tellement faramineuse qu'il lui faudrait des siècles pour la réunir tout prince d'Antioche qu'il était. Al-Salih a-t-il fait table rase du serment de son père ?

– Que non pas ! La rançon a été payée. Cent mille dinars d'or !

– Cent ? Par qui, mon Dieu ? La princesse Constance son épouse est morte et Bohémond son beau-fils, aujourd'hui prince d'Antioche, ne doit pas se soucier beaucoup de lui ?

– En effet. Aussi la question reste entière. Qui a payé pour que, la paix revenue, nous retrouvions ce fauteur de troubles ? Au fait, Thibaut, il est ton cousin. La terre de Châtillon dont il est issu n'est pas loin de Courtenay.

– Eh bien, soupira Thibaut, on dirait que ma famille s'agrandit. Dois-je en être satisfait plus que vous ?

– L'avenir te le dira...

Marietta venait de reparaître, le mécontentement peint sur sa figure. Elle salua profondément l'archevêque mais bougonna :

– Les affaires de l'Etat ne peuvent-elles attendre que le roi soit baigné et reposé ? Il en a bien besoin, pourtant ! Vous devriez le savoir, monseigneur ! ajouta-t-elle.

– C'est vrai ! Pardonnez-moi, sire, cette intrusion dont je n'ai pas pensé qu'elle pouvait être inopportune. Je me retire....

– Non, protesta Baudouin, je veux vous parler d'une affaire plus importante encore que le retour de ces hommes. Acceptez-vous de m'attendre un moment ? Il y a ici du vin de Galilée et des fruits pour vous faire prendre patience.

Guillaume de Tyr accepta d'un sourire et alla s'installer sur l'un des sièges en cèdre sculpté garnis de coussins bleus – le bleu était avec le blanc la couleur favorite de Baudouin –, disposés sur la galerie près d'un grand plateau de cuivre à pieds supportant un plat de figues, des gobelets et un pot en verre de Sidon plein d'un vin sombre et parfumé. Thibaut le suivit, le servit et prit place auprès de lui :

– Si vous me racontiez l'histoire de ce Renaud de Châtillon, monseigneur ? demanda-t-il en remplissant un gobelet pour lui-même.

– Celle de ton père ne t'intéresse pas ?

– Y a-t-il seulement quelque chose à dire ?

– Pas vraiment. Tu as raison : l'autre est plus attachant. Plus redoutable aussi pour la paix du royaume. En fait, son histoire est celle d'un cadet de famille contraint par les lois de l'héritage à chercher fortune par lui-même. Il a quitté la France avec la deuxième croisade, celle que menait le roi Louis VII de France qu'accompagnait d'ailleurs la reine Aliénor son épouse. Entre parenthèses, ce fut à cause d'elle que l'expédition tourna court. Tout cela parce que à Antioche régnait son oncle, Raymond de Poitiers, qui fut sans doute l'un des hommes les plus séduisants de son temps. Aliénor noua avec lui une intrigue passionnée qui naturellement déplut à l'époque. D'où un retour précipité en France. Mais Renaud de Châtillon, lui, ne repartit pas. Notre pays lui plaisait avec son soleil, ses richesses et la vie tellement plus large qu'en Europe. Il resta et mit son épée au service du prince Raymond. Ce qui le plaça souventes fois sous les yeux de la princesse Constance mariée à celui-ci.

« Lorsque Raymond trouva la mort en juin 1149

dans un engagement contre Nur ed-Din, Constance se retrouva veuve et sans autre défenseur qu'un enfançon. Or, si Raymond était prince d'Antioche, c'était du fait de sa femme. Veuve, mère de quatre enfants, celle-ci n'avait pourtant que vingt-deux ans. Il fallait un bras solide à la tête de cette princée si importante et donc remarier Constance. Les plus hauts barons, des princes même, parents de l'empereur Manuel, prétendirent à sa main. Elle les refusa tous et, un beau jour, déclara qu'elle aimait un chevalier sans fortune, un soldat d'aventures nommé Renaud de Châtillon et voulait l'épouser. Ce fut un beau scandale : tout le monde protesta, les barons du royaume comme les notables d'Antioche, mais... Constance s'entêta.

L'archevêque prit une figue, la dégusta avec un plaisir visible, but un peu de vin et reprit :

– Je ne sais trop ce que seize ans de prison auront fait de lui, d'autant qu'il doit avoir environ cinquante ans à présent, mais c'était un homme vraiment superbe, un géant dont la beauté barbare laissait peu de femmes insensibles. Constance, qui avait aimé profondément Raymond de Poitiers, ne pouvait lui donner comme successeur qu'un homme très séduisant. Elle laissa crier, l'épousa et ne tarda pas à s'apercevoir qu'elle avait fait une folie car, passé brusquement d'une totale obscurité au rang de prince d'Antioche, Renaud perdit complètement le sens des mesures. Enivré par son pouvoir tout neuf, il ne perdit pas une minute avant de montrer de quel bois il était fait en réglant ses comptes avec ceux qui ne voulaient pas de lui. Le premier à en souffrir fut le Patriarche de la ville, Aimery de Limoges, qui était un vieillard peut-être un peu caustique, mais sage et respecté. Renaud le fit saisir en dépit de son âge et de ses infirmités, traîner à la forteresse. Là, après l'avoir fait fouetter jusqu'au sang, il fit enduire ses plaies de miel et l'exposa nu et enchaîné sur la plus haute tour, à la brûlure du soleil et aux attaques des insectes.

– Quelle abomination ! exprima Thibaut, le cœur soulevé de dégoût. Et naturellement, le pauvre homme en est mort ?

– Non. Sa chance fut que le roi de Jérusalem qui était alors Baudouin III, l'oncle de notre prince, soit averti très vite de ce qui se passait à Antioche. Il expédia son chancelier et l'évêque d'Acre à Renaud avec l'ordre formel de leur remettre sa victime. Comprenant qu'il allait au-devant des plus graves ennuis, le nouveau prince libéra le vieil homme que ses sauveurs ramenèrent à Jérusalem, en triste état, bien sûr, mais où il vécut encore quelques années en conservant son titre de Patriarche d'Antioche.

« Sur ces entrefaites, le prince arménien de Cilicie – une province qui se trouve au nord d'Antioche sous la férule de Byzance – tenta de s'en libérer. L'empereur Manuel Comnène envoya son cousin Andronic, un soldat de valeur, crois-moi, pour ramener les Arméniens dans le droit chemin, mais Andronic se fit battre. L'empereur alors s'adressa au prince d'Antioche en vertu du droit de vassalité dont les Byzantins se croyaient investis depuis la « grande croisade ». Très flatté, Renaud alla joyeusement ravager les terres de son voisin avec tant de sauvagerie que ceux-ci firent la paix avec l'empereur et Renaud dut rentrer chez lui, mais il attendait de Byzance un dédommagement pour ses bons et loyaux services. Ne voyant rien venir, il décida de se servir tout seul. Il choisit pour cela la plus riche des provinces grecques, l'île de Chypre, séparée de son port de Saint-Siméon par une quarantaine de lieues, et lui tomba dessus. Rien ne fut épargné aux Chypriotes qu'il massacra sans oublier les enfants en bas âge. Cultures et arbres fruitiers furent ravagés, détruits, les églises pillées et incendiées, les couvents forcés, les nonnes violées et égorgées, les moines privés de leurs pieds, de leurs mains, de leurs nez et de leurs oreilles, après quoi Renaud s'en revint chez lui avec un énorme butin mais sous la réprobation générale : Chypre était terre chrétienne et Renaud se voulait prince chrétien. L'empereur quitta Byzance pour châtier d'abord le prince de Cilicie qui bizarrement avait aidé Renaud dans son entreprise, puis prit le chemin d'Antioche à qui nul ne voulait plus porter secours. Et Renaud dut se résigner à venir au camp de l'empereur demander pardon, tête nue, bras nus et tenant son épée par la pointe. C'était à Mamistra. Manuel Comnène laissa Renaud à genoux pendant un long moment avant de prendre l'épée tendue et de relever le coupable qu'il daigna absoudre. Tout s'acheva dans les fêtes : l'empereur donna sa nièce, la belle Theodora, au roi de Jérusalem – dont la diplomatie avait fait merveille durant la crise – et épousa lui-même Marie d'Antioche, fille de Constance et donc belle-fille de Renaud. Cela se passait il y aura bientôt vingt ans.

– Je suppose que ce Renaud s'est tenu tranquille ensuite ? Comment se fait-il que, depuis seize ans, il soit prisonnier d'Alep ?

– Parce qu'il porte en lui le goût forcené du pillage, du massacre et de la fureur guerrière. A la fin de l'an 1160, ayant appris que de grands troupeaux appartenant aux gens d'Alep paissaient le long de la frontière de l'ancien comté d'Edesse, il s'y précipita et non seulement n'eut pas les troupeaux, mais se fit prendre. On le ramena à Alep nu et ligoté sur le dos d'un chameau... Voilà, mon garçon ! J'ai résumé bien entendu, mais tu sais à présent le principal. Tel est ce Renaud que l'on nous renvoie !

– Qu'allez-vous en faire ?

– D'honneur, je n'en sais rien car en fait il n'est plus rien. Le fils de Constance, Bohémond III, règne à Antioche et n'en voudra à aucun prix. Il ne reste à notre homme que son épée... s'il est encore capable de la manier, soupira Guillaume de Tyr. C'est pourquoi j'aimerais tant savoir qui a payé une fortune pour le libérer. Il suffisait de le laisser mourir dans sa prison, car je ne vois pas quel bien il pourrait apporter au royaume.

– Qui peut savoir ? fit la voix chaude de Baudouin qui, vêtu d'un drap de bain comme d'une toge romaine, était revenu sans que les deux autres s'en aperçoivent et avait entendu la fin du récit. Mon cousin Raymond de Tripoli a beaucoup changé, beaucoup appris surtout durant sa captivité, à commencer par l'arabe et certaines des sciences que professent les fils de l'Islam, leur poésie aussi. Qui sait si ce ne sera pas le cas de Châtillon ?

– Je ne suis même pas certain que Renaud sache lire, fit Guillaume en riant. Compter, oui, il sait, mais c'est à peu près tout. Ce qu'il connaît le mieux, c'est la guerre. Et nous sommes en paix... De quoi désiriez-vous me parler, sire ?

– De ce dont je vous ai déjà entretenu il y a quelques mois : de ma succession.

– Oh non ! protesta Thibaut. C'est... beaucoup trop tôt...

– Tais-toi ! Tu ne sais pas ce que tu dis, soupira Baudouin en caressant à nouveau la petite boule entre ses sourcils. Il faut au contraire s'en soucier plus que jamais. Avez-vous eu des nouvelles d'Italie, monseigneur ?

– Oui, sire, et je pense que de ce côté-là vous serez satisfait. Le jeune marquis de Montferrat a accueilli avec... empressement vos ouvertures en vue d'un mariage avec votre sœur Sibylle... Son arrivée ici est prévue pour les premiers jours du mois d'octobre.

Avec un soupir de soulagement, Baudouin se laissa tomber sur le siège que Thibaut venait d'abandonner :

– Merci à Dieu pour cette chance qu'il accorde à notre terre ! Guillaume de Montferrat possède toutes les qualités d'un vrai et bon roi. Il est jeune mais sa vaillance est déjà reconnue de tous comme sa sagesse et sa haute taille : on le surnomme Guillaume Longue-Epée...

– Ses alliances sont tout aussi intéressantes, renchérit le chancelier. Son grand-père était l'oncle du roi de France Louis VI le Gros et sa mère, sœur de l'empereur d'Allemagne. Ce qui fait de lui un cousin proche des actuels souverains de ces deux grands pays : le roi Louis VII de France et l'empereur Frédéric Barberousse. Je crois sincèrement que nous ne pouvions trouver mieux, conclut-il avec satisfaction.

– Un étranger ? fit Thibaut surpris. Que diront les barons ? J'en sais plus d'un qui désire épouser la princesse !

– Je le sais aussi, coupa Baudouin, mais ils n'auront rien à dire. Montferrat est de sang royal et impérial, comme on vient de te l'expliquer. A une princesse, il faut un prince !

– Sans doute, mais votre sœur l'acceptera-t-elle ?

– Si j'en crois ce que l'on rapporte, reprit l'archevêque, notre prétendant a tout ce qu'il faut pour lui plaire. Outre l'attrait de la nouveauté qui jouera incontestablement en sa faveur, c'est un jeune homme séduisant, aimable et bon compagnon, aimant la bonne chère...

Le roi se mit à rire de bon cœur :

– Voilà donc la raison profonde pour laquelle il

vous plaît tant, monseigneur ! Vous aurez là un terrain d'entente...

— Eh, ce n'est pas à dédaigner ! La table, à condition de ne pas s'y goinfrer, est un excellent lieu de rencontre, dit Guillaume avec bonne humeur. Ce prince-là saura se faire des amis...

— J'espère surtout qu'il saura se faire obéir. C'est d'une main ferme que le royaume aura besoin quand...

S'il n'ajouta rien pour ces deux hommes qui l'écoutaient, le fil de sa pensée était facile à saisir. Guillaume de Tyr s'approcha de lui et posa sur son épaule une main apaisante :

— Sire... mon enfant, murmura-t-il sans essayer de retenir tout ce qu'il éprouvait de tendresse et de compassion. Nous n'en serons pas là avant longtemps peut-être et rien ne presse. Ce baume quasi miraculeux prescrit par Moïse Maïmonide et que prépare à présent Joad ben Ezra déjà démontre sa puissance. Voilà des années qu'il jugule le mal...

— Mais il n'en reste plus pour bien longtemps, émit Marietta qui du seuil de la pièce de bains écoutait sans se cacher.

Guillaume de Tyr se tourna vers elle :

— Rassure-toi ! La caravane que j'ai envoyée depuis plusieurs mois vers le pays des grands lacs ne devrait plus tarder. Si tout se passe comme je l'espère, Guillaume de Montferrat ne régnera pas de sitôt sur Jérusalem et nous aurons le temps de faire de grandes choses...

— Alors oublions les noires pensées pour nous réjouir seulement de sa venue ! s'écria Baudouin, son sourire revenu. Et, à propos de Châtillon et de mon oncle Jocelin, quand devraient-ils arriver ?

— Oh... d'ici une semaine peut-être...

Trois jours plus tard, ils étaient là.

Son faucon bleu au poing, le roi revenait de chasser dans les monts de Judée accompagné du seul Thibaut et d'un valet de fauconnerie comme il aimait à le faire dans la fraîcheur du matin, quand le soleil n'accablait pas encore la terre de ses brûlants rayons. C'était le seul moment de la journée où il réussissait à oublier les soucis du pouvoir et de la condamnation qu'il portait en lui. Il n'y avait plus que le ciel si pur, les contours de la campagne jaunissante sous le nuage gris des oliviers, la fusée éclatée d'un palmier ou l'élancement austère des cyprès noirs. Il y avait l'odeur du vent, différente s'il venait de la mer ou des sables du désert. Il y avait la griserie de la course, la chaleur du corps puissant de Sultan entre ses cuisses, la trajectoire de l'oiseau chasseur filant comme un joyau sombre vers la proie désignée avant de revenir planter ses serres sur la main gantée de cuir épais. Des moments précieux appartenant au temps de paix et que Baudouin n'aimait pas partager avec des gens de cour qui l'ennuyaient et dont il devinait les intrigues. Des instants auxquels mettait fin le chemin du retour que le jeune roi sanctifiait en s'arrêtant pour prier un moment dans quelque couvent et en distribuant de généreuses aumônes aux mendiants qui pullulaient aux portes de Jérusalem. Une journée commencée ainsi – en tenant compte de la messe entendue au lever du jour ! – lui semblait toujours meilleure que les autres. Ensuite il se consacrait avec une ardeur nouvelle aux soucis d'un gouvernement qu'il entendait assumer quels que puissent être les coups de fatigue soudaine qui s'abattaient parfois sur lui.

Ce matin-là, en pénétrant dans la cour d'honneur de la citadelle, les chasseurs comprirent qu'il se passait quelque chose d'anormal : une véritable foule de seigneurs, de dames, de soldats, de valets, de servantes et même de gens du peuple entourait, à distance respectueuse, sans oser les approcher, deux hommes qui se tenaient debout près du puits où l'un d'eux buvait. Leur aspect était assez effrayant en dépit des vêtements convenables qu'ils portaient et des chevaux que les palefreniers emmenaient déjà vers les écuries. Un surtout : une sorte de géant érigeant sur des épaules monumentales et un cou de taureau une tête léonine aux cheveux grisonnants en bataille, à la lourde paupière voilant à moitié un œil fauve, dur et brillant comme une plaque de cuivre au soleil. Encore avait-il une façon de se tenir un peu courbé qui le faisait paraître plus petit qu'il n'était. Ce qui n'empêchait pas son compagnon de s'amenuiser auprès de lui bien qu'il fût de belle taille. Celui-là était un homme maigre et large d'épaules, blond et sans doute beaucoup plus jeune que l'autre si l'on parvenait à déchiffrer leur abondante pilosité. Il avait aussi de très beaux yeux bleus, des yeux qui rappelèrent tout de suite quelque chose à Thibaut : c'étaient exactement ceux de sa tante, à cette différence près que l'assurance frisant l'impudeur d'Agnès ne se retrouvait pas dans le regard oblique de son frère – car cet homme ne pouvait être que son frère. C'était lui qui buvait. L'autre apostrophait la foule d'une voix de tonnerre, dure et menaçante, qui usait d'ailleurs de son intonation habituelle car le géant ne s'exprimait jamais autrement :

– Qu'avez-vous à nous regarder de la sorte, bande de poulains [1] bâtards ! Nous ne sommes pas des fantômes, mais bons et preux chevaliers capables de vous en remontrer à la lance, à la hache ou à l'épée – moi, tout au moins ! – en dépit des seize années que je viens

---

1. On appelait poulains les fils de croisés nés en Palestine.

de vivre dans une geôle infecte sans qu'aucun de vous se soucie de m'en tirer ! Moi ! Moi qui ai nom Renaud de Châtillon, prince d'Antioche !

— Vous n'êtes plus rien, sire Renaud ! émit une voix paisible, venue de la galerie à colonnettes surplombant la cour. La princesse Constance par qui vous étiez prince est retournée à Dieu voici treize longues années et Bohémond III le souverain d'aujourd'hui n'est pas de votre sang. En outre, il ne vous aime pas !

Châtillon darda sur l'insolent un œil enflammé :

— Qui es-tu, toi, pour oser m'insulter sans craindre que je te tue ? Il est vrai que tu as pris tes distances. Descends me redire ça en face !

— Volontiers ! Je descends. Sachez seulement que j'ai nom Guillaume, archevêque de Tyr par la grâce de Dieu et chancelier de ce royaume par la grâce de notre roi Baudouin le quatrième !

— Belle paire que vous devez faire tous les deux ! ricana l'autre tandis que Guillaume se dirigeait paisiblement vers l'escalier extérieur. Tu as l'air d'un gras chanoine et j'ai ouï dire... qu'il a la lèpre ! acheva-t-il en crachant par terre.

A ce moment la foule s'ouvrait devant les chasseurs que les trompettes du chemin de ronde, absorbées par ce qui se passait dans la cour, n'avaient pas vus arriver et donc n'avaient pas annoncés. Etourderie que l'on se hâta de corriger en sonnant à pleins poumons mais Baudouin avait entendu.

Au pas dansant de Sultan qu'il contraignait à plus de solennité, il s'avança vers le furieux qu'il se donna le temps de considérer de haut, gardant l'avantage que lui donnait la stature de son cheval. Ainsi c'était donc là Renaud de Châtillon, le chevalier sans peur et sans pitié, le prisonnier quasi oublié d'Alep ? Il ressemblait davantage à une bête féroce qu'à un chevalier de légende, mais comment pouvait-on imaginer qu'il en serait autrement après une aussi longue captivité chez des gens qui n'avaient aucune raison d'adoucir son sort ? Qu'il eût gardé tant de puissance physique, tant de vitalité aussi tenait déjà du miracle !

Le roi ne disait rien : il regardait Renaud et le silence devenait pesant. Sous la clarté limpide de ses yeux impérieux, le fauve soudain se sentit mal à l'aise. Il fut pour tous évident qu'il luttait contre sa propre violence et son orgueil. Ses yeux clignaient comme ceux du hibou jeté soudain dans la lumière du matin ; il se tortillait comme un ver cloué par la fourche du pêcheur. Et le roi ne disait toujours rien. Et la foule retenait son souffle...

Enfin, avec un grondement sourd, maté, Renaud céda, comprenant sans doute qu'il n'y avait rien d'autre à faire puisque l'archevêque avait raison et qu'il n'était plus rien. D'un bloc, il se laissa tomber sur un genou et courba la tête, plus vaincu par ce regard bleu qu'il ne l'avait été par la force des Turcs. Baudouin se pencha sur sa selle et lui tendit sa main gantée :

— La bienvenue à vous, Renaud de Châtillon ! dit-il seulement, et sa voix, si étrangement grave, était unie comme un velours.

Le revenant releva la tête, vit cette main, la prit et, après une imperceptible hésitation, baisa le gant de cuir brodé. Baudouin, alors, sourit avec un rien de malice :

— Relevez-vous ! Qui donc prétend que vous n'êtes plus rien ? Ne vous reste-t-il pas votre chevalerie ? Plus beau titre ne saurait se trouver.

— Sire roi, j'étais prince ! dit Renaud, et il y avait un monde d'amertume dans ces deux mots.

— Vous pourriez le redevenir. Ne vous reste-t-il pas aussi votre épée ? La plus vaillante, si j'en crois les récits que l'on m'a faits de vous. L'ouvrage ne manque pas. Ni les belles terres à reprendre...

Et le roi mit pied à terre cependant que sa mère surgissait du logis avec les dames, leurs robes de soie de toutes les couleurs, leurs voiles de mousseline et leurs joyaux qui firent fleurir la cour. Très émue – du moins elle en donnait l'impression –, Agnès se précipita vers l'autre revenant que la démesure de son compagnon effaçait, si bien que personne ne faisait attention à lui. Elle l'étreignit et le baisa sur la bouche à plusieurs reprises [1] :

– Mon beau frère ! Dieu permet donc que je vous revoie alors que nul n'osait y croire ! Sire, mon fils, ajouta-t-elle avec agitation en lui prenant la main pour l'amener au roi, voici votre oncle Jocelin qui revient des geôles infidèles ! Il faut lui faire bel accueil car c'est grande joie que son retour !

– Point n'est besoin de le dire, ma mère. Bel oncle, répondit Baudouin avec ce sourire auquel on ne résistait pas, soyez le très bien venu en ce palais où vous serez chez vous. J'étais bien petit quand vous nous avez quittés, mais je ne vous ai pas oublié...

A celui-là, il tendait les deux mains que Courtenay prit en s'inclinant. C'était geste de courtoisie affectueuse, mais aussi le moyen d'éviter l'accolade en tenant le nouveau venu à distance !

– J'aimerais vous embrasser, mais je n'embrasse jamais personne, ajouta le jeune roi. Ma mère le fera pour moi.

– Certes, certes ! s'écria Agnès. Et nous allons fêter ce grand jour comme il convient dès que nos voyageurs seront débarrassés des poussières du chemin et auront revêtu des habits dignes d'eux.

---

1. Ce qui était tout à fait normal à l'époque.

– Faites, ma mère, faites !

Tandis que les dames, pépiant comme une volière en folie, entraînaient les deux hommes vers les bains du palais où, selon la tradition, elles allaient se charger de les laver, les peigner, les parfumer avant de les parer, Guillaume de Tyr se rapprocha du roi qui, songeur, les regardait pénétrer dans sa demeure.

– Avez-vous songé, sire, à ce que vous allez faire de ce cadeau empoisonné que vous a offert l'atabeg d'Alep ? Ces hommes ne valent pas grand-chose. Les seules qualités de Châtillon sont sa folle bravoure et l'ascendant qu'il sait prendre sur ses guerriers, mais ce n'est pas le cas de votre bel oncle. Celui-là est un lâche qui, au point de vue des biens, n'est guère plus avantagé que son compagnon. Il garde son titre de comte d'Edesse et de Turbessel, mais il y a beau temps que son père et lui ont perdu les comtés. C'est peu, un titre vide.

– Une charge à la cour peut-être pour lui ? Quant à Renaud et puisque les armes seules lui conviennent, pourquoi ne pas lui confier la garde de Jérusalem ?

– Il se pourrait qu'ils trouvent vos propositions un peu minces. Tous deux ont toujours eu les dents longues et la captivité n'a sûrement fait que les aiguiser.

– Il faudra bien qu'ils s'en contentent ! s'écria le roi avec un mouvement d'humeur. Je n'ai pas le pouvoir de leur donner des terres. Où les prendrais-je ? Dois-je déposséder deux de mes barons pour les satisfaire et porter la guerre dans le royaume alors que Saladin se tient tranquille ? Il faudrait que je sois fou !

– Ce qu'à Dieu ne plaise ! conclut l'archevêque avec un sourire. Je suis heureux de constater une fois de plus votre sagesse. D'ailleurs, la vie fastueuse, la bonne chère, les vins, la soie, le velours et les femmes vont bien nous accorder quelques jours de répit. Le temps pour eux de se rouler dans la débauche...

Tandis qu'avec Thibaut le roi regagnait enfin son appartement au milieu du vacarme généré par les préparatifs de la fête, il demanda soudain à son écuyer :

– C'est ton père qui vient d'arriver. Pourquoi ne t'es-tu pas avancé tout à l'heure pour le saluer ? Il est vrai que j'aurais pu, moi, me charger de vous réunir.

– Grand merci au contraire, sire, de n'en avoir rien fait... L'annonce de son retour ne me causait guère de joie et je le rencontrerai toujours assez tôt.

– C'est ton père pourtant.

– Qui donc a jamais souhaité être reconnu fils d'un lâche ? Puisque tel on le dit...

CHAPITRE II

CE QUE FEMME VEUT...

Dans la maison de son père Toros le lapidaire, Ariane était traitée en pestiférée.

En regagnant le quartier arménien proche de la citadelle – il occupait le sud-ouest de la ville tout contre ses formidables murailles –, Toros avait secoué l'espèce d'hébétude qui s'était emparée de lui quand sa fille avait embrassé le roi. Soudain furieux, il s'était jeté sur elle avec une force et une rapidité surprenantes chez un homme aussi gras et aussi placide. Empoignant son épaisse natte noire, il l'avait autant dire traînée jusqu'à sa maison sans s'occuper de ses cris de douleur ni des commentaires divers des passants, qui ne se souciaient cependant pas d'intervenir parce que Toros était un homme riche et considéré. Sa demeure n'était peut-être pas beaucoup plus grande que celles de ses voisins, mais elle était mieux défendue. Une solide grille en barreaux de fer donnait accès à un couloir obscur au bout duquel on atteignait une porte de cèdre armée de ferrures ouvragées donnant sur une cour intérieure à arcades basses. Au centre, la faïence bleu de mer d'une vasque où clapotait un filet argentin. Des lauriers-roses couverts de fleurs lui tenaient compagnie et, sur deux côtés, l'habitation formait un L, une partie étant réservée à l'atelier et l'autre à la vie quotidienne. L'endroit était frais, agréable à l'œil, mais la coupable n'eut guère le temps de s'y attarder. Bousculant sans ménagements une vieille servante au visage ingrat sous une coiffe plate qui, de saisissement, lâcha son plat d'oignons cuits, Toros tira sa fille à travers la cuisine et une resserre jusqu'à l'entrée d'une cave dans laquelle il la précipita :

— On t'apportera une paillasse et de quoi manger, hurla-t-il hors de lui, mais tu resteras ici jusqu'à ce que je sache si tu as pris le mal maudit. Si tu es infestée, j'irai chercher les frères de Saint-Ladre pour qu'ils te conduisent à la maladrerie où tu seras enfermée jusqu'à ce que tu meures !

— Et si... je ne le suis pas ? émit péniblement la jeune fille, moulue et à demi assommée.

— Je... je ne sais pas ! Il faut que je réfléchisse... Peut-être que j'irai les chercher tout de même... par précaution ! Quel homme voudra encore de toi après ce scandale ? Certainement pas le fils de Sarkis à qui je t'ai promise ! A moins qu'il ne soit pas ici en ce moment ? Je sais qu'il devait se rendre à Acre...

De toute évidence, Toros, n'ayant pas de fils, peinait à voir disparaître de son horizon un mariage qui eût rapproché de la sienne la maison de l'orfèvre Sarkis. Ses pensées tournaient vite dans sa tête et il se disait que peut-être... tout n'était pas perdu si Ariane ne contractait pas la lèpre.

— Vous feriez aussi bien de m'emmener tout de suite à Saint-Ladre, murmura la jeune fille d'une voix lasse. Si je ne peux être au roi, je préfère la maladrerie au fils de Sarkis.

— Etre au roi ? Pauvre folle ! Tout mesel qu'il est, il n'a que faire de toi ! Maintenant, tu n'es même plus bonne à devenir une putain et si je ne me retenais pas...

Il leva son gros poing, prêt à frapper, et Ariane se replia sur elle-même, la tête dans les épaules pour amortir le coup qui ne vint pas. Avec son sens du commerce, Toros pensa que, si sa fille n'était pas atteinte, il serait stupide d'abîmer une beauté à peine éclose et que le temps confirmerait. En dehors du fils de Sarkis, d'autres hommes lui avaient laissé entendre qu'ils aimeraient mettre dans leur lit une aussi charmante épouse. Haussant les épaules, le lapidaire arménien remonta les quelques marches de la cave, referma et ôta la clef. Il fallait vraiment qu'il réfléchisse !

Derrière la porte, Toros trouva la servante qui n'avait même pas cherché à ramasser ses oignons. Elle était trop vieille pour avoir encore peur d'un maître qu'elle avait connu mouillant ses langes et le traitement qu'il infligeait à sa fille l'indignait. Elle l'apostropha :

– Qu'a-t-elle donc fait pour que tu la maltraites et l'enfermes comme si elle était enragée ?

– Elle est enragée et je te conseille de la laisser là où elle est si tu ne veux pas sentir le poids de ma colère, car elle m'a gravement offensé en se déshonorant publiquement.

– C'est impossible... ou alors elle a perdu la tête. A moins que ce ne soit toi ? Une fille si douce, si modeste, si sage ! Une fleur de vertu.

– Ta fleur de vertu s'est jetée dans les jambes du destrier du roi qui s'en revenait de guerre. Elle lui a donné des fleurs... puis ses lèvres en un baiser qui n'en finissait pas. Et devant tout Jérusalem ! grinça Toros cependant que la vieille femme hochait la tête avec tristesse.

– Il y a longtemps qu'elle l'aime ! soupira-t-elle en reniflant une larme. Cela date du jour où il est venu ici, accompagnant le roi son père qui voulait des rubis pour sa jeune épouse. Ils devaient avoir tous deux six ou sept ans, et ta fille a été éblouie pour toujours. Il était si beau, ce garçon !

— Il va l'être beaucoup moins, et avant peu ! En dépit des soins qu'on lui donne, la lèpre fait son chemin. Il ne cache pas encore son visage mais il ne quitte pas ses gants. Et elle, cette malheureuse qui a crié que s'il était lépreux elle voulait l'être aussi et se donner à lui ! Tous ont pu l'entendre et la voir se coller à lui pour l'embrasser. Oh, Dieu de nos pères, un homme a-t-il jamais senti pareille honte ! Sans compter celui qui la désirait et n'en voudra plus !

— Si tu parles du fils de Sarkis, ricana la vieille femme, je peux te rassurer. Il la prendrait couverte de poux, de gale, pissant le sang et meselle confirmée tant il a envie d'elle !

— Pour une nuit peut-être et se passer l'envie, mais pas comme épouse. Sarkis en tout cas n'en voudrait jamais dans sa maison. Et moi qui souhaitais faire de leur enfant mon héritier !

— Mais elle ne voulait pas ! Léon, le fils de Sarkis, lui fait horreur et je me demande si elle n'a pas désiré mettre l'irréparable entre elle et un mariage qui n'arrangeait que toi. Qu'est-ce que tu vas faire à présent ?

— Réfléchir ! grogna Toros qui s'accrochait visiblement à cette unique idée. Ariane va rester là où elle est jusqu'à ce que je sois sûr qu'elle est encore saine. Après, elle ira peut-être quelque temps dans un couvent pour qu'on oublie son geste...

— Et après ?

— Après, après ! Est-ce que je sais ? brailla le lapidaire. Je viens de te dire que je voulais réfléchir.

— Bon. Entendu. Mais ma petite colombe, qu'est-ce que tu en fais pendant que tu réfléchis ? Si elle se morfond à la cave, elle ne va pas s'arranger, meselle ou non. Tu ne crois pas qu'elle serait mieux dans sa chambre ?

— Pour qu'elle contamine toute la maison ? Je vais lui descendre une paillasse et toi, tu lui donneras à manger. Et aussi de quoi se laver et des vêtements propres : ceux qui ont touché le lépreux, tu les ramasseras avec une fourche et tu les jetteras au feu. Tu as compris ?

— Ça va être commode ! grommela Thécla. Oui, j'ai compris ! Pauvre petite !

— Ce n'est pas elle qui est à plaindre. C'est moi... c'est toute cette maison sinon tout le quartier ! Elle, elle aime ! conclut Toros en donnant à ses paroles une emphase démesurée.

Il croyait ironiser, mais il était dans le vrai : Ariane était heureuse à cet instant, assise sur la dernière marche de l'escalier souterrain. Les bras noués autour de ses genoux, les yeux clos et un sourire aux lèvres, elle revivait ce qui était pour elle son moment de gloire : elle avait approché son roi ; elle lui avait crié son amour à la face de tous ; elle avait baisé sa bouche qui lui avait paru si douce. C'était comme si elle s'était donnée à lui devant toute la ville et son cœur chantait de joie parce que son amour était si grand, si fort, et depuis si longtemps elle était prête à accepter le pire pour se faire sa servante, avoir le droit de le soigner, de veiller sur lui et, pourquoi pas, de mourir avec lui. Elle n'était pas exaltée ni ignorante. Elle savait ce qu'était la lèpre : elle avait tenu à la voir de ses yeux quand le bruit était venu jusqu'à elle du malheur affreux dont Baudouin allait porter le poids sa vie durant, mais elle croyait en la puissance de l'amour. Parce qu'un jour le rayonnement d'un regard bleu s'était posé sur le sien, l'attirant à lui avec une force irrésistible. Elle était entrée dans ce regard comme on entre en religion et jamais n'en était ressortie...

L'entrée fracassante de Thécla chargée d'un matelas – elle avait déclaré à son maître qu'elle préférait de beaucoup se charger elle-même de l'installation de la petite –, d'une couverture et de coussins qui lui échappèrent, roulant sur les marches, en chassa la jeune fille. Elle se leva pour livrer passage à l'avalanche qu'accompagnaient les récriminations de la vieille servante :

– Ton père, ce sans-cœur, a décidé que tu vivrais à la cave jusqu'à nouvel ordre, prunelle de mes yeux ! s'écria-t-elle en conclusion de sa diatribe. Mais moi, j'entends que tu y sois bien ! Tu auras de la lumière et tout ce qu'il te faut ! Déshabille-toi !

– Me déshabiller ? Pourquoi ? J'ai mis ma plus belle robe et ne l'ai pas salie.

– Ce n'est pas l'avis de ton père ! Il veut que j'emporte tes habits avec une fourche et que je les brûle ! Alors enlève-les pendant que je vais t'en chercher d'autres !

– Il a peur à ce point ? fit Ariane avec tristesse. Suis-je meselle pour un seul baiser ?

– Je crois surtout qu'il veut te punir d'avoir jeté une grosse pierre dans la mare de ses projets de mariage.

– Qu'il me punisse autant qu'il veut ! L'important pour moi est que le fils de Sarkis s'éloigne de moi à jamais ! La seule idée de sa peau contre la mienne me fait horreur ! Il sent le bouc et il a de vilains boutons sur la figure !

– Qu'est cela auprès de ce que tu as choisi ? La lèpre, ma fleur, est comme une malédiction : elle pourrit le corps et ce jeune roi que tu vois si beau, il deviendra un objet d'horreur !

– Pour moi, il sera toujours comme au premier jour.

– Son visage sera affreux.

— Mais il aura toujours ses yeux et je veux me noyer dans leur lumière bleue...

— Il peut devenir aveugle...

— Moi je ne le serai pas et leur profondeur me fera oublier le reste. N'essaie pas plus longtemps de prêcher, Thécla ! Je l'aime, comprends-tu ? Et mon seul désir est d'aller vers lui...

— Ton père ne le permettra pas ! Il veut te garder enfermée le temps nécessaire pour être sûr que tu es encore saine. Si c'est le cas, tu iras quelque temps dans un couvent afin de purifier ton âme... et ensuite il te mariera au fils de Sarkis !

Ariane, qui avait recommencé à bercer son rêve assise cette fois sur le matelas, se dressa d'un seul coup :

— Jamais ! Penses-tu que j'endurerais la pénitence imposée par mon père pour être jetée à un lit qui me répugne ? Si c'est ce qui m'attend, je veux sortir d'ici le plus vite possible. Il faut que tu m'aides !

— A quoi faire ? A précipiter ta perte ? fit la vieille femme avec tristesse. Si tu sors d'ici, tu courras au palais où l'on ne te laissera pas approcher le jeune roi. Alors tu erreras par la ville en mendiant ton pain, toi dont le père est riche et considéré ? On te trahira pour quelques pièces de cuivre et Toros te jettera cette fois à la maladrerie. Ne compte pas sur moi pour t'aider à te perdre !

— Eh bien, je me passerai de ton aide ! Va exécuter les ordres de ton maître ! fit Ariane avec dureté en lui tournant le dos.

Thécla comprit qu'il était inutile d'insister. Avec un soupir, elle sortit de la cave et revint peu après portant un paquet de vêtements et une lampe à huile à trois becs dont les flammes courtes chassèrent les ténèbres, révélant un spectacle qui lui serra le cœur : obéissant à l'ordre qui lui avait été donné, Ariane s'était dépouillée de sa robe, de sa chemise et, nue, s'était étendue sur le matelas pour reprendre sa rêverie, la tête appuyée sur ses bras relevés. La beauté de ce corps adolescent doré par la douceur de la lumière bouleversa la servante. Curieusement, elle ne l'imagina pas un instant marqué des taches brunes de la lèpre mais livré aux assauts de Léon Sarkis au soir du mariage. Elle crut voir les mains velues que le désir rendait moites – le garçon transpirait toujours quand il rencontrait la jeune fille – palper ces formes exquises en y laissant la trace visqueuse d'une grosse limace, et elle ferma les yeux un instant. Quand elle les rouvrit Ariane n'avait pas bougé et n'avait même pas l'air de s'apercevoir de sa présence. Alors elle jeta sur elle le paquet de tissus :

– Mets ça, impudique que tu es ! Tu as l'air d'une... fille de joie qui attend un client !

– Tu m'as dit de me déshabiller, je t'ai obéi !

– Tu aurais dû attendre que je revienne. Si au lieu de moi ton père était entré ?

– Quelle importance ? Je suis sa fille. Et j'avais cette couverture.

Thécla ne répondit pas. L'enfant était trop jeune, trop innocente aussi pour imaginer un seul instant qu'un père n'était parfois qu'un homme capable de se conduire comme une bête avec sa propre fille si elle lui offrait un aussi affolant spectacle. D'autant que son goût pour les gamines était connu de Thécla. De plus, les sentiments paternels n'étouffaient pas Toros. Sa fille représentait pour lui une valeur marchande dont il surveillait la floraison en attendant de la vendre au plus offrant... Il est vrai que la menace du terrible mal protégerait sans doute Ariane, mais pour combien de temps ?

– Je vais te chercher à manger maintenant, dit-elle,

et demain je viendrai te laver. Pour ce soir, le mieux est que tu dormes bien. Nous... nous reparlerons de tout ça plus tard !

– Pourquoi, puisque tu ne veux pas m'aider ?

– Je suis comme ton père, j'ai besoin de réfléchir, mais ne perds pas espoir ! Tu sais bien que je ne t'ai jamais rien refusé !

Thécla remonta une fois de plus l'escalier de la cave, fermement décidée à faire de son mieux pour sauver celle qu'elle appelait la prunelle de ses yeux !

Les jours suivants, elle découvrit que l'entreprise serait plus ardue qu'elle ne l'imaginait et que tirer Ariane de ce mauvais pas représentait un problème difficile à résoudre. Méfiant de nature, Toros n'ignorait pas le dévouement de sa servante pour sa fille, même si le mot tendresse lui était totalement hermétique. Thécla n'eut plus le droit de porter à la captive ce dont elle avait besoin que sous sa surveillance. Les clefs lui furent retirées et, à heures fixes, Toros ouvrait la porte devant elle et, du haut de l'escalier, surveillait chacun de ses gestes, un bâton sous le bras, prêt à lui en administrer quelques bons coups si elle enfreignait ses ordres : elle devait se contenter d'échanger les plateaux de nourriture, d'enlever l'eau usée et d'en rapporter de la fraîche tous les deux jours – le lapidaire tenait à ce que sa fille se lave ! –, le tout sans lui adresser la parole. L'opération terminée, il refermait la porte de la cave et remettait la clef dans sa ceinture.

La pauvre femme s'exécutait la mort dans l'âme, elle qui jusqu'alors savait si bien tenir tête à son maître. Cette fois, elle n'avait pas le choix et le maître avait fait entendre sa volonté : ou elle obéissait sans discussion ou elle serait chassée à coups de bâton en s'estimant encore heureuse qu'on lui laissât la vie. Alors elle subissait, dominée par cette lueur mauvaise jamais encore vue dans l'œil de l'orfèvre et qui traduisait trop bien sa rancœur, sa rage et son humiliation ! Quelqu'un en ferait les frais un jour et la servante redoutait que ce fût la jeune fille. Que paraisse la première trace de la lèpre et il ne se donnerait pas la peine de conduire Ariane chez ses pareils : il la tuerait et brûlerait son corps. Mais si elle sortait indemne de sa claustration, il saurait bien l'obliger à faire sa volonté. C'était à quoi l'avait conduit la fameuse réflexion qu'il appelait si fort de ses vœux au jour de son « grand malheur ».

Une seule chose consolait un peu Thécla. Sa colombe ne paraissait pas souffrir vraiment de son emprisonnement. Elle ne semblait même pas s'en apercevoir. Elle ne se plaignait pas, ne récriminait pas, trouvait un sourire pour sa vieille servante, puis refermait les yeux comme si elle se rendormait. En réalité elle ne cessait de revivre l'instant de son baiser et en éprouvait une telle joie, une telle paix que son existence recluse lui importait peu.

Lorsqu'elle ne rêvait pas – tout éveillée ou endormie –, elle priait. Sans trop savoir ce qu'elle demandait. Peut-être que lui soient pardonnés son aveu public et le scandale causé mais, plus sûrement, que lui soit donné de revoir le bien-aimé et, si c'était impossible, qu'on lui permette d'achever sous le voile des moniales une vie qui n'avait de sens que par lui. A part Thécla, Baudouin était le seul être qu'elle aimât au monde.

La servante, elle, priait beaucoup mais avec infiniment moins de sérénité. Ses prières avaient quelque chose d'échevelé, une sorte de fébrilité dans des supplications désordonnées. La malheureuse ne savait plus à quel saint se vouer ni à qui demander secours dans une situation qui lui paraissait inextricable. Si Ariane sortait indemne de la cave, elle serait livrée à l'affreux

Léon et très certainement mourrait à brève échéance de chagrin, de dégoût et peut-être de mauvais traitements, car on le disait violent. D'autre part, si la lèpre l'attaquait, Toros ne la laisserait pas vivre. Cruel dilemme où, de toute façon, se briserait son cœur. A moins que... ? Alors, jour après jour, la vieille femme courait entendre la messe de l'aurore, à la cathédrale voisine, et restait à genoux tant que durait le service mais elle ne s'approchait plus de la sainte table à cause des pensées terribles qui lui venaient et qu'elle ne pouvait pas avouer. Comment confesser que, durant ses nuits d'insomnie, elle formait le projet de tuer Toros avant qu'il ait eu le temps de disposer d'Ariane ? Et qui lui donnerait l'absolution si elle avouait qu'à ce plan elle avait donné un commencement d'exécution en se rendant à la nuit close dans la Juiverie, au nord de la ville, y rencontrer une certaine Rachel, connue pour son art des parfums et des onguents destinés à la guérison ou à la beauté, mais qui savait aussi confectionner d'étranges liqueurs moins innocentes ? Entre ses mains, Thécla avait laissé la moitié de sa fortune : l'un des deux bracelets d'or légués jadis par la mère d'Ariane en échange d'une petite fiole de verre sombre enveloppée de paille dont le contenu pouvait se mélanger à n'importe quel aliment épicé ou aillé comme les aimait le lapidaire. Et, depuis qu'elle était en possession de ce breuvage, la vieille femme se sentait un peu plus tranquille, même si ne plus communier lui fendait le cœur...

La solution allait venir d'ailleurs.

Ariane végétait dans sa cave depuis environ trois semaines quand un soir, tard, alors que Toros examinait dans son atelier un lot de perles et de turquoises qu'un marchand caravanier venu d'Akaba lui avait vendu le jour même, des coups violents retentirent sur sa porte armée de fer. Puis, comme saisi d'une crainte instinctive il se figeait, une seconde série de coups plus pressés se firent entendre accompagnés cette fois d'un appel autoritaire :

– Ouvre, Toros le lapidaire ! De par le roi !

Du coup, il bondit, glissa vivement ses emplettes dans un sachet de peau qu'il fourra dans un coffre et se rua vers sa porte dont il fit sauter les barres avant de tourner la clef, puis s'inclina devant la silhouette martiale qui se découpait sur le seuil. Il s'effaça aussitôt pour livrer passage à une autre presque aussi grande : celle d'une femme dont le parfum complexe, subtil et légèrement enivrant emplit la salle basse. L'allure de cette femme était inimitable et en dépit du voile qui la recouvrait jusqu'aux genoux, l'Arménien l'avait déjà reconnue et s'inclinait encore plus bas tandis qu'elle passait devant lui et allait s'asseoir sur le siège sculpté et garni d'un coussin rouge réservé aux visiteurs. L'officier, lui, resta dehors.

Cependant Toros prononçait les paroles convenables avec si haute dame.

– Qui suis-je pour que l'auguste mère de mon roi vienne jusqu'à ma misérable demeure, alors qu'il lui suffisait de me faire appeler pour que je lui présente ce qu'elle désire voir ?

Agnès releva son voile, découvrant sa tête blonde enveloppée d'une mousseline azurée que couronnait un cercle d'or et de saphirs :

– L'affaire que je veux traiter avec toi, marchand, n'est pas des plus ordinaires, soupira-t-elle en jouant avec le pan de la large ceinture orfévrée sertie d'émaux, de perles et de saphirs qui ceignait ses hanches. Ce que je viens t'acheter n'est pas une gemme, mais t'est peut-être encore précieux en dépit de sa dévalorisation récente...

Dès l'instant que l'on parlait affaires, Toros retrouvait son aplomb, encore que le préambule lui parût obscur. Il le dit sans détours :

— Je ne comprends pas... Veuillez me pardonner.

La « reine mère » sourit :

— C'est tout simple pourtant : je veux ta fille !

— Ma... fille ?

Toros avait le cuir dur et une sensibilité à peu près nulle quand il s'agissait d'argent ; mais cette femme disait qu'elle voulait « acheter » Ariane et, balayant le sens du commerce, la fierté qui sommeillait en tout Arménien de bon cru se réveilla :

— Nous sommes sujets du roi, madame, mais ni serfs ni esclaves, et ma fille n'est pas à vendre !

Agnès eut un lent sourire qui n'atteignit pas ses yeux :

— Je ne t'empêche pas de me la donner.

— La... donner ? Mais pourquoi ?

— Allons, ne fais pas l'ignorant ! Tu n'as pas oublié, je pense, le retour de l'ost ? Ta fille s'est jetée au cou du roi, lui a longuement baisé les lèvres après avoir déclaré qu'elle voulait être à lui. Alors je viens la chercher. Justement pour la lui donner !

Une sueur froide glissa le long des reins de Toros en même temps que le faible espoir de voir un jour Léon épouser Ariane entrait en agonie. Ses jambes mollirent et il se retrouva à genoux, sans trop espérer d'ailleurs attendrir cette femme qu'il savait impitoyable, mais son corps réagissait alors même que son esprit cherchait en vain une parade. Il ne put que balbutier pauvrement :

— C'est... c'est impossible.

— Pourquoi ?

— Notre... grand roi est...

— Mesel ? Ta fille le savait quand elle l'a embrassé,

elle a crié qu'elle voulait l'être aussi pour l'amour de lui. Alors j'ai pensé qu'elle était sa seule chance de connaître les joies de la chair. Aussi je la veux pour la lui donner. Qu'il ait eu au moins cela dans sa vie ! ajouta-t-elle avec, dans la voix, des larmes révélant un chagrin dont on l'aurait crue incapable... (Mais elle n'était pas femme à se démasquer devant un marchand et toussa à trois reprises pour retrouver son ton habituel.) Et si j'ai parlé d'argent tout à l'heure, ce n'était pas tant pour l'acheter, elle, mais pour que tu puisses t'offrir la plus belle fille pauvre que tu trouveras. Il ne te restera qu'à l'engrosser et elle te rendra une fille... ou mieux : un fils ! L'héritier que tu désires tant ! A présent, va chercher cette amoureuse que la lèpre ne fait pas reculer ! Je veux la voir !

C'était un ordre et Toros ne s'y trompa pas. Péniblement, il se releva, regarda Agnès en hochant la tête, puis s'inclina :

– Si la noble dame veut bien prendre patience un moment, je vais lui obéir...

– Ne prends pas le temps de la faire parer ! recommanda Agnès. Je veux la voir telle qu'elle est au sortir du sommeil !

Un instant plus tard Ariane, pieds nus et seulement vêtue d'une chemise, les yeux à peine ouverts tant on s'était hâté de la tirer de sa couche, était amenée par un père à qui les perspectives ouvertes étaient en train de rendre du cœur au ventre. En effet, il se sentait encore jeune soudain et capable de procréer ! L'image de certaine jouvencelle, fille d'un pauvre tisserand de la porte de Sion, soudain remontée de sa mémoire, n'y était pas étrangère.

– Voici Ariane, ma fille, très noble dame !

– Je vois. Sors à présent ! Je veux être seule avec elle !

Toros ouvrit la bouche pour protester, mais la referma aussitôt. Avec cette femme toute discussion était du temps perdu... Il sortit sur la pointe des pieds cependant qu'Ariane, bien éveillée cette fois, regardait avec un étonnement un peu émerveillé cette dame si belle et si magnifiquement parée dont elle savait parfaitement qui elle était. Avec timidité, elle plia le genou, ce qui fit sourire Agnès :

– Tu sais qui je suis ?

Trop émue pour parler, la jeune fille se contenta de hocher la tête, qu'elle tenait baissée.

– Très bien. Je suis ici pour toi, parce que je voulais te connaître. Relève-toi et regarde-moi. Tu es celle qui aime le roi, mon fils ? Ne rougis pas ! Ce n'est pas une honte car plus belle chose que l'amour ne se peut trouver au monde.

D'un geste vif Ariane releva la tête et osa planter son regard dans celui d'Agnès :

– Je n'ai pas honte et je ne renie aucune des paroles que je lui ai dites parce que je ne pouvais plus me taire. Il y a tant d'amour en moi, noble dame, qu'il me fallait le crier à peine d'étouffer. Oh, j'ai conscience de mon audace ainsi que de mon indignité, car il est un grand roi et je ne suis rien. Mais le servir est ce dont je rêve.

– Jusqu'à lui donner ton corps ?

– Il a mon âme ! Le corps n'est rien...

– Rien ? La source de toute volupté, du plaisir le plus intense mais aussi des pires douleurs ? Tu ne redoutes pas la lèpre ?

– Pas la sienne. Il a reçu l'onction du sacre. Le Seigneur Dieu a ce jour-là posé la main sur lui...

– Et tu espères un miracle ? C'est bien cela ? Tu n'imagines pas un instant que ce beau jeune homme puisse devenir repoussant ?

– Il ne le sera jamais pour moi.

D'un souple mouvement, la mère de Baudouin quitta son siège et vint près d'Ariane dont elle releva d'un doigt le menton pour mieux chercher la vérité dans son regard. Ce qu'elle venait d'entendre la laissait incrédule encore que vaguement admirative. Que cette fille acceptât l'inacceptable par la seule magie de l'amour la confondait, elle qui depuis toujours choisissait ses amants pour la puissance et la beauté de leurs corps...

Un doute la traversa. Le visage de la jeune Arménienne était délicat comme une fleur et d'une indéniable beauté, mais le reste de sa personne peut-être moins parfait. D'un geste vif, elle dénoua le lien qui coulissait la chemise autour du cou mince et, tandis que le tissu de lin tombait autour des pieds, elle recula pour mieux voir. Ainsi exposée, Ariane devint très rouge et croisa aussitôt ses bras sur sa poitrine en fermant les yeux mais Agnès l'obligea à les écarter. Puis, prenant la lampe sur la table, elle l'éleva pour que la lumière ne laisse rien dans l'ombre tandis que, lentement, elle faisait le tour de la fragile statue dont elle pouvait voir frissonner la peau semblable à de l'ivoire.

– Tu es faite à ravir, petite ! exhala-t-elle enfin sans pouvoir se défendre d'une pointe de nostalgie envieuse.

A quatorze ans, elle aussi possédait cette silhouette exquise et sans défauts lorsqu'elle s'était donnée pour la première fois. En dépit de soins constants, le temps et les abus de luxure l'alourdissaient, encore que peu d'hommes pussent résister à son attrait sensuel. Mais les jours d'autrefois avaient bien du charme... Satisfaite de son examen, elle revint face à Ariane.

– Tu es vierge, j'espère ?
– Oh !

Presque douloureuse, l'exclamation valait un discours. Alors Agnès reprit le visage de la jeune fille entre ses doigts chargés de bagues et posa un baiser léger sur ses lèvres tremblantes.

– Si mon fils ne doit cueillir qu'une seule fleur, je veux que ce soit la tienne ! Remets ta chemise et va t'habiller à présent. Je t'emmène.

– Vous m'emmenez ? souffla Ariane dont le visage s'illuminait.

– Naturellement ! Tu vivras désormais au palais. Dépêche-toi et dis à ton père que je l'attends...

Un quart d'heure plus tard, Ariane, les yeux pleins d'étoiles, quittait la maison de Toros pour la demeure de son bien aimé. Le seul regret qu'elle emportait était le chagrin de sa vieille Thécla qu'elle venait de laisser à genoux au seuil de la maison, partagée entre la joie de la savoir heureuse et l'épouvante d'un destin forcément tragique. Toros, lui, pouvait se consoler avec la bourse d'or que la « reine mère », dédaigneuse, avait laissée sur sa table...

Cependant, si Ariane dans sa candeur naïve espérait être mise en présence de Baudouin dès le matin venu, elle allait être déçue. En arrivant au palais de la citadelle, Agnès qui, au long du chemin, s'était entretenue avec elle sur ses connaissances et ce qu'elle savait faire, la confia à celle qui avait la haute main sur sa « maison » et qu'elle avait auprès d'elle depuis que les Courtenay s'étaient réfugiés à Antioche. Josefa, lointaine descendante de Damianos, un duc byzantin qui avait régné au Xe siècle sur la grande cité de l'Oronte, était à présent une femme d'âge mûr, arrogante et sèche, ne laissant ignorer à personne la hauteur de ses origines mais qui vouait à Agnès, dont elle était l'âme damnée, un dévouement total encore que lucide. Elle menait à la baguette l'escadron, réduit d'ailleurs, des filles nobles que l'impécuniosité ou le sens pratique de leurs parents avait conduites à composer – elles étaient à peine plus que des chambrières – l'entourage immédiat d'une princesse aussi décriée qu'Agnès mais toute-puissante. La fille d'un riche marchand pouvait y être admise, le souci des origines n'étant pas primordial.

– Jusqu'à nouvel ordre, elle va vivre dans mes chambres, précisa la « reine mère ». Commence par lui trouver un coin pour dormir...

– Que sait-elle faire ?

– Broder et tu sais comme y sont habiles les Arméniennes. Elle sait aussi lire et jouer du luth. Tu vois qu'on peut l'occuper en attendant...

Et se penchant vivement à l'oreille de Josefa, Agnès lui glissa quelques mots qui la firent sursauter :

– Et... elle accepte ?

– Plus encore : c'est son souhait le plus cher. Mais je préfère attendre un peu avant de l'y envoyer.

– Vous attendez qu'il guérisse ? fit Josefa avec un mince et dédaigneux sourire.

– Ne sois pas sotte ! Je pense seulement qu'au mariage de Sibylle, le moment sera venu.

C'est ainsi que, bon gré mal gré, Ariane fut intégrée à une bande de jouvencelles, assez laides pour la plupart car elles étaient surtout destinées à servir de repoussoir à l'éclatante mère du roi. Elle en reçut un accueil méfiant, sinon effrayé, en dépit du fait que l'arrivée de cette jeune Arménienne bien habillée, musicienne et souriante, constituât une distraction non négligeable pour ces demoiselles qui, volontiers délaissées par leur dame, n'apparaissaient guère à ses côtés que dans les occasions officielles, partageaient peu sa vie diurne – Agnès restait parfois couchée des journées – et pas du tout une vie nocturne vouée à des plaisirs trop épicés pour elles. Seulement le bruit de son coup d'audace avait précédé Ariane : elle était celle qui avait embrassé le roi lépreux. Et si plus d'une était secrètement amoureuse de Baudouin, la peur de son mal restait la plus forte. Aussi, durant les jours qui séparèrent son entrée au palais de l'arrivée du jeune marquis de Montferrat, Ariane vécut-elle dans un isolement relatif qui lui convenait assez. Quand elle ne travaillait pas à broder d'or et de petites perles un surcot de satin bleu turquoise destiné à Sibylle, elle pouvait laisser errer ses doigts sur les cordes du tar en chantant à mi-voix un lai du poète arménien David de Sassoun qui savait si bien célébrer la beauté des roses et le parfum du jasmin. Elle y prenait même un malin plaisir en constatant qu'à l'autre bout de la salle, les demoiselles faisaient silence et tendaient l'oreille, certaines se rapprochant un peu pour mieux entendre.

En dépit de son égoïsme foncier, Agnès voulut réagir à cet état de choses, mais Ariane la pria humblement de n'en rien faire. Si elle était vraiment destinée à vivre dans l'entourage immédiat du roi, le reste de la cour s'écarterait d'elle tôt ou tard. Agnès comprit et n'insista pas. Tant de calme détermination la confondait et la mère en elle – car elle aimait son fils ! – se réjouissait de cette chance de bonheur qu'elle voulait placer sur son chemin.

Durant ces jours, Ariane aperçut souvent Baudouin quand, tôt le matin et après avoir entendu la messe dans la chapelle de la citadelle, il partait galoper dans les collines, un faucon au poing, accompagné du seul Thibaut ; mais il ne l'approcha qu'une seule fois.

En dehors de ses obligations de souverain, Baudouin vivait dans un isolement aussi étroit que possible, et cela de par sa volonté. Lorsqu'il ne siégeait pas en conseil ou ne donnait pas audience, il ne se mêlait en rien – sinon pour une brève et distante apparition –, à la vie quotidienne du palais et moins encore aux divertissements, sauf quand il s'agissait de joutes. Il prenait seul la plupart de ses repas, servi par Thibaut et Marietta qui veillait sur lui avec une attention sourcilleuse, goûtant chaque plat et chaque pichet servis. Trois hommes pourtant avaient accès auprès de lui quand ils le désiraient : le chancelier Guillaume de Tyr – et on le voyait une ou deux fois par jour ! –, le Patriarche Amaury de Nesle et le connétable Onfroi de Toron, tous hommes d'âge, d'expérience et de sagesse. Le jeune roi s'appuyait sur eux, sachant bien qu'il n'en recevrait jamais un conseil douteux, qu'ils lui vouaient une véritable affection et méprisaient un risque de contagion que leurs cheveux gris ne redoutaient pas. Leur dévouement à ce tout jeune homme couronné par le malheur autant que par la naissance était sans faille. Ils admiraient son courage, sa résignation à la volonté de Dieu et se tenaient autour de lui comme un rempart contre lequel venaient se briser les machinations des barons plus soucieux de leur puissance personnelle que du bien du royaume.

Cependant Jérusalem se préparait pour les noces de la princesse Sibylle. On savait que Guillaume de Montferrat, le fiancé, faisait escale à Chypre et l'agitation était à son comble dans les boutiques et les ateliers de la ville, dans les entrepôts où arrivaient les caravanes, dans les riches demeures comme dans les pauvres et même dans les bains publics sur lesquels les Hospitaliers avaient la haute main et où l'on se préoccupait de se procurer des huiles plus fines et des savons dont on jurait qu'ils venaient de Marseille, de Savone ou de Venise. Chacun se préoccupait de se mettre en valeur et, au palais, dans les chambres des dames surtout, on atteignait le plus haut degré d'ébullition. C'est que, pour une aussi belle fiancée, grands atours et grands ornements devaient être le plus magnifiques possible. On vivait au milieu d'un tourbillon de draps de soie, de samits, de mousselines, de satins, de velours et de brochés. On essayait de nouveaux arrangements, des broderies plus riches ; les lapidaires et orfèvres – c'était souvent la même chose et Toros était du nombre – ciselaient, montaient, sertissaient couronnes d'or et de pierres précieuses, ceintures, colliers, fermaux, bracelets, anneaux et ornements d'oreilles. Une véritable floraison de merveilles faisait, en cet automne, éclore sur la Ville sainte un printemps fabuleux, car cette jeune fille que l'on mariait serait reine de Jérusalem lorsque le Seigneur rappellerait à lui son malheureux frère – et chacun en était conscient.

Un soir, alors qu'après un repas expédié, les demoiselles s'empressaient auprès de Sibylle pour l'essayage d'une robe de soie bleue toute scintillante de fils d'argent, le cri d'un héraut, répercuté de salles en galeries annonça :

– Le roi !

Et le silence se fit. Ariane, qui brodait près d'une fenêtre en profitant des feux du soleil couchant, laissa tomber son ouvrage et se leva, les jambes soudain tremblantes. Elle se tenait non loin de la porte et il allait passer près d'elle !

Pourtant, quand il entra suivi de Thibaut qui portait un coffret, il ne vit d'elle qu'une ombre découpée sur l'ogive de ciel rutilant ; une ombre qui pliait les genoux. Mais Ariane ne se résigna pas à baisser la tête : elle voulait contempler ce fier profil casqué d'or roux érigé sur la robe quasi monastique dont Baudouin se vêtait le plus souvent quand il ne portait pas l'armure ou le manteau royal : une simple bure blanche serrée aux hanches par le ceinturon d'où pendait l'épée. Elle vit alors qu'à la racine du nez une enflure s'était formée, comprit ce que cela signifiait mais ne l'en aima que davantage parce qu'elle ressentit dans son cœur ce qu'il devait souffrir.

Thibaut, lui, reconnut la jeune fille et haussa un sourcil surpris, mais ne dit rien : Baudouin s'avançait vers Sibylle.

— Vous êtes si belle, ma sœur ! Le bonheur vous ira bien car c'est, je l'espère, ce que vous trouverez dans cette union. J'espère aussi que vous aimerez ceci.

Sur un signe de lui, Thibaut mit un genou en terre devant Sibylle, élevant entre ses mains le coffret que la jeune fille ouvrit, découvrant une ravissante couronne qui était d'ailleurs l'œuvre de Toros : un large cercle en filigrane d'or représentant un treillage de feuilles et de fleurs en émeraudes et en perles.

— Oh, que c'est joli ! s'écria-t-elle ravie. Sire, mon frère, vous êtes toujours si généreux !

— Vous êtes ma sœur et vous vous mariez : c'est le moment ou jamais de l'être !

Dans sa joie, elle fit un mouvement pour l'embrasser, mais il la retint doucement de sa main gantée :

— Non... Votre plaisir est ma plus belle récompense. Je vous laisse à vos parures !

Il tourna les talons et Thibaut se pencha à son oreille pour murmurer :

— La jeune fille au bouquet de roses ! Elle est là, devant la dernière fenêtre.

Il tressaillit, ne dit rien et continua son chemin, mais son regard à présent était fixé sur Ariane. Elle s'en rendit compte et s'empourpra tandis qu'à son approche elle laissait ses jambes plier tout naturellement ; quand Baudouin fut devant elle, il lui fut impossible de soutenir le feu de son regard et elle baissa la tête :

— Comment êtes-vous ici ? demanda-t-il avec une grande douceur.

— La très haute et très noble dame votre mère m'est

venue prendre chez mon père pour être au nombre de ses filles suivantes.

– Vraiment ? Alors pourquoi seule dans ce coin ? Vous devriez être avec les autres ?

Cette fois, elle osa plonger ses yeux dans ceux du jeune roi :

– La lumière y est meilleure et je dois me hâter de finir ces ornements de manches, fit-elle en désignant le petit tas de samit azuré qui s'était formé à ses pieds.

– Elle ne le sera plus longtemps car voici le crépuscule ! Je... je suis heureux de vous savoir ici...

Ayant dit, il s'éloigna à grands pas rapides, craignant peut-être qu'elle ne réédite son geste fou de l'autre jour, mais il avait tort. Ses dernières paroles emplissaient la jeune Arménienne d'une joie si forte qu'elle était à deux doigts de perdre conscience et il lui fallut un peu de temps pour réussir à se remettre sur pied, puis à s'asseoir à nouveau sur son tabouret. Les anges chantaient pour elle avec la voix de Baudouin si étrangement profonde chez un aussi jeune homme... Et cette voix avait le don de la bouleverser comme nulle autre ne le pouvait.

Elle eût été plus heureuse encore de savoir que Baudouin partageait son émotion. Thibaut s'en rendit compte lorsque, en regagnant son logis, celui-ci pensa tout haut :

– Elle dans ce palais ! Comme c'est surprenant ! Je croyais bien ne plus jamais la revoir et voilà que je la retrouve chez les dames ! C'est assez incroyable, non ?

Le roi parlait pour lui-même et pour les courants d'air, pourtant Thibaut n'hésita pas à s'introduire dans son monologue.

– Elle vous l'a dit : votre mère l'a fait chercher...

– Non ce n'est pas cela qu'elle a dit. Je l'entends encore : « Votre mère m'est venue prendre ! » Ma mère se serait rendue elle-même au quartier arménien pour l'en ramener ? Quand on la connaît, cela n'a pas de sens !

– Elle semble une très habile brodeuse pour ce que j'en ai pu voir...

– Mais il y en a déjà beaucoup parmi les dames et demoiselles qui l'entourent. Alors pourquoi celle-là ? Tu devrais essayer de savoir, Thibaut !

L'écuyer fit la grimace. S'aventurer dans les entours de la « reine mère » ne lui souriait guère. D'autant moins que Renaud de Sidon, l'actuel époux de la dame, était parti pour son fief afin d'y rejoindre le comte Raymond de Tripoli et d'y accueillir avec lui le marquis de Montferrat. Le fiancé, en effet, devait toucher terre dans le port de Sidon et Baudouin tenait à ce que belle et noble escorte lui soit donnée à sa sortie du navire pour l'amener avec honneur à Jérusalem. Jocelin de Courtenay l'accompagnait avec moult barons.

Thibaut n'était pas assez fat pour s'imaginer que, parce que son époux était au loin, Agnès l'entreprendrait, d'autant que le bel évêque de Césarée n'était jamais bien loin d'elle – l'état de grâce devait être son ordinaire car apparemment Héraclius la confessait de jour comme de nuit ! –, mais il la savait femme d'impulsion, prompte à saisir le moment, et il ne tenait pas à courir le moindre risque. La sagesse serait de s'adresser d'abord à Marietta : la nourrice du roi avait accès quand elle le voulait aux appartements d'Agnès. Cependant il fallait répondre à Baudouin :

– Je ferai votre volonté, sire, mais permettez-moi une question.

– Comme si tu avais besoin de ma permission !

– Cette jeune fille... Ariane pour lui donner son nom, semble vous intéresser.

Un grand sourire éclaira le visage songeur du roi.

– Elle s'appelle Ariane ? Quel joli nom et comme il lui va bien. Mais si tu savais cela, pourquoi ne me l'as-tu pas dit ?

– Parce que, cher seigneur, vous ne me le demandiez pas. Je croyais... que vous aviez oublié.

– Comment aurais-je pu l'oublier ? Ses lèvres avaient le goût de la pomme et la fraîcheur de la menthe... mais que désires-tu savoir ? Tu voulais me poser une question.

– Une question ? Pardonnez-moi, sire... Mais je crois que je l'ai oubliée...

– Cela te reviendra plus tard.

Le visage brun du jeune homme revêtait la plus candide innocence. En fait, Baudouin sans le savoir lui avait répondu et Thibaut venait de comprendre qu'il pensait beaucoup à « la jeune fille au bouquet de roses ». Sans doute au point d'en être tombé amoureux. Restait à savoir si c'était pour lui bonne ou mauvaise chose mais, se souvenant du regard rayonnant d'Ariane quelques instants plus tôt, Thibaut se décida pour la première éventualité : même un garçon de peu d'expérience comme lui voyait d'évidence qu'elle l'aimait de toute son âme...

L'arrivée de Guillaume de Montferrat, surnommé Longue-Epée, fut le signal de grandes réjouissances. Des réjouissances sans arrière-pensées d'ailleurs, tant il était évident que ce mariage serait béni par l'amour et que les fiancés s'étaient aimés au premier regard. Sibylle eut même pour son frère un élan de gratitude joyeuse, toute reconnaissante de lui avoir choisi si bel époux. Guillaume en effet était un garçon d'environ vingt-sept ans, de haute taille et bien proportionné. Son visage aurait pu servir de modèle au masque d'un empereur romain et ses yeux noirs contrastaient heureusement avec ses cheveux blonds. On le savait preux chevalier, habile à manier ce long glaive qui lui pendait au flanc. Sage et réfléchi, peu bavard mais bien-disant, il semblait posséder toutes les qualités requises pour faire un excellent roi. Sibylle, elle, le trouva superbe et, comme il fut conquis d'emblée par la beauté de la jeune fille, il y avait là toutes raisons pour que leurs noces fussent une véritable fête.

Le jour du mariage, Jérusalem sentait les viandes rôties, les épices, les fleurs que l'on avait répandues par centaines sur le passage du cortège, le vin qui coulait des fontaines, la cire chaude et l'encens. La ville était pavoisée des ruisseaux jusqu'au sommet de la tour de David où, dans le vent léger, claquaient les deux bannières unies du roi et du marquis de Montferrat. Dans les rues, on chantait, on dansait, on festoyait et dans la grande salle des Preux, au palais, toute parée de tapis et d'oriflammes, toute bruissante de soies précieuses, toute scintillante de lumières, les jeunes époux avaient pris place dans le double siège placé sous le grand écu de Jérusalem, vers lequel convergeaient les regards de la noble assemblée où se retrouvaient les grands noms du royaume. Sibylle, vêtue selon la coutume de satin rouge clair tissé et brodé d'or, son grand voile de même couleur retenu sur ses cheveux blonds par la couronne que lui avait offerte son frère, semblait curieusement intimidée, mais, sous leurs paupières baissées, ses yeux ne quittaient guère son époux, aussi ému qu'elle. Ils touchaient à peine à ce qu'on leur servait, mais sans cesse leurs mains se frôlaient et des vagues de chaleur montaient à leurs visages. Ils frémissaient visiblement de l'impatience de se retrouver seuls dans le grand lit parfumé de myrte et de pétales de roses qu'on leur préparait. Guillaume buvait beaucoup. Sans doute pour vaincre son émotion.

Non loin d'eux, Agnès les regardait avec un demi-sourire. Il n'était pas difficile de deviner qu'avec ces deux-là la nuit de noces serait réussie et porterait peut-être un fruit. La date en avait été choisie d'après les phases de la lune et les règles de la fiancée. En outre, la veille, la « reine mère » avait elle-même trempé Sibylle dans un baquet d'eau de pluie conservé depuis la dernière averse afin de la rendre féconde. Ne fallait-il pas assurer à tout prix la dynastie ? Oui, ce mariage était bonne chose et la vue de ce jeune couple qui brûlait de s'étreindre consolait Agnès d'avoir dû s'asseoir à la même table que nombre de ses ennemis. Car ils étaient tous venus – à l'exception des morts bien sûr ! Il y avait là le prince d'Antioche, Bohémond III le Bègue, un assez pauvre sire que menait par le bout du nez sa femme, Orgueilleuse de Harenc la bien nommée. Il y avait les deux frères d'Ibelin qui étaient aussi ceux d'Hugues, son troisième époux défunt : Baudouin de Mirabel et de Ramla et son cadet Balian II seigneur d'Ibelin, qui tous deux la détestaient : le premier parce qu'il était follement épris de Sibylle et que ce mariage le désespérait, le second parce qu'il aimait passionnément sa rivale, la jeune reine douairière Marie Comnène, veuve d'Amaury, et souhaitait l'épouser. Ce que, bien sûr, « on » ne lui permettait pas. Il y avait surtout le pire de tous : Raymond de Tripoli, l'ancien régent, un bel homme de haute taille, le teint basané, le cheveu noir et raide, les épaules larges, le nez puissant et l'œil sombre et méditatif. Agnès aurait aimé le mettre dans son lit pour en faire sa chose, mais il se méfiait d'elle – non sans raisons ! – et semblait attaché à sa femme, Eschive, veuve de Gautier de Saint-Omer, prince de Tibériade et de Galilée, et qui, en l'épousant, lui avait permis d'ajouter à son comté de Tripoli cette superbe principauté, faisant de lui le plus haut seigneur du royaume. Celui-là était très intelligent, cultivé aussi et fin politique, mais peut-être déplaisait-il à Dieu autant qu'à Agnès, car jusqu'à présent il n'avait tiré aucun enfant du ventre de sa princesse et devait se résigner à adopter les quatre fils issus de Saint-Omer et qui, un jour, lui reprendraient la Galilée. Enfin, il y avait Renaud de Sidon, son mari actuel, qu'elle ne voyait guère parce qu'il fuyait la honte d'être l'époux de la maîtresse d'Héraclius. Lui aussi buvait beaucoup et ne la regardait jamais. Tout à l'heure, une fois dégrisé, il repartirait pour Césarée ou pour Sidon, ses fiefs dont il s'occupait attentivement. Grâce à Dieu, le mariage de Sibylle allait la mettre à l'abri de tous ces gens-là ! Et puis n'avait-elle pas désormais auprès d'elle son frère Jocelin, tout dévoué à sa cause et à la fortune familiale qu'il s'occupait activement de restaurer ?

Un dernier visage accrocha le regard de la « reine mère » : celui de Renaud de Châtillon qu'elle ne savait trop dans quelle catégorie ranger car il était rusé autant qu'elle-même. Fidèle à sa manière bien personnelle d'apprécier un homme et aussi pour savoir quel goût pouvait avoir ce fauve, elle avait couché avec lui mais c'était un amant trop brutal, sans nuances, bâfrant au lit autant qu'à table et incapable de donner à une femme raffinée tout le plaisir qu'elle était en droit d'espérer. Cependant ils s'étaient quittés en assez bons termes :

– Trouvez-moi une veuve bien riche et bien pourvue et je vous serai fidèle allié, lui avait-il déclaré sans plus de façons.

C'était plus facile à souhaiter qu'à réaliser : un fief comme Antioche ne se trouvait pas sous les pas d'un cheval et pour l'instant Renaud devait se contenter de régner sur les défenses de Jérusalem que le roi venait de lui confier, ce qui était tout à fait dans ses cordes. Un gouverneur un peu particulier. Très exact sans doute dans tous ses devoirs militaires, sachant commander et veiller sur l'état des fortifications, il était vénéré par les soldats que fascinaient sa légende et sa personnalité démesurée, mais il était tout aussi célèbre dans les bourdeaux de la ville et chez les marchands qu'il mettait plus ou moins en coupe réglée pour regonfler une escarcelle parvenue à une déprimante platitude.

Thibaut, aussi, regardait Châtillon mais sans le moindre doute sur ce qu'il devait penser : cet homme était dangereux et d'autant plus qu'il tenait du diable un charme sous lequel tombaient facilement ceux qu'aveuglait sa réputation de folle bravoure. Certains l'admiraient et, par malheur, Baudouin était de ceux-là en vertu de cette loi de la nature qui veut que s'attirent les contraires. Atteint dans son corps qu'il savait voué à une prochaine destruction, le jeune roi était séduit par la fantastique vitalité de Renaud, sa belle humeur, ses foucades et son insatiable appétit de vivre. Il voyait en lui le héros de roman, le meneur d'hommes à la voix de stentor, ignorant que ce soudard – après tout il n'était pas autre chose ! – cachait à peine, lorsqu'il était loin de lui, le dédain que lui inspirait sa maladie et les espoirs fondés sur une fin rapide qui pour lui ne faisait aucun doute. Mais la méfiance de Thibaut s'était changée en haine depuis qu'il avait compris l'idée qui s'était mise à couver sous la crinière léonine de Châtillon : obtenir la main de la petite Isabelle que lui, Thibaut, aimait tant, devenir par elle prince de Jérusalem. La suite n'était pas difficile à deviner : par le fer ou le poison, accident provoqué ou meurtre délibéré, Renaud balaierait tout ce qui ferait obstacle entre lui et la couronne royale. Qu'il eût cinquante ans et la petite princesse huit ne le gênait en rien : il ne se cachait pas d'aimer les fruits verts.

Ce projet incroyable, Thibaut en avait eu connaissance la veille même du mariage en se rendant au couvent de Béthanie porter à la fillette, comme cela arrivait assez souvent, un présent du roi son frère afin qu'elle sût qu'il ne l'oubliait pas et l'aimait toujours. Hier le présent – un fermail de perles et de turquoises – était plus important que d'habitude : Baudouin voulait consoler sa petite sœur d'être écartée avec sa mère des fêtes données pour les noces. Or, à sa surprise – sa déception aussi ! –, Thibaut ne put voir Isabelle : mère Yvette, la supérieure, venait de la renvoyer chez sa mère au château de Naplouse et sous bonne escorte. La raison lui en fut donnée par sœur Elisabeth, sa mère adoptive : deux jours plus tôt, Renaud de Châtillon s'était présenté au couvent dans l'intention déclarée de vérifier les défenses extérieures d'une maison forte située hors les murs de la ville. Il était venu à cheval et sans escorte afin de ne pas effrayer les nonnes. Il avait fallu le laisser entrer. D'autant qu'il se prétendait porteur d'un message du roi pour Isabelle et on avait dû se résoudre à la lui présenter, en présence de l'abbesse bien naturellement, et celle-ci, devant la pauvreté du message – quelques phrases vaguement affectueuses –, comprit vite que cet homme mentait et qu'il voulait seulement examiner la jeune princesse.

– Notre mère s'est déterminée aussitôt à la renvoyer à Naplouse, ajouta Elisabeth. Cet homme la regardait comme si elle était un cheval de prix. C'est tout juste s'il ne lui a pas demandé de lui montrer ses dents...

– Pourquoi n'avoir pas envoyé sur-le-champ au palais prévenir notre sire ? Pareille conduite est inqualifiable...

– Nous en sommes toutes conscientes, mais notre

mère a jugé qu'il valait mieux parer au plus pressé en éloignant Isabelle. Son intention était d'en écrire au roi dès après ces fêtes qui bouleversent la ville. Tu peux te rassurer, Thibaut : notre mignonne princesse est hors de portée de ce rustre.

– Quelle figure lui a-t-elle faite ?

– Elle lui a déclaré qu'elle ne le croyait pas venu de la part du roi son frère, qu'il était bien trop laid et, finalement, elle lui a tiré la langue avant de quitter la salle capitulaire.

Thibaut s'était tout de suite senti beaucoup mieux et, rentrant à la citadelle, il avait rendu compte de sa mission avec une flamme qui fit sourire Baudouin :

– Allons, rassure-toi ! J'aime bien Renaud mais je ne suis pas du tout disposé à lui donner ma petite Isabelle !

– Ne lui ferez-vous pas sentir votre colère ? s'écria Thibaut en comprenant que la fureur était sienne et non le fait du roi.

– Nous verrons plus tard. Mère Yvette a fort bien fait d'envoyer Isabelle à Naplouse et je préfère, pour l'instant, ignorer l'incident. Châtillon serait capable de se poser aussitôt en prétendant. Il ne pourrait qu'essuyer un refus et j'ai trop besoin d'hommes de sa valeur pour la défense du royaume...

Il n'y avait rien à ajouter. Thibaut dut se contenter d'une réponse prévisible en ce sens qu'il ne voyait pas Baudouin accorder sa ravissante petite sœur à ce monstre, mais il se promit de surveiller de près l'ex-prince d'Antioche.

Le festin cependant tirait à sa fin. L'heure était venue de conduire les mariés dans la chambre nuptiale. Agnès vint prendre sa fille par la main sous un tonnerre d'acclamations :

– Noël ! Longue vie aux époux !

Sibylle et Guillaume burent une coupe de vin à la santé de leurs invités, puis dames et demoiselles entourèrent la mariée pour la conduire hors de la salle tandis que le roi et ses barons emmenaient Guillaume au son des luths, des flûtes et des rebecs, laissant quelques ivrognes vaincus par les vins cuver sous les tables... Avant de sortir, Thibaut vit que Renaud de Châtillon restait là lui aussi. Affalé à sa place, les coudes dans la vaisselle, il vidait un hanap à grandes goulées gourmandes, mais ses yeux injectés de sang étaient fixés sur le trône que Baudouin laissait vide... Non loin de lui, l'aîné des Ibelin, un solide gaillard de quarante ans, sanglotait la tête sur ses bras, qui reposaient dans une large tache de vin. Pour celui-là qui venait de voir celle qu'il aimait s'en aller vers l'amour d'un autre, Thibaut de Courtenay eut un regard de pitié.

Dans la chambre nuptiale tendue de tapis de soie aux couleurs vives, dont les fenêtres et portes étaient ornées de guirlandes de jasmin, de roses et de lis à l'odeur grisante, le lit immense et blanc avec ses draps de soie piqués de bouquets de lavande et d'herbes aromatiques ressemblait à un autel païen dans la lumière dansante des longues bougies de cire rouge. Les jeunes filles qui se pressaient autour de Sibylle pour tresser ses cheveux et la déshabiller rougissaient quand leur regard s'y posait.

Une fois revêtue d'une longue chemise blanche, si fine qu'elle laissait transparaître la roseur de sa peau et les détails charmants de son corps, Sibylle fut menée au lit préalablement béni par le Patriarche et, assise le dos contre les oreillers, elle attendit, les yeux modestement baissés. Guillaume arriva peu après, précédé du roi qui vint se placer près du chevet. Il était en chemise lui aussi et s'assit près de sa jeune épouse pour répondre aux saluts et aux félicitations d'une cour un peu vacillante ; après quoi Agnès leur porta une coupe de vin cuit avec de la menthe et autres herbes propres à exciter les sens pendant que les demoiselles chantaient en battant des mains. Enfin, tous se retirèrent peu à peu. Baudouin sortit le dernier, ferma la porte et remit la clef à un chambellan qui resterait là toute la nuit pour s'assurer que nul ne viendrait troubler les époux.

Quand il le rejoignit, Thibaut fut surpris de sa pâleur et vit que ses mains tremblaient. Tout de suite il s'inquiéta :

– Sire, mon roi ! Vous souffrez ?

– Un peu je crois, murmura Baudouin avec un sourire plus triste que les larmes. Ce mariage me rassure et me réconforte pour l'avenir du royaume, mais devant ce bonheur que j'ai voulu, je ne peux m'empêcher de penser que, moi aussi, j'aurais aimé me marier, prendre dans mes bras une douce jeune fille et faire fleurir sa chair jusqu'à ce qu'elle porte des fruits à notre image. Moi, je suis destiné à épouser la mort !

C'était la première fois que le malheureux garçon laissait remonter à ses lèvres la souffrance qu'il cachait si bien d'habitude et Thibaut en fut bouleversé. Il aurait pu dire qu'en fait de douce jeune fille il y avait mieux que l'arrogante Sibylle, et que Guillaume serait peut-être moins heureux qu'on ne le souhaitait pour lui, mais les plaisanteries dans lesquelles Baudouin se réfugiait parfois n'étaient pas de mise à cet instant douloureux. Ne sachant que répondre, il se contenta de presser d'une main fraternelle l'épaule de son ami, puis enfin trouva :

– Pourquoi ne serait-ce pas qu'une épreuve ? Dieu a fait de vous un roi et veut que vous soyez grand. Peut-être l'a-t-Il envoyée pour forger votre âme et, quand il Lui plaira, Il vous guérira ? La terre que nous foulons est celle de tous les miracles. Il ne faut pas désespérer !

A mesure qu'il parlait, Thibaut voyait se détendre les traits crispés. Baudouin enfin sourit :

– Jamais je ne désespérerai de la grâce divine, mais je te remercie de me l'avoir rappelée. Allons prier !

Durant une heure dans la chapelle obscure où brûlait seulement la veilleuse du tabernacle, le roi lépreux étendu de tout son long sur les dalles et les bras en croix, comme la nuit qui avait précédé son sacre, s'abandonna à la volonté divine plus qu'il ne pria. Thibaut le comprit qui, à genoux derrière lui et les larmes aux yeux, criait silencieusement vers le ciel pour que la coupe d'un martyre hideux s'éloigne de son roi. Les échos de la ville en liesse et d'un palais livré à la célébration des plaisirs charnels venaient mourir sur l'épaisseur des murs de pierre et ces minutes passées dans cette salle protégée apportèrent au moins l'apaisement. Quand les deux jeunes gens regagnèrent l'appartement royal, ils se sentaient plus légers, plus confiants.

Devant la porte de la chambre, ils trouvèrent Marietta qui arrêta Thibaut : le roi devait entrer seul parce que quelqu'un l'attendait. Baudouin fronça le sourcil :

– A cette heure de la nuit ? Qui est-ce ?

– Rien qui intéresse le royaume, répondit-elle avec un haussement d'épaules. Ni d'ailleurs les jeunes écuyers curieux.

– Je ne quitte le roi de jour ni de nuit ! protesta Thibaut en voulant écarter la grosse femme, mais elle tenait bon.

Baudouin de toute façon était déjà entré. Marietta alors se fit rassurante :

– Allons ! Je vous assure qu'il n'y a rien à craindre. Bien au contraire !

Là, cependant, un incroyable spectacle attendait Baudouin qui se crut, un instant, revenu dans la chambre nuptiale. Comme tout à l'heure, il y avait, éclairée par un bouquet de chandelles rouges, une jeune fille en chemise blanche assise dans le lit parsemé de lavande et de pétales de roses. Les yeux baissés et les joues roses d'émoi, elle tenait ses petites mains croisées sur sa poitrine que révélait la finesse du tissu. Seule différait la couleur des cheveux : ceux de l'apparition étaient plus sombres que la nuit et, au lieu d'être tressés de perles, ils coulaient librement sur les douces épaules. Jamais Baudouin n'avait rien vu de plus ravissant...

Un instant suffoqué, il se reprit vite mais la belle image l'attirait et il vint s'asseoir au bord du lit :

– Demoiselle, murmura-t-il, pourquoi êtes-vous ici ?

Sans oser le regarder mais en rougissant davantage, elle répondit d'une voix mal assurée :

– Pour faire votre plaisir, mon seigneur et mon roi. La très noble dame votre mère a tout préparé elle-même afin qu'amour vous soit donné comme à la princesse en cette nuit qui lui appartient.

– Ma... mère ? Comment a-t-elle osé vous commander cela ?

Les yeux d'Ariane se relevèrent brusquement et le jeune roi vit qu'ils brillaient comme des diamants noirs :

– Commandé ? Oh, mon doux sire, je serais venue de moi-même si elle ne l'avait fait ! Vous savez bien que je vous aime ! Mais... vous l'aviez peut-être oublié ?

– Non... non, certes ! Comment... l'aurais-je pu ? Le baiser que vous m'avez donné fait la douceur de mes jours... et le tourment de mes nuits.

– Alors il faut me le rendre... ou me laisser vous en donner d'autres ! Beaucoup d'autres !

Elle avait quitté l'appui des oreillers et, glissant sur les draps de soie, s'était approchée tout près de lui. Il eut, à un pouce de ses lèvres, le joli visage rayonnant de joie et, autour de son cou, la douceur embaumée de ses bras frais. Elle s'approcha encore et leurs bouches s'unirent, se mêlèrent avec une passion qui les submergea. Sous ses mains Baudouin sentit la chaleur de ce jeune corps qui s'offrait à lui, contre sa poitrine la rondeur des petits seins durs et dans ses reins à lui la montée brûlante d'un désir où sombraient sa raison comme sa volonté. Cependant, quand il sentit les doigts d'Ariane ouvrir son bliaut pour atteindre sa peau, il eut un sursaut, voulut l'écarter de lui :

– Non... non, je ne peux pas...

– Et moi je veux ! Je t'aime ! Tu ne peux savoir combien je t'aime. Je t'ai toujours appartenu et n'ai vécu que pour cet instant. Ne l'abîme pas ! Je suis si heureuse.

Il l'était aussi. Au point de ne pouvoir l'exprimer. Ariane, avec la science innée que donne l'amour sous le ciel d'Orient, l'enveloppait d'un réseau délicat de baisers, de caresses. Délicat mais irrésistible, et il succomba. Ce fut lui alors qui mena le jeu pour finalement s'emparer d'elle avec un sanglot de bonheur et une sorte de furie qui arracha à la jeune fille un cri de douleur quand il la déflora. Ce cri dégrisa Baudouin en lui rendant le contrôle de sa volonté. Avec un gémissement, il s'arracha d'elle, du lit et tituba plus qu'il ne marcha vers les colonnettes de la galerie où il s'accrocha pour laisser à son cœur le temps de se calmer. Sa tête sonnait comme un bourdon de cathédrale quand il entendit Ariane l'appeler d'une voix plaintive :

– Reviens, mon doux seigneur !

– Non ! Non, je n'aurais jamais dû ! Comment ai-je pu oublier ce que je suis... ce que tu es ?

Elle l'avait déjà rejoint et se coulait dans ses bras sans qu'il trouvât la force de la repousser :

– Ce que je suis ? Ton bien, ta servante, ton esclave mais surtout celle qui t'aimera tant qu'il lui restera un souffle de vie...

– Mais c'est à ta vie que je pense ! Moi, ce que je porte en moi, c'est la mort... Une mort affreuse, et tu es si belle, si pure, si jeune !

– Qu'importe ! De toute façon, je mourrai un jour ! Mets-moi comme un sceau sur ton cœur, comme un sceau sur ton bras car l'amour est fort comme la mort...

Il tressaillit, surpris par ses derniers mots :

– Tu connais le Cantique des cantiques ? C'est à peine croyable.

– Pourquoi ? C'est le plus beau poème d'amour qui soit et les filles de ma race sont plus cultivées que tu ne le penses...

Elle riait à présent et ce rire le désarma, mais quand elle voulut l'entraîner à nouveau vers le lit, il résista :

– Il ne faut pas ! J'aurais trop de remords ensuite !

– Alors c'est que tu ne m'aimes pas, se plaignit-elle, prête à pleurer.

– Mais c'est parce que je t'aime que je veux t'épargner.

Il prit son visage entre ses mains et l'approcha presque à toucher ses lèvres.

– Oh oui, je t'aime ! Depuis le jour du bouquet de roses, tu es en moi comme une douce lumière... et un regret déchirant ! Si j'étais un homme comme les autres, je ferais de toi une reine...

– Non, tu ne le pourrais pas car je suis de trop petite naissance, mais il ne faut pas le regretter puisque nous sommes tout de même réunis. Accepte ce que le destin... et ta noble mère nous offrent ! Etre auprès de toi, dans l'ombre mais tout près, est tout ce que je désire. Pour le reste, je m'en remets au Dieu tout-puissant. Et aussi à l'amour ! Il lui arrive de faire des miracles...

De nouveau le charme opérait. Cette voix était si douce à entendre, ce qu'elle disait plus encore, que l'âme douloureuse du jeune roi la recevait comme un baume. Pourquoi refuser, refuser toujours et encore ? Il se sentait si las tout à coup de lutter contre lui-même.

– Comment rejeter ce que je désire le plus au monde ? chuchota-t-il dans ses cheveux, bouleversé du bonheur de la sentir se blottir plus étroitement contre lui.

Peut-être allaient-ils reprendre le chemin de ce lit au drap marqué d'une tache de sang quand au-dehors éclata le vacarme de portes roulant sur leurs gonds de bronze, de commandements militaires assortis du galop d'un cheval. Puis quelqu'un brailla :

– Un message de Byzance ! Au roi !

En hâte, Baudouin ramassa sur le dallage la chemise abandonnée par Ariane, puis le manteau posé sur un tabouret, l'aida à s'en envelopper, lui donna un baiser rapide, puis alla appeler Marietta pour qu'elle ramène Ariane chez sa mère. Mais la nourrice n'était pas là.

– Elle est allée aux cuisines chercher je ne sais quoi, expliqua Thibaut qui veillait au-dehors, étendu sur un banc. Voulez-vous que j'aille la chercher ?

– Non, coupa Ariane. Je peux fort bien rentrer seule ! Ce n'est pas si loin !

Et elle s'enfuit comme une ombre légère vers la vis de pierre de l'escalier, tandis que Baudouin rentrait dans sa chambre pour revêtir une tenue plus convenable à l'accueil d'un messager impérial. Thibaut ne le suivit pas tout de suite, pris par un désagréable pressentiment : quand la jeune Arménienne était passée

devant lui en coup de vent, il avait eu la vague impression d'une menace. Il hésita un instant, puis cria à l'intention de son maître :
— Je vais la suivre. Il y a cette nuit beaucoup trop d'ivrognes répandus un peu partout dans le château.

A son tour, il dégringola l'escalier, traversa la cour du Figuier qu'il trouva déserte, s'engagea sous une voûte basse, puis dans un nouvel escalier plus étroit. Il entendit des cris, grimpa quatre à quatre et déboucha dans un passage éclairé par deux torches fichées dans les moellons du mur par des griffes de fer. Il vit alors que ce qu'il redoutait obscurément était en train de se passer. C'était Ariane qui avait crié mais qui, à présent, ne pouvait plus que gémir sous la main brutale de l'homme qui était occupé à la violer. Il l'avait dépouillée de son manteau et Thibaut ne voyait d'elle que ses jambes nues écartelées sous le poids de l'homme qui la besognait à grands coups de reins. Furieux tout à coup, il fondit sur le misérable, empoigna le col de sa robe dont les fils d'or brillaient dans l'ombre, l'arracha du corps de la pauvrette et le rejeta en arrière avec tant de force – la sienne était décuplée par la fureur ! – qu'il l'envoya cogner contre le mur où il s'affala, évanoui sous la violence du coup. Il était tombé juste sous l'une des torches et Thibaut n'eut aucune peine à le reconnaître : c'était Jocelin de Courtenay, son père...

Il en fut à peine surpris. Dès l'instant où il avait posé les yeux sur lui le jour de son retour avec Renaud de Châtillon, Thibaut n'avait éprouvé aucun élan d'aucune sorte, sinon la certitude qu'en face de cet homme il lui faudrait toujours rester sur ses gardes et qu'aucun lien, jamais, ne se tisserait. Même l'état misérable où Courtenay se trouvait alors ne l'avait pas ému parce qu'en dépit de son jeune âge il savait lire sous les apparences. Trop souple, trop glissant, trop fuyant, sous des dehors où la grâce le disputait à l'arrogance, Jocelin de Courtenay, au contraire de Raymond de Tripoli, n'avait tiré aucun enseignement de ses années de captivité : il n'en revenait que plus avide de jouir d'une vie et de privilèges que son titre de comte titulaire d'Edesse et de Turbessel ne justifiait pas plus que celui de prince d'Antioche pour son compagnon de geôle. Sa chance était de retrouver sa sœur installée dans le rôle superbe de mère d'un roi dont on pouvait prédire sans crainte de se tromper qu'il ne ferait pas de vieux os. D'un roi qu'il méprisa d'emblée tout en s'en effrayant, mais en dissimulant ses sentiments sous la plus bénigne apparence. Revêtu à présent de la dignité de sénéchal, il s'était fait donner un hôtel en ville et de quoi mener la vie fastueuse qui lui avait tant manqué, passant de longues heures à table ou au lit en compagnie de jolies filles ou de jeunes garçons, promenant le reste du temps à travers le palais sa silhouette toujours somptueusement vêtue de tissus précieux brodés d'or ou d'argent sous lesquels un ventre confortable commençait à s'arrondir.

De son côté et en se retrouvant en face de ce fils qu'il avait oublié, Jocelin ne fit pas montre d'une joie excessive et, s'il lui donna l'accolade sans vraiment l'embrasser, ce fut uniquement pour la galerie et parce que tous les yeux étaient fixés sur lui : ses yeux à lui, bleu pâle, un peu étirés vers les tempes comme ceux de sa sœur, restèrent de glace. Depuis, il ne lui avait pas adressé la parole trois fois. Encore était-ce pour des remarques désagréables.

Cette nuit-là, Thibaut, soulevé de dégoût et de haine, dut faire appel à sa raison et au souvenir de ses vœux de chevalerie pour ne pas égorger comme un porc ce gros homme qui déshonorait le nom qu'ils portaient tous deux. Sans s'inquiéter d'ailleurs de savoir s'il n'était pas sérieusement blessé à la suite de sa rencontre avec la muraille, il se soucia uniquement d'Ariane demeurée inerte et nue sur le sol, bras et jambes écartés dans la position où son agresseur l'avait clouée ; mais, en se penchant sur elle, Thibaut vit ses yeux grands ouverts sur une affreuse expression de désespoir et les larmes qui en coulaient.

En hâte il ramena sur elle les lambeaux de sa chemise déchirée, chercha son manteau pour l'en envelopper. Elle se laissait faire comme un petit enfant mais, quand Thibaut voulut la soulever, elle eut un gémissement de douleur en se laissant aller en arrière et le jeune homme, inquiet, se demanda s'il allait réussir à soulever ce poids inerte. Or il fallait à Ariane des soins que seules des femmes ou un médecin pouvaient donner. Bandant ses muscles, il se penchait pour une nouvelle tentative quand un trottinement qui s'approchait lui fit lever la tête. A son soulagement il reconnut Marietta et courut vers elle. La nourrice de Baudouin n'eut pas besoin de longues explications. Elle prit feu tout de suite :

– Vous voulez l'emmener chez dame Agnès pour qu'elle soit la risée des donzelles qui la servent ?

– Où alors ?

– Chez moi ! Prenez-la aux épaules, je prends les jambes...

Marietta devait à la maladie de Baudouin et à son statut de nourrice d'habiter une petite pièce, prise entre la chambre royale et la muraille, qui servait aussi d'apothicairerie. Elle y disposait d'un coffre, d'un entassement de matelas et de coussins, d'une cruche et d'une cuvette. On y accédait directement par l'escalier. Ariane y fut déposée, après quoi Marietta mit Thibaut à la porte.

— Allez à vos affaires maintenant ! Je sais comment soigner ça. Elle n'est pas, et de loin, la première fille violée qui me passe par les mains.

— Mais elle est sans connaissance ! Vous êtes sûre qu'elle n'est pas en danger ? Pourtant je suis arrivé vite et ce fils de chien n'a pas eu beaucoup de temps...

— Il n'en faut pas beaucoup pour forcer une fille quand on l'a d'abord étourdie d'un coup de poing. Rassure-toi ! Son corps guérira vite, mais pour son esprit ce sera plus long. Pauvrette ! Il a eu ce qu'il voulait, ce mauvais !

— Comment ça, ce qu'il voulait ? Est-ce que...

— Je dis ce qui est : depuis qu'elle est arrivée, il lui tourne autour. Dame Agnès le sait bien qui lui a déjà fait remontrances. Elle voulait que la petite arrive vierge au roi. Il a dû la suivre, la guetter.

— Je croyais qu'il avait peur de la lèpre ?

— Il doit être ivre : il pue le vin ! Allez-vous-en, maintenant ! J'ai à faire !

Avant d'aller rejoindre Baudouin, occupé à recevoir le message de Byzance, Thibaut retourna au passage voûté dans l'intention d'ôter à Courtenay toute envie de recommencer. Même s'il ne gardait guère d'illusions sur ce qu'il valait, l'idée d'avoir été engendré par un tel misérable lui était odieuse. L'eût-il rencontré que le sénéchal du royaume eût passé un fort mauvais quart d'heure car le jeune homme était si furieux qu'il était prêt à le tuer. Mais il ne le trouva plus. Seule, sur le mur, une légère trace de sang disait qu'il avait été là.

CHAPITRE III

LES DAMES DE NAPLOUSE

Le lendemain, après avoir assisté au départ des jeunes époux vers leur fief d'Ascalon et leur lune de miel, le roi tint un conseil élargi, profitant de la présence à Jérusalem de tous ses barons. Les nouvelles arrivées dans la nuit justifiaient cette assemblée qui se tint dans la salle où était le trône, un haut siège de bronze, d'ivoire et d'or surmonté d'un dais bleu et or et des armes de la maison d'Anjou-Ardennes. Tout autour, les bannières et les écus des grands du royaume formaient une haie bruissante et colorée, chaque baron – dont plusieurs étaient des femmes ! – disposant d'une sorte de stalle sous son écu armorié. Aucun rappel ici des décors moelleux de l'Orient, adoucis de tapis et de tentures précieuses : la vaste salle était sévère sous son appareillage de pierre mais imposante et d'une grande noblesse. On attendait une ambassade byzantine dont trois galères de guerre s'étaient ancrées dans le port d'Acre. C'était là la nouvelle portée par le messager de la nuit mais pour le moment, le roi, vêtu d'une robe bleu et or, la couronne sur la tête, assisté de Guillaume de Tyr qui se tenait debout auprès de lui, réglait diverses questions.

– Sire, notre roi bien-aimé !

Celle dont la voix haute et claire s'élevait et qui vint occuper le devant de la scène était sans doute la femme investie de la plus grande puissance du moment au royaume franc, puisqu'elle régnait seule sur l'immense seigneurie d'Outre-Jourdain qui, de Jéricho à la mer Rouge, englobait le riche pays de Moab où poussaient la vigne, l'olivier, les céréales et les champs de canne à sucre, traversé par les grandes routes caravanières rejoignant l'Arabie ou les riches contrées du golfe Persique [1]. D'imprenables forteresses – Montréal et le Krak de Moab – y assuraient une garde vigilante, si impressionnante que l'on avait surnommé cette femme la « Dame du Krak ».

En fait elle s'appelait Etiennette de Milly, fille de Philippe de Milly, seigneur d'Outre-Jourdain retiré au Temple en 1167 à la mort de sa femme. Agée d'à peine trente ans, elle était déjà deux fois veuve. D'abord d'Onfroi III de Toron, fils du vieux connétable et dont elle avait un fils d'une douzaine d'années – baptisé Onfroi comme ses père et grand-père –, et une fille, Isabelle, reine d'Arménie depuis l'année précédente. En secondes noces – l'énorme territoire ayant tout de même besoin d'un guerrier confirmé à sa tête – elle avait épousé le sénéchal Milon de Plancy, un Champenois têtu, teigneux, atrabilaire et vaniteux qui ne l'avait encombrée que deux ans : pour avoir voulu s'arroger la régence du royaume pendant la minorité de Baudouin, il avait été égorgé une nuit de décembre 1174 dans une ruelle d'Acre. Depuis, Etiennette menait son monde avec fermeté et intelligence : le mariage de sa fille avec Roupen III d'Arménie en était la preuve.

La veille, elle avait été l'un des ornements des noces de Sibylle car sa beauté demeurait frappante. Elle

---

1. A peu de chose près, la Jordanie actuelle.

n'était pas très grande mais le paraissait tant son attitude était fière et hautaine. Une ossature parfaite conférait à son visage, délicatement aquilin, une splendeur durable. Ses grands yeux bruns au regard direct ne cillaient pas, mais ses lèvres sensuellement ourlées disaient que cette femme froide et altière pouvait s'embraser. Autre particularité : elle était peut-être la seule amie d'Agnès avec qui elle avait toujours entretenu d'excellentes relations.

Et c'est en plein accord avec celle-ci qu'elle venait de quitter son siège et s'avançait vers le trône avec grâce et majesté, laissant flotter derrière elle le long voile violet qui enveloppait sa tête et son buste retenu au front par un cercle d'améthystes et de perles. Baudouin lui adressa un sourire et un geste courtois quand elle fut devant lui :

– Que veut de nous la noble dame d'Outre-Jourdain, notre féale et amie ?

– Que le roi resserre les liens qui nous attachent à sa couronne, moi et les miens. Ce palais résonne encore des échos de la fête d'hier. Belle et grande fête qui scellait l'accord de deux maisons par l'amour de deux jeunes gens ! Aussi ai-je pensé à une autre fête, à venir celle-là, mais qui serait tout aussi bénéfique pour le royaume.

– A quelle fête pensez-vous, madame ?

– A un autre mariage. Sire notre roi, je viens ici vous demander d'accorder à mon fils, Onfroi IV de Toron, à qui je remettrai toutes mes seigneuries, votre jeune sœur Isabelle afin qu'ensemble et quand le temps en sera venu, ils donnent au royaume les puissants défenseurs dont il ne saurait se passer.

Debout auprès du trône, un peu en arrière, Thibaut serra les poings. On s'occupait un peu trop, à son goût, de l'avenir de sa princesse. Après ce soudard de

Châtillon, c'était cette harpie qui, à présent, voulait mettre la main sur elle ? Pas difficile de deviner pourquoi ! Marier son rejeton à celle qui, après Sibylle, pouvait prétendre à régner serait pour elle une excellente opération car ainsi son fils deviendrait roi. Mais il n'eut pas le temps de suivre davantage le fil de ses pensées. Guillaume de Tyr intervenait à sa manière souriante :

– Belle et noble idée, sire, et qui pourrait retenir votre attention... dans quelques années. La princesse Isabelle n'a pas neuf ans et son prétendu douze, si je ne me trompe ?

Etiennette de Milly toisa l'importun :

– Dans les maisons princières, les alliances se concluent tôt et la fiancée est alors élevée près de celui qu'elle épousera le temps venu.

Thibaut frémit. La Dame du Krak, il le savait, haïssait Marie Comnène pour l'excellente raison qu'après la répudiation d'Agnès de Courtenay par Amaury Ier, elle avait espéré épouser le roi et par la même occasion coiffer la couronne de Jérusalem. Quelle espèce d'affection la fille de la « Grecque », comme elle l'appelait avec dédain, pourrait-elle en espérer ? Et il éprouva une nausée à la pensée que, peut-être, Baudouin allait accepter l'alliance et envoyer sa fragile petite sœur vivre son adolescence derrière les formidables murailles du Krak de Moab. Baudouin, pour l'instant, ne répondait rien. Mais le chancelier, lui, avait encore quelque chose à dire. Il eut, pour la dame dressée devant lui comme un cobra prêt à frapper, un sourire plein de bonhomie :

– Le roi ne saurait vous répondre sur l'instant, noble Etiennette. Nous sommes ici pour attendre une ambassade du Basileus [1]. La reine douairière Marie est

1. L'empereur de Byzance.

sa nièce et l'empereur peut avoir des vues sur sa fille. Nous ne saurions engager la petite Isabelle sans son aveu...

Il n'y avait rien à répondre à cela : Etiennette était battue et Baudouin en remercia son ancien maître d'un léger sourire. Pourtant un champion inattendu poussa brusquement aux côtés de la Dame du Krak prête à regagner sa place : Renaud de Châtillon accourut pour lui offrir son poing mais, au lieu de la ramener, il la retourna résolument vers le trône :

– Sire, clama-t-il si fort que sa voix puissante dut s'entendre jusque dans la cour d'honneur, le maître du royaume franc de Jérusalem n'a que faire de l'avis d'un Grec pour marier sa jeune sœur. Qu'elle porte en elle une part de ce sang maudit est bien suffisant. Donnez-lui pour époux un prince bien de chez nous : cela évitera aux enfants qu'elle aura d'hériter l'esprit tordu de Byzance. La seigneurie d'Outre-Jourdain vaut un royaume. Qu'elle aille au plus digne. Qu'en pensez-vous, vous autres ? ajouta-t-il en s'adressant aux autres barons.

Les approbations lui arrivèrent d'un peu partout, faisant naître sur sa face une grimace de triomphe. Presque seul, Raymond de Tripoli protesta :

– Où vous croyez-vous donc, sire Renaud ? Ce n'est un secret pour personne que vous haïssez l'empereur depuis l'humiliation qu'il vous a infligée, quand après vos sanglants exploits de Chypre il vous a contraint à venir demander pardon à ses genoux, les bras nus et tendant votre épée par la pointe. Vous étiez alors prince d'Antioche, mais à présent vous n'êtes plus que ce que veut bien le roi...

A cet instant, s'éleva la voix de celui-ci :

– Tous ici connaissent votre sagesse et votre dévouement au royaume, mon beau cousin, et je suis le premier à vous en savoir un gré infini. Cependant il ne faut pas qu'ils vous poussent à manquer de charité envers le prochain. Quant à vous, messire Renaud, nul n'ignore ici quel magnifique guerrier vous êtes et tous avec moi souhaitent que cette épée, trop longtemps réduite à l'inaction, flamboie de nouveau au soleil des batailles ; mais, pour ce qui est de la politique, faites-moi la grâce de me la laisser ! Nous entendrons les ambassadeurs de Byzance. Quant à vous, gracieuse dame, je vous reverrai avec grand plaisir !

Il n'y avait rien à ajouter. Tous le comprirent et Guillaume de Tyr dissimula sa satisfaction, heureux de constater que son élève, en dépit de son jeune âge, pouvait se montrer aussi ferme que bon diplomate. A présent, la Dame du Krak regagnait sa place, menée fièrement par Renaud qui la couvait d'un œil ardent. Duquel, soudain, elle semblait captive. Depuis qu'il était apparu auprès d'elle, Etiennette avait senti une étrange émotion s'emparer d'elle. Sous ses doigts elle sentait les os et les muscles durs de ce poing énorme, solide comme un roc. Dans un instant, elle allait s'en séparer, s'en éloigner pour retourner vers son pays de Cocagne et ses châteaux trop grands, trop vides, et déjà elle en éprouvait quelque chose qui ressemblait à de la douleur. La stature de Renaud effaçait tout, jusqu'au souvenir de sa requête, jusqu'à sa haine pour Marie Comnène, pour laisser la place à une bien séduisante idée. Qu'avait-elle à se soucier de marier son fils quand elle-même se sentait encore si jeune, ses flancs si capables de porter les fruits de l'amour ? Sans le savoir, elle refaisait le parcours émotionnel de Constance d'Antioche qui, courtisée par tant de hauts barons, avait choisi un soldat de fortune, un chevalier errant mais qui avait su éveiller en elle tous les tourments et toutes les délices de la passion...

Renaud avait trop l'habitude des femmes pour ne pas se rendre compte de l'effet produit chez celle-là. Tout à l'heure il avait agi sous une impulsion irraisonnée, le besoin d'insulter son ennemi par personne interposée ; mais il découvrait que se déclarer le chevalier de cette dame était sans doute l'action la plus intelligente qu'il eût accomplie depuis son exploit d'Antioche. Elle était belle, et désirable... et combien plus désirables encore ses terres immenses et ses forteresses imprenables. Il souhaita de toutes ses forces lui plaire, la séduire et si possible l'épouser. Aussi en la ramenant à sa place eut-il l'un de ces gestes de courtoisie tendre qu'il savait rendre irrésistibles. Ramenant le poing de la dame vers sa bouche, il posa un baiser léger, puis plia le genou :

– Accordez-moi la faveur de porter vos couleurs, gracieuse dame, et jamais, je le jure, vous n'aurez eu champion plus attentif à cet honneur. En tous lieux et contre tout appelant, je vous défendrai tant qu'il me restera un souffle de vie !

Un murmure mi-approbateur, mi-moqueur accueillit le coup d'audace, mais le visage d'Etiennette de Milly assombri par le refus royal rayonnait à présent d'une joie si forte que Guillaume de Tyr renonça à rappeler Châtillon à ses devoirs envers le roi ; pensant que les choses se terminaient mieux qu'il ne l'avait craint, il remit à plus tard de surveiller ces deux-là. Les trompettes, sur les murs du palais, annonçaient les envoyés de Byzance et l'on se prépara à les recevoir.

En fait, si le sort de la jeune Isabelle fut évoqué au cours de la première entrevue, aucune demande précise assortie d'un acte ne fut formulée. Le protosébaste Andronic l'Ange qui menait la délégation venait seulement voir de quel œil Baudouin IV considérait les accords passés avant lui entre son père Amaury Ier et l'empereur Manuel à Constantinople, touchant une descente commune en Egypte afin de tenter de saper, sur ses bases mêmes, la puissance grandissante de Saladin avant qu'il ne soit trop tard.

Le jeune roi fit grand accueil au magnifique seigneur. Il était trop conscient des liens, personnels et familiaux, qui avaient uni son père au Basileus, pour ne pas souhaiter les garder intacts. Byzance était le meilleur et le plus puissant allié du royaume franc. Aussi ne laissa-t-il planer aucun doute sur ses intentions. Cependant la trêve existait, signée avec Turhan shah, et Jérusalem avait besoin qu'elle dure encore quelque temps afin de préparer comme il convenait une campagne certainement difficile et qui demanderait de forts contingents. Le mieux serait d'attendre les nouveaux croisés qui ne manqueraient pas de débarquer aux environs de Pâques. L'ambassadeur en demeura d'accord : il n'était d'ailleurs venu qu'avec peu de navires. L'important était d'être assuré que les accords tenaient toujours. Et l'on festoya joyeusement, buvant et levant bien haut les coupes de vin à la gloire de ceux qui réussiraient à abattre « le Renard du Caire ».

Seul le roi ne participait qu'en apparence. Dieu seul savait s'il serait de ceux qui libéreraient le royaume d'une menace singulièrement grave, car il ne s'illusionnait pas sur la qualité d'un ennemi dont il espérait seulement qu'il ne prendrait pas l'initiative de rompre une trêve devinée fragile. Tant qu'Alep tiendrait bon contre lui, Saladin aurait du grain à moudre avant de s'approprier la totalité de la Syrie et Jérusalem vivrait des jours paisibles. D'autre part, Baudouin n'aimait pas l'idée d'être le premier à rompre cette trêve si précieuse et les impatiences de l'empereur le contrariaient même s'il n'en laissait rien voir. Mais Guillaume de

Tyr n'était pas de ceux-là : il lisait à livre ouvert dans l'esprit et le cœur de son élève :

– Vous avez fort bien fait, sire, de ne rien précipiter. Le Basileus, dont les troupes viennent de subir une sévère défaite en Anatolie, ne rêve que de vengeance ; mais pour aller attaquer l'Egypte, ses navires ont besoin de nos ports et de notre soutien, bien qu'il ait beaucoup plus d'hommes et de moyens que nous. Or, pour l'instant, la victoire est nôtre et vos barons comme vos hommes d'armes souhaitent en jouir en toute tranquillité. Rassembler l'ost serait d'un effet désastreux.

– Oh, je sais ! Seulement je crains que le protosébaste s'incruste ici pour attendre le printemps, le nouveau contingent venu d'Europe et le gros de la flotte byzantine... Auquel cas, il faudra bien prendre le chemin du Caire.

– Ce n'est pas certain. Il n'a que trois galères et préférera sans doute retourner passer l'hiver chez lui. Au besoin, nous pouvons l'y inciter... discrètement. Pour le moment, il souhaite aller présenter ses devoirs à la reine douairière, sa cousine.

– C'est bien naturel. En ce cas, je vais envoyer Thibaut avertir ma belle-mère.

– Pourquoi Thibaut, quand une lettre portée par un simple coureur de vos écuries suffirait ? s'étonna Guillaume qui, mieux que quiconque, savait que le bâtard détestait s'éloigner de Baudouin.

– J'ai pour cela une excellente raison, mon ami. Vous n'avez pas été sans remarquer, à la réception, l'absence du sénéchal ?

– En effet. On m'a dit qu'il était souffrant. Ce qui m'a fort surpris : il aime tant à parader sur le devant de la scène qu'il doit être très malade pour avoir manqué cela.

– Il a fait la nuit dernière une mauvaise chute contre un mur. Il a pris une énorme bosse sur le côté de la tête cependant qu'une aspérité lui déchirait la joue. Ses jours ne sont pas en danger mais il n'est pas beau à voir...

– Il était ivre à ce point ? fit le chancelier en riant.

– Non. En fait, c'est Thibaut qui lui a valu cela en l'arrachant du corps d'une jeune fille que ce bouc puant était en train de forcer.

Les sourcils en accent circonflexe, Guillaume examina le visage soudain blanc de colère du jeune roi et garda un instant le silence.

– Une jeune fille ! émit-il enfin. Ce n'est pas, j'espère, la petite Arménienne ? Celle que votre mère vous a offerte ?

De blanc, Baudouin passa au rouge profond :

– Vous savez cela ? fit-il sèchement.

– Pour vous bien servir, sire, j'ai besoin de tout savoir de ce qui se passe dans ce palais. Je sais qu'on l'a menée chez vous cette nuit, qu'elle en était heureuse car elle vous aime d'amour grand et vrai. J'espérais que vous le seriez aussi.

Sa voix était infiniment douce. Baudouin, cependant, lui tourna le dos pour qu'il ne vît pas les larmes qui lui montaient aux yeux.

– Je l'ai été, murmura-t-il. J'ai connu un moment de joie intense parce que j'avais oublié ce que j'étais et le mal que je porte. Son cri au moment où je l'ai déflorée m'a dégrisé... rendu à l'horrible réalité. Ma semence maudite ne s'est pas répandue en elle et de cela je remercie Dieu. Dieu qui ne m'a pas sauvé de la tentation !

– Ne l'accusez pas ! Cet amour qui se donnait à vous, il ne le condamnait pas ! Chacun est libre de son corps et cette jeune fille vous donnait le sien en toute connaissance de cause. Que s'est-il passé ensuite ?

– Le messager des Byzantins est arrivé et je l'ai renvoyée chez ma mère. Elle ne voulait pas qu'on la raccompagne, mais Thibaut s'en est inquiété. Il a couru derrière elle et vous savez la suite...

– Le sénéchal a-t-il reconnu son agresseur ?

– Thibaut ne le pense pas. Tout a été très rapide et il faisait sombre.

– Et vous avez fait ramener la jeune fille chez votre mère ? Dans l'état où elle devait être, ce n'était guère...

– Marietta l'a prise chez elle et elle y est encore. J'ai prévenu ma mère – en la remerciant – que je la gardais, mais ce n'est pas mon intention. Il faut qu'elle parte et c'est pourquoi j'envoie Thibaut à Naplouse ce soir même : il va conduire Ariane chez ma belle-mère. Marie est un peu folle, mais c'est la bonté même et sa demeure un enchantement. Ariane y sera bien... et moi j'aurai l'esprit en paix. Ici, entre la méchanceté des femmes et cet ignoble Courtenay qui cherchera sans doute à recommencer ou à se venger d'autre manière, elle ne serait plus en sûreté. Par les plaies du Christ ! De quelle boue sont faits les hommes !

Tout en parlant, Baudouin s'était approché d'un coffre en cèdre sculpté sur lequel étaient posées son épée et sa dague. Il prit celle-ci, la dégaina et, sur les derniers mots, la planta avec fureur dans le précieux couvercle, puis l'en arracha et fixa la lame brillante comme s'il lui cherchait un autre fourreau. Guillaume de Tyr, inquiet du désespoir qui s'inscrivait sur son visage, s'élança et, calmement, ôta le poignard des mains du jeune homme :

– Non. Cela ne résoudrait rien et vous perdriez votre âme ! Mon fils... vous l'aimez déjà tant, cette enfant ?

– Vous me connaissez mieux que mon confesseur, n'est-ce pas ? fit-il avec amertume. Oh oui, je l'aime !

Et alors que je la voudrais toute à moi je dois l'écarter de ma personne, l'envoyer au loin !

— C'est cela le véritable amour : vouloir le bien de l'autre au détriment du sien propre. Naplouse n'est pas si loin ! Quinze petites lieues !

— Elles doivent être pour moi aussi vastes qu'un océan. Si je ne la revois pas, j'arriverai peut-être à l'oublier...

Guillaume se contenta de hocher la tête : il le connaissait trop pour s'illusionner sur cette éventualité venant d'un tel cœur, mais la sagesse était de l'y encourager. Thibaut, qui était allé chez Marietta prendre des nouvelles d'Ariane, revint à cet instant. Son sourire répondit au regard interrogateur de Baudouin :

— Elle va mieux que nous n'osions l'espérer. Marietta l'a bien soignée. J'ajoute qu'elle désire beaucoup vous voir, mais sans oser le demander. Elle est ravagée de honte à présent que ce monstre l'a souillée.

— Est-elle en état de voyager ?

— Voyager ? Mais pour aller où ?

— A Naplouse où tu vas la conduire ce soir ! Je ne veux pas qu'elle reste ici exposée à... toutes sortes d'avanies !

— Elle ne voudra jamais, émit Thibaut, anticipant les réactions de la jeune Arménienne. En outre, elle n'a jamais mis son... séant sur un cheval...

— Je ne lui laisse pas le choix. C'est un ordre ! Quant au cheval, après ce qu'elle vient de subir ce serait... difficile. Tu prendras une mule... un âne... une litière, n'importe quoi. Mais il faut que demain matin, elle soit loin d'ici. Dis à Marietta de tout préparer ! Moi, je vais écrire à Marie...

Avec une grimace comique à l'adresse de Guillaume de Tyr qui le regardait en souriant, Thibaut se mit en devoir de s'exécuter. Il savait d'expérience que, lorsque Baudouin employait un certain ton, discuter était du temps perdu. Mais il revint peu après, et il était très ému :

– Sire, il vous faut la voir ne fût-ce qu'un instant ! dit-il. Elle est en larmes, persuadée que, si vous l'envoyez loin de vous, c'est parce qu'elle vous fait horreur.

– Elle, me faire horreur ? Mais, par tous les saints du paradis, c'est le monde à l'envers ! C'est bon : va la chercher !

Elle fut là dans l'instant. Tellement semblable à une statue de la désolation que Baudouin ne put s'empêcher de rire. Ce qui la blessa.

– Oh, sire, vous me plongez dans l'affliction, vous me chassez et cela vous fait rire ?

– Oui, parce qu'il n'y a aucune raison de vous mettre dans cet état. Je ne vous chasse pas : je vous mets à l'abri de l'infâme personnage qui a abusé de vous... et qui recommencera si l'on ne vous éloigne pas. A Naplouse, vous serez bien. La reine Marie est bonne et ma petite sœur adorable... En outre, le sénéchal n'y mettra jamais les pieds.

– Je pensais que...

– Je sais ce que vous pensiez, mais c'est une grave erreur. Vous m'êtes infiniment précieuse... et chère.

Ariane joignit les mains en un geste de ferveur tandis que ses yeux rougis s'illuminaient d'espérance :

– Oh, si je vous suis chère, gardez-moi ! Je ne veux vivre que pour vous et par vous. Mon doux seigneur, saurez-vous jamais combien je vous aime ?

Elle avait mis genou en terre et levait les mains vers lui. Il les prit pour la relever et, un instant, la tint contre lui.

– Peut-être que je le sais mieux que vous n'imaginez, fit-il avec une grande gentillesse. Vous m'avez fait le plus merveilleux des présents et la pensée de votre amour éclairera ma triste route. A présent, obéissez-moi et partez ! Ne me rendez pas cet instant plus cruel ! Dieu m'est témoin que je voudrais toujours vous garder contre moi !

Il effleura de ses lèvres les doigts de la jeune fille, puis les lâcha :

– Emmène-la, Thibaut ! Et veille bien sur elle. Il y a là une lettre pour la reine Marie. Prends-la et prends aussi une escorte !

– C'est inutile. Je préfère que nous passions inaperçus et le pays est calme.

Il allait emmener la jeune fille, docile cette fois mais dont les larmes coulaient de nouveau en silence :

– Attends ! dit Baudouin.

Le roi prit, à son chevet, un petit coffre serti d'émaux bleus, l'ouvrit, en tira un anneau où s'enchâssait la plus bleue des turquoises et vint le passer à l'annulaire d'Ariane :

– Cette bague m'a toujours été précieuse. Elle m'a été donnée par mon père lorsque j'ai eu dix ans. Il disait qu'elle m'apporterait la sérénité et la protection du ciel. Je ne peux plus la mettre, ni d'ailleurs aucune autre, ajouta-t-il en regardant ses doigts qui commençaient à s'épaissir. Mais toi, ma douce Ariane, garde-la en mémoire de moi.

Elle y posa aussitôt ses lèvres, puis supplia :

– Je vous reverrai, n'est-ce pas ?

– Si Dieu le veut ! Mais s'Il ne le veut pas, sache que je n'aimerai jamais que toi !

Une heure plus tard, Thibaut et Ariane quittaient Jérusalem par la porte de David sur laquelle veillait la citadelle, et qui permettait de sortir sans traverser la ville ; puis ils remontèrent vers le nord pour rejoindre la route de Ramla et de Naplouse.

Au pied des montagnes de Samarie, la verte vallée de Naplouse – l'antique Sichem – était l'un de ces endroits bénis du ciel où la grâce du paysage se mêle à la profusion de la nature pour composer, entre ciel bleu et terre blonde, une corbeille de végétation, une oasis de douceur et de paix où le voyageur souhaite s'arrêter et l'âme se reposer. Figuiers, oliviers, lauriers, citronniers et orangers y poussaient à foison autour des maisons blanches, à terrasses ou à coupoles, sur lesquelles de grands palmiers mettaient une ombre mouvante.

La demeure de la reine douairière de Jérusalem s'élevait au-dessus de la ville sur les premières pentes du mont Garizim, jadis haut lieu de religion gnostique et ascétique des Samaritains. Après la prise de Jérusalem, au siècle précédent, Tancrède de Hauteville, qui serait un jour prince d'Antioche, y avait construit un château à la sicilienne, moitié défense, moitié palais – ce dernier avatar ayant pris le pas sur le premier quand le roi Amaury avait offert Naplouse en douaire pour sa jeune épouse. Il y avait fait porter une part des richesses qui avaient constitué la fabuleuse dot de la princesse byzantine, ce qui était prudent car lorsque, après sa mort, Agnès était revenue s'installer triomphalement à Jérusalem en commençant par chasser celle à qui elle ne pardonnait pas de porter une couronne qu'on lui avait refusée, elle n'avait tout de même pas osé demander que l'on pille sa demeure, sachant bien que Baudouin et Raymond de Tripoli, alors régent du royaume, s'y seraient fortement opposés.

Aussi lorsque, après deux jours d'un voyage où son compagnon avait fait en sorte de la ménager, Ariane aborda la demeure de l'ancienne souveraine, se crut-elle arrivée en paradis. Les appartements d'Agnès au palais de la citadelle n'étaient pas dépourvus de splendeur grâce à leur profusion bien orientale de tapis, de tentures et de coussins ; mais un concentré de la magnificence byzantine se retrouvait là dans le dallage de marbre figurant une prairie émaillée de fleurs, dans les mosaïques des murs représentant des anges aux longues ailes tournés vers une Mère de Dieu à l'œil absent, drapée d'azur et d'or, offrant à l'adoration un Enfant Jésus hiératique et bénisseur, dans les colonnes de porphyre soutenant une voûte étoilée qui rejoignait un portique ouvert sur un jardin de lauriers et d'orangers où chantait une fontaine.

La reine Marie elle-même semblait tout juste descendue d'une de ces mosaïques. A la mode byzantine, elle portait une longue et somptueuse robe d'une pourpre sombre ornée de bandes de broderies d'or qui lui emprisonnait le cou, mais dont les larges manches doublées de drap d'or tombant jusqu'à terre pouvaient glisser jusqu'à l'épaule si elle levait un bras chargé de lourds bracelets. Un bandeau d'améthystes et de perles, assorti au pectoral disposé sur ses épaules, ceignait son front. Deux longues mèches lisses et brunes encadraient un visage d'une étonnante pureté, mais dont on ne remarquait les traits qu'après avoir échappé à la fascination d'énormes yeux sombres d'icône, en infiniment plus brillants.

Cependant, le hiératisme de sa personne s'arrêtait là. A vingt-six ans, la nièce du Basileus était une jeune femme pleine de vie. Lorsque Thibaut et sa compagne lui furent amenés, conduits par une dame de parage rebondie à qui un chambellan âgé et sourcilleux les avait confiés, elle jouait sous le portique avec un petit chien blanc taché de roux qui s'étranglait dans son enthousiasme à sauter sur le menu bâton qu'elle lui lançait. Elle retrouva le maintien convenable à une reine pour accueillir les arrivants, mais il était évident que leur venue l'enchantait comme toute nouvelle de Jérusalem car, dans ce beau pays et cette magnifique demeure, Marie Comnène s'ennuyait ferme. En bonne Grecque, elle adorait la musique, la danse, les fêtes, la poésie et la jeunesse, toutes choses que son statut de reine veuve écartait d'elle, remplacées par un redoutable cérémonial où la prière et les exercices religieux tenaient la plus grande place.

Assise sur un haut siège d'ivoire sculpté, elle les reçut avec un plaisir d'autant plus vif qu'elle connaissait bien Thibaut :

– Messire de Courtenay ! s'écria-t-elle. Que me vaut la joie de recevoir le fidèle, l'indispensable compagnon de notre sire Baudouin que Dieu veuille tenir en Sa sainte garde ?

– Une lettre de sa main, madame.

Le jeune homme mit genou en terre, aussitôt imité par Ariane, et offrit le message scellé du petit sceau privé que le dragon introducteur qui s'était placé près du fauteuil voulut prendre d'une main d'ailleurs hésitante, mais Marie la devança :

– Ce message est du roi lui-même, Euphémia ! A moi de le prendre. Et ne faites pas cette tête-là ! Vous savez bien que mon beau-fils ne quitte pas ses gants.

Elle fit sauter le cachet de cire, déroula le parchemin et le parcourut des yeux, puis le laissa reposer sur ses genoux :

– Relevez-vous, tous deux ! Le roi nous confie cette jeune fille, Euphémia, afin de la soustraire aux entreprises d'un haut personnage de la cour. Il dit qu'elle a été peu de temps au service de sa mère, qu'elle joue du luth avec grâce et brode avec une extrême habileté...

– Et vous pensez qu'avoir été au service de cette femme la rend digne de servir une aussi grande princesse que vous ? s'indigna la dame de parage. Le roi doit avoir perdu l'esprit. Nous n'avons que faire de filles de cette sorte !

– Paix, Euphémia ! Paix et silence ! Notre sire dit aussi qu'elle lui est chère et que nulle part ailleurs que dans ma maison elle sera mieux protégée. Tu viens du quartier arménien, écrit-il, et tu es la fille unique de Toros, le riche lapidaire. Quel âge as-tu ?

– Quinze ans, madame la reine, depuis la Saint-Jacques.

En dépit du sourire encourageant de Thibaut, Ariane, consciente de subir encore un examen, se sentait mal à l'aise. La lettre du roi, elle le savait, taisait ce qui faisait sa honte, se bornant à dire que le sénéchal la poursuivait d'assiduités gênantes ; pourtant, elle avait l'impression que les larges prunelles violettes de la reine pouvaient lire jusqu'au fond de son âme...

Celle-ci cependant lui tendait une main en prononçant des paroles de bienvenue, ajoutant qu'elle serait attachée au service de sa fille Isabelle, quand celle-ci arriva soudain du jardin en courant, sa robe bleue, copie réduite de celle de sa mère, tenue à deux mains et retroussée jusqu'aux genoux pour faciliter la course, ce qui, vu la raideur du vêtement, lui donnait une curieuse allure que la grosse Euphémia salua d'un cri d'horreur :

– Voulez-vous lâcher vos robes tout de suite ! Il y a ici un homme !

Le cœur de l'homme en question venait de manquer un battement à la vue de celle qui l'occupait de façon si constante. Leur dernière rencontre remontait à plusieurs mois et, bien qu'elle approchât seulement de l'adolescence – mais dans les pays d'Orient la nature des filles se développe plus vite –, la jeune Isabelle était déjà si ravissante que ceux qui la voyaient ne pouvaient se défendre d'anticiper ce qu'elle serait dans peu d'années quand ses membres encore un peu grêles – et ses façons de poulain vif-argent – se seraient assouplis, adoucis. Elle réussissait l'exploit de ressembler à la fois à sa mère par la délicatesse des traits, du petit nez droit et des lèvres déjà pulpeuses et à son frère Baudouin dont elle avait l'allure fière, la silhouette élancée due au sang Plantagenêt – elle était déjà presque aussi grande que la reine Marie –, et surtout les longs yeux d'azur clair extraordinairement lumineux sous des cils foncés d'une invraisemblable longueur. Quant à sa chevelure d'un brun de châtaigne mûre traversé d'éclats d'or que nul ne pouvait ignorer, car on la laissait danser librement sur son dos, elle n'appartenait à personne, sauf peut-être à sa grand-mère paternelle, la reine Mélisende, qui avait été l'une des foudroyantes beautés de son temps. De toute évidence, Isabelle allait marcher sur ses traces.

Cependant, l'apostrophe d'Euphémia faisait son effet : elle lâcha ses robes, rougit violemment et vint baiser la main de sa mère en murmurant comme excuse qu'elle avait aperçu l'arrivée des voyageurs et accourait aux nouvelles ; mais, en même temps, elle reconnut l'écuyer de son frère et, incapable de se maîtriser davantage, se précipita vers lui avec des paroles presque semblables à celles de sa mère :

– Messire Thibaut ! Quelle joie ! Je commençais à croire que vous m'oubliiez !

– C'est là chose impossible, madame, et ce n'est pas ma faute si l'on vous a fait quitter le couvent pour revenir ici.

– Il paraît que c'était sagesse, fit Isabelle avec un soupir, mais ce n'est pas sans regret de ma part. La vie que nous menons ici, ajouta-t-elle en baissant le ton, est encore plus religieuse que chez la révérende mère

Yvette... et plus ennuyeuse ! Au fait, qui est celle-ci ? ajouta-t-elle en faisant voleter ses lourdes robes pour considérer Ariane.

Sa mère la renseigna et elle vint regarder la nouvelle venue sous le nez, tourna autour en fronçant le sourcil :

– Si mon frère l'aime, qu'a-t-elle besoin d'autre protection ? Il est le roi, il me semble ?

– Vous êtes trop jeune pour savoir ce que la vie à la cour comporte de dangers, dit la reine avec fermeté. Et le roi a d'autres soucis que de veiller sur telle ou telle demoiselle du palais...

– Etes-vous bien sûre, ma mère, que ce n'est pas lui qu'elle fuit ? Si elle l'aime, elle doit avoir peur de son mal parce que, comme les autres, elle n'est pas capable de comprendre quel être merveilleux il est...

– Oh, si, je l'aime ! Dieu m'est témoin que je l'aime plus que tout au monde !

Le cri désespéré d'Ariane frappa Isabelle au point de la pétrifier. Elle s'immobilisa, tandis que la jeune Arménienne se laissait tomber à genoux en sanglotant, proche de la crise nerveuse et balbutiant au milieu de ses pleurs qu'elle voulait retourner vers lui. Mais aucun de ceux qui étaient là n'eut le temps d'intervenir. Quittant brusquement sa pose figée, Isabelle s'agenouillait auprès de la jeune fille, sans oser la toucher. Sa voix sonna haute et claire :

– Pardonnez-moi ! dit-elle. Voyez-vous, il est mon frère bien-aimé et je souffre de toutes ses douleurs. Je crois que je suis un peu... jalouse. Voulez-vous me donner la main ?

Ariane relevait la tête pour regarder la petite princesse à genoux près d'elle. Timidement, elle tendit sa main sur laquelle Isabelle posa la sienne, la serra, l'aidant du même coup à se relever

– J'ai pensé à la mettre auprès de vous, ma fille, dit

alors Marie. Si j'en crois ce que je vois, vous ne vous y opposerez point ?

– Non. Et même je vous en prie ! Je vais la conduire chez moi. Venez-vous aussi, messire Thibaut ?

– J'ai grande espérance de vous revoir avant de repartir, madame, mais, avec sa permission, je dois parler encore à la reine, répondit-il, étouffant un soupir en suivant des yeux les gracieuses silhouettes qui s'éloignaient appuyées l'une sur l'autre, comme si elles se connaissaient depuis toujours.

Quand elles eurent disparu, Marie Comnène se leva et, se tournant vers sa suivante :

– Suivez-les, Euphémia, et veillez au logement de cette jeune fille ! Quant à nous, ami Thibaut, allons respirer sous les palmes. Il me semble que je recevrai vos autres nouvelles plus sereinement. Surtout si elles sont désagréables...

– Pas toutes, noble reine ! Un ambassadeur du Basileus est entré dans Jérusalem peu avant mon départ. Il s'agit du protosébaste Andronic l'Ange qui vous est cousin, je crois, et son intention déclarée est de venir vous rendre hommage sous peu.

– Je ne l'aime pas beaucoup. Si c'est là votre bonne nouvelle...

– Je l'espérais, madame, et vous m'en voyez désolé car je crains fort que vous aimiez encore moins la suite de mon discours.

– Il en sera ce que Dieu voudra...

Elle fit un ample signe de croix, joignit les mains et se mit à prier tout en marchant dans les allées dallées du jardin jusqu'à une fontaine de mosaïques bleues qui murmurait au milieu d'un rond-point ombragé de hauts palmiers dattiers. Un banc cernait la petite place où Marie alla s'asseoir ; des buissons de myrtes et de jasmin embaumaient l'air.

– Voyons votre nouvelle ! soupira-t-elle après s'être signée une dernière fois.

En quelques phrases rapides, Thibaut retraça l'intervention quasi solennelle de la Dame du Krak à l'assemblée des barons et sa demande instante de la main d'Isabelle pour son fils Onfroi, mais il n'eut pas le temps de s'étendre sur le sujet. A peine avait-il prononcé le mot mariage que Marie se levait, rouge de colère et raide d'indignation :

– Jamais ! Livrer ma fille à cette femme ? Jamais, vous m'entendez ? Elle n'aurait à en attendre qu'avanies et méchanceté.

– Le roi n'est pas plus favorable que vous, madame, mais dame Etiennette est têtue, elle reviendra à la charge, à moins que le protosébaste ne fasse une demande pour un prince de la famille impériale. Ce qui pourrait être dans ses intentions...

– Cela non plus ne saurait me convenir. J'entends garder ma fille près de moi et il faudra bien que le roi, mon beau-fils, tienne compte de ma volonté. En outre, je n'oublie pas que le mal dont il souffre le conduira au tombeau dans peu d'années sans doute et ma fille, à sa mort, deviendra reine de Jérusalem.

– Nul n'en serait plus heureux que moi, car ce serait un baume sur la blessure qu'ouvrira en moi le trépas de mon cher seigneur mais... il y a aussi la princesse Sibylle qui vient de prendre époux, et elle est l'aînée.

– La fille de la putain ? Jamais les hauts barons ne l'accepteront ! Le sang d'Isabelle est entièrement royal. Cela fera la différence en temps voulu. Vous direz au roi que la princesse sa sœur n'ira pas à Byzance épouser un des nombreux cousins de l'empereur pour s'y perdre dans leur foule, et ne sera pas non plus livrée à la Dame du Krak pour qu'elle en fasse un otage. A présent, allons prier ! J'entends les simandres [1] qui nous appellent à l'office du soir.

Il fallut bien la suivre. Thibaut réprima un soupir. Il était aussi bon chrétien que n'importe qui, plein d'amour et d'humilité pour le Rédempteur crucifié, mais s'il priait chaque jour comme le devait tout bon chevalier, il ne voyait pas l'utilité de passer la moitié de son temps à genoux sur la terre ou la pierre à la manière des moines. Ainsi que l'avait dit tout à l'heure Isabelle, ce palais semblait extraordinairement religieux et à cette heure il eût de beaucoup préféré aller manger un morceau avant de s'étendre dans un coin tranquille pour y prendre un repos réparateur : ce voyage trop lent mais nécessaire au confort d'une jeune fille blessée dans sa chair l'avait fatigué plus qu'une rapide chevauchée. Cependant, il se résigna à passer une heure dans les fumées de l'encens et des cierges, consolé malgré tout par la présence d'une Isabelle qui lui envoyait sourires et clins d'œil tout en se tortillant sur son carreau de soie mince comme une galette.

L'office terminé, il se disposait à rejoindre le châtelet, commandant l'entrée de l'enceinte fortifiée, où logeaient les gardes et les éventuels visiteurs masculins, les seuls hommes autorisés à résider dans le palais de la reine douairière étant les prêtres ou les moines, lorsque quelqu'un le rattrapa : Isabelle.

– Quand partez-vous, sire Thibaut ? fit-elle un peu essoufflée d'avoir couru. Pas ce soir j'espère ?

– Non, madame, mais demain matin dès l'ouverture des portes. Je ne vous reverrai donc pas, ajouta-t-il avec une note de tristesse qui n'échappa pas à la fillette.

---

1. Assemblage de plaques de métal et de bois faisant office de cloches dans les églises byzantines.

– Quand reviendrez-vous ?
– Pas de sitôt, je le crains. Je n'ai rien à faire ici...
– Et me voir ? Ce n'est pas important ?

Il était trop jeune pour savoir dissimuler les mouvements de son cœur et lâcha :

– Oh si ! S'il n'était que de moi, princesse, je voudrais vous voir toujours !

Le sourire qu'elle lui offrit fit rayonner son ravissant visage et battre un peu plus vite encore le cœur du jeune homme :

– Alors, faites ce qu'il faut pour cela : dites au roi mon frère que je l'aime... et que je m'ennuie à mourir ici ! Je voudrais tant rentrer à Jérusalem !

Implorante, elle s'accrochait à son bras et Thibaut s'accorda le bonheur de poser sa paume sur les deux petites mains : elles étaient douces et tièdes comme un plumage d'oiseau.

– Vous vous ennuieriez plus encore si l'on devait vous livrer à l'un de ceux qui briguent déjà votre alliance car vous n'auriez d'eux ni joie ni bonheur.

– Parce qu'on me demande ? Et qui donc ?

– Vous le savez fort bien. Ce vieux soudard de Renaud de Châtillon à cause de qui mère Yvette vous a fait quitter le couvent. Il y a aussi dame Etiennette de Milly qui voudrait vous faire épouser son fils... Et ce ne serait pas pour vous rendre heureuse car vous seriez obligée d'aller vivre aux confins du royaume et des déserts, dans son redoutable Krak de Moab. Jérusalem vous paraîtrait encore plus éloignée.

– Je sais qu'elle déteste ma mère, que ma mère la déteste et je ne voudrais à aucun prix devenir sa fille. Mais, s'il faut vraiment me marier, pourquoi donc le roi mon frère ne me donnerait-il pas à quelque chevalier qui aurait place dans son estime et son affection ?

– Qui, par exemple ?

– Pourquoi pas vous ? Je crois que... j'aimerais beaucoup devenir votre épouse... Thibaut.

Il dut fermer les yeux un instant tant ce qu'il lisait dans les yeux bleus de la fillette l'éblouissait. Il dut aussi se forcer pour répondre :

– Vous êtes une grande princesse... et moi je ne suis qu'un bâtard...

– De très noble maison tout de même et, par votre alliance, vous serez plus encore. En outre... il me souvient, un jour, alors que vous quittiez le couvent avec mon frère, de l'avoir entendu vous dire... je ne sais à quel propos car vous remontiez tous deux à cheval : « Allons, ne sois pas si modeste ! Je te ferai prince et tu auras ma sœur », et il a ajouté : « Je sais bien que tu l'aimes... » Thibaut ! Est-il vrai que vous m'aimez ?

Éperdu, Thibaut n'osait pas regarder Isabelle. Ce qui lui arrivait là était trop beau, trop doux, trop soudain surtout, et il osait à peine y croire.

– C'est si facile de vous aimer, madame ! Pour moi, ce n'est pas cela le plus important : c'est...

– ... de savoir si moi je vous aime, peut-être ?

Cette fois il plongea son regard dans les beaux lacs d'azur qui le tentaient :

– Peut-être, émit-il d'une voix si étranglée qu'elle se mit à rire, ce qui tout de suite effaroucha le garçon. Il serait cependant cruel d'en faire un jeu, madame...

– Un jeu ? Je n'ai jamais été aussi sérieuse et je vais vous répondre. Mais penchez-vous un peu : vous êtes décidément trop grand !

Il fit ce qu'elle demandait. Alors elle glissa ses bras autour de son cou que les raides broderies de sa robe griffèrent, mais il n'en sentit rien parce que Isabelle venait de poser ses lèvres sur les siennes après avoir chuchoté :

– Et cessez donc de m'appeler madame quand nous sommes seuls !

Le baiser qu'elle lui donna le bouleversa, tout inexpérimenté qu'il était et même un peu maladroit, mais c'était le premier qu'il recevait et lui eût-il été donné par les savantes houris du paradis de Mahomet qu'il ne l'eût pas grisé davantage. Il fut heureux de s'être gardé pur pour cet instant divin. En effet, et parce qu'il portait en lui cet amour dès avant la puberté, il n'avait jamais voulu répondre aux avances subtiles des dames ou demoiselles de la cour attirées par sa prestance, le contraste entre ses yeux d'acier froid et le charme de son sourire – à commencer par Agnès ! –, et celles plus appuyées et plus crues des filles follieuses au hasard des ruelles de la Ville sainte. Pur il était au moment où il avait reçu la chevalerie par l'épée de Baudouin, pur il était encore à cet instant où Isabelle lui offrait son âme...

Cependant le baiser l'enflamma d'un seul coup. Il referma ses bras autour de sa bien-aimée afin de sentir son corps contre le sien... et découvrit que c'était impossible : l'empesage de broderies et de pierres qui couvrait la robe en faisait le plus efficace des porte-respect. Contre son visage, Isabelle se mit à rire :

– Tout beau, messire ! Les fiançailles ne sont pas le mariage et vous pouvez constater que les modes de Byzance s'entendent à vous y amener pucelle !

– Sommes-nous donc fiancés ?

– Je croyais vous l'avoir fait entendre ? Mais, afin de mieux vous en convaincre, prenez cette bague et gardez-la jusqu'au jour où vous me donnerez l'anneau qui la remplacera.

Elle ôta une de ses bagues – un cercle de turquoises et de petites perles – qu'elle voulut lui passer au doigt, mais cette entreprise-là présentait elle aussi une difficulté insurmontable : aucun des doigts de Thibaut, même l'auriculaire, n'était assez mince pour la recevoir. Il la prit cependant et y posa ses lèvres avec une sorte de piété :

– Je la porterai sur mon cœur, au bout d'une chaîne. Grand merci, douce... Isabelle !

A nouveau elle le baisa sur la bouche, puis s'éloigna en courant comme elle était venue. Thibaut l'entendit encore lancer :

– N'oubliez tout de même pas de dire au roi mon frère que je m'ennuie ici !

L'écho d'une voix grondeuse qui appelait la princesse lui parvint aussitôt et, serrant bien fort la bague dans sa paume, il reprit son chemin vers les défenses du palais sur lesquelles s'étendait un coucher de soleil si glorieux, si doré, si triomphant que le jeune amoureux y vit le plus merveilleux des présages. Fiancé ! Il était le fiancé d'Isabelle, et même si aucun prêtre n'était venu bénir l'anneau qu'elle lui avait donné, même si le roi n'avait rien confirmé, il serait à jamais pour lui le plus sacré des engagements, le plus inviolable des serments.

Il allait atteindre le corps de garde pour prendre l'escalier menant à la grande salle quand un chevalier suivi d'un écuyer et de quatre cavaliers franchit la double herse relevée de l'entrée. Ses armes étaient magnifiques, encore que ternies par la poussière des chemins, mais Thibaut n'eut pas besoin de consulter les symboles brodés sur la cotte ou peintes sur l'écu pour identifier l'arrivant : le profil de faucon que révélait le camail d'acier lui était familier comme appartenant à l'un des plus fidèles soutiens de la couronne, l'un des plus puissants barons aussi : Balian d'Ibelin, l'ex-beau-frère et l'ennemi juré de la « reine mère ». Que venait-il faire ici ?

Apparemment l'arrivant se posait la même question à son sujet car il avait, lui, reconnu le bâtard de Courtenay, mais il était trop courtois pour la formuler. Aussi Thibaut se chargea-t-il de le renseigner :

– Je suis ici de par le roi, seigneur comte, dit-il en souriant. Envoyé extraordinaire en quelque sorte, mais dans le genre discret.

– Il faut qu'il en soit ainsi pour que l'on vous trouve en ce lieu sans escorte, répondit Ibelin aimablement. Cela fait honneur à votre courage car vous êtes encore bien jeune, mais on sait l'estime – justifiée – que vous porte notre sire ! Quant à moi, je suis mon propre envoyé, ajouta-t-il plus sérieusement. Il m'arrive de venir à Naplouse afin que la reine Marie soit toujours au fait de ce qui se passe à la cour. Vous savez que ses amis n'y sont guère bienvenus...

– Vous assurez la liaison ? fit Thibaut avec un bon sourire.

– En quelque sorte. Je me veux ses yeux et ses oreilles afin de pallier toutes les avanies que pourrait lui vouloir dame Agnès.

Thibaut pensa qu'il venait lui annoncer la requête de la Dame du Krak et choisit de ne pas dire qu'elle en était déjà informée. Balian d'Ibelin était un homme réservé, plutôt grave même. Or, à cet instant, il rayonnait d'une joie inconnue et le bâtard ne voulut pas lui gâcher son plaisir. Il salua courtoisement le comte et le laissa poursuivre son chemin vers le logis de la reine.

Il ne le vit pas à la table du souper et s'en étonna, mais pensa qu'il avait tant de choses à dire à la reine Marie qu'elle le retenait encore ou alors qu'il n'avait pas faim. Ce qui n'était pas son cas à lui. L'appétit de Thibaut était en effet sur le point de passer à l'état légendaire, d'autant plus qu'il ne le faisait pas grossir d'une ligne. Il est vrai que sa croissance n'était pas encore achevée !

A la table du capitaine commandant le château, il dévora joyeusement, but modérément à son habitude, puis, son repas achevé, éprouva le besoin d'aller faire quelques pas dehors avant d'aller dormir.

La nuit d'automne était belle, claire, limpide même, et les jardins embaumaient le myrte et l'oranger. Après s'être assuré qu'il n'était pas interdit de s'y promener à condition ne pas approcher du château, il s'engagea dans une allée bordée de grands lauriers qui escaladait la pente du mont Garizim, en direction d'un petit oratoire niché dans un cercle de noirs cyprès qui avaient l'air de monter, autour de sa délicate construction, une garde silencieuse.

Il s'en approcha à pas lents, les assourdissant d'instinct afin de ne pas troubler la sérénité de cette belle nuit, respirant l'air si doux et admirant la beauté de la vallée endormie à ses pieds où se révélait si bien la splendeur de l'œuvre de Dieu. Il avait repris entre ses doigts l'anneau d'Isabelle et, de temps en temps, le portait à ses lèvres pour le baiser longuement.

Comme il arrivait près des grands cyprès, il eut soudain le désir d'aller remercier pour le grand bonheur reçu en ce jour. La porte de la chapelle était ouverte et il allait y entrer quand une voix de femme lui parvint, une voix qui disait :

— N'avons-nous pas assez attendu, mon doux ami ? Voilà trois ans que je suis veuve et le temps passe comme la fleur de la beauté. Pourquoi ne pas laisser celle de notre amour s'épanouir au grand jour ? Le roi vous aime et je sais que mon bonheur ne lui est pas indifférent.

— Nul plus que moi, ma reine, ne souhaite faire éclater aux yeux de tous la joie que vous me donnez.

Le roi, en effet, vous confierait à moi avec plaisir mais il est auprès de lui une femme que notre félicité enragerait et malheureusement elle est puissante. Le diable est avec elle et le roi aime sa mère, ce qui est bien naturel. A Jérusalem, vous ne seriez pas en sûreté. Moins encore peut-être votre fille, la petite Isabelle, dont on s'occupe un peu trop en ce moment. Oh, mon amour, si vous saviez comme il m'est cruel de prêcher ainsi la sagesse quand mon cœur est plein de vous...

Il y eut un soudain silence que seul un soupir vint troubler. Figé sur place, Thibaut n'osait plus bouger, quelque envie qu'il en eût, car il avait conscience d'être indiscret. Cependant il se décida et, en prenant d'extrêmes précautions, réussit à s'éloigner sans faire de bruit, point trop content de ce qu'il venait de découvrir. Que la reine Marie et Balian d'Ibelin s'aiment ne l'aurait pas autrement tourmenté – et même il eût été satisfait de lui savoir un défenseur de cette trempe ! – s'il n'y avait eu les convoitises dont Isabelle était le centre. Qui pouvait savoir si, pour vivre son bonheur au grand jour, Marie n'accepterait pas de marier sa fille à l'un de ses prétendants bien en cour ?

Deuxième partie

UNE AGONIE A CHEVAL

CHAPITRE IV

UN VOILE
DE MOUSSELINE BLANCHE

En dépit de ce qu'espéraient le roi et Guillaume de Tyr, le protosébaste fit entendre, à son retour de Naplouse, son désir de prolonger son séjour en Terre Sainte. Comme il l'expliqua aux deux hommes avec un aimable sourire, le temps se gâtait en Méditerranée – ce qui était exact ! – et, en outre, il ne voyait pas l'utilité d'imposer à ses galères un voyage de retour à Byzance suivi d'une nouvelle traversée au petit printemps quand il était si simple, puisque l'on était d'accord pour l'expédition d'Egypte, d'attendre tranquillement l'arrivée de la flotte de guerre. Il aurait ainsi le temps de perfectionner l'accastillage et l'armement de ses navires. De plus, souhaitant resserrer les liens entre la reine douairière et son pays natal, il comptait se rendre auprès d'elle à plusieurs reprises. A commencer par le temps de Noël qu'elle l'avait invité à passer chez elle.

– Ce qu'il y a de remarquable chez les Byzantins, c'est qu'avec eux rien n'est jamais simple, rien n'est jamais sûr ! soupira Guillaume de Tyr un soir qu'il jouait aux échecs avec le roi. Ils disent blanc un jour, noir le lendemain, et trouvent encore moyen de vous démontrer qu'ils obéissent en cela à la plus pure logique.

– Ces trois galères dans le port d'Acre vous soucient à ce point, monseigneur ? demanda Baudouin en avançant un pion pour laisser son fou menacer directement la reine de son adversaire.

– Pas vraiment, encore que des marins grecs inoccupés et lâchés en liberté dans un port soient rarement un élément de tranquillité ! Je me soucie davantage de la grande assiduité du protosébaste auprès de la reine douairière... Il passe à Naplouse les trois quarts de son temps.

– Et que craignez-vous ? Qu'il l'enlève comme fit le « cousin » Andronic avec la tante Theodora, la veuve du roi Baudouin III, et la perde de réputation ?

– Non. La reine Marie est trop sage pour cela. En outre, elle aime ailleurs. Ce que je redoute, c'est une dangereuse querelle entre lui et le seigneur d'Ibelin. Celui-là est éperdument amoureux d'elle...

De surprise, Thibaut lâcha l'épée dont il était occupé à nettoyer la poignée et qui rebondit sur les dalles en sonnant comme une cloche, ce qui fit retourner les joueurs.

– Comment le savez-vous, monseigneur ? demanda-t-il, l'œil arrondi.

– Apparemment tu le sais aussi ? fit Baudouin tout aussi surpris. Et tu ne m'en as rien dit ?

– Sire, fit le bâtard sans se démonter, s'il arrive à un chevalier de surprendre le secret d'un autre chevalier, l'honneur commande qu'il le garde... même envers son roi. Durant la nuit que j'ai passée au château de Naplouse, j'ai, en effet, surpris un... entretien. Ce qui m'a étonné c'est que monseigneur Guillaume qui ne bouge d'ici l'ait appris...

– Mon ami, fit celui-ci, j'ai comme tout le monde des yeux et des oreilles, mais au surplus – et je le dois à ma charge – je dispose ici et là de quelques paires d'yeux. Et, justement enseigné par l'aventure scandaleuse de la reine Theodora, j'avoue au roi que je fais surveiller la reine douairière...

– Et vous ne m'en avez rien dit ? grogna le roi.

– Parce que cet amour ne représente aucun danger pour le royaume. Bien au contraire : ce n'est pas à vous, sire, que j'apprendrai que les Ibelin sont de haute et noble lignée et que le seigneur Balian, bien que cadet, mais fort apanagé, est parfaitement digne d'une reine veuve. Et puis il est votre féal. Je n'ai pas du tout envie qu'un poignard ou une flèche, aussi silencieux que grecs, nous le suppriment.

– Alors marions-les ? Au moins Isabelle reviendrait à Jérusalem avec sa mère, fit Baudouin avec un mince sourire en direction de Thibaut.

– Sire ! Sire ! Je croyais vous avoir appris à regarder derrière les façades ! De quel œil votre mère verrait-elle sa rivale de toujours devenir sa belle-sœur ?

– Depuis qu'elle a épousé Sidon, elle n'est plus sa belle-sœur.

– Oh, Sidon ne la dérange pas beaucoup. Il ne quitte guère sa ville et...

– Faites-moi la grâce du reste, monseigneur ! coupa Baudouin soudain crispé. Si vous voulez dire que son inconduite a éloigné cet époux-là comme les autres, je n'ai pas besoin qu'on me le rappelle. C'est « ma » mère ! Et je l'aime !

Aussitôt, Guillaume jaillit de son siège et, passant derrière le jeune roi, posa ses deux mains sur les épaules qu'il sentit trembler.

– Elle vous aime aussi ! Calmez-vous, mon cher enfant ! A Dieu ne plaise que j'aie voulu vous blesser. Quand deux femmes se haïssent autant que celles-là, mieux vaut pour la paix du royaume les tenir écartées l'une de l'autre.

Au prix d'un effort et de quelques profondes respirations, Baudouin réussit à se dominer et retrouva même un sourire :

– Vous avez raison. Cela je le sais aussi... mais que conseillez-vous ?

– Parlez à Balian ! Bien franchement ! Dites-lui que j'ai surpris son secret et que vous n'êtes pas hostile au remariage de votre belle-mère avec lui, mais dans quelque temps, et demandez-lui comme un service d'éviter de rencontrer un protosébaste qu'il n'a aucune raison de redouter... et qui disparaîtra quand viendra le printemps comme les pluies de l'hiver.

– Ainsi ferai-je ! soupira Baudouin après un instant de réflexion. Voulez-vous qu'à présent nous reprenions notre partie ? ajouta-t-il en désignant d'un geste courtois le siège resté vide de l'autre côté de l'échiquier d'ébène et d'ivoire...

Il est toujours difficile de convaincre un amoureux ; néanmoins Balian aimait son roi et, fort de la parole qu'il lui donnait, accepta d'éviter le Byzantin autant que faire se pouvait, mais il se rapprocha de Thibaut avec lequel, au fil des semaines et des mois, il noua une amitié en dépit de la dizaine d'années qui le séparait du jeune homme. Baudouin en fut heureux. D'abord parce que les Ibelin avaient toujours été proches de lui, ensuite parce qu'il souffrait de l'espèce d'isolement dans lequel, à la cour, on tenait volontiers son écuyer, trop continuellement en contact étroit avec lui pour que l'on ne se demande pas si la terrible maladie n'était pas en train de couver sous le haubert de mailles qu'il portait si souvent ; mais Thibaut tenait à être toujours prêt à recevoir les coups qu'une main criminelle pouvait avoir l'idée de diriger contre son roi.

L'hiver passa, aigre, frileux et inquiétant. Pendant la nuit de Noël une véritable tempête de neige s'abattit sur la Terre Sainte, transformant les dômes et les clochers de Jérusalem en une réduction de paysage montagneux, à la plus grande joie des gamins de la ville pour qui les batailles à coups de boules de neige étaient une distraction de choix parce que trop rare à leur gré. Ceux-là au moins étaient heureux, mais au palais l'inquiétude grandissait : la caravane chargée de rapporter d'Afrique les graines de l'encoba générateur de baume dont le lépreux avait besoin n'était jamais arrivée et, bien que Guillaume de Tyr en eût envoyé une seconde à l'automne pour essayer de savoir ce qu'elle était devenue et au besoin la remplacer, on achevait d'user la dernière fiole. La « reine mère » en était affectée, ce que chacun pouvait comprendre, mais l'humeur noire qu'elle affichait n'était pas due uniquement à un souci tout maternel : son jeune époux ne quittait plus sa ville de Sidon où elle se refusait obstinément à aller vivre comme il le lui demandait et, en outre, elle avait découvert que le bel Héraclius – qui ne mettait jamais les pieds dans son diocèse de Césarée – la trompait, discrètement et épisodiquement sans doute, mais la trompait tout de même avec la sémillante épouse d'un mercier de Naplouse – une ville que, selon Agnès, on aurait dû raser jusqu'aux fondations ! –, qui venait séjourner chez sa sœur à Béthanie quand le marchand se rendait à Acre pour s'approvisionner aux entrepôts du grand port. La belle se nommait Paque de Riveri, elle était d'une foudroyante beauté, sensuelle à souhait et, avec l'inconscience de ses vingt ans elle se plaisait à se parer au-dessus de sa condition et à parader dans Jérusalem dans des atours qui mettaient Agnès hors d'elle et Héraclius plutôt mal à l'aise... Cela donnait lieu à des scènes retentissantes dont se pourléchaient curieux et cancanières, mais qui scandalisaient l'entourage du roi. Celui-ci, pour couper court à tout ce bruit déplaisant, fit signifier au mercier de garder sa femme en sa maison de Naplouse et de s'en faire accompagner lorsqu'il se déplaçait à Acre pour ses affaires. En même temps, le Patriarche Amaury de Nesle fit savoir à Héraclius que la poursuite de cette aventure pouvait avoir les plus graves répercussions sur sa carrière ecclésiastique. Trop rusé pour s'entêter devant une telle coalition, l'ancien moine se le tint pour dit, voua une haine encore plus solide au Patriarche, mais regagna le lit d'Agnès et le palais de la citadelle retrouva son calme.

Pas pour longtemps. Quand revint un printemps singulièrement humide, un messager de la princesse Sibylle tomba aux genoux du roi, apportant une affreuse nouvelle : Guillaume de Montferrat atteint d'une maladie à laquelle les médecins n'avaient pas l'air de comprendre grand-chose était en train de mourir. La lettre de sa jeune épouse éplorée avançait l'hypothèse du poison...

Baudouin n'hésita pas même une seconde : il ordonna son départ pour Ascalon et fit chercher son médecin, Joad ben Ezra, pour qu'il l'accompagne. Naturellement ce fut autour de lui une levée de boucliers dont, pour une fois, Guillaume de Tyr fut le porte-parole :

– Vous allez courir un danger inutile, sire ! Les médecins d'Ascalon sont aussi bons que le vôtre et je suis certain que le comte est bien soigné. Vous devez songer à votre propre santé !

– Ma santé ? Que voulez-vous qu'elle m'apporte de pire que la lèpre ? Guillaume est mon frère par l'esprit et par le cœur. Il est celui dont j'ai fait choix pour continuer le royaume. Je veux – et il appuya sur le mot – aller vers lui et lui porter tout le secours possible. A lui et à ma sœur qui est en grand désarroi. Si c'est le poison j'ordonnerai une enquête pour punir le coupable et si c'est un mal quelconque, nous verrons à le combattre au mieux et nous prierons. Moi surtout pour que Dieu veuille conserver à mon royaume ce grand espoir que Guillaume représente. Mon cheval et une escorte réduite ! Un grand arroi me ralentirait. Je veux être parti dans une heure !

Baudouin aimait Ascalon, sa ville natale, et si les souvenirs de la toute petite enfance étaient un peu estompés, chaque fois qu'il y était retourné, du temps de son père ou ensuite, il retrouvait la même impression heureuse devant l'énorme tell couronné de murailles blanches qui laissait glisser la ville jusqu'au port et à la mer bleue où la douceur du climat entretenait toute l'année une température sensiblement égale, où cèdres et palmiers dispensaient leurs ombres fraîches un peu partout, donnant l'impression que les remparts enfermaient autant de jardins que de maisons. En outre, les flancs de la colline en forme de bol renversé, constituée par les ruines des cités successives, laissaient parfois échapper des vestiges qu'il trouvait émouvants parce qu'il aimait y voir la trace des civilisations mortes avec leur mystère. Un endroit idéal pour une lune de miel royale et Baudouin n'aurait jamais imaginé que Sibylle, comtesse en titre ainsi que de Jaffa, pût y vivre un cauchemar. Le palais comtal, jadis bâti par les Fatimides d'Egypte à qui la ville avait été reprise en 1153, possédait cette clarté, cet art de vivre et ce charme des grandes demeures orientales ; mais quand le roi et sa suite y pénétrèrent toute lumière semblait s'en être retirée et le parfum des fleurs lui-même disparaissait sous les pénibles odeurs d'excréments combattues tant bien que mal par des encensoirs fumants.

Dans la chambre de Guillaume, l'odeur était

intolérable. Des médecins en robe noire s'affairaient autour de la couche où reposait le malade dont les servantes étaient en train de changer les draps souillés. Ils parlaient tous à la fois en faisant beaucoup de gestes avec cette faconde des Méditerranéens. Au milieu d'eux, le pauvre Guillaume gisait sans forces, jaune comme un coing, son corps amaigri ayant l'air de flotter dans sa peau comme si les beaux muscles de naguère s'étaient dégonflés.

– Le roi !

L'annonce, clamée par le gosier solide de Thibaut, fit l'effet d'une pierre dans une mare à grenouilles. Les robes noires s'éparpillèrent tandis que Baudouin, sans leur accorder un regard, s'avançait vers le lit sur lequel il se pencha :

– Mon frère, dit-il doucement en prenant entre ses mains gantées celle du malade, vous voilà bien mal en point. De quoi souffrez-vous ?

En dépit de son état, Guillaume s'efforça de sourire :

– Mes entrailles... Je crois qu'elles sont en train de pourrir. Je me vide sans cesse...

L'un des médecins retrouva le courage d'approcher tout en scrutant par en dessous le visage de ce jeune homme que l'on disait lépreux... et qui devait l'être si l'on en jugeait l'enflure des arcades sourcilières où la peau formait comme des écailles.

– Un flux malin du ventre, sire, mais il y a d'autres cas dans la ville. Le seigneur comte a dû boire de l'eau mauvaise...

– Et la comtesse, ma sœur ? A-t-elle aussi pris le mal ?

– Non, grâce à Dieu ! Elle n'entre plus dans cette chambre depuis... depuis...

Il cherchait à dater l'absence de Sibylle, mais

Baudouin qui regardait avec compassion la figure de son beau-frère y vit soudain couler des larmes et comprit :

– Depuis longtemps, n'est-ce pas ? Le début de la maladie ?

– Nous... nous le lui avons vivement conseillé ! La jeune comtesse se doit à l'enfant qu'elle porte, fit le médecin soudain volubile et inquiet du ton cassant du roi.

Mais celui-ci lui imposa silence d'un geste et haussa les épaules :

– On ne risque pas d'attraper ce genre de maladie en épongeant un front en sueur ou en prononçant des mots de réconfort et d'amour.

L'attitude de Sibylle ne le surprenait pas. Son affection pour sa sœur – comme celle qu'il vouait à sa mère – était sans illusions. Il la savait frivole, jouisseuse et foncièrement égoïste. L'enfant qu'elle portait lui offrait une excuse idéale : même sans lui, elle se fût écartée de Guillaume dès les premiers symptômes. Elle tenait trop à sa beauté !

Cependant le médecin personnel de Baudouin, Joad ben Ezra, s'était penché sur le malade et l'examinait. Le jeune roi avait grande confiance en lui car c'était un homme sage et savant, un Juif chassé d'Espagne par les soldats de Youssouf, l'Almohade, comme Maïmonide lui-même avec lequel il avait étudié. Grisonnant, plutôt court sur jambes, la bedaine arrondie mais point agressive, la barbe carrée, le sourcil touffu, il parlait peu et lentement. Quand il eut achevé son examen dont les autres n'essayèrent pas de se mêler, il se redressa et dit :

– Il y a autre chose...
– Que veux-tu dire ?
– La dysenterie ne donne pas cette forte fièvre, ces

écoulements sanglants et ces rougeurs de la peau que j'ai découvertes sur son corps.

Dans le regard soudain épouvanté du roi, Joad ben Ezra devina quelle pensée terrifiante le traversait et, tout de suite, posa sur son bras une main apaisante :

– Non. Ce n'est pas cela. Si l'eau est mauvaise et s'il y a d'autres malades, ce peut être ce qu'on appelle en grec *tuphos*. En ce cas, la comtesse a bien fait de s'écarter. Et tu devrais en faire autant, sire roi ! Mais ce peut être aussi... le poison ! ajouta-t-il si bas que seul Baudouin l'entendit.

L'œil de celui-ci flamba :

– Qui oserait ? Et pourquoi ?

– Tu veux en faire ton héritier. Cela peut donner à penser, mais je veux voir les autres malades. Ne t'approche pas de lui ! En attendant je vais ordonner une tisane de tamarin, fit le médecin qui demanda aussitôt de quoi se laver les mains.

Baudouin trouva sa sœur sur la terrasse élevée qu'un portique reliait à la chambre où elle s'était réfugiée. Etendue sur un amoncellement de coussins à la mode orientale, elle regardait la mer en grignotant des confiseries placées sur un plateau auprès d'elle. Sa grossesse se lisait plutôt sur son joli visage aux yeux cernés et aux traits tirés que sur sa personne enveloppée d'une sorte de dalmatique en soie bleue molletonnée qui la protégeait de la fraîcheur de l'air. L'arrivée de son frère ne lui procura visiblement aucun plaisir et elle le lui fit sentir :

– Pour l'amour de Dieu, sire mon frère, que venez-vous faire ici ? Trouvez-vous que nous n'avons pas notre suffisance de maux sans que vous apportiez les vôtres ? Aussi, je vous en prie, ne m'approchez pas !

– Telle n'est pas mon intention, rassurez-vous ! Je désire seulement savoir comment vous allez.

D'un geste, Sibylle éloigna les deux servantes qui se tenaient à quelques pas d'elle, prêtes à répondre à ses moindres désirs.

– Comment voulez-vous que j'aille alors que mon époux n'est plus qu'un flot putride et dégoûtant et que je porte en moi ce poids qui me donne mal au cœur ? Je vais mal ! Voilà ! Je vais très mal, même !

Baudouin fronça le sourcil.

– Il serait temps de vous souvenir de ce que vous êtes, ma sœur. Il n'y a pas si longtemps vous me remerciiez de vous avoir mariée à ce flot putride que vous disiez adorer ! Quant à ce poids qui vous donne la nausée, il est celui – ou celle – qui portera un jour la couronne de Jérusalem.

– Comme vous me parlez ! Alors que j'ai tant besoin d'être réconfortée...

– Si vous pensiez un peu moins à vous-même et un peu plus aux autres, vous n'auriez pas besoin de si grand réconfort ! Cela dit, ne sortez plus de cet appartement : il se peut qu'il s'agisse d'une autre maladie qu'un flux de ventre.

Et le roi lépreux retourna près du beau chevalier agonisant qu'il avait reçu comme un frère et dont il attendait l'héritier qu'il ne pourrait jamais avoir lui-même. Mais quatre jours plus tard, Guillaume de Montferrat exhalait son dernier soupir et, tandis que son cadavre était hâtivement mis au cercueil et qu'on le descendait dans la crypte de l'église Sainte-Marie-la-Verte en attendant son transfert à Jérusalem, le mal qu'aucun médecin n'avait réussi à définir clairement s'attaquait à Baudouin. Brûlant de fièvre, les entrailles liquéfiées, il dut s'aliter mais, cette fois, il n'y eut pas de grands conciliabules de robes noires autour de sa couche et Joad ben Ezra n'eut pas besoin de revendiquer son titre de médecin royal : persuadés que sa lèpre jointe à la mystérieuse maladie n'allait pas tarder à l'emporter et peu désireux d'approcher un malade si redoutable, les mires locaux prirent le large en déclarant qu'ils devaient se consacrer aux autres cas de la ville. Thibaut et Joad restèrent maîtres du terrain, se lançant dans la bataille avec la volonté farouche de la gagner tandis que, dans la cité, on entamait à tout hasard les prières des agonisants. Les deux hommes, eux, n'avaient guère le temps de prier, sinon la nuit quand le malade sous l'influence d'un élixir opiacé réussissait à s'endormir. Ils se relayaient pour changer continuellement son linge trempé de sueur ou de sanies, lui faire boire les préparations à base de plantes, comme le tamarin et la scolopendre, de miel, de cannelle que le médecin concoctait, ou encore du vin aromatisé. L'encens que l'on brûlait pour combattre les odeurs et l'esprit du mal se mêlait à la myrrhe que vinrent offrir les Mages à l'Enfant dans la nuit de Bethléem. Et jamais malade ne s'abandonna aussi docilement à ceux qui le soignaient. Jamais une plainte, mais des paroles douces qui n'empêchaient pas que l'on sentît qu'au fond de lui-même le malade se battait aussi. Une seule phrase résuma sa pensée profonde :

– Il faut que je guérisse car ma tâche n'est pas achevée. Cependant, que la volonté de Dieu soit faite !

Le combat dura trois interminables semaines, mais un jour enfin la maladie se retira du corps épuisé comme le flot se retire du rivage que sa colère vient de battre. La fièvre tomba et tout s'apaisa... Hélas, à la douleur muette des deux fidèles, la lèpre, elle, avait gagné du terrain. Des boursouflures étaient apparues aux narines, aux tempes et sur les membres, épaisses et d'un brun cuivré, tandis que sur le corps les taches s'étendaient sans épaisseur. On s'attacha alors à réparer les forces perdues par une nourriture saine, tonique et rafraîchissante.

Vint enfin le jour où Baudouin put se lever, marcher dans la chambre et déclara qu'il fallait cesser de prier pour lui, mais rendre grâces au Seigneur Tout-Puissant qui lui accordait de poursuivre sa tâche pendant quelque temps encore. Pas une seule fois, durant tout ce temps, Sibylle ne s'était approchée de la chambre du malade. Les nouvelles lui étaient portées par l'une de ses femmes qu'elle envoyait auprès de Thibaut, exigeant qu'elles lui soient communiquées à travers la porte car l'écuyer lui non plus ne devait pas s'approcher d'elle. Sa grossesse avançait et il était naturel qu'elle voulût protéger son enfant, mais les bruits du palais étaient venus jusqu'à la chambre de Baudouin, véhiculés par les serviteurs chargés du nettoyage : la jeune veuve, toutes nausées abolies, avait recouvré sa belle santé et s'impatientait à présent d'être retenue à Ascalon. Elle souhaitait que l'on conduisît le corps de Guillaume à Jérusalem pour y recevoir sa sépulture et gagner ensuite, avant les fortes chaleurs de l'été, le petit palais de Jaffa, en bord de mer lui aussi, mais où rien ne lui rappellerait les jours pénibles d'Ascalon. C'était tout à fait dans sa manière égoïste de réagir devant le deuil ou la souffrance des autres et Thibaut, qui la connaissait bien, était persuadé qu'une fois l'enfant venu au monde elle n'aurait de cesse qu'on lui trouve un nouvel époux aussi beau et aussi vaillant au déduit que l'avait été le pauvre Guillaume déjà oublié sans doute. Comme dame Nature et dame Agnès, Sibylle avait horreur du vide...

La convalescence de Baudouin se poursuivait cahin-caha dans un corps déjà tant éprouvé quand deux nouvelles franchirent les portes d'Ascalon, fermées sur l'ordre du roi pour éviter que l'épidémie – plusieurs personnes étaient mortes après Guillaume de Montferrat – ne se propage. D'abord, la flotte de guerre byzantine venait de rejoindre, dans le port d'Acre, les navires du protosébaste et elle était d'importance : plusieurs dizaines de dromons, ces énormes coques cuirassées qui transportaient des troupes, mais aussi les lourdes machines de siège, les catapultes et les tubes de fer vomissant le feu grégeois, cette arme redoutable dont les flammes pouvaient incendier n'importe quel objectif et que l'eau n'éteignait pas car elles pouvaient courir sur la mer ; il y avait aussi des galères rapides et des navires de débarquement dont l'arrière s'abattait sur le rivage pour y jeter leur chargement d'hommes. Plusieurs hauts personnages de l'empire les commandaient et ceux-ci ne cachaient pas leur impatience de s'adjoindre les forces promises jadis par le roi Amaury et d'aller attaquer Saladin sur sa terre d'Egypte. En attendant, tout ce monde créait dans le port d'Acre une agitation et un désordre que la longue absence du roi autorisait.

La seconde nouvelle était de moindre importance encore qu'elle relevât du même processus d'absence : Etiennette de Milly, la Dame du Krak, venait d'épouser Renaud de Châtillon.

– Sans mon aveu ! gronda Baudouin. Ces gens-là me croient-ils déjà mort pour se conduire comme si je n'existais plus ? Il faut rentrer à Jérusalem. Et vite !

– Vous êtes encore faible, sire ! objecta Joad ben Ezra. Au moins, acceptez de faire le chemin en litière !

– Comme une femme, ma sœur par exemple qui devra suivre le corps de son époux ? Jamais ! Surtout en de telles circonstances ! Je ferai la route à cheval !

Ordre fut donc donné de tout préparer pour le départ. Le roi escorterait lui-même la dépouille mortelle de son beau-frère jusqu'à la chapelle des chevaliers de l'Hôpital dont la maison était proche du Saint-Sépulcre, où Guillaume de Tyr célébrerait les obsèques et où le défunt reposerait pour l'éternité en compagnie de sa longue épée devenue inutile.

Le matin du départ, Baudouin, pour la première fois, demanda un miroir. Déjà revêtu du long surcot armorié passé sur le haubert, il se tenait debout près d'une fenêtre dans la claire lumière du matin et, sans se retourner, tendit la main pour saisir l'objet demandé. Enfin il se regarda mais sans que l'on pût voir trembler sa main ou frissonner sa haute silhouette. Il n'eut même pas un soupir tandis que durant une interminable minute, il scrutait son visage. Enfin il rendit le miroir à Thibaut mais ordonna :

— Va me chercher un voile !
— Un voile ?
— Oui. Est-ce si difficile à comprendre ? Une mousseline suffira... pour le moment. Mais blanche !

Un peu plus tard, Thibaut, crispé, rapportait ce qu'on lui demandait : l'une de ces écharpes transparentes dont les dames s'enveloppaient la tête et les épaules. Baudouin prit l'étoffe, trop longue pour ce qu'il voulait en faire, la trancha en deux sur le fil de son épée, s'en enveloppa la tête et ordonna que l'on pose dessus le heaume couronné sans ventail qu'il portait lorsqu'il n'allait pas au combat.

— Bientôt, dit-il – et sa voix était calme et unie comme l'eau d'un lac –, je n'aurai plus de visage acceptable. Mieux vaut que je n'en aie plus du tout pour personne. Sauf Marietta ! Je ne suis pas sûr que ma mère le supporterait, elle pour qui la beauté est la seule raison d'être !

— Mais moi je ne suis pas elle ! Mais moi je vous vénère et je vous aime, cria Thibaut soudain hors de lui. Votre visage ne m'effraie pas.

– Pas encore parce que tu y es habitué, mais cela viendra.

– Jamais ! Imaginez qu'au cours d'une bataille ma figure soit détruite : me rejetteriez-vous ?

– Tu sais bien que non.

– Alors pourquoi voulez-vous me rejeter maintenant ? Car c'est à quoi cela revient si vous ne voulez plus me montrer votre visage. Comment vous soigner ? Comment vous servir en ce cas ? Aurais-je démérité ?

– Ne pose pas de questions stupides ! Tu viens de te battre durant des jours pour sauver ma misérable vie. Je t'en remercie au nom de mon royaume... comme je te remercie aussi, Joad ben Ezra, ajouta-t-il en se tournant vers le médecin qui l'observait, bras croisés sur la poitrine, en triturant un bout de sa barbe. Je saurai te payer de ta peine.

– Si vous continuez d'accepter mes soins, je serai payé au centuple. Oh, je ne suis pas indifférent aux biens terrestres, mais, sire, je suis médecin avant tout et vous représentez le cas le plus fascinant de toute ma carrière, répondit-il avec dans les yeux une étincelle malicieuse. Et à moi non plus vous ne cacherez pas votre visage parce que je veux combattre le mal pied à pied, et si le Très-Haut le veut...

Baudouin garda le silence un instant, appréciant à leur valeur ces dévouements dont il n'aurait sans doute jamais douté sans le choc émotionnel ressenti en découvrant dans le miroir que son visage avait commencé sa destruction. Peut-être qu'au fond de lui-même il n'y avait jamais cru et sa décision de porter désormais un voile venait certainement du besoin de cacher les traces de son désespoir plus encore que les ravages de la lèpre.

– Merci ! dit-il enfin, et il se dirigea vers l'escalier.

Quand il parut dans la cour sous les rayons du soleil

une sorte de frisson passa sur ces hommes en armes qui l'attendaient rangés autour du chariot tendu de noir où reposait le corps du défunt. La vue du léger tissu, immaculé et ondoyant, qu'encadrait l'acier du casque couronné d'or et qui changeait le visage en une brume neigeuse les frappa de plein fouet. Certains se signèrent, comprenant ce que cela signifiait. Sans se soucier de la douleur soudaine qu'il ressentit à la hanche, Baudouin enfourcha Sultan qu'il fit volter, cabrer même, puis il le calma en flattant son encolure soyeuse. Sa voix s'éleva, sonore et grave, tandis qu'il tirait son épée et la brandissait :

– Je suis toujours votre roi ! clama-t-elle. Et même si vous ne voyez plus mes traits, sachez que, tant qu'il me restera un peu de forces, je continuerai à vous mener au combat, à défendre cette couronne que je tiens de mes pères et surtout notre Terre Sainte où coula le sang du Christ. Et, avec votre aide, nous triompherons encore de l'infidèle !

Un tonnerre d'acclamations lui répondit tandis que dansaient bannières et pennons. Poussant son cheval, Baudouin prit la tête du cortège pour traverser la ville et rejoindre la route de Jérusalem. Il avait gardé son épée à la main et les rayons du soleil frappant à la fois la lame étincelante et les feuilles d'or de la couronne l'environnaient d'une si grande lumière que les bonnes gens, croyant voir saint Georges en personne, s'agenouillaient dans la poussière sur son passage. Lui ne les voyait pas. Son regard s'attachait à la scintillante croix dorée plantée sur le dôme de Sainte-Marie-la-Verte et que l'astre du matin nimbait de gloire. Il sentit alors, avec une certitude aveuglante, qu'il était toujours le maillon entre cette foule craintive et le ciel étincelant, et qu'il fallait que ce lien tienne jusqu'à la limite extrême. Peut-être était-il la victime expiatoire nécessaire au salut de ce peuple, fragile comme il l'était lui-même devant les tentations du siècle, mais, de cet instant, il accepta...

Soudain, comme il franchissait les portes de la ville, il entendit une femme qui disait :

– Est-ce vraiment lui ou déjà son fantôme ? Il me fait peur...

Et un homme qui répondait :

– S'il pouvait faire aussi peur aux Sarrasins, ce serait bonne chose...

Chevauchant à la croupe de Sultan, Thibaut aussi avait entendu et il en éprouva une espèce de soulagement, presque de la joie. C'était peut-être la réponse à l'angoisse qui lui serrait le ventre depuis que le visage de son roi avait disparu sous la blanche mousseline. Le brumeux tissu pouvait le faire entrer vivant dans la légende, celle qui naît d'un mystère. Au lieu d'être un repoussoir, le royal chevalier au voile blanc allait attirer tous ces gens épris de merveilleux ou les frapper de terreur. De toute façon Baudouin en tirerait une force nouvelle... Tout au long des dix-huit lieues séparant Ascalon de Jérusalem, parcourues au rythme lent imposé par le char funèbre et la litière transportant la jeune veuve, le même phénomène se reproduisit : tous s'agenouillaient au passage de ce mort mené par un chevalier sans visage aux armes fulgurantes, donnant à penser que c'était peut-être là non plus le roi mesel, mais quelque archange descendu du ciel.

Aux portes de la Ville sainte apparut la Vraie Croix [1], le plus haut symbole du royaume dont le bois fragilisé par le temps s'habillait d'or et de pierres précieuses, entourée par les chevaliers du Temple, comme aux jours de bataille, et devant laquelle se détachait la

1. Le fragment le plus important.

lourde silhouette du Grand Maître Odon de Saint-Amand, dont Guillaume de Tyr, qui le détestait, disait qu'il soufflait la fureur par les narines, ne craignant ni Dieu ni les hommes. Vinrent aussi frère Joubert et ses chevaliers de l'Hôpital Saint-Jean de Jérusalem, dont les robes noires frappées d'une croix blanche contrastaient si fort avec celles, blanches à croix rouge, des Templiers, leurs rivaux. Ceux-là venaient prendre livraison du mort car, n'étant pas roi, Guillaume de Montferrat ne pouvait gagner sur le Calvaire la sépulture royale. Celle-ci lui serait donnée dans la chapelle de l'Hôpital. Vinrent ensuite le Patriarche et aussi le chancelier, mais c'était à la rencontre du roi, non à celle de son beau-frère.

A la vue de Baudouin IV, immobile et droit sur sa selle, la surprise se peignit sur tous ces visages, mais celui de Guillaume de Tyr refléta la douleur car il avait compris quelle souffrance se cacherait désormais sous le masque de voile blanc.

La mère aussi comprit quand, aux marches du palais, elle vint saluer son fils et recevoir sa fille au corps déformé par l'enfant à naître. Sibylle portait elle-même un voile mais celui-là, bleu comme le ciel, l'enveloppait tout entière et dissimulait une espérance. En voyant Baudouin, de lourdes larmes glissèrent en silence sur le beau visage d'Agnès : elle aussi avait longtemps cru qu'un miracle pourrait advenir... Mais cru vraiment ! De toute la foi qui somnolait au fond de son âme pervertie depuis longtemps par la révélation de sa beauté et de ce qu'elle pouvait en tirer de plaisir. Cette terre n'était-elle pas celle où l'impossible se réalisait ? Pourquoi alors les flots du Jourdain qui avaient guéri tant de lépreux étaient-ils impuissants à libérer son fils de l'horreur annoncée ? Elle savait ce que l'on chuchotait au palais comme à la ville : que l'enfant payait pour l'inconduite de sa mère, mais, de tout son orgueil, elle refusait à ces gens de rien le droit de la juger, comme elle se refusait à déverser dans l'oreille d'un prêtre – d'un vrai ! – les beaux péchés de chair qu'elle ne regrettait pas un seul instant. Demander pardon, même à Dieu, lui était impossible !

Pourtant, cet enfant, elle l'aimait et, dans sa douleur en face de ce visage caché, elle trouva l'impulsion d'un geste dont personne ne l'aurait crue capable. Lorsqu'il mit pied à terre, moins vite et avec plus de peine que d'habitude, elle s'élança vers lui, le prit dans ses bras, le serra contre elle et posa ses lèvres sur le visage dont elle souleva le masque de mousseline :

– Mon fils bien-aimé ! Vous êtes vivant et nous devons en remercier le Seigneur Dieu !

Bouleversé par cet instant d'amour pur, il lui rendit son étreinte en rejetant la tête en arrière.

– Ma mère, dit-il avec une infinie douceur, c'est pour l'enfant à naître qu'il faut prier Dieu ! Il aura besoin de votre force plus encore que de sa mère qui n'en a guère ! Veillez sur lui !

Il passa son chemin, une main appuyée à l'épaule de Thibaut. Celui-ci remarqua alors les deux hommes qui s'étaient tenus derrière Agnès et que Baudouin, trop ému sans doute, n'avait pas aperçus. Jocelin de Courtenay et Héraclius suivaient le roi des yeux. Un regard curieusement semblable et qui ne lui plut pas : la même haine brûlait dans leurs prunelles étrécies, une haine incompréhensible à moins qu'elle ne fût née de la déception de voir le roi revenir vivant des portes de la mort. Il pensa qu'il lui faudrait rester sur ses gardes plus que jamais...

En retrouvant celui qu'elle appelait volontiers son petiot, Marietta ne fit aucun commentaire mais, quand il eut enlevé le heaume et le voile, Thibaut vit bien qu'elle pâlissait et, dans le regard qu'elle échangea avec lui, il lut une grande douleur. Baudouin, lui, ne vit rien : il était trop las. La lente chevauchée de deux jours l'avait épuisé bien plus que ne l'eût fait une bataille. Peut-être était-ce parce qu'il mesurait à quel point il était affaibli et que l'avenir du royaume l'angoissait de nouveau. Il l'avoua d'ailleurs sans détour :

— Je ne tiendrai jamais jusqu'à ce que l'enfant soit en âge de régner. Montferrat mort, tout s'écroule. Après moi qui saura gouverner durant la minorité de l'héritier ? Si c'est un garçon ! Et même, c'est chose bien fragile qu'un petit enfant. Il faudrait peut-être que Sibylle accepte de se remarier ? Mais avec quel prince à présent ?

— Pourquoi un prince ? fit Guillaume de Tyr entré selon son habitude sans se faire annoncer. La naissance est proche et, si le bébé est viable, point n'est besoin de faire venir quelque fils ou neveu de roi qui pourrait être tenté de travailler pour son propre compte. Un haut seigneur de chez nous, vaillant, intelligent et fidèle devrait suffire à la tâche.

— A qui pensez-vous ?

— A Baudouin de Ramla, le plus aîné des Ibelin. Il se dessèche d'amour pour la princesse dont le mariage l'a réduit au désespoir, mais il possède de grandes qualités et c'est votre féal sans discussion possible.

— Pourquoi pas ? Si ma sœur l'agrée...

— Il était loin de lui déplaire avant l'arrivée de Montferrat.

— C'est peut-être la solution... bien que nous ignorions s'il possède l'envergure nécessaire. Mais, si le temps me prenait de vitesse, vous pourriez recourir à un régent comme durant ma minorité. Mon cousin Raymond s'est admirablement acquitté de cette tâche et il est encore jeune... Et comme il semble incapable de procréer, il ne pourrait espérer implanter une dynastie aux lieu et place de la nôtre...

– Cela n'empêche pas l'ambition. En outre, vous savez bien que l'assemblée des barons ne l'accepterait pas ! De toute façon, ajouta le chancelier avec douceur, nous avons grandement loisir de peser le pour et le contre. Comment vous sentez-vous, sire ?

– Très las mais, après tout, je suis encore convalescent. Un peu de repos devrait me rétablir tout à fait. A présent, parlons de ce qui vient de se passer ici. Les Byzantins ?

– Viendront vous saluer dès que vous le leur permettrez.

– Demain ! Ou plutôt après-demain. Ils attendront bien vingt-quatre heures de plus. J'ai une autre affaire à régler : ce mariage conclu sans l'autorisation royale. Thibaut, ajouta-t-il en se tournant vers son écuyer, va me chercher messire Renaud !

– Ne bougez pas, Thibaut, intervint Guillaume. Il n'est plus là !

– Plus là ? tonna Baudouin à qui la colère rendait des forces. Cela ressemble à de la désertion, une vilenie dont je le croyais incapable. Et qui commande ici ?

– Balian d'Ibelin. Entre parenthèses, il s'en tire à merveille car, s'il est plus froid, il est tout aussi vaillant que Renaud. Quant à celui-ci, il est venu me voir avant son départ pour le pays de Moab avec son épouse, c'est-à-dire il y a huit jours...

– Il a osé ? Vous ne l'avez pas fait jeter en prison sur-le-champ ?

– Non, sire, et je crois que vous allez comprendre. L'arrivée de la flotte byzantine lui a donné à penser. Si l'expédition prévue prend la mer en direction de l'Egypte, Saladin peut en conclure que les immenses terres d'Outre-Jourdain seront sans défenseur et, tout en repoussant vos assauts, envoyer des troupes par la mer Rouge faire main basse sur ce grand fief qui est au sud, la clef du royaume. Il mérite une punition, sans doute, mais...

– Son raisonnement n'est pas si bête ! Et puis, n'est-ce pas, personne ici ne croyait me revoir vivant ? Oublions cela ! D'autres nouvelles ?

– Oui, sire, et non des moindres : le comte de Flandre Philippe d'Alsace vient d'arriver à Césarée avec un important contingent. J'avoue que cela me comble de joie : je ne cesse d'écrire à l'Europe entière pour que rois et princes se soucient de la Terre Sainte, nous envoient des troupes, et...

– Par le Dieu Tout-Puissant que ne le disiez-vous plus tôt ? C'est la meilleure des nouvelles ! Voilà le salut qui nous arrive du ciel et la réponse à mes prières. Le comte de Flandre n'est pas roi, mais c'est l'un des hauts seigneurs de la chrétienté et il est notre cousin très proche par le sang, mais aussi par l'amour pour la Terre Sainte puisque son père, le grand comte Thierry, est venu prier et guerroyer ici à quatre reprises. En outre, il a épousé Sibylle d'Anjou, fille de mon grand-père Foulques et de sa première femme Aremburge du Maine. Si Philippe est aussi vaillant que lui, le chef qui mènera les Francs en Egypte sur les vaisseaux de Byzance est tout trouvé ! Et moi, pendant ce temps, je préparerai si belle défense que lorsque Saladin, chassé de sa grasse Egypte, viendra regrouper ses forces de Syrie dans l'espoir de nous prendre à revers, tout sera prêt pour le recevoir ! Mon père avait raison : tant que le sultan tiendra l'Egypte, il n'y aura pas de paix durable possible pour le royaume !

La joie qui rayonnait sur le visage déjà si cruellement abîmé serra le cœur des deux hommes qui écoutaient, mais, en son âme, le chancelier archevêque remercia Dieu : la foi en la grandeur de sa couronne habitait toujours Baudouin. En dépit du calvaire devenu soudain si rude, il restait le roi avec son poids d'espérance et ses grands desseins. Il avait compris que Saladin ne resterait pas toujours tapi dans son palais du Caire, trêve ou pas, et que la seule façon d'éviter qu'il n'étende à nouveau sa griffe vers le royaume de Jérusalem était de l'obliger à se défendre. Mais quitter son poste de vigilant gardien du royaume ne se pouvait. L'arrivée de Philippe d'Alsace le libérait même si, au fond de lui-même, il regretterait qu'un autre s'en allât cueillir les lauriers de la victoire.

Guillaume de Tyr qui lisait dans la pensée de son ancien élève ne put s'empêcher de sourire :

– Ne rêvez pas trop, sire ! Votre héros est marié depuis dix-huit ans à Isabelle de Vermandois.

– Je ne pensais pas à cela. De toute façon, une veuve ne saurait se remarier avant une année révolue et le pèlerinage de notre cousin ne durera peut-être pas si longtemps. Que cela ne nous empêche pas de remercier Dieu de nous l'avoir envoyé !

Baudouin ne tarda pas à s'apercevoir qu'il s'était un peu hâté de rendre grâces. Non que le comte de Flandre fût déplaisant à première vue. Ce grand féodal à la solide quarantaine, ami des lettres et des poètes, était précédé d'une réputation d'excellent administrateur. Il savait aussi faire œuvre de pionnier, ayant fait exécuter chez lui d'importants travaux, comme l'assèchement des immenses marais de l'Aa entre Watten et Bourbourg, et veillé à l'embellissement de plusieurs cités comme Cambrai et Lille. Aussi pouvait-on se demander pour quelle raison il avait quitté ses riches terres, emmenant un important contingent pour ce long et pénible voyage en forme de pèlerinage. Peut-être pour suivre l'exemple de son père, le comte Thierry, venu quatre fois avec tant de piété que le Patriarche d'alors lui avait remis une sainte ampoule contenant quelques gouttes du sang du Christ recueilli sur le Calvaire par Joseph d'Arimathie et qui, rapportée à Bruges, était devenue le centre de toute dévotion [1]. Etait-ce pour obtenir du ciel l'héritier que, depuis dix-huit ans, son épouse Isabelle de Vermandois n'avait pas réussi à lui donner ? En observateur sagace de l'humanité, Guillaume n'y croyait guère. Le visage avenant du comte, ses grandes manières et son teint fleuri de bon vivant n'interdisaient pas qu'il y eût à se méfier de son œil gris-bleu froid comme la pierre et de sa mâchoire carnassière... Mais Baudouin était trop jeune pour s'arrêter à ces détails. L'accueil qu'il réserva à son cousin en présence de tous les barons et des envoyés de Byzance fut fastueux, mais aussi chaleureux. Avec l'enthousiasme de son âge, il ne lui cacha pas qu'il voyait en lui l'homme providentiel grâce à qui, de compte à demi avec l'empereur, les visées expansionnistes de Saladin pourraient être détruites et le royaume franc capable de reprendre les terres déjà reconquises comme les comtés d'Edesse et de Turbessel. En outre, au cas où la mort le prendrait plus tôt que prévu, Philippe d'Alsace ne serait-il pas le meilleur régent possible, étant donné ses grandes qualités ?

Hélas, cette offre née d'un si grand oubli de soi et d'un tel souci du bien du royaume ne trouva pas chez le comte l'écho espéré. En face de ce visage voilé et couronné d'or qui lui rappelait sans doute un souvenir désagréable – son beau-frère Raoul II de Vermandois n'avait-il pas succombé à la lèpre douze ans plus tôt ? –, il opposa un refus, non seulement fort peu chrétien

---

1. La procession du Saint-Sang qui a lieu chaque année à Bruges date de cette époque.

mais presque insultant : il n'était pas venu pour s'engager à quoi que ce soit ni rester plus longtemps que prévu. Quant à la régence, le roi pouvait bien en investir qui lui chantait.

Avec une patience infinie, Baudouin ne riposta pas comme l'aurait mérité l'insolent, mais chargea les barons – peu satisfaits du personnage – de le convaincre de mettre au moins son épée au service de la croix en allant combattre et réduire Saladin, son plus grand ennemi, la régence en cas de mort subite pouvant être confiée en son absence à un homme de guerre solide comme Renaud de Châtillon.

Le résultat fut encore plus désastreux. Philippe commença par leur dire qu'il ne voulait pas entendre parler du seigneur de Krak – lequel, survenu à toute allure pour la circonstance, faillit bien l'étrangler en réclamant raison de cette bonne parole ! Quant à l'Egypte, s'il y allait, ce serait pour en devenir lui-même le roi. En outre, au cours de la conversation, le comte de Flandre eut le front de déclarer qu'en ce qui concernait l'avenir du royaume, il ne voyait pas pourquoi les deux sœurs du roi ne seraient pas données en mariage au fils d'un de ses vassaux, Robert de Béthune, un petit seigneur d'Artois qu'il avait emmené dans son voyage.

« En entendant ces paroles, écrivit plus tard Guillaume de Tyr, nous découvrîmes avec stupeur la perversité de cet homme et ses projets déloyaux. Lui qui avait été accueilli par le roi avec une infinie bienveillance oubliait sa qualité d'hôte, méprisait les lois de la succession et nouait des intrigues pour le détrôner. »

Baudouin, alors, lui écrivit une lettre fort sèche qui le rappelait au souci des convenances : une princesse ne pouvait se remarier qu'avant un an et Guillaume de Montferrat n'était mort que depuis trois mois. En outre, une fille de roi et nièce d'empereur – cela pour

Isabelle – ne pouvait se donner à n'importe qui. Comprenant qu'il était allé trop loin, Philippe demanda qu'on lui laisse le soin de choisir quelqu'un de tout à fait digne, mais sans donner de nom. Ce que roi et barons refusèrent en bloc.

Cependant les Byzantins commençaient à perdre patience. Le contingent de Flandre les intéressait, les derniers ordres de l'empereur étant de ne point contraindre le roi de Jérusalem à se dépouiller de ses propres forces pour les accompagner. Andronic l'Ange et Jean Doukas lui montrèrent la bulle d'or de l'empereur afin d'accréditer leurs pouvoirs. L'imprévisible Philippe trouva alors une autre échappatoire : il ne voulait pas que lui et ses troupes fussent exposés à « mourir de faim ». Il était personnellement habitué à n'emmener ses hommes que là où régnait l'abondance : « ils ne pourraient pas supporter les privations ». En revanche, il aiderait volontiers à servir la cause du Christ dans un endroit moins dangereux...

La suite était plus que prévisible : à l'unanimité on l'accusa de lâcheté, ce qui le mit fort en colère – et avec quelque raison car ce bruit venu de Terre Sainte risquait de le mettre au ban de la chrétienté. Il décida alors d'accomplir les rites du pèlerinage, après quoi il réfléchirait au lieu où il pourrait étaler sa bravoure.

Cette comédie n'avait duré que quinze jours mais Baudouin en avait tant souffert qu'il lui avait fallu s'aliter de nouveau. Les envoyés de Byzance, pleins de compassion et d'admiration pour son courage, proposèrent de repousser l'expédition d'Egypte de quelques mois. En même temps ils apprirent au roi que le comte de Flandre venait de quitter Jérusalem pour Naplouse, ce qui les inquiétait fort. Aussitôt Baudouin convoqua Guillaume de Tyr :

– Que va-t-il faire là-bas ? N'ayant pu mettre la

main sur ma sœur Sibylle, compte-t-il prendre ma sœur Isabelle en otage ? Pour la marier selon son idée et se rapprocher ainsi de l'empereur ?

– C'est fort probable. Tel que nous le connaissons maintenant, nous pouvons nous attendre à tout.

– Votre conseil, mon ami !

Les yeux bruns du chancelier pétillèrent de malice :

– Il est court, sire, et tient en un seul mot : Ibelin !

– Que j'autorise la reine Marie à épouser Balian ? C'est cela ?

– Parfaitement, et je pense qu'il faut faire vite et envoyer dans l'heure votre assentiment au mariage. Dois-je appeler votre secrétaire ? Si vous en êtes d'accord, bien sûr.

– Quelle question ! C'est la meilleure des idées... Le douaire va se changer en dot et Balian saura la défendre contre tout venant. Je vais envoyer...

– Avec votre permission, sire, envoyez donc Balian lui-même avec ceux de sa mesnie. C'est encore lui qui ira le plus vite, car l'aiguillon de l'amour est le plus fort qui soit.

– Tu l'accompagneras, Thibaut ! fit le roi en se retournant vers son écuyer. Avec ma bannière et mes armes, afin que tous sachent que ce mariage est ma volonté. Va te préparer ! Je te remettrai ensuite un présent pour la fiancée ! Fais célébrer le mariage aussitôt !

Le jeune homme ne se le fit pas dire deux fois et, une heure plus tard, en effet, il chevauchait à côté d'un Balian d'Ibelin rayonnant de bonheur et d'orgueil. Il était heureux lui aussi à la pensée de revoir Isabelle dont, depuis un an, il n'avait eu aucune nouvelle. Il donnait aussi une pensée à Ariane en se demandant toutefois si elle était toujours auprès de sa princesse. Longtemps, il avait redouté un coup de tête suscité par le si grand amour qu'elle portait à Baudouin. Elle avait tant espéré vivre dans son ombre, ne plus le quitter jamais, que le séjour de Naplouse devait ressembler pour elle à un cruel exil... En tout cas, il n'y avait guère apparence qu'elle fût revenue à Jérusalem où Thibaut s'était renseigné sur ce qui se passait chez son père. Toros était à présent l'heureux époux d'une toute jeune femme qu'il couvrait de bijoux, et semblait avoir oublié jusqu'au nom de sa fille.

L'écuyer du roi fut vite rassuré : lorsque, à la suite de Balian, il fut admis dans la salle d'honneur où la reine douairière siégeait au milieu de toute sa maison, il vit Ariane au premier rang des femmes groupées auprès du petit trône d'argent et d'émaux où avait pris place Marie Comnène. Isabelle, pour sa part, se tenait assise sur un carreau de velours aux pieds de sa mère, mais leurs sourires se rejoignirent et il en éprouva une joie extravagante qu'il dut réprimer afin de ne pas troubler la solennité de l'instant... Un profond silence régnait, en effet, tandis que Marie lisait la lettre de son beau-fils.

Quand elle eut fini, elle se leva, toute droite dans sa robe violette ocellée de perles, vint jusqu'à Balian qui avait mis genou en terre et lui tendit ses deux mains avec un radieux sourire :

– Voici ma main, sire Balian, et ma foi et mon cœur ! Notre roi bien-aimé a bien voulu non seulement autoriser, mais ordonner nos épousailles. Désormais vous serez seigneur en ces lieux !

Il se releva, la baisa sur la bouche, puis tous deux se dirigèrent vers la chapelle afin de remercier Dieu du bonheur qui leur était accordé et prier pour celui qui en était le royal artisan. Les préparatifs de la cérémonie nuptiale commenceraient aussitôt après, en ville aussi bien qu'au palais, car l'annonce de l'événement allait être faite aux carrefours afin que chacun y prenne part.

Tout Naplouse s'y emploierait de bon cœur, car c'était belle joie pour tous que la princesse grecque, dame de ces lieux, consolide ses liens avec le royaume en épousant l'un de ses plus hauts et plus vaillants barons.

Seul Philippe d'Alsace ne se réjouit pas. Il avait espéré amener Marie à épouser l'un des siens afin de nouer avec Byzance des liens extérieurs à ceux tissés jadis avec le royaume franc. Quant à la jeune Isabelle, sa mère, lors d'une entrevue assez raide qu'il avait eue avec elle, lui avait déclaré que sa fille venait d'être promise au jeune Alexis, fils du Basileus. Ce qui était un mensonge éhonté, dont elle n'eut guère de peine à obtenir l'absolution, mais c'était la seule issue qui lui était venue à l'esprit.

Aussi quand le dernier messager de Flandre à Jérusalem, Robert de Béthune, revint lui annoncer que Doukas et l'Ange étaient prêts à modifier leurs plans et à attendre son bon vouloir pour peu qu'il s'engageât par serment à les accompagner en Egypte ou, s'il était empêché par maladie, à laisser partir ses hommes, répondit-il avec fureur par un refus aussi obstiné que définitif. Il irait guerroyer contre l'Islam avec qui lui conviendrait et quand il lui plairait !

Cependant, dans les jardins du palais, Thibaut retrouvait Isabelle près de ces mêmes cyprès qui avaient été témoins de leur engagement. Elle avait grandi et elle était plus ravissante encore qu'au soir du baiser donné. La nature semblait décidée à lui épargner les angles et les gaucheries de l'adolescence : ce qui aurait dû être aigu se traduisait chez elle en fragile délicatesse, mais le discours qu'elle lui tint n'avait rien de fragile :

– Eh bien, messire Thibaut, que devient votre

promesse de nous faire regagner Jérusalem ? Voilà que vous vous mêlez de marier ma mère au seigneur d'Ibelin et qu'apparemment il est venu ici pour y rester ?

– Je n'ai rien promis de tel, il me semble ? protesta le jeune homme outré de tant de mauvaise foi. J'ai dit seulement que je serais infiniment heureux de vous revoir auprès de votre frère. Quant à marier la reine, je ne suis dans cette affaire que le témoin du roi ! Il se peut d'ailleurs que vous ne restiez pas ici. Vous irez peut-être à Ibelin.

– Je ne sais même pas où cela se trouve. Un trou perdu sans doute ? Et qui pourrait me faire regretter Naplouse ?

Puis, se calmant et changeant de ton, elle demanda :

– Comment va-t-il ?

– Qui, madame ?

– Ne faites pas l'âne ! Mon cher Baudouin, bien sûr.

Son inquiétude faisait trembler sa voix. Ses beaux yeux imploraient une réponse réconfortante, mais Thibaut détourna son regard :

– Pas bien ! Le mal qu'il a pris en Ascalon du défunt marquis de Montferrat a manqué le tuer, mais n'a pas tué la lèpre dont il souffre plus que jamais. Son visage est attaqué, comme ses mains et ses pieds, et il le cache désormais sous un voile blanc.

– Oh, mon Dieu !

Au cri de douleur d'Isabelle, un autre fit écho, suivi de sanglots plus déchirants encore... Ils venaient de derrière un buisson que Thibaut franchit, suivi de la princesse. Ariane était là, à genoux sur le sable de l'allée et quasi prosternée, son visage caché dans ses mains crispées, image vivante et pitoyable du désespoir. Aussitôt Isabelle se laissa tomber près d'elle et la prit dans ses bras pour la bercer, mais releva son menton pour regarder Thibaut :

– Elle était là, Bonne Mère de Jésus ! Vous n'imaginez pas, Thibaut, combien elle l'aime !

– Je le sais, madame... mieux encore que vous, peut-être, mais je ne regrette pas qu'elle sache dès à présent à quoi s'en tenir. De toute façon, il me fallait le lui dire et, au moins, à cette heure vous êtes là pour adoucir le coup. Non, je ne regrette pas qu'elle ait entendu.

Un long moment, tous deux restèrent muets. Isabelle caressait doucement les cheveux d'Ariane dont le chapel rouge et le voile avaient glissé. Elle pleurait, elle aussi, et Thibaut les regardait, navré. Isabelle dit enfin :

– Je l'aime beaucoup, vous savez ? Pas au début, parce que je la croyais votre douce amie en dépit de ce...

– De ce que je vous ai avoué... et de cet anneau que je porte toujours au cou ? Oh, Isabelle !

– Je pensais qu'elle l'avait été et que par chevalerie vous vouliez la protéger, mais une nuit je l'ai entendue pleurer et elle m'a tout dit. Aussi m'est-elle devenue chère, comme une sœur puisque son être entier est à mon frère.

La voix d'Ariane se fit alors entendre, suppliante et désolée :

– Ramenez-moi auprès de lui, messire ! S'il souffre à ce point, il a plus que jamais besoin de se savoir aimé...

– Marietta le soigne mieux qu'une mère et moi je suis là aussi. Nous l'aimons tous les deux. J'admets qu'il en a besoin, car nous n'avons plus de cette huile et de ces graines qui retardaient le mal. La caravane n'est jamais arrivée et celle envoyée par Guillaume de Tyr pas encore revenue. Vous voyez, je vous dis tout.

- Si c'est votre manière de chercher à la décourager, fit Isabelle acerbe, ce n'est pas la bonne !

En effet, Ariane se redressait, visiblement prête à livrer bataille :

- Alors il faut que j'y aille ! Nous autres gens d'Arménie avons nos remèdes appris dans nos montagnes. Il en est que l'on pourrait essayer...

- Non, coupa Thibaut, pensant que la discussion avait assez duré et qu'il fallait y mettre fin. Non, vous ne le soignerez pas parce qu'il ne l'acceptera pas. Surtout de vous ! Je vous ai dit qu'il cachait son visage sous un voile : pensez-vous qu'il vous permettrait de le soulever ? Seule la main divine du Christ pourrait tout effacer et vous n'êtes pas le Christ. Vous ne pouvez rien, sinon aggraver sa souffrance !

- Devez-vous vraiment être aussi brutal ? s'insurgea la princesse. Ayez au moins un peu de pitié !

- J'en ai, mais pas pour elle ! Votre frère, madame, a l'âme trop haute pour accepter compassion ou attendrissements alors qu'il rassemble ses forces pour poursuivre sa mission royale. Et savez-vous pourquoi il les accepterait moins de cette jeune fille que de quiconque ?

- Pourquoi ?

- Parce qu'il l'aime ! Aussi, Ariane, resterez-vous là où il vous a mise, ajouta-t-il en revenant à la jeune fille qui l'écoutait, muette. Vous lui obéirez parce que c'est sa volonté ! Et que moi, Thibaut de Courtenay, je ne vous aiderai jamais à la transgresser !

- Même si c'est moi qui vous en prie ? murmura Isabelle.

Il venait de saluer, il allait s'éloigner. La phrase l'atteignit comme une flèche. Il s'arrêta, puis revint mettre genou en terre devant elle, se pencha, prit l'ourlet de sa robe de samit vert raidie par le lacis serré de ses broderies d'or dessinant des fleurs dont le cœur était fait de pierres fines, et le porta à ses lèvres :

– Je suis à jamais votre chevalier, gracieuse dame, et vos désirs me sont aussi sacrés que la loi divine... sauf s'il leur arrive de contrarier les ordres de mon seigneur et roi. Là où il en est, il ne se soucie plus que de la gloire de Dieu et de la sauvegarde du royaume. Il a besoin, pour cette tâche, de toutes les forces qui lui restent : ne l'en privez pas !

Un instant, la petite princesse contempla le jeune homme quasi prosterné à ses pieds. S'il l'avait regardée, il eût vu des larmes glisser sur sa joue. Enfin, elle étendit sa main pour lui toucher l'épaule et l'y appuya :

– A Dieu ne plaise, mon ami, que je veuille ajouter à ses tourments. Dites-lui qu'il sera obéi, mais qu'il n'oublie pas que je suis sa sœur tendre et fidèle... et que je garde auprès de moi un cœur qui est tout à lui !

– Et votre cœur à vous, madame, saurez-vous me le garder par-delà le temps ? Il se peut que de nombreux jours s'écoulent avant que j'aie le bonheur de vous revoir.

– Je ne reprends jamais ce que je donne, Thibaut ! Et je saurai patienter... Vous aussi, j'espère ?

Sans attendre la réponse, elle se pencha vers lui, lui posa un baiser sur les lèvres, puis, saisissant la main d'une Ariane enfermée dans son rêve intérieur, elle s'enfuit en courant vers les portiques du palais. Alors il se releva :

– A jamais, Isabelle ! cria-t-il dans le vent. A jamais, je suis à vous !

Quelques jours plus tard, le mariage de Marie Comnène et de Balian d'Ibelin dûment béni et consommé, Thibaut de Courtenay quittait Naplouse peu après l'ouverture des portes, au moment où le soleil accrochait ses premiers rayons à la cime du mont

Garizim. La ville samaritaine avait retrouvé son calme : Philippe d'Alsace et ses gens en étaient partis peu après l'arrivée du « fiancé » se dirigeant vers le nord...

CHAPITRE V

LE ROI-CHEVALIER
ET LA GLOIRE

L'un des chevaux de son escorte s'étant déferré, Thibaut s'arrêta au bourg de Belin pour remédier à cet accident. Tandis que ses hommes s'en occupaient, le bâtard s'approcha d'une fontaine qui se trouvait en une belle place abritée par deux sycomores... Il y avait là un homme qui, assis sur une pierre, mangeait un quignon de pain auquel il ajoutait de minces tranches d'un gros oignon roux coupées contre son pouce à l'aide d'un couteau presque aussi long qu'un glaive romain. Il faisait preuve d'une grande dextérité à cet exercice, après quoi il mastiquait lentement, en homme qui sait la valeur de la nourriture. Thibaut s'approcha de lui aussi fasciné par l'aspect du personnage que par sa façon de manger. Il faut dire qu'il était pittoresque. A cause de l'abondance de cheveux et de barbe fauves dont s'ornait un visage d'où sortait un nez qu'un coup de soleil faisait peler, à cause aussi de l'épaisseur de ses larges mains, on aurait pu le prendre pour un paysan. Il en avait l'attitude patiente, légèrement bovine et, s'il n'avait porté haubert et capuche de mailles, s'il n'y avait eu, accroché à l'arbre dont un vigoureux cheval occupait l'ombre, un long écu en forme d'amande sur lequel trois énormes trèfles de sinople[1] s'épanouissaient sur un champ d'azur, la balance de Thibaut eût penché de ce côté. Restait à savoir d'où venait ce chevalier solitaire et où il allait, car le jeune homme ne se souvenait pas de l'avoir jamais vu.

Il le salua courtoisement en s'excusant d'interrompre son repas, mais dans l'intention de lui rendre un service quelconque, et comme l'œil céruléen du personnage le fixait d'un air interrogateur, il se présenta :

– J'ai nom Thibaut de Courtenay et le grand honneur d'être l'écuyer de notre sire Baudouin, quatrième du nom, par la grâce de Dieu roi de Jérusalem.

– Le lépreux ?

– Oui, le lépreux, mais de cœur plus noble et plus vaillant que bien des gens en bonne santé ! riposta Thibaut qui sentait déjà la moutarde lui monter au nez.

Ce dont l'autre ne s'émut pas.

– Ce que j'en disais, ce n'était pas dénigrement mais pour qu'il n'y ait pas d'erreur, fit-il en chassant les miettes attachées à sa barbe avant de déplier une carcasse en face de laquelle Thibaut eut l'impression de rétrécir. Je suis Adam Pellicorne, seigneur de Dury en Vermandois, déclara-t-il.

– En Vermandois ? Vous êtes des gens du comte de Flandre alors ?

– J'étais !

– Vous étiez ? Comment l'entendez-vous ?

– J'entends que je ne le suis plus parce que je ne veux plus l'être.

– En vérité ? Et le serment féodal, alors ?

– Ce n'est pas devant lui que j'ai prêté serment mais devant monseigneur Rodolphe, comte de Vermandois,

---

[1]. Couleur verte en héraldique.

son beau-père qui n'est pas là... et surtout devant Dieu ! C'est au service du Christ-Roi que je suis venu mettre ma lance et mon épée, pas à celui de je ne sais quel comte de Tripoli ou prince d'Antioche désireux de récupérer les terres que lui ont reprises les Sarrasins !

Et d'expliquer que l'avant-veille, Philippe d'Alsace était parti pour le château de Tibériade, fief de la comtesse de Tripoli, où il était attendu. Et cela avec tout son monde auquel venaient de se joindre nombres de barons et hommes d'armes du royaume, ainsi qu'une centaine de Templiers et davantage encore d'Hospitaliers – ceux-ci proches du comte de Tripoli qui utilisait volontiers leur puissante forteresse de Kalaat el-Hosn (le Krak des Chevaliers) comme base de départ pour ses expéditions. Le prince d'Antioche, Bohémond III, devait les accompagner afin que tout ce monde lui reconquière Harenc, fief de sa femme. Raymond de Tripoli, lui, souhaitait reprendre le contrôle de la vallée de l'Oronte tout entière.

– Et moi, conclut le chevalier Pellicorne, je suis venu ici pour prier au Saint-Tombeau, me faire pardonner mes péchés, recueillir des grâces et veiller à la défense de la Cité sainte ainsi que du royaume franc. Alors je retourne à Jérusalem !

Mais Thibaut n'écoutait plus, occupé qu'il était à peser l'incroyable information que le géant venait de lâcher en toute innocence. Il n'était pas possible que tous ces gens représentent une bonne partie des troupes dont disposait le roi en temps de paix et plus encore en temps de guerre soient partis courir les aventures en Syrie pour le profit personnel de hauts seigneurs, dont l'un, surtout, semblait avoir oublié qu'il avait été régent du royaume il n'y avait pas si longtemps. Baudouin ne pouvait pas leur avoir accordé cette permission suicidaire... ou alors c'est qu'il était mourant !

Cette idée le suffoqua, mais sa réaction fut immédiate :

– Vous voulez servir le royaume ? Alors vous me suivez et vite ! Nous n'avons pas de temps à perdre !

– Où allons-nous ?

– Chez le roi ! Quelque chose me dit qu'il a besoin d'aide.

Et il courut rejoindre son escorte en criant « A cheval ! » à s'en faire éclater les poumons. Le chemin restant entre Belin et Jérusalem – une lieue et demie environ – fut parcouru à un train d'enfer. Sans demander plus d'explications, Adam Pellicorne suivit : c'était un homme plutôt lent, mais il aimait ceux qui savaient prendre des décisions rapides et ce garçon lui plaisait.

Arrivé en vue des remparts, Thibaut respira mieux : la ville semblait paisible. Aucun signe de deuil ne s'y montrait et, sur la tour de David, la bannière royale flottait doucement au vent d'automne. Donc Baudouin était toujours vivant. Même tranquillité dans le dédale des rues où aucun portail d'église ou de couvent n'était ouvert sur la clameur des grandes prières publiques rituelles lorsqu'un souverain entrait en agonie. Un peu partout chacun vaquait à ses occupations.

Des éclats de voix l'atteignirent dès la cour du Figuier au moment où, suivi de la nouvelle recrue bien décidée à ne pas le lâcher d'une semelle, il allait grimper chez le roi. Une voix épaisse et cependant criarde qu'il n'eut aucune peine à identifier : Jocelin de Courtenay ! Apparemment il était fort en colère. D'autant plus qu'il ne devait pas être à jeun : c'était dans la dive bouteille que le sénéchal puisait le peu de courage dont il était capable :

– Vous nous avez trahis ! braillait-il. Vous avez trahi... toute... la famille ! C'était si difficile de faire un peu la... volonté du... comte de Flandre qui est... hic !...

bien vivant alors que vous êtes... à moitié mort ? Vous ne pouviez pas lui dire... d'aller me reconquérir mes comtés au lieu de le laisser... s'acoquiner avec... Tri... Tripoli ?... Hein, mon beau neveu... pou... pourri ? Mais ça peut... s'arranger, hein ?

Thibaut monta quatre à quatre et tomba comme la foudre dans la chambre de Baudouin. Ce qu'il vit lui fit dresser les cheveux sur la tête : du roi, il ne voyait que les pieds dépassant de la bure blanche de la robe. Le reste disparaissait sous la masse rouge et or du sénéchal qui lui mettait un poignard sous la gorge. Alors, retrouvant intacte sa fureur de la nuit du viol, l'écuyer fonça, voulut empoigner le personnage par le col de son ample vêtement, mais celui-ci avait engraissé. En outre, il se cramponnait d'une main au lourd siège d'ébène. Celle de Thibaut ne réussit pas sa prise sur le drap de soie et l'écuyer glissa. Ce que voyant, Adam Pellicorne arriva à la rescousse sans se poser de questions : l'une de ses lourdes paumes s'abattit sur Courtenay à la hauteur du cou, l'autre accrocha la ceinture et il souleva le personnage aussi aisément qu'il eût fait d'un tapis, recula de trois pas puis le laissa tomber presque aux pieds du roi où il s'étala comme une énorme fraise écrasée.

– Ce n'est pas une façon de parler à un souverain, commenta-t-il paisiblement. Qui est cet assassin ?

– Le sénéchal du royaume, répondit du même ton tranquille Baudouin qui n'avait même pas levé le petit doigt pour se défendre. Et vous-même qui venez de me sauver, qui êtes-vous ?

Ce fut Thibaut qui se chargea de la réponse. Adam, lui, se contenta de mettre genou en terre, impressionné au point d'en être réduit au silence par la longue silhouette vêtue de blanc, gantée de blanc, voilée de blanc, qui se tenait assise dans le haut siège noir. Impressionné mais pas terrifié : seul un respect quasi religieux se lisait dans les yeux sans ombres du chevalier picard. Cependant Courtenay, d'abord étourdi par sa rencontre avec le sol, essayait de se relever, empêtré qu'il était dans l'espèce de toge romaine, retenue à l'épaule par un bijou, qui le drapait mais le vin dont il avait abusé remonta d'un seul coup et il vomit. Tout en achevant d'exposer les raisons qui ramenaient à Jérusalem un membre de l'armée flamande, Thibaut l'aida à se remettre sur pied mais l'autre, une fois debout, le repoussa, une flamme haineuse dans ses yeux injectés de sang.

– Ce n'est pas la première fois que tu m'attaques, n'est-ce pas, vil bâtard ? Je viens de reconnaître ta manière, mais c'est une fois de trop ! Je te renie ! Je ne suis plus ton père...

– Vous ne l'avez jamais été ! Et moi je ne serai jamais le fils d'un régicide qui mériterait d'être tiré à quatre chevaux.

– Tu fais le fier, hein ? Tant que ce débris sera vivant tu te crois fort ? Mais tout n'ira pas toujours à ton gré, vermine, et un jour...

– En voilà assez ! tonna Baudouin qui ajouta, élevant encore la voix : Gardes ! Au roi !

Les deux factionnaires entrèrent et, appuyés sur leurs piques, un poing sur la poitrine, attendirent. L'ordre vint aussitôt :

– Ramenez le sénéchal à sa maison de ville et veillez à l'y faire garder tant que nous le jugerons bon !

Jocelin de Courtenay se sentait trop mal à présent pour opposer une résistance quelconque : il se laissa emmener, mais cracha avant de sortir. Thibaut cependant protestait :

– Sa maison de ville alors qu'il a voulu vous tuer ? C'est un cul-de-basse-fosse qu'il mérite !

– Il est ivre, soupira Baudouin en haussant les épaules. Et puis ma mère ne l'accepterait pas : elle me harcèlerait jusqu'à ce qu'on le remonte. Mais toi, prends garde ! Mes jours sont comptés, tu le sais, et dans peu de temps je serai ce qu'il vient de me jeter au visage : un débris humain... Quant à vous, sire Adam, qui voulez combattre pour Jérusalem, merci ! Je vous dois d'être encore en vie, alors dites-moi comment vous remercier.

– En me gardant auprès de vous, sire, répondit le chevalier avec un bon sourire. Ce serait pour moi une grande faveur que de mettre ma force à votre service. Et quand... quand arrivera ce que vous venez de dire – à Dieu ne plaise ! – je pourrai l'aider à se garder, ajouta-t-il en pointant sa barbe vers Thibaut. Le seigneur sénéchal est vraiment très déplaisant !

– Une faveur, de rester auprès de moi ? Vous en êtes sûr ?

D'un geste rapide, Baudouin arracha la blanche mousseline, révélant la vérité de sa figure boursouflée par le « masque du lion », mais où l'azur de ses yeux scintillait encore. Adam Pellicorne ne cilla même pas, se contentant de soupirer en haussant les épaules et en pliant à nouveau le genou :

– Plus jeune, j'ai servi le comte Raoul de Vermandois. Il était bien pire mais je l'aimais. Gardez-moi, s'il vous plaît !

C'est ainsi qu'Adam Pellicorne, de Dury en Vermandois, entra au service du roi lépreux.

Comme Guillaume de Tyr lui-même l'expliqua, ce qui s'était passé était fort simple et assez infâme : tablant sur la faiblesse momentanée de Baudouin repris par une crise de dysenterie, le comte de Flandre, fort satisfait d'avoir fait lanterner pendant quinze jours le roi et les envoyés de l'empereur au point d'avoir découragé ceux-ci, avait débauché tout tranquillement la plus grande partie des effectifs du royaume pour les emmener caracoler sous les murs de Harenc et sur l'Oronte, dans le but de s'attirer la reconnaissance de Bohémond d'Antioche et de Raymond de Tripoli, se les attacher et balayer ensuite un roi malade afin de disposer de sa couronne. L'indignation du chancelier visait surtout ce dernier, car il ne s'était jamais illusionné sur ce que valait le comte de Flandre. Raymond de Tripoli, qu'il tenait jusqu'alors pour un sage et véritable homme d'Etat et qu'il aimait bien, n'avait pas le droit d'oublier à ce point ce qu'il devait au royaume dont il avait été régent durant la minorité du roi. Peut-être imaginait-il, comme le Flamand lui-même, que Baudouin était mourant et que le roi une fois mort, sa couronne serait facile à ramasser ?

Seul, avec les plus âgés des barons, Renaud de Châtillon qui détestait Philippe d'Alsace presque autant que Raymond l'envoya promener : sa principauté méridionale n'avait rien à gagner dans l'aventure et, en outre, les quelques émirs qu'il s'agissait de combattre ne l'intéressaient pas : seul Saladin était digne de ses coups et puisque, grâce au mauvais vouloir du Flamand, l'expédition d'Egypte avortait, il rentrait chez lui surveiller les routes caravanières du désert et des abords de la mer Rouge.

– Si le royaume a besoin de moi, déclara-t-il au roi, allumez un grand feu sur la tour de David. Je le verrai de Kérak !

Ce dont Baudouin lui sut gré, tout en n'étant pas autrement surpris : se vouloir seul contre tous ressemblait tout à fait au nouveau seigneur du pays de Moab.

Cependant, tandis qu'autour des remparts de Harenc on faisait voltiger pennons et bannières en arrachant des éclairs à l'acier des épées brandies, les espions du sultan et ses pigeons voyageurs [1] ne chômaient pas. Saladin, au fond de son palais du Caire, sut bientôt qu'au mépris des trêves le comte de Flandre avec une armée franque s'était mis à razzier les plaines fertiles du nord de la Syrie. Il n'eut pas à rassembler ses troupes : il s'en était occupé depuis l'arrivée des premières galères byzantines à Acre. Et, vers le milieu de novembre 1177, la nouvelle arriva comme la foudre à Jérusalem : Saladin avait pénétré en Palestine et remontait le long de la côte méditerranéenne pour s'emparer des riches cités riveraines en attendant Jérusalem. Il brûlait et détruisait tout sur son passage.

Par chance, Baudouin allait mieux. Même la lèpre semblait s'assoupir. Mais la situation restait dramatique. Avisé de l'invasion en même temps que le palais, le Maître des Templiers, Odon de Saint-Amand, qui, depuis qu'il était à la tête de l'Ordre, se considérait comme relevant du pape et dédaignait le roi, réunit les quelques chevaliers qui lui restaient et galopa vers Gaza. Cette place forte relevait traditionnellement du Temple qui entretenait la garnison. Non sans raison, il pensait que Gaza serait le premier objectif de Saladin et il entendait la défendre mais, avant de partir, il aurait pu au moins en avertir Baudouin.

Autre problème : l'état de santé du connétable. Chef naturel des armées, le vieux et valeureux Onfroi de Toron s'était laissé aller à une grave imprudence : l'année précédente il s'était remarié à Philippa, la plus jeune sœur de Bohémond d'Antioche, qui elle-même relevait d'une aventure sentimentale avec l'universel Andronic Comnène et se laissait mourir de langueur. Les quelques excès dus à un mariage avec une trop

---

1. C'est Nur ed-Din qui le premier employa les pigeons comme courriers.

jeune personne joints à la douleur de voir celle-ci se dessécher pour un autre menaient tout doucement le chef régulier des armées au tombeau. Mais mener l'ost au combat, Baudouin savait faire cela depuis l'âge de quatorze ans. Il n'hésita pas, rassembla tout ce qu'il put trouver de chevaliers – entre deux et trois cents ! –, alla au Saint-Sépulcre prendre la Vraie Croix qu'allait porter Aubert, évêque de Bethléem, invoqua l'aide de Dieu, fit allumer un bûcher sur la tour de David, sauta à cheval au milieu des lamentations des femmes, et prit avec sa petite troupe le chemin de la côte puisque, selon les nouvelles, Saladin choisissait d'arriver par là.

Talonné par l'obsession de le devancer, le roi galopa sans désemparer jusqu'à Ascalon dont les portes s'ouvrirent devant lui avec soulagement. Ascalon, Baudouin le savait, c'était la croisée des chemins. Dieu avait permis qu'il y entrât avant Saladin. La ville était déjà en défense et le roi pensait disposer d'un temps, celui que le sultan mettrait à investir Gaza. Aux mains des Templiers dont la valeur n'avait jamais été mise en doute, la ville résisterait et donnerait aux renforts espérés le temps d'arriver. En effet, avant de quitter Jérusalem, le roi avait convoqué le ban et l'arrière-ban : autrement dit, tous les hommes capables de se servir d'une arme devaient le rejoindre. Ce dont il ne doutait pas et, en effet, de tous les points du royaume des milices urbaines, des chevaliers, des volontaires et même des bourgeois se mettaient en route...

Seulement Saladin était imprévisible et d'autant plus qu'il ne communiquait pas ses décisions, ce qui ne simplifiait pas le travail des espions francs. Ce qu'il voulait, c'était Jérusalem et il entendait ne s'arrêter en chemin que le strict nécessaire. Aussi avait-il dédaigné Daron et Gaza : du haut de la maîtresse tour de cette ville, Odon de Saint-Amand, stupéfait, regarda passer sous son nez, sans même qu'elle lui accorde un regard, l'avalanche des cavaliers d'Allah.

Or, entre Gaza et Ascalon, il n'y avait que deux lieues...

Au matin, Baudouin qui avait passé une partie de sa nuit à inspecter les défenses et les ressources de la ville faisait encore une fois le tour des remparts suivi de Thibaut, d'Adam et de Renaud de Sidon, le valeureux époux d'Agnès qui la voyait si peu. Le temps était frais et le ciel charriait des nuages venus de la mer. Appuyé à un créneau, le roi ôta son camail d'acier et, tourné vers la campagne, souleva un instant son voile pour laisser le vent caresser son visage. Il tournait le dos aux trois autres et seul Dieu pouvait voir les ravages de sa face. Dans un instant, il allait prendre un peu de repos, manger quelque chose... mais un cri de Renaud de Sidon balaya cet espoir :

– Sire ! Regardez ! Ils arrivent !

Au sud, un épais nuage de poussière traversé d'éclairs bouchait l'horizon et progressait à vive allure. Le galop forcené des chevaux faisait rouler le tonnerre à ras de terre et c'était comme une lame de fond, un raz de marée de fer sous les bannières vertes du Prophète et les étendards noirs que le lointain calife de Bagdad, Commandeur des croyants, envoyait traditionnellement aux chefs illustres capables de porter au plus haut l'épée de l'Islam. Devant eux fuyaient les paysans qui n'avaient pas encore cherché refuge dans les murs d'Ascalon. On les voyait tomber, on entendait leurs cris quand frappaient les cimeterres et bientôt la vague énorme vint battre les murailles elles-mêmes tandis que la campagne où s'allumaient des incendies disparaissait sous la fumée.

Baudouin avait remis en place le voile blanc, le camail et le heaume couronné qu'il avait tout à l'heure posé sur le créneau. Il était seul à présent, ayant déjà distribué ses ordres à son entourage. Sa haute et fière silhouette se découpait sur l'échancrure bleue du ciel. C'est alors qu'il vit Saladin s'avancer vers le pied du rempart. Sa garde mamelouke [1] aux tuniques de soie jaune safran glissant sur les haubert de mailles, jaune comme l'étendard que portait l'un d'eux, soulignait sa présence mais, de toute façon, Baudouin l'aurait reconnu. Il savait à quoi ressemblait ce Kurde de trente-neuf ans – plus du double de ses dix-sept années ! – au visage basané, aux yeux bruns un peu enfoncés, à la longue barbe brune à deux pointes que rejoignait la moustache courbe. Son casque rond était surmonté d'une pointe et entouré d'un turban, blanc comme la robe de son coursier arabe. Sur ses vêtements et même sur sa cotte de mailles, il portait le *kazâghand*, sorte de cuirasse d'épais tissu brun piqué et rembourré qu'il ne quittait ni jour ni nuit.

Un moment les deux hommes se regardèrent, le sultan cherchant à percer le secret de cette mousseline blanche dissimulant le visage du lépreux. A cet instant, Thibaut qui remontait sur le rempart vit que le roi était seul face à cette mer humaine, arracha l'arc des mains d'un homme d'armes et voulut se placer auprès de lui, mais Baudouin l'écarta d'un geste autoritaire. Puis, sans quitter Saladin des yeux, il leva le bras, un doigt vers le ciel comme pour en appeler à la justice de Dieu. Le sultan alors désigna son armée d'un ample geste, sourit, puis fit volter son cheval et s'éloigna vers la petite éminence où l'on allait planter sa tente.

Ce qui suivit fut affreux. Inconscients de la présence,

1. Composée d'anciens prisonniers de guerre ou d'esclaves convertis à l'islam et soumis à un entraînement intensif comme, plus tard, les janissaires des sultans ottomans.

plus proche que prévu, de l'ennemi, ceux du ban et de l'arrière-ban appelés par le roi arrivèrent par petits groupes. Ils furent vite noyés sous le nombre. Du haut de son rempart, Baudouin put les voir ligotés et parqués comme du bétail. Incapable de supporter ce spectacle et dans l'espoir de les délivrer, il tenta une sortie à la tête d'une centaine de cavaliers mais, en dépit de la vaillance déployée, c'était la lutte du pot de terre contre le pot de fer et, pour éviter de se faire tuer sur place sans profit pour les prisonniers, il fallut bien rentrer dans la ville tandis que la nuit commençait à tomber.

Durant cette nuit, si Baudouin réussit à dormir, c'est parce que la fatigue le terrassa. Encore ne lui accorda-t-il que trois heures. Sa sensibilité extrême lui soufflait que, dans sa grande tente jaune, Saladin ne dormait pas non plus ; mais, chez le sultan, cette veille était due à l'excitation du triomphe proche. Bientôt, demain peut-être, il entrerait à Jérusalem pendant que le petit roi resterait prisonnier d'Ascalon où on laisserait juste ce qu'il fallait pour l'empêcher d'en sortir. Déjà et avant même d'investir la petite ville, il avait détaché la plus grande partie de son avant-garde sous les ordres d'un renégat arménien nommé Ivelain qui devait nettoyer le terrain devant lui, tuer et brûler tout ce qu'il trouverait sur son passage. Saladin n'avait qu'à tendre la main à présent et cueillir le royaume franc comme un fruit mûr... Aussi, quand au lever du soleil il sortit de sa tente pour s'agenouiller sur son tapis de soie et prier, la face tournée vers La Mecque, sa décision était-elle prise. Il partirait dans la journée et poursuivrait son chemin. Allah – que son nom soit trois fois béni ! – lui avait d'ores et déjà donné la victoire. Il ne lui restait plus qu'à en recevoir les lauriers sur le Tombeau du Christ.

Cependant, en contemplant la foule étendue devant lui, il s'avisa que les nombreux prisonniers faits la veille allaient le gêner dans sa marche triomphale. Ils étaient en effet des centaines. Alors il ordonna :

– Tuez-les tous !

L'un après l'autre ces malheureux furent amenés devant la ville – hors de portée des flèches ! – et leurs têtes tombèrent sous les cimeterres des bourreaux, et leur sang abreuva la terre ravagée et sur sa tour, au milieu de ses soldats impuissants, Baudouin pleura de douleur et d'indignation à la vue de ce crime qui violait toutes les lois de la chevalerie et même de la guerre, ordonné cependant par un homme qui se voulait grand et magnanime en toutes choses, mais qui, à cet instant, laissait remonter sa cruauté et son indifférence à la vie humaine. Seul fut épargné un petit groupe de bourgeois de Jérusalem dont il espérait tirer une belle rançon. Ceux-là, il décida de les emmener et les fit lier sur le dos des chameaux. Après quoi, avec un geste d'adieu ironique en direction de la cité, Saladin monta à cheval pour poursuivre vers le nord son chemin triomphal. Il avait toute confiance dans les talents d'Ivelain. A cette heure, celui-ci devait avoir incendié Ramla et Lydda et Arsuf, afin d'ouvrir devant son maître la route de la capitale. Mais il n'est jamais bon de mépriser un ennemi et l'ivresse du triomphe lui montait peut-être à la tête un peu trop vite, car tandis que tombaient celles des captifs, Baudouin n'était pas resté inactif. Un messager était parti pour Gaza porter au Maître du Temple l'ordre de rallier puis, quand il observa le départ du sultan, il rassembla ses chevaliers :

– Saladin nous dédaigne au point de ne pas se garder car il a dispersé ses forces. Il n'a auprès de lui que ses mamelouks et quelques troupes légères. Si nous réussissons à sortir d'ici et à le surprendre, avec l'aide de Dieu, nous pourrions le vaincre. Il nous serait ensuite facile d'exterminer les groupes qui ravagent nos campagnes. Pour ce qui est de moi, je préfère mourir bellement l'épée à la main que laisser ce démon réduire mon royaume en cendres, quel que soit le nombre de ses soldats ! Monseigneur Aubert, ajouta-t-il en se tournant vers l'évêque de Bethléem, veuillez quérir la Sainte Croix !

Quand elle fut là, tous s'agenouillèrent devant elle, implorant le Dieu Tout-Puissant de les assister dans l'extrémité où se trouvait le royaume et de donner force à ses défenseurs. Puis l'évêque les bénit, le roi baisa le pied de la Croix. Et tous se sentirent emplis de force et d'espérance. En ce danger extrême, ils retrouvaient intacts en eux la foi de leurs pères et le désir ardent de se dévouer à la gloire de Dieu et à la sauvegarde de la Terre Sainte. Une fois encore, Baudouin cria :

– A cheval !

Et ils se dirigèrent vers la porte de Jaffa, celle qui donnait accès au chemin du littoral. L'impétuosité de leur sortie fut telle qu'elle balaya comme fétus les quelques troupes, par ailleurs repues de butin et de mangeaille, que Saladin avait laissées là comme par mégarde. Ils se dirigèrent à leur tour vers le nord mais en suivant une route parallèle à celle du sultan. Sans rien rencontrer d'autre que les ravages causés par la fureur des gens d'Ivelain, Baudouin passa à Ibelin où arrivait Balian accouru de Naplouse, Ramla incendiée où grâce à son seigneur Baudouin, l'amoureux transi de Sibylle, la population réfugiée au château de Mirabel et sur le toit de la cathédrale était sauve. Puis la petite armée infléchit sa route vers Jérusalem pour couper celle de Saladin dans les monts de Judée. C'est là que la rejoignirent les Templiers d'Odon de Saint-

Amand qui, pour une fois, avait obéi. Ils n'étaient qu'une poignée, mais c'était déjà quelque chose. Et surtout apparut alors une autre petite troupe, et celle-là, c'était Renaud de Châtillon qui la commandait. Du haut de son cheval, il cria :

– Me voici, mon roi ! Par la grâce de Dieu vous êtes sauf ! A nous deux, nous allons faire payer à Saladin ce qu'il vient d'infliger au pays !

Puis il mit pied à terre, vint à Baudouin qui en fit autant et les deux hommes s'accolèrent après que Renaud eut plié le genou.

– J'ai toujours su, messire Renaud, dit le roi, que votre vaillance et votre loyauté ne feraient jamais défaut à l'heure du péril.

C'était le vendredi – jour saint pour les musulmans – 25 novembre, fête de sainte Catherine pour les chrétiens. Il était une heure de l'après-midi quand, devant le tell de Montgisard, à environ deux lieues de Ramla, le roi et les siens virent sortir de la légère brume les étendards du sultan qui avait réussi à rassembler son armée éparpillée. Quand Baudouin et les siens fondirent sur lui, il s'engageait dans le lit encaissé de l'oued. La surprise joua à plein, le sultan étant à cent lieues d'imaginer que le pauvre roi de Jérusalem qu'il croyait enfermé dans les murailles d'Ascalon en face des têtes coupées de ses sujets pût se trouver là, l'épée à la main, à la tête d'une horde déchaînée. Assaillis furieusement, ses fiers mamelouks lâchèrent pied et furent en grande partie massacrés par Baudouin et Renaud qui se taillaient un chemin parmi eux. « Jamais Roland ni Olivier ne firent tant d'armes à Roncevaux que n'en fit Baudouin à Ramla en ce jour avec l'aide de Dieu et de monseigneur saint Georges qui fut en la bataille », devait écrire plus tard Guillaume de Tyr. Il est vrai que le roi semblait doué d'ubiquité et que sous sa couronne d'or et dans son armure souillée de poussière et de sang, il galvanisait les courages. En admettant que ceux-ci en eussent besoin. Son bras semblait infatigable au point que certains prétendirent que saint Georges, en effet, combattait en personne sous le voile blanc du lépreux. Auprès de lui, dont ils s'efforçaient de protéger les arrières, Thibaut et Adam se battaient avec la joie que donne le parfum de la victoire lorsqu'il vous arrive aux narines. Quant à Renaud de Châtillon, il combattit comme un démon avec un héroïsme qui forçait l'admiration. Il se vengeait là de quinze années à croupir dans les geôles d'Alep et son épée faisait voler joyeusement les têtes autour de lui.

Le sang coulait à grandes rigoles à travers champs. Cette petite troupe de cinq cents hommes dominée par l'image lumineuse de la Vraie Croix s'enfonçait comme un bélier dans l'armée musulmane quand le vent se mit de la partie, soufflant au dos des chrétiens des nuages de sable qui précipitèrent la déroute des musulmans. Car c'en fut une, et mémorable. Devant la vaillante petite armée de Baudouin, la belle machine de guerre de Saladin s'émiettait, s'éparpillait. Lui-même, soudain, se trouva seul...

Il vit alors un cavalier ennemi foncer sur lui, la lance en avant, suivi de deux autres guerriers, mais le heaume du premier portait couronne. Il sut alors qui était celui qui allait le tuer car il était lui-même désarmé. Il attendit. Ce que voyant, Baudouin jeta sa lance et reprit son épée, puis calma son cheval et vint en face de celui qui l'avait défié si cruellement. Un instant, comme l'avant-veille à Ascalon, ils se regardèrent avec une intensité quasi palpable et Saladin put contempler, à nu, le visage ravagé du roi lépreux, mais aussi ses yeux étincelants séparés par le nasal de fer...

– Qu'on lui donne une épée ! ordonna Baudouin. Je ne tue pas un homme désarmé !

– Sire, fit Adam, c'est folie !

– Je le veux !

Ce n'étaient pas les armes qui manquaient sur ce champ de mort. Thibaut allait en ramasser une quand, l'absence de leur maître ayant percé leur panique, plusieurs mamelouks revinrent au galop et les trois chrétiens eurent juste le temps de se remettre en garde pour attendre un choc qui ne vint pas. Les cavaliers aux tuniques jaunes se contentèrent d'envelopper leur maître pour l'entraîner avec eux dans le vent qui les repoussait vers leur pays : Baudouin n'avait pas bougé d'une ligne.

– Sire ! protesta Adam Pellicorne. Pourquoi ne l'avez-vous pas tué ?

– Il te l'a dit, gronda Thibaut. Un chevalier ne tue pas un ennemi incapable de se défendre, et le roi est le plus grand de tous !

On sut par la suite que Saladin, avec quelques débris de son armée, une centaine de compagnons, gagna les solitudes du Sinaï. Sans vivres, sans guides, sans fourrage, il s'enfonça dans les sables que des pluies diluviennes transformaient en marécages. Pour comble d'infortune, des Bédouins pillards les attaquèrent et, après un voyage qui fut une véritable torture, le sultan, presque seul et à pied, réussit à rentrer au Caire le 8 décembre. Il était grand temps car les partisans des Fatimides, spoliés par lui, se partageaient déjà ses dépouilles.

Pendant que Baudouin se couvrait de gloire, la belle armée du comte de Flandre, du comte de Tripoli et du prince d'Antioche assiégeait Harenc et s'y couvrait pratiquement de ridicule. Cette place fortifiée située à égale distance d'Alep et d'Antioche était tombée, après avoir servi de dot à la princesse d'Antioche, dans l'escarcelle d'Al-Salih, le malheureux fils de Nur ed-Din que le royaume franc s'était efforcé de protéger contre Saladin. Il y avait installé son vizir arménien, ce qui n'était pas une bonne idée car le personnage en question souhaitait surtout la garder pour lui-même. Aussi quand les chrétiens arrivèrent devant les remparts, alléguant justement les vieux traités d'entente, il leur rit au nez, refusa d'ouvrir les portes mais se laissa assiéger sans réagir trop violemment. Drôle de siège d'ailleurs, où les assaillants menaient joyeuse vie dans leur camp qui ressemblait assez à un camp de vacances : on jouait aux dés ou aux osselets ; la région étant riche, on ripaillait ou bien on se rendait à Antioche pour s'y prélasser dans les bains et festoyer en attendant que le vizir voulût bien se montrer accommodant. Sur ces entrefaites, arriva d'Alep Al-Salih en personne, décidé à secourir les assiégés mais qui trouva portes closes. Et la situation des deux groupes d'assiégeants devint assez cocasse : on caracolait courtoisement en se saluant à distance sous les yeux affamés des gens de Harenc dont les vivres commençaient à manquer, qui ne savaient plus à quel saint se vouer et se demandaient qui était l'ennemi de qui.

On finit par décider de palabrer entre assiégeants. Comme préliminaires, le fils de Nur ed-Din envoya secrètement au comte de Tripoli une délégation chargée de présents, si généreux que Raymond, s'avisant qu'après tout Harenc regardait davantage Bohémond que lui, décida de se retirer, fit abattre ses tentes et regagna tranquillement Tripoli. La vallée de l'Oronte ne l'intéressait plus.

Dans ces conditions, Philippe d'Alsace, subodorant

ce qui s'était passé, fit savoir à Al-Salih qu'il ne verrait aucun inconvénient à recevoir lui aussi quelques dédommagements, fut exaucé et plia bagage pour rentrer à Acre où il ne tarda pas à se rembarquer pour l'Europe. Restait Bohémond III tout seul qui, bien entendu, n'insista pas et repartit pour sa bonne ville d'Antioche où il n'eut d'autre ennui qu'à y affronter la colère d'une femme dont il ne se souciait guère, ayant déjà découvert les charmes de la dame de Burzey, une affriolante et dangereuse coquine dont il n'aurait pas toujours à se louer... mais ceci est une autre histoire.

Il ne restait plus sur le champ de bataille sans bataille qu'Al-Salih tout seul. Cette fois, il n'eut aucune peine à se faire ouvrir les portes par un affamé qui ne voyait pas de raison à se laisser périr pour le vizir. La tête de celui-ci tomba, quelques autres lui tinrent compagnie et tout rentra dans l'ordre. Les Templiers, déçus et furieux, rentrèrent au bercail...

A Jérusalem cependant, on avait connu la terreur. Un vent de nouvelles désastreuses avait soufflé sur la ville, déchaînant la panique. On disait que Saladin approchait à la vitesse de la tempête et ravageait tout sur son passage. Les fumées d'incendies de villages que l'on découvrait du haut des remparts confortaient cette certitude et, tandis qu'une partie de la ville emplissait les églises, l'autre – et de beaucoup la plus importante – se précipitait vers la citadelle qui rassemblait autour de la haute et puissante tour de David un formidable appareil défensif de murailles faites d'énormes pierres taillées et assemblées, enfermant les réserves d'eau et de blé nécessaires en cas de siège. Autour du logis royal où Agnès s'efforçait de faire face et de jouer, grandeur nature, ce rôle de reine mère qu'on lui avait refusé, grouillait une foule de femmes, d'enfants, de vieillards avec des baluchons où ils avaient entassé leurs biens les plus précieux. La mère du roi tentait courageusement de mettre de l'ordre dans tout cela, traînant après elle un Héraclius totalement incompréhensif qui aurait de beaucoup préféré regagner son évêché de Césarée parce que c'était un port et que, d'un port, on peut toujours fuir en bateau ; Agnès l'avait maté et ramené à une plus juste conception de son rôle de pasteur des âmes, sinon des corps. Ceux-ci ne l'intéressaient que s'ils appartenaient à quelque jolie fille, mais quand certaine lueur cruelle luisait dans les yeux de sa maîtresse, Héraclius préférait ne pas insister.

Lors de l'alerte, Balian, son épouse, la jeune Isabelle et Ariane se trouvaient à Ibelin. Le nouveau mari avait tout juste eu le temps de faire partir les femmes vers Jérusalem sous petite escorte, que commandait Ernoul de Gibelet, à la fois son écuyer et son secrétaire. C'était un garçon fort intelligent, habile observateur des hommes et des événements, qui avait été à l'école de Guillaume de Tyr et rêvait d'être son continuateur dans le grand ouvrage de chroniques jadis commencé par le roi Amaury. La petite troupe parvint dans la ville quelques minutes avant que l'on ferme les sept portes, barricadées en attendant l'assaut.

Comme plusieurs grandes familles baronniales, les Ibelin possédaient un hôtel dans la capitale. C'était, dans la rue des Paumiers, une solide bâtisse n'ayant sur la rue que de rares fenêtres carrées lourdement grillagées et une porte ferrée sous une ogive de pierre trouant le mur d'un jardin où s'accrochaient aristoloches et clématites. Elle était proche voisine de l'Hôpital Saint-Jean, maison chevetaine des Hospitaliers, qui occupait le coin de la rue du Patriarche. D'accord avec Ernoul, la nouvelle dame d'Ibelin choisit de s'y installer en dépit du fait que les autres habitants couraient vers la citadelle, peu éloignée d'ailleurs mais qui, pour l'ex-reine, était aussi inaccessible que si elle se trouvait à des centaines de lieues et aussi dangereuse qu'un nid de scorpions puisque Agnès, sa mortelle ennemie, y régnait.

– Si le sultan prend la ville, commenta-t-elle avec philosophie, nous serons tuées un peu plus tôt, voilà tout, car il n'y aura pitié ni quartiers à attendre de lui.

– Ce n'est pas la mort que vous auriez à redouter, madame, dit Ernoul occupé à vérifier la solidité des barreaux extérieurs, mais bien d'être menées en esclavage. Vous êtes une très noble dame et très belle aussi, comme d'ailleurs notre princesse et sa suivante. Les princes musulmans ne tuent pas les belles dames : ils les font entrer dans leurs palais pour servir à leurs plaisirs ou les donner à leurs plus valeureux guerriers.

– En ce cas, sire Ernoul, il vous faudra nous tuer plutôt que nous laisser à un sort si honteux ! Comment après cela et au cas où nous nous retrouverions, supporter le regard de mon époux ?

– Ainsi ferai-je, madame, mais seulement à la dernière extrémité et la mort dans l'âme...

Ariane, elle, pas plus qu'Isabelle, ne parvenait à envisager qu'elle était revenue à Jérusalem pour mourir. Elles avaient tellement désiré ce retour que cela leur semblait impossible, tant l'idée de trépas est étrangère quand l'amour emplit un cœur. Se réfugier entre les murailles de la Cité sainte, c'était comme se réfugier dans les bras de son roi et c'était à lui seulement que pensait la jeune Arménienne, pour lui qu'elle priait afin qu'il lui soit donné au moins de le revoir vivant. Cette espérance tenace la rapprochait encore d'Isabelle car, en dépit de sa grande jeunesse, celle-ci possédait assez de maturité d'esprit et d'amour également pour refuser de voir s'évanouir ses rêves. Aussi, deux fois le jour, montait-elle avec Ariane et sa mère jusqu'au Saint-Sépulcre, peu éloigné, afin d'y supplier, à genoux sur la pierre du parvis avec d'autres femmes, de protéger son frère bien-aimé et celui qui veillait sur lui jour et nuit, un garçon aux yeux clairs qui s'appelait Thibaut !

Ce fut au cours de ces heures d'attente angoissée où les nouvelles contradictoires traversaient la ville anxieuse à la vitesse des courants d'air, qu'Ariane retrouva sa vieille Thécla. Un matin, devant la basilique du Tombeau, alors que le Patriarche venait d'offrir l'ostensoir à la vénération de la petite foule rassemblée sur la place, elle la reconnut soudain, non sans une hésitation : cette vieille femme amaigrie, vêtue d'une robe minable et enveloppée d'un morceau de cotonnade grise, trouée, qui la défendait mal de la froidure de ce matin – l'hiver approchait et il n'était pas rare d'avoir de la neige dans les monts de Judée ! –, ce ne pouvait être elle ? Et pourtant si ! C'était bien à elle ces traits creusés dans la peau grisâtre et ces yeux rougis par les larmes. Elle alla s'agenouiller à ses côtés.

– Que t'est-il arrivé, Thécla, pour que tu sois en cet état ? chuchota-t-elle tout en glissant sa main sur les siennes qu'elle tenait nouées devant son visage. Mon père...

Le vieux visage fatigué s'éclaira :

– Oh, mon Dieu ! La petite ! Mais où as-tu été tout ce temps ?

– Au palais d'abord, puis à Naplouse chez la reine douairière. J'appartiens à sa maison maintenant... ou plutôt à celle de la princesse Isabelle...

– Comment est-ce possible ? C'est la... enfin la reine mère qui est venue te chercher ? Elles s'exècrent, toutes les deux !

– Je t'expliquerai plus tard. Réponds-moi d'abord. Qu'est-il arrivé à mon père pour que tu sois ici, vêtue comme une mendiante ?

– Oh, il n'est rien arrivé à ton père, sinon la toute jeune épouse qu'il s'est offerte et qui est venue chez nous avec une sienne cousine auprès d'elle depuis l'enfance. L'épousée est une sotte enchantée d'avoir un riche mari qui lui donne des robes et des bijoux, mais la cousine, elle, sait ce qu'elle veut. Et ce qu'elle veut c'est mettre la main sur la fortune de ton père. Moi, je la gênais, alors elle s'est arrangée pour m'accuser de vol et... et ton père m'a jetée dehors, ajouta-t-elle en laissant couler ses larmes. Depuis, je vis de la charité des couvents et je dors où je peux. C'est dur à mon âge...

– Mais enfin tout le monde te connaissait dans le quartier arménien ? Personne ne t'a secourue ?

– Non. Tu sais ce que sont les gens : toujours prêts à croire le mal qu'on dit des autres. Quand on m'a chassée c'était en plein midi, tous criaient bien fort ce qu'on me reprochait... et pis encore ! Comme personne ne t'a vue partir, la fameuse nuit, cette femme a clabaudé que je t'avais conduite au palais et vendue à notre sire pour qu'il fasse de toi son plaisir. Alors ce sont des pierres qu'on m'a jetées lorsque j'ai quitté la maison et je me suis réfugiée où j'ai pu. Ce n'est pas faute de t'avoir cherchée, mais personne n'a su me dire ce que tu étais devenue.

– Je vais bien, tu vois ! Quant à être vendue, je l'ai été, en effet, mais le marchand était mon père. Dame Agnès ne m'a pas laissée ignorer dans quelles conditions elle m'a emmenée, ajouta la jeune fille avec dédain. A présent, tu vas venir avec moi. La reine Marie est la générosité même et notre petite princesse est un ange. Nous ne nous quitterons plus.

Et Ariane emmena Thécla pleurant de bonheur rue des Paumiers où, en effet, elle n'eut aucune peine à trouver place dans la nombreuse domesticité de la maison, avec la bénédiction de la grosse Euphémia qui avait pris Ariane en amitié et voulut bien se montrer satisfaite de recevoir un renfort aussi appréciable pour l'aider à surveiller l'imprévisible Isabelle. D'autant que ce fut ce soir-là qu'arriva la merveilleuse nouvelle : une fois de plus, Dieu avait béni les armes du jeune roi. A Montgisard, avec bien moins de mille hommes, il avait défait la grande armée de Saladin et le sultan vaincu était en fuite. Déjà la légende se tissait, portée par les ailes de la ferveur populaire. On disait qu'il avait abattu de sa main cent et cent et encore cent Sarrasins, que saint Georges en personne était apparu auprès de lui dans une armure éblouissante pour lui prêter main forte. Et dans toutes les maisons de la ville délivrée de sa peur, on pleura de bonheur.

Aussi, quand les trompettes des guetteurs, sur les remparts de Jérusalem, annoncèrent son retour, un enthousiasme indescriptible se déchaîna, plus délirant encore que celui qui l'avait accueilli à son retour de Syrie. Une énorme clameur monta vers le ciel. C'était à qui l'approcherait, toucherait sa jambe, son étrier ou le flanc de Sultan. On se moquait bien qu'il fût mesel, ou pestiféré même : son épée était celle du Très-Haut et le voile blanc qu'encadrait l'acier du heaume ajoutait son mystère à l'imagination du peuple. Certains étaient même persuadés que Baudouin avait été enlevé au ciel et que c'était saint Georges lui-même qui se dissimulait sous l'épaisse mousseline, comme l'hostie dans le tabernacle. Et, tandis qu'il montait vers le Saint-Sépulcre précédé de la Vraie Croix qu'il y ramenait, son cheval marchait sur un tapis de palmes et de lauriers que l'on jetait devant lui. Aux mains écorchées des sonneurs frénétiques, les cloches sonnaient un alléluia triomphal...

Couverte d'une mante à capuchon – il faisait froid en cette fin de novembre ! –, Ariane alla l'attendre à l'endroit de leur rencontre. Pont-levis abattu, herses relevées, largement ouverte, la citadelle avait lâché le flot des réfugiés qu'elle gardait dans son giron. Il y avait là beaucoup de monde que les gardes s'efforçaient de contenir, mais on ne retient pas un torrent et, quand le roi parut, tous voulurent aller vers lui. Ariane se trouva emportée, manqua d'être piétinée, mais réussit sans trop savoir comment à se retrouver au premier rang. Sa main jaillit alors de sous sa mante : elle tenait un petit bouquet de trois roses un peu rouillées, mais encore belles – c'était tout ce qu'elle avait trouvé au jardin ! –, qu'elle posa devant lui.

Il tressaillit, tourna la tête, cherchant un visage, prit les fleurs dans son poing ganté de fer, les porta à ses lèvres invisibles puis les laissa tomber et passa son chemin... Les yeux brouillés par les larmes, Ariane le regarda s'éloigner. Avec un affreux serrement de cœur, elle avait remarqué que, du front de Baudouin, le voile tombait presque droit, la fière courbure du nez ne s'inscrivait sans doute plus que dans son souvenir...

Secouée de sanglots, elle rejoignit Isabelle et Euphémia qu'elle n'avait pu convaincre de la laisser aller seule, et tomba dans les bras de la première. Isabelle aussi pleurait, mais c'était de joie et d'orgueil. La princesse savourait le triomphe de ce frère qu'elle aimait tant :

– Qu'il est fier et magnifique ! s'écria-t-elle. Le plus pur des héros ! Et le peuple qui l'acclame ne s'y trompe pas ! Sa vaillance a conquis la plus belle des victoires ! Dieu l'a béni...

– ... mais ne l'a pas guéri ! Oh, madame, avez-vous vu ?

– Quoi ?

– Son... son visage ! Il doit être si malheureux !

– Malheureux ? A cette heure où son peuple entier s'agenouille devant lui ? Quant à ce voile... – la voix d'Isabelle s'enroua soudain –, s'il a choisi de le porter c'est pour préserver sa royale image... et vous n'avez pas à essayer d'imaginer ce qu'il y a dessous ! ajouta-t-elle dans une soudaine explosion de colère. Agir ainsi, c'est... c'est l'offenser !

– Moi, l'offenser ? Ne savez-vous pas combien je l'aime ? C'est d'imaginer sa douleur que je souffre. Je voudrais tant qu'il me permette de la partager ! Et, vous avez vu : il a rejeté mes roses...

– Après les avoir baisées ! Cela veut dire que lui aussi vous aime mais qu'il ne vous permet pas d'aller plus loin. Vous portez son anneau, tâchez de vous en contenter ! Ne le crucifiez pas en essayant d'approcher sa misère.

Il n'y avait rien à ajouter et Ariane le comprit. Il y avait des jours comme cela où la profondeur d'esprit de cette enfant la confondait et elle savait qu'elle venait d'entendre les paroles de la raison. Mais la raison, quand le cœur déborde d'amour...

Elle ne soupçonnait pas que sa jeune compagne pouvait lire ses pensées dans son regard, cependant elle en prit conscience quand, après un petit silence, Isabelle ajouta :

– Croyez-vous que moi, sa sœur aimante, je ne désire pas aller vers lui ? Je n'ai même pas le droit de franchir l'entrée de son palais parce que sa mère y règne et que sa haine est si vigilante qu'elle me ferait jeter dehors sans plus de façons.

– Ne pouvez-vous... demander audience au roi ?

– Et m'y rendre en cérémonie accompagnée de ma suite... dont vous feriez partie ? fit Isabelle en retrouvant son sourire. Peut-être, après tout... mais pas maintenant : il faut laisser dame Agnès se gorger de la gloire de son fils. Elle ne va pas le quitter d'une semelle pendant un moment. Soyez patiente : nous verrons plus tard...

Et passant son bras sous celui de sa suivante, elle reprit avec elle le chemin de la rue des Paumiers. Baudouin était rentré au palais. La foule se dispersait pour aller festoyer à la santé du vainqueur... et en l'honneur de l'énorme butin razzié par Saladin qu'il venait de récupérer.

Son éclatante victoire laissait supposer que le roi allait pouvoir prendre un peu de repos après les fatigues extrêmes qu'il avait imposées à son corps torturé, mais ses proches savaient d'avance qu'il n'en ferait rien. Ou tout au moins pas grand-chose. Sitôt de retour dans sa capitale, il avait accepté et conclu les trêves demandées par Saladin. Le royaume entrait donc dans une période de paix qui serait peut-être assez longue pour permettre certaines réalisations, car il était à prévoir qu'étrillé comme il venait de l'être et soucieux de reprendre en main l'Egypte, Saladin ne se lancerait pas avant longtemps dans une nouvelle guerre. Baudouin, toujours taraudé par l'idée de sa mort et le souci, lorsqu'elle se présenterait, de laisser son royaume dans la meilleure situation possible pour le petit prince que Sibylle venait de mettre au monde, s'occupa de ses défenses.

D'abord les remparts de Jérusalem. Ils avaient grand besoin d'être consolidés car, si la tour de David et sa forte citadelle étaient à peu près imprenables, les vieilles murailles refaites par Godefroi de Bouillon un siècle plus tôt réclamaient des soins attentifs.

En outre, comme ses prédécesseurs sur le trône, Baudouin entendait veiller sur l'imposant chapelet de places fortes, construites depuis la conquête et qui gardaient le royaume, ses abords mais aussi ses croisées de routes principales : face à l'Egypte, au sud donc, il y avait Daron, Gaza, Ascalon, Blanche-Garde, Hébron et Kurmul. Au sud-est et en remontant de la mer Rouge, Akaba, Val Moïse, Montréal, Tafila et le Krak de Moab, contre la ville de Kérak sur lesquels veillait jalousement à présent Renaud de Châtillon comme ailleurs les autres barons chargés de ces fiefs, comme aussi les Templiers ou les Hospitaliers pour les forteresses relevant de leur puissance. Mais certains de ces fantastiques ouvrages, qui implantaient en Palestine l'art et la puissance des bâtisseurs francs, avaient été repris par l'ennemi, comme Paneas ou Beit-Jin. Et il fallait préserver les routes d'accès à la mer depuis la vallée du Jourdain. Certes, au nord il y avait Toron, le fort château du vieux connétable, et, au sud, Saphed que tenaient les chevaliers du Temple, deux magnifiques forteresses. Cependant, Baudouin décida de renforcer ses positions en construisant une nouvelle place forte sur la butte de Hunin, face à Paneas, et en confia les travaux au connétable remis de sa grave maladie. Ce fut le Chastel-Neuf. Au sud, pour mieux défendre le passage du Jourdain, il ordonna l'édification d'une nouvelle forteresse, au Gué-de-Jacob, à laquelle il donna tous ses soins, bien qu'elle fût destinée aux Templiers qui, ainsi, contrôleraient en totalité la route de Damas à Saint-Jean-d'Acre. Il s'y transporta même en personne pour veiller sur les travaux.

Pendant ce temps, Guillaume de Tyr voyageait. Au soir de sa vie, le pape Alexandre III convoquait le concile et y appelait les évêques de la chrétienté. Archevêque de Tyr et chancelier du royaume, Guillaume, parmi les premiers appelés, mena la délégation. A l'automne 1178, il s'embarquait avec Aubert de Bethléem, Raoul de Sébaste, Joce d'Acre, Romain de Tripoli, Renaud du Mont-Sion et le prieur du Saint-Sépulcre, représentant le Patriarche Amaury trop âgé pour ce rude voyage. Non sans une certaine jubilation, il emmenait aussi le mauvais génie d'Agnès : n'était-il pas temps qu'Héraclius prît au sérieux son rôle d'évêque de Césarée ? Le beau prélat partit en renâclant, mais il n'y avait vraiment aucun moyen d'y échapper. Guillaume de Tyr pour sa part espérait bien obtenir pour le cher royaume des avantages substantiels et des engagements de hauts seigneurs à venir combattre pour le Tombeau du Christ. En outre, le roi avait chargé l'évêque d'Acre, Joce, d'une mission toute particulière : il devait se rendre en Bourgogne afin de proposer au duc Hugues III la main de la princesse Sibylle, veuve du marquis de Montferrat. En effet, semblable en cela à sa mère, la jeune veuve avait besoin d'un homme dans son lit. Elle coquetait bien avec Baudouin de Ramla, mais, en dépit de la passion qu'il lui montrait, elle le trouvait un peu ennuyeux, plus assez jeune peut-être mais, surtout, elle le connaissait depuis trop longtemps. D'où la décision de son frère de rechercher un étranger.

Le royaume, lui, vivait en paix et il avait bien fallu qu'Ariane se résigne à regagner Naplouse avec les autres suivantes de la reine Marie et de sa fille.

De nombreux mois allaient ainsi passer.

CHAPITRE VI

A DAMAS...

Joad ben Ezra écarta les mains dans un geste d'impuissance :
– Je n'en ai plus ! La provision est épuisée et, comme aucun de ceux que nous avons envoyés n'est revenu apporter les graines dont j'avais besoin, je me trouve désarmé.

Sourcils froncés, fourrageant d'une main nerveuse dans sa barbe noire, il fit deux ou trois allers et retours dans la salle fraîche où il recevait son visiteur. Au-dehors c'était la chaleur d'un mois de juillet torride écrasant les terrasses de Jérusalem sous son poids de rayons aveuglants et, dans les rues de la Juiverie, abritées de claies de roseaux, les ombres denses recelaient presque toutes une forme humaine roulée en boule et endormie. Le soleil au zénith empêchait toute activité dans les échoppes rendues au silence pour un temps ; mais, dans la maison de ben Ezra, aveugle sur la rue et dans la cour intérieure de laquelle un vieux figuier et des lauriers résistaient solidement, il faisait bon. Meilleur encore dans la salle aux murs épais dont certains, comme pour nombre d'habitants de la vieille ville, dataient des Hérode. Thibaut cependant, arrivé la veille dans la cité royale, avait choisi cette heure où l'on ne rencontre à peu près personne pour rendre visite au médecin juif. Délaissant le palais – d'ailleurs vide, Agnès ayant choisi de passer l'été avec sa fille et son petit-fils à Jaffa pour respirer l'air de la mer –, il avait pris logis dans la vieille auberge du Roi-David, la plus ancienne et la mieux approvisionnée de la ville. Ce soir, à la fraîche, il repartirait.

Le médecin arrêta sa promenade près du jeune homme et lui resservit un gobelet de vin frais du Liban dont il le savait friand :

– Où en est le mal ?

– Il chemine avec une sûreté, une rapidité qui m'effraient. Le visage est méconnaissable, brun et boursouflé autour d'un nez qui a cessé d'exister. La barbe ne pousse plus, les sourcils sont tombés. Seuls les cheveux croissent avec une luxuriance étonnante et je ne cesse de les raccourcir. Evidemment, il garde encore ses yeux qui ressemblent à un ciel étincelant, vrais miroirs d'une intelligence, d'une volonté qui ne cèdent pas.

– Hélas, il se peut qu'il devienne aveugle. Les membres ?

– Il a déjà perdu deux doigts et quatre orteils. Tout son corps n'est plus qu'une tache brune. La peau est épaisse, écailleuse. Vous dites qu'il peut... perdre la vue ?

– C'est possible et même probable si l'on ne retrouve pas, et vite, des graines d'encoba. Il monte encore à cheval ?

– Vous le connaissez suffisamment pour savoir que le jour maudit où il ne tiendra plus en selle, la mort ne sera plus loin. Il a mené l'ost tout au long de cette campagne qui, par la faute du Maître du Temple, a tourné si mal alors que le roi comptait une victoire de plus.

En effet, la guerre reprenait après un an et demi de trêve. Saladin, revenu à Damas, voyait d'un très mauvais œil la construction du Chastel-Neuf et surtout celle du Chastelet, l'exemplaire forteresse du Gué-de-Jacob. La famine avait régné tout l'hiver sur ses terres de Syrie. Aussi flairait-il les riches collines de Galilée comme un loup affamé, mais il lui fallait un prétexte car il était trop religieux pour rompre une trêve de son propre chef. Il quitta donc Damas pour se rapprocher de Paneas que tenait alors son neveu Farrouk shah et attendit les événements. Le prétexte cherché fut une troupe de Bédouins pasteurs qu'il envoya paître près du Chastel-Neuf de Hunin, sous le nez sensible d'Onfroi de Toron le connétable... qui ne résista pas à la tentation d'augmenter les rations de son monde. Baudouin se trouvait alors chez lui avec quelques-uns de ses chevaliers. Bien qu'il s'y opposât, ses hommes voulurent suivre le vieux soldat et, alors que la petite troupe s'engageait dans une sorte de défilé entre deux collines, Farrouk shah leur tomba dessus avec tous les soldats dont il disposait. Le combat fut d'une rare violence. Criblés de flèches et attaqués de toute part, les Francs se battirent avec rage sans pouvoir éviter de laisser plusieurs d'entre eux sur l'herbe courte. Baudouin lui-même fut blessé. Ce que voyant, le connétable se jeta devant lui pour lui permettre de récupérer. Les musulmans s'acharnèrent alors sur celui dont la grande épée portant le symbole du Christ était légendaire : une flèche lui enleva le bout du nez, pénétra dans la bouche et sortit par le menton, une autre lui traversa le pied, une autre encore le genou, tandis qu'il recevait une autre blessure au flanc qui lui brisa les côtes. Baudouin cependant avait arraché la flèche enfoncée dans son épaule, ralliait plusieurs chevaliers et réussissait à ramener le vieil homme héroïque au Chastel-Neuf où il agonisa durant plusieurs jours avant d'être porté jusqu'à sa ville de Toron, où il fut inhumé dans l'église Sainte-Marie en présence de Baudouin incapable de cacher sa douleur. Il aimait sincèrement le vieux guerrier qui, sous trois rois, avait porté avec honneur son épée de connétable.

Mais Saladin n'en avait pas encore fini avec sa honte de Montgisard. Il lui fallait laver cette tache dans le sang des chrétiens. En mai, il vint mettre le siège devant le Chastel-Neuf, mais l'un de ses émirs favoris ayant été tué d'une flèche dans l'œil, les assaillants prirent le deuil et se retirèrent. La colère de Saladin ne connut plus de bornes. Il alla planter sa tente au Tell al-Qadi, non loin de Paneas, et de là envoya des troupes nombreuses faire les moissons dans la plaine de Sidon et ensuite ravager tout sur leur passage. Le pillage dura des semaines. Le nord du royaume subit le même traitement que le sud avant Montgisard. Du château de Toron où il se trouvait encore, le roi convoqua l'ost. Raymond de Tripoli et aussi Odon de Saint-Amand, le Maître du Temple, répondirent à son appel et on marcha vers Paneas. D'une colline, on découvrit la plaine où Farrouk shah était à l'œuvre, pillant, brûlant et ravageant avec entrain. On aperçut aussi de l'autre côté le camp du sultan, qui semblait paisible et tranquille. Baudouin alors se lança au secours de ses champs ravagés. Il tomba comme la foudre sur Farrouk shah avec seulement six cents hommes et fit un carnage de cette armée d'ailleurs alourdie par une caravane chargée des résultats du pillage. Sa victoire fut totale. Mais pendant ce temps et au lieu de le soutenir et d'assurer ses arrières afin de regrouper l'armée, Odon de Saint-Amand et Raymond de Tripoli prirent sur eux d'aller attaquer le camp de Saladin dont ils croyaient avoir raison sans peine. Ils trouvèrent Saladin lui-même dans la plaine de Marj Ayun, vite rejoint par ceux qui avaient réussi à échapper à Baudouin. Et la belle victoire du matin se changea en désastre. Baudouin qui accourait à la rescousse et aussi Renaud de Sidon qui, avec son ost, rejoignait l'armée royale ne purent que sauver ce qui pouvait l'être – et ce ne fut pas beaucoup. Il y avait des cadavres partout et une énorme troupe de prisonniers, parmi lesquels Odon de Saint-Amand et Baudouin de Ramla, l'amoureux de Sibylle. Le roi, avec ce qui lui restait, gagna Tibériade, cependant que le comte de Tripoli et les siens rejoignaient la côte et se réfugiaient dans Tyr.

– Voilà où nous en sommes, soupira Thibaut en conclusion. Le roi souffre dans son âme plus encore que dans son corps. Jamais, je crois, homme n'a prononcé « Que Ta volonté sois faite ! » avec plus de ferveur, plus d'abandon de soi-même. N'ayant connu jusqu'ici que la victoire, il pensait – peut-être car il ne dit rien ! – que le prix à payer pour le bien de ses sujets était d'accepter l'abomination de son sort. Or le lendemain, une partie de son royaume est ravagée et Saladin triomphe alors même que ses forces physiques s'amoindrissent. Pourtant, croyez-moi, Joad, il est prêt à endurer plus encore de souffrance pour sauver son peuple. Alors il prie ! Prosterné devant la croix, il prie, il crie vers le ciel et ce cri silencieux est plus déchirant que les larmes...

– Et moi je ne peux rien ! s'insurgea le médecin en reprenant sa promenade agitée. Ou si peu, à présent que manque le remède principal. Comment le soignez-vous ?

– Marietta qui le suit partout le lave avec des macérations de lavande, lui en fait boire, comme de l'huile d'olive dont elle oint aussi sa peau, ainsi que des tisanes de thym. Tandis qu'il combat, elle cherche des plantes à odeurs suaves, en fait brûler quelques-unes, avec la myrrhe des baumiers... Car, hélas, le mal répand à présent une odeur... Pardonnez-moi, maître Joad, mon intention n'est pas de mettre en doute votre grand savoir, mais je songe à retrouver votre frère en religion, ce Maïmonide qui peut-être, depuis le temps, aura trouvé autre chose. S'il est encore en vie, sa demeure était au Caire, je crois ? Et je suis tout prêt à...

– Inutile d'aller si loin ! Maïmonide est à présent l'indispensable médecin de Saladin. Là où est le sultan, là il est... Mais, à moins qu'il ne possède lui-même des graines d'encoba, il n'a guère de raison d'emporter dans son coffre à remèdes de quoi soigner la lèpre...

– Le plus simple est peut-être de le lui demander ? déclara Thibaut en se levant pour prendre congé.

La détermination que Joad lut alors dans son regard l'effraya :

– Si vous pensez vous rendre au camp de Saladin, vous allez commettre une folie inutile car vous ne verrez pas le médecin mais le bourreau. Il eût été plus facile d'entrer dans Le Caire qui est une ville populeuse où l'on peut se glisser. C'est impossible dans un camp. Vous échouerez et l'on enverra votre tête à votre maître au moyen d'une catapulte.

– Saladin n'assiège pas encore Tibériade ! émit Thibaut avec rage. J'irai pousser les portes de l'enfer pour forcer Dieu à nous aider !

– C'est folie ! Vous priveriez notre sire de son plus fidèle ami, de celui qui a juré de ne le quitter jamais ? Cela m'a surpris d'ailleurs de vous voir ici, loin de lui. Qui le sert ?

– Son autre écuyer, le chevalier Pellicorne. Sa force est redoutable et sa fidélité à toute épreuve... comme son amitié ! Merci de m'avoir écouté, maître Joad !

Après avoir quitté la Juiverie, le jeune homme

attendit que la chaleur tombe avec l'approche du crépuscule pour reprendre le chemin de Tibériade. Son cœur était lourd, mais déterminé.

Comment croire, lorsque l'on approchait de Tibériade, qu'à un peu plus de sept lieues, la guerre et la mort étaient passées, soufflant le feu et la fureur, ravageant tout sur leur passage ? Le lac d'azur et d'émeraude enchâssé dans une végétation quasi tropicale, serti de petites cités comme d'autant de perles, offrait l'image même de la sérénité et de la paix. Ces eaux limpides où s'étaient posés les pieds du Christ semblaient à jamais refléter son regard et les petites barques de pêcheurs amarrées à leurs piquets avaient toujours l'air d'attendre les filets débordants de l'apôtre Pierre et la présence de Celui dont la voix apaisait la tempête et bouleversait le cœur des hommes... C'était ici la Galilée où résonneraient jusqu'à la fin des siècles les paroles sublimes des Béatitudes.

Les antiques fondations du château des princes plongeaient dans les eaux du lac et dans la nuit des temps. Elles avaient supporté les gardes d'Hérode Antipas, les légionnaires romains, les stratiotes byzantins, les Sarrasins de Mahomet avant les guerriers francs venus des quatre coins de l'Europe.

Habituellement paisible et silencieuse, Tibériade bourdonnait comme une ruche en folie quand Thibaut y revint et, sur tous les visages, était peinte la douleur farouche que donne l'impuissance. Aux abords du château, un vieux soldat borgne dont l'œil unique pleurait le renseigna :

– Le Chastelet ! Il brûle. De là-haut, on voit les flammes et la fumée, dit-il en désignant le couronnement des remparts.

– Sais-tu où est le roi ?

– Là-haut, à ce qu'il paraît ! Il regarde et il fait comme moi : il pleure.

Il y était, en effet. En débouchant de l'escalier menant aux chemins de ronde, Thibaut ne vit d'abord que la puissante silhouette d'Adam Pellicorne. Armé de pied en cap, jambes écartées, les gantelets posés sur la lourde épée à deux mains fichée en terre dont il se servait comme personne, il cachait la forme blanche de Baudouin dans sa bure monacale. Assis et adossé contre le merlon du créneau, le roi était tourné vers l'ouest et chaque pouce de son corps proclamait sa douleur. Quand son écuyer fut à ses côtés, il ne tourna pas la tête, mais tendit un bras :

– Regarde ! Saladin a eu raison de mon château. C'est le Gué-de-Jacob qui brûle !

A l'horizon, une énorme colonne de fumée traversée d'éclairs rouges enténébrait la nuit tombante. En dépit de la distance [1], cela ressemblait à une bouche de l'enfer soudain ouverte au fond de la vallée et si énorme était l'incendie que les trois hommes sur leur muraille croyaient en sentir la chaleur ainsi que la puanteur des corps calcinés. Sur place, ce devait être une véritable fournaise dont les ravages s'étendraient loin.

– Comment est-ce possible ? exhala Thibaut. Il était fait de pierres énormes, si bellement taillées qu'elles s'ajustaient de la façon la plus étroite. Vous aviez payé chacune quatre dinars d'or. Et cela peut flamber ?

– Il y a eu une terrible explosion, fit Adam qui s'était rapproché. Les sapeurs de Saladin ont dû réussir à pénétrer profondément sous l'enceinte et placer une énorme charge. Ou plutôt plusieurs. Il ne doit rien rester des défenseurs. Cet homme est le diable !

– Et moi, je ne suis qu'un pauvre roi abandonné du

---

1. Dix lieues environ.

ciel ! La route d'Acre est ouverte à présent devant lui. Et je ne peux rien pour l'empêcher. Pourtant, il faut que je sauve ce qui peut encore être sauvé !

– Rien ne presse, sire, fit Adam d'une voix apaisante. Le sultan ne s'engagera pas sur la route littorale avec dans son dos les fiefs du comte de Tripoli et du prince d'Antioche. En outre, j'ai ouï dire que la peste s'est mise dans son camp. Et maintenant qu'il a brûlé le Chastelet, il va peut-être se tenir satisfait pour un temps. Tout autant que nous, il doit avoir besoin d'une trêve...

– Il est vainqueur, il ne la demandera jamais ! dit Baudouin avec amertume. C'est donc moi qui vais devoir m'en charger et je le ferai pour l'amour de Dieu et de mon peuple : celui-ci n'a que trop souffert déjà !

– En ce cas et si vous envoyez des ambassadeurs, sire, je demande à partir avec eux, dit Thibaut.

– Toi ? Tu veux t'éloigner encore de moi ? Tu sais bien pourtant combien j'ai besoin de toi.

– Oui, mais vous avez encore plus grand besoin de recevoir les meilleurs soins et je veux voir Maïmonide. Je sais qu'il est auprès de Saladin.

– Ah ! Cela veut dire que Joad ne peut plus rien pour moi ? fit Baudouin d'une voix étrangement calme.

– Cela veut dire qu'il manque des moyens nécessaires alors que, peut-être, l'autre médecin les possède encore...

– Je peux y aller, moi, proposa Adam.

A cet instant, Baudouin voulut se remettre debout mais les forces lui manquèrent et il tomba à genoux avec un gémissement de douleur et de colère. Ce que voyant, Adam lâcha son épée qui s'abattit avec un son de cloche, se rua sur lui et l'enleva dans ses bras aussi aisément qu'un fétu de paille, puis constata :

- Il faut vous remettre au lit, sire ! Vous brûlez de fièvre...

- Elle ne me quitte guère, la fièvre. J'ai sans cesse l'impression de brûler.

Tandis que le géant emportait le roi dans l'escalier, Thibaut suivit, plus qu'inquiet :

- Tu seras ici plus utile que moi, remarqua-t-il. Aussi je ne crois pas que je vais attendre les ambassadeurs. Ce soir même, je me rends au camp de Saladin...

Baudouin tenta de l'en empêcher :

- Tu ne l'y trouveras pas. Sur ce que j'ai appris, il doit être en route pour Damas.

- J'irai donc à Damas.

- Mais pas sans m'avoir écouté car je peux t'aider... Dieu m'est témoin que je ne te permettrais jamais de courir un tel danger si je ne me sentais si mal, mais il faut que je vive encore et debout ! Alors, si ce Maïmonide peut me rendre quelques forces...

Le lendemain, Thibaut avait encore les larmes aux yeux en quittant Tibériade, mais le vent de la course les sécha et aussi sa volonté farouche de rapporter le remède qui permettrait à l'héroïque jeune roi de durer encore un peu.

Le troisième jour, la piste étroite qui se faufilait entre des collines se transforma soudain en une large route et escalada une hauteur rocheuse. De là le cavalier découvrit, couverte de jardins et de bois, une plaine florissante où se découpaient les carrés des champs, une vaste cité adossée aux pentes fauves de l'Anti-Liban. Damas, la « grande silencieuse blanche », était devant lui.

Il s'arrêta un instant pour contempler la ville sainte aux deux cent cinquante mosquées, l'oasis dont les poètes arabes disaient qu'elle était l'une des quatre plus belles de la terre arrosée par les eaux claires du Barada, le « fleuve d'or » qui alimentait de ses eaux omniprésentes les bains, les fontaines, les lieux de culte et les jardins, ce point de rencontre des pistes caravanières aux portes du désert, cette cité du savoir enfin que Saladin aimait visiter entre toutes pour y étudier à l'ombre d'un sycomore.

Sous le pâle soleil d'hiver, la mosaïque aux chaudes couleurs couvrant le dôme de la grande mosquée des Omeyades luisait comme du satin et, si l'on exceptait les remparts aux créneaux épointés, l'image dans sa grâce pouvait être celle d'un paradis ; mais sous les arbres et près des eaux murmurantes, que de pièges, que de bêtes rampantes !

Au terme de sa contemplation, Thibaut pensa que lui-même faisait partie de ces êtres souterrains que chaque mouvement des portes, à l'aube ou au crépuscule, lâchait ou introduisait dans Damas et que c'était pour lui chose toute nouvelle. Jusqu'à présent, lorsqu'il accomplissait quelque mission pour le roi, c'était à visage découvert, sous son nom et portant avec fierté ses armes et leurs emblèmes ; mais là il ne savait plus très bien qui il était. Thibaut de Courtenay avait disparu dans une petite « grange » templière, celle de Qunaitra, d'où était ressorti Bekir Hamas, fils d'un marchand de Beyrouth qui s'en allait à Damas afin d'y acheter quelques-uns de ces beaux objets, spécialité de la ville, où des filets d'or ou d'argent dessinaient dans le métal d'harmonieux motifs. Car, même en période d'hostilités, le commerce ne perdait jamais ses droits dans ces terres du Levant où la valeur des choses l'emportait souvent sur les appartenances religieuses ou même raciales.

Thibaut ne savait plus très bien non plus qui était au juste cet Adam Pellicorne devenu son ami le plus cher, et qui s'était révélé à lui auprès du lit de Baudouin évanoui tandis que Marietta lui donnait les soins nécessaires. Le plus tranquillement du monde, Adam lui avait donné des instructions précises sur la façon dont il devait s'y prendre pour accomplir sa mission sans y laisser la vie.

– J'aurais préféré y aller à ta place, mais tu peux passer plus facilement que moi pour un musulman. Question de physique ! En outre, tu parles leur langue. Tu t'arrêteras donc à Qunaitra...

– Mais comment peux-tu savoir tout cela alors qu'il n'y a pas longtemps, tu débarquais ici avec les gens du comte de Flandre ?

– Plus tard, les explications ! Sache seulement que je n'accomplissais pas là mon premier pèlerinage. Je suis déjà venu il y a dix ans... et je connais ce pays presque aussi bien que toi, avait-il conclu avec ce bon sourire qui était son plus grand charme.

Thibaut, cependant, ne s'était pas tenu satisfait. Il avait l'impression d'avoir été trompé et le déclara sans ambages :

– Tu es chevalier et cependant tu m'as menti ? Tu m'as laissé te présenter au roi...

– Je me serais présenté à lui de toute façon et je te rappelle que je ne te connaissais pas, même si tu avais déjà attiré mon amitié.

A cet instant, la voix de Baudouin s'était fait entendre :

– Je sais tout de lui, Thibaut, et tu peux lui accorder ta confiance comme je lui ai accordé la mienne. Et si je t'ai laissé dans l'ignorance, c'est parce qu'un roi digne de ce nom ne peut pas toujours tout dire. Même à ceux qu'il aime...

Il avait bien fallu s'en contenter et le jeune homme était parti, la tête pleine de points d'interrogation, grillant de curiosité mais tout de même apaisé : la parole de son roi était pour lui aussi vraie que les Evangiles. Dans la maison de Qunaitra, on ne lui avait posé aucune question après qu'il eut remis le petit billet écrit par Adam et tout s'était déroulé sans la moindre anicroche : on s'était seulement contenté de lui donner des instructions précises sur la manière de se conduire une fois dans Damas. A présent, il y était.

Il franchit les portes monumentales gardées par des hommes aux yeux sauvages, coiffés de casques ronds à longue pointe, qui regardaient d'un œil blasé le trafic habituel des jours de marché, confiants dans l'effet significatif des deux têtes fraîchement coupées plantées sur le rempart. Le faux marchand, sa mule tenue en bride, et suivant les indications reçues, chercha un bras du Barada, le Tora, sur lequel donnaient les fenêtres à moucharabiehs et les jardins de maisons tranquilles, fit encore quelques pas et s'arrêta devant une porte basse peinte en vert. Du bâton qu'il tenait à la main, Thibaut frappa trois coups espacés et attendit. Peu de temps. Le bruit de semelles traînées sur des dalles se fit entendre et le petit guichet découpé dans le vantail s'ouvrit, découvrant un vieux visage envahi de poils blancs.

– Seul le silence est puissant... murmura le voyageur.

De l'autre côté, le vieillard toussota puis émit en ouvrant la porte :

– ... Tout le reste n'est que faiblesse ! Entre et sois le bienvenu !

Derrière lui, Thibaut accéda à une petite salle basse au sol de terre cuite et aux murs blancs ornés de tapis étroits. La coupole qui la fermait était soutenue par des poutres de couleurs vives et présentait en son centre un orifice destiné à livrer passage à la fumée du réchaud plein de braises placé juste en dessous dans une alvéole carrée. Des coussins plats étaient posés autour, permettant de s'asseoir commodément en se chauffant. Dans un coin, un grand coffre de fer forgé montrait les reliures jaunes des livres qu'il contenait.

A la lumière du foyer, Thibaut vit mieux le personnage qui l'accueillait : c'était, sous un turban, un homme sec et voûté, déjà âgé. Avant de lui offrir de s'asseoir, celui-ci considéra son visiteur avec méfiance.

– Voilà bien longtemps que je n'ai entendu cette phrase, soupira-t-il. Et toi tu es bien jeune. Qui es-tu ?

– Dis-moi d'abord si tu es bien celui que je cherche : Rahim le copiste ?

– ... jadis secrétaire du grand sultan Nur ed-Din, qu'Allah le bénisse cent fois ! Viens-tu de la part de son fils, le malheureux Malik al-Salih dont je n'ai plus de nouvelles ?

– Je n'en ai pas non plus, sinon qu'enfermé dans Alep l'imprenable, il n'a pas encore cédé à Saladin le reste de son héritage.

– Le chacal kurde finira bien par l'abattre. Il vient de rentrer à Damas après avoir mis à mal le roi chrétien qui est le dernier allié de mon pauvre maître. Quand Saladin aura balayé le lépreux, il tiendra le royaume franc et Al-Salih sera noyé...

– C'est pour que Baudouin puisse se battre encore que je viens.

– Tu es franc ?

– Oui, son écuyer, Thibaut de Courtenay, et c'est le médecin Maïmonide que je veux voir. Peux-tu m'aider à le trouver ?

– Je peux t'aider à entrer au palais car le soupçon ne m'a pas encore touché de son aile noire, mais ensuite...

Thibaut avait compris : ensuite, il lui faudrait se

débrouiller seul et en territoire ennemi. Pour aider Baudouin à porter sa trop lourde croix, il se sentait prêt à tout affronter, fût-ce la mort sous la torture, et il savait les Turcs habiles à ce genre de choses. Cependant, après avoir frappé dans ses mains pour faire apparaître un jeune serviteur avec un grand plateau chargé de galettes, de gâteaux aux amandes, de raisins et de tranches de melon confites, le vieil homme l'invitait à se restaurer après s'être lavé les mains. Le même jeune serviteur apporta une cuvette et une aiguière de cuivre, et fit couler l'eau sur leurs mains placées au-dessus de la cuvette. Puis ils s'essuyèrent avec une serviette fine, mangèrent en silence comme il convient... Ensuite Thibaut fut invité à se reposer.

Le soir venu, longtemps après que, du haut des minarets, les muezzins eurent appelé les fidèles à la prière, Rahim s'enveloppa d'un manteau et alla réveiller son hôte. La nuit était froide et il y avait un peu moins de monde dans les rues obscures qu'ils empruntèrent. Seul l'immense souk aux étroites artères voûtées gardait quelque animation, mais les deux hommes l'évitèrent pour gagner l'ancien palais de Nur ed-Din sur lequel flottait à présent l'étendard jaune de Saladin. Bâti pour la défense autant que pour le plaisir d'un homme raffiné, c'était un étonnant assemblage de bastions, de dômes et de jardins, une sorte de ville en miniature où œuvraient fonctionnaires, militaires, serviteurs et esclaves, distingués des autres domestiques par les fers qu'ils traînaient aux pieds... N'étant pas musulman, le médecin du sultan habitait, dans l'enceinte du palais, un pavillon écarté seulement séparé de la rue par un mur de jardin percé d'une porte basse devant laquelle, souvent, s'étirait une foule de malades, tous avides de recevoir les soins d'un homme dont on disait qu'il faisait des miracles. Saladin, en effet, ne voyait aucun inconvénient à ce que son médecin dispense soins et conseils même au plus humble de ses sujets. Cela créait toujours une certaine agitation et, en général, des gardes canalisaient tout ce monde mais, à cette heure tardive, il n'y avait plus personne, la prière du soir chassant chacun vers ses devoirs religieux.

– Il y a une garde à l'intérieur, expliqua le vieux copiste, mais on te mènera au médecin juif si tu dis que tu lui apportes un message de Bar Yacoub, un confrère de Beyrouth.

– Une lettre ? Et si on me demande de la montrer ? Je n'en ai pas.

– Oh si, tu en as une. Je l'ai écrite moi-même en caractères hébraïques et mise dans ton manteau pendant que tu dormais.

– Que dit-elle ?

– Que Bar Yacoub le salue bien et que tu as grand besoin de ses soins. Sois tranquille : on te conduira au médecin juif. A présent, je te laisse car je t'ai bien prévenu : mon rôle s'arrête là ! Je dois me protéger afin de pouvoir encore être utile à mon maître Al-Salih, cent mille bénédictions soient sur lui...

– Tu ne m'attends pas ? Je ne retrouverai jamais ta maison... ni ma mule. Dois-je repartir à pied ?

– Si tu repars ! En ce cas, tu iras au caravansérail qui se trouve près de la porte par laquelle tu es entré dans Damas. Il est tenu par un mien cousin, Abou-Yaya. Tu te feras connaître en tant que marchand et il te la rendra. N'oublie pas d'acheter ce que tu es censé venir chercher ! Si tu ne reviens pas, ta mule sera à moi !

Et sur ces paroles réconfortantes, sa haute silhouette courbée disparut dans l'ombre avec un empressement qui trahissait sa hâte de sortir du devant de la scène, laissant à Thibaut une impression plutôt désagréable.

Non qu'il craignît d'être trahi, car il lui suffisait de parler pour que le bonhomme eût d'aussi graves ennuis que lui-même ; mais s'il était à l'exemple des complices que les chrétiens entretenaient en terre d'Islam, ce n'était pas très encourageant. Néanmoins, il fallait bien s'en contenter et, rassemblant son courage, il adressa une fervente prière à son saint patron et marcha vers la porte basse à laquelle il frappa.

A sa surprise, ce fut plus facile qu'il ne le redoutait et, après un bref échange de questions et de réponses, il se retrouva marchant derrière l'un des hommes qui occupaient le petit poste de garde, le long des arcades d'une sorte de cloître délimitant une cour au milieu de laquelle poussait un grand cèdre aux sombres branches étalées largement. Le guide de Thibaut frappa du poing à une porte ouvragée qui, ouverte, laissa voir un homme en robe grise écrivant sur un parchemin à la lumière d'une lampe d'argent posée auprès de lui. Sans hésitation – il y avait dix ans que le médecin juif avait examiné Baudouin –, Thibaut reconnut le haut front fuyant sous la calotte noire limitant la calvitie, les cheveux raides, le nez long et sensible sous le surplomb des sourcils touffus abritant la profondeur de ses yeux sombres. C'était bien Moïse Maïmonide et le jeune homme étouffa un soupir de soulagement.

Cependant, le médecin prenait la lettre que lui tendait le garde qu'il renvoya d'un geste, la lut et la laissa tomber, puis se leva et prit le temps de mieux voir son visiteur :

– On me dit que tu es malade ? Tu n'en as pas l'air.

– Je ne le suis pas, c'est un autre qui souffre dans son âme plus encore peut-être que dans son corps.

– Sois plus clair ! Et d'abord qui es-tu ? Pas un Juif en tout cas... ni un Arabe en dépit de ton costume...

– Franc ! Mon nom est Thibaut de Courtenay et je suis l'écuyer du roi de Jérusalem.

Un éclair traversa le regard du Cordouan :

– Le mesel ! Il faut qu'il soit bien mal pour que tu te sois aventuré dans la maison de son ennemi juré. Le remède a-t-il cessé d'agir ?

– Il n'y en a plus une once et aucune des caravanes envoyées en terre d'Afrique pour rapporter la plante n'est revenue. A présent, le mal fait de rapides progrès.

– On ne le dirait pas !

La voix railleuse venait du seuil, mais Thibaut n'eut pas besoin de se retourner pour deviner à qui elle appartenait : il lui suffit de voir Maïmonide se plier en un profond salut. Vivement retourné, il reconnut Saladin.

La surprise lui noua la gorge, lui ôtant l'usage de la parole. Ce fut donc en silence qu'il salua. Le sultan cependant s'avança, découpant sur le mur ocre une ombre sans commune mesure avec sa taille réelle, qui n'était pas très élevée mais que le turban blanc grandissait. Il alla s'asseoir sur un divan garni de tapis placé au fond de la pièce encombrée de coffres à livres... Il portait une robe brune, parfilée d'or et fendue devant, laissant voir ses pieds chaussés de bottes souples. Son regard dur détaillait le jeune homme :

– A qui ferais-tu croire, chien d'infidèle, que ton maître est si malade qu'il envoie mendier le secours de mon propre médecin ? Assurément pas à moi : je l'ai vu combattre et il n'y a pas longtemps. Alors que cherches-tu ici ?

– Rien d'autre que ce que j'ai dit ! affirma Thibaut à qui la colère rendait tous ses moyens. Un chevalier ne saurait mentir et je ne mens jamais ! Pas plus que je ne mendie. Quant à mon roi, sa vaillance et sa foi en Dieu l'emportent sur la souffrance de son corps lorsque vient l'heure du combat, alors même que le poids de l'armure est déjà une douleur... Toi dont le corps est sain, seigneur, tu ne peux le comprendre.

– Ce que je comprends surtout, c'est que mon intérêt n'est pas de l'aider à aller mieux et, si son Dieu lui permet de se surpasser ainsi – je reconnais qu'il se bat bien ! –, il n'a nul besoin d'autre secours ! Tu devrais te contenter de prier pour lui... Mais je ne peux m'empêcher de faire le rapprochement avec le fait que c'est moi le vainqueur à présent et que j'ai détruit le beau château que ce « malade » avait osé construire au mépris de la trêve conclue...

– Aucune clause d'aucune trêve n'interdit de bâtir et ainsi de prévoir l'avenir.

– Ce n'est pas ainsi que je vois les choses. Quant à toi, mon intuition me dit que, même si tu ne mens jamais, comme tu le prétends, il y a sans doute bien des faits que tu pourrais m'apprendre. Par exemple, comment tu es arrivé jusqu'ici ?

– Sous un déguisement, comme tu peux le voir...

– C'est l'évidence, mais pas sans aide. Et c'est justement cette aide que je voudrais connaître. Aussi...

Il frappa dans ses mains sur un rythme rapide. Deux gardes parurent qui se saisirent de Thibaut, révolté et furieux. Cependant Maïmonide tentait d'intervenir :

– Sublime seigneur, tu ne peux agir qu'avec sagesse, mais en l'occurrence je me sens gêné. Un médecin qui livre celui qui, au prix de sa vie, vient chercher de quoi soigner son frère malade est un homme vil et sans honneur ! Fais taire ta colère, je t'en prie, et laisse-le repartir vers son maître, car celui-ci est certainement très, très mal...

– Eh bien, tant mieux ! Le meilleur ennemi est un ennemi mort. Et toi, tu n'en as rien livré du tout. C'est moi qui me suis présenté en ton logis sans t'avertir. Alors sois en paix !

– Je ne peux pas ! Ce jeune homme est venu à moi sans cacher son nom ni sa qualité. Il n'a pas cherché à me tromper...

Le reste du dialogue fut perdu pour Thibaut que les deux gardes noirs entraînaient sans douceur excessive à travers une succession de jardins, puis de patios, de cours de moins en moins superbes jusqu'à une haute et sombre tour qui devait se dresser aux limites du palais et de la ville. On l'y fit dégringoler deux étages d'un escalier raide et glissant avant de le jeter dans les ténèbres d'un cachot où l'on ne se donna pas la peine de l'enchaîner car, lorsque le jour fut venu, il constata qu'en dehors de la porte, basse et solidement armée, il n'y avait d'autre ouverture qu'un étroit rectangle taillé dans des pierres énormes par lequel un enfant malingre n'aurait pu passer, et encore réduit par deux barreaux en croix. Et là, on l'oublia...

Il en eut tout au moins l'impression car des jours, des nuits et encore des jours et encore des nuits passèrent sans qu'il vît un autre être humain qu'un geôlier soudanais, noir comme une nuit d'hiver et pourvu de muscles énormes, qui, une fois le jour, lui apportait une écuelle contenant une bouillie de raves et de pois chiches, un morceau de pain dur et une petite cruche d'eau. L'homme était peut-être muet, car il ne répondit jamais à aucune des questions que lui posa le prisonnier dans les langues qu'il pouvait connaître. Il n'avait même pas l'air de l'entendre.

Parfois aussi, dans les débuts, la porte s'ouvrait avec fracas la nuit, réveillant le prisonnier sur l'espèce de banc de pierre pris dans la muraille qui lui servait de lit. Son cœur alors se mettait à cogner parce qu'il pensait qu'on venait le chercher pour le conduire à la torture dont l'avait menacé le sultan, mais il n'en était rien : un homme d'armes entrait avec une torche qu'il lui mettait presque sous le nez, le regardait un instant en ricanant, puis repartait et Thibaut retombait sur sa couche froide et dure avec un soulagement dont il avait honte. Ensuite il ne vit plus que le geôlier et peu à peu le découragement s'empara de lui et bientôt le désespoir lorsque sa pensée s'en allait vers Baudouin. Non seulement la lèpre ne ferait pas trêve, mais le chagrin d'avoir perdu celui qu'il considérait comme son frère allait s'ajouter à l'atrocité de se voir pourrir vivant. En outre, avec la nourriture souvent infecte et le confinement, Thibaut sentait bien que ses forces à lui déclinaient, bien qu'il se forçât à manger et à bouger le plus possible dans l'étroit espace qui lui était imparti. Alors, il arrivait qu'une bouffée d'impuissante colère le secouât tout entier. Il haïssait, le cœur déchiré, ce Saladin dont ses thuriféraires proclamaient qu'une âme chevaleresque l'habitait alors que, du fond de son palais damasquin, il devait se repaître en esprit de l'agonie d'un adversaire qu'il prétendait estimer. Oh, retrouver dans sa main le poids familier de l'épée sous l'éclat glorieux du soleil et mourir en combattant, au lieu de se défaire lentement au fond d'une prison où bientôt peut-être on oublierait même de le nourrir et dont la porte ne s'ouvrirait plus... Peut-être même la scellerait-on sur ce tombeau empuanti par ses déjections ?

Le malheureux en perdait la notion du temps.

Pourtant un soir, alors qu'il venait d'étendre son corps douloureux sur sa pierre pour y chercher un sommeil de moins en moins réparateur, le geôlier noir entra, posa sa lourde main sur son épaule et le remit debout aussi facilement qu'il eût fait d'un enfant. Puis il lui désigna la porte au-delà de laquelle Thibaut pouvait apercevoir les cimeterres luisants de deux gardes.

Et l'on se remit en marche, refaisant une partie du chemin accompli... il y avait combien de temps déjà ?

On l'amena ainsi dans la grande galerie d'audience où il eut l'impression qu'il y avait foule, car elle moutonnait de turbans aux couleurs variées. Tout au fond, sur une estrade garnie de tapis, Saladin siégeait sur une sorte de plateau d'or à pieds très courts, entouré d'une petite balustrade. Ses jambes croisées laissaient voir le large coussin de velours sombre qui rembourrait ce trône. Il portait une somptueuse robe de brocart pourpre à grandes volutes plus foncées dont les manches, en haut des bras, étaient resserrées par deux larges bandes de broderies d'or ; mais le turban noir, orné d'un joyau scintillant, assombrissait encore son visage plein et coloré dont la moustache tombante accentuait le pli dédaigneux de la bouche. Dans la lumière des immenses lustres et des lampes de verre filigranées d'or posées devant l'estrade, il resplendissait tel un dieu.

Les gardes jetèrent Thibaut à ses pieds, à genoux et face contre les dalles de marbre sans tapis d'un large espace ménagé devant le trône. En dépit de son affaiblissement, il réagit contre ce traitement indigne et se releva, essuyant de sa manche le sang coulant de son nez meurtri. Il vit alors qu'il y avait, non loin de lui, un autre prisonnier, un homme de haute stature aux cheveux et à la barbe gris, l'œil arrogant, qu'il n'eut aucune peine à identifier bien qu'il ne portât plus le grand manteau blanc frappé de la croix rouge : Odon de Saint-Amand, le Maître du Temple. Et Thibaut eut honte de lui-même parce que Saint-Amand, captif depuis plus longtemps que lui, semblait en meilleur état bien qu'il fût enchaîné. Mais peut-être sa prison était-elle plus saine ? Il n'eut pas le temps d'ailleurs de s'appesantir sur lui-même car le dialogue était engagé entre le sultan et le Templier :

– As-tu réfléchi à ce que mon vizir t'a proposé ?

– Je ne me souviens pas qu'il m'ait proposé quoi que ce soit. Mais toi, réponds ! Qu'as-tu fait de mes frères ?

– Tes frères sont les pires ennemis du Prophète – son nom soit cent fois béni ! – et je n'en encombre pas mes prisons, tu le sais bien : ils sont morts. Mais toi qui es leur maître à tous, tu représentes une grande valeur marchande...

– Je n'en ai pas plus qu'eux. Nous sommes tous les pauvres chevaliers du Christ.

– Allons donc ! Ton Ordre est le plus riche. Plus riche que bien des rois. Aussi je me propose de te mettre à rançon. Disons...

– Ne te donne pas la peine de calculer ! Un Templier ne peut offrir pour rançon que son couteau et sa ceinture, qu'il soit le Maître ou simple profès. C'est la règle. Tu peux toujours demander mais tu n'obtiendras rien et tu ne reverras pas tes messagers.

Un éclair de colère traversa les yeux bruns de Saladin mais son empire sur lui-même était total et il ne s'y laissait aller que lorsqu'il le voulait bien.

– Regarde ce chevalier que l'on vient d'amener ! Le connais-tu ?

Le Templier haussa les épaules :

– Bien sûr. C'est l'ombre du roi, le bâtard de Courtenay. Ce que je comprends mal, c'est ce qu'il fait ici. Tu n'as pas pu le prendre au combat puisqu'il ne s'éloigne jamais de Baudouin.

– Il s'est fait prendre de lui-même. Il venait demander à mon médecin le remède dont son maître manque.

– Les caravanes qui ne reviennent pas ? fit le vieil homme avec un rire cruel. Je le sais d'autant mieux que j'ai fait en sorte qu'elles n'arrivent jamais... Allons calme-toi, blanc-bec ! ajouta-t-il devant la fureur qui s'était emparée de Thibaut et que ses gardiens retenaient à grand-peine tant il était hors de lui. Je ne veux aucun mal à ce malheureux car sa vaillance force l'admiration. C'est un authentique héros mais le Temple, qui ne reconnaît pas les rois, n'a que faire d'un héros mourant sur le trône de Jérusalem. C'est à lui seul que devraient être confiés le Saint-Sépulcre et la Cité qu'il sublime !

– Baudouin mort, il aura un héritier !

– Un nourrisson de quelques mois qui ne vivra peut-être pas ? Quant aux femmes, elles sont pourries jusqu'à la moelle des os et ce serait grande honte que les voir porter la couronne. Dieu ne le permettra pas ! Seul le Temple peut et doit régner !

Saladin éleva brusquement la voix :

– Approchez, messire Plivani, qui m'êtes envoyé par le comte de Tripoli ! Il semblerait que le prince Raymond qui est homme de sagesse et de gouvernement partage l'avis du Grand Maître, mais pas pour les mêmes raisons.

Un personnage richement vêtu s'avança vers le trône avec une réticence évidente. C'était un bel homme d'une quarantaine d'années, un opulent marchand pisan dont le père s'était installé à Tripoli depuis de longues années et dont Raymond III appréciait les conseils... Sa vue fit éclater Saint-Amand d'un rire féroce :

– Que Raymond veuille s'asseoir sur le trône n'est un secret pour personne et il a bien cru que sa régence s'achèverait en couronnement. Une régence pour laquelle il a fait assassiner Milon de Plancy, qui la tenait avant lui. Nul n'ignore non plus le cas qu'il fait de ce marchand : au point de lui avoir donné en mariage une noble damoiselle que notre sénéchal du Temple, le frère Gérard de Ridefort, souhaitait épouser lorsqu'il est venu chercher fortune en Terre Sainte. La belle était éprise de lui mais ce... marchand, cracha Saint-Amand, avança des arguments alléchants : il offrit de payer la jeune fille son poids d'or... et Lucie de Botron devint la signora Plivani ! Inutile de demander ce que son époux vient faire à Damas ! Raymond s'allierait à messire Satan pour devenir roi !

Ce fut au tour de Saladin d'éclater de rire :

– Par la barbe du Prophète – béni soit-il dans tous les temps ! –, tout cela est fort amusant. Retirez-vous à présent, messire Plivani, je vous verrai plus tard et je dois en finir avec le Maître du Temple ! Une dernière fois, Odon de Saint-Amand, veux-tu fixer le prix de ta rançon ?

– Je l'ai déjà fixé : le couteau que je n'ai plus et la ceinture que voici.

– Si tu refuses, tu vas mourir dans les tourments.

Le vieil homme se dressa de toute sa taille avec aux lèvres le sourire du mépris :

– De toute façon, je mourrai. Fais à ta guise ! Je suis un homme de Dieu et à Dieu je retournerai, quel que soit le chemin !

Ce fut rapide, affreusement. Sur un signe du sultan, deux hommes s'emparèrent du Templier qui ne se défendit pas. Ils dénudèrent son torse griffé de cicatrices, le mirent à genoux. Il était déjà en prières. Un bourreau alors arriva derrière lui, armé d'un cimeterre à large lame. Un premier coup lui fit une profonde blessure au cou sans qu'il émît une plainte, mais il tomba en avant tandis que le sang coulait sur le marbre blanc. Un second coup décolla la tête. Elle roula jusqu'aux pieds de Thibaut qui devint vert. Les yeux sur le sultan, il fit un ample signe de croix. Il s'attendait à subir le même traitement mais, d'un geste de la main, Saladin fit signe qu'on l'emmène.

Et le temps reprit son cours déprimant et monotone au point que le prisonnier n'arrivait plus à le compter. Des jours passaient, des nuits aussi, tous semblables, rythmés par les bruits de la prison et la couleur changeante de la lumière que l'étroite ouverture permettait d'apprécier. Le cachot était toujours aussi sordide, pourtant la nourriture semblait un peu meilleure. Oh, pas beaucoup, mais le pain qu'on lui jetait était moins moisi et le brouet moins clair. Il arrivait même que des morceaux de viande, de vrais morceaux et pas des effilochures, s'y mêlassent ; si grande était la misère de Thibaut qu'il appréciait la différence parce qu'il se sentait un peu moins faible. De temps en temps, mais toujours la nuit, sa porte s'ouvrait à grand fracas et le geôlier apparaissait en laissant bien voir les gardes armés restés au-dehors. Le cœur du captif manquait alors un battement en imaginant qu'on venait le chercher sinon pour la torture – si Saladin avait des questions à poser, elles avaient dû perdre de leur urgence ! –, du moins pour la mort. Une mort qu'il ne redoutait pas et qu'il en arrivait à souhaiter en priant seulement pour qu'elle ne soit pas trop lente à venir afin de la recevoir avec la dignité convenant à un chevalier franc. Mais la porte se refermait toujours et Thibaut retombait sur son lit de pierre avec quelque chose qui ressemblait à du regret. Tout valait mieux que de rester terré au fond de ce trou !

Enfin, une nuit, la porte ne se referma pas. On le fit sortir et remonter l'escalier visqueux. Entre ses gardes, Thibaut se redressa, priant silencieusement, prêt à affronter ce qui l'attendait. On le conduisit dans un endroit étrange : une petite pièce sans fenêtre, éclairée par une lampe de cuivre pendue au plafond et dont les murs et le sol étaient couverts d'un tapis rouge sombre sur lequel il remarqua de larges taches plus foncées. Et on le laissa là après l'avoir informé qu'il devait se préparer à mourir...

Cet endroit était sinistre et plus sinistres encore les taches qui ne pouvaient être que du sang, mais Thibaut, après tout ce qu'il avait enduré, arrivait au bout de ses forces. Il lui restait assez d'imagination pour deviner qu'un lieu pareil n'était pas destiné au repos des hommes, sinon éternel, mais il était si las, si recru d'horreur et de découragement qu'il ne sentit qu'une chose : tachés ou non, ces tapis étaient doux sous ses pieds nus. Il les tâta et les trouva moelleux. Tellement plus que la pierre froide dont il faisait son lit, qu'il se laissa tomber, à genoux d'abord, puis de tout son long et plongea dans un sommeil comme il n'en avait pas connu depuis longtemps. Ce qui pouvait lui advenir lui était égal à présent : ce qu'il voulait, c'était dormir, oublier et peut-être même qu'on ne le réveillerait pas en le faisant passer de vie à trépas.

Mais quand, plusieurs heures plus tard, il ouvrit les yeux, il se crut tout de bon arrivé en paradis... Il était étendu sur un divan recouvert de tapis et de coussins de soie dans une sorte de galerie dont les grands arcs des fenêtres donnaient sur un jardin qui, avec ses pommiers, ressemblait au verger d'un château. En même temps, une délicieuse odeur, très terrestre cette fois, celle du mouton rôti aux herbes, chatouilla ses narines et lui rappela qu'il n'avait pas cessé de souffrir de la faim. Il se redressa sur un coude : il y avait en effet, à côté de lui et posé sur une table basse, un grand plateau de cuivre supportant des plats variés, notamment celui qui sentait si bon. Seulement, au-delà du plateau, il y avait Saladin, assis sur un divan à peu près semblable et qui le regardait. Thibaut en eut presque l'appétit coupé.

– Je ne suis pas mort ? émit-il, déçu.

– Mais non. Mange en attendant ! Nous parlerons après.

Un esclave s'approchait avec le bassin, l'aiguière et la serviette pour le lavage des mains. Thibaut sacrifia au rituel, puis attaqua à belles dents ce qui le tentait avec une ardeur que le sultan tenta de modérer :

– Pas trop vite et pas trop ! Quand on a eu faim, il ne faut rien précipiter.

Thibaut s'efforça de suivre ce conseil, mais il y avait là trop de choses délicieuses et il nettoya presque tous les plats, après quoi il vida le flacon de vin qui accompagnait le festin. Ensuite, se souvenant des leçons de politesse orientale inculquées par Guillaume de Tyr, il rota bruyamment, ce qui parut enchanter son hôte. Puis il demanda :

– Il y a longtemps que j'ai faim ?

– Bientôt douze mois selon votre manière de compter. Comme tu peux voir, le printemps vient.

Se souvenant de la mort sanglante du Templier, Thibaut réprima un frisson et reprit :

– Pourquoi m'as-tu épargné ?

– Parce que j'admire le courage. J'ai hésité à tenter l'expérience mais celui qui peut dormir dans la pièce aux tapis d'un sommeil si tranquille que les feulements et l'approche de ma panthère favorite ne le dérangent pas, celui-là est un brave !

– Mon mérite est mince, fit le jeune homme avec dédain. Voilà des mois que je dors à peine et j'étais si las ! J'aurais dormi au seuil de l'enfer.

– Non. Quand la peur tient un homme, elle le domine, elle exsude de son corps avec une odeur ignoble et je sais la reconnaître. Demain tu pourras repartir.

Thibaut leva sur le sultan un regard plein d'angoisse :

– Cela veut dire... que mon roi est mort... ou mourant ?

– Non. Il vit toujours et même tu vas lui porter ce que tu es venu chercher. Maïmonide a reçu l'ordre de préparer le baume et les grains.

– Il possède donc ce qu'il faut ?

Le regard si vif de Saladin s'embruma au passage d'une pensée douloureuse :

– Oui, en Egypte il est plus facile de s'en procurer et, vois-tu, aucune famille, princière ou non, n'est à l'abri de cette malédiction, soupira-t-il sans s'étendre davantage, et Thibaut ne chercha pas à en savoir plus car aussitôt il enchaînait : Tu vas donc repartir demain. Les trêves sont signées. Je compte pour ma part les respecter : l'Egypte a besoin de moi et je vais y retourner. Mais pendant ce temps, je souhaiterais que tu me rendes un... service !

– Un service ? De moi à toi ? Je ne sers que deux maîtres : Dieu et mon roi !

– L'un n'empêche pas l'autre. Si tu peux m'apporter ce que je cherche depuis des années et si, bien entendu, les tiens se tiennent tranquilles et respectent la trêve, je laisserai ton roi régner et mourir en paix. Et peut-être aussi grandir l'enfant de sa sœur.

– Que veux-tu ?

– Que tu trouves pour moi le Sceau du Prophète – son nom soit à jamais béni ! Ne me regarde pas avec cet œil effaré ! Laisse-moi plutôt t'expliquer : en l'an 40 de l'hégire qui est le cinquante-sixième après la naissance de votre Christ, mourut Othman ibn Affan, troisième calife après Omar et Mahomet – béni soit son nom dans tous les siècles ! Il était né à La Mecque dont il était le premier important personnage converti à l'islam et appartenait à la puissante famille des Omeyades. Il avait épousé successivement deux des filles du Prophète – béni soit son saint nom !

Le sultan expliqua alors comment Othman avait été choisi de préférence à Ali, autre gendre du Prophète, pour succéder au grand calife Omar qui, en conquérant la Mésopotamie, la Syrie, la Palestine et l'Egypte sur les Perses et sur Byzance avait donné son empire à l'Islam avant d'être assassiné dans la mosquée de Médine par un esclave persan, Firouz. Son successeur, Othman, se trouva en butte aux accusations d'Aïcha, épouse d'Ali et fille d'Abou-Bakr, le compagnon préféré du Prophète. Elle prétendait qu'il favorisait les siens et avait gardé pour lui une partie de l'énorme butin pris en Perse, en Afrique et en Asie Mineure. Elle le fit tuer finalement par l'un de ses sbires mais le grand malheur d'Othman, ce qui l'empêchait de pourfendre ses accusateurs, c'est qu'il ne possédait plus l'Anneau, le Sceau de Muhammad, à lui donné par l'ange Gabriel au cours de l'une de ses visites nocturnes.

– On le lui avait volé ? demanda Thibaut.

– Non. Avant d'expirer, il a trouvé assez de forces pour confier à l'un des siens qu'il l'avait perdu dans un puits...

– Dans un puits ? Que ne l'a-t-il fait chercher alors ?

Le visage hautain du sultan s'éclaira de l'un de ses rares sourires, ce qui le changea du tout au tout, lui conférant soudain une étonnante affabilité.

– Un ordre peut-être difficile à donner et plus difficile encore à réaliser si c'est au cours d'un combat. L'assassinat a dû intervenir peu de temps après, ce qui ne lui a pas permis de revenir sur place avec assez d'esclaves pour les faire descendre au fond.

– Mais a-t-il eu au moins le temps de dire où se

trouve ce puits ? Il y en a des milliers dans ce qui constituait alors son empire. Il est peut-être à...

– A Jérusalem. C'est tout ce qu'il a eu le temps de dire à celui auquel il s'est confié dans l'espoir qu'il réussirait un jour à avertir son fils. Celui-ci a vite fui Médine jusqu'au bord du Tigre, à Takrit où j'ai vu le jour. Il compte au nombre de mes ancêtres et le secret devenu légende s'est transmis de père en fils. Mais mon père était un homme de foi et ne cherchait pas la puissance. Emigré à Bagdad au service du calife de l'époque, il est devenu ensuite gouverneur de Baalbek où il fonda un couvent de soufis, ces pieux musulmans qui se réclament des débuts ascétiques de l'islam. C'est pourquoi, élevé à cette école, je veux poursuivre son idéal de perfection de l'âme humaine...

– Que n'es-tu imam alors au lieu d'être sultan ? ironisa Thibaut.

– Je le poursuivrai beaucoup mieux au siège suprême de Commandeur des croyants. Or ce siège suprême est occupé par un homme plus soucieux de ses jardins et de ses poètes que de la gloire de l'islam. Et c'est pourquoi je veux devenir calife à la place du calife ! Pour cela, il me faut cet Anneau. Rapporte-le-moi et le royaume franc connaîtra une longue période de paix comme elle en connaissait avant que les Seldjoukides, en 1071, n'écrasent les Byzantins maîtres du pays et ne s'emparent de Jérusalem.

– Et tu pourrais jurer de ne jamais tenter de reprendre la cité du Christ-Roi si tu avais cet Anneau ?

– Tant que je vivrai ? Sans doute, mais un jour ou l'autre, sache-le bien, Jérusalem nous reviendra car le Prophète – son nom soit cent fois béni ! – a écrit : « Gloire à celui qui fera voyager de nuit son serviteur de la Mosquée sacrée à la Mosquée très éloignée dont nous avons béni l'enceinte. » La Mosquée très éloignée

– El-Aksa ! – est celle que bâtit jadis le calife Omar et dont le premier roi croisé avait fait son palais avant que les chevaliers du Temple n'en fassent leur demeure et n'y installent leurs chevaux ! conclut Saladin dans une soudaine bouffée de colère méprisante. Si tu ne me rapportes pas l'Anneau où se trouve la signature de Muhammad le Très Saint, je reprendrai Jérusalem !

Thibaut eut un petit rire triste, se versa un peu de vin et le but :

– Que ne mets-tu tes armées en marche dès maintenant ? Tu sais combien il y a de puits à Jérusalem ? Et l'on dit que certains sont insondables. Peut-être qu'en y jetant des centaines d'esclaves tu pourrais retrouver ton Sceau, mais je suis un homme seul...

– Tu te décourages vite ! Tu es jeune pourtant et ce que je te propose devrait exalter ton courage...

– Je n'ai jamais dit que je n'essaierai pas et, en fait, je vais tout tenter pour retrouver le Sceau. Bien que cela me paraisse impossible. Avec l'aide de Dieu, peut-être réussirai-je ? Comment est cet Anneau ? En or, je suppose ?

– Tu supposes mal, fit Saladin avec mépris. Ce qui vient d'Allah – le Grand, le Miséricordieux, le Tout-Puissant, son nom soit respecté jusqu'à la fin des temps ! – ne saurait être commun aux rois de la terre : l'Anneau est taillé dans une seule émeraude et le feu du ciel y a gravé le nom. L'islam entier, sunnite, chiite ou autre, ne peut que s'agenouiller devant celui qui le porte. Et je veux être celui-là car nul, des confins de la Perse jusqu'au Maghreb, ne contestera plus mon pouvoir !

Il s'était redressé en parlant et, dépassant le chevalier franc qui l'écoutait, les limites de son palais, les murs de Damas et les mers, les montagnes, les déserts, son regard s'évadait jusqu'à une clarté triomphante dont il savourait déjà les prémices. Thibaut se tut, respectant sa rêverie. Dont le sultan sortit bientôt d'ailleurs pour reprendre du ton le plus naturel :

– Demain tu partiras, dit-il. On te remettra le remède et autre chose aussi... au cas où le mal serait trop avancé. Mourir de la lèpre est une chose affreuse que mes yeux ont vue. Aussi Maïmonide te donnera un élixir opiacé qui adoucira la fin.

– Je te remercie de ta générosité, mais je connais mon roi : il n'acceptera pas d'apaiser ses souffrances au lieu même où le Christ a enduré sa Passion rédemptrice...

– Tu l'emporteras tout de même... avec mon respect ! Ah, j'allais oublier : on se soucie à Jérusalem du sort du sire de Ramla, Baudouin d'Ibelin, qui était mon captif. Je l'ai mis à rançon : deux cent mille dinars...

Thibaut sursauta devant l'énormité du chiffre :

– Les Ibelin sont riches, mais jamais ils ne pourront payer une telle somme. C'est rançon de roi !

– Aussi l'ai-je traité en roi, ironisa Saladin. Il me pressait de fixer un chiffre afin qu'il puisse rentrer épouser la princesse Sibylle qui, à ce qu'il paraît, l'attend. J'ai donc fixé, soupira-t-il sans regarder son interlocuteur qui avait beaucoup de mal à comprendre qu'après avoir plané dans les nuages de son rêve d'empire, Saladin pût se comporter comme un marchand de tapis dans un souk.

– Autrement dit : il est toujours ici ?

– Non. Sur sa parole de revenir en cas d'échec, je l'ai laissé partir pour Byzance où le Basileus, selon lui, acceptera de payer le prix... Mais j'avoue que la curiosité me prend de connaître un jour une dame assez belle pour conduire un homme à de telles folies ! Elle t'est cousine, je crois ?

— Oui, et elle est vraiment très belle. Seulement elle n'a pas de cœur et j'ai peur que Ramla s'en aperçoive...

— Celui qui se laisse mener par une femme, qui donne à une femme le pouvoir d'enchaîner sa pensée et ses actes, celui-là n'est pas digne d'être un homme... et moins encore un roi ! Prends encore un peu de repos car demain la route sera longue, ajouta Saladin, et, en se levant, il posa sa main un instant sur l'épaule de son prisonnier qui s'en étonna :

— Tu me traites presque avec amitié à présent, seigneur. Pourquoi ?

— Parce que j'ai pu peser ta valeur.

— Et tu espères que je t'apporterai l'Anneau. Pour avoir accepté il faut que je sois fou !

— Non, il faut que tu aimes ton maître plus que toi-même. Il mérite un serviteur tel que toi. Qu'il respecte les trêves et elles vivront autant que lui !

CHAPITRE VII

UN FEU SUR LA TOUR...

En redécouvrant Jérusalem au dernier détour du chemin, Thibaut sut qu'il l'aimerait tant qu'il lui resterait un soupir, une goutte de sang dans les veines. Erigée sur son haut plateau entre le ciel et les profonds ravins du Hinnom où s'ancraient les murs cyclopéens de ses remparts refaits à neuf, elle ressemblait à une gigantesque bulle d'or dans cette lumière transparente et pure qui n'était qu'à elle. Après le rude cheminement dans les monts arides de Judée, elle offrait l'écrin éblouissant de ses clochers, de ses tours, de ses terrasses et de ses dômes précieux : à gauche la coupole bleue du Temple qui s'était appelée mosquée d'Omar au temps des Turcs envahisseurs. A droite celle, dorée, de l'Anastasis, la basilique du Saint-Sépulcre avec, derrière elle, la puissante silhouette de la tour de David, le donjon du roi où flottait librement son étendard dont la vue fit sourire le voyageur : grâce à Dieu, il était toujours là, toujours vivant ! Sous les rayons du chaud soleil, tout cela brillait, luisait, scintillait comme une immense couronne offerte à la gloire du Christ-Roi et Thibaut, le cœur ébloui, mit pied à terre avant de s'agenouiller dans les pierres du chemin pour rendre grâces à Celui par qui tout avait été fait. C'était le temps lumineux de l'automne doux et réconfortant comme l'espérance, et cette ville était celle de la Résurrection. Pourquoi pas celle de Baudouin ?

Il était si heureux de rapporter l'introuvable remède qu'il croyait tout possible tandis que son cheval traçait sa route à travers les rues grouillantes de la cité. Il retrouvait Jérusalem telle qu'elle lui était toujours apparue, avec sa foule bigarrée, volubile ou psalmodiante selon les heures canoniales du jour ou la fête du saint plus ou moins important que l'on célébrait. Certains n'étaient révérés que par un quartier, les autres par toute la ville. Cependant le revenant ne passait pas inaperçu : on connaissait depuis trop longtemps l'écuyer du roi, son compagnon d'enfance, et son nom le précéda à travers rues et places :

– Le bâtard de Courtenay ! Il est revenu ! Les Turcs ne l'ont pas tué !

On le hélait, on lui offrait un fruit, un gâteau – une jolie femme lui jeta une fleur –, alors il remerciait d'un sourire mais passait son chemin. Cependant le bruit avait atteint la citadelle et la herse se releva devant lui sans qu'il eût à s'annoncer. Une fois dans les cours, il fut entouré, pressé de toutes parts : chacun voulait avoir des nouvelles pour être celui qui en dirait le plus dans les tavernes de la ville basse ; sans se soucier d'ailleurs de lui offrir à boire ou demander comment il allait, mais il se défendait de répondre : c'est au roi qu'il devait son premier rapport.

– Le roi, dit quelqu'un, ne quitte guère sa chambre que pour le Conseil ou la chapelle.

– Il est si malade ? Alors d'où viennent ces chants, ces violons et ces bruits de fête ?

– La reine mère ! Elle donne un bal pour le comte Henri de Champagne et le prince de Courtenay qui nous sont arrivés voici peu...

– Avec moi ! tonna Guillaume de Tyr qui accourait, retroussant à deux mains ses robes ecclésiastiques pour aller plus vite. Que faites-vous à le retenir avec votre curiosité, bande d'oisons sans cervelle ? Allez-vous-en ! Disparaissez !

Quand il arriva devant Thibaut, gardes et serviteurs s'étaient déjà dispersés. Un instant il le regarda et son œil hésitait entre la joie et les larmes, puis les laissa se mélanger tandis qu'il étreignait son élève miraculeusement retrouvé.

– Loué soit Dieu, Thibaut ! C'est enfin toi ! Mais où étais-tu passé ? Que t'est-il arrivé ?

– Prisonnier de Saladin. A Damas. Ne le saviez-vous pas ? Il est vrai que je n'ai pas été mis à rançon puisque je n'ai pas été pris au combat.

– Ta captivité était même gardée secrète. Damas n'a répondu à aucune de nos demandes au contraire de ce qui se fait. Mais viens voir le roi ! Oh, Seigneur ! Il va être si heureux !

– D'autant que je reviens avec l'encoba, enfin ! Comment va-t-il ?

– J'ignore comment il était lors de ton départ mais, quand je l'ai revu à mon retour d'Occident, j'ai reçu un choc. Marietta prétend que le mal, visible, n'a pas beaucoup progressé. Elle n'a jamais douté de ton retour et prétend que la lèpre a retenu sa respiration en attendant que tu rapportes de quoi la combattre. Cependant la fièvre le brûle souvent.

– Qu'est-ce que ce comte de Champagne ? Qu'est-ce que ce prince de Courtenay pour qui les musiciens font rage ?

– Des croisés qui viennent gagner leur place au ciel en accomplissant leurs quarante jours de pèlerinage et espèrent pourfendre quelques infidèles. Les trêves les désappointent. Le premier, Henri Ier appelé le Libéral, est le beau-frère du roi de France Louis VIII. Un homme de valeur. L'autre, le Courtenay, n'a pas une goutte de ton sang : c'est le dernier fils du roi Louis VI le Gros et, s'il porte ton nom, c'est parce qu'il a épousé la dernière et fort riche héritière du fief qu'il a faite princesse. En échange, il en a adopté le nom et les armes. C'est un homme sombre, cruel et arrogant mais ton père le sénéchal fait grand cas de lui : ils s'entendent comme larrons en foire...

Lorsqu'ils s'engagèrent dans l'escalier montant chez Baudouin, Thibaut fut surpris d'entendre les accords d'un luth accompagnant une voix de femme infiniment douce et feutrée. A l'interrogation qu'il lut dans le regard de Thibaut, le chancelier répondit par un sourire :

– Tu vas trouver ici de grands changements. Certains sont franchement déplorables sinon détestables, mais... celui-là pourrait bien être une sorte de dictame voulu par Dieu par l'intercession de Notre-Dame.

En effet, la scène révélée par la porte ouverte sous la main d'un serviteur avait une grâce inattendue, quelque chose d'irréel, encore renforcé par la légère fumée odorante dispersée par une cassolette de myrrhe posée sur le sol. La tête voilée, renversée sur le dossier du haut fauteuil où il se tenait assis dans sa blanche robe monastique, ses mains gantées abandonnées sur ses genoux, l'ombre blanche de Baudouin contrastait joliment avec la forme gracieuse de la musicienne vêtue d'un joyeux satin rouge clair, qui se tenait assise sur un coussin voisin de celui où reposaient les pieds bandés du lépreux. L'image était étrange mais belle, et rayonnait de tout l'amour qu'Ariane faisait passer dans sa voix, dans ses yeux... Elle était aux pieds de cet homme en voie de destruction comme Madeleine au pied de la Croix : la misère du corps disparaissait sous l'éblouissante lumière d'un souvenir qui la rendait aveugle.

En voyant entrer le chancelier et son compagnon, elle eut un cri de joie :

– Messire Thibaut ! Oh, voyez, mon cher seigneur, il vous revient.

Baudouin fit un effort pour se lever, cherchant sa béquille ; déjà Thibaut était à ses genoux, essayant de distinguer, sous le tissu blanc, le visage qui se dérobait mais le voile était, à présent, plus épais. Baudouin, cependant, se penchait et d'un geste spontané entourait de ses bras les épaules du revenant et il y avait des larmes dans sa voix quand il exhala :

– Béni soit Dieu qui me permet de te revoir ! Je t'ai cru mort.

– Et pourtant je suis là, sire mon roi, prêt à vous servir à nouveau ! Et je rapporte l'encoba...

– Vraiment ? Je crains qu'il ne soit trop tard, mon ami, je suis bien las...

– Il n'est jamais trop tard. Et vous savez si bien vous battre ! Nous allons reprendre le combat ensemble.

Ce n'était pas une proposition, moins encore une interrogation, mais une affirmation de volonté. Thibaut se retrouvait le grand frère qu'il avait été auprès d'un enfant de neuf ans assommé par la révélation de son mal. Son regard chercha autour de lui, quêtant une aide, et s'arrêta sur Ariane qui s'était écartée. La question lui vint naturellement aux lèvres :

– Comment êtes-vous ici ?

Et, tout de suite après :

– Où est Isabelle... je veux dire la princesse dont vous étiez la suivante ?

– Ne lui fais pas de reproches, intervint Baudouin. Si quelqu'un les mérite, c'est moi qui n'ai pas eu la force de la renvoyer quand elle est revenue au palais.

Tu n'étais plus là et personne ne pouvait me dire si tu reviendrais un jour. Elle suppliait, elle implorait... et moi j'avais tant besoin d'un peu de douceur ! Alors j'ai accepté qu'elle reste à la seule condition qu'elle ne me verrait jamais à visage découvert. Elle habite avec Marietta et sort quand je le lui demande. Comme je le lui demande à présent.

Il tourna la tête vers la jeune fille qui, avec un sourire, se pencha pour baiser la main gantée et s'éclipsa, suivie des yeux par le malade :

– Tu dois me trouver lâche, soupira-t-il, mais vois-tu, quand on est là où j'en suis, c'est merveille qu'entendre dire que l'on vous aime par une aussi jolie fille. Ma mère le dit aussi, mais je n'aime pas ma mère comme j'aime Ariane... Elle chante, elle parle et le mal s'endort.

– Et – pardonnez-moi ! – de cette proximité, vous ne souffrez pas... dans votre corps ? Vous la redoutiez jadis !

– Je sais, mais Dieu m'a fait la grâce d'éteindre en moi le désir. J'ai découvert qu'il existe un amour où l'on peut passer sa vie à regarder, à écouter celle que l'on aime sans rien lui demander que d'être présente et je crois que c'est aussi ce qu'elle éprouve. Ce qu'elle a subi certaine nuit dans ce palais lui a laissé un dégoût, une répulsion.

– Loué soit Dieu ! émit Thibaut avec beaucoup de douceur. Mais vous venez d'évoquer cette nuit où s'est révélé pour elle un si grave danger que vous l'en avez écartée aussitôt. Ce danger n'existe-t-il plus ?

– Non. Ma mère m'en a donné l'assurance. Elle a de nouveau pris Ariane sous sa protection.

– Votre... mère ?

La stupeur laissa Thibaut sans voix. Guillaume de Tyr en profita pour intervenir.

– Laisse le roi prendre un peu de repos ! conseilla-t-il. Moi je t'expliquerai. Il y a beaucoup de choses de changées en ce palais et au royaume de Jérusalem... Comme dans le monde, d'ailleurs, où sont morts à peu de distance le roi de France Louis VII, le Basileus Manuel, notre ami, et le pape Alexandre III.

C'était le moins que l'on puisse dire et Thibaut découvrit bientôt avec accablement les ravages qu'une année d'absence avait apportés à son paysage familier. Jérusalem était toujours aussi belle, mais elle l'était à la manière d'un fruit magnifique sous lequel rampent les vers qui vont s'engraisser de sa substance et le pourrir. Le symbole le plus frappant en était Héraclius. Revenu du concile tout gonflé de son importance, il était parvenu à obtenir ce dont il rêvait depuis longtemps : le trône du Patriarche laissé libre à la mort du vieil Amaury de Nesle. En dépit de l'opposition violente de Guillaume de Tyr, opposition que l'autre ne devait jamais lui pardonner, la chose s'était faite sans trop de difficultés, le combat ayant été mené par la mère du roi. Agnès s'était sans doute offert un autre amant en dépit du fait qu'elle vieillissait, mais elle gardait à celui-là une sorte de tendresse passionnée : ce fut elle qui se chargea d'assiéger Baudouin, alors aux prises avec l'une des plus rudes crises de son mal. Elle s'était occupée de lui avec un soin vraiment maternel et, redevenu un instant un enfant malheureux bercé par une tendre mère, le roi avait donné son approbation à une élection proprement scandaleuse à laquelle les chanoines du Saint-Sépulcre s'étaient vus contraints aussi bien par l'ordre du roi que par la pression armée menée par Jocelin de Courtenay au moment de l'élection. Sans compter que quelques-uns avaient été achetés...

Depuis, Héraclius emplissait la ville de son faste et

de ses débordements. Sa maîtresse, Paque de Rivery, la femme du mercier de Naplouse, l'y aidait activement et faisait au palais patriarcal des séjours prolongés.

Agnès, pour sa part, n'y voyait guère d'inconvénients, prise qu'elle était par ses nouvelles amours qui allaient avoir pour le royaume de désastreuses conséquences. Pas directement, en fait : l'heureux élu était – naturellement – un homme d'une grande beauté, vaillant au combat des armes comme à celui de l'amour, et d'une intelligence certaine. Il s'appelait Amaury de Lusignan, d'une antique famille poitevine que l'on disait issue de la fée Mélusine. Arrivé en Terre Sainte depuis plusieurs années déjà pour y accomplir son temps de pèlerinage armé, il y avait épousé la fille d'un premier lit de Baudouin de Ramla, l'éternel prétendant de Sibylle.

Lui n'avait rien à voir avec les manigances d'un Héraclius ou d'un Jocelin de Courtenay. Comme le roi lui-même, il se préoccupait d'une succession à laquelle il faudrait peut-être faire face un jour prochain, succession qui allait échoir à un bambin encore aux mains des nourrices. Pour l'aider à grandir il lui fallait un protecteur, donc pour Sibylle un époux qui sût lui plaire et naturellement soit aussi preux chevalier... Même s'il n'était pas follement intelligent, ce qui permettrait de suppléer à ses déficiences.

Un époux, la veuve de Guillaume de Montferrat ne demandait que cela. L'absence de son « fiancé » se prolongeant plus que de raison à son avis, elle accueillit avec plaisir l'apparition dans sa vie du jeune frère d'Amaury : Guy de Lusignan, sans doute l'un des plus beaux garçons qui soient au monde et que son aîné venait d'appeler à Jérusalem. L'incandescente jeune femme fut éblouie, tomba dans les bras de Guy dont elle fit son amant sans plus tarder ; après quoi, elle déclara hautement qu'elle avait l'intention de l'épouser et d'en faire son roi si par malheur son fils venait à mourir et si elle coiffait la couronne comme la loi de succession lui en faisait le devoir.

Un peu surpris du succès de son entreprise dont il n'imaginait pas qu'elle pût aller au-delà du rang de beau-père attentif pour un très jeune souverain, Amaury ne put s'empêcher de rire :

– Si Guion devient roi, alors moi je dois devenir dieu ! confia-t-il au chancelier avec lequel, conscient de sa valeur, il entretenait d'assez bonnes relations. Mais avec l'aide du Seigneur, l'enfant vivra, j'espère, et nous n'en viendrons pas là !

Toujours est-il que le mariage était dûment béni et qu'il n'y avait pas à y revenir. Le jour même Guy de Lusignan était investi des comtés de Jaffa et d'Ascalon et le nouveau couple partit vivre une lune de miel torride sous les palmes du palais de Jaffa.

Pas plus qu'il n'avait eu le courage de lui reprocher l'élection d'Héraclius, Guillaume de Tyr ne commenta, pour Baudouin, son opinion sur ce mariage. Un autre événement le tourmentait davantage : toujours poussé par Agnès qui, durant des semaines, avait savamment distillé le poison, Baudouin avait pris en grippe Raymond de Tripoli accusé par la dame d'attendre sa mort avec impatience pour fondre sur Jérusalem et s'emparer de la couronne.

– Venu pour les fêtes du mariage, le comte Raymond a reçu l'ordre de repartir. Furieux – et on le serait à moins –, il est allé s'enfermer dans son château de Tibériade, conclut Guillaume de Tyr en soupirant, et j'avoue que cela me tourmente. Surtout parce que cela révèle la puissance de l'emprise que dame Agnès possède désormais sur l'esprit de notre sire. Elle ne cesse de ressasser que Tripoli a des accointances avec

Saladin et, disons-le tout net, qu'il trahit. Ton retour, cependant, me rend un peu d'espoir...

— La haine de dame Agnès la rend peut-être clairvoyante : savez-vous qu'à Damas, chez le sultan, j'ai vu l'un de ses proches, le signor Plivani, reçu avec faveur ?

— Ah ! fit l'archevêque visiblement contrarié. Et tu en as conclu qu'il emploie les trêves pour avancer ses propres affaires et se concilier Saladin d'une certaine façon ?

— Qu'auriez-vous pensé d'autre à ma place ? C'était le jour même où tombait la tête du Maître des Templiers. A ce propos, qui a été investi de cette dignité ?

— Arnaud de Torroge, un homme âgé et plein de sagesse avec lequel nous n'aurons pas à redouter les excès de violence d'Odon de Saint-Amand, Dieu ait son âme ! Même les escarmouches quasi quotidiennes avec les Hospitaliers ont cessé. Ce qui est reposant. Tu vois, en cherchant bien, on arrive à trouver une bonne nouvelle, fit-il en se disposant à battre en retraite en direction de la chapelle, mais Thibaut n'en avait pas encore terminé avec lui.

— Encore un instant, par grâce, monseigneur ! Ne m'aviez-vous pas promis de m'expliquer comment Ariane se trouve à présent chez le roi avec la bénédiction de dame Agnès ?

— Bah ! Il n'y a pas grand-chose à expliquer. Je sais qu'un soir, après les fastes du mariage, elle est venue au palais, droit chez la mère du roi. Ce qu'elles se sont dit, je l'ignore, mais Agnès elle-même s'est chargée de ramener Ariane chez notre sire et tu as pu constater, de tes yeux, ce qu'il en est...

— Sans doute, sans doute ! Mais pourquoi a-t-elle quitté la princesse Isabelle ? Surtout pour revenir chez son ennemie ! Cela n'a pas de sens...

— Ça, mon garçon, il faudra le lui demander à elle. Moi je n'en ai pas la moindre idée !

Guillaume de Tyr semblait curieusement pressé tout à coup, ce qui fit penser à Thibaut que le saint homme était peut-être bien en train de pratiquer cet art si utile à un diplomate, et que la morale ne pouvait que réprouver : le mensonge. Ce qui lui donna grande envie d'insister, mais il savait que lorsque l'archevêque-chancelier voulait se taire, la pire torture ne l'aurait pas amené à composition. Restait à savoir pourquoi il lui mentait. Aussi décida-t-il de suivre son conseil et d'interroger la jeune fille qu'il trouva, dans la basse-cour, en train d'aider Marietta à étaler pour le sécher le linge qu'elles venaient de laver.

Elle le reçut avec sa grâce habituelle et ce sourire de bonheur qui semblait être devenu son expression normale, mais quand il posa – oh, très doucement ! – la question de son retour, elle détourna les yeux et revint à son panier de linge :

— Cela s'est fait simplement, dit-elle avec un haussement d'épaules. Je n'en pouvais plus de vivre loin de lui. Alors j'ai quitté Naplouse...

— Et personne ne vous a retenue ?

— Personne. Pourquoi l'aurait-on fait ?

Son comportement n'était pas plus naturel que celui du chancelier et Thibaut perdit patience :

— Je croyais que nous étions amis ? fit-il avec une amertume mêlée de colère, et vous me traitez comme si j'étais une vague relation, presque un importun. Voilà un an que je ne sais plus rien de personne et j'ai peut-être le droit d'en apprendre un peu plus. Il s'est passé quelque chose entre vous et la reine Marie ?

— Absolument rien. Que vouliez-vous qu'il y ait ? Je vous l'ai dit, je suis revenue pour être auprès de mon roi. Je savais que son mal empirait et je ne pouvais en supporter l'idée.

— Et vous trouvez satisfaisant d'être allée droit chez dame Agnès en sortant de chez son ennemie qui vous avait accueillie ? C'est assez indigne, il me semble ?

Ariane devint très rouge et darda sur lui un regard étincelant de larmes :

— Si je voulais rentrer au palais, il fallait bien que je passe par elle. Après tout, c'est elle qui est venue me chercher chez mon père ! En outre, gens et choses changent en un an et, croyez-le ou non, la reine et la princesse m'ont vue partir sans regrets ! A présent, laissez-moi et n'allez pas tourmenter le roi avec vos questions ! Il est assez malheureux comme cela ! Contentez-vous de reprendre votre place auprès de lui. En vous souvenant cependant qu'il est un grand malade et ne pourra sans doute plus combattre !

— Je ne reçois d'ordres que de lui ! clama Thibaut furieux. Et en fait de place, restez donc à la vôtre ! Il ne vous a pas épousée, que je sache ?

C'était une inutile cruauté qu'il regretta aussitôt, mais il avait trop d'orgueil pour songer à la moindre excuse parce que, en dépit de ce que venait de lui dire Ariane, il avait justement l'impression pénible de ne pas retrouver tout à fait sa place d'antan quand il était seul avec Marietta à partager l'intimité de Baudouin. Certes, nul — et le roi moins que quiconque — ne lui enleva son privilège de dormir dans la chambre royale mais il découvrit vite que c'était à présent l'empire des femmes et il s'en aperçut dès le lendemain de son retour. En dehors de Joad ben Ezra accouru pour rétablir les modalités du traitement en fonction de l'état actuel du malade, quatre femmes se relayaient auprès de lui : Marietta et Ariane, bien entendu, mais aussi Thécla, la servante arménienne que Thibaut ne connaissait pas, et surtout dame Agnès qui venait plusieurs fois par jour, entourant son fils d'une tendresse qui n'avait jamais été aussi expansive. Baudouin y puisait du réconfort sans se rendre compte qu'elle utilisait sans vergogne son état de moindre résistance pour pousser des pions politiques, obtenir avantages et bénéfices pour ses fidèles tout en cherchant discrètement à écarter ceux qui pourraient s'opposer à son pouvoir quand la mort aurait fait son œuvre. C'est ainsi qu'au moment de la grave crise où Baudouin gardait à peine conscience et avait laissé s'accomplir la scandaleuse élection d'Héraclius, Adam Pellicorne avait été prié par elle et le sénéchal son frère de se chercher un logis ailleurs sous le prétexte que, la nuit, ne devaient rester auprès du roi que des gens sûrs. Ce qu'il n'était pas, ayant appartenu à l'armée de ce comte de Flandre de détestable mémoire. Et quand, la crise passée, le roi s'était enquis de lui, on lui avait répondu qu'il était parti sans que l'on sache ce qu'il avait pu devenir... Ce qu'il crut sans hésiter.

– J'en ai eu peine, soupira Baudouin, parce que c'est toi qui me l'avais amené et qu'il s'était confié à moi, mais sans en être vraiment surpris. Il est venu en Terre Sainte avec une haute mission et sans doute est-ce à cause de cette mission qu'il s'est éloigné.

– Et cette mission, vous pouvez m'en parler ?

– Je n'en ai pas le droit, Thibaut. Tu dois le comprendre. Lui seul...

– Pourtant, quand je suis parti, il avait dit qu'il m'expliquerait. Peut-être reviendra-t-il un jour ?

Thibaut n'était pas certain d'y croire. Son amitié pour cet homme – son aîné de plus de dix ans – était née soudainement, simplement, et il n'avait jamais imaginé qu'un aussi joyeux compagnon pût cacher un secret si important qu'il ne l'avait pas partagé avec lui bien qu'il l'eût confié au roi. C'était bien, en un sens, puisqu'il avait élu Baudouin comme suzerain naturel, mais le jeune homme ne pouvait s'empêcher de penser que l'amitié vraie, la fraternité qui se noue dans les batailles et aux approches de la mort tissaient des liens dont le plus solide devait être la confiance ; mais peut-être Adam le trouvait-il trop jeune pour tout partager avec lui. Lui, en tout cas, savait bien qu'il eût confié à Adam sans hésiter, et même avec joie, le poids qu'il traînait depuis que Saladin lui avait formulé son étrange exigence : retrouver le Sceau de Muhammad perdu dans un puits de Jérusalem alors que, bien entendu, il n'en avait rien dit à Baudouin. Il lui semblait qu'à la lumière du solide bon sens du chevalier picard, l'affaire lui paraîtrait ou bien digne d'être examinée, ou bien – et c'était le plus probable – à classer au rang de ces missions impossibles où entre une large part de dérision que les princes proposent en sachant pertinemment qu'aucune réalisation ne viendrait se mettre à la traverse de leurs plans. En fait Saladin lui avait fait entendre que, tôt ou tard, il s'emparerait de Jérusalem sans que quiconque puisse s'y opposer.

Ainsi la disparition d'Adam ne faisait-elle qu'épaissir l'atmosphère nouvelle, trouble et étouffante dans laquelle Thibaut se mouvait un peu en aveugle. Certes, le cœur de Baudouin n'avait pas changé. Bien au contraire : il montrait à son écuyer une reconnaissance touchante de ce remède auquel à présent il se raccrochait et qui, contre toute espérance, commençait à donner des résultats : la fièvre diminuait, les forces revenaient. Cela permettait à l'héroïque garçon de paraître à nouveau au Conseil, d'affirmer sa volonté, de régner enfin, mais, entre-temps, il lui fallait de longues heures de repos. Seulement il ne chassait plus, ne parcourait plus les collines à cheval, et si Sultan ne s'ennuyait pas trop à l'écurie, c'est parce que, sur les ordres de Baudouin, et avant le retour de Thibaut, Roger Le Dru, le chef de l'écurie royale, s'en occupait tout particulièrement et veillait à ce qu'il eût son content d'exercice. A la demande de Baudouin, Thibaut le relaya, trouvant dans ces rapprochements quotidiens avec le beau coursier un apaisement à son tourment intérieur. Jusqu'à ce matin, où, au moment où Roger le sellait pour lui, Jocelin de Courtenay pénétra dans la grande écurie et s'avança vers les deux hommes de ce pas alourdi qui était le sien depuis quelques mois. Sans même accorder un regard à son fils, il s'adressa au chef palefrenier de ce ton hautain dont il ne se départait jamais :

– Ah, je vois que tu selles Sultan ! Cela tombe à merveille, je venais justement le chercher.

Aussitôt Thibaut s'interposa, constatant avec un vif plaisir que son année de captivité l'avait fait grandir et qu'il dépassait désormais le sénéchal :

– Personne ne touche au destrier du roi... à moins qu'il n'en ait donné l'ordre. Ce qui m'étonnerait !

– Et pourquoi donc pas ? Ne suis-je pas son oncle en même temps que le sénéchal de ce royaume ? Ecarte-toi !

– Il n'en est pas question. C'est à moi que notre sire a confié Sultan afin de décharger un peu maître Le Dru. D'ailleurs vous ne pourriez pas le monter : vous êtes trop lourd pour lui et il ne vous supporterait pas ! Vous vous retrouveriez à terre.

Il n'ajouta pas que Jocelin lui semblait en trop mauvais état physique – sa peau était jaune, épaissie et ses yeux injectés de sang – pour maîtriser la fougue du magnifique animal.

– Je suis encore meilleur cavalier que tu ne le seras jamais, blanc-bec, fit-il avec son vilain sourire. Et d'ailleurs ce n'est pas moi qui le monterai, mais mon nouvel écuyer Géraud de Hulé : il monte comme un dieu !

— Avec sa figure de fille et ses yeux d'antilope, ricana Thibaut qui avait déjà aperçu le ravissant éphèbe dans le sillage du sénéchal. De toute façon, monterait-il comme saint Georges en personne que ni lui ni vous ne toucheriez au cheval du roi !

— Idiot ! Tu ferais mieux d'essayer de t'accommoder avec moi. Il n'en a plus pour longtemps, ton roi, et tu auras besoin de ma protection quand il sera mort.

— Je n'ai besoin de votre protection ni maintenant ni dans l'avenir ! Mon épée me suffira toujours. Quant à l'état de notre sire Baudouin, voulez-vous gager avec moi qu'avant peu il reprendra Sultan !

— Remonter ? Sans mains ni pieds, car on dit qu'il ne lui en reste plus ? Mais tu as toujours été un rêveur !

— Moi, un rêveur ?

— Mais bien sûr. Ne rêvais-tu pas d'être prince, d'épouser la jeune sœur de ton maître ? J'ai ouï dire qu'il te l'avait même promise ?

Thibaut haussa les épaules :

— Je ne sais pas chez qui vous prenez vos renseignements, messire, mais si vous les payez, sachez que l'on vous vole. Jamais notre sire ne m'a rien promis de tel !

— Allons, tant mieux. Ainsi son prochain mariage ne te chagrinera pas. Il est passé de l'eau sous les ponts durant ton absence et le cœur de la ravissante Isabelle a parlé... dans le sens que nous souhaitions, dame Agnès et moi.

— Vous parlez par énigmes. Qui doit-elle épouser et quand ?

— Quand ? Pas tout de suite : il faut amener à composition l'ex-reine Marie et aussi le roi, mais lui ne pourra pas grand-chose...

— Me direz-vous enfin qui ? fit le jeune homme en

s'efforçant de garder un visage impassible pour cacher la tempête qui se levait en lui.

– Le jeune Onfroi de Toron, le fils de dame Etiennette de Châtillon. Elle l'a rencontré au mariage de Sibylle avec Lusignan !

– Vous ne me ferez jamais croire que la reine Marie l'y a menée ?

– Pas elle, non, mais son époux, Balian d'Ibelin, qui en avait l'ordre... du roi ! Dame Agnès trouvait injuste que cette pauvre enfant soit continûment à l'écart de la cour et souhaitait faire plaisir à dame Etiennette, son amie. Je dois dire que l'ordre royal n'a pas été facile à obtenir, mais il était si malade alors que l'on a pressé les cérémonies par crainte qu'un deuil ne les empêche. Et la très jolie Isabelle est venue. Elle et Onfroi se sont vus et l'amour a fait le reste. Ces jeunes gens sont fous l'un de l'autre. Il est vrai que plus beau couple ne saurait se voir et que l'on a eu beaucoup de peine à les séparer. Elle devra attendre au couvent de Béthanie que sa mère vienne à composition, ce qui ne saurait tarder, et lui est reparti pour le Krak faire son métier de chevalier auprès de son beau-père. Je ne sais d'ailleurs s'il lui sera très utile car s'il est beau comme un dieu grec... Au fait, il te ressemble un peu... Et même beaucoup, car je le crois idiot !

– Je ne suis pas idiot ! lâcha Thibaut furieux. Et Isabelle ne saurait en aimer un.

– C'est pourtant ce qu'elle fait ! Onfroi est tout juste bon à pincer les cordes d'une lyre en murmurant des chants d'amour, mais je crains qu'il se serve moins bien d'une épée. Un charmant pleutre !

– Un pleutre ? Le petit-fils du si vaillant connétable, fit Thibaut dédaigneux. J'ai peine à le croire ! Et Renaud de Châtillon ne dit rien ?

– Il tient à ménager son épouse puisque c'est d'elle

qu'il tient le fief et, au fond, les amours d'Onfroi servent sa politique... et la nôtre ; ainsi toute la descendance de ce pauvre lépreux est à présent entre nos mains. Alors, tu me le laisses, ce cheval ?

Thibaut allait répéter qu'il n'en était pas question, mais Roger Le Dru s'en chargea.

– Avec tout le respect que je dois au seigneur sénéchal, dit-il, je ne permettrai jamais, tant que vivra notre sire le roi, que l'on s'empare d'un de ses chevaux. Surtout de Sultan ! Parce que c'est « mon » devoir !

– Bah ! Un peu plus tôt, un peu plus tard ! Je saurai attendre. J'ai toujours très bien su attendre !

Et son mauvais rire se perdit sous les hautes voûtes de la grande écurie.

Trois minutes plus tard, Thibaut enfourchait Sultan et se lançait au galop sur la route de Béthanie. Si Isabelle avait cessé de l'aimer pour en aimer un autre, elle allait devoir le lui dire elle-même. Il connaissait trop la perfidie de son géniteur pour attacher foi pleine et entière à ses paroles. Cet homme qui lui avait donné la vie semblait à présent s'être donné à tâche de la lui empoisonner. Il n'y réussissait que trop bien, car une colère furieuse grondait dans la poitrine de Thibaut quand il sauta de cheval devant la porte du couvent et se pendit à la cloche d'entrée. Pourtant cette rage l'abandonna quand on l'eut conduit au calme jardin d'herbes aromatiques piqué de grands cyprès noirs qu'entourait la fraîche galerie du cloître. Il régnait ici une telle paix que toute violence, même intérieure, devenait sacrilège et Thibaut sentit sa douleur s'endormir.

Mais celle qui vint à lui n'était pas Isabelle. C'était l'abbesse en personne dont la robe blanche et le voile noir s'avancèrent en balayant le thym, la lavande et la marjolaine. Une grande croix pectorale d'or marquait sa dignité et Thibaut fut à peine surpris de reconnaître, encadrés par l'austère guimpe blanche, non plus les traits de mère Yvette mais ceux d'Elisabeth de Courtenay, sa mère adoptive. L'élan de son affection faillit le jeter vers elle, mais elle était si imposante à présent dans sa nouvelle investiture qu'il plia le genou en courbant la tête :

– Très révérende mère !...

D'un geste vif, elle le releva et le tint, un instant, serré contre elle :

– Mon fils ! Dieu a permis que je te revoie et je ne cesserai de L'en remercier et de Lui demander de me pardonner de t'avoir pleuré trop vite. Comment vas-tu ? Tu as encore grandi... mais mûri aussi. Cette captivité fut si cruelle ?

– Ce n'était rien auprès de ce que je retrouve ici : mon roi aux mains de gens qui se partagent déjà ses dépouilles... et ce que l'on m'a appris d'Isabelle ! Pardonnez-moi, ma mère, car j'aurais dû d'abord vous demander mais...

– ... mais c'est elle que tu voulais voir ? Et tu ne la verras pas... parce qu'elle ne veut pas te voir.

– Pourquoi ?

– Je crois qu'elle a un peu honte.

– Honte de quoi ? De ce nouvel amour dont on la dit possédée et qui me rejette loin d'elle ? C'est donc vrai ?

– Qui te l'a appris ?

– Mon... le sénéchal ! Et avec quelle joie cruelle !

– Tu n'arrives plus à l'appeler ton père ? J'avoue que j'ai peine, moi aussi, à lui donner le nom de frère, comme le nom de sœur à la mère du roi. Les Courtenay étaient si grands, si nobles jadis, et maintenant... Pourquoi faut-il que le plus grand peut-être, le plus pur à coup sûr, soit affligé du plus affreux des maux ? Les voies du Seigneur sont souvent bien impénétrables...

– Mère, par pitié, oubliez un instant le roi et parlez-moi d'Isabelle !

– Que puis-je t'apprendre ? Qu'elle est désolée d'avoir laissé son cœur lui échapper pour aller vers ce jeune homme ? Cela ne te consolera pas. Et pas davantage le pardon qu'elle implore de toi. Elle est si jeune ! Et elle l'était plus encore lorsqu'elle te donnait sa foi. Un amour d'enfance que le temps balaie comme il arrive souvent...

– Pas toujours, ma mère, pas toujours ! Je sais que le mien jamais ne s'éteindra, que je l'aimerai tant qu'il me restera un souffle de vie... Mais je n'ai plus le droit de garder ceci.

D'un geste brutal, il arracha de son cou la mince chaîne retenant la bague qu'elle lui avait donnée et mit le tout dans la main d'Elisabeth :

– Je lui rends sa foi avec cet anneau. Priez-la seulement de ne pas le donner... à l'autre !

De nouveau, il mit genou en terre, prit le bas de la robe blanche de sa mère, y posa ses lèvres et s'enfuit en courant suivi par le regard désolé de l'abbesse. Elle avait cru à la fugacité d'un amour enfantin et découvrait qu'il pouvait engendrer la profonde douleur d'un homme.

En quittant le couvent, Thibaut descendit vers le Cédron et alla s'asseoir sous un saule après y avoir attaché Sultan. C'était un endroit qu'il aimait, où bien souvent il était venu pour le simple plaisir de regarder couler l'eau, de s'y tremper parfois avec l'impression délicieuse qu'elle emportait les souillures de l'âme aussi bien que la poussière du corps ; mais en ce jour de douleur, l'eau ne pouvait plus rien pour éteindre le feu empoisonné fait de colère, de chagrin, de jalousie aussi qui brûlait en lui. Alors, et pour la première fois de sa vie, il pleura...

La nouvelle arriva comme un vent de tempête : au mépris des trêves, Renaud de Châtillon venait de mettre à exécution un projet qu'il couvait de longue date afin de se venger enfin des seize années de captivité subies au fond des cachots d'Alep : rassemblant ses troupes, il avait pénétré en Arabie, se dirigeant vers le Hedjaz afin de s'emparer de La Mecque. Il voulait anéantir les lieux saints de l'Islam, détruire la Kaaba, la pierre noire vers laquelle convergeaient chaque année tant de pèlerins, faire boire son cheval dans le Haram, la mosquée de Médine où le Prophète avait vécu, prié, enseigné. Il avait suivi la piste des pèlerinages qui, par Pétra, la Hisma et le désert du Nefoud rejoignait l'oasis de Teima, luxuriante entre toutes, qui était le « vestibule de La Mecque ».

Autrement dit, il était presque arrivé quand de mauvaises nouvelles lui parvinrent. Au Caire où il était retourné, Saladin apprit avec horreur ce que voulait Renaud et ses pigeons voyageurs s'activèrent, enjoignant à Farrouk shah, son neveu, gouverneur de Damas, de mener aussitôt une expédition contre les terres de l'irascible seigneur à l'orient de la mer Morte qu'il ravagea. Ce qu'apprenant, Renaud, la rage au cœur, renonça à son projet et revint sur ses pas pour défendre sa propriété. Il ne trouva pas Farrouk shah déjà replié en terre musulmane mais rencontra, non loin de Kérak, l'une de ces grandes caravanes que l'on envoyait de Damas en Egypte et qui étiraient sur des centaines de mètres un univers de richesses, d'hommes, de bêtes de somme transportant des tapis, des parfums, des tissus, des épices. Au mépris de tout droit, de toutes conventions, Renaud fondit dessus, massacra ce qui lui résistait, réduisit en esclavage les femmes et les enfants et engrangea la totalité des chargements, ce qui représentait une fortune de quelque deux cent mille besants.

Patient pour une fois, Saladin envoya demander justice à Baudouin. Celui-ci, avec l'énergie qu'il apportait toujours et quoi qu'il en soit lorsqu'il faisait son « métier de roi », somma Renaud de restituer les biens et les prisonniers au nom de la parole donnée.

Avec l'insolence de qui se sent trop sûr de lui, Renaud répondit qu'il n'en ferait rien et que, si le roi voulait qu'il rende ce qu'il avait pris, il n'avait qu'à venir le chercher lui-même.

La réponse, ce fut Saladin qui s'en chargea : il quitta Le Caire avec son armée et envahit la Transjordanie. Quand les étendards jaunes apparurent à son horizon, Renaud comprit qu'il avait été trop loin et se vit perdu. Alors, montant sur le donjon du Krak, il ordonna qu'y soit allumé un grand feu et que ce feu soit entretenu jour et nuit...

Du haut des remparts de Jérusalem, les guetteurs aperçurent ce feu et vinrent en avertir le roi. Baudouin n'hésita même pas : c'était un appel au secours, la contrepartie de celui qu'il avait allumé sur la tour de David avant Montgisard. Il convoqua Amaury de Lusignan et lui ordonna de rassembler tout ce dont il pouvait disposer en fait de troupes :

– Je serai avec vous à leur tête !

– Sire, objecta le connétable, cela n'est pas possible. Ou alors vous ne me donnez pas votre confiance.

– Vous l'avez, pleine et entière, mais messire Renaud un jour m'a aidé à sauver ce royaume, je ne peux pas l'abandonner même s'il a eu tort. Rassurez-vous, je vais mieux. Je dois y aller. Cependant, pour éviter de vous tourmenter, je ferai le chemin en litière et ne prendrai mon destrier qu'en vue de l'ennemi !

Rien ne put l'en faire démordre. Remettant la baylie [1] de Jérusalem à son beau-frère, Guy de Lusignan, pour qu'il garde la ville en son absence, il prit place dans une litière portée par de solides chevaux tandis que Thibaut menant Sultan chevauchait derrière lui, à la fois heureux de ce renouveau apporté par le remède de Maïmonide et inquiet de ce qui se passerait quand, face aux guerriers de l'Islam, Baudouin lui ordonnerait de l'aider à se mettre en selle. A cette question qu'il n'osait pas formuler, Baudouin répondit :

– C'est très simple : tu m'attacheras. J'ai commandé que l'on me fasse une selle plus haute à l'avant comme à l'arrière et munie de solides courroies de cuir. Ainsi je serai bien maintenu.

– Mais comment combattrez-vous ?

– Ma main gauche n'a certes plus de doigts mais le bras peut encore tenir l'écu. Et, j'en remercie Dieu, la droite manie encore l'épée.

– Sire, c'est de la folie !

– Crois-tu ? La force que tu m'as aidé à retrouver, je la dois au service de Dieu et du royaume. A mes soldats aussi et, tant qu'il me restera un souffle, j'essaierai de les mener encore. Peut-être le Seigneur m'accordera-t-Il le bonheur de mourir à cheval, d'une flèche ou d'un coup de lance. C'est le seul rêve que je garde, vois-tu, car achever de pourrir dans mon lit me fait horreur.

Cependant, cette fois-là, Baudouin ne rencontra pas l'ennemi. Saladin évita le combat, abandonna momentanément Renaud à son sort et fila vers Damas dans l'intention de profiter du déplacement de l'armée franque pour attaquer la Galilée. Il passa le Jourdain, s'empara de Beisan et assaillit le fort château de Belvoir

---

1. Le gouvernement.

qui défendait la route de Nazareth. Mais Baudouin avait déjà fait volte-face et revenait vers lui.

Ce fut devant Belvoir qu'aux acclamations de l'armée le roi-chevalier au masque de voile blanc reparut sur le front des troupes. A nouveau, il portait le haubert de mailles, le heaume protégé de la chaleur du soleil par le keffieh blanc emprunté aux armées musulmanes. Et, de nouveau, le miracle se produisit : vaincu par la furia de ces hommes galvanisés par son courage et persuadés que saint Georges lui-même les menait sous la forme de ce lépreux héroïque, Saladin perdit la journée et repassa le Jourdain.

Cependant tout n'était pas dit et déjà le sultan décidait de tenter un coup audacieux : s'emparer de Beyrouth, coupant ainsi le royaume de Jérusalem du comté de Tripoli. Pour cela, il traversa le Liban tandis qu'une flotte égyptienne arrivait de toute la vitesse de ses galères.

Se doutant de quelque chose, Baudouin n'était pas reparti pour Jérusalem. Dans sa grande tente rouge et or qui éclatait comme une fleur somptueuse sur une colline de Galilée au milieu de son camp, il attendait...

Quand il ne douta plus du but poursuivi par son ennemi, il repartit, accourut devant Beyrouth au galop de sa chevalerie, non sans avoir fait ordonner à tous les navires chrétiens de se diriger vers la cité menacée ; et si rapide fut son intervention qu'une fois de plus Saladin recula mais, hélas, en saccageant tout sur son passage. Et Baudouin entra en triomphe dans Beyrouth dont, il est vrai, les habitants avaient fourni une belle défense. Il trouva même encore le courage de poursuivre Saladin qui dirigeait une fois de plus ses coups sur Alep et Mossoul, les dernières cités syriennes qui s'entêtaient à demeurer fidèles aux descendants de Nur ed-Din. Les anciens traités entre eux et le royaume franc n'ayant jamais été abolis, Baudouin tenait à les honorer une fois encore et une fois encore fit lâcher prise au sultan qui revint s'enfermer dans Damas. Presque heureux alors parce que Dieu semblait bénir ses armes, le roi lépreux vint à Tyr pour y célébrer Noël auprès de son ancien précepteur qui chaque année, à cette époque, délaissait la chancellerie pour redevenir seulement l'archevêque de l'ancienne cité phénicienne. Mais au lieu de la douce fête où, entouré de sa vaillante troupe de chevaliers, il espérait retremper son âme afin de trouver les forces pour mener jusqu'au bout son combat, il reçut un coup si cruel, si inattendu qu'il faillit retomber sous l'emprise de la fièvre.

Après avoir franchi les remparts du grand port et reçu l'hommage d'une foule dont il lui sembla qu'elle était moins chaleureuse que d'habitude, il s'avança vers la vénérable cathédrale où son père, jadis, avait épousé Marie Comnène, s'attendant à trouver au seuil et à la tête du clergé son cher Guillaume le visage rayonnant et les bras ouverts ; il n'eut en face de lui qu'une poignée de prêtres à la mine embarrassée, aux yeux fuyants, fort en peine d'eux-mêmes sous les chapes glacées d'or et d'argent. Ils l'invitèrent cependant à entrer dans l'église pour y entendre la messe. Ce qu'il n'accepta pas :

– Où est monseigneur Guillaume ? Où est votre archevêque ? demanda-t-il d'une voix si rude que les autres se troublèrent un peu plus. Serait-il malade ?

L'archidiacre s'avança.

– Malade non, mais... fort empêché. Depuis hier, il n'a pas quitté le palais archiépiscopal. Pas encore tout au moins...

– Devrait-il donc le quitter ?

– Il le faudra bien, noble roi ! Il le faudra bien...

– Et pourquoi, s'il vous plaît ?

Proche de la panique, le dignitaire regarda avec angoisse ce fantôme couronné que l'on transportait dans une sorte de cathèdre munie de brancards et finit par articuler :

– La... bulle d'excommunication est arrivée hier au soir. Depuis... on n'a pas revu le... le...

Il ne trouvait pas le mot adéquat mais c'était sans importance car sa voix se perdit dans le chœur indigné des chevaliers entourant le roi. Celui-ci les fit taire :

– Une bulle d'excommunication ? Fulminée par qui ? Le nouveau pape n'est pas encore élu ou, s'il l'est, il doit avoir autre chose à faire que perpétrer une telle injustice ! Sans compter le temps d'arriver ici.

– C'est Sa Grandeur le Patriarche qui l'a fait en son nom !

– Héraclius ? Mais de quel droit et pour qui se prend-il ? Portez-moi au palais, vous autres ! Je veux m'entretenir avec « monseigneur » Guillaume, ajouta Baudouin en appuyant sur le titre...

Le palais était vide, froid, sinistre, abandonné de tous comme il convient à une demeure frappée d'anathème. On finit par trouver Guillaume dans la chapelle. Vêtu de sa robe monacale, il était étendu face contre terre et les bras en croix devant l'autel au tabernacle vide, aux cierges éteints et renversés, tellement écrasé sous le poids de l'abjecte condamnation qu'il semblait intégré aux dalles de marbre noir. Dans cette effrayante solitude, il n'avait même plus l'air de vivre.

– Dieu Tout-Puissant ! s'écria Baudouin dans un sanglot. Que les autres restent dehors ! Moi seul ! Moi seul ! Aide-moi, Thibaut ! Ton bras ! Ma béquille...

Déjà l'écuyer l'enlevait de la chaise. Il aurait pu le porter seul tant les muscles avaient fondu, mais de sa main encore valide Baudouin saisit la béquille et cahota jusqu'au corps inerte auprès duquel il se laissa tomber tandis que Thibaut redressait Guillaume qui s'était seulement endormi, écrasé par son malheur et la fatigue d'une nuit entière passée ainsi prosterné devant ce Dieu qu'on lui interdisait. Un instant plus tard, le roi et lui pleuraient, soudés dans une étreinte où se traduisait la force des liens tissés depuis tant d'années.

– Pardon, implora Baudouin, pardon, mon cher maître, mon vieil ami, pardon d'avoir, par ma criminelle faiblesse, permis que ce monstre, ce prêtre indigne, ce fornicateur obtienne ce pouvoir qui lui a permis de vous briser !

– Ce n'est pas votre faute, mon enfant... mais celle de ceux qui ont osé profiter de votre mal. Héraclius me hait parce que je me suis opposé à son élection. Il ne fait que se venger.

– Un homme d'Eglise ne se venge pas, intervint Thibaut, mais celui-là ne l'a jamais été. De quoi vous accuse-t-il, monseigneur, car enfin on n'excommunie pas sans donner la raison ?

– J'ai attenté à son honneur en me dressant en face de lui, je l'ai insulté... publiquement en l'accusant d'avoir favorisé l'enlèvement de la princesse Isabelle du couvent de Béthanie.

– Isabelle ? Enlevée, et aux portes mêmes de Jérusalem ? s'écria Baudouin. Et par qui ?

– Une poignée d'hommes que commandait Renaud de Châtillon en personne. Rassurez-vous, les nonnes n'ont pas été molestées et leur maison n'a pas eu à souffrir. En fait votre sœur, sire, s'est laissé enlever avec beaucoup de bonne grâce, ajouta Guillaume avec amertume, et j'ai eu le grand tort de me mêler de ce que j'ai cru une offense à notre mère l'Eglise et qui était seulement une entreprise galante.

– Forcer les portes d'un couvent est toujours un

sacrilège et, si Héraclius a protégé, excusé ce scandale, c'est lui qui devrait être excommunié et non vous ! Il va devoir m'en rendre compte ! Vous n'en demeurez pas moins le chancelier du royaume.

Relevé, Guillaume de Tyr aida Thibaut à remettre le roi debout, le soutenant chacun sous une épaule :

– Vous savez bien que c'est impossible, mon cher seigneur ! Le royaume de Jérusalem n'est pas comme les autres et le Patriarche y a plus de puissance que le roi puisqu'il représente Dieu, vrai souverain de notre Terre sacrée. Il ne me reste plus qu'à me rendre au désert pour y faire pénitence le temps qu'il plaira au Tout-Puissant.

– Non. Je ne le permettrai pas ! C'est injuste !

– Il le faudra bien pourtant, fit Guillaume avec un triste sourire. Le Patriarche serait capable de vous excommunier, vous aussi !

A ce moment, des quelques barons demeurés à l'entrée de la chapelle, un Templier de haute taille et de grande mine se détacha et s'avança vers le groupe quasi embrassé des trois hommes. C'était Jacques de Mailly, maréchal du Temple, qui commandait l'imposante troupe de chevaliers, de sergents et de turcopoles [1] prenant part à toutes les campagnes du roi. La pureté de sa foi et de son engagement n'avait d'égale que sa vaillance déjà légendaire en dépit de ses trente ans, et jusque chez l'ennemi. Il vint mettre genou en terre devant Baudouin :

– Avec votre permission, sire roi, je demande à faire entendre ici la voix de l'Ordre tout entier et singulièrement du Maître car je ne doute pas de ce qu'il dirait.

– Faites, maréchal, et soyez béni si vous pouvez

---

1. Troupes indigènes d'hommes nés de père musulman et de mère chrétienne, ayant librement choisi de servir le Temple.

nous aider en une affaire qui nous touche si douloureusement.

— N'ayant pas participé à l'élection du Patriarche et ne relevant que de Notre saint-père le pape, les chevaliers du Temple ont subi, comme une souillure sur la robe du Christ, l'élévation d'un mauvais prêtre pourri de vices et honni de tout homme de bien. Cependant, nous n'avons pas le pouvoir de briser l'anathème proféré par un patriarche en titre. Seul le pape possède ce pouvoir.

— J'en demeure d'accord, dit Baudouin. Aussi vais-je envoyer sur l'heure un messager à Sa Sainteté...

— Un messager qui sera assassiné avant même de s'embarquer ? Pardonnez-moi, sire, mais il y a mieux à faire. Le nouveau pape, Lucius II, à qui la commune de Rome refuse toujours l'entrée de ses Etats, vient d'annoncer qu'il appelle au concile et celui-là se tiendra à Vérone dont il était l'archevêque. Notre Maître, Arnaud de Torroge, doit s'embarquer dans peu de jours pour s'y rendre. En son nom, je propose que monseigneur Guillaume l'accompagne et porte lui-même votre message. Sur un vaisseau du Temple, protégé par le Temple, il arrivera à bon port. Et ce sera, je pense, plus utile à la gloire de Dieu que de s'en aller pourrir au désert.

Sur la chaise où l'on venait de le rasseoir, la main mutilée du lépreux eut un tremblement qui traduisait son émotion, comme le son fêlé de sa voix quand il dit :

— Soyez béni, sire maréchal, et le Temple avec vous qui m'arrachez une épine du cœur en rendant l'espérance à celui que j'ai toujours considéré comme un père. La séparation sera moins cruelle. En regagnant Jérusalem, je le mènerai moi-même au vaisseau...

Deux semaines plus tard, dans le port d'Acre, Baudouin et ses barons regardaient la galère magistrale du Temple manœuvrer sous l'impulsion des longues rames qui lui donnaient l'aspect d'un énorme coléoptère posé sur la mer bleue. Puis, la grande voile de la croix templière monta au mât une fois passé le grand môle, mais déjà on ne pouvait plus distinguer la robe monastique de Guillaume de Tyr auprès de laquelle, protectrice, se dressait la haute et martiale silhouette du vieux Maître dans son long manteau blanc. Sous le voile qui le recouvrait entièrement à présent et qu'il ne quittait plus, le roi lépreux eut un sanglot, mais tous autour de lui, les vieux barons et les jeunes aussi, seigneurs de Belin, d'Arsuf, d'Ashod, d'Engaddi et autres lieux, ne cachaient pas leur émotion. Thibaut, lui, pleurait sans retenue sur celui qui partait autant peut-être que sur celle qui s'était laissé enlever. Il n'était jusqu'au connétable, Amaury de Lusignan, qui ne mâchât sa moustache avec une sorte de rage. Homme de gouvernement dans l'âme, il haïssait Héraclius. Moins parce qu'il restait le favori d'une maîtresse vieillissante dont il était déjà las que pour la boue dont le perpétuel scandale de sa vie ne cessait d'éclabousser le Saint-Sépulcre.

– Sire, dit-il, ne peut-on empêcher cet homme de nuire ? Au palais patriarcal, il vit ouvertement avec sa concubine, cette Paque de Rivery que le peuple appelle « la Patriarchesse » !

– Il est élu, soupira Baudouin, et j'y suis pour quelque chose. Il est plus roi que moi dans la ville et, si j'y touche, il a le pouvoir de jeter l'anathème même sur moi... Rentrons, à présent ! Le navire est loin...

Sur l'horizon scintillant on ne voyait plus, en effet, qu'un petit point blanc qui allait basculer de l'autre côté. Le royaume venait de perdre son plus sage conseiller et Baudouin devinait qu'il ne le reverrait plus parce qu'il sentait que son corps misérable ne durerait plus longtemps et que la mort approchait...

Malheureusement, avec un adversaire de la trempe de Saladin, il aurait fallu que Baudouin puisse encore vivre à cheval. Au printemps suivant, Mossoul et surtout Alep, l'imprenable, tombèrent enfin, sapées par l'impéritie de leurs gouvernants, comptant peut-être un peu trop sur ce roi franc tant de fois venu à leur rescousse. Toute la Syrie musulmane appartenait à présent au sultan d'Egypte venu savourer son triomphe dans Damas. La « grande silencieuse blanche » explosa de joie.

L'honneur de Baudouin ne pouvait s'y résigner. Une fois encore, il ordonna le rassemblement de l'ost et se dirigea vers les fontaines de Séphorie. C'était en Galilée, au nord de Nazareth sur la route de Tibériade, le point où se réunissaient traditionnellement les forces des divers barons chrétiens. Là s'élevait, bien des siècles auparavant, la maison de Joachim et d'Elisabeth où Jean le Baptiste avait vu le jour, où Marie avait vécu trois mois de sa grossesse miraculeuse. Le lieu était sacré pour tout homme ayant reçu le baptême. C'est là pourtant que la lèpre terrassa le jeune roi...

C'était un matin glorieux cependant où les collines de Galilée, les pentes du mont Hermon se couvraient d'herbe neuve et de fleurs des champs, mais Baudouin brûlait de fièvre. Pourtant, il ne voulait pas lui céder et, rassemblant son courage, il voulut qu'une fois encore le chevalier au voile blanc apparaisse à ses hommes d'armes, à ses compagnons de combat. Mais alors que l'on venait de le hisser en selle, il poussa un cri qui était déjà un râle... et tomba à terre entre les jambes de Sultan. Quand on le déshabilla, on vit avec épouvante qu'une de ses jambes s'était amputée elle-même à la hauteur du genou...

On put croire, un moment, que la fin était proche. La crise était la plus terrible que le malheureux eût subie jusqu'à ce jour. Au château de Nazareth où on l'avait transporté, son état apparut si grave qu'Agnès, Sibylle et son époux accoururent. Tant qu'il lui restait un peu de conscience, il fallait obtenir de lui qu'il nommât un régent pour le temps de la minorité du petit Baudouin. Sibylle, qui se voyait déjà reine mère, se montra d'une éloquence inattendue. Profitant de l'absence de son beau-frère resté avec l'armée aux fontaines de Séphorie, elle réussit à persuader le malade des immenses qualités d'un époux dont elle était folle. Connaissant mal Guy de Lusignan et à peine lucide, Baudouin se laissa arracher la régence au bénéfice de ce benêt que la nature avait pourvu d'un physique hors du commun. La chose, à première vue, semblait normale puisqu'en même temps l'agonisant avait pris la décision d'associer au trône, comme cela se faisait couramment, le petit Baudouin qui allait lui succéder. Cela obtenu et profitant d'un léger mieux, Agnès ordonna que son fils fût ramené en son palais de Jérusalem tandis que le nouveau régent allait rejoindre le connétable à la tête des troupes. En le voyant arriver, arrogant et vaniteux à souhait, celui-ci ne cacha pas ce qu'il pensait :

– S'il se mêle de commander, nous allons au désastre, soupira-t-il. Dieu protège le royaume !

L'avenir n'allait pas tarder à lui donner raison.

Cependant, à Jérusalem, alors que les grandes prières publiques bourdonnaient sur la ville et qu'au Saint-Sépulcre, le Patriarche, enchanté d'une circonstance qui lui évitait l'affrontement avec le roi, célébrait des messes dont l'hypocrisie devait écœurer Dieu, dans l'appartement au-dessus de la cour du Figuier, Baudouin, habité par une volonté surhumaine, surmontait encore une fois le mal qui le rongeait. La fièvre l'abandonnait et il retrouvait intactes conscience et pleine possession de son esprit. Se relayant sans cesse à son chevet, Thibaut, Marietta, Ariane, Joad ben Ezra et même Agnès, sous l'égoïsme de laquelle perçait une douleur vraie, avaient obtenu ce quasi-miracle. Mais à quel prix ! Incapable désormais de quitter son lit, jambes et bras devenus des moignons et presque aveugle, le roi répandait une odeur cadavéreuse que l'on combattait avec des baumes, des eaux de senteurs et des cassolettes où brûlaient tous les parfums de l'Arabie.

– Pour en arriver à un tel résultat, je me demande si nous avons eu raison de tant nous battre pour l'arracher à la mort, dit un soir à Ariane Thibaut qui songeait souvent à ce « remède définitif » remis par Maïmonide au moment de son départ de Damas. Une mort douce lui serait miséricorde...

– Peut-être, mais il ne la souhaite pas parce que le royaume, il le sait, a encore besoin de lui. Et moi aussi, je crois...

– Vous aussi ? gronda Thibaut. Oserez-vous me dire que réduit à l'état de cadavre vivant vous l'aimez toujours ?

– Je ne cesserai jamais de l'aimer parce que mon âme a reconnu la sienne, que nous avons été de tout temps destinés l'un à l'autre et que, dans l'éternité même où je le rejoindrai un jour, nous resterons unis. C'est cela l'amour ! Celui que Dieu attend de nous.

Il la regarda avec une admiration où entrait une sorte d'amère jalousie. Plût à Dieu qu'Isabelle l'eût aimé de cette façon ! Durant tout ce temps où il se dévouait pour son maître, il avait réussi à tenir son image à distance mais, à présent, elle revenait avec une ardeur accrue et empoisonnait ses songes. Qu'avait-il de plus que lui ce garçon inconnu pour qui elle avait tout brisé, tout abandonné, tout trahi jusqu'à accepter que des hommes d'armes envahissent son cher couvent pour l'emmener vivre ce nouvel amour au bord du désert de Moab ? A cela, il n'y avait pas de réponse. Pourtant, il allait y en avoir une et qui ne tarderait guère.

Pendant ce temps, en effet, l'incorrigible Renaud de Châtillon ne restait pas inactif. Commis à la garde des confins du royaume, il n'avait pas participé aux dernières opérations militaires dans le Nord. Ce qui ne veut pas dire qu'il ne faisait rien. Bien au contraire : il avait tout simplement repris ses anciens projets sur les villes saintes de l'islam : La Mecque et Médine, mais, cette fois, il entendait couper les chemins de pèlerinage aussi bien par la mer que par la terre. Pour ce faire, il avait concocté un projet proprement délirant : celui de s'emparer du corps du Prophète, de le mettre dans une caisse et de le rapporter à Kérak où les musulmans auraient pu être admis à venir le révérer contre monnaie sonnante et trébuchante, ce qui aurait assuré au seigneur d'Outre-Jourdain des revenus faramineux.

Pour s'assurer le contrôle maritime, Renaud n'hésita pas à préparer des navires, à les faire transporter en morceaux et à dos de chameau jusqu'à Akaba où ils furent remontés puis lancés sur la mer Rouge vers les côtes d'Egypte et du Hedjaz, attaquant les navires musulmans, saccageant les ports, empêchant le départ des caravanes et arrêtant tout commerce sauf au seul profit de Renaud afin d'assurer aux fêtes du mariage de son beau-fils, Onfroi de Toron, avec la princesse Isabelle de Jérusalem un éclat exceptionnel...

La folle entreprise échoua, bien entendu, et l'éclat ne fut pas exactement celui que Renaud attendait.

Construit quarante ans plus tôt en dures roches volcaniques rouges et noires, immense et inquiétant sur le plateau qu'il couronnait, le Krak de Moab représentait l'une des plus formidables défenses de la Terre Sainte et, pour la route des caravanes entre mer Rouge et Méditerranée, une menace permanente depuis que Renaud en était le maître. Percée seulement de quelques archères, une gigantesque tour quadrangulaire, foisonnante d'étendards, en était la pièce maîtresse, immense falaise au-dessus de la vallée, éperon menaçant contre le bleu du ciel. D'elle, partaient les puissantes murailles coupées d'autres tours enfermant les œuvres vives du château : le grand « berquil » dont l'eau paisible reflétait le ciel, les écuries, la basse et la grande cour, les salles de fêtes où, ce jour-là, s'apprêtait le fabuleux banquet où prendraient place tout à l'heure les nobles invités venus souvent de loin et même de Jérusalem. Une fête fastueuse se préparait qui mettait le château sens dessus dessous. Des serviteurs couraient partout, des musiciens accordaient leurs instruments et l'immense cuisine bourdonnait comme une ruche en folie.

Dans l'appartement des dames, Isabelle, livrée aux demoiselles, venait de revêtir la somptueuse robe de brocart corail tissé d'or qu'elle quitterait le soir pour entrer au lit de son époux. C'était le signe du passage entre les jours insouciants de l'enfance et les responsabilités de la vie d'une femme, mais surtout entre les rêves solitaires et les réalités charnelles de l'amour. Des réalités que son corps d'à peine quinze ans appelait, puisque celui qui l'y mènerait était l'élu de son cœur et le plus beau chevalier qui soit au monde. Elle-même se savait très belle, digne de lui en tous points et les filles qui la paraient rivalisaient de louanges sur le couple qu'ils allaient former et la beauté des enfants à naître.

Elle avait aimé Onfroi du premier regard. Un peu surprise d'ailleurs, ce regard, à cause d'une ressemblance avec Thibaut de Courtenay qu'elle croyait si fort aimer. Comme lui, il était brun avec des yeux gris, mais ceux d'Onfroi, plus jeune il est vrai puisqu'il n'avait que dix-sept ans, ne reflétaient que le plaisir de vivre, une caressante douceur, alors que de durs reflets d'acier passaient dans ceux du bâtard. Puis Onfroi lui avait parlé, dit des choses ravissantes, chanté de beaux lais d'amour et, quand elle lui avait permis un premier baiser, ses lèvres avaient la douceur soyeuse, la rondeur épanouie d'un pétale de rose. Elle ne comprenait pas comment, tout à coup, elle avait cessé d'aimer Thibaut pour se promettre tout entière à Onfroi, subir la colère de sa mère, la tristesse de Balian, son beau-père, si noble et preux chevalier en qui elle retrouvait un véritable père, celle aussi d'Ariane qui ne saisissait pas que l'on pût si facilement changer d'amour et l'avait quittée pour cela, et parce que, ainsi faisant, elle se détournait de son royal frère et se rangeait parmi ses adversaires naturels.

Pourtant, il lui arrivait encore de penser à Thibaut, mais elle ne l'avait pas vu depuis si longtemps que son visage finissait par s'estomper. Un oubli assez confortable, au fond, et c'est pour le préserver qu'au couvent elle avait refusé de le rencontrer, n'avait même pas cherché à l'apercevoir parce que dans son idée, un peu bizarre peut-être, c'eût été manquer de loyauté à Onfroi. Il fallait bien avouer qu'elle n'était pas à moitié byzantine pour rien...

A présent, les demoiselles la couvraient de magnifiques bijoux, paraient ses longs cheveux bruns à reflets d'or d'un voile rouge tombant jusqu'à sa poitrine et le fixaient à l'aide d'un large cercle d'or enrichi de perles, de diamants et de rubis, mais leur joyeux babillage s'arrêta net : clamé par le plus puissant gosier du château, un cri venait de retentir sur le donjon :

— Alerte ! Alerte ! Les Turcs arrivent !

Ce n'était que la vérité. Sous les étendards jaunes et noirs, les guerriers musulmans déferlaient vers le château et la ville de Kérak à laquelle il était relié par un pont à deux arches franchissant un ravin. Saladin en avait assez des brigandages de Renaud et arrivait sur lui avec une armée et des machines de siège.

Dans le Krak, ce fut l'affolement, sauf chez le seigneur du lieu qui, après avoir examiné la situation, distribua ses ordres : d'abord démolir le lien entre le château et la ville, c'est elle qui allait recevoir le premier choc. Ensuite barricader le Krak avec interdiction d'en ouvrir les portes aux citadins qui voudraient s'y réfugier.

— Cela va nous laisser le temps de mieux nous préparer, conclut-il, et, en attendant, nous allons célébrer le mariage comme si de rien n'était. Nous avons, grâce à Dieu, des vivres en suffisance pour tenir longtemps.

— En temps normal peut-être, objecta son épouse, mais nous avons de nombreux invités...

— Qui seront autant de défenseurs supplémentaires puisqu'il n'est pas question de les mettre dehors. Quant au mariage de votre fils, tout est prêt et je ne vois aucune raison de le différer. Que le cortège se forme et que l'on se rende à la chapelle !

— Mon doux seigneur, savez-vous quelle multitude nous arrive ? Je ne vous cache pas que je suis inquiète...

— Vous avez tort, ce château est le plus solide qui soit. Il peut tenir longtemps contre une armée. Et puis nous allons appeler à l'aide.

— Qui ? Le roi est autant dire mort !

— S'il ne peut venir, il enverra ! J'ai sa parole. En

outre nous avons des amis à Jérusalem. Je vais faire allumer un grand feu sur le donjon.

Et le mariage déroula son faste avec une assistance tout de même un peu anxieuse. Isabelle sentait sa joie se ternir tandis que le chapelain prononçait, sur les mains unies, les paroles sacramentelles, les voix des chanteurs célébrant la gloire de Dieu n'arrivaient pas à couvrir les bruits affreux qui montaient des faubourgs où les mamelouks massacraient ceux qui n'avaient pas réussi à s'enfuir ni à trouver refuge dans la ville. Onfroi, lui, ne s'en souciait pas. Même si l'enfer frappait à la porte, il était seulement heureux et ne cessait de sourire à celle qui devenait sa femme.

Le festin cependant manqua un peu de gaieté. Tous ces gens se demandaient si le château était assez robuste pour les mettre longtemps à l'abri des musulmans. Les femmes surtout, car il se trouvait là des hommes qui eussent préféré la bataille, mais le maître des lieux rassurait tout son monde : les réserves du château permettaient de tenir des mois.

Dame Etiennette cependant eut une idée qu'elle exécuta sans lui demander son accord : elle ordonna à quelques serviteurs de mettre dans des corbeilles des plats et des flacons, une partie du festin et les envoya à Saladin avec ses salutations et une lettre où elle lui rappelait le temps où, simple capitaine, il s'était retrouvé captif au Krak de Moab, un captif que l'on traitait plutôt bien, les relations alors restant fort courtoises entre chrétiens et musulmans, et où il promenait dans ses bras la toute petite fille qu'elle était à cette époque. En souvenir de ces moments-là, elle lui demandait de ne pas gâcher les noces de son fils avec la sœur du roi. Le sultan interrogea alors le chef des serviteurs :

– Sais-tu en quelle partie du château se trouve la chambre nuptiale et donc le logis des jeunes époux ?

L'homme lui indiqua celle qui était le plus près de la chapelle.

– Dis à la noble dame qu'en mémoire d'un autrefois qui m'est encore doux, son fils pourra vivre sa nuit de noces en paix : mes pierrières et mes mangonneaux ne tireront pas sur cette tour-là !

La nuit en effet fut aussi paisible que si aucune armée n'environnait la citadelle mais, quand le jour se leva, après avoir prié face au soleil naissant devant l'entrée de sa grande tente jaune, Saladin donna l'ordre d'attaquer. Huit puissants mangonneaux se mirent à lancer des quartiers de roc sur la forteresse en même temps que ses archers déchaînaient une telle grêle de flèches qu'il était presque impossible de mettre le nez à un créneau pour riposter.

Et quelques jours passèrent, semant le découragement dans la foule d'invités en habits de fête qui dès le lendemain des noces se virent rationnés pour préserver les vivres ; ceux qui protestèrent s'entendirent répondre qu'ils devaient s'estimer heureux de n'être pas jetés hors des murailles comme bouches inutiles. Isabelle découvrit alors que, si son bel époux se révélait un amant délicieux et lui faisait vivre des heures enchantées, il ne brûlait guère d'aller se mêler de la défense du château.

– Je dois avant tout vous protéger, ma douce reine, et pour cela demeurer à vos côtés.

De nouvelles caresses détournèrent vite l'esprit d'Isabelle. Pourtant il arrivait à la sœur de l'héroïque lépreux de se demander si son frère... ou un autre eussent été capables d'oublier à ce point que la place d'un chevalier dans un château en péril n'était pas dans la chambre de sa femme, fût-elle épousée depuis peu... Mais Onfroi était si beau et savait si bien parler d'amour !

A Jérusalem, cependant, les guetteurs avaient signalé l'appel au secours du Krak. Le Conseil se réunissait pour décider de ce qu'il convenait de faire mais, en dépit de sa faiblesse physique, le roi n'entendait pas laisser à quiconque le soin de régner à sa place et surtout pas à son jeune beau-frère dont il avait vite jugé l'indécision et la totale incapacité à gouverner. Le Conseil s'en aperçut quand il vit surgir, dans la salle des Chevaliers, l'espèce de chaise à porteurs dont Baudouin usait dans l'enceinte de la ville et du palais. Impressionnant d'ailleurs, l'équipage : les porteurs étaient deux Noirs gigantesques et noir aussi le voile dont s'enveloppait le lépreux ainsi changé en statue funèbre. La discussion ne dura guère :

– J'ai donné l'ordre d'allumer un bûcher sur la tour de David. Ainsi ceux du Krak sauront que nous arrivons à leur rescousse.

– Mais, sire, tenta d'intervenir Héraclius, nous étions justement en train d'examiner...

La statue noire se tourna vers lui :

– Qui ose parler d'examiner quand je dis « je veux » ? Le temps de rassembler les hommes et nous partons.

Le Patriarche osa un sourire goguenard : il croyait ne rien risquer puisque l'on disait le roi à peu près aveugle.

– Pas vous, sire ! Pas dans cet état...

L'instant suivant il reculait comme si un projectile l'avait frappé. Le poids de mépris que le roi mit dans sa voix valait largement un coup de poing :

– Quel que soit mon état, je peux encore, avec l'aide de Dieu, mener mes gens au combat. Quant à vous, Héraclius, mêlez-vous pour une fois de ce qui vous regarde ! Priez si vous en êtes encore capable !

– Mais, sire...

– J'ai dit ! Messeigneurs, ajouta-t-il en s'adressant au reste du Conseil, Renaud de Châtillon a secouru le royaume à la veille de Mongisard appelé par le feu que j'avais allumé. J'ai juré quoi qu'il ait pu faire de le lui rendre s'il lui arrivait de se trouver en péril. C'est une affaire d'honneur, un mot dont le Patriarche ne connaît pas le sens !

Le lendemain, l'armée à la tête de laquelle marchait la litière du malade gagna d'abord Segor, à la pointe sud de la mer Morte, s'y arrêta un moment pour faire boire les chevaux et reposer la piétaille puis reprit sa marche vers le pays de Moab, si riche naguère encore de ses cultures de canne à sucre, de fruits et surtout de céréales, mais où les ravages se montraient en longues traînées lugubres. Baudouin, lui, luttait contre la fièvre, mais allait toujours flanqué d'un côté par Thibaut et de l'autre par Balian d'Ibelin qu'une sorte de dévotion quasi fanatique rapprochait de celui en qui il voyait un saint endurant son martyre. Enfin, les noires murailles du Krak furent en vue, mais... la tente jaune de Saladin n'y était plus et l'épais nuage de poussière qui bouchait l'horizon en direction du nord disait assez que les assaillants avaient plié bagage et s'enfuyaient. En apprenant que le roi lépreux marchait contre lui, Saladin était entré dans une sombre rêverie : ce jeune roi qu'on lui affirmait sans cesse mourant et qui semblait cependant disposer de forces surhumaines l'impressionnait et l'inquiétait. Le sultan avait préféré remettre à plus tard la vengeance qu'il espérait tirer du forban du Krak... Cela ne l'empêcha pas, de retour à Damas, d'accepter la robe d'honneur que le nouveau calife lui envoyait.

Dans la ville de Kérak dont les habitants baisaient

les traces des chevaux de sa litière, Baudouin reçut un accueil triomphal. Le voile était redevenu blanc pour ne pas trop frapper les imaginations. Renaud de Châtillon et dame Etiennette vinrent l'accueillir à genoux, elle avec des larmes de reconnaissance qu'il reçut avec sa bonté coutumière et qui épargnèrent à son incorrigible époux d'avoir à pâtir d'une colère cependant méritée. Et ensuite Isabelle, que son époux menait par la main, vint à son tour vers ce frère qu'elle n'avait pas vu depuis des années. Elle aussi mit genou en terre devant l'étrange machine drapée de blanc et d'où sortaient des fumées d'encens et de myrrhe comme d'une nouvelle arche d'alliance. D'où sortait aussi une voix infiniment douce et chaleureuse :

– Si vous êtes heureuse, Isabelle, je n'ai rien à pardonner. Vous avez toujours été ma petite sœur chérie et j'aimerais pouvoir vous embrasser. Puisque cela est impossible, soyez tout de même certaine que votre bonheur a compté pour moi beaucoup plus que les exigences de la politique. J'espérais seulement que vous le trouveriez ailleurs...

La jeune femme l'écoutait, tête baissée et les yeux pleins de larmes. Elle releva alors la tête et son regard croisa celui de Thibaut. Elle le trouva si changé qu'elle aurait pu crier de surprise. Le jeune chevalier de son souvenir gardait encore des traces d'adolescence, mais c'était un homme, et un homme qui avait souffert, qu'elle découvrait à présent. Il lui parut encore plus grand que par le passé ; le fier visage s'était creusé, durci, tanné au soleil des batailles. L'intensité du désespoir avec lequel il la regardait lui conférait une terrible beauté et elle ne pouvait détacher ses yeux de ce regard gris qu'elle avait connu si doux, mais qui à présent montrait une dureté quasi minérale...

Elle avait excusé en elle-même son changement

d'amour sur une ressemblance qu'elle avait cru voir entre Onfroi et Thibaut, mais si elle avait existé, cette ressemblance, elle n'était qu'imaginaire et quand ses yeux se posèrent à nouveau sur son époux, elle fut presque choquée de le trouver mièvre tandis qu'il offrait à son tour des paroles de gratitude à son royal beau-frère. Certes, il était encore très jeune puisqu'il avait l'âge du Thibaut de jadis, mais elle sentait que les années en passant sur lui ne l'approcheraient jamais de ce chevalier superbe et silencieux dont elle avait cru pouvoir faire si bon marché. Alors, incapable d'endurer plus longtemps cette présence qui lui inspirait des regrets si cruels, Isabelle éclata en sanglots et retourna au château en courant. Onfroi, débordant de mots tendres et de consolations forcément maladroites puisqu'il se méprenait sur la cause d'un chagrin qu'il attribuait à l'état de Baudouin, se précipita derrière elle, mais, quand il atteignit la porte de leur chambre, il la trouva fermée.

– Laissez-moi, s'il vous plaît ! répondit la voix mouillée de la jeune femme en réponse à ses appels. Et pardonnez-moi, mais j'ai vraiment besoin de rester seule un moment.

Avec un haussement d'épaules, le jeune époux se résigna et, boudeur, alla se joindre à la liesse de ceux qui, venus à un mariage, s'étaient retrouvés captifs d'un siège où ils avaient risqué leur tête. On but, on trinqua, on chanta de joie, mais chacun n'avait qu'une hâte : rentrer chez soi !

Troisième partie

TEMPLIER !...

CHAPITRE VIII

LA MAISON CHEVETAINE

Dans la chapelle funéraire des rois de Jérusalem accolée au Saint-Sépulcre, la dalle de marbre venait de retomber sur le corps détruit de Baudouin IV au milieu du chant grave des prêtres, des prières sanglotantes des femmes et des fumées de l'encens montant en volutes épaisses de quatre cassolettes de bronze posées à même le sol. Puis tout se tut et lentement les assistants commencèrent à se retirer : le Patriarche avec la Très Sainte Croix le premier, puis sous les voiles blancs du deuil la mère et la sœur aînée du défunt, la première appuyant sur une canne un corps déjà courbé par les douleurs de son ventre, la seconde droite et fière, menant par la main Bauduinet, son fils de cinq ans qui devenait le roi Baudouin V et serait couronné demain. Puis le régent, Raymond III de Tripoli, en tête des grands du royaume et des maîtres des ordres militaires, Templiers et Hospitaliers, et tous les autres enfin. Un seul resta...

Des cierges de cire jaune brûlaient autour du tombeau montant une garde silencieuse et cependant vivante car leurs flammes animaient les mosaïques et les ors de la voûte et faisaient danser des ombres démesurées. Thibaut vint s'agenouiller près de la dalle neuve et y posa une main comme il l'avait fait tant de fois sur le lit du roi martyr dans la vaste chambre fraîche, au-dessus de la cour du Figuier. Une façon comme une autre d'être encore un peu auprès de lui. Le monde semblait si vide à présent !

Hier encore il était là, dans la grande salle du palais où il s'était fait porter pour y mourir à la face de tous ses barons dont il avait exigé la présence à son heure dernière. Son corps mutilé étendu sur une dure civière, couvert d'un voile noir et la tête couronnée d'épines ainsi qu'il l'avait voulu, ce moribond aveugle mais habité par une volonté surhumaine avait dicté ses dernières volontés à cette foule d'hommes et de femmes qui n'attendaient que sa mort pour se jeter sur le royaume comme des loups sanguinaires. Et pourtant ils l'avaient écouté en silence, frappés d'une sorte de terreur sacrée par cette voix toujours si belle qui semblait venir de l'au-delà : l'enfant serait couronné demain et tous jusqu'à sa majorité devraient obéissance et loyauté au comte Raymond que Baudouin avait rappelé quand l'incapacité, l'insignifiance et la vaine suffisance de Guy de Lusignan étaient devenues flagrantes. Et il avait contraint les barons à l'hommage en les obligeant à prêter serment. Et tous avaient obéi, la lèvre mauvaise et la haine au fond des yeux, mais ils l'avaient fait. Et puis la mort était passée, si doucement que l'on s'en aperçut seulement quand la voix ne se fit plus entendre...

A Thibaut aussi, mais dans l'intimité de son appartement, il avait fait entendre sa volonté. Il lui avait dit :

– Epouse Ariane parce qu'elle sera en danger lorsque je ne serai plus là. Je sais qui tu aimes mais tu n'as plus rien à en espérer et tu sais combien Ariane m'est chère. Devenue ta femme, elle sera protégée.

A la jeune fille ravagée de douleur, il avait dit :

– Voilà ton époux ! C'est lui que tu devras suivre à présent. Il saura prendre soin de toi...

Mais Ariane avait refusé avec une étrange fermeté car c'était la première fois qu'elle lui disait non.

– Une femme doit servir son époux et moi je ne veux plus d'autre maître que le Seigneur Dieu. Pardonne-moi de ne pas faire ta volonté, mon doux sire ! Je veux entrer chez les Dames Hospitalières afin de consacrer ma vie aux malades. Ainsi te resterai-je à jamais fidèle !

– Je ne mérite pas un tel amour, mais te confier à Dieu m'est une consolation...

Cependant, lorsqu'elle se fut éloignée pour chercher de l'eau fraîche, Baudouin fit signe à Thibaut de s'approcher :

– Tu l'y conduiras toi-même, mon frère, mais ta tâche ne s'arrêtera pas là... J'ai peur pour elle... Alors jure-moi de veiller... même de loin. Et aussi... sur Isabelle !

– Je le jure !

Dans la nuit qui suivit la mort du roi, Ariane disparut du palais avec sa fidèle Thécla. Interrogée, Marietta n'eut aucune réponse à fournir. Elle-même se préparait à retourner à Ascalon où elle avait une petite maison et une nièce. Supposant que la jeune femme avait préféré se rendre au couvent seule, Thibaut ne chercha pas à en savoir davantage. Il avait assez de son propre chagrin et devait réfléchir à son avenir puisqu'il ne possédait que son cheval et ses armes. Un chevalier errant comme il y en avait beaucoup ? Sans doute le régent du royaume lui avait-il déjà offert, avec une certaine chaleur, de l'attacher à sa maison, mais tout en rendant justice à ses talents d'homme d'Etat, Thibaut n'aimait pas assez le comte de Tripoli pour lui jurer loyauté et fidélité. Il y avait cette trop grande habileté à maintenir des relations secrètes avec Saladin et ses émirs dont il ne pouvait s'empêcher de se méfier...

Un long moment il resta là, à genoux près de ce marbre froid que sa main réchauffait, pensant avec douleur que le temps de Pâques, le temps de la Résurrection était proche, mais que Baudouin, lui, ne se relèverait pas. Il espérait vaguement une réponse à la question qu'il ne s'était pas encore posée quand une main solide emboîta son épaule. Il se retourna et vit qu'un chevalier du Temple était debout derrière lui. Il lui fallut quelques secondes pour reconnaître Adam Pellicorne disparu depuis plusieurs années.

– Vous ne devriez pas rester là, dit le Picard. Celui qui y repose et dont l'âme héroïque a dû revêtir à cette heure la robe de gloire ne le voudrait pas. Il faut songer à vivre. Pour vous sans doute, mais aussi pour le service de Dieu.

– Je n'ai plus envie de servir personne. Même Dieu, je crois bien ! Au fait, où étiez-vous passé durant tout ce temps ? Moi, j'étais captif, mais vous, ne deviez-vous pas rester auprès de mon roi ?

– Il aurait fallu qu'on me le permît. J'ai dû fuir si je tenais à sauver ma vie... ou tout au moins à être utile à quelque chose. J'ai dû quitter Jérusalem et chercher refuge...

– Chez les Templiers, si j'en crois votre vêture ? Vous vous y êtes engagé...

– J'étais déjà Templier... et depuis longtemps. Mais ne restons pas ici ! Ce lieu est trop sacré pour les affaires des hommes et j'ai beaucoup de choses à vous dire.

Content malgré tout de retrouver ce compagnon qu'il croyait bien ne jamais revoir en ce monde, Thibaut se laissa emmener. Sa curiosité se réveillait aussi, preuve bien évidente qu'il n'était pas encore prêt pour les renoncements. Après tout il venait d'avoir vingt-six ans et c'était un peu jeune pour se tourner vers la mort, sauf s'il s'agissait de l'affronter l'épée à la main.

En quittant le Saint-Sépulcre que les chanoines faisaient fermer jusqu'au lendemain afin que nul ne vînt les troubler dans leurs prières pour le repos de l'âme du défunt, les deux hommes gagnèrent la rue aux Herbes que ses voûtes contre la chaleur du soleil faisaient ressembler à un tunnel. Là se trouvaient les boutiques des marchands de fruits et d'épices, mais, en ce jour de deuil, toutes étaient fermées non par ordre mais par volonté unanime. Les habitants des quatre quartiers de la ville, qu'ils soient francs, arméniens, grecs ou juifs, pleuraient ce jeune roi hors du commun dont l'héroïsme forçait l'admiration de tous – même celle de Saladin dont on disait qu'il regrettait déjà cet ennemi chevaleresque et d'âme si haute, en qui certains voyaient une réincarnation du Christ. Seules s'attardaient les odeurs de cannelle, de poivre, de thym, de pommes, de dattes, de melon et de tous les produits de la terre dont cette rue regorgeait habituellement. Tout aussi déserte était la rue du Temple au bout de laquelle s'ouvrait le Pavement, la grande esplanade où l'Ordre avait sa maison, son église à peine achevée, sa chapelle qui avait été le Haram es-Chérif, une ancienne mosquée comme le couvent lui-même.

Celui-ci s'était appelé El-Aksa – la Lointaine –, les premiers croisés en avaient fait le palais du roi avant que Baudouin II ne reconstruise la grande forteresse dont la tour de David était le centre. L'autre, ronde et sommée d'une coupole azurée, avait été bâtie par le calife Omar pour abriter le rocher de l'Ange : les Templiers l'avaient vouée à Notre-Dame, comme toutes leurs églises. Ce fut vers elle que Pellicorne dirigea leurs pas, car à cet endroit on accédait par de larges escaliers où l'on pouvait s'asseoir à l'ombre sans crainte d'être dérangés.

Ils n'avaient pas échangé une seule parole durant le trajet, peut-être parce que le bruit en eût été incongru dans une cité silencieuse repliée sur son chagrin. Là, sur cette terrasse balayée par un vent léger apportant avec lui le parfum des fleurs dont se couvraient au printemps les collines et les champs de Palestine : crocus, lis sauvages, glaïeuls et anémones, pensées et asphodèles, là on pouvait parler sans crainte d'être entendu. Le soleil faisait rayonner la grande croix d'or au sommet de l'église Sainte-Marie-des-Latins... Pourtant Thibaut avait envie de poser des questions :

– Pourquoi m'avoir amené ici ? Ne pouvions-nous parler ailleurs ? Je n'y suis venu qu'une fois, au moment du couronnement du roi.

– Pour que vous y restiez ! C'est le seul endroit de Jérusalem où vous soyez en sécurité. Si vous étiez demeuré au palais, vous seriez à cet instant au fond d'un cul-de-basse-fosse sans espoir d'en sortir. C'est la raison pour laquelle je suis venu vous chercher. Vous n'avez plus de maître, songez-y, et le sénéchal veut effacer jusqu'au souvenir du roi lépreux dont il avait si peur. Tout doit disparaître et les femmes qui le servaient ont été bien inspirées en prenant le large.

– De quel droit ? Ce n'est pas lui, le régent, mais le comte de Tripoli qui ne me veut aucun mal, bien au contraire.

– Je sais. Il vous a proposé d'entrer à son service et c'est bien pour cela que Courtenay veut votre disparition. Vous n'avez qu'une seule chance de lui échapper, mon ami : devenir Templier !

– Moine-soldat ? Encore faudrait-il avoir la vocation et je ne l'ai pas.

Adam arracha une herbe folle qui croissait entre deux pierres et se mit à la mâchouiller :

– Mon ami, dit-il, vous seriez surpris du nombre de gens qui entrent dans l'ordre sans la moindre vocation, pour des raisons diverses dont la plus valable est celle d'avoir la vie sauve. Nous avons même des condamnés échappés à l'échafaud car le Temple est église, donc asile. Il suffit que vous acceptiez la règle avec la ferme intention de vous y conformer. Nous savons garder les secrets. Tous les secrets !

Cela était trop nouveau, trop inattendu pour que Thibaut l'accepte sans renâcler. La vie sauve était bonne chose sans doute, mais la liberté possédait plus de charme.

– A propos de secrets, bougonna-t-il, vous pourriez peut-être me parler des vôtres ? Le jour où vous m'avez donné les moyens d'entrer dans Damas sans me faire prendre, vous m'avez dit que vous m'« expliqueriez » et que le roi, lui, n'en ignorait rien.

– Ce n'est pas ma faute s'il a fallu remettre l'explication à... quelques années, fit Adam avec le sourire que Thibaut trouvait si réconfortant jadis. A présent nous en avons tout le loisir : dans l'enceinte du Temple, personne ne viendra vous chercher. Et j'espère que vous allez accepter d'y rester.

– Voyons d'abord votre histoire.

– Elle a commencé il y a quinze ans environ. Mon père avait fait le vœu de pèlerinage en Terre Sainte et devait partir quand un accident le cloua définitivement dans son lit : une mauvaise chute de cheval le blessa au dos et lui fit perdre l'usage de ses jambes. Un empêchement majeur pour prendre le chemin de Jérusalem. Mais ce voyage n'avait pas pour seul but de vénérer les

Lieux saints. Il avait été chargé par l'évêque de Laon, qui lui était parent et dont il était l'homme de confiance, de remettre un message secret mais de grande importance à son cousin, Philippe de Milly, récemment investi en la charge de Maître de l'ordre du Temple de Jérusalem en remplacement de l'illustre Bertrand de Blancfort...

– Philippe de Milly ? La famille de la Dame du Krak ?

– Son père, tout simplement. Appartenant à une noble famille picarde installée en Syrie – Naplouse, alors –, il avait épousé l'héritière de la seigneurie d'Outre-Jourdain, mais il se fit Templier après la mort de sa femme Isabelle qu'il aimait tendrement. Mais revenons à mon père et au message de l'évêque ! Comme son accident l'empêchait de le porter, l'évêque obtint pour moi – j'étais entré depuis peu à la commanderie de Puiseux près de Laon – l'autorisation exceptionnelle de le remplacer. Il s'agissait d'une affaire touchant à l'Ordre mais dont, naturellement, je ne savais rien et dont on prit la peine de me dire qu'il était codé. Et je partis pour la Terre Sainte. Là, Philippe de Milly supportait mal la lourde charge dont on l'avait investi et, saisissant l'occasion, il se disposait à accompagner à Byzance le roi Amaury Ier, laissant son pouvoir à celui qui lui succéderait plus tard : Odon de Saint-Amand. Autant dire que mon message tombait mal et qu'ignorant tout des arcanes et secrets du Temple, Philippe de Milly ne me cacha pas qu'il ne comprenait rien à la lettre de l'évêque.

« Mais comme tout de même il convenait de donner une réponse, il nous confia, moi et mon message, aux soins du plus ancien de ses dignitaires, un frère très âgé – auquel d'ailleurs la lettre faisait allusion – qui était le dernier des huit chevaliers ayant jadis accompagné dans sa mission à Jérusalem Hugues de Payns qui serait plus tard le premier Maître. Frère Gondemare était sans doute l'un des hommes les plus savants de son temps et il connaissait tous les secrets du Temple. Il était aussi chargé d'ans quand je l'ai connu, mais son esprit n'avait rien perdu de sa vivacité ni de sa profondeur. C'est dire qu'il n'eut aucune peine à déchiffrer la lettre de l'évêque. Après quoi il entra dans une profonde méditation, m'ayant prié de le laisser seul. Par la suite, il me fit revenir pour m'interroger sur moi-même. D'abord méfiant, il me prit bientôt en amitié et entreprit de combler quelques vides d'une éducation qu'en dehors de la lecture et de l'écriture, on n'avait pas poussée bien loin. Puis, quand il fut sûr de moi, il me raconta une étrange histoire.

« Comme tout Templier, même novice, je savais – ou je croyais savoir ! – ce qu'avaient été les débuts de l'Ordre, comment l'abbé Bernard de Clairvaux, qui fut l'esprit le plus universel et peut-être le plus grand homme de son siècle, avait réuni neuf chevaliers pour les envoyer en Terre Sainte au secours des pauvres pèlerins continuellement attaqués et détroussés sur la route des Lieux saints. A l'époque, régnait ici Baudouin II, qui avait été Baudouin du Bourg, puis Baudouin d'Edesse et cousin de Godefroi de Bouillon. C'était un souverain d'une belle énergie et son règne fut un grand règne. Il fit accueil aux neuf chevaliers et les installa dans son propre palais, l'ancienne mosquée El-Aksa qu'il venait de quitter pour celui, neuf, de la citadelle bâti autour de la tour de David.

– S'il s'agissait de protéger les pèlerins entre Jaffa ou Césarée, par exemple, et Jérusalem, c'était une curieuse idée de les installer au lieu d'arrivée de préférence à ceux du départ : les deux ports ? Et neuf hommes seulement pour de si grandes distances, dix-sept lieues d'un côté et une vingtaine de l'autre ? Ce n'est pas beaucoup.

– Aussi cette mission-là en cachait-elle une autre, d'une extrême importance. Ce qui allait devenir notre maison chevetaine, l'ancienne mosquée que vous voyez là-bas, a été construite sur les fondations du grand temple du Seigneur, bâti jadis par Hiram de Tyr pour le roi Salomon. Ce temple fut incendié en l'an 70 par le Romain Titus, puis entièrement rasé en 134 après la révolte des Juifs. Quant au trésor du temple, Titus s'en était déjà emparé, mais il n'avait pas trouvé le plus important, c'est-à-dire l'Arche d'Alliance dans laquelle étaient déposées les Tables de la Loi données par Dieu à Moïse sur le mont Sinaï, dans un autrefois encore plus lointain. Or la science universelle de Bernard de Clairvaux l'avait persuadé que les prêtres juifs de l'époque de Titus avaient enterré l'Arche d'Alliance dans les souterrains, et même dans les fondations de leur temple qu'ils avaient ensuite scellées d'une manière ou d'une autre. Sans doute le savoir de ce moine « humble et terrible » devant qui s'inclinaient les rois était-il plus grand encore que sa réputation, car Hugues de Payns et les siens trouvèrent l'Arche qu'ils réussirent à ramener en France avec, bien sûr, l'aide et la complicité du roi Baudouin II...

– En France ? Elle serait en France ? Mais où ?

– Cela, je l'ignore et beaucoup d'autres avec moi. Seul Bernard de Clairvaux, mort il y a une trentaine d'années, et une toute petite poignée de fidèles l'ont su, mais ce qui est certain, c'est que la mission a bien été remplie. Bernard de Clairvaux lui-même l'a en quelque sorte proclamé lors du concile de Troyes réuni – chose incroyable car cela ne s'était jamais vu ! – pour la fondation officielle en 1128, de l'ordre du Temple dans les préliminaires de sa règle : « Bien a œuvré Dame Dieu [1] avec nous et Notre Sauveur Jésus-Christ, lequel a mandé ses amis en la Marche de France et de Bourgogne [2]... » Autrement dit : la mission a réussi. Les choses auraient dû normalement en rester là mais, quand le texte en langue hébraïque des Tables a été déchiffré, on s'est aperçu qu'en fait le Grand Prêtre et ses assistants s'étaient montrés encore plus habiles qu'on ne l'imaginait, car il ne s'agissait pas des inscriptions faites par Dieu lui-même, mais d'une simple transcription d'un passage du Livre des Psaumes. A la gloire de Dieu, sans doute, mais rien d'autre !

– Comment est-ce possible ? Ils ont enlevé les Tables de l'Arche ?

– Exactement. Ils ont pensé, non sans raison, que si les Romains parvenaient à trouver le coffre d'or qu'est l'Arche avec à l'intérieur des plaques de pierre gravées, ils ne chercheraient pas plus loin. Et ils ont emporté les vraies Tables... ailleurs.

– Bien sûr on ne sait pas où ?

– Eh non ! Ce que demandait la lettre codée de l'évêque, c'était justement si à Jérusalem on avait une idée quelconque de l'endroit où elles pouvaient se trouver. Seulement, même frère Gondemare ne le savait pas et, après un séjour de quelques mois, il m'a renvoyé en Europe avec une nouvelle lettre, de sa main cette fois. Je suis donc revenu à Puiseux, mais cette histoire m'était entrée dans la tête et s'y accrochait en me tourmentant. Au point qu'après quelques années de réflexion sur ce qu'avait appris le vieux Templier, j'ai

---

1. Peut-être une préfiguration du vocable Notre-Dame choisi par saint Bernard... comme d'ailleurs l'expression « grenouilles de bénitier » !

2. A la limite de la France et de la Bourgogne.

voulu revenir en Terre Sainte pour continuer de chercher. Revenir était facile : il suffisait de demander à être transféré, mais je voulais aussi être libre. Or, au Temple, les frères vont par deux. Je suis donc retourné près de l'évêque de Laon – au fait, il s'appelle Gérard de Mortagne – et il a tout aplani pour moi. J'ai découvert alors qu'il était plus puissant que je ne l'imaginais, que l'Ordre comportait une hiérarchie secrète, qu'il en était l'un des chefs... et qu'il désirait toujours autant mettre la main sur les vraies Tables. J'ai donc quitté la commanderie, autorisé à revenir dans le siècle, et, le comte de Flandre se disposant à partir, je l'ai rejoint avec d'autres chevaliers du Vermandois. Mais j'étais investi aussi d'une dignité secrète me permettant d'entrer comme je le voulais dans les templeries de Terre Sainte : celle de « visiteur », grâce à laquelle je pouvais aller partout, fouiner partout. Vous savez la suite puisque nous nous sommes rencontrés à Belin...

– Pas tout à fait ! Pourquoi avoir accepté d'entrer au service du roi Baudouin ? Cela vous éloignait du lieu de vos recherches ?

– Moins que vous ne le pensez car, au palais, il y a la tour de David, le roi David dont on ne sait où se trouve le tombeau. Et l'une des idées de frère Gondemare était que peut-être cette sépulture inconnue et les Tables pouvaient s'être rejointes. Habiter le palais était donc d'un grand intérêt pour moi et je crois bien en avoir exploré tous les dessous, toutes les basses-fosses et tous les souterrains. Et puis – soudain la voix d'Adam Pellicorne, paisible et unie jusque-là, se chargea d'émotion jusqu'à se coincer sur un sanglot retenu – ... je vous l'avoue en toute simplicité, ce garçon héroïque, ce martyr couronné qui a su vivre à cheval une si longue agonie, je l'admirais du plus profond de mon cœur, et je l'aimais. Il a vécu ce calvaire au milieu d'une bande de fauves aux dents longues. Alors les Tables me sont apparues moins importantes que sa protection, que l'aider dans la mesure de mes faibles moyens à poursuivre sa volonté de régner envers et contre tout. Je ne lui ai rien laissé ignorer de ce que j'étais et je serais resté auprès de lui jusqu'au bout si l'on ne m'avait chassé. Alors je suis retourné au Temple. D'autant plus volontiers qu'Odon de Saint-Amand n'y était plus. Avec un homme de ce caractère, tout visiteur que j'étais, j'eusse été tenu en laisse dès le premier instant. Voilà, mon ami, vous savez tout, vous aussi. A présent, il vous reste à décider de votre propre avenir. Celui que je vous offre avec la protection d'un Ordre tout-puissant, c'est-à-dire la quête des Lois du Seigneur, vous paraît-il digne de vous y engager ?

Thibaut se leva :

– Je vous suis, dit-il simplement. Mais serai-je accepté ?

– Vous l'êtes déjà !

Et frère Adam se mit en marche à travers la vaste esplanade avec celui qui allait devenir frère Thibaut.

Le Maître qui avait succédé au vieil Arnaud de Torroge était le sénéchal du Temple, c'est-à-dire l'un des deux plus hauts dignitaires après le Maître. C'était aussi ce Gérard de Ridefort dont Thibaut avait entendu le nom pour la première fois prononcé devant Saladin par Odon de Saint-Amand. Cet ancien chevalier errant, ce Flamand vindicatif n'était entré au Temple que par dépit et par le hasard d'une blessure reçue au cours d'un engagement. Soigné dans l'une des infirmeries de l'Ordre, il y était resté et, par cautèle plus que par vaillance affichée, y avait fait son chemin rapidement avec, au fond du crâne, une seule idée fixe : acquérir assez de pouvoir pour arriver à se venger un jour du comte de Tripoli, son ancien maître qui lui avait refusé, après la lui avoir promise, la main d'une princesse pour la donner ensuite à un marchand pisan. Il ne pensait qu'à cela. C'est dire qu'une fois élu, il s'occupa beaucoup moins de la vie intérieure du couvent que de ce qui se passait au palais royal et dans les intrigues de cour. L'arrivée d'un nouveau frère portant un grand nom, quoique bâtard, dont tous savaient qu'il avait été le fidèle écuyer de ce roi que tout Jérusalem pleurait ne pouvait que lui convenir. En outre, ce garçon n'avait jamais approché de près Raymond de Tripoli, dont longtemps Baudouin IV s'était défié. Et Ridefort était suffisamment intelligent sinon pour admettre, du moins pour comprendre que, si la régence revenait à son ennemi, c'était uniquement grâce à l'incroyable incapacité du mari de Sibylle. Restait à la lui arracher, fût-ce au détriment du royaume. Aussi Thibaut fut-il intronisé d'autant plus vite que les derniers combats avaient éclairci les rangs.

Conduit par Adam, Thibaut pénétra dans ce monde clos aux règles exigeantes mais qui, pour lui, n'avaient rien d'effrayant. Durant des années n'avait-il pas mené, auprès de son roi malade, une vie quasi monacale ? La grande différence avec tout autre monastère était que, voués sans partage au service de Dieu, les Templiers étaient avant tout soldats et que, si faisant vœu de pauvreté ils ne possédaient rien en propre, ils étaient équipés mieux que de riches chevaliers. Leurs armes étaient de qualité et, bien souvent, Thibaut avait admiré l'élégance de leurs escadrons, en grands manteaux blancs frappés d'une croix rouge, manœuvrant comme un seul homme sur leurs chevaux aux robes appareillées sous leur célèbre bannière mi-partie noire et blanche que l'on appelait le gonfanon Baucent. Leurs armes étaient étincelantes, les cuirs de leur harnachement cirés à miracle. Seules les différenciaient les couleurs de leurs barbes (les Templiers étaient tous barbus et leurs cheveux coupés très court, presque ras) mais quand, dans le combat, le heaume conique à nasal emboîtait leurs têtes, il n'était plus possible de les différencier car, de signes distinctifs, ils n'avaient point.

Certes, leur vie était monacale dûment réglée par les heures de prière, mais leur nourriture – dont ils devaient toujours laisser une belle part aux pauvres – était abondante et variée, comme il convient lorsque l'on pratique le dur métier des armes. Leur maison qui avait été mosquée puis palais était superbe. Quant à leurs écuries, peut-être les plus belles qu'il y eût au monde, elles pouvaient contenir deux mille chevaux. Et Sainte-Marie-des-Latins, leur église tout juste terminée remplaçant le Dôme de la Roche, nettement trop petit, était un modèle de pureté romane et de splendeur byzantine.

Pendant huit jours, Thibaut reçut l'enseignement d'Adam. D'ores et déjà, on lui avait attribué une cellule dans le bâtiment, situé entre le palais et l'église, où se trouvaient les dortoirs des frères. Elle était étroite, meublée d'un escabeau, d'un bahut, d'un lit de bois muni d'une paillasse, d'un traversin, de draps et d'une couverture. Reçu chevalier, il aurait droit à une carpette ou couvre-lit [1], mais au fond, pour lui qui, durant des années, avait dormi sur un matelas au pied du lit de Baudouin, cette petite chambre était presque du luxe. Les sergents d'armes – ils étaient environ six ou sept cents pour trois cents chevaliers – logeaient en commun dans de longues salles où s'alignaient les lits.

---

1. Une couverture noir et blanc, ou rayée.

Ville dans la ville, la maison chevetaine comportait aussi la maréchaussée – l'armurerie en quelque sorte –, la grosse forge, la ferrerie et la chevèterie, celle-ci pour tout ce qui concernait la bourrellerie, la draperie et la parementerie, enfin ce qui constituait le domaine du commandeur de la viande : cuisines, bouteillerie, four à pain et aussi poulailler, porcherie et jardin potager. Sans compter, bien sûr, l'infirmerie et son jardin d'herbes médicinales exceptionnellement riche.

Vint enfin le jour où, dans l'église resplendissante de ses fraîches couleurs et des centaines de cierges allumés qui rassemblait le chapitre, Thibaut à genoux, un gros livre des Evangiles posé sur ses deux mains ouvertes, prononça en présence du Maître et de la communauté le serment qui allait le lier au Temple et qui ne faisait que reprendre les nombreuses questions qu'on lui avait posées précédemment.

– Beau frère, commença le chapelain, à toutes les demandes que nous vous avons faites, veillez bien à nous avoir dit la vérité car, si peu que vous en ayez menti, vous en pourriez perdre la maison où Dieu vous garde. Or, beau frère, entendez bien ce que nous vous disons. Promettez-vous à Dieu et à Notre-Dame, désormais et tous les jours de votre vie, d'obéir au Maître ou quelque commandeur que vous aurez ?

– Oui, sire, s'il plaît à Dieu.

– Encore promettez-vous à Dieu et à Madame Sainte Marie que, désormais, tous les jours de votre vie, vous vivrez chastement de votre corps ?

– Oui, sire, s'il plaît à Dieu.

– Encore promettez-vous à Dieu et à Notre-Dame Marie que vous, désormais tous les jours de votre vie, vivrez sans avoir rien en propre ?

– Oui, sire, s'il plaît à Dieu.

La liste était longue qui engageait Thibaut à servir

l'Ordre en toutes choses et en tous lieux, à ne faire tort à personne ni par ses conseils ni par ses actes, à ne jamais quitter l'Ordre pour un autre à moins d'en avoir été exclu.

Enfin, frère Gérard, autrement dit le Maître, à son tour et après s'être recueilli un instant, prononça l'entrée de Thibaut dans l'ordre du Temple de Jérusalem :

– « Nous, de par Dieu et par Notre-Dame Sainte Marie, et par Monseigneur Saint Pierre de Rome, et de par Notre Père le pape et par tous nos frères du Temple, nous vous admettons à tous les bienfaits de la maison qui lui ont été faits depuis son commencement et qui lui seront faits jusqu'à sa fin... Et aussi admettez-nous à tous les bienfaits que vous avez faits et que vous ferez. Et ainsi nous vous promettons du pain et de l'eau, et la pauvre robe de la maison, et beaucoup de peine et de travail. »

Le Maître prit ensuite une cape blanche frappée de la croix rouge, vint la poser sur les épaules du nouveau frère et en noua les cordons autour de son cou. Après quoi, le frère chapelain entonna le psaume *Ecce quam bonum et quam jucundum habitare fratres...* Il dit ensuite l'oraison du Saint-Esprit et toute l'assemblée récita à haute voix le *Pater Noster*. Ensuite le Maître et le chapelain posèrent, sur la bouche du nouveau venu, le baiser d'hommage féodal [1]...

Ainsi tout était accompli et Thibaut de Courtenay appartenait désormais à cette confrérie puissante et redoutable qui ne se reconnaissait pour maîtres que Dieu, Notre-Dame sous le vocable de laquelle se trouvaient ses églises, et le pape, rejetant le pouvoir temporel

---

1. Le texte des paroles rituelles que l'on vient de lire est emprunté à *La Vie quotidienne des Templiers*, de Georges Bordonove.

de n'importe quel souverain, fût-il roi ou empereur. Ce qui n'était pas à dédaigner.

Cependant, au sortir de l'église, il se sentait un peu étourdi. Dans la salle du Chapitre qui faisait suite au sanctuaire, il reçut les félicitations de toute la communauté après qu'on lui eut fait connaître l'étendue de ses devoirs et obligations... immense et un peu terrifiante. Frère Adam, devenu – par faveur spéciale et pour l'avoir demandé – son compagnon d'existence puisque les Templiers allaient par deux, apaisa quelque peu ses craintes :

– Ne vous effrayez pas ! La règle a été dictée par Bernard de Clairvaux que l'on appelle à présent saint Bernard : elle est l'œuvre d'un homme d'une grande austérité et d'une extraordinaire pureté de vie, mais je peux vous assurer qu'il y a tout de même des accommodements...

– Vous en êtes certain ? Je commençais à me demander si j'avais eu raison de vous écouter et si les dangers qui me menacent en ce moment n'étaient pas préférables à une règle aussi étouffante. Au moins je les aurais courus au grand air ! Et sans être obligé de réciter des centaines de prières !

Adam se mit à rire de si bon cœur que Thibaut sentit le sien s'alléger :

– De grand air, je peux vous assurer que vous ne manquerez point. Quant aux rigueurs de la loi – dans cette maison-ci tout au moins –, je peux vous certifier que, si vous respectez le principal, vous n'en souffrirez pas. Voyez plutôt le Maître ! Savez-vous qui est son meilleur ami ?

– Comment le saurais-je ?

– Je ne vois pas comment en effet. Vous avez vécu tellement loin de tout ce monde ! Eh bien, c'est ce cher Héraclius, tout simplement.

– Vous voulez rire ?

– Oh non ! Cela n'a rien de drôle, d'ailleurs. Ce serait même assez triste mais – que voulez-vous ? – qui se ressemble s'assemble. Allons, passons à présent à table ! Voilà la cloche qui sonne. Vous verrez que vous y serez aussi bien traité qu'au palais. Mieux peut-être parfois...

Jusqu'à son admission, Thibaut avait pris ses repas dans sa cellule de façon à esquisser une sorte de noviciat mais, en pénétrant dans le réfectoire que les Templiers nommaient toujours le palais, il eut une exclamation admirative : la vaste salle voûtée sur de puissantes colonnes était entièrement décorée de trophées pris à l'ennemi et entretenus à merveille. Ce n'étaient que heaumes damasquinés, épées et lances étincelantes, boucliers ronds peints et ciselés, cottes de mailles dorées et bannières vertes, jaunes ou noires, le tout disposé sur les murs en faisceaux harmonieux. Le long des murs, des tables nappées de blanc étaient préparées sur les dalles jonchées de feuilles de roseaux comme dans n'importe quel château et abondamment servies par les écuyers des chevaliers. Seule la grande croix placée au-dessus du siège du Maître rappelait que cette salle somptueuse était celle d'un couvent. Et aussi le silence qui y régnait car la règle défendait de parler pendant les repas, sauf le Maître quand il avait des invités, ce qui était fréquent.

Ensuite, on rasa la tête de Thibaut, ce qui, sa barbe n'ayant pas eu le temps de pousser, lui donnait une figure nouvelle, plus rude ; après quoi on lui remit ses biens au sein du Temple, encore qu'on lui eût précisé qu'il ne s'agissait pas de dons mais d'un prêt, toutes choses appartenant à l'Ordre. Il avait droit à trois chevaux, comme tous les autres chevaliers, à un écuyer que l'on ne put lui fournir, à des armes semblables à celles de tous les autres, c'est-à-dire de la plus grande qualité, et à un trousseau fort complet allant de deux chemises et deux braies à un chaudron pour faire la cuisine en campagne et un bassin pour mesurer la nourriture des chevaux, en passant par le haubert, les chausses de fer et le heaume renforcé de deux lamelles rivées en forme de croix pour la protection du visage [1].

Les choses étant ainsi établies, la vie quotidienne reprit ses droits, un peu monotone pour Thibaut qui ne rêvait que de batailles afin d'y étouffer les regrets et tristes pensées hantant ses nuits dans la petite cellule où il avait tant de mal à trouver le repos. Mais, grâce à Raymond de Tripoli qui avait conclu une nouvelle trêve de quatre ans avec Saladin, le royaume était en paix et s'efforçait de panser les multiples blessures laissées par les dernières années de Baudouin et de son calvaire.

En même temps que la surveillance de la route de Jaffa pour les pèlerins qui, à longueur d'année, débarquaient des navires génois, pisans ou byzantins – les nefs armées du Temple offraient des passages plus sûrs et moins onéreux, ayant leur port d'attache à Acre où le chef suprême, le commandeur de la voûte d'Acre, faisait assurer le chemin jusqu'à la Ville sainte – les moines-soldats essaimaient la police de celle-ci, leurs confrères Hospitaliers s'occupant plus particulièrement de la santé des citadins et des voyageurs en veillant au contrôle des bains publics. C'est ainsi qu'un matin, Thibaut et Adam flanqués de deux sergents arpentaient paisiblement le marché aux épices dont ils aimaient tous deux les odeurs de girofle, de muscade, de poivre noir ou blanc, de gingembre, de cardamome, de cumin et de cannelle, quand une vieille femme qui mendiait à

---

1. Georges Bordonove, *La Vie quotidienne des Templiers*.

l'angle de la rue aux Herbes se mit à les suivre. Ou plutôt se glissa dans la foule qui les entourait de façon à les dépasser puis à revenir sur eux pour mieux les voir. Ils allaient lentement, salués par les marchands dont Thibaut connaissait la plupart. Ils arrivaient au bout de la rue couverte de roseaux quand la vieille se décida et se jeta à leurs pieds :

– Au nom du Dieu Tout-Puissant et de Sa Très Sainte Mère, écoutez-moi, messeigneurs...

– Tu es assez âgée, femme, pour savoir que nous ne faisons pas l'aumône dans la rue, intervint Adam. Tu dois aller au couvent où chaque jour nous nourrissons ceux qui sont dans le besoin.

– Je n'ai pas besoin de pain, mais d'aide. J'ai besoin que vous m'aidiez à sauver ma maîtresse. Car vous êtes bien messire Thibaut, n'est-ce pas ? J'ai hésité d'abord à vous reconnaître...

– En effet, mais je suis à présent frère Thibaut. Vous-même... il me semble vous avoir déjà vue.

– Je suis Thécla l'Arménienne, la servante de demoiselle Ariane...

Et brusquement elle éclata en sanglots.

– Oh, sire chevalier, je vous en supplie, si vous avez encore de l'amitié pour elle, venez à son secours ! Voilà des jours et des jours que je cherche comment l'aider et voilà que je vous trouve !

– Ariane ? Mais que lui est-il arrivé ? N'est-elle pas chez les Dames Hospitalières comme elle en avait l'intention ?

– Non. Elle allait partir et je me disposais à l'accompagner quand monseigneur le sénéchal est arrivé avec des gardes. Ils se sont saisis de ma pauvre petite colombe et ils l'ont emmenée...

– Où cela ? En prison ?

– Non. Pas en prison... à la maladrerie ! Le sénéchal

a dit qu'elle était la putain du roi défunt, qu'elle couchait avec lui et qu'elle avait pris son mal... Oh, Dieu Tout-Puissant ! Je jure devant toi qu'elle était saine et pure, que jamais elle n'a partagé le lit de ce malheureux !

– Qu'est-ce que vous dites ? Il l'a envoyée là-bas ? Mais de quel droit ?

Tout à l'indignation qui le submergeait, Thibaut ne prenait pas garde aux gens qui commençaient à s'attrouper, mais Adam, lui, ne les perdait pas de vue. Comprenant que son compagnon allait suivre la femme à la léproserie, il l'empoigna par le bras :

– Du calme ! Un peu de tenue ! Vous êtes chevalier du Temple, ne l'oubliez pas, et vous n'avez pas le droit de vous mêler d'affaires privées...

– Privées ? Quand il s'agit de celle que mon roi aimait ? Celle qui lui a voué sa vie et qu'à présent un misérable honnit laidement et de la plus infâme façon ? Je vais...

– Vous n'allez rien faire du tout ! Nous allons achever notre garde et discuter calmement de cette affaire. Où habitez-vous, femme ?

Elle eut un ricanement que ses larmes rendaient encore plus triste.

– Où habite une mendiante ? Je loge sous une arche du couvent des Hospitalières avec d'autres aussi misérables que moi. Au moins nous avons du pain et un abri...

– En ce cas nous saurons où vous trouver. Retirez-vous, à présent ! Nous avons suffisamment attiré l'attention !

Sans être brutal, le ton était ferme et singulièrement persuasif. Les larmes de la pauvre femme séchèrent soudain. Elle comprit qu'elle avait été entendue et ce fut avec un visage apaisé qu'elle salua et disparut dans l'ombre fraîche d'une ruelle. De son côté Thibaut se calmait. Adam avait raison : un éclat quelconque n'apporterait aucune aide à celle qu'il considérait comme la veuve de Baudouin et à laquelle il vouait une tendresse fraternelle née de l'admiration que lui inspirait un si grand amour.

Cependant, en revenant vers la maison chevetaine, leur surveillance achevée, il ne put garder plus longtemps le silence :

— Vous n'imaginez tout de même pas que je vais rester les bras croisés tandis qu'Ariane est vouée à un sort affreux ? Il y a un monde entre vivre dans un palais, aveuglée par un amour immense, auprès d'un lépreux sublime et se voir jetée dans un univers de misère et de cauchemar peuplé de larves n'ayant plus d'hommes que le nom, pour y pourrir lentement sans autre secours que les soins, dérisoires, des moines de Saint-Lazare. Je vais la sortir de là ! Je le dois à mon roi défunt : avant de me demander de veiller sur elle, il voulait que je l'épouse afin de lui faire une position honorable. C'est elle qui n'a pas voulu.

— Elle a eu raison car la situation serait pire : vous auriez sans doute reçu un coup de poignard ou une flèche venus de n'importe où... et elle serait malgré tout chez les mesels, dit Adam du ton paisible qui lui était habituel.

— C'est possible. Aussi dois-je trouver une autre solution. Et d'abord...

Sans plus s'expliquer, il tournait les talons. Adam le rattrapa en saisissant au vol sa grande cape blanche :

— Hé là ! Doucement ! Où allez-vous, s'il vous plaît ?

— A votre avis ? gronda Thibaut, une lueur de défi dans l'œil.

— Justement vous n'y allez pas ! D'abord parce que

vous n'en avez pas le droit. Ensuite parce qu'il est l'heure de rentrer. Le Temple est un couvent, pas une auberge !

– Au diable le Temple ! lâcha Thibaut en baissant considérablement la voix pour n'être pas entendu des sergents qui les suivaient. Dès l'instant où Ariane a besoin de moi, je n'hésite pas !

Adam poussa un soupir à faire envoler les pigeons sur l'auvent du marchand drapier devant lequel ils passaient.

– Jolie recrue que j'ai faite là ! Je vous dis, moi, que vous allez rentrer, et tout de suite. Après le repas du soir, nous verrons ce qu'il est possible de faire...

– ... une fois claquemurés chacun dans sa cellule en attendant que la cloche de matines nous envoie à la chapelle à deux heures du matin ?

– Justement. Cela nous laisse un assez joli laps de temps pour faire autre chose que dormir.

– Sortir du couvent par exemple ? Et comment ? Il est plutôt bien gardé ?

– Certes, certes ! Et il est défendu de sortir de nuit à moins d'être dûment mandaté par le Maître ou le commandeur de Jérusalem. Si vous passez outre, vous êtes exclu. J'ajoute qu'il est tout aussi défendu de sortir de nuit sans passer par la porte. Là aussi, vous êtes exclu !

– Eh bien, je serai exclu ! La belle affaire !

– Oh, ne croyez pas que cela arrangerait les vôtres. En cas d'exclusion, mon garçon, vous recevrez une volée d'étrivière devant toute la communauté, après quoi on vous enverra dans un couvent encore plus sévère, bénédictin ou augustin, et vous y serez enfermé jusqu'à la fin de vos jours. Si vous essayez de vous échapper, on vous ramène et cette fois c'est l'*in pace*... et pour toujours. Allons, calmez-vous ! ajouta-t-il avec un sourire apaisant. Il y a peut-être un moyen de sortir sans passer par la porte... et sans se faire prendre.

– Comment savez-vous cela ?

– Est-ce que vous croyez que je passe toutes mes nuits dans ma couchette ? Je vous rappelle que j'ai une mission à accomplir, moi. Alors la nuit je cherche, je travaille...

– Expliquez-moi ! fit Thibaut soudain passionné. Auriez-vous découvert une issue... inconnue ?

– C'est un peu ça, mais à présent silence ! Nous arrivons !

L'entrée sévèrement gardée du Temple et sa porte fortifiée, que l'on appelait la Porte Spécieuse, escaladant le « mont du Temple » était devant eux.

Au repas du soir, Thibaut n'eut aucune peine à abandonner aux pauvres la presque totalité de sa nourriture. Il n'avait pas faim et laissait ses pensées vagabonder hors des murs de Jérusalem dans le silence, à peine troublé par la voix un peu enrouée d'un frère qui lisait un texte pieux dans la chaire disposée à cet effet.

Il pensait à Ariane, si belle, si délicate, et s'en voulait d'avoir accepté l'abri offert par Adam Pellicorne sans s'être assuré qu'elle-même se trouvait en sûreté... En outre, la colère qu'il éprouvait contre Jocelin de Courtenay faisait trembler ses mains et menaçait de l'étrangler, ne laissant passage à aucun aliment sinon un peu de vin. Il n'arrivait pas à comprendre pourquoi le sénéchal – oh, comme il aurait aimé pouvoir oublier leur sang commun ! – pouvait encore poursuivre, après des années, cette pauvre enfant d'une vindicte aussi tenace.

Une heure plus tard, couché dans son lit étroit, il se résignait à y passer une nuit blanche quand la porte de sa cellule s'ouvrit sans bruit. Dans la lumière de sa lampe à huile – les Templiers gardaient une lampe allumée la nuit au cas où une alerte les appellerait, ce qui leur évitait de tâtonner à la recherche de leurs vêtements et de leurs armes –, il vit soudain Adam apparaître comme un fantôme, un doigt sur la bouche pour recommander de se taire. Il lui tendit une tunique noire de sergent semblable à celle dont il était vêtu lui-même. Sans demander d'explication, le jeune homme la passa sur la chemise et les braies tenues par une cordelette que la règle obligeait tout Templier à conserver la nuit pour dormir. Thibaut s'habilla en un clin d'œil et suivit son ami en tenant ses souliers à la main. A cette heure tardive, les cloîtres de l'ancien palais étaient déserts. Le Maître, d'ailleurs, était absent et le couvent sous la responsabilité du sénéchal, Ernaut de Saint-Prix, dont chacun savait qu'il avait le sommeil lourd.

Sans faire plus de bruit que des ombres, les deux hommes gagnèrent la salle capitulaire qui avait été l'une des sept nefs correspondant aux sept portes de la mosquée de jadis, celle dont le *mirhab* [1] avait été masqué par un mur de pierres. Ils allèrent au fond de la salle et passèrent, à droite, dans l'ancienne chapelle à laquelle venait de succéder l'église neuve. La voûte romane y était soutenue par quatre épais piliers dont les sobres chapiteaux s'ornaient de grossières sculptures évoquant des feuilles d'olivier. Adam ouvrit alors le volet de la lanterne dont il s'était muni, libérant une flamme qu'il éleva, choisit l'une des feuilles et lui fit effectuer une demi-circonférence. A la surprise de Thibaut, une porte s'ouvrit dans le pilier découvrant un escalier qui s'enfonçait dans le sol. Adam s'y engagea en ordonnant à son compagnon de tirer le vantail de pierre derrière lui.

---

1. Sorte de niche indiquant la direction de La Mecque, devant laquelle prient les musulmans.

L'escalier descendait profondément dans les entrailles de la terre au moyen de marches hautes à peine équarries et qui eussent été dangereuses si elles avaient été humides mais le rocher dans lequel on les avait taillées était parfaitement sec. Comme il y avait peu de chances d'être entendu, Thibaut risqua une question :

– Comment avez-vous découvert cet escalier ? Et où mène-t-il ?

– Frère Gondemare me l'a montré lors de mon premier séjour ici. Il mène à une galerie, creusée par les Romains, qui longe le mur occidental du Pavement et permettait de joindre autrefois les arrières du Temple à la forteresse Antonia. Au temps du Christ, les occupants pouvaient avoir ainsi un œil, ou une oreille, sur les desservants du Sanctuaire. Cette galerie recoupait plusieurs souterrains dont les Juifs avaient d'ailleurs bouché le plus important dès le début de l'époque romaine. Mais, en fait, l'ouvrage des Romains ne faisait que prolonger celui des lévites du temple rebâti par Hérode et qui menait seulement sous l'arche du grand escalier ouvrant sur l'entrée de cet extraordinaire monument. C'est cette issue que je vais vous montrer... en cas de besoin urgent et pour que vous sachiez bien que l'on peut parfaitement sortir du couvent et y rentrer sans se faire remarquer.

– Ce que nous allons faire ?

– Pas du tout ! Je ne vais, cette nuit, que vous indiquer le chemin au cas où vous auriez besoin de quitter la maison... si par hasard je n'y étais pas ou plus.

– Comment cela ? Nous n'allons pas délivrer Ariane ?

– Eh non ! Si je vous ai conduit ici, c'est parce que je vous sentais prêt à faire n'importe quelle sottise – et au Temple, les sottises peuvent être irréparables sinon mortelles. A la maladrerie, nous irons demain et au grand jour. Il se trouve que je connais le prieur des frères de Saint-Lazare. C'est un homme de bien qui n'aura certainement pas apprécié qu'on lui amène de force une femme non malade.

– Pourquoi ne pas l'avoir dit plus tôt ?

– Parce que nous n'étions pas seuls... et aussi parce qu'il était l'heure de rentrer. Mieux vaut toujours attirer l'attention le moins possible, surtout lorsque l'on se dispose à transgresser la règle.

On passait à cet instant devant un trou dans la muraille qui intrigua Thibaut :

– L'entrée d'un autre souterrain ?

– Oui. Et pas des moins importants. En tout cas par le passé : c'est dans ses profondeurs que les chevaliers d'Hugues de Payns ont trouvé l'Arche d'Alliance dans une cavité murée sous ce qui était alors le Saint des saints.

– Et les Tables de la Loi n'y étaient plus ?

– Non, puisque je suis ici pour essayer de les retrouver.

– Mais enfin pourquoi ? Tout chrétien connaît le texte que l'invisible main du Tout-Puissant y a gravé en lettres de feu.

– On ne sait pas tout. Dieu a donné une loi aux hommes, c'est certain, mais il y a autre chose. Dans la Genèse, l'Eternel a dit : « J'ai fait le monde avec mesure, avec nombre et avec poids », ce qui veut dire qu'il y a aussi une loi régissant les mouvements et les composants de l'univers et cette loi-là est cachée, cryptée sous le texte de la loi morale. Frère Gondemare en était persuadé et il était l'un des quelques hommes les plus savants de la terre. Qui saurait les lire posséderait un immense savoir, donc un immense pouvoir. C'est pourquoi, après s'être donné beaucoup de mal pour cacher l'Arche, le Grand Prêtre de l'époque et ses lévites, jugeant que ce n'était pas encore suffisant, ont remplacé les Tables par un psaume et les ont dissimulées... Dieu sait où !

– Peut-être hors de Jérusalem ? Dans un autre lieu saint mais perdu au fond d'un désert ?

– Je serais étonné qu'ils en aient eu le temps. Frère Gondemare pensait aussi qu'elles devaient être quelque part dans les entrailles de ce mont Moriah où était assis le temple de Salomon, le sage, le grand. Reste à savoir où et c'est ce que je cherche depuis que j'ai été obligé de quitter la cour. J'en ai déjà passé des nuits dans ces souterrains ! Et j'en passerai encore beaucoup d'autres, très certainement... A présent, je vais vous montrer comment sortir d'ici, puis nous remonterons pour ne pas être surpris par la cloche de matines.

Il fallut bien que Thibaut s'en contentât. De toute façon il n'avait pas le choix et Adam disait que le jour venu on irait chez les lépreux. Cela ne faisait que quelques heures d'attente, et, aussi doucement qu'ils les avaient quittées, les deux compagnons regagnèrent leurs étroites cellules...

Le lendemain, en effet, Adam et Thibaut sortaient du couvent, à cheval et sans sergents cette fois. C'était justement le jour de Saint-Lazare, le ressuscité, et ils n'eurent aucune peine à obtenir du commandeur de Jérusalem d'aller prier pour l'âme du roi lépreux dans la petite église du couvent qui se situait près de la poterne Saint-Ladre. Au-delà des murailles et passé les grandes douves sèches entourant la ville, il y avait sur une petite éminence les bâtiments presque en ruine d'un ancien prieuré, entourés d'une haie d'épines noires. Là vivaient ceux que l'abominable maladie rejetait hors de leur cité pour qu'ils s'y détruisent lentement. Ils avaient le droit d'en sortir et d'aller mendier, mais à condition de ne jamais franchir l'enceinte fortifiée. Alors on pouvait les voir, près de la poterne ou plus haut, à la porte Saint-Etienne, ou plus bas, à la porte de David, à peu près équidistantes de leur lieu de misère, implorer la charité des passants en prenant bien soin de ne jamais se trouver sous le vent. Ils tendaient une main atrophiée tandis que l'autre agitait une crécelle ou, si les doigts avaient disparu, ils ne cessaient de crier ou de gémir : « *Amé !... Amé !* » ce qui voulait dire « impur ». On leur jetait quelques piécettes dans la sébile placée près d'eux et cette aumône servait à améliorer un peu leur nourriture. Thibaut n'avait jamais pu passer près de cet endroit maudit sans un serrement de cœur parce qu'il imaginait son roi sous les guenilles de ces malheureux. Cette fois, la pensée d'Ariane le tétanisait. Les frères de Saint-Ladre – ou Lazare –, dont le petit couvent était tout proche, s'occupaient d'eux de leur mieux, par deux ou trois : ils se relayaient pour tirer l'eau de leur puits et leur donner, avec l'essentiel de la nourriture, le peu de soins à leur portée. L'odeur de cet endroit était difficilement supportable...

Adam connaissait leur prieur, un homme déjà âgé dont le regard reflétait toute la tristesse du monde. Comme ses compagnons, frère Justin savait qu'un jour ou l'autre le mal s'emparerait de lui, qu'il le tenait peut-être sans être encore révélé. Il accueillit les deux hommes et les paniers qu'ils portaient avec reconnaissance. Les récoltes n'avaient pas été bonnes et une disette menaçait pour l'hiver à venir. Il les conduisit à la chapelle où tous deux prièrent longuement et avec dévotion avant de lui poser la question pour laquelle ils étaient venus. A laquelle d'ailleurs il ne répondit pas comme ils l'espéraient.

– Une jeune femme amenée par le sénéchal le jour

des funérailles du roi ? Je puis vous assurer que non. Personne ne s'est présenté ni ce jour-là ni les jours suivants. Surtout amené par le seigneur sénéchal. C'est un homme qui ne passe jamais inaperçu, ajouta-t-il avec un petit sourire. Comment est cette jeune femme ?

On la lui décrivit et il hocha la tête :

– Ils ne sont ici que trente mesels, dont certains ont des enfants qui ne tarderont pas à montrer les signes avant-coureurs. Mes frères et moi les connaissons tous et, si vous songez à une entrée clandestine de nuit, sachez que, si les bâtiments sont vétustes, la porte est forte et solidement barrée dès le coucher du soleil. Voulez-vous aller voir ?

Comprenant qu'accepter eût été mettre en doute la parole de ce religieux dont ils savaient quel homme de bien il était, les deux visiteurs refusèrent, remercièrent le frère Justin et, avec leurs montures et leurs paniers vides, reprirent le chemin du Temple.

– Où a-t-il pu l'emmener ? émit enfin Thibaut parlant à lui-même plus qu'à son compagnon. Et pourquoi ce déploiement de forces pour conduire une jeune femme sans défense à une maladrerie où elle n'est jamais arrivée ?

– Ce sont exactement les questions que je me pose, répondit Adam. Malheureusement – et en dehors des gardes dont le sénéchal a requis l'assistance –, il n'y a guère que lui pour y répondre...

– Il y a donc une solution, gronda Thibaut incapable de contenir plus longtemps sa colère et son inquiétude, en faisant volter son cheval pour changer de direction. Il faut aller le lui demander !

Et il partit à fond de train en direction de l'hôtel du sénéchal. Adam l'imita et en plus força l'allure pour le rattraper :

– Avez-vous oublié la règle que vous avez acceptée ?

cria-t-il dans le vent de la course. Hors des combats, un Templier ne doit agresser quiconque, ni en sa personne ni en paroles. Les coups et l'injure nous sont interdits. Vous devez vous adresser à lui... bellement !

Un ricanement féroce lui répondit :

– Je sais ! Aussi est-ce... bellement que je vais l'arranger !

Force lui fut pourtant de laisser retomber sa fureur. Jocelin de Courtenay n'était pas en son logis mais parti pour Jaffa, auprès de sa sœur malade, de sa nièce et du petit roi. Aussi, en ramenant Thibaut, très sombre mais maté, Adam Pellicorne s'accorda-t-il un discret soupir de soulagement. Attaquer de front le tout-puissant sénéchal eût été la plus mortelle des sottises et il remercia sincèrement le Seigneur Dieu et Notre-Dame de l'avoir évitée à son ami. Dans l'immédiat tout au moins, et c'était le principal. Pour le reste il se faisait fort de veiller au grain...

CHAPITRE IX

SOMBRES NUAGES...

Isabelle était revenue à Naplouse. Pas autrement sûre d'en être très heureuse. Tout y était si paisible, si tranquille que le passage d'une hirondelle ressemblait à un événement ! Tout le contraire du Krak de Moab où agitation et violence étaient le pain quotidien. Là-bas, dans la sombre forteresse perchée entre les riches terres arrosées par le Jourdain et le désert, Renaud de Châtillon s'entendait à faire mener aux siens une vie parfois harassante mais jamais ennuyeuse. Le vieux brigand passait son temps à guetter les caravanes arrivant de la mer Rouge et, sans se préoccuper de leur provenance ou de leur destination, il leur sautait dessus avec le joyeux appétit du loup à jeun qui voit approcher un bon repas. On trucidait les gardes d'escorte, on coupait quelques têtes et un nouveau flot de richesses se déversait sur le château. On y festoyait alors pendant des jours. On buvait ferme, certains jusqu'à rouler sous les tables, on faisait l'amour sans trop se soucier du ou de la partenaire. C'est ainsi qu'une nuit, Isabelle s'était retrouvée dans le lit de son beau-père pendant que son époux cuvait le lourd vin grec dont il avait abusé.

Une expérience étrange, moins pénible que la jeune

femme ne l'aurait cru. D'abord parce qu'elle aussi avait un peu bu, ensuite parce que Renaud la brute, Renaud le démon, Renaud le paillard l'avait emportée dans un tourbillon de caresses savantes mêlées de brutalités qui lui avaient procuré un plaisir violent, à la limite de l'évanouissement. Sans chercher la moindre excuse, une fois dégrisé, il s'était contenté de lui dire qu'il l'aimait et la désirait comme un forcené depuis qu'elle était entrée dans sa maison. Que pouvait-elle répondre ? Qu'elle aimait son jeune époux ? C'était encore vrai mais, après ce qu'elle avait vécu dans les bras de ce fauve quasi sexagénaire, l'amour avec Onfroi lui paraissait fade.

La vie au château était alors devenue difficile. Dame Etiennette qui surveillait son époux s'était aperçue depuis longtemps de ce qu'il éprouvait en face de cette adorable créature d'à peine dix-sept ans ; s'il avait pu, cette fameuse nuit, assouvir sa passion, c'était simplement parce qu'il s'était arrangé pour enfermer la dame dans un réduit jusqu'au matin. Une « erreur » que l'on avait attribuée à un domestique. Le malheureux avait été fouetté mais le mal était fait. Etiennette, en vertu du proverbe qui veut que qui a bu boira, comprit que Renaud était prêt à tout pour goûter de nouveau à ce corps délicieux qui était en train de le rendre fou. Il était capable de tuer Onfroi, peut-être même de l'assassiner elle-même et ensuite d'épouser Isabelle.

Pendant des jours, Etiennette ne sut plus que faire. Elle en venait à souhaiter que Renaud s'embarque encore dans une de ces expéditions lointaines qui déclenchaient la colère de Saladin et par deux fois avaient mis le château et la ville en danger. Seulement, s'il partait, il emmènerait Onfroi trop timide pour lui résister, et Dieu seul savait ce qui pourrait se passer dans les sables d'un désert où il n'était pas rare de rencontrer un serpent ou un scorpion !

Aussi accueillit-elle comme une bénédiction, une réponse du ciel à ses prières haletantes, la nouvelle arrivée de Jérusalem : le petit Bauduinet, le roi de six ans, venait de succomber au palais de Jaffa à une maladie dont on ne savait trop rien. Aussitôt Etiennette prit feu :

— Je gagerais qu'on l'a empoisonné ! Les Courtenay veulent la couronne pour Sibylle !

— Ne rêvez pas ! Agnès est sa grand-mère, Sibylle sa mère : ils ne feraient pas une chose pareille ! grogna Renaud.

— Vous ne le feriez pas, vous ? ricana sa femme.

— Si... mais pas sur mon propre sang !

— Qu'en savez-vous ? Vous n'avez jamais été capable de procréer. Ni Constance d'Antioche ni moi n'avons eu d'enfants de vous alors que nous étions déjà mères. Quoi qu'il en soit, c'est à Isabelle... et à mon fils que doit revenir la couronne. Aussi n'y a-t-il pas de temps à perdre : il faut les envoyer, elle et Onfroi, à Naplouse chez Balian d'Ibelin. Je suis sûre qu'il y rassemble déjà des partisans avant de monter à Jérusalem !

— A Naplouse ? Alors que vous aviez défendu à Isabelle de revoir sa mère ?

— Cela n'a plus d'importance dès l'instant où elle sera sur le trône. Onfroi saura bien lui rappeler à qui elle devra sa couronne.

— En ce cas, j'y vais aussi ! affirma Renaud.

— Vous ? Chez l'un de vos ennemis jurés ? Il sera temps de vous retrouver le jour du couronnement. Pour l'heure, donnez belle escorte à nos jeunes époux et qu'ils partent !

C'est ainsi qu'Isabelle revit sa mère et le palais du

mont Garizim où elle avait laissé le meilleur de son enfance. Dans un sens elle avait eu plaisir à retrouver la belle demeure, les eaux claires et les jardins de Naplouse. Elle et son époux avaient été reçus avec enthousiasme. Comme le pensait Etiennette, Balian d'Ibelin n'avait pas perdu une minute pour battre le rappel de ceux qu'effrayait la perspective de voir la capricieuse et vaniteuse Sibylle succéder à son fils, et ils étaient nombreux. Parmi eux se trouvait le régent. Raymond de Tripoli s'était excusé de ne pas assister aux imposantes funérailles de Bauduinet pour venir rejoindre ceux de son parti. Ce qui était une grosse faute car cette absence, ses ennemis l'exploitèrent.

Ses ennemis, c'étaient, outre Agnès dont la santé déclinait, le Patriarche Héraclius, Jocelin de Courtenay et le Maître des Templiers Gérard de Ridefort. Celui-là surtout était acharné. Il voulait voir son ennemi de toujours définitivement écarté du pouvoir. Et, pour cela une seule solution : couronner Sibylle reine de Jérusalem le plus tôt possible. Ce qui n'était pas une évidence. D'abord, parce que l'assemblée des barons était loin d'être au complet, une bonne partie ayant pris le chemin de Naplouse. D'autre part, les droits de Sibylle, même si elle était l'aînée, semblaient douteux aux yeux de beaucoup parce qu'elle était née d'une femme répudiée, à la réputation déplorable, alors que la mère d'Isabelle était reine quand elle lui avait donné le jour. Enfin, pour couronner quelqu'un il faut, par définition, une couronne et celle de Jérusalem était enfermée dans le trésor royal confié aux chanoines du Saint-Sépulcre. Pour l'ouvrir, il fallait trois clefs : le Patriarche en possédait une, le Maître du Temple, la deuxième – jusque-là tout allait bien –, mais la troisième était aux mains du Maître des Hospitaliers et celui-ci, Roger des Moulins, gentilhomme normand de grand caractère et de haute probité, ennemi juré d'ailleurs du Templier et d'Héraclius, refusait de s'en dessaisir. Raymond de Tripoli savait qu'il pouvait compter sur lui et activait le rassemblement de ses forces à Naplouse, devenue singulièrement agitée...

C'est-à-dire que le calme dont Isabelle avait été frappée à son arrivée ne dura pas longtemps. Les entrées de seigneurs se succédaient avec leurs bannières et leurs gens, qui emplissaient la ville et le palais. Tous la saluaient avec révérence et respect, voyant déjà en elle leur souveraine, et elle ne savait trop si elle en était heureuse ou pas. Certes elle eût été fière de coiffer la couronne de son père, de son frère, mais se souvenant des difficultés que Baudouin avait dû surmonter, elle n'était pas certaine d'en être capable. Encore, si elle avait auprès d'elle un homme fort, capable, lui, de prendre les problèmes à bras-le-corps et de s'opposer avec vigueur aux harcèlements du sultan ! Mais son bel Onfroi n'était pas de taille. Il détestait la vie des camps, n'aimait pas porter la lourde armure et ne faisait pas mystère de ses goûts paisibles et raffinés de lettré.

– Notre vie n'est-elle pas douce et agréable, mon cœur ? Nous sommes heureux ensemble parce que je peux vous consacrer tous mes instants. N'avons-nous pas assez de forts châteaux et de vaillants capitaines pour les défendre sans aller nous mêler de régner au milieu du bruit et de la fureur d'un peuple qui ne sait jamais très bien ce qu'il veut ? Dites à ces gens que vous ne désirez pas être reine et retournons au Krak !

– Croyez-vous que nous y serions bien reçus ? Votre mère et sire Renaud souhaitent ardemment que vous et moi portions la couronne. Ils seraient capables de nous renvoyer et alors où irions-nous ?

– Au Toron, le puissant château que je tiens de mon

aïeul le connétable dans les monts du Liban. Je me souviens d'y être allé, enfant, c'est un magnifique endroit, peu éloigné de la mer...

De tels propos pouvaient séduire une jeune femme pour qui la vie n'avait eu jusqu'alors que des sourires, même si au fond d'elle-même une petite voix lui disait qu'Onfroi était loin d'avoir l'étoffe d'un héros et que peut-être il ne saurait pas la défendre si l'occasion s'en présentait ; mais, auprès de ce parangon de chevalerie qu'était Balian d'Ibelin, ils étaient inacceptables et celui-ci ne le cacha pas :

— Votre glorieux aïeul a toujours porté haut et ferme son épée de connétable, dit-il sans mâcher ses mots. Il aurait de vous grande honte, sire Onfroi. Il vous renierait comme ferait n'importe quel homme d'honneur car vous n'êtes rien d'autre qu'un lâche !

Sous l'insulte, le jeune homme réagit tout de même :

— Je suis aussi vaillant que vous, messire, mais j'ai parfaitement le droit de refuser un trône où je ne me sentirais pas à l'aise et qui ne m'intéresse pas ! Ma belle épouse ne le souhaite pas davantage.

— Parce que vous vous mettez en travers, intervint Raymond de Tripoli. Mais songez-y, ce n'est pas vous que nous allons élire roi, mais bien elle. Si vous vous refusez à tenir noblement le rôle qui sera le vôtre, nous vous démarierons tout simplement pour donner sa main royale à qui saura en être digne ! Ce que vous n'êtes pas !

— Vous n'êtes même pas capable de lui donner des enfants et vous êtes mariés depuis plus de deux ans ! renchérit Balian avec mépris.

— J'aurai des enfants quand je voudrai, hurla le jeune homme hors de lui. Quant à la couronne, si vous comptez sur le Patriarche pour la lui poser sur la tête, vous perdez votre temps ! Il n'acceptera jamais.

– L'évêque de Bethléem peut suppléer ce Patriarche indigne. Dès son arrivée, nous procéderons à l'élection de dame Isabelle car nombreux sont ici ceux qui la veulent pour reine. Et il sera ici ce soir !

Le vieux prélat et sa suite entrèrent en effet dans Naplouse quelques heures plus tard, sous les acclamations de la population. Le lendemain, après qu'il eut pris quelque repos, les hauts barons où se voyaient tous ceux qui avaient servi Amaury et Baudouin avec honneur, et qui étaient la majorité de la noblesse franque, se réunissaient dans la grande salle du palais, chacun à sa place et sous ses couleurs comme naguère encore au palais de Jérusalem. Au fond, un trône vide attendait la jeune femme destinée à y prendre place. Et devant ce trône, près duquel l'évêque était assis, Raymond de Tripoli se tenait debout.

Quand tous furent là, il ordonna que l'on fît venir la princesse et son époux.

Elle vint, accompagnée de sa mère, l'ex-reine Marie, qui lui donnait la main et semblait la soutenir. Isabelle, en effet, était très pâle dans les robes byzantines violet foncé, mais raides et brillantes de joyaux qu'elle avait choisi de porter à nouveau en cet instant.

Une vibrante acclamation la salua qui ne lui arracha pas un sourire. Les deux femmes s'avancèrent jusqu'à l'évêque et s'inclinèrent pour recevoir sa bénédiction, puis la mère lâcha la main de sa fille après l'avoir pressée un instant :

– Courage ! Il faut le leur dire !

Mais Isabelle éclata en sanglots et cacha son visage dans ses mains, incapable d'articuler une parole.

– Dire quoi ? demanda le comte de Tripoli, l'œil orageux.

Prenant Isabelle dans ses bras afin qu'elle pût pleurer contre son épaule, Marie parla d'une voix haute et claire, vibrante d'indignation :

— Que cette nuit, sire Onfroi a quitté ce palais en secret pour se rendre à Jérusalem. Il est allé dire à la princesse Sibylle qu'on veut le faire roi de force et qu'il n'y consentira jamais... qu'il lui demande sa protection... et de le tenir comme son meilleur ami !

Un grondement de colère secoua l'assemblée qui éclata en imprécations. Ce fut comme un vent de tempête balayant la vaste salle, faisant voler les soies multicolores des bannières au bout de leurs hampes. Debout au milieu du tumulte, Raymond de Tripoli ferma les yeux un instant, accablé sous le poids de la catastrophe. Quand il les rouvrit, la reine Marie entraînait doucement sa fille hors de l'assemblée. Le cœur d'Isabelle battait à tout rompre sous les perles de son corsage. Elle se sentait malade de honte et de douleur. Pourtant, cette nuit, elle s'était bien battue pour empêcher Onfroi d'accomplir un forfait qui allait le mettre au ban de ses pairs, mais en vain. Il avait beaucoup trop peur ! Tout ce qu'elle avait pu faire était de refuser de le suivre. Encore avait-elle dû jurer sur la croix de ne pas révéler sa fuite avant l'assemblée du lendemain, quand il ne serait plus possible de le rattraper.

Cependant Raymond de Tripoli reprenait la parole après avoir attendu que revienne un semblant de silence :

— Sibylle va être couronnée, messeigneurs, si elle ne l'est déjà, et désormais nous sommes tous en danger. Moi surtout, que les Courtenay et le Maître du Temple ont toujours poursuivi d'une haine tenace. Je vais gagner mon fort château de Tibériade où sont mon épouse et ses quatre fils, et je n'en bougerai plus. Dieu protège le royaume, qui lui aussi est en danger de mort !

On sut plus tard qu'arrivé chez lui, il avait entamé des pourparlers avec Saladin au cas où la nouvelle reine le ferait attaquer. Ce qui était quand même une curieuse façon de comprendre les intérêts du royaume franc. Mais il avait toujours pratiqué une politique d'entente avec l'Islam – celle-là même des rois quand il s'agissait de défendre les souverains d'Alep et de Mossoul contre les appétits du conquérant ! – et comptait quelques émirs parmi ses amis, même si cela ressemblait un peu à une trahison.

A Jérusalem, l'arrivée d'Onfroi de Toron dégoulinant d'une écœurante bonne volonté dans l'espoir qu'on les laisserait vivre en paix, lui et sa femme, avait apporté un sérieux soulagement. On le traîna aussitôt chez Roger des Moulins qui tenait bon dans son refus de livrer la troisième clef.

– Voilà, noble Maître ! fit Jocelin de Courtenay. Il n'y a plus en lice qu'une seule reine et vous n'avez plus, vous, la moindre raison de vous opposer à son couronnement.

Roger des Moulins ne répondit rien. Il tourna les talons, les mains au fond des manches de sa grande robe noire frappée d'une croix blanche, mais revint un instant après. Il jeta une clef aux pieds du sénéchal avec une grimace de dégoût avant de se retirer de nouveau. En quittant le couvent, Courtenay entendit les voix graves des Hospitaliers qui chantaient un sombre *Miserere*... Et il ne put s'empêcher de frissonner.

Mais les invitations à venir assister au couronnement étaient parties à travers la Palestine en dépit du fait que, s'appuyant sur le testament formel du roi lépreux, les barons de Naplouse avaient envoyé au Patriarche une interdiction de procéder au couronnement. Il eut lieu cependant...

Dans l'église du Saint-Sépulcre rayonnant de milliers de cierges, Héraclius posa sur la tête blonde d'une Sibylle éclatante de joie et d'orgueil la couronne qu'elle désirait tant. Aussitôt après, elle l'ôta et appela son époux en disant :

— Seigneur, venez et recevez cette couronne car je ne sais à qui je pourrais la mieux offrir !

Guy de Lusignan s'agenouilla devant elle et, d'un joli geste tendre, elle lui posa le lourd cercle d'or sur la tête au milieu des acclamations de l'assistance.

Au premier rang, Renaud de Châtillon faisait contre mauvaise fortune bon visage. Au fond, ce roi-là qu'à juste titre il jugeait incapable ne le gênerait pas beaucoup. Il y avait aussi, bien entendu, Gérard de Ridefort. Celui-là éclatait d'une joie mauvaise, savourant déjà la vengeance qu'il espérait tirer avant peu de son ennemi Raymond de Tripoli.

— Cette couronne-là vaut bien l'héritage de Lucie de Botron ! murmura-t-il entre ses dents.

Quant au sénéchal, il observait avec une sombre joie. Il n'y aurait plus, à l'avenir, aucun obstacle à son avidité, et il escomptait déjà les terres et les richesses qu'il se ferait donner. Cette belle couronne dont Sibylle était si fière, n'était-ce pas à lui qu'elle la devait ? Lui qui avait empoisonné le petit Baudouin pour arracher la régence à Raymond de Tripoli ?

Sensuelle, languide et affreusement coquette, Sibylle était en outre trop paresseuse pour faire une bonne mère : elle ne s'usait pas les yeux à pleurer son fils contrairement à Agnès pour qui la mort de l'enfant était une vraie blessure, mais celle-ci ne représentait plus grand-chose. Minée par une mystérieuse maladie contractée peut-être auprès d'un amant de rencontre, elle s'en allait vers le trépas avec une résignation née tout entière dans son désir de rejoindre son petit-fils. Mais sans se soucier d'elle, Sibylle exultait, visiblement heureuse de se parer des joyaux de la couronne et de l'apparat attaché à une royauté dont elle n'appréciait que le côté extérieur. Les affaires sérieuses l'ennuyaient, et en couronnant « Guion », elle lui avait certes donné une preuve d'amour mais en même temps elle s'était débarrassée de tout souci sur ses larges épaules. Or, Jocelin de Courtenay savait que, si le nouveau roi pouvait être vaillant au combat, il était presque aussi benêt qu'Onfroi de Toron. Il y avait donc de beaux jours à vivre pour un homme subtil et entreprenant.

Sibylle une fois sacrée, il fallut bien que les hauts barons vinssent à composition et lui rendent l'hommage. Seuls s'en abstinrent Raymond de Tripoli toujours enfermé dans Tibériade, et Balian d'Ibelin incapable d'accepter cette violation flagrante du testament de Baudouin IV. Renaud de Châtillon, lui, ne s'attarda pas : il avait mieux à faire dans son repaire du Moab à présent qu'il n'avait plus rien à craindre des reproches du lépreux... Il repartit avec dame Etiennette sans plus se soucier d'Onfroi dont il n'avait pas caché à son épouse combien sa conduite l'écœurait :

– Un pleutre, un lâche, un mouton ne demandant qu'à se laisser tondre et pleurnicher dans les jupes des femmes ! Eh bien, qu'il y reste !

En revanche, il aurait voulu ramener Isabelle, mais Etiennette prenant une facile revanche lui avait fait entendre fort sèchement que la place d'une femme était auprès de son époux et qu'elle devait le suivre où qu'il aille. Isabelle rentrerait au Krak avec Onfroi ou n'y reviendrait pas. Et Renaud, quelque envie qu'il en eût, n'osa pas insister. Il savait par expérience de quelle trempe était faite sa femme et n'aimait pas du tout certaine façon qu'elle avait de fermer à demi les paupières pour dissimuler l'inquiétant éclair de ses yeux.

D'ailleurs, Isabelle était malade à ce que l'on disait et mieux valait la laisser se remettre.

Ce n'était pas une vaine rumeur. Depuis l'affreuse réunion solennelle où elle avait dû avouer, face à tous ces hommes indignés, la conduite de son mari, la fille d'Amaury Ier, la sœur de Baudouin le héros, vivait enfermée dans sa chambre, n'en sortant que rarement, sur les instances de sa mère, pour faire quelques pas dans les jardins au bras de la toujours solide Euphémia... Malade de honte surtout, elle mangeait à peine, dormait encore moins et, quand il lui arrivait de succomber au sommeil, d'affreux cauchemars l'en tiraient, la jetant à bas de son lit hurlante et trempée de sueur. Ses femmes alors changeaient ses draps, son linge après l'avoir doucement lavée à l'eau d'oranger, puis la recouchaient en lui chantant, pour lui rendre un sommeil apaisant, une berceuse comme à un petit enfant. Le mire du palais avait diagnostiqué une maladie de langueur qu'il s'efforçait de traiter à l'aide de médecines compliquées, de prières et d'abondantes fumées d'encens, qui bien sûr ne donnaient aucun résultat. Tant et si bien qu'une nuit, Marie vint s'installer au chevet de sa fille qu'un opiat léger venait d'endormir, puis elle attendit.

Le soporifique était trop faible pour être de longue durée. Peu après minuit, la jeune femme commença à s'agiter, murmurant des mots incompréhensibles qui étaient surtout des interjections. Elle semblait souffrir et repousser un ennemi invisible. Et puis, soudain, tout s'apaisa. Les gémissements firent place à des soupirs si voluptueux que la mère se sentit gênée : sa fille était en train de rêver qu'elle faisait l'amour et, quand un prénom lui échappa, Marie sut qu'il ne s'agissait pas du mari, ce qui la surprit fort car elle croyait que, sur le plan physique, le mariage d'Isabelle était une réussite.

Mais elle n'eut pas le temps de se poser des questions : la scène changeait encore. Isabelle souffrait à nouveau, balbutiait des bribes suppliantes jusqu'à ce qu'avec un véritable hurlement, elle se dresse sur son séant :

– Non ! Non, ne le tue pas !

L'instant suivant, elle s'éveillait, secouée de sanglots. Marie rappela les servantes, leur ordonna de soigner leur maîtresse, mais de ne rien lui dire de sa présence, puis elle rejoignit son époux dans la fraîcheur de leur chambre. Tout le jour il avait fait très chaud, cependant la pièce où le vaste lit abrité par une mousseline tenait presque toute la place était fraîche grâce à sa galerie ouverte sur le jardin.

Comme toujours en été, Balian dormait nu. Marie laissa tomber la dalmatique dont elle s'était enveloppée et se glissa contre lui, avide de sa chaleur car elle se sentait glacée jusqu'à l'âme. Il se retourna et la prit dans ses bras, chercha sa bouche pour un baiser, mais sentit les larmes qui coulaient sur son visage :

– Qu'as-tu appris ? A-t-elle eu l'un de ses mauvais rêves ?

– Oui. Oh, mon cher seigneur, je n'imaginais pas qu'elle pût être malheureuse à ce point !

– Comment ne pas l'être quand l'on s'aperçoit que l'on a épousé un lâche ? Pour une telle conduite, le vieux connétable aurait fendu son petit-fils en deux d'un seul coup d'épée !

– Ce n'est pas cela. Pas uniquement tout au moins. Il me semble qu'il y a quelque chose de plus grave encore : elle n'aime plus son époux.

– Comment le savez-vous ? Elle vous l'a dit ?

– Ses rêves me l'ont dit. Jadis, elle avait un penchant pour Thibaut de Courtenay. Je ne m'en souciais pas, pensant qu'elle reportait sur lui une part de ce grand amour voué à son frère malade. Puis Onfroi est venu et, même si ce mariage nous plaisait à peine, il a bien fallu s'incliner devant sa volonté farouche d'épouser ce garçon dont elle semblait folle.

– D'autant qu'il est de grande maison et nous n'avions guère de raisons, sinon politiques, de refuser. Et vous me dites que la flamme est retombée ? Il faut avouer qu'il y a un peu de quoi...

– Sans doute, reprit Marie avec obstination, mais c'est de Thibaut qu'elle rêve...

– Ses femmes parlaient de cauchemars, pourquoi vous inquiéter ?

– Parce que ses femmes n'ont rien compris. Les rêves d'Isabelle s'achèvent en cauchemar. Elle crie alors et ses cris réveillent les suivantes qui dorment auprès d'elle. Mais je puis vous assurer que le début du rêve n'a rien de douloureux et le nom qu'elle y mêle ne laisse aucun doute.

– Que voulez-vous dire ?

– Qu'elle fait l'amour, tout simplement. Puis le drame arrive et Isabelle supplie quelqu'un de ne pas « le » tuer ! Ce que je ne comprends pas, c'est pourquoi, au moment où Onfroi la déçoit si fort, elle se remet à rêver du bâtard ? Elle ne l'a jamais revu, que je sache ?

– Oh si, elle l'a revu et au milieu du triomphe que les gens de Kérak faisaient à Baudouin qui, une fois de plus, avait fait fuir Saladin. Et elle a pu mesurer la différence, même si à l'origine il y avait une certaine ressemblance. Thibaut n'est pas un damoiseau comme Onfroi. Les prisons de Damas et les batailles l'ont durci : c'est un homme à présent... et superbe ! J'ai vu comment Isabelle l'a regardé.

– Seigneur Dieu ! Mais que pouvons-nous faire ? Lâche ou pas, Onfroi est son époux et, s'il vient la réclamer, elle sera bien obligée de le suivre. A mon sens, nous devons au moins refuser de la laisser partir tant qu'elle ne sera pas guérie. Imaginez l'effet produit par le rêve que je viens de surprendre sur son mari, cette garce d'Etiennette et la brute qu'elle a choisie pour époux !

Emu par l'angoisse qu'il sentait chez sa femme, Balian caressa doucement ses beaux cheveux noirs auxquels se mêlaient quelques fils d'argent :

– Nous le pouvons, en effet, et c'est ce que nous ferons, mais sera-t-elle jamais guérie ? Onfroi n'a été qu'une folle parenthèse dans un amour qui a repris ses droits. Si j'étais sûr que revoir Thibaut lui ferait du bien, je n'hésiterais pas à l'aller chercher... Mais j'ignore tout à fait ce qu'il est devenu : depuis que Baudouin a rejoint son père sur le Calvaire, son écuyer a disparu... comme d'ailleurs les proches serviteurs du roi lépreux.

– La petite Ariane aussi ?

– Elle aussi. Personne ne sait dire ce qu'elle est devenue. Peut-être faut-il craindre le pire ? ajouta Balian avec une soudaine gravité. Voyez-vous, ma reine, j'ai peur que nous allions au-devant de grands malheurs...

– Pourquoi dites-vous cela ?

– En vérité, je ne le sais pas. Il y a en moi une voix qui m'annonce des temps cruels. Et pourtant je n'ai jamais rien eu d'un prophète...

Balian d'Ibelin ne se trompait pas, même si Raymond de Tripoli avait obtenu de Saladin une nouvelle trêve de quatre ans destinée surtout à protéger ses terres des appétits de revanche du clan de Jérusalem auquel il refusait toujours l'hommage. Le fauteur de troubles, ce fut une fois encore Renaud de Châtillon plus que jamais décidé à faire la loi chez lui sans se soucier du roi Guy dont il avait mesuré l'incompétence et la faiblesse de caractère.

Quelques mois après le couronnement, lui revint aux oreilles une nouvelle alléchante : une caravane d'une richesse exceptionnelle, partie du Caire et destinée à Damas, allait passer à la limite de ses domaines. Bien armée cependant, la caravane, car il s'agissait pour elle de mener à bon port une sœur de Saladin promise à un puissant émir. Or une princesse ne saurait voyager sans une suite nombreuse, mais aussi des richesses difficiles à chiffrer. Tout cela composait une sorte de mirage doré auquel le vieux bandit ne résista pas.

Depuis longtemps il s'était assuré la complicité des Bédouins nomades avec lesquels il s'était livré à quelques fructueuses opérations de pur banditisme. Avec leur aide, il tomba comme la foudre, avec tout son monde, sur l'objet de sa convoitise, décima l'escorte armée et ramena au Krak un butin énorme ainsi qu'une cohorte de prisonniers qu'il jeta dans ses cachots. La princesse, elle, disparut sans que l'on sache ce qu'il avait pu advenir d'elle, si elle réussit à s'échapper ou si elle se donna la mort pour ne pas tomber vivante dans les mains du vieux forban.

Furieux comme bien l'on pense, le sultan envoya demander au roi de Jérusalem la restitution de sa sœur et de la caravane. Il voulait bien passer sur l'escorte tombée durant l'échauffourée, mais à la condition qu'on lui rende les prisonniers, marchands ou autres, ainsi que les biens qu'on leur avait volés. Comprenant tout de même la gravité de l'affaire, Guy ordonna, puis demanda et finalement supplia Renaud de s'exécuter. Celui-ci lui répondit qu'il « était maître de sa terre comme le roi de la sienne ». Quant aux marchands, il était bien décidé à ne les relâcher que lorsqu'il « leur aurait fait suer tout leur or ! ».

Dans un cas pareil, il n'y aurait pas de trêve qui tienne. Décidé à en finir une fois pour toutes avec le royaume franc, Saladin ne répondit pas comme d'habitude en allant assiéger Châtillon, ni en envoyant un quelconque corps expéditionnaire ravager un morceau ou l'autre du territoire ennemi : il proclama la « guerre sainte ».

Partout, à Damas, à Alep, au Caire et dans toute la Syrie du Nord, il mobilisa les troupes. Dans les mosquées, les ulémas appelèrent le peuple au combat sous l'étendard vert du Prophète et les étendards noirs du calife... Une immense armée se prépara.

Or, pendant ce temps, le roi Guy, pensant que Saladin se contentait des excuses qu'il lui avait envoyées, se disposait à marcher contre les terres de Raymond de Tripoli pour le punir de lui avoir refusé l'hommage. Ce qu'apprenant, le comte, encore ignorant des exploits de Châtillon et se fiant toujours aux accords passés entre lui et le sultan, se fit piéger par celui-ci. Saladin lui proposa de lui envoyer un corps de sept mille mamelouks pour une incursion en Galilée destinée à faire réfléchir Guy. Cette incursion devait se passer sans que les populations eussent à souffrir le moindre dommage de sang ou de pillage. Et, naturellement, Raymond fit savoir sur ses terres qu'il ne s'agissait que d'une « tournée de reconnaissance » dont il ne fallait pas attaquer les membres. Que le comte eût fait preuve de naïveté ou qu'il eût en tête d'effrayer suffisamment Guy pour lui reprendre la couronne, de toute façon, le moyen était plus que contestable. Et Saladin savait bien, lui, qu'il y aurait, ici ou là, une réaction. Elle vint des Templiers.

Ce jour-là, le Maître réunit devant la maison chevetaine une dizaine de ses chevaliers avec lesquels il devait accompagner la délégation chargée par le roi Guy de se rendre auprès du comte de Tripoli et de lui faire entendre raison. Les plus sages parmi les barons avaient réussi à faire comprendre au jeune souverain que cette querelle était suicidaire, et que marcher contre Raymond les armes à la main serait faire le jeu de l'ennemi. Gérard de Ridefort et Roger des Moulins, le Maître des Hospitaliers, allaient se joindre en la circonstance à Balian d'Ibelin qui, lui, avait fait sa paix comme Renaud de Sidon et quelques autres. L'idée de ce rapprochement avec l'homme qu'il haïssait le plus au monde rendait fou de rage l'orgueilleux Templier, mais il ne pouvait s'y soustraire. Il fit donc choix de quelques frères parmi lesquels était Thibaut. Pour la première fois depuis son entrée au Temple, celui-ci allait se séparer d'Adam qui effectuait un petit séjour à l'infirmerie : au cours d'une de leurs expéditions nocturnes dans les souterrains de l'ancien temple, le chevalier picard avait fait une mauvaise chute qui lui avait fort abîmé une jambe et donné à son compagnon une peine infinie pour le ramener jusqu'à sa cellule sans que tout le couvent en soit averti. Le lendemain, il avait une forte fièvre qu'il attribuait à la réouverture d'une ancienne blessure due à une dégringolade dans l'un des nombreux escaliers de la maison.

La mauvaise humeur de Ridefort était évidente quand la délégation se rassembla devant le Saint-Sépulcre pour recevoir la bénédiction d'un Patriarche tout aussi réticent que lui. Tous deux haïssaient trop le comte Raymond pour admettre qu'on lui envoie une ambassade en si bel arroi au lieu de l'ost tout entière pour le prendre à la gorge. Car l'image était belle sous le soleil clair de ce dernier jour d'avril. Alignés de part et d'autre de la place, les chevaliers blancs à la croix rouge et les chevaliers rouges à la croix blanche se faisaient face comme les pièces d'un jeu d'échecs pour géant. Entre eux, les trois messagers du roi Guy avec leurs écuyers et leurs sergents sous la soie frissonnante de leurs bannières déployées.

Quand Héraclius, rutilant de pourpre et d'or comme un empereur romain, eut tracé sur ces hommes agenouillés un ample signe de croix au chant du *Veni Creator*, tous se relevèrent d'un même mouvement, remontèrent à cheval pour quitter la place en bon ordre. Les trois ambassadeurs partirent les premiers et, pour ce faire, remontèrent la double file des Templiers et des Hospitaliers. C'est alors que le regard soucieux de Balian d'Ibelin s'arrêta sur un visage qu'il avait trop souvent vu encadré par les mailles d'acier du camail pour ne pas le reconnaître aussitôt : Thibaut ! Thibaut de Courtenay chez les Templiers ! Thibaut devenu chevalier-moine, donc éloigné à tout jamais des amours terrestres et à jamais perdu pour Isabelle !

Sachant d'expérience la puissance obstinée d'un amour véritable, il avait songé ces temps derniers à rechercher l'écuyer de Baudouin, à le ramener près de la jeune malade afin de lui rendre au moins courage et désir de lutter pour un avenir meilleur car il ne se faisait guère d'illusion sur celui d'Onfroi de Toron : les lâches ne subsistent pas longtemps dans un pays perpétuellement en guerre. Lui et Marie eussent tout fait pour rapprocher ces deux-là. Mais à présent...

Avec un sourire résigné et un haussement d'épaules dont Thibaut ne saisit pas le sens, Balian d'Ibelin poursuivit son chemin...

On devait faire halte pour la nuit au château de la Fève (Al-Fula) qui appartenait aux Hospitaliers. C'est là que l'on apprit la présence d'une armée musulmane dans les environs et, circonstance des plus étrange, avec la pleine approbation du comte de Tripoli qui aurait prévenu les gens de la région qu'aucun engagement ne devrait avoir lieu et qu'il s'agissait seulement d'une sorte de reconnaissance.

C'était évidemment dur à avaler et Gérard de Ridefort ne l'avala pas du tout. Poussé par sa haine de Raymond, il explosa littéralement :

— Cet homme est un traître, je l'ai toujours dit, mais personne ne m'a voulu croire. Il a trahi jadis la parole qu'il m'avait donnée pour un peu d'or et à présent il trahit son serment de vassalité envers le royaume. Nous avons toujours refusé de le faire roi, alors il a fait alliance avec Saladin pour qu'il l'aide à obtenir la couronne.

— Je ne peux croire à pareille noirceur, protesta Balian d'Ibelin. Je connais bien le comte Raymond : depuis longtemps il entretient de bonnes relations avec les souverains d'Alep et de Mossoul que nous protégions nous aussi tant qu'ils barraient la route à Saladin. Mais de là à lancer une armée infidèle sur le royaume, il y a un très grand pas.

— Soyez certain qu'il l'a franchi. Les preuves d'ailleurs sont à notre porte. Faites à votre convenance, seigneur comte, mais moi j'entends rester fidèle à la mission sacrée du Temple qui est de protéger les chemins de Jérusalem contre toute incursion et j'entends combattre. De toute façon, nous avons la preuve que cette ridicule délégation n'a plus aucune raison d'être. Libre à vous, messeigneurs, de retourner chacun chez vous. Au besoin pour défendre vos femmes, vos enfants et vos biens quand les mamelouks déferleront sur eux pour s'en faire des esclaves !

Et il dépêcha aussitôt frère Thibaut vers le maréchal

du Temple qui se trouvait alors, avec une soixantaine de chevaliers, au casal[1] proche de Kakoun avec l'ordre de rallier avant le jour. Ordre qui fut exécuté en tous points : l'aube n'éclairait pas encore le paysage que le renfort réclamé était là sous le commandement du maréchal.

Celui-ci, Jacques de Mailly, était sans doute l'homme le plus admiré dans toutes les templeries et surtout dans la maison chevetaine pour son extrême bravoure et sa loyauté sans faille. Sa réputation était si haute qu'elle s'étendait jusqu'aux terres infidèles. Mais la vaillance, chez lui, ne se doublait pas d'aveuglement. A Kakoun, il avait recueilli lui aussi des renseignements : les guerriers de l'Islam étaient plusieurs milliers. Or, en comptant les membres de la délégation, leurs gens et les Hospitaliers de Roger des Moulins, les forces chrétiennes se montaient à un peu plus de cent cinquante. Il le dit sans ambages : il fallait rameuter plus de monde sinon on allait droit au suicide. Fou de rage alors, Ridefort l'insulta :

— Trop aimez-vous votre tête blonde sans doute que si bien la voulez garder ? ricana-t-il sans se soucier du grondement indigné des chevaliers.

Mais Jacques de Mailly se contenta de le toiser avec dédain :

— Je me ferai tuer face à l'ennemi comme un homme de bien et c'est vous qui fuirez comme un traître !

Balian d'Ibelin n'eut que le temps de se jeter entre eux, mais Ridefort était le Maître : une obéissance absolue lui était due. On se prépara au combat après avoir entendu une messe rapide et communié. Ce fut

---

1. Un casal était un petit ouvrage fortifié, composé parfois d'une simple tour.

Balian qui résuma la situation pour ceux qui n'étaient pas du Temple et que cependant l'honneur engageait :

– Messeigneurs, émit-il en se relevant après la bénédiction du chapelain, allons à présent nous faire... tuer bellement, s'il plaît à Dieu !

Il n'y avait rien à ajouter. Tous se mirent en selle en silence et marchèrent au-devant de l'ennemi. Un chroniqueur arabe devait écrire au sujet de cette poignée d'hommes : « Ils attaquèrent avec un acharnement tel que les chevelures les plus noires en furent blanches de frayeur. » Monté sur un cheval neigeux, sous sa cotte immaculée et son armure étincelante, Jacques de Mailly combattit avec tant de courage, fauchant comme blé l'ennemi autour de lui, que celui-ci crut avoir affaire à saint Georges en personne. Il semblait invincible et son épée tournoyante accrochait les rayons du soleil brillant jusque dans les gouttes du sang répandu. Pourtant, il n'était bien qu'un homme fait de chair : un carreau d'arbalète l'atteignit en pleine poitrine. Il vacilla, se reprit. Les mamelouks alors s'écartèrent en le priant avec un étonnant respect de se rendre :

– Je suis le neveu du sultan, cria un guerrier aux armes magnifiques. Remets-moi cette glorieuse épée ! Nous ne voulons pas tuer un homme de ta valeur.

– Si tu la veux, viens la prendre !

Et il s'élança sur lui. Un instant plus tard, Jacques de Mailly tombait, criblé de flèches[1], tandis que Gérard de Ridefort s'enfuyait à bride abattue. Roger des Moulins avait été tué et tous les autres avec lui. N'échappèrent à la mort que trois Templiers, dont

1. La tradition conservée chez les ducs de Mailly dit que les Turcs s'emparèrent de son cœur et même de ses parties génitales dans l'espoir d'être investis de son exceptionnelle vaillance.

Ridefort et aussi Balian d'Ibelin. Encore fût-ce à celui-ci que Thibaut dut de rester en vie : il combattait à la lisière du champ de bataille et venait d'être blessé au visage quand Balian arriva comme la foudre, saisit son cheval par la bride et l'entraîna à sa suite sur un chemin qui menait à Nazareth.

Quand il fut certain d'être hors de danger, le sire d'Ibelin s'arrêta. Il y avait là une fontaine et il fallait laver le visage de Thibaut, couvert de sang : la pointe de la flèche avait été heureusement déviée par le nasal du heaume et la blessure qui avait un peu étourdi le chevalier n'était pas très profonde.

– Vous en serez quitte pour une balafre ! remarqua Balian en achevant d'étancher le sang avec un morceau du keffieh blanc et rouge qui protégeait son heaume de la chaleur du soleil.

– Pourquoi m'avez-vous sauvé ? Je vous en suis très reconnaissant sans aucun doute mais...

– ... mais vous n'en êtes pas vraiment ravi ? Tant pis ! Quant à connaître la raison de mon geste, je vais vous la dire : c'est par pure curiosité !

– Par curiosité ?

– Eh oui ! Je voudrais savoir ce qui vous a pris de vous faire Templier. Est-ce le chagrin causé par la mort du roi ? Je sais combien vous l'aimiez, mais, mon ami, la mort a été pour lui une délivrance...

– Je ne l'ignore pas, aussi n'est-ce pas la raison. Je ne suis entré au Temple ni parce que Dieu m'appelait ni par désespoir. Simplement pour sauver une vie dont, vous le voyez, je ne fais cependant plus grand cas. Sire Adam Pellicorne m'est venu chercher tandis que je pleurais au tombeau de mon maître bien-aimé !

Et Thibaut raconta comment les choses s'étaient passées, comment l'entourage immédiat de Baudouin s'était trouvé tout à coup menacé, sans oublier l'affaire de la maladrerie.

– C'était donc cela ! Dame Isabelle, qui est en ce moment chez nous à Naplouse, s'est beaucoup souciée d'Ariane quand le roi est mort. Mon épouse aussi, car elles étaient attachées à cette jeune fille.

Balian avait jeté presque négligemment le nom d'Isabelle pour voir s'il susciterait une réaction quelconque et, en effet, les yeux gris se chargèrent de nuages et se détournèrent, mais Thibaut ne fit aucun commentaire ; alors, décidé à le pousser dans ses retranchements, le baron reprit :

– A propos de dame Isabelle, avez-vous ouï de sa maladie ? C'est pour cette raison qu'elle n'a pas regagné le Krak. Et nous sommes inquiets.

– C'est donc si grave ?

L'angoisse qui enrouait la voix du jeune homme était plus que révélatrice. Balian savait maintenant à quoi s'en tenir :

– Oui et non. C'est l'âme qui souffre en elle et le corps suit bien naturellement. Il faut comprendre qu'être née fille de roi et se savoir unie à un pleutre est une étrange rencontre.

– Vous me rassurez : c'est son orgueil qui souffre et le temps l'apaisera. Dame Isabelle a tant d'amour pour son époux qu'elle finira par lui pardonner. Et puis le pays de Moab est loin et le Krak imprenable, sauf par trahison. On doit pouvoir y vivre sans rien entendre des bruits du monde.

Balian ne put s'empêcher de rire :

– C'est une thébaïde que vous décrivez là, mon ami, et je n'ai jamais eu l'impression qu'un château où règne le sire de Châtillon pouvait en être une. Quant à ce grand amour, je ne suis pas certain qu'il soit encore si vif. C'est du moins ce que pense ma belle épouse.

Thibaut releva la tête et planta son regard dans celui de son compagnon :

– Qu'essayez-vous de me faire entendre, sire Balian ?

– Que vous avez eu grand tort de vous faire Templier, mais que les voies du Seigneur sont impénétrables. Cela dit, les chevaux ont bu. Il faut gagner Tibériade au plus vite : le comte Raymond doit être avisé de ce qui vient de se passer.

Cependant, il le savait déjà. Quand les deux hommes arrivèrent chez lui, ils le trouvèrent sur la plus haute tour, à l'endroit même d'où Baudouin jadis avait regardé avec si grande douleur brûler le Gué-de-Jacob, et un instant Thibaut eut l'impression que l'histoire recommençait car Raymond de Tripoli avait, lui aussi, des larmes dans les yeux. Cependant, ce n'était pas une forteresse qu'il regardait brûler mais bien, dans la plaine, les cavaliers mamelouks galopant vers leur camp au bord du Jourdain en brandissant leurs lances dont plusieurs supportaient des têtes de Templiers...

– Et tout cela par ma faute ! murmura-t-il avec désespoir. Mais comment aurais-je pu imaginer qu'un parti de chevaliers viendrait s'interposer ?

– Ce n'était pas un parti de Templiers, mais l'ambassade que le roi Guy vous envoyait pour vous prier de venir faire votre paix avec lui. J'en étais avec Renaud de Sidon et le Maître des Hospitaliers, et aussi le Maître des Templiers, chacun avec dix chevaliers. Comment aurions-nous pu penser que vous auriez donné permission à des gens de Saladin de faire une incursion « paisible » en Galilée ? J'ajoute qu'étant trop peu nombreux pour attaquer, nous délibérions sur ce qu'il convenait de faire, mais Gérard de Ridefort s'est enflammé, a fait venir cinquante chevaliers du casal de Kakoun avec le maréchal du Temple et nous a en quelque sorte obligés à attaquer. A cent cinquante contre des milliers !

Blême jusqu'aux lèvres, Raymond de Tripoli demanda :
– Et que reste-t-il ?
– Pour ce que j'en sais, et à l'exception de Ridefort qui s'est enfui comme le lui avait prédit Jacques de Mailly, nous sommes frère Thibaut et moi-même tout ce qui reste. Les autres sont morts... bellement ! Mais enfin, mon ami, que signifiait cette soudaine invasion dont vous prétendez qu'elle devait rester inoffensive ? Avez-vous été débordé ou bien...

Balian d'Ibelin n'acheva pas car il savait que Raymond comprendrait. De même, il était sans doute le seul à pouvoir se permettre de poser au fier comte cette question à la limite du défi en vertu des liens qui unissaient leurs deux familles depuis que l'un des fils de la comtesse de Tripoli, princesse de Tibériade, avait épousé son unique sœur Ermengarde. En effet, Raymond acheva :

– ... ou bien avez-vous trahi le royaume ?
– Non. Il n'y a pas si longtemps – tout juste avant que Saladin n'apparaisse – nous vivions en paix avec nos voisins musulmans... J'ai voulu démontrer que c'était encore possible.

– En paix ? Toute relative alors. Nur ed-Din n'était pas vraiment notre ami et moins encore son père, le farouche Zengi ! Quoi qu'il en soit, il est temps pour vous de prendre un parti... définitif : revenez-vous avec nous à Jérusalem ? Même si la légation est réduite à deux personnages, elle existe et j'en suis toujours le chef !

– Je vais vous suivre. Mais, auparavant, frère Balian, accepterez-vous encore mon hospitalité ?

– Pourquoi pas ? Nous avons l'un et l'autre besoin d'un peu de repos... et d'un bain !
– Vous les aurez... et plus encore !

Pendant que Balian d'Ibelin et ses compagnons défendaient leur vie contre les mamelouks les armes à la main, à Naplouse, Marie s'efforçait de défendre sa fille contre les prières quotidiennes de son époux. Arrivé dans la ville depuis peu, Onfroi de Toron assiégeait le petit palais de ses larmes et de ses supplications, que remplaçaient parfois des accès de colère. A tout, elle répondait qu'Isabelle était trop souffrante pour affronter l'Outre-Jourdain dans la chaleur de mai. Et quand il implorait qu'on lui permît au moins de la voir, elle demandait au damoiseau désolé s'il avait tellement hâte d'entendre de la bouche de sa bien-aimée ce qu'elle pensait de lui. Mais il ne voulait rien écouter et tout était à recommencer le lendemain matin...

Marie savait bien qu'Onfroi avait le droit pour lui, que, selon toute vraisemblance, il camperait devant sa porte jusqu'à ce qu'on lui rende son épouse, mais son angoisse était grande à la pensée de renvoyer sa fille dans ce nid de vautours, exposée à la méchanceté de sa belle-mère et à la lubricité de Châtillon. Isabelle, en effet, ne lui avait pas caché que celui-ci la poursuivait de son désir et qu'Onfroi n'était pas de taille à la protéger. Alors elle temporisait, elle attendait surtout le retour de Balian : il était maître et seigneur à Naplouse, et nul ne devait entrer ou sortir sans sa permission... C'est du moins ce qu'elle fit entendre à l'époux éploré.

Ce fut d'ailleurs celui-ci que Balian rencontra en premier quand il revint de Jérusalem après avoir mené jusqu'au bout sa difficile ambassade. Onfroi fut très mal reçu. L'époux de Marie Comnène était las d'avoir tant palabré et sombre, aussi, comme les jours qui s'annonçaient.

— On vous rendra votre femme dès qu'elle sera guérie, mais vous feriez mieux de la laisser ici car il ne saurait être question de la ramener au Krak de Moab.

— Et pourquoi pas ? C'est mon château, après tout, la demeure de mes pères, et nous y avons toujours vécu des jours enchantés dans la douceur...

— Réveillez-vous, jeune blanc-bec ! gronda Balian. Que venez-vous me parler de douceur quand nous sommes déjà en guerre ? Il va falloir vous battre, entendez-vous ? Vous battre ! Remplacer les velours et les samits que vous aimez tant par le haubert de mailles, le heaume et la cotte d'armes, et vos jolis poèmes par l'épée et la hache. Vous avez été adoubé, je suppose ?

— Naturellement ! Messire Renaud s'en est chargé en personne !

— Il pensait sans doute faire de vous ce que vous n'êtes pas et ne serez jamais... à moins d'un miracle ! Cela dit, vous avez une demeure à Jérusalem ?

— Magnifique... encore qu'un peu petite et...

Mais Balian était apparemment décidé à ne pas le laisser achever ses phrases :

— Alors c'est là que vous devrez emmener votre épouse si elle consent à vous suivre afin qu'elle y soit en sûreté. Car, sachez-le, la guerre qui va se déchaîner sera pire que tout ce que nous avons connu...

Ayant dit, Balian partit rejoindre sa femme. Il la trouva au jardin de palmes, Isabelle avec elle. Assises sur un banc au pied d'un tronc écailleux, environnées par les flèches de soleil qui perçaient à travers le feuillage, elles lui parurent plus charmantes que jamais, plus fragiles aussi, et son cœur se serra à la pensée de les abandonner bientôt pour courir vers le destin qui était celui-là même du royaume. Debout devant elles, Ernoul de Gibelet, naguère son écuyer mais qu'il avait préféré cantonner dans le rôle de chroniqueur après une sévère blessure car il s'était aperçu de son talent, leur lisait quelque chose.

Avec une exclamation joyeuse, le jeune homme vint vers son maître pour le saluer mais Marie s'était déjà élancée vers son époux qu'elle embrassa fougueusement. Seule Isabelle ne bougea pas, bien qu'elle aimât beaucoup son beau-père. Elle était encore pâle et, surtout, plus triste encore qu'au moment de son départ. Balian vint à elle après avoir prié Marie de les laisser seuls un instant. Il s'assit sur le banc de marbre et prit dans les siennes une des petites mains.

– Vous allez mieux, il me semble, ma chère fille. Je suis heureux de vous voir debout...

– Je me sens plus forte, en effet, mais pas au point de retourner là-bas !

Il était facile de deviner ce qu'elle entendait par « là-bas. »

– Je ne crois pas que vous y retourniez avant longtemps. C'est ce que je viens de faire comprendre à messire Onfroi qui vous réclame à grands cris, comme vous le savez sans doute... et qui d'ailleurs va devoir vous quitter.

– Me quitter ? Il n'y semble guère disposé !

– Il le faudra bien s'il ne veut pas être à jamais honni par ses pairs car nous allons combattre avant peu. Il sait qu'il devra vous conduire à Jérusalem s'il n'accepte pas de vous laisser ici.

Au nom de la capitale, la jeune femme parut revivre tout à coup :

– A Jérusalem ? Oh, je crois que j'aimerais y aller ! Il serait peut-être possible alors d'y avoir des nouvelles de gens que j'aimais bien. Ma chère suivante Ariane, par exemple, qui m'a quittée parce qu'elle n'admettait pas la peine que je faisais à mon frère en voulant épouser sire Onfroi...

— Et aussi à quelqu'un d'autre, n'est-ce pas ? Quelqu'un dont vous aimeriez savoir au moins s'il est vivant ou mort ?

L'émotion colora en pourpre le délicat visage ivoirin, mais le regard d'Isabelle n'essaya pas de fuir celui de Balian. Au contraire, elle y plongea le sien bien droit et ce fut d'une voix ferme qu'elle déclara :

— Fille de roi ne se sert pas de détours tortueux et je n'ai pas de honte à avouer que le sort de sire Thibaut de Courtenay me soucie, car personne n'a su me dire ce qu'il est advenu de lui...

— Moi je le peux car nous avons combattu côte à côte ces jours derniers et à un contre cent !

— Mon Dieu ! Il n'est pas...

— Non. Il vit et je l'ai même ramené la semaine passée à la maison chevetaine.

— La maison chevetaine ? murmura Isabelle dont les joues perdaient de nouveau leur couleur.

— Oui, ma fille ! C'est sous le manteau blanc des chevaliers du Temple que je l'ai retrouvé. Un ami l'a conduit à s'y réfugier parce que c'était le seul moyen d'échapper à ses ennemis que sont le Patriarche et le sénéchal !

— Son père ? Son propre père voulait sa mort ?

— Le nom de père n'a jamais rien signifié pour Jocelin de Courtenay. Pour lui, son fils unique n'est que le « bâtard » et, même avec toutes les raisons d'en être fier, il le préférerait de beaucoup à six pieds sous terre que sous la lumière du soleil. Quant à Thibaut lui-même, je ne suis pas certain que la vocation monacale, même bellement armée, lui soit venue...

— Cela ne nous regarde pas, coupa Isabelle avec

dans la voix des larmes qu'elle s'efforçait de retenir. Il est Templier, cela dit tout !

Le lendemain, la jeune femme permettait à Onfroi de Toron délirant de joie de la ramener à Jérusalem. Au moins pourrait-elle apercevoir de la terrasse au-dessus de la rue du Mont-Sion la grande croix d'or sur l'église du Temple. Même si Dieu et Notre-Dame se dressaient entre Thibaut et elle, qu'il soit vivant était déjà une belle chose...

CHAPITRE X

LA COURSE A L'ABIME...

— *Requiem aeternam dona eis Domine.*
— *Et lux perpetuat luceat eis...*

Dans l'église du Temple, versets et répons de la prière des morts alternaient, portés par les voix graves des chevaliers alourdies du chagrin véritable que tous éprouvaient. Cette messe était dite pour le repos de l'âme de ceux qui étaient tombés bellement à Cresson, les bons compagnons que l'on ne reverrait plus, spécialement celui que tous aimaient comme le plus pur et le plus vaillant, frère Jacques de Mailly. Mais, dans les rangs éclaircis, les regards évitaient de se poser sur le Maître dont le bruit courait qu'il s'était enfui dès qu'il avait eu conscience d'avoir entraîné les siens, ceux de l'Hôpital et d'autres encore, dans une aventure insensée. Il était normal chez les gens du Temple de se battre à un contre deux ou même trois ; c'était la loi car, en toutes choses, ils devaient être les meilleurs, mais à un contre cent il fallait être fou pour chercher pareil combat inégal, et le Maître devait toujours raison garder et se montrer, lui au moins, ménager du sang de ses hommes. Or cela n'avait pas été le cas. Nombreux étaient ceux qui maintenant regrettaient d'avoir élu au poste suprême ce va-t-en-guerre insensé et brutal plutôt que le sage et noble Gilbert Erail renvoyé aussitôt en Occident ; mais les plus bouillants d'entre eux étaient impatients sous la maîtrise du vieil Arnaud de Torroge : ceux qui avaient été les plus proches de l'irascible Odon de Saint-Amand. Ils avaient tant fait au moment de l'élection que Ridefort, alors sénéchal et habile dans ses discours, l'avait emporté. A présent, les regrets étaient quasi unanimes et l'atmosphère de la maison chevetaine s'en ressentait : certains devaient se contraindre pour marquer le respect obligatoire à ce Maître que l'on savait indigne. Un seul échappait curieusement à l'abattement général : frère Adam Pellicorne, son œil bleu fixé sur la grande croix de l'autel chantait son *De profundis* avec autant de force et d'entrain que s'il s'agissait d'un *Te Deum*. Ce qui d'ailleurs ne choqua personne, frère Adam étant unanimement apprécié pour sa belle humeur et son inépuisable serviabilité.

Le service achevé, alors que les Templiers se séparaient pour vaquer à leurs diverses tâches et que la majorité se rendait aux écuries pour les soins quotidiens aux chevaux, Thibaut rejoignit son ami que, depuis son retour, il n'avait pas pu aborder en privé.

— On dirait que vous assistez à des noces et non à une pompe funèbre. Qu'est-ce qui vous rend si joyeux ? Vous n'aimiez pas frère Jacques ?

— Bien sûr que si, mais j'ai en effet une excellente raison d'être heureux : je crois que j'ai trouvé !

— Les... les Tables ?

— Chut ! Je n'en suis pas encore certain, mais j'ai découvert un passage dont personne n'a jamais soupçonné l'existence et quelque chose me dit que c'est le bon.

Tout en examinant son cheval sous toutes les coutures pour s'assurer de sa bonne santé – les Templiers avaient tous la réputation d'être d'assez bons vétérinaires –, Adam raconta ce qu'il avait découvert et comment il avait employé ses nuits.

– Comment avez-vous fait ? coupa Thibaut. Vous étiez malade. Vous aviez même la fièvre...

– Oh, vous savez, la fièvre cela se suscite facilement à l'aide de certaines plantes. Et je suis très fort en herboristerie.

– Très fort aussi en dissimulation, à ce que l'on dirait ? Je n'ai pas gardé un bon souvenir de notre dernier retour d'expédition...

– Je sais, et je vous en demande excuse, mais j'ai glissé un peu... volontairement dans l'escalier quand j'ai su qu'une partie d'entre nous devait former la délégation auprès du comte de Tripoli. Il fallait profiter des effectifs réduits et surtout de l'absence du Maître. Depuis quelque temps, j'avais l'impression qu'il me surveillait.

– Et vous vous êtes servi de moi ? Merci beaucoup de votre confiance !

– Ce n'est pas cela, mais vous êtes encore jeune et il était nécessaire de faire vrai. A présent, vous écoutez mon histoire ou vous me tournez le dos ?

– Je grille de curiosité, vous le savez bien...

La chance, en réalité, avait servi Adam. Il se souvenait parfaitement que la cellule occupée jadis par frère Gondemare était l'une des plus proches de l'infirmerie, ce qui était normal étant donné son grand âge. Or elle était à présent celle de Jacques de Mailly, donc inoccupée depuis plusieurs jours avant le départ de l'ambassade, le maréchal étant parti pour une inspection au casal de Kakoun. Le Maître et ses dix chevaliers en allés, Adam s'y était glissé la nuit suivante, certain de n'être pas dérangé : les deux cellules étaient vides et le frère infirmier qui logeait de l'autre côté jouissait d'un sommeil encore conforté par le fait qu'il était dur d'oreille.

— Mais enfin, coupa Thibaut, pourquoi vouliez-vous être dans cette chambre ?

— En vérité, je n'en sais rien mais depuis quelque temps j'avais l'impression d'y être appelé, attiré par une sorte de prémonition... à moins que l'esprit de frère Gondemare me l'ait soufflé. J'en suis venu à croire, par la suite, que telle était la vérité.

— Avez-vous entendu sa voix ? demanda Thibaut, impressionné malgré lui par le ton un peu solennel de son ami.

— Laissez-moi dire, vous jugerez ensuite. Si grands qu'eussent été ceux qui ont occupé cette petite chambre, elle n'en est pas moins semblable à toutes les autres : aucun objet, aucune marque ne trahit la personnalité de celui qui l'occupe, puisque devant la règle nous sommes tous semblables et ne possédons rien. Mais, dans cette cellule, je me suis senti tout à coup merveilleusement bien quand je me suis étendu sur la couche. Dans ce bonheur qui me baignait, j'ai fermé les yeux en invoquant l'esprit de frère Gondemare. Et c'est alors que j'ai entendu...

— Vous avez cru entendre, plutôt. Vous rêviez sans doute.

— Alors c'est qu'il y a des rêves plus vrais que la réalité. Pas un instant je n'ai eu l'impression de perdre conscience. Je me sentais comme l'élève avide de recevoir l'instruction du maître, l'esprit extraordinairement vif et dispos.

En regardant son ami, Thibaut pensa qu'il n'avait rien, en effet, de l'ascète miné par privations et mortifications et dont la chair défaillante peine à retenir l'âme. Il était solide, bâti comme un arbre et aussi peu tourné que possible vers le merveilleux.

— Continuez ! dit-il seulement.
— Eh bien, il m'a dit... oh, ses paroles sont gravées dans ma mémoire en lettres de feu ! Il m'a dit : « Sous la roche du sacrifice est le puits des âmes où, selon Muhammad, se rassemblent dans l'attente du Jugement les âmes des vrais croyants. L'accès en a été fermé il y a très longtemps. Moins cependant que celui du chemin qui mène à la Loi. Celui-là, c'est la main de Dieu qui l'a clos quand, à l'appel du Grand Prêtre, la terre a frémi pour que les pierres sacrées ne soient pas souillées dans l'étui d'or qui les enferme. Cherche le puits des âmes ! Au sud, derrière les roches, est le chemin que mes faibles mains ne pouvaient espérer ouvrir... »

La voix d'Adam avait pris une telle intonation que Thibaut, un peu effrayé, crut entendre celle du Templier défunt et en éprouva une sorte de malaise. Chrétien fervent, fidèle et respectueux des lois de l'Eglise, en outre habitué à regarder les réalités en face, il se méfiait d'instinct de tout ce qui touchait à l'étrange, à l'incompréhensible et, bien entendu, à l'au-delà. Certes, il croyait à la vie éternelle. Certes, il croyait aux miracles, aux possibles apparitions des saints ou autres êtres de lumière, mais les fantômes, il n'aimait pas du tout. Et justement ce qu'il venait d'entendre, retransmis par une voix curieusement étouffée, alourdie, lui semblait inquiétant.

— Vous êtes vraiment sûr d'avoir bien entendu, émit-il enfin, et surtout de n'avoir pas rêvé ?
— J'ai si peu rêvé qu'hier je suis allé visiter l'ancienne mosquée dont nous avons fait une chapelle et j'ai remarqué dans le sol une différence qui pourrait bien cacher une entrée d'escalier. J'y suis retourné dans la nuit avec un fossoir emprunté au frère jardinier et j'ai trouvé l'escalier. Vous voyez, ce que vous appelez un rêve ne m'a pas troublé.

– Et vous avez descendu cet escalier ?

– Non. L'heure de matines approchait et je ne voulais pas risquer d'être surpris. Mais j'y retourne cette nuit.

– Alors je viens aussi, décida Thibaut, emporté par l'excitation de la découverte et toute méfiance envolée.

Quelques heures plus tard, le couvent endormi, Adam et Thibaut, après avoir louvoyé autant que possible à l'ombre des bâtiments – il n'y avait pas de lune mais, aux approches de l'été surtout, les nuits constellées d'étoiles sont claires ! –, escaladaient l'un des quatre escaliers menant à la terrasse sur laquelle était édifié l'oratoire octogonal, coiffé d'une admirable coupole, bâti par le deuxième calife et dont les chrétiens avaient fait une chapelle dédiée aux anges. Qui ne servait plus d'ailleurs et que Thibaut n'avait jamais visitée. Il n'en fut pas moins impressionné par la noblesse et la beauté du lieu quand Adam eut ouvert l'une des quatre portes aux porches soutenus par des colonnes de marbre précieux, correspondant aux points cardinaux. En bon Hiérosolymitain, il connaissait depuis toujours ce chef-d'œuvre de l'art omeyade – d'assez loin puisque appartenant à l'enclos du Temple il ne l'avait jamais approché et moins encore visité. La conversion de l'ancienne mosquée aux rites chrétiens ne lui avait jamais paru très crédible tant elle avait l'air d'appartenir toujours à l'islam. L'intérieur, lui, avait quelque chose de magique avec son double déambulatoire aux élégantes colonnes tournant autour d'un simple rocher, mais qui représentait un des hauts lieux de deux religions : pour les juifs, c'était là que la main du Seigneur avait arrêté le bras d'Abraham prêt à immoler son fils ; pour les musulmans, c'était de cette roche que Muhammad avait pris le départ vers le ciel sur le cheval ailé Al-Borak. Les chrétiens, eux, devaient se contenter d'un détail : au moment où le Prophète s'envolait, le rocher avait voulu le suivre, mais Gabriel, l'ange de l'Annonciation, l'en avait empêché en posant dessus sa main dont la pierre conservait la trace. Pour arranger les choses, les croisés avaient installé un autel sur ce rocher trois fois saint. En fait, c'était bien le témoin le plus évident de l'imbrication des traditions religieuses diverses mais voisines que conservait la Palestine.

Les yeux vite accoutumés à l'obscurité intérieure, Thibaut se laissa aller à admirer le superbe décor de mosaïques bleues et or, ce qui ne fit pas l'affaire d'Adam qui avait déjà repéré une certaine dalle de marbre et s'occupait de la soulever.

– Si vous m'aidiez ? grogna-t-il. Vous aurez tout le temps de revenir contempler au jour. La porte n'est jamais fermée. Oh, que c'est lourd !

A l'aide du fossoir et d'une barre de fer, les deux hommes réussirent à faire glisser la dalle qui recouvrait en effet des marches s'enfonçant dans le sol. Adam s'était muni d'une torche et d'une lampe à huile. Il alluma l'une à l'autre et s'enfonça dans les entrailles de ce qui avait été le grand temple d'Hérode. Ils se retrouvèrent bientôt dans une grotte profonde et étroite dont la voûte, chose étrange, était percée d'une sorte de cheminée. Thibaut n'eut pas le temps de poser la question : très renseigné apparemment, le Picard apportait la réponse :

– Au temps des Juifs, se trouvait au-dessus l'autel des holocaustes : ce trou servait à évacuer les cendres. Il correspond comme vous pouvez le voir à cet autre trou dans le sol. En tout cas c'est ici, paraît-il, le puits des âmes et un souterrain caché doit y aboutir.

– La voix de votre rêve n'a-t-elle pas mentionné une sorte de tremblement de terre que Dieu aurait suscité pour cacher l'accès ?

— Je n'ai pas rêvé ! protesta Adam sèchement. Mais vous avez raison, il a dit : « la terre a frémi ». En ce cas, ce devrait être par là, dit-il en désignant la paroi sud où le roc fissuré semblait, en effet, avoir été secoué par une main géante. Je ne vois comment, à nous deux, nous pourrions parvenir à percer ce chaos, ajouta-t-il avec un brusque découragement.

Il se laissa tomber par terre pour considérer ce qui avait bien l'air de marquer la fin de sa quête.

— Pourquoi ne pas demander l'aide des frères ? proposa Thibaut. Après tout la mission dont vous êtes investi regarde le Temple tout entier et il n'a jamais été dit, je pense, que vous deviez soulever des montagnes dans le plus grand secret.

Le reflet de la torche alluma un éclair de colère dans les yeux bleus du Picard :

— Faire appel à Ridefort ? Vous êtes fou, je pense ? Les Tables sacrées ne doivent pas tomber dans des mains indignes ! Jamais le Temple n'a eu Maître plus mauvais.

— C'est vrai. Il y a peut-être une autre solution : ce souterrain — s'il existe — devrait aller droit au sud, c'est-à-dire vers la maison chevetaine. En mesurant les marches de l'escalier, on devrait connaître la profondeur où il court...

— Vous n'oubliez qu'une chose. Nous ne sommes certainement pas très en dessous de l'esplanade.

— Mais peut-être y a-t-il encore un escalier derrière ce tas de roches ? Cela m'étonnerait que les vraies Tables n'eussent pas été enterrées au moins aussi profondément que l'Arche.

— Sans aucun doute. Mais nous n'en sommes pas plus avancés. S'il y avait un autre chemin, frère Gondemare me l'aurait indiqué, il me semble. Il a seulement dit : « Là est le chemin que mes faibles mains ne pouvaient espérer ouvrir. » Les nôtres ne sont pas beaucoup plus puissantes, maugréa le Picard. Il nous faudrait des hommes, des outils...

– Et pourquoi pas un nouveau tremblement de terre ? fit Thibaut, touché par la déception de son ami. Homme de peu de foi ! Est-ce à moi l'incrédule de vous faire remarquer un détail qui devrait avoir son importance à vos yeux ?

– Lequel ?

– Si l'âme du vieil homme a pris la peine de se déranger pour vous, c'est parce que le problème doit avoir une solution. Sinon il aurait aussi bien pu vous dire : les Tables sont désormais sous un amoncellement de terre et de roches impossibles à déblayer. Il est donc inutile de continuer à essayer de les atteindre. Au lieu de cela...

– C'est par Dieu vrai ! Il faut chercher, réfléchir...

Adam s'assit sur les dernières marches de l'escalier pour tenter de mettre de l'ordre dans ses pensées occultées par le découragement. Pendant ce temps Thibaut, la torche à la main, faisait lentement le tour de la grotte. Il arriva ainsi au trou d'évacuation des cendres d'holocauste. Pour les recevoir, une fosse avait été aménagée, puis comblée, et les dernières jetées là formaient un monticule grisâtre au milieu duquel se voyaient encore de menus fragments d'os pas entièrement calcinés. Machinalement, il se pencha et remua du bout d'un doigt cette poussière où la flamme de son brandon venait d'allumer un éclat... Et soudain, il sut que ce qu'il croyait impossible pouvait se réaliser. Il sut quel était ce puits, celui-là même que Saladin, mi-sceptique mi-sérieux, lui avait ordonné de chercher, parce qu'il venait de tirer des cendres plusieurs fois centenaires cette chose poussiéreuse qu'il était en train d'essuyer à sa robe : un anneau taillé dans une émeraude, dont le chaton portait une inscription en arabe. Le choc fit plier ses jambes et il se retrouva assis, manquant de peu de brûler sa barbe naissante au feu de la torche.

– Adam ! fit-il d'une voix étranglée. Je crois que je viens de trouver le Sceau de Muhammad !

– Que dites-vous ?

Pellicorne s'était levé pour venir s'accroupir près de lui et considérait avec stupeur le joyau qui, sous les doigts de Thibaut, reprenait peu à peu sa belle couleur d'un vert à la fois profond et transparent.

– Je ne l'aurais jamais cru possible, exhala le jeune homme. Quand Saladin m'a dit de le chercher, j'étais sûr qu'il se moquait de moi. Si bien même que je n'y pensais plus ! Tant de choses sont advenues depuis. Et voilà que je tiens dans mes mains le Sceau du Prophète, celui que devrait porter le calife de Bagdad, seul et unique Commandeur de tous les croyants !

Adam avait pris la bague et l'examinait avec une curiosité passionnée.

– Saladin vous en a parlé ? Pourquoi ne m'avez-vous jamais rien dit ?

– Quand je suis rentré à Jérusalem, vous aviez disparu et un long temps s'est écoulé avant que nous nous retrouvions. J'avoue que j'avais fini par oublier cette histoire... à laquelle d'ailleurs je ne croyais pas vraiment.

– Eh bien, c'est le moment ou jamais de me la raconter. Nous ne serons jamais plus tranquilles qu'en cet instant.

Après un temps de réflexion pour rappeler autant que possible à sa mémoire les paroles mêmes du sultan, Thibaut entreprit de retracer son dernier entretien avec lui.

Quand il eut fini, Adam dit après un silence, tout en retournant l'étrange joyau entre ses doigts :

– Vous rendez-vous compte que vous avez là, au cas où l'idée vous viendrait d'embrasser l'islam, le moyen de devenir calife ? Car celui qui possède le Sceau est forcément l'élu d'Allah. N'importe quel musulman ne peut que se prosterner devant lui.

– Eh bien, vous en savez des choses ! Mais moi qui ne suis pas aussi savant, je dis seulement que nous avons là le moyen de sauver le royaume, car à présent je crois à la parole de Saladin. Contre cet Anneau, il accordera tout ce qu'on lui demandera ! Il faut...

Le son d'une cloche, à la fois proche et distant, lui coupa la parole :

– Matines ? Déjà ? Avons-nous tant dépensé de temps ?

– C'est possible. En tout cas il faut rentrer... en risquant fort d'être pris !

– Peut-être pas ! Le mieux est d'aller tout droit à l'église. Avec un peu de chance, nous y serons avant les autres.

– Sans le manteau blanc ? Nous serons punis...

Tout en rajustant la dalle à sa place et en dissimulant les outils dans un coin sombre, Adam réfléchissait.

– Alors on repasse par la maison prendre les manteaux. Nous arriverons bons derniers... Oh, il se passe quelque chose ! Ce n'est pas matines, ça !

En effet, il ne s'agissait pas du tintement paisible, presque discret, de l'office nocturne, mais d'un carillon qui peu à peu devenait frénétique et rappelait tous les Templiers qui pouvaient être en ville pour une raison ou pour une autre. Ce n'était pas tout à fait le tocsin, mais y ressemblait. Et ce ne fut pas à la chapelle que se rassemblèrent les moines-soldats, mais bien à la salle capitulaire où les attendait Gérard de Ridefort. Quand tous furent là, le Maître se leva de sa chaire, tenant en main l'abacuc, son bâton de commandement. A tous ces regards interrogateurs qui convergeaient vers lui, il répondit par un sourire fielleux :

— Beaux frères, s'écria-t-il, nous allons combattre pour la gloire de Dieu et l'honneur du Temple. Saladin, le chien aidé par son ami Raymond de Tripoli, est en train d'envahir la Galilée, mais nous allons lui barrer le passage bellement ! Combattre à l'avant-garde et protéger la Très Sainte Croix, tels sont les privilèges de l'Ordre et je compte sur vous pour vous en souvenir. Nous allons à présent ouïr messe pour demander à Dieu de nous donner vaillance et cœur à l'ouvrage. Ensuite, vous vous préparerez au départ. Il aura lieu dans deux heures. Ne resteront ici que les frères trop âgés ou malades. Comme de coutume, les fontaines de Séphorie seront le rendez-vous de l'ost. Beaux frères, notre devise est : *Non nobis, Domine, non nobis sed nomini tuo da gloriam* [1]. Vous devez toujours l'avoir en esprit ! Et à présent allons prier !

— C'est lui, tout premier, qui devrait l'avoir en esprit ! chuchota Adam tandis que, deux par deux, les Templiers se rendaient à la chapelle pour une dernière prière.

Un moment plus tard, en effet, les Templiers sous les armes et en bon ordre quittaient la maison chevetaine avec leurs écuyers, les sergents, les turcopoles et tout leur matériel de campement, laissant le couvent à peu près vide. En tête, le nouveau maréchal, Jean de Courtrai, formait, avec dix chevaliers, la garde du gonfanon Baucent, mi-partie noir et blanc, auquel devait se rallier dans la bataille tout combattant en difficulté. Il

---

1. « Pas pour nous, Seigneur, pas pour nous mais pour Ton nom, donne la gloire. »

allait assurer le commandement des Templiers en campagne. Le Maître, lui, avec une autre escorte de dix chevaliers, s'était rendu au Saint-Sépulcre pour servir de garde à la Vraie Croix qui devait marcher devant le roi Guy, ses barons et ses troupes.

L'heure était matinale et les coqs se répondaient un peu partout dans la campagne, mais toute la ville était dehors, sur les terrasses et dans les rues. Une ville singulièrement silencieuse, consciente de la gravité de l'heure. Tous savaient que Saladin s'était donné pour but de reprendre la Cité sainte et qu'entre sa fureur et eux n'existait guère que ce mur d'acier en mouvement sous le frissonnement des bannières dans l'air encore frais du matin mais qui s'échaufferait vite car on était en juillet. Pas un cri. Pas un appel. Pas une parole. Parfois un sanglot. Jérusalem, oppressée, semblait avoir peine à respirer et priait, s'agenouillant par vagues successives sur le passage de la haute croix d'or et de pierres précieuses contenant le bois de supplice du Christ. C'était l'évêque d'Acre qui portait l'insigne relique. Pourtant, dans une aussi dramatique situation, le Patriarche aurait dû s'en charger et le roi, d'ailleurs, l'en avait prié, mais, comme par hasard, Héraclius s'était déclaré malade. Certes, il avait fait l'effort de venir donner sa bénédiction, mais soutenu dévotieusement par deux clercs qui étayaient ses bras. Il est vrai qu'il n'avait pas bonne mine : son foie devait bien y être pour quelque chose, étant donné les quantités de vin qu'il engloutissait chaque jour. Il est vrai aussi que l'évêque d'Acre était son fils naturel. Personne d'ailleurs n'était dupe. Pas même Guy dont la finesse d'esprit n'était pas la qualité dominante. En revanche, quel beau roi il faisait !

Tête nue sous le premier rayon du soleil qui jouait dans ses cheveux d'or, il portait avec aisance ses armes magnifiques grâce à un corps mince et bien musclé, souriant à belles dents blanches aux femmes admiratives qui le regardaient passer en lui envoyant parfois un baiser ou une fleur, pensant que la reine Sibylle avait eu raison de se choisir un aussi bel époux. L'une d'elles murmura :

– Il ressemble à ce qu'était jadis notre Baudouin...

– Mais le bleu de ses yeux est trop doux et il n'a pas sa vaillance ! Loin de là !

Ce n'était pas un lâche pourtant, et il savait manier l'épée, la lance ou la hache d'armes ; mais, si un combat contre ses pareils ne l'eût pas effrayé – il était même capable d'éclairs de bravoure ! –, il avait une peur bleue de Saladin et de ses mamelouks. Aussi une fois franchies les portes de sa ville, son sourire disparut et, pour tenter d'effacer l'angoisse qui lui venait, il tint son regard fixé sur la croix, mettant en elle son espoir de sortir vivant de la terrible aventure où il s'engageait. Un peu en retrait, impassible et grave, chevauchait son frère Amaury, le connétable.

Cependant, en se dirigeant vers la porte Saint-Etienne, la colonne des Templiers passa devant l'hôtel de Toron encore ouvert après le départ du jeune Onfroi qui avait bien été obligé de rejoindre l'entourage royal. Instinctivement alors, Thibaut leva les yeux vers la terrasse et son cœur bondit de joie : Isabelle était là. Toute vêtue de blanc au milieu de ses femmes, un voile sur ses cheveux nattés, elle le regardait et de lourdes larmes glissaient de ses yeux d'azur. C'était l'intensité de ce regard qui avait obligé Thibaut à la chercher. Il aurait tant voulu s'arrêter, aller vers elle, parce que avant même que les doigts de la jeune femme eussent effleuré ses lèvres pour un baiser silencieux, il avait compris que l'amour d'autrefois était revenu, que le mariage avec Onfroi n'avait été qu'un caprice et qu'il était de nouveau maître de ce cœur dont l'abandon lui était encore si douloureux en dépit de ce que lui avait confié Balian d'Ibelin. Mais la moindre pause lui était interdite. Avec un bel ensemble, les chevaux trottaient l'amble et, esclave de la discipline, Thibaut n'avait même pas le droit de se retourner. La belle demeure fut bientôt dépassée...

Aux fontaines de Séphorie, l'ost chrétien se rassembla. Vingt mille hommes ! La plus belle armée réunie depuis les débuts du royaume franc ! Il y avait là Raymond de Tripoli et ses quatre beaux-fils : Hugues, Guillaume, Odon et Raoul ; Balian d'Ibelin, Renaud de Sidon, les Hospitaliers menés par leur sénéchal en l'attente de l'élection d'un nouveau Maître, et Renaud de Châtillon, plus arrogant que jamais, qui ne perdit pas un instant pour faire entendre à l'époux d'Isabelle qu'il avait tout intérêt à se comporter vaillamment dans les jours à venir s'il ne voulait pas se voir arracher les tripes par les mains mêmes de son beau-père.

Le camp était à peine installé qu'une nouvelle inquiétante arriva, portée par un cavalier blessé : Saladin en personne venait de mettre le siège devant le château de Tibériade que défendait seule la princesse Eschive, privée à la fois de son mari et de ses fils.

Aussitôt, le Conseil se rassembla dans la grande tente rouge du roi, aux pieds duquel se jeta Hugues de Tibériade, l'aîné des garçons, suppliant qu'on le laisse aller secourir sa mère. Mais le comte Raymond lui imposa silence et, se tournant vers le roi Guy :

– « Sire, dit-il, Tibériade est à moi. Sa dame est ma femme. Elle est dans la place avec mes gens et mon trésor et nul ne perdrait autant que moi si elle devait disparaître. Mais si les musulmans la prennent, ils ne pourront la conserver. S'ils abattent les murailles, je les reconstruirai. S'ils capturent ma femme et les siens, je paierai leur rançon car j'aime mieux que Tibériade soit abattue plutôt que voir toute la Terre Sainte perdue. Je connais bien le pays. Sur toute la route, il n'existe pas un point d'eau et, si vous marchez en ce moment vers mon domaine à travers les collines arides, vos hommes et vos chevaux seront morts de soif avant même d'être cernés par la multitude de l'armée de Saladin. Nous sommes le 4 juillet. Demain est la Saint-Martin le Bouillant. A la chaleur de cette nuit, songez à ce que sera demain sous un ciel torride[1] ! »

Le Conseil s'émut de ces paroles pleines d'abnégation. Seul, Gérard de Ridefort s'y opposa, accusant ouvertement Raymond de préparer une nouvelle trahison :

– Il sent le poil du loup ! ricana-t-il.

Mais le comte de Tripoli ne lui opposa qu'un haussement d'épaules méprisant. D'ailleurs, les autres barons se rangeaient à un avis aussi sage et, naturellement, le roi approuva : on attendrait l'attaque du sultan auprès des eaux vives de Séphorie. Et le conseil se sépara.

Mais à minuit, le Maître des Templiers revint dans la tente de Guy qu'il trouva seul et laissa parler sa haine :

– « Sire, croyez-vous ce traître et l'avis qu'il a donné ? C'est pour vous honnir qu'il l'a donné, car vous aurez grande honte et grands reproches aussi si vous laissez prendre une cité à six lieues de vous. Et sachez que les Templiers déposeraient leurs blancs manteaux et vendraient tout ce qu'ils ont pour que la honte de ce que les Sarrasins nous ont fait ne soit ven-

---

1. Les parties entre guillemets sont empruntées à la *Chronique d'Ernoul* rapportée par René Grousset.

gée ! Allez et faites crier que l'ost s'arme et suive la Sainte Croix ! »

Et, bien entendu, Guy de Lusignan se rangea à cette dernière voix qui venait de parler...

A peine l'ordre de lever le camp fut-il crié que les barons accoururent pour tenter de le faire rapporter mais l'indigne Maître s'était montré trop persuasif : il maintint sa décision après avoir refusé de s'expliquer. Dans tout le camp, ce fut la confusion. Nombreux étaient ceux que cet ordre insensé stupéfiait, mais tous étaient impuissants car il ne pouvait être question de désobéir au roi. Même Renaud de Châtillon, inquiet en dépit de sa témérité habituelle, ne put se faire entendre...

– Messeigneurs, si Dieu ne nous aide, la journée sera rude. Quant à moi, si ma bonne épée peut abattre ce chien de Saladin, je me sentirai le roi du monde et je mourrai heureux !

Avant les premières lueurs de l'aube, le camp était levé et l'armée prête à se mettre en marche. Une dernière prière au pied de la Vraie Croix, une dernière bénédiction de l'évêque et des chapelains, et la belle machine de guerre s'ébranla. Mais, cette fois, Thibaut n'était plus dans la colonne templière. L'un des chevaliers désignés à la garde de la Croix était mort dans la nuit, piqué par un scorpion, et le maréchal en personne avait choisi Thibaut pour le remplacer :

– Il m'est venu à l'esprit que cet honneur vous était dû, mon frère, lui dit-il, parce que pendant des années vous avez combattu à l'ombre de cette insigne relique au côté du roi Baudouin dont Dieu ait l'âme héroïque. En outre, je trouve bon pour l'honneur du nom qu'un Courtenay soit au plus exposé puisque le sénéchal s'est fait donner la baylie d'Acre d'où il n'a pas jugé bon de sortir.

Il n'y avait rien à ajouter. Seulement s'incliner et

remercier. Thibaut alla se ranger dans le carré des dix chevaliers où une place restait vide... Il se sentait fier et heureux de l'hommage rendu, à propos de lui, à la mémoire de Baudouin, mais tout de même un peu gêné. Etait-il vraiment digne d'être là alors qu'il transgressait la règle du Temple et peut-être offensait le Seigneur en portant sur lui l'Anneau de l'infidèle. Peut-être aurait-il dû le dissimuler quelque part dans sa cellule. Mais, d'un côté, il craignait qu'un événement quelconque l'empêche de le retrouver au retour, et, de l'autre, il lui avait semblé qu'il pouvait être utile au salut du royaume pour faire reculer Saladin au cas où le sort des armes lui serait contraire. A condition, bien entendu, que le sultan accepte de tenir la parole donnée à un prisonnier relâché et qui n'était peut-être qu'une boutade. De toute façon, à toutes fins utiles, il portait le Sceau attaché à son cou par un lien de cuir. Evidemment, s'il avait pu deviner l'honneur qui l'attendait, il eût remis le Sceau à Adam Pellicorne, mais à présent il n'en était plus temps.

Raymond de Tripoli, en tant que seigneur de la région, prit la tête de l'armée avec les quatre fils de sa princesse. Il précédait la croix que tenait fermement l'évêque d'Acre. Ensuite venaient le roi et le gros des troupes. Enfin les Hospitaliers et les Templiers assuraient l'arrière-garde. On s'avança vers l'est par une longue vallée aride qui montait entre des collines encore plus desséchées, jusqu'aux « Cornes de Hattin », une double éminence pelée d'où s'amorçait la descente vers les eaux bleues du lac de Tibériade : là se tenait l'armée de Saladin. La distance jusqu'au château de la princesse assiégée n'était pas grande, cinq lieues environ, mais à mesure que l'on montait, le soleil en faisait autant, déversant sur cette terre sans ombre et sur ces hommes vêtus de fer une chaleur bientôt torride... En dépit des keffiehs de lin dont les croisés avaient emprunté l'usage aux Sarrasins, la sueur coulait en longues rigoles sous les camails et les heaumes d'acier. Pourtant, il ne pouvait être question de les retirer. En effet, les troupes légères disposées aux avant-postes par le sultan eurent vite repéré le long serpent de métal rampant vers Hattin et dont la carapace renvoyait des éclairs. Bientôt l'arrière-garde se vit harcelée par des cavaliers rapides armés d'arcs et de flèches comme par des essaims de guêpes. Ainsi que l'avait prédit Raymond de Tripoli, aucune source, aucune fontaine ne se montrait dans cet univers désolé où la moindre verdure était grillée depuis longtemps. La seule chance de s'en tirer eût été de dépasser Hattin et de dévaler vers le lac en bousculant les musulmans sous le poids des escadrons de fer, mais le soir tombait et les chevaux comme les hommes étaient épuisés. Gérard de Ridefort, qui avait déjà perdu du monde sous les flèches ennemies, proposa de s'arrêter au casal de Marescalcia où il y avait de l'eau. Mais, quand on arriva, les puits étaient à sec...

On fit halte néanmoins. Il était impossible de foncer vers le lac par des chemins accidentés que l'on ne voyait pas. Le soir, d'ailleurs, apportait un peu de fraîcheur ; pas assez cependant pour faire oublier la soif qui torturait hommes et bêtes. Un peu de repos s'imposait donc et, sans dresser le camp, on s'installa comme l'on put. La Vraie Croix plantée en terre, les Templiers de sa garde se relayèrent en deux fois cinq pour l'entourer comme il se devait : debout, les deux mains appuyées sur la poignée de l'épée fichée dans le sol. Tous les autres devaient se tenir prêts à descendre vers le lac dès qu'il ferait un peu jour et avant que la terrible chaleur ne revienne.

Quelques heures passèrent ainsi, ceux qui veillaient guettaient avidement le retour de la lumière. Elle n'était plus loin quand la nuit s'éclaira soudain mais de façon sinistre : autour de la position occupée par l'armée chrétienne, Saladin venait de mettre le feu aux broussailles et aux herbes sèches au moment où se leva un vent venu de l'est qui balaya les tourbillons de fumée dans les yeux et la gorge des Francs, ajoutant à leurs souffrances. Bientôt le chemin du lac fut barré par un rideau de flammes qui sema la panique dans la piétaille. Epouvantés par ce qu'ils crurent être l'enfer ouvert devant eux, beaucoup de ces malheureux s'enfuirent qui vers la montagne, qui vers Séphorie sous les yeux de leurs chefs impuissants à les retenir.

– Allons-nous en faire autant ? s'écria alors Balian d'Ibelin. Nous voilà tombés dans le piège prédit par le comte Raymond. Il est à craindre que nous n'en sortions pas vivants. Qu'ordonnez-vous, sire ? ajouta-t-il en se tournant vers Guy qui le regardait avec angoisse, visiblement incapable de prendre une décision.

Ce fut Raymond de Tripoli qui lui répondit :

– Il faut tenter de passer, messeigneurs ! En force et à la grâce de Dieu ! Mais auparavant il faut cacher la Sainte Croix : elle ne doit pas tomber aux mains des infidèles si nous avons le dessous !

L'ordre fut donné de se préparer à charger.

Le maréchal du Temple fit alors retirer la garde, à l'exception de deux chevaliers dont l'un était Thibaut, puis après s'être prosterné une dernière fois devant ce qui était l'essence même de la foi rivée au cœur de tous ces hommes, il ordonna :

– Vous allez l'enterrer. Auparavant, jurez sur le salut de votre âme que vous ne révélerez jamais l'emplacement où elle va reposer. Même sous la torture !

– Sur mon honneur de chevalier, je le jure ! firent, en écho, Thibaut et son compagnon qu'il connaissait sous le nom de frère Gérand.

Puis, tandis que Jean de Courtrai rejoignait son poste de combat, ils cherchèrent un endroit propice et le trouvèrent à peu de distance des ruines du casal. Il y avait là, poussant dans du sable, un vieil acacia tordu, seule végétation de cet endroit désolé. Un de ces acacias têtus capables de pousser en plein désert parce que leurs racines peuvent aller chercher l'eau à plus de trente mètres dans les entrailles de la terre. Après avoir repéré le côté le plus propice qui était celui du levant, Thibaut et son compagnon creusèrent, à l'aide des pelles qui faisaient partie de l'équipement en campagne des Templiers, une fosse profonde dans laquelle ils déposèrent pieusement cette croix qui, pour Thibaut, était indissociable de Baudouin dont elle soutenait la vaillance. Il l'avait enveloppée du pallium dont on la recouvrait en certaines occasions. Doucement, ils laissèrent retomber la terre mêlée de sable sur laquelle ils restèrent agenouillés un instant pour une ultime prière qu'ils mêlaient de larmes aussi douloureuses que s'ils venaient d'enterrer leur mère. Puis ils se relevèrent, s'embrassèrent.

– A présent, allons nous faire tuer bellement ! dit frère Gérand.

Thibaut, lui, resta en arrière sous le prétexte d'un besoin et s'approcha de l'acacia...

Par deux fois, en ce jour de malheur et sous ce soleil impitoyable, les cavaliers francs chargèrent. Faute d'aliment, l'incendie était éteint aux pentes noircies des Cornes de Hattin. Ils crurent tout d'abord qu'ils allaient réussir car, fidèles à leur vieille tactique, les troupes turques s'étaient ouvertes pour laisser un passage... qui se referma curieusement quand le comte de Tripoli et ses fils l'eurent franchi. On ne les revit plus : après s'être rafraîchis au premier puits rencontré, ils coururent jusqu'à la côte...

Alors une sorte de miracle se produisit : oubliant ses terreurs, Guy de Lusignan se laissa emporter par l'un de ces accès de bravoure qui pouvaient faire vraiment un roi de cet homme insignifiant. Il rameuta ses cavaliers à grands cris autour de sa bannière, prit leur tête et se lança avec eux dans une charge désespérée mais tellement fougueuse, tellement empreinte de la plus folle bravoure qu'elle faillit bien atteindre Saladin en personne, qui du haut d'un petit tertre observait la bataille en compagnie de son fils Afdal. Une rapide intervention des mamelouks écarta le danger et repoussa les assaillants vers les collines meurtrières... Ils résistèrent de leur mieux, pied à pied, mais succombèrent finalement sous le nombre. Certains vinrent mourir dans ce lac où se brisaient leurs espérances et qui donna à leur soif une dernière consolation. Tous ceux dont la mort ne voulut pas à cet instant furent faits prisonniers. Thibaut, qui venait de voir frère Gérand tomber la gorge transpercée par une lance, fut de ceux-là. Son cheval s'abattit sous lui et il ne put venir à bout des cinq mamelouks qui bondirent sur lui.

Dépouillé de son heaume et de son épée, il fut traîné plus que conduit jusqu'aux autres Templiers et Hospitaliers déjà captifs, que l'on menait vers la grande tente jaune dressée par les gens du sultan sur le champ de bataille où s'accumulaient les morts. Le hasard voulut qu'il se retrouve auprès d'Adam qui, chargé de liens, se débattait encore comme un ours captif.

– Gardez votre énergie pour bien mourir, lui

conseilla-t-il. Ce ne devrait pas tarder ! Saladin hait le Temple et a juré sa perte.

En effet, la cotte d'armes blanche à croix rouge, même salie et poussiéreuse, servait de repère aux mamelouks qui séparaient les Templiers des autres captifs, puis les amenaient devant Saladin. Debout à l'entrée de sa tente, celui-ci les regardait venir, bras croisés sur la poitrine. On les fit agenouiller mais, au moment où des soldats armés de cimeterres allaient se placer près d'eux pour les exécuter, « on vit s'avancer un groupe de volontaires, gens de mœurs pieuses et austères, dévots, hommes de loi, savants et initiés à l'ascétisme et à l'intuition mystique. Chacun d'eux demanda la faveur d'exécuter un prisonnier, dégaina son sabre et retroussa sa manche[1] »... Et Saladin leur accorda ce qu'ils demandaient. Ce qui suivit fut abominable car, même au nom d'Allah, on ne s'improvise pas bourreau. Certains firent leur ouvrage proprement, mais d'autres, maladroits ou manquant de forces, massacraient leurs victimes au point qu'il fallut parfois achever leur besogne. Tous ces malheureux priaient avec un beau courage. Certains chantaient un psaume jusqu'à ce que le fer tranche leur voix. De toute la sienne alors, Thibaut, se redressant brusquement, hurla en arabe :

– Par le Sceau du Prophète, tu m'as oublié, sultan ? Je suis Thibaut de Courtenay.

Aussitôt, le bras de Saladin se leva et les sabres restèrent en suspens. Il dit quelque chose et deux soldats coururent vers le trouble-fête pour l'emmener vers le sultan aux pieds duquel ils le jetèrent. Mais Thibaut dit :

---

1. D'après le chroniqueur musulman Al-Imad.

– Ordonne que l'on emmène aussi celui qui était à ma droite, car c'est mon frère. Sinon je ne dis rien !

Saladin fronça le sourcil, mais deux gardes repartirent chercher Adam qui fut rapidement à genoux auprès de son ami. Après quoi, on les ramassa pour les jeter sous la grande tente jaune, tandis qu'au-dehors les prières reprenaient... et aussi les exécutions, ce qui exaspéra Thibaut :

– Arrête cette boucherie ! Tous ces hommes sont mes frères et t'ont loyalement combattu !

– Ne m'en demande pas trop si tu veux que j'épargne ta vie et celle de ce frère-là ! J'ai juré la perte des hommes de ton Dieu qui n'ont cessé d'offenser Allah – son nom soit à jamais béni ! Il est bon que des hommes de foi abattent ceux qui ne savent que trahir la leur !

Et il ressortit pour continuer à présider le massacre. Thibaut comprit qu'il ne pourrait pas obtenir davantage de ce conquérant en proie à l'ivresse du triomphe.

– Vous auriez dû le laisser me tuer ! Je meurs de soif, balbutia Adam dont les lèvres craquelées formaient mal les mots.

– Patientez encore un peu ! Il finira bien par nous donner à boire, même s'il nous tue ensuite...

Ce fut fait dans l'instant. Un esclave noir apparut avec des gobelets, un pot d'eau, et les deux hommes purent enfin se désaltérer avec la merveilleuse impression de boire à la source même de la vie. Au-dehors, chants et prières faiblissaient, remplacés par les gémissements des malheureux à qui les maladroits faisaient vivre une agonie au lieu d'une mort rapide. Bientôt il n'y eut plus qu'un lourd silence vite relayé par les acclamations frénétiques des musulmans. Adam et Thibaut, eux, s'étaient mis en prières pour les âmes de ces nobles guerriers occis de si laide façon. Ce fut dans cette position que Saladin les trouva.

– Vous osez prier votre Dieu à trois têtes sous mon propre toit ! gronda-t-il.

– Que tu L'appelles comme tu veux, il n'y a qu'un seul Dieu, répondit Adam, et ceux que tu viens de massacrer vilainement étaient ses serviteurs. Quel regard crois-tu qu'Il pose sur ce que tu viens de faire ?

– Un regard satisfait, j'espère. Voyez-vous, je veux purifier la terre de ces deux Ordres immondes dont les pratiques ne sont d'aucune utilité, qui ne renonceront jamais à leur hostilité et ne rendront aucun service comme esclaves.

– Tu pouvais leur donner une mort plus digne !

– Que pouvaient-ils souhaiter de mieux ? Ils ont péri de la main des plus hauts serviteurs d'Allah – son nom soit loué dans l'éternité. C'est parce que l'armée avait besoin de ce sacrifice offert à Celui qui nous a donné la victoire que je l'ai fait. A présent...

A cet instant, trois prisonniers furent amenés devant Saladin et c'étaient Renaud de Châtillon, Gérard de Ridefort et Guy de Lusignan. Ce dernier, brisé par l'épuisement, la soif et la terreur, était sur le point de s'évanouir. Saladin le fit asseoir auprès de lui après avoir jeté un ordre bref :

– Remets-toi ! Tu es au bout de tes forces. Apaise tes craintes aussi...

Puis, comme un esclave lui remettait une coupe pleine d'un sorbet à l'eau de rose rafraîchi aux neiges du mont Hermon :

– Bois ! tu te sentiras mieux...

Le pauvre roi de Jérusalem but d'abord avidement mais, avec cette fraîcheur, un certain sens de la fraternité lui revint, il tendit la coupe à Renaud de Châtillon qui la vida. Alors la colère s'empara de Saladin :

— C'est une noble coutume arabe, dit-il, qu'un captif ait la vie sauve s'il a bu et mangé avec son vainqueur. Mais c'est toi qui as abreuvé ce misérable et la coutume ne s'étend pas à lui.

Puis, se tournant vers Châtillon :

— Le ciel vengeur des attentats t'a mis en ma puissance, lui jeta-t-il au visage. Souviens-toi de tes trahisons ! Souviens-toi de tes brigandages, de tes viols, des serments trahis, de tes blasphèmes et de tes sacrilèges contre les villes très saintes de La Mecque et de Médine. Il est juste que tu reçoives le prix de tes crimes.

Mais même vaincu, blessé, dépouillé de son haubert et de ses armes, l'indomptable Renaud demeurait fidèle à lui-même. Il tint plus droite encore sa tête léonine dont le sourire dédaigneux insultait son vainqueur.

— Ainsi agissent les rois ! dit-il. Et moi, en ma terre d'Outre-Jourdain, je suis roi !

— Misérable ! J'ai juré que tu recevrais la mort de ma main... à moins que tu ne renies ta foi et crie la loi du Prophète, son nom...

— Crier ta loi infidèle qui offense Dieu plus que je ne le ferai jamais en mille ans d'existence ? Jamais !

Hors de lui alors, Saladin saisit son épée et frappa Châtillon, mais emporté par la colère, il ajusta mal son coup. La lame détacha de l'épaule le bras qui tomba dans un flot de sang. Deux officiers mamelouks achevèrent alors le blessé qui n'eut même pas un gémissement et lui tranchèrent la tête dont le sourire ne s'était pas effacé aux pieds mêmes de Guy révulsé d'horreur. Mais Saladin, après avoir ordonné d'un geste que l'on plante la tête sur une lance et que l'on jette les restes dehors, revint s'asseoir auprès de lui :

— Apaise-toi ! lui dit-il avec douceur. Un roi ne tue pas un roi. Quand tu seras reposé, je te ferai conduire à Damas et nous parlerons...

Il n'avait pas adressé une seule fois la parole à Ridefort qui s'attendait à être mis à mort à son tour mais faisait tout de même meilleure contenance. Au bout d'un moment, d'ailleurs, on vint les chercher lui, et celui qui n'était plus roi de Jérusalem que de nom... Ensuite, Saladin fit sortir officiers et serviteurs pour qu'ils aient leur part de la fête énorme qui allait durer toute la nuit pour célébrer la victoire sonnant le glas du royaume franc. Puis, le tapis bleu et or trempé du sang de Renaud de Châtillon ayant été enlevé, il désigna le sol nu à ses deux derniers prisonniers :

– Asseyez-vous et donnez-moi une bonne raison d'épargner deux Templiers de plus !

– Réponds d'abord à une question, s'il te plaît ! Pourquoi as-tu épargné notre Maître ? Le réserves-tu à quelque supplice plus raffiné ?

– Je ne crois pas.

– Tu vas l'épargner alors qu'il est la cause même de notre malheur ? Alors qu'il était le seul indigne de porter le manteau blanc parmi tous ceux, purs et vaillants chevaliers fidèles à leur serment et au Dieu Tout-Puissant dont le sang fait de cette terre une boue rouge ?

Les dents blanches du sultan brillèrent un instant dans un sourire indéfinissable :

– C'est justement pour cela que je l'épargne. Il me sera plus utile vivant que mort. Il fera tomber dans ma main comme un fruit mûr ce qui reste de l'Ordre maudit !

– C'est donc cela ! J'aurais dû m'en douter sachant ta connaissance des hommes.

– Je me vante en effet de les bien connaître. Toi, par exemple ! Tu sembles avoir fait de grands progrès dans l'art d'éloigner les questions gênantes mais tu devrais savoir que ma patience n'est pas infinie. Alors venons-en au principal : as-tu trouvé ce qu'à Damas je t'ai demandé de chercher ?

— Oui. Avec l'aide de ce chevalier que tu vois auprès de moi.

— J'ai peine à te croire car, à te dire le vrai, je n'imaginais pas un instant que ce fût possible.

— Je ne le croyais pas non plus, mais mon Dieu est plus grand que le tien puisque à t'entendre ce n'est pas le même. J'ai tenu dans mes mains le Sceau de ton Prophète.

— Loué soit son nom ! s'écria le sultan. Où était-il ?

— Mon compagnon va te le dire. Parlez, sire Adam, dites-lui où était la grande émeraude taillée !

— Sous la roche du sacrifice d'Abraham dans ce que vous appelez les puits des âmes. Là était le Sceau. Mon ami l'a sorti des cendres accumulées sous l'emplacement de l'autel des holocaustes au temps de Salomon...

— Là ? Il ne s'agissait donc pas d'un puits avec de l'eau ? En ce cas, Othman aurait dû le faire chercher sans trop de peine ?

— Peut-être ne l'avait-il pas vraiment perdu ? fit doucement Thibaut. Peut-être souhaitait-il qu'il ne le soit... que pour ses successeurs ?

— Afin qu'il n'y eût plus de califes après lui ? C'était ridicule... et même insensé. Mais, au fond, pour ce que je sais de lui, cela n'aurait rien d'impossible. En tout cas, tu as droit à ma gratitude. A présent donne-moi l'Anneau !

— Me crois-tu assez stupide pour l'avoir sur moi au risque de me le faire voler par ceux qui m'ont dépouillé ? Je l'ai caché, moi aussi, fit Thibaut tranquillement.

Dans le cadre de leur barbe noire, les joues de Saladin s'empourprèrent :

– Si tu te joues de moi, tu as tout à craindre de ma colère.

– Je sais. Aussi n'est-ce pas le cas. Je te dis la vérité.

– L'Anneau est véritablement en ta possession ?

– Sur mon honneur de chevalier chrétien, sur le tombeau où dort ce pur héros qui était mon roi, je te le jure !

– Alors dis-moi où il est !

– Non. Et n'essaie pas de l'apprendre de mon ami : il n'en sait rien.

C'était plus qu'évident. Ignorant ce que Thibaut avait pu faire du joyau depuis leur départ de la maison chevetaine et persuadé qu'il le portait sur lui, Adam était le premier surpris. Ce que Saladin comprit aussitôt mais il ne le montra pas.

– Je sais que sous la torture tu ne parlerais pas mais peut-être si mes tourmenteurs s'occupaient de ton ami ?

– Comment dirais-je ce que j'ignore ? émit le Picard en haussant les épaules.

– Oui, mais ta souffrance pourrait inciter celui-là à parler.

– Un chevalier ne craint pas la mort, même la pire. En outre le Temple a exigé de nous le serment de ne jamais révéler, fussent dans les tourments, les secrets que nous pouvons détenir. N'as-tu que la force à me proposer ? reprit Thibaut.

– Tu ne prétends pas faire un marché avec moi ?

– Ce serait t'offenser. Ce que je ne veux pas. Simplement, je désire que tu tiennes ta promesse de Damas. Souviens-toi ! Tu m'as dit : retrouve le Sceau du Prophète et tant que je vivrai le royaume franc connaîtra une longue période de paix comme avant que les Seldjoukides ne s'abattent sur la Palestine pour en chasser Byzance.

– Les temps ont changé et je songeais surtout à ce lépreux couronné qui avait l'âme si haute ! A présent, je suis vainqueur et n'ai plus qu'à tendre la main pour saisir le royaume tout entier. Ton marché a perdu sa substance. Le successeur du grand Baudouin n'est qu'un incapable craintif qui me livrera ses cités en échange de la vie sauve. Le Maître de ton Ordre en fera tout autant avec ses templeries...

– Alors tu peux nous tuer tous les deux car je ne te donnerai pas l'Anneau !

Le silence s'installa entre ce conquérant assis au milieu de coussins de soie et ces deux hommes au bord de l'épuisement, rompus par deux jours de combat et une nuit d'agonie et, pour Thibaut en outre, la douleur de voir son pays tomber entre des mains, nobles sans doute, mais qui n'en étaient pas moins celles de l'ennemi juré. Les captifs s'attendaient à voir paraître les cimeterres sanglants des bourreaux et se raidirent pour mourir dignement, quand Saladin frappa dans ses mains d'une certaine façon et ce furent des serviteurs noirs qui entrèrent. Le sultan les fit approcher pour leur dire quelques mots à voix basse puis revint à ses prisonniers :

– Ces esclaves vont vous conduire près du lac où vous pourrez vous laver, puis sous une tente où ils prendront soin de vous. Reposez-vous ! Nous nous reverrons plus tard...

S'ils éprouvèrent un soulagement, celui-ci n'excéda pas leurs premiers pas au-dehors. Gisaient là sous le soleil impitoyable les corps décapités – et ceux qui l'étaient proprement étaient rares – de près de trois cents chevaliers du Temple ou de l'Hôpital pour une fois fraternellement mêlés. Le spectacle de ce bain de sang où grouillaient les mouches était insupportable mais moins peut-être que l'odeur centuplée par la canicule.

– Comment un homme peut-il ordonner pareille abomination ? jeta Adam. Son Dieu n'avait-il pas encore assez de sang avec tous ces cadavres qui couvrent les pentes de Hattin ? Et l'on dit Saladin magnanime !

– Il l'est quand cela l'arrange et nous en sommes un exemple, soupira Thibaut avec un haussement d'épaules. Mais souvenez-vous d'Ascalon... et de ce que nous y avons vu !

En dépit de cet enfer pourtant, l'eau fraîche de ce lac dont ils avaient rêvé leur parut l'essence même du paradis et, quand ils y furent immergés, la hauteur des roseaux du bord leur cacha l'horrible réalité à laquelle ils eussent tant aimé échapper. Ils se lavèrent avec délices, puis se laissèrent un moment porter par l'eau, immobiles comme des cadavres.

– Si je n'avais si faim, avoua Adam, j'aimerais essayer de fuir, mais je crains de ne pas en avoir la force. Vous savez nager ?

– Depuis longtemps. J'ai appris tout petit, avec Baudouin, à Jaffa, Ascalon ou Césarée, et je peux nager longtemps mais je vous avoue que pour l'instant je ne sais pas si j'en serais capable. Peut-être un peu plus tard ? Je voudrais retourner à Jérusalem pour aider Isabelle et sa mère. Balian est prisonnier. Je l'ai vu couvert de liens et jeté sous une tente. Elles sont en danger...

– Pas tant que Jérusalem n'est pas tombée ! Mais, dites-moi ! Qu'avez-vous fait de l'émeraude gravée ? Je croyais que vous la portiez sur vous.

– Je la portais en effet... jusqu'à notre halte de la

nuit dernière. C'est après avoir enterré la Croix avec frère Gérand que je l'ai cachée.

— Avec la Croix du Christ ? souffla Adam scandalisé par un rapprochement qui lui paraissait sacrilège.

— Non. Dans les environs.

— Et votre compagnon n'a rien vu ?

— Vous savez quelle courtoisie exemplaire est de règle au Temple ? Frère Gérand n'a vu aucun inconvénient à s'écarter pour me laisser céder à un besoin naturel...

Le bain terminé, ils furent ramenés comme l'avait dit le sultan à une tente de la berge où on leur donna des vêtements propres et de quoi manger. Ensuite ils prirent ce repos dont ils avaient tant besoin en dépit du vacarme de la fête qui se déroulait dans le camp, interrompu seulement quand retentit l'appel à la prière du soir qui agenouilla les musulmans en direction de La Mecque à l'endroit où ils se trouvaient.

Dans la nuit, Thibaut se réveilla et resta un moment les yeux ouverts. Il se sentait fort à nouveau, mais aussi plein d'angoisse pour ce qui allait suivre. Cette belle armée qui venait de fondre sous les feux du soleil et dans le sang était le seul rempart entre le royaume et Saladin. Ce n'étaient pas les quelques châteaux, les quelques commanderies encore existants qui pourraient s'opposer longtemps à la ruée des cavaliers d'Allah. Et puis il y avait Jérusalem, la Sainte, la Belle. Là était le Tombeau du Christ, son Dieu, là était Isabelle, son amour. Qu'allait-il en advenir ? D'elle surtout ! Le sultan, il le savait, ne faisait pas la guerre aux femmes. Il pouvait se montrer avec elles clément et même déférent s'il s'agissait d'une noble dame. Ainsi la princesse Eschive qui, du haut de ses tours, n'avait sans doute rien perdu du drame qui venait de se jouer serait certainement par lui remise en liberté et même escortée pour rejoindre son époux. Son époux ? Ce traître ! Longtemps, parce que Guillaume de Tyr l'aimait bien et vantait ses qualités de gouvernement, Thibaut lui avait accordé sa confiance. Et puis il y avait eu, à Damas, cette rencontre avec son émissaire Plivani, cette étrange incursion en Galilée « autorisée » par Raymond dans de si curieuses circonstances. Enfin ce passage que l'armée turque avait ouvert dans ses rangs pour le laisser s'y engouffrer... et qui lui avait permis de fuir vers la côte laissant les autres se faire exterminer. Certes, c'était bien une technique de guerre que s'ouvrir ainsi devant l'ennemi, mais c'était pour mieux se refermer sur lui non pour lui offrir une échappatoire. Raymond avait-il voulu la couronne de Jérusalem jusqu'à la demander à l'ennemi ?...

– Vous êtes réveillé ? chuchota Adam qui l'entendait s'agiter. Comment vous sentez-vous ?

– Bien... mais exaspéré d'être ici, impuissant, quand tout ce à quoi je tiens encore en ce monde est en si grand péril ! Je crois que je préférerais être mort !

– Donc incapable d'aider qui que ce soit, sinon en prières. Il y a peut-être mieux à faire ?

– Quoi ? Aller chercher le Sceau pour le remettre à Saladin afin d'avoir la vie sauve ?

– Non. Que diriez-vous de fuir d'ici et de courir jusqu'à Jérusalem pour faire mettre la ville en défense ?

– Avec quoi ? Il ne reste plus qu'Héraclius et des bourgeois.

– Et des petites gens qui savent parfois se conduire en héros. Grâce à Baudouin, les remparts ont été refaits et profonds sont les ravins qui l'entourent. En outre... je voudrais bien rentrer au Temple, moi !

– Vous avez une idée ?

– Oui. La nuit est loin d'être achevée. Nous pouvons

nous mettre à l'eau et nager jusqu'à ce que nous ayons dépassé les avant-postes musulmans, puis filer jusqu'à Belvoir, la forteresse des Hospitaliers qui surveille la vallée du Jourdain et doit être distante de six ou sept lieues. Avec un peu de chance, nous trouverons peut-être un cheval échappé à la tuerie.
– Vous croyez qu'il y a encore quelqu'un à Belvoir ?
– Bien sûr. Les places fortes templières ou hospitalières n'ont pas été vidées de leurs défenseurs. Seulement les deux maisons chevetaines, et Belvoir sur son rocher donnera du mal à Saladin. C'est notre seule chance d'être encore utiles à quelque chose...
– Si vous le dites !

Thibaut était déjà debout. Il avait trop besoin d'agir pour discuter le projet d'Adam. Il n'avait d'ailleurs rien d'autre à faire. Tous deux sortirent de la tente le plus doucement possible : elle n'était pas gardée. Là-bas, autour du grand tref jaune entouré de ceux des émirs comme une poule de ses poussins, la fête continuait dans la lumière des torches, les chants guerriers et la fumée des viandes rôties. Le lac était là, tout près.

En rampant comme des couleuvres à travers l'herbe rêche puis les roseaux, les deux hommes atteignirent l'eau, s'y glissèrent sans faire le plus petit bruit ou soulever la moindre éclaboussure... Une grenouille dérangée s'enfuit en coassant. Le lac était frais, presque froid à cette heure tardive.

Levant les yeux vers la voûte céleste criblée d'étoiles, Thibaut lui adressa une prière muette, puis, lentement, commença à nager derrière Adam déjà parti. Retenant autant que possible leur souffle, ils longèrent la berge en direction du sud, s'arrêtant au moindre bruit suspect. Pas un instant ils ne remarquèrent l'ombre qui s'était détachée de leur tente quand ils en étaient sortis et qui avait suivi leur évasion avant de retourner auprès du sultan...

Les deux fugitifs nagèrent longtemps pour être certains d'avoir dépassé la zone occupée par l'armée. Ils se hissèrent alors sur la rive et y restèrent étendus pour reposer leurs muscles et reprendre souffle. Après quoi, ils se dirigèrent vers la vallée du Jourdain.

CHAPITRE XI

PLEURE, O JERUSALEM...

Comme l'avait prévu Thibaut, dès le lendemain, Saladin s'emparait du château de Tibériade, y rencontrait la princesse Eschive qu'il salua comme il convenait à si haute dame avant de l'informer qu'elle allait pouvoir rejoindre son époux à Tripoli. Il lui donna même une forte escorte afin qu'elle et ses femmes accomplissent le voyage en toute sécurité. Après quoi, il fit détruire une partie de la ville, installa une garnison au château, puis, ayant ordonné la construction d'une chapelle rappelant son triomphe aux Cornes de Hattin, il reprit son chemin vers Acre, la grande cité marine qui était le poumon commerçant du royaume franc. Il eut l'agréable surprise de ne pas rencontrer la moindre résistance. Le bayle de la ville, autrement dit le gouverneur, c'était Jocelin de Courtenay. Les terribles échos de Tibériade étaient parvenus jusqu'à lui et Saladin n'eut qu'à paraître pour qu'il lui porte les clefs d'Acre à la tête d'une belle délégation de marchands. A ceux-ci, le sultan donna à choisir entre rester en ville ou en sortir en leur promettant toute sûreté dans l'un ou l'autre cas. Beaucoup partirent, Courtenay en tête, sachant bien qu'en dépit de ce que promettait le vainqueur tout irait bien tant qu'il serait là, mais que ses émirs se hâteraient de les tondre jusqu'à l'os dès qu'il aurait tourné les talons. Les bazars regorgeaient de richesses et les soldats turcs firent main basse sur l'or, les produits de toute l'Asie, les magnifiques étoffes de soie damassées et les velours de Venise dont le comptoir était important. Il y avait aussi de grandes quantités de sucre et des armes et bien d'autres choses encore. Saladin laissa là son fils Afdal et reprit son chemin victorieux.

Alors que des milliers de prisonniers avaient déjà pris le chemin de Damas où ne les attendait nulle lumière divine, mais bien l'esclavage le plus rude – car il y en eut bientôt tant sur les marchés que les cours s'effondrèrent et qu'un esclave vigoureux coûtait à peine le prix d'une paire de babouches –, Saladin gardait auprès de lui ses deux captifs principaux : Guy de Lusignan et Gérard de Ridefort qu'il réduisit au rang de factotums ; il leur avait promis la liberté contre la reddition des autres places fortes et, toute honte bue, ces deux tristes sires firent de leur mieux pour convaincre leurs sujets et chevaliers de livrer sans coup férir leurs places à l'ennemi. Ainsi en fut-il de Beyrouth, Jaffa et d'autres cités de la côte comme Caïffa et Césarée. En même temps les émirs ravageaient et pillaient les villes de Galilée dont ils trouvèrent parfois les portes ouvertes et les habitants enfuis vers le comté de Tripoli et la principauté d'Antioche que l'on ne devait pas attaquer. Tripoli n'était-il pas plus ou moins ami du sultan ? Quant à Antioche, son maître, Bohémond l'incapable, enfin veuf d'Orgueilleuse de Harenc, n'avait rien trouvé de mieux qu'épouser sa maîtresse, Sibylle de Burzey qui, depuis longtemps, renseignait Saladin sur ce qui se passait dans la région. Moyennant quoi, on y vivait encore tranquille, écoutant le bruit lointain des chaînes, des massacres et des incendies.

Tombèrent aux mains des lieutenants du sultan Naim, Arsuf, Genim, Samarie, Naplouse, Jéricho, Fuleh, Maalscha, Sandelio et Tibnin. D'autres encore alors qu'en dépit des bons offices de Lusignan et de Ridefort résistaient les grandes forteresses templières ou hospitalières : Château-Neuf, Saphed et Belvoir, et cela pendant plus d'une année, jusqu'à ce qu'elles fussent réduites par la faim.

A Gaza et à Ascalon, les choses n'allaient pas non plus au gré des aides volontaires de Saladin. Guy de Lusignan était toujours seigneur en titre de la ville où il s'était jadis renfermé avec Sibylle pour narguer le roi lépreux qui, mourant, avait encore trouvé la force de venir les combattre. Un détail que les gens du cru ne lui avaient pas pardonné et, quand il osa venir leur demander d'ouvrir leurs portes aux musulmans, Guy fut reçu à coups de pierres et avec les plus sanglantes insultes : il n'était qu'un pauvre sire indigne de porter une couronne ramassée dans le lit d'une femme perverse et à moitié folle, et plus jamais ne serait reconnu comme roi.

Le siège commença et il fallut à Saladin un mois d'efforts sérieux pour en venir à bout. Restait Jérusalem !

Quand Thibaut et Adam la rejoignirent après une brève halte à Belvoir où la détermination des Hospitaliers leur avait rendu courage, ils trouvèrent portes closes et eurent toutes les peines du monde à les franchir. Des hommes, des femmes aussi veillaient aux remparts et le premier eut beau clamer son nom, il semblait que personne ne l'eût jamais entendu. La fin du jour était proche et la lourde chaleur ne s'allégeait pas à cause des nuées orageuses venues de la mer.

Cette atmosphère électrique semblait renforcer la méfiance des guetteurs.

Enfin, tandis qu'Adam parlementait avec un vieux Grec obstiné à voir en eux l'avant-garde de Saladin, une silhouette vigoureuse apparut au créneau à côté du bonhomme, se pencha et aussitôt une voix hurla :

– Ouvrez, sacrebleu ! C'est bien le bâtard ! Je descends.

Quelques instants plus tard, Thibaut tombait dans les bras de Balian d'Ibelin. Celui-ci l'accola avec une joie qui lui mit les larmes aux yeux ; après quoi il embrassa aussi Adam.

– Vous voilà donc échappés de l'enfer, mes amis ? Ah, que Dieu en soit remercié ! Nous avons grand besoin ici de bonnes épées et d'âmes fortes ! Mais comment avez-vous fait ? Ce démon de Saladin a massacré d'ignoble façon tous les Templiers et tous les Hospitaliers comme s'ils n'étaient que vile charogne et non nobles chevaliers !

– Nous avons pu fuir en nous jetant dans le lac, expliqua Thibaut qui ne souhaitait pas en dire davantage. Mais vous-même, sire Balian ?

– Saladin m'a libéré quand je lui ai dit mon inquiétude au sujet de mon épouse et de sa fille. Je reconnais qu'il se montre volontiers chevaleresque envers les dames.

– Et il vous a laissé partir sans rien exiger de vous ? fit Adam avec une lueur d'ironie dans l'œil. Par exemple, le serment de ne plus porter les armes contre lui ?

Un frémissement douloureux passa sur le beau visage du comte, mais son regard demeura ferme.

– J'ai juré, je l'avoue, et j'en porterai la honte mais quand je suis arrivé ici, j'ai trouvé un peuple affolé où il n'y a plus que des vieillards, des femmes et des enfants. Presque tous leurs défenseurs sont morts ou captifs et de nombreux réfugiés sont arrivés des campagnes que les émirs ravagent. Et là il y a des hommes qui ne veulent pas mourir ou devenir esclaves. Ils m'ont supplié en pleurant de leur donner des armes, de leur apprendre à s'en servir. En outre... J'en ai reçu l'ordre.

– De qui ?

Les trois hommes remontaient la rue du Saint-Sépulcre. Balian ne répondit pas, se contentant de désigner de la tête Héraclius toujours aussi rutilant qui, mitre en tête et crosse en main, se dirigeait vers eux.

– Il en a le droit car il est toujours Patriarche et, chose étrange, on dirait que la situation critique de la ville a réveillé en lui un besoin d'être utile à quelque chose et un désir bien paysan de garder la terre. Il devait même ignorer qu'il y avait cela en lui. Depuis qu'il sait ce qu'il est advenu de l'armée, il se multiplie.

C'est ainsi que, pour la première fois de sa vie, Thibaut reçut de cet homme qui le haïssait – et il le lui rendait bien car il ne pouvait oublier le mal qu'il avait fait à Guillaume de Tyr – un accueil presque amical. Héraclius avait vieilli. Sa puissante silhouette s'était amaigrie et la cruelle ironie qui en était l'expression habituelle n'habitait plus le regard vert dont la couleur même avait pâli. Il souhaita aux deux arrivants une bienvenue qui semblait sincère en se servant à peu de chose près des mêmes termes que Balian :

– Nous avons grand besoin de vaillantes épées pour rassurer ce pauvre peuple...

Et il passa son chemin, entouré aussitôt d'une foule de vieilles gens qu'il ne regardait jamais naguère et avec lesquels il se mit à parler en distribuant quelques bénédictions.

– C'est à n'y pas croire ! émit Thibaut. Ces gens

viennent à lui comme s'il était la châsse de quelque saint ! Que lui est-il arrivé ?

– L'âge peut-être et peut-être aussi une certaine crise de conscience ? Et puis... le chagrin !

– Le chagrin ?

– Au palais, dame Agnès est en train de mourir. Très seule ! Je crois que, tout de même, il l'a aimée. Elle a tant fait pour lui !

– Et Sibylle ? Je veux dire la reine ?

– Il n'y a plus de reine. Ceux d'ici ont failli l'écharper parce qu'ils la rendent responsable de leurs malheurs. Ils disent qu'elle a volé la couronne de Baudouin pour la donner à un benêt sans courage. Plus grave encore : on l'accuse d'avoir laissé tuer son fils le petit Bauduinet. Alors une nuit, elle est partie avec ses femmes et ses serviteurs. Le palais touche la porte de David. Se la faire ouvrir était facile et Sibylle a fui vers Jaffa d'où elle s'est embarquée pour Acre ou Tyr. Je n'en sais pas plus.

Tout en parlant, les trois hommes avaient atteint le Saint-Sépulcre où les arrivants voulaient prier comme n'importe quel pèlerin au terme de sa quête, n'importe quel Hiérosolymitain revenant d'un long voyage. Eux revenaient des portes de la mort et étaient certains d'y retourner bientôt ; mais, comme le voulait la devise des Templiers, ils ne demandaient rien pour eux mais, pour la gloire de Dieu, le retour à la paix du royaume bâti autour du tombeau entre tous sacré... Ensuite ils allèrent dans la crypte des rois se recueillir auprès de la dalle de marbre sous laquelle reposait le lépreux enfin délivré. A cet instant, Thibaut crut entendre encore la voix exténuée de Baudouin quand, à la veille de sa mort, il avait chuchoté : « Ariane... Isabelle... Veille sur elles ! »

Quand ils se retrouvèrent dehors, la place, précédemment déserte, était noire d'un monde à genoux qui venait comme chaque soir implorer le Sauveur d'éloigner de leur cité les fureurs de l'Islam. Debout devant la basilique, la crosse brandie, Héraclius dirigeait cette prière publique avec ce qui avait vraiment l'air d'être une conviction.

– Décidément on nous l'a changé ! murmura Thibaut.

– Ce n'est pas certain, répondit Balian. C'est sans doute le meilleur comédien qu'il y ait sous le ciel, mais il est possible aussi qu'il n'ait pas complètement perdu la foi... ni la crainte de Dieu ! Venez prendre un peu de repos à présent, vous devez en avoir besoin et demain il y aura beaucoup à faire...

En effet, depuis son retour, Balian d'Ibelin apprenait, sur leur demande, le métier des armes à tous les hommes du peuple capables de les porter et aussi aux enfants nobles ou bourgeois auxquels il conférait la chevalerie à partir de treize ans, heureux de découvrir cette volonté commune de défendre la ville et ce qu'elle contenait de malheureux réfugiés. Grâce à Dieu, les réserves de la citadelle étaient pleines : la faim n'était pas à redouter pour le moment. En outre, la soif n'était pas à craindre grâce à la résurgence du Gihon qui, par le tunnel du roi Ezéchias creusé des siècles plus tôt, remontait dans la piscine de Siloé. Jamais Jérusalem assiégée n'avait été réduite par le manque d'eau...

– Allez prendre logis à la citadelle ! conclut Balian. C'est là que j'habite pour être toujours à proximité des défenses... Non, ajouta-t-il en réponse à la question que Thibaut n'osait pas formuler, mon épouse et sa fille ne m'y ont pas rejoint. Elles sont toujours dans l'hôtel d'Ibelin. Ainsi le veut Isabelle. En elle, la fille du roi Amaury se révèle chaque jour : elle tient à rester au milieu de ce peuple qui devrait être le sien. Onfroi est prisonnier de Saladin mais elle n'a pas l'air de s'en soucier outre mesure. Nous nous verrons plus tard !

Avec un signe de la main, le comte allait s'éloigner quand Adam Pellicorne le retint :

– Un instant, messire ! Nous sommes Templiers. C'est donc au Temple que nous devons aller, fit-il gravement.

– Au Temple ? ricana Ibelin. Savez-vous ce qui reste au Temple ? Personne si ce n'est le vieux frère Thierry qui s'est donné pour tâche de garder la Maison... pour des fantômes sans doute ? Le Temple n'existe plus : Ridefort l'a déshonoré et Saladin l'a massacré !

– Ne dites pas n'importe quoi ! s'insurgea le Picard. A Safed, à Tortose et en d'autres lieux encore, il existe des chevaliers de l'Ordre comme il reste encore des Hospitaliers à Belvoir et au Krak des Chevaliers, dans le comté de Tripoli ! Il en viendra d'Europe comme viendra sûrement une autre croisade quand on saura la pitié de ce royaume.

– Une autre croisade ? Voilà des années que Guillaume de Tyr et d'autres ont réclamé le secours des rois d'Occident. Il se peut qu'elle vienne un jour mais j'ai bien peur qu'il ne soit trop tard... même si, ici, nous ferons l'impossible pour l'attendre.

Et il partit à grands pas, s'arrêtant seulement un bref instant pour sourire à Thibaut qui criait :

– Moi, vous me retrouverez à la citadelle prêt à vous seconder.

Puis celui-ci se retourna pour faire face à Adam soudain figé.

– Pardonnez-moi... mais je pense comme lui ! Le Temple n'existe plus !

– Vous parlez comme un enfant ignorant. Même si ses demeures sont vides ici, en Europe, elles sont nombreuses et pleines de preux voués corps et âme à sa gloire.

– Que ne sont-ils ici ? L'Ordre n'a-t-il pas été créé pour la défense et la protection des pèlerins sur la route des Lieux saints... non pour se donner puissance et richesse ? En outre, ce misérable Ridefort n'est-il pas le Maître suprême de toute cette belle chevalerie ?

– Un Maître indigne n'est qu'un Maître indigne ! Lui mort, un autre sera élu !

– Mais, en attendant, ne lui devez-vous pas obéissance absolue ?

– « Nous » lui devons, en effet, cette obéissance. Vous comme les autres, puisque vous l'avez juré de par Dieu !

– Je sais... mais pas du fond du cœur. Vous m'avez convaincu que c'était le seul moyen pour moi d'échapper à la mort reçue ailleurs que sur un champ de bataille. Votre mission m'a séduit et je voulais vous aider.

– Vous ne le voulez plus ?

– Je ne veux plus devoir respect et obéissance à un misérable dont le service de Dieu n'est certainement pas le principal souci. Quant à rechercher les Tables de la Loi, je ne crois pas que ce soit le bon moment. A moins que vous ne teniez à en faire cadeau à Saladin ? Nous avons mieux à faire, Adam ! Défendre la Ville sainte jusqu'à l'extrême limite de nos forces et mourir avec elle.

– Mais j'ai l'intention de la défendre moi aussi. Seulement je combattrai comme toujours sous le manteau blanc à croix rouge...

– Que ne l'avez-vous toujours porté ? Ce n'était pas le cas quand je vous ai rencontré à Belin et ramené à mon roi que vous avez servi longtemps sans que personne sache qui vous étiez. Pas même moi !

– J'avais et j'ai toujours une dispense, eu égard à la mission dont j'ai été investi.

– Une dispense de qui puisque le chef suprême, c'est le Maître d'ici ?

Adam hésita puis se décida :

– Il y a un autre Maître. Caché, secret, il n'est connu que de quelques initiés. Contentez-vous de cela : j'en ai déjà trop dit...

A cet instant, un éclair déchira le ciel sombre relayé presque aussitôt par un violent coup de tonnerre et les deux hommes se signèrent d'un même mouvement. C'était comme si le ciel protestait contre ce que l'amitié venait d'arracher à Adam Pellicorne et lui interdisait d'en dire davantage, en admettant qu'il s'y laissât aller. Thibaut secoua la tête avec agacement :

– C'est trop compliqué pour moi et je veux reprendre ma liberté. Tout à l'heure, au tombeau de Baudouin, j'ai cru entendre sa voix qui m'ordonnait de veiller sur sa douce amie et sur sa sœur.

– Sa sœur a un époux, un beau-père, elle est princesse et peut-être demain sera-t-elle reine. Elle n'a pas besoin de vous.

– Mais la pauvre Arménienne, elle, n'a rien de tout cela. Et je veux savoir ce qu'elle est devenue. Alors, pour le Temple, donnez-moi une dispense puisque vous êtes si puissant ou, mieux encore : dites que je suis mort avec ceux qui sont tombés à Hattin ! Cela dit, sachez que mon amitié pour vous reste ce qu'elle a toujours été ! Si vous n'en voulez plus, vous me le ferez savoir.

Et tournant les talons, Thibaut prit sa course vers la citadelle au moment précis où crevait le gros nuage noir. Un vrai déluge s'abattit sur la terre desséchée, chassant les gens à l'intérieur des maisons. Bientôt un rideau liquide s'ajouta à la distance. Alors Adam qui n'avait pas bougé cessa de regarder la rue où venait de disparaître son ami, haussa les épaules :

— Après tout pourquoi pas ? bougonna-t-il en reprenant son chemin vers le couvent abandonné.

Quand Balian revint à la citadelle, l'orage avait cessé et de longues rigoles couraient le long des rues en pente. Il trouva Thibaut au seuil de la cour d'honneur où il causait avec un vieux sergent, l'un de ceux qui, ne pouvant plus guère combattre, avaient été laissés à la garde de la ville. Il se nommait Tiburce et, connaissant Thibaut depuis l'enfance, il l'avait vu arriver avec une joie qui lui mouillait encore les joues de larmes, contrastant avec l'amère tristesse des propos qu'il tenait en regardant une fenêtre éclairée à l'étage du logis royal. Il disait que, derrière ces colonnettes, dame Agnès se mourait, en effet, dans une grande solitude de cœur puisque aucun membre de sa famille n'était auprès d'elle pour prier et adoucir ses derniers instants. Ni sa fille en fuite, ni son frère en Acre, ni son époux, Renaud de Sidon, qu'elle n'avait pas revu depuis des mois. Echappé à l'enfer de Hattin, Renaud, enfermé dans son château de la Mer, à Sidon, résistait de son mieux aux émirs de Saladin et ne se souciait plus d'une femme qu'il avait cessé d'aimer depuis longtemps. Quant au dernier amant – avouable ! –, le connétable Amaury de Lusignan, il était prisonnier de Saladin.

— C'est de cet abandon pitié pour si haute dame naguère encore si belle car les demoiselles suivantes sont parties avec la reine Sibylle et il n'y a plus auprès d'elle que sa vieille Grecque, la Josefa Damianos... et aussi Marietta que vous connaissez bien, sire Thibaut.

— Marietta ? Elle est revenue ?

– Comme tous ceux d'Ascalon que les Turcs n'ont pas tués ou jetés à l'eau. Ils sont parvenus ici en bien triste état, car s'il advient, dit-on, au sultan d'être compatissant, ses émirs ne le sont jamais. Au nom d'Allah, ils tuent, brûlent, pillent, violent et torturent. Marietta était blessée en arrivant. Elle est venue tout droit au palais, pensant bien qu'on lui ferait une petite place...

– Je voudrais la voir.

– C'est bien facile, dit Balian, resté en retrait pour entendre ce que disait le vieux soldat. Vous n'avez qu'à monter... à moins que vous n'ayez guère envie de revoir dame Agnès ? Ce que je peux comprendre quand on se souvient de sa rapacité quand elle profitait des pires crises de Baudouin pour en obtenir ce qu'elle voulait.

– Je veux seulement me souvenir de son amour pour lui, même si elle l'aimait mal.

– Alors allez-y ! Je ne vous accompagne pas. Vous connaissez le chemin et je n'ai jamais été de ses amis... Vous la trouverez changée.

La nuit était complète à présent, mais à Jérusalem elle n'amenait que rarement le silence. Autrefois c'étaient les bruits des fêtes d'Agnès et de ses pareils, mêlés au tintement des cloches et des simandres. Maintenant ces dernières étaient toujours là, mais le bruit de fond c'était la rumeur des centaines de réfugiés qui campaient dans les basses cours de la citadelle, et dans les églises, les jardins de couvents, à l'Hôpital et dans la première enceinte du Temple.

Prenant une torche à un anneau de fer, Thibaut s'engagea dans l'escalier du logis royal naguère vivement éclairé et tout sonnant de l'écho des musiques, des flûtes, des luths, des tambourins et des chansons, à présent morne et silencieux.

A la porte d'Agnès, il n'y avait même plus de gardes : on avait trop besoin ailleurs de tout homme pouvant porter une arme et, quand Thibaut poussa le lourd battant de cèdre sculpté, il libéra le chuchotement d'une prière. La chambre était obscure, éclairée à peine par les deux lampes à huile brûlant au chevet de l'immense lit drapé de satin de Damas azuré et de ces grands voiles qui arrêtaient les insectes nocturnes et dont la teinte bleutée convenait si bien à la beauté blonde de leur propriétaire. Cela formait, au milieu de l'obscurité ambiante, comme une énorme bulle, un nuage légèrement doré par les petites flammes jaunes ; mais c'était tout ce qui restait de la splendeur voluptueuse du lit où Agnès avait commis joyeusement le péché de luxure avec les plus beaux hommes que le hasard mettait à sa portée. Des draps de soie, des matelas moelleux, des coussins brodés doucement rembourrés de duvet, il ne restait rien. Le corps amaigri reposait sur une mince paillasse sans couverture ni draps, seulement enveloppé d'une blanche robe monacale semblable à celle que Baudouin portait si volontiers lorsqu'il ôtait l'armure. La somptueuse chevelure dont Agnès faisait son seul vêtement lorsqu'elle recevait ses amants était coupée court, formant un petit casque de boucles légères autour du visage que Thibaut hésita à reconnaître tant il était déformé par la souffrance. Ce corps créé pour l'amour se décomposait sous les morsures d'une bête qui dévorait les organes de la procréation. Une odeur de maladie annonçant celle de la mort emplissait la chambre en dépit des herbes que l'on y brûlait.

Fasciné par ce spectacle, inattendu en dépit de l'avertissement de Balian, Thibaut ne remarqua pas tout de suite les deux silhouettes qui se tenaient assises de chaque côté de la couche, celles de deux femmes à cheveux gris : l'une plus sèche et plus raide encore que par le passé, l'autre plus tassée mais encore vigoureuse. Ce fut elle qui, la première, s'aperçut d'une présence nouvelle et la reconnut avec émotion :

– Sire Thibaut ! souffla-t-elle en se levant vivement pour venir à lui. C'est bien vous que je revois ?

Marietta avait parlé bas, pourtant la mourante l'entendit et fit le geste de tendre la main de ce côté, ce qui attira aussitôt un reproche impatient de la Grecque :

– Paix, voyons ! Vous dérangez notre pauvre dame !

– Non, murmura Agnès. Elle vient de prononcer un nom... Serait-ce... le bâtard ?

– C'est bien lui, douce dame, émit Marietta qui reniflait ses larmes heureuses.

– Amène-le-moi ! Oh... c'est Dieu qui l'envoie ! Peut-être un signe... de sa miséricorde ! Approche, Thibaut, approche...

Il vint contre le lit et vit alors, grands ouverts, les larges yeux bleus, ceux-là mêmes de Baudouin pâlis par la maladie avant qu'il ne devînt aveugle.

– Me voici, ma dame et ma tante, bien navré de vous trouver si dolente...

– Dolente ne suis pas ! Mourante oui... mais heureuse de te voir. Dieu, que tu es beau ! souffla-t-elle, incorrigible. C'est vrai que tu es mon neveu... Le seul Courtenay qui puisse montrer quelle belle race nous étions !

– Vous l'êtes toujours ! dit-il, presque sincère tant ce regard sur le point de s'éteindre s'était illuminé tandis qu'un léger sourire entrouvrait les lèvres sèches.

– Merci... pour ce mensonge. Tu seras le dernier homme à m'avoir fait louange.

Puis laissant sa voix s'assourdir encore :

– Je suis très lasse et le temps m'est compté.

J'aimerais pourtant... entendre ton histoire... ce que tu as fait...

Un instant, elle s'arrêta, cherchant son souffle :

– Dis-moi seulement... Quel âge as-tu ?

– Vingt-sept ans depuis la Saint-Siméon.

– Déjà ? Et combien... de femmes ?

– Ma dame !

Le hoquet scandalisé de Josefa la fit sourire encore :

– Allons ! Tu me connais, Josefa ! L'amour m'attirera toujours... même en l'extrémité où je suis... Alors, beau sire ?

– Aucune.

Le regard vacillant s'effara :

– Quoi ? Aucune ? Tu n'as jamais aimé ?

– Oh si, j'aime et de si grand amour qu'aucune autre qu'elle ne saurait avoir part de moi !

– Une seule maîtresse ?... Ce n'est pas beaucoup.

– Ce n'est pas ma maîtresse. Elle est ma passion et ma vie, mais ne m'appartient pas.

– Cela veut dire que tu n'as jamais... Bâti comme tu es ?

Au regard stupéfait, il répondit par un sourire de dédain :

– Souvenez-vous, dame Agnès ! Sauf l'année où je fus prisonnier, je n'ai jamais quitté mon seigneur Baudouin. Son mal lui interdisait le commerce des femmes. Allais-je m'y vautrer pour revenir vers lui le corps et l'âme souillés de sales amours ? Ce n'était pas difficile : l'amour que je porte en moi me gardait des tentations.

Elle leva vers lui une main qu'il prit entre les siennes et qui brûlait de fièvre. Elle s'y cramponna pour essayer de se redresser, n'y parvint pas et se laissa retomber avec un soupir douloureux.

– Mais depuis ? reprit-elle.

— L'amour est toujours là !

— La pureté du chevalier ! Cela existe donc encore dans ce pays ?

— Plus que vous ne croyez. Templiers et Hospitaliers y sont soumis...

Il se tut car la douleur se réveillait de l'endormissement momentané procuré par l'opiat. Josefa alla chercher le remède qu'elle versa dans un gobelet d'or. Prévenant le mouvement de Marietta, Thibaut se pencha pour soulever Agnès et lui permettre de boire. Tout le corps était raidi, tétanisé par la souffrance, et des gouttes de sueur perlèrent au front que Josefa essuya d'un linge fin. Agnès soupira tandis que Thibaut la reposait doucement sur son lit.

— Les bras d'un homme ! Quelle merveille ! J'ai rêvé des tiens... jadis !

— Dame ! Songez à Dieu ! intervint à nouveau la Grecque.

— Je vais avoir tout le temps pour cela... et pour un repentir que... je crains fort de n'éprouver jamais... de mes péchés de chair... Mais, beau neveu, je voudrais... puisque tu es venu... adoucir ce passage... te donner quelque chose... un souvenir ! Que veux-tu ?

Il s'agenouilla près du lit et reprit sa main dans les siennes.

— Rien... sinon une réponse à une question : savez-vous ce qu'il est advenu d'Ariane l'Arménienne qui fut de vos demoiselles de parage ?

— C'est elle que... tu aimes ?

— Non. Mon roi l'aimait et, peu avant sa mort, il m'a ordonné de veiller sur elle. Quand je l'ai cherchée on m'a dit que le sénéchal votre frère l'était venue prendre avec des hommes d'armes pour la mener à la maladrerie... où elle n'est jamais allée. Savez-vous ce qu'il a fait d'elle ? L'aurait-il tuée ? Vous devez le savoir ! A vous, il disait tout.

Agnès ferma les yeux sans répondre et Josefa pria Thibaut de la laisser en paix se préparer à recevoir les derniers sacrements. L'évêque de Bethléem allait venir. A regret, Thibaut se remit debout. Agnès, alors, releva les paupières :

– Cette fille... il la désirait et... la haïssait tout autant. Je crois... qu'il l'a mise... dans sa maison...

Le regard vacillant chercha celui du jeune homme qui y lut une imploration :

– Ne t'en approche pas ! Jocelin est mauvais ! Je le sais depuis longtemps. Bien plus que moi et en outre il te hait ! Toi, son propre fils...

– Je ne l'aime guère non plus et je me garderai. Mais... merci de me l'avoir dit...

Il se penchait pour poser, avant de se retirer, un baiser sur la main qu'elle tendit vers lui mais ce fut pour le retenir :

– Attends encore ! Je veux te donner quelque chose... un souvenir de moi... Josefa ! Ma cassette aux émaux...

– Madame ! L'évêque va arriver ! Vous n'avez plus le temps et...

– J'ai dit : ma cassette ! Ou alors va-t'en !

Force fut à la Grecque de s'exécuter : elle apporta le petit coffret bleu et or qu'elle ouvrit sur l'ordre de sa maîtresse et tira un grand, un magnifique collier fait d'une lourde chaîne d'or où s'enchâssaient des perles et des escarboucles. Un bijou qui pouvait aller aussi bien à un homme qu'à une femme.

– Prends-le, Thibaut ! Tu n'as aucune fortune et ton roi n'est plus là pour te nantir !

Et comme le chevalier esquissait un geste de refus, elle insista :

– Prends-le, te dis-je ! Je le veux... Et prie pour moi ! Je crois... que je vais en avoir... besoin.

Alors il obéit.

Le tintement d'une cloche se fit entendre au-dehors et, avant qu'il ait pu remercier avec une vraie émotion, la porte s'ouvrait devant le prélat escorté de deux porte-cierges et d'un thuriféraire. Entre les mains, un calice recouvert d'une étoffe d'or. On s'agenouilla devant lui puis Thibaut se retira, suivi du regard plein d'affection de Marietta qui promettait de se retrouver plus tard.

Agnès mourut dans la nuit, procurant ainsi à Balian un surcroît de travail pour organiser des funérailles convenant à la dépouille d'une femme qui avait porté un roi. Et il fallait faire vite, les chaleurs de l'été n'autorisant pas une longue conservation.

Aussi, le soir même, le corps reçut les dernières bénédictions dans l'église des Hospitaliers. Le Patriarche officia en personne. Tous savaient ses relations avec la morte, mais la parole était l'une de ses séductions et il trouva des mots simples mais prenants pour décrire les cruels derniers jours d'une belle dame qui, de la volupté, avait fait son credo et qui sut cependant mourir dans le dépouillement et la pénitence. Chacun comprit qu'en lui pardonnant il s'était un peu pardonné lui-même, mais il n'y eut personne pour en sourire. Ensuite, à la lumière des torches, Agnès de Courtenay, comtesse de Sidon, alla reposer dans la crypte auprès de son premier gendre, Guillaume de Montferrat, mort depuis longtemps déjà... Les cloches avaient sonné en glas dès le départ du palais.

Thibaut pria d'un cœur sincère pour cette Agnès dont l'inconduite et l'avidité avaient fait tant de mal au royaume mais qui, pour lui, se rédimait dans l'amour constant qu'elle avait porté à son fils lépreux. Après quoi, il suivit Balian sur les remparts où l'on ne cessait d'accumuler les pierres, la poix, les fagots et les jarres d'huile destinés à être déversés sur l'assaillant lorsqu'il apparaîtrait. Ce qui ne pouvait tarder : les troupes de Saladin s'emparaient, l'une après l'autre, des petites villes autour de Jérusalem, achevant de l'entourer d'un cercle de fer et de feu qui – chacun s'en rendait compte ! – serait impossible à rompre sans le secours du dehors. Or, de secours, on n'en pouvait guère attendre. Les rois d'Occident étaient sourds aux appels incessants qu'on leur avait lancés. Quant au comte de Tripoli et au prince d'Antioche, ils étaient bien trop occupés à limiter les dégâts sur leurs propres terres – déjà amputées ! – pour se soucier le moindrement de Jérusalem.

Pourtant avec les réfugiés qui arrivaient encore et que l'on ne pourrait bientôt plus accueillir mais dont les hommes étaient capables de porter les armes, revinrent vers leurs maisons chevetaines des chevaliers du Temple et de l'Hôpital échappés aux diverses commanderies investies et qu'ils avaient préféré abandonner pour venir combattre autour du Saint-Sépulcre. Le Temple se repeupla et, à défaut du Maître toujours captif, un sénéchal fut nommé entre les mains duquel frère Thierry éprouva un vif soulagement à remettre les responsabilités du domaine et du trésor. Quant à Adam, Thibaut ne l'aperçut même pas dans les jours qui suivirent. Il devait avoir à faire. Fidèles à leur règle, les Templiers faisaient aumône largement chaque jour, accueillant et réconfortant qui en avait besoin. Malades et blessés, eux, encombraient l'Hôpital où les chevaliers à la robe rouge se dévouaient sans compter comme ils le faisaient depuis l'an 1048, lorsqu'ils n'étaient encore qu'une simple confrérie hospitalière à l'ombre du Saint-Sépulcre.

De jour comme de nuit, la ville bouillonnait d'activité. Balian d'Ibelin, infatigable, était partout à la fois, tranchant, organisant, dirigeant toutes choses avec une sûreté de vue qui faisait l'admiration de tous et les galvanisait. Pas question de se rendre comme des moutons dociles, de tendre le cou au sabre des infidèles ! On se battrait jusqu'à la mort ! Seuls les Grecs ne faisaient pas montre d'un enthousiasme délirant mais ce n'était pas nouveau : depuis toujours ils supportaient impatiemment la domination de leurs coreligionnaires latins et n'auraient vu aucun inconvénient à ce que l'on ouvrît largement les portes au sultan, mais Balian les tenait à l'œil et expliqua aimablement à leurs chefs que le moindre mouvement suspect serait puni de mort.

Thibaut cependant n'oubliait pas les dernières paroles de dame Agnès. Elle avait dit que Jocelin aimait et haïssait Ariane tout à la fois et qu'il l'avait mise « en sa maison ». Mais laquelle ? L'hôtel du sénéchal dans la rue Saint-Etienne, le château de Montfort à sept ou huit lieues d'Acre qu'Agnès avait obtenu pour lui de Baudouin, ou encore le palais du gouvernement d'Acre même dont il avait offert si benoîtement les clefs à Saladin presque au lendemain du drame d'Hattin ?

A bien y réfléchir et tel qu'il connaissait son géniteur, Thibaut penchait pour Montfort. Il avait déjà vu cette sombre forteresse dressée au cœur de la Galilée dans une région sauvage et d'accès difficile. L'endroit idéal pour y claquemurer quelqu'un que « l'on aimait et haïssait tout à la fois », parce que éloigné de tout secours. Il était possible, sinon probable, qu'à ce jour le château fût entre les mains d'un émir quelconque puisque, à présent, Saladin avait conquis la Galilée tout entière. En ce cas, la belle Arménienne – en admettant qu'elle fût encore vivante ! – était au pouvoir d'un Turc, jetée dans son harem ou Dieu sait quoi ! Cependant et par acquit de conscience, Thibaut décida d'aller tout de même visiter à fond la demeure hiérosolymitaine. Il la connaissait bien pour y être allé plusieurs fois avec Baudouin au temps où régnait le roi Amaury et où la sénéchalerie appartenait à Milon de Plancy, le second époux d'Etiennette de Milly assassiné à la Noël 1174 dans une ruelle d'Acre par un sbire aux ordres du comte de Tripoli. Milon avait alors un jeune frère, mort depuis longtemps, mais qui était leur ami et que l'on allait voir assez souvent durant la maladie qui devait l'emporter.

En y arrivant, Thibaut trouva grande ouverte la porte percée dans un mur aveugle et donnant sur la cour intérieure. Une foule de gens portant de maigres baluchons s'y pressait en dépit des efforts de Khoda, un esclave éthiopien, noir comme la nuit et puissamment musclé, que Jocelin avait payé très cher à son retour de captivité et dont il avait fait son homme de confiance. Sans doute s'en était-il remis à lui de garder sa maison lorsqu'il avait gagné son gouvernement d'Acre. Parce qu'il était très grand, Khoda paraissait impressionnant mais dans la conjoncture actuelle il ne pouvait pas grand-chose contre cette troupe de malheureux avides de trouver où se reposer, de quoi se nourrir et d'oublier leur peur. Ceux-là arrivaient de Jéricho mais il y en avait partout dans la ville que l'on accueillait plus ou moins mais pour lesquels, en général, les nobles demeures s'ouvraient largement dans ce grand mouvement de charité des moments désespérés. A quoi bon interdire à des chrétiens des maisons qui, demain peut-être, seraient aux mains des Turcs ?

Khoda, lui, n'avait pas l'air de l'entendre de cette oreille. On lui avait donné une maison à garder, il la gardait, un point c'est tout. Et pour ce moment il parlementait avec une dame dont Thibaut, en arrivant, ne voyait que la tête couverte d'un voile bleu retenu par un cercle d'argent ciselé. Il entendit aussi la voix de cette femme, haute et impérieuse :

– Ces malheureux sont exténués, à bout de forces, et ils ont besoin d'aide. Tu dois les laisser entrer parce que ce sont les ordres du bayle, sire Balian d'Ibelin !

Thibaut n'eut pas besoin d'en entendre davantage. Le cœur battant la chamade, il ouvrit la petite foule en quelques coups de ses larges épaules et se retrouva en face d'Isabelle.

– Vous allez être obéie, gracieuse dame, sinon cet homme pourrait apprendre ce qu'il en coûte de refuser les ordres du gouverneur.

Oh, la belle, la merveilleuse lumière qu'irradièrent en le reconnaissant les grands yeux bleus de la jeune femme ! Elle ébaucha le geste de tendre les mains vers lui mais se retint : les effusions n'étaient guère de mise en face de ce chien de garde hargneux. Qui d'ailleurs protestait :

– Khoda n'a qu'un maître qui lui a dit de veiller sur sa maison. Il n'en connaît pas d'autres !

– Eh bien, tu feras connaissance, répliqua Thibaut en tirant son épée dont il dirigea la pointe vers la gorge de l'esclave. Tu les laisses entrer ou alors...

Khoda lut sans doute sa mort dans le regard gris, froid et implacable qui lui faisait face, mais tenta encore de parlementer :

– Que dira le maître quand il reviendra ? Songe, seigneur, qu'il peut se montrer très cruel !

– Moins que moi, sois-en certain. En outre, je ne crois pas que ton maître revienne jamais ici. Ce qui fait de moi son héritier car je suis son fils ! Alors tu me donnes les clefs et tu nous laisses entrer !

Vaincu, l'Ethiopien s'exécuta, décrocha de sa ceinture un trousseau de clefs qu'il offrit en s'inclinant profondément, puis il s'écarta. Rengainant son arme, Thibaut s'efforçant de maîtriser un tremblement de plaisir offrit son poing à Isabelle pour qu'elle y pose sa main, et il la fit entrer dans la cour où les réfugiés pénétrèrent à leur suite. Hommes, femmes, enfants et vieillards se répandirent dans les salles du rez-de-chaussée avec des cris de joie et des bénédictions. Des femmes vinrent même baiser la main de Thibaut qui, avant de goûter les quelques instants de bonheur que le hasard lui accordait, cria :

— Quand ils seront reposés, les hommes valides devront se rendre à la citadelle pour s'y mettre aux ordres de sire Balian ! Le péril auquel vous venez d'échapper s'approche de nous et nous avons besoin de tous les bras disponibles.

— Pourquoi pas des nôtres ? lança une belle fille dont l'œil hardi ne cachait pas au chevalier qu'elle le trouvait à son goût. Nous pouvons servir, nous aussi : porter des pierres, faire bouillir l'huile, ramasser les flèches, aider les blessés...

— Soyez-en remerciée ! Toutes les bonnes volontés sont acceptées, répondit-il avec un sourire dont il voulut envoyer la fin à Isabelle.

Mais elle se penchait déjà sur une femme enceinte qui était en train de perdre connaissance. Thibaut vit alors qu'elle n'était pas seule comme il le croyait mais que trois suivantes l'accompagnaient munies de paniers remplis de charpie, de bandes, de baumes, d'huiles et de tout ce qui pouvait servir à des premiers secours. L'une d'elles était la grosse Euphémia, et elle portait du pain et du vin qu'elle se mit à distribuer.

Tout en portant secours à la femme avec une compétence qui surprit Thibaut, Isabelle distribuait des ordres pour faire tirer de l'eau du puits et chercher de la paille afin d'établir des couchages à peu près confortables pour les plus épuisés. Elle releva soudain la tête et regarda Thibaut :

– Rendez-vous utile, mon ami ! Il faut nourrir tout ce monde et il doit bien y avoir des réserves dans ce château !

D'un signe, il appela Khoda et lui posa la question. A laquelle l'esclave répondit d'un geste résigné, indiquant une porte derrière laquelle il y avait un escalier. Elle était, bien entendu, fermée à clef. Isabelle se les fit donner et se releva :

– Je vais avec vous. Je dois voir ce qu'il y a !

L'escalier ressemblait à tous les escaliers de caves : raide et glissant surtout pour les fins souliers d'une princesse. Isabelle dut s'appuyer sur Thibaut pour le descendre. Il était même si malcommode qu'en dépit de ce soutien elle manqua tomber mais son compagnon la rattrapa et ils se retrouvèrent dans les bras l'un de l'autre au bas des marches. A la sentir contre lui, le jeune homme eut un éblouissement. Sa robe de lin, du même bleu que ses yeux, était sans doute salie de poussière et de taches, mais Isabelle dégageait un délicieux parfum où se mêlaient la rose et le jasmin. En outre, le corps que le vêtement protégeait de sa mince épaisseur n'était plus celui d'une fillette, mais d'une jeune femme de dix-huit ans aux délicieuses rondeurs que les mains impatientes de Thibaut venaient de découvrir. De son côté, Isabelle répondit spontanément à son baiser brûlant d'une passion trop longtemps contenue sans cesser cependant de murmurer des « non... non... » de plus en plus faibles et de moins en moins convaincus.

Le regard de Thibaut fouillait déjà la cave, cherchant ce qui pouvait ressembler, même de très loin, à un lit nuptial, quand l'écho d'une plainte lui parvint... et l'arrêta net. Isabelle avait entendu elle aussi et, tout naturellement, le couple se désunit.

– Cela vient de par là ! dit Thibaut en désignant un couloir ouvert devant eux entre des jarres d'huiles, de vins et des sacs de nourritures de toutes sortes.

Empoignant la torche qui flambait à l'entrée de la cave, il se dirigea vers le fond où il y avait une porte, en assez mauvais état à vrai dire, mais munie d'une grosse serrure neuve. La plainte venait de derrière cette porte.

– Faites attention ! souffla Isabelle.

– Donnez-moi les clefs et prenez la torche !

Fébrilement, il fit un choix dans le trousseau, cherchant celle qui pouvait convenir, en essaya deux qui ne fonctionnèrent pas et finalement trouva la bonne qui était d'ailleurs la plus neuve. Bien huilée la serrure ne se fit pas prier et la porte, basse et épaisse, s'ouvrit, libérant une odeur pénible.

– Restez là ! intima Thibaut. Il y a peut-être une bête malade et dangereuse...

– On n'enferme pas si bien une bête, même de prix ! répondit-elle, logique, en lui rendant le luminaire.

Il se courba pour entrer, fouillant des yeux les ténèbres de ce qui n'était rien d'autre qu'un cachot, sans air ni lumière, où il lui était impossible de tenir debout. Et ce que lui montra la flamme lui arracha une exclamation horrifiée :

– Mon Dieu !

A peine couverte d'une robe en loques, une femme était recroquevillée sur de la paille pourrie qui répandait cette odeur affreuse. Un bracelet de fer soudé à l'une de ses chevilles la retenait à la muraille, mais dans l'état où était la malheureuse c'était vraiment une précaution superflue. En dehors de son corps sale, meurtri, d'une tragique maigreur et couvert de vermine, Thibaut ne vit d'elle tout d'abord que de longs cheveux noirs et emmêlés qui cachaient le visage. Elle n'avait pas paru s'apercevoir de l'entrée du jeune homme et continuait à gémir doucement.

Pris d'un pressentiment, Thibaut allait écarter les cheveux quand Isabelle, entrée derrière lui, s'en chargea :

– Doux Jésus ! C'est Ariane ! s'écria-t-elle en découvrant le mince et pâle visage couvert de meurtrissures où le sang avait séché.

Les yeux enfoncés dans le masque étaient clos, les traits creusés par la souffrance.

– Elle est sans connaissance ! gémit Isabelle. Il faut la soigner et d'abord la sortir de là. Il doit bien y avoir une clef qui ouvre ce bracelet ?

Il n'y en avait pas : le fer était soudé, indiquant bien que la malheureuse avait été condamnée à pourrir là jusqu'à ce que mort s'ensuive. Après quoi, il n'y aurait plus qu'à sceller la porte.

– Ce monstre paiera ça de sa vie ! gronda Thibaut. J'en fais le serment par mon épée !

– Ce monstre est... votre père, mon ami, fit Isabelle avec tristesse.

– Il m'a peut-être donné la vie, mais cela n'en fait pas un père. Et j'ai juré à votre frère mourant de veiller sur Ariane. Ne bougez pas ! Je vais envoyer Khoda chercher un forgeron. Il faut d'abord couper cette chaîne. Ensuite on verra...

Mais l'Ethiopien avait disparu, sachant bien qu'il risquait, le premier, de subir la colère du chevalier. Thibaut alors se planta au milieu de la cour à présent pleine de réfugiés :

– Y a-t-il un forgeron parmi vous ?

Un homme barbu se présenta, traînant après lui un lourd sac de cuir où était sa forge et un autre plus petit où étaient ses outils.

– On m'appelle Simon d'Hisham et je viens de Jéricho.

– C'est bien. Attends-moi un instant !

Il grimpa à l'étage, trouva sur un lit une couverture de soie pourpre, la mit sous son bras et rejoignit le forgeron. Ensemble ils se rendirent à la cave où Simon n'eut aucune peine à trancher la chaîne.

– Pour le bracelet, ce sera plus délicat, mais je pense y arriver sans blesser cette pauvre femme. Dans quel état, mon Dieu ! Dans quel état !

Thibaut étendit la couverture sur le sol du couloir, puis il voulut emporter Ariane pour l'y déposer. Simon protesta timidement :

– Laissez-moi faire, sire chevalier. Le contact de votre haubert pourrait lui faire mal.

Thibaut, en effet, ne quittait sa carapace de mailles que juste le temps de se laver au berquil de la citadelle. Comme tous les défenseurs de la ville, il vivait et dormait avec. Avec cette douceur que savent montrer certains hommes très forts, Simon enleva Ariane de sa couche infâme et vint l'étendre sur la somptueuse couverture où Isabelle, dont les larmes coulaient à présent, l'enveloppa avec délicatesse.

– Je la porte dans une chambre ? demanda Simon.

– Non. Nous allons l'emmener chez ma mère, à l'hôtel d'Ibelin. Il faut un médecin ! Chargez-vous d'en trouver un, Thibaut ! Moi, je montre le chemin... Je te donnerai de l'or, forgeron, pour ta peine. Surtout si tu parviens à lui ôter ce fer sans lui casser la cheville.

Abandonnant à Isabelle la suite des opérations, Thibaut prit sa course en direction de la Juiverie en priant Dieu pour que Joad ben Ezra y soit encore, chose dont il n'avait pas eu le temps de s'assurer.

L'habile médecin juif habitait toujours sa maison du Figuier, mais il n'y était pas. L'afflux de réfugiés multipliait à l'infini ses heures de travail. Cependant Thibaut le découvrit dans la rue de Josaphat, non loin de la poterne du même nom, occupé à enduire d'un baume les brûlures d'une femme qui s'était ébouillantée avec son chaudron. Son impatience dut se contenir jusqu'à ce que celle-ci soit convenablement pansée. Joad refusa de le suivre tout de suite, arguant de malades sérieux qu'il lui fallait visiter.

– Ils attendront ! décida Thibaut. Ariane l'Arménienne est en grand péril et a besoin de vous. Vous vous en souvenez, j'espère ?

– Celle que le roi Baudouin appelait son ange ? Oh oui, je m'en souviens, et j'ignorais qu'elle fût malade : on ne m'appelle plus au palais depuis la mort du mesel !

– Elle n'est plus au palais.

Chemin faisant, Thibaut expliqua de son mieux les circonstances de la découverte et l'état dans lequel se trouvait la jeune femme. Ils la rejoignirent dans la chambre d'Isabelle et Simon était encore auprès d'elle : il achevait de limer, à coups prudents et après que l'on eut protégé le pied blessé avec autant de charpie possible, le morceau de fer refermé autour de la cheville.

– J'ai préféré qu'il opère pendant qu'elle est encore inconsciente, expliqua Isabelle. Elle semble n'avoir rien senti... ou alors peu de chose.

Simon repartit avec une bourse bien garnie et bien méritée, le médecin mit tout le monde dehors, y compris Thibaut, ne gardant auprès de lui que la seule Isabelle dont il savait qu'elle pouvait lui être d'une aide efficace. Thibaut pendant ce temps alla dans le jardin saluer celle que l'on appelait toujours la reine Marie et qui était en train d'apprendre ses prières à sa plus jeune fille, Marguerite, une bambine de deux ans, la quatrième des enfants nés de son mariage avec Balian. La petite Helvis, la troisième, se tenait à leurs côtés, s'efforçant de troubler la leçon en taquinant le nez de sa petite sœur à l'aide d'un brin de jasmin. Les deux aînés, Jean et Philippe, étaient déjà remis aux mains des hommes pour commencer leur éducation chevaleresque.

Le groupe ainsi formé était charmant dans le décor fleuri de ce jardin forcément peu étendu. Le rire des petites était contagieux et Marie Comnène une mère peu sévère. Elle riait avec elles, offrant sans s'en douter une image reposante pour celui qui arrivait, les yeux encore emplis de l'affreux spectacle qu'il venait de contempler venant après ce qu'une ville prête à un siège sans merci lui montrait jour après jour.

Marie avait toujours apprécié Thibaut. Elle le reçut comme on reçoit un ami perdu de vue depuis longtemps. Elle lui présenta ses filles – habillées comme elle-même à présent à la mode franque –, puis, les ayant rendues à leur nourrice, elle n'attendit pas davantage pour poser la question que son époux n'avait pas jugé bon de formuler :

– D'où vient, sire Thibaut, que vous n'ayez point regagné le Temple et revêtu son habit ? Nous avons pourtant appris de mon cher époux que vous avez fait profession ?

– Je l'avais fait, madame, mais du bout des lèvres et poussé par la nécessité sur le conseil et sous le parrainage d'un ami. A présent et surtout après ce que j'ai vu et su des agissements de celui qui en est le Maître, je ne supporte plus l'idée de lui obéir en aveugle comme le veut la règle. Si le Temple a été grand, il ne l'est plus et j'ai décidé de prier Dieu à ma façon, désormais. En outre, j'avais juré au roi Baudouin de veiller sur la seule femme qu'il ait aimée d'amour. Aujourd'hui nous l'avons retrouvée, dame Isabelle et moi. Si elle vit, il faudra que je m'en occupe...

— Pourquoi ne serait-ce pas nous ? Ariane a vécu des années auprès de ma fille. Une véritable affection les unissait et sa place est marquée dans notre famille...

A ce moment, Isabelle se montra à l'entrée du jardin et fit signe à Thibaut de la rejoindre. Dans la salle basse où débouchait l'escalier, Joad ben Ezra attendait, la mine très sombre.

— Eh bien ? fit Thibaut.

— Elle est faible et la mort n'aurait guère attendu si vous n'étiez venu à son secours... Mais je me demande si cela n'eût pas mieux valu.

— Et pourquoi s'il vous plaît ? s'insurgea Thibaut.

— Ecoutez-moi sans colère, je vous en prie, car c'est à elle que je pense. Ce qu'on lui a fait subir est abominable. Cette malheureuse a été battue, blessée, brûlée, violée à plusieurs reprises sans doute et avec une rare sauvagerie car son intimité est déchirée. Affamée aussi je pense : elle est maigre à faire peur et dans les derniers jours son gardien qui devait avoir des ordres a oublié de lui donner à boire.

— Mais enfin cela ne se peut-il réparer ?

— Si... mais en d'autres conditions. Elle est atteinte de la lèpre...

— Non !

Le cri, c'était Isabelle qui l'avait poussé en se laissant tomber sur les genoux, le visage caché dans ses mains. Thibaut, lui, crut sentir la terre vaciller sous ses pieds.

— Maître ben Ezra ! Savez-vous ce que vous dites ?

– Je ne le sais que trop ! Sire Thibaut et vous, noble dame, n'allez pas pouvoir la garder ici. Cette maison est pleine de pauvres gens qui ne demandent qu'à vivre.

– Bientôt peut-être, c'est à Saladin qu'il leur faudra adresser cette demande... Lépreuse ! murmura-t-il pour lui-même car à cet instant affreux il oubliait les autres mais les autres cependant l'entendaient. C'est impossible !... Il ne l'a jamais touchée... sauf une seule fois et il y a si longtemps !

– Cela peut suffire, souffla le médecin devinant à qui le chevalier faisait allusion. En réalité, nous ne savons pas grand-chose des moyens de transmission du mal. Par contact sans doute, mais peut-être pas uniquement. Ainsi un enfant, né de parents sains tous les deux comme l'étaient le roi Amaury et dame Agnès, peut-il en être touché. De même, nous ignorons combien de temps le mal met à devenir apparent...

Il parlait, parlait à présent sans reprendre souffle comme s'il essayait de noyer dans ce flot de paroles l'horreur de cet instant. Thibaut, lui, ne l'entendait plus, rendu sourd par la colère dont se gonflait son cœur. Ainsi Ariane, torturée, écrasée, n'aurait trouvé un refuge que pour s'en voir chasser ? Dieu allait-il permettre que cette vie donnée tout entière à l'amour le plus pur s'achève misérablement dans l'abomination d'une maladrerie hors les murs à laquelle les Turcs, lorsqu'ils arriveraient, se hâteraient de mettre le feu ?

Il regarda autour de lui, aperçut dans l'escalier et aux portes des visages apeurés ; il vit Isabelle toujours à genoux et les épaules courbées, priant, les yeux clos, avec une ardeur qui blanchissait la jointure des doigts. Il entendit le silence. Un silence né de la peur et qui, déjà, rejetait aux ténèbres extérieures celle qui reposait là-haut...

Alors une immense colère, une sorte de fureur sacrée s'empara de lui. Bousculant servantes et valets, il remonta l'escalier comme une tempête, se jeta dans la chambre et resta un instant au pied du lit à regarder la malade. On l'avait abreuvée, lavée, revêtue d'une chemise blanche, et elle semblait un peu moins misérable, plus calme aussi, mais il savait trop à quelle cruauté peuvent pousser la peur et la bêtise car, sur le front débarrassé du sang séché et de la crasse, paraissant couler de la racine des cheveux noirs, deux taches brunes se montraient qui lui en rappelaient d'autres.

Que devait-il faire pour éviter l'horreur suprême à la bien-aimée de Baudouin ? La tuer là, dans ce lit ? Sa main chercha machinalement la poignée de sa dague. Mais au moment où il allait la tirer, quelque chose retint sa main, une force inconnue contre laquelle il ne pouvait rien. Et puis, soudain, comme un torrent de lumière, une idée folle, sublime, insensée mais tellement digne de la belle histoire d'amour dont ne restait que ce pauvre vestige humain !

Se penchant sur le lit, il enleva à la fois Ariane et le drap posé sur elle dont il l'enveloppa. Elle pesait si peu et ses forces à lui se décuplaient. Il l'emporta jusqu'à l'escalier.

– Arrière, vous tous ! tonna-t-il en dévalant les marches.

– Thibaut ! cria Isabelle. Que prétendez-vous faire ?

Il traversait déjà la cour et ne répondit pas. Alors, elle se lança à sa suite, ramassant ses robes pour ne pas se laisser distancer. L'un derrière l'autre, ils remontèrent la rue coupée de marches qui montait au Saint-Sépulcre sans trébucher une seule fois dans les ombres du crépuscule. En face de cette charge furieuse, tous s'écartaient, se signaient, puis, la première surprise passée, se précipitaient derrière eux, avides de voir ce qui allait se passer.

Devant la basilique, il y avait des gens à genoux et Héraclius qui leur délivrait une quelconque homélie. Voyant ce groupe impétueux se ruer vers l'entrée, le Patriarche voulut s'interposer.

— Arrière ! hurla de nouveau Thibaut. Laisse-moi passer, prêtre sans foi, et j'oublierai pour un temps que tu as fait assassiner Guillaume de Tyr !

Dans la course, le drap avait glissé, découvrant le visage d'Ariane qu'éclaira un dernier rayon de soleil.

— Mais cette femme est... meselle ! balbutia le Patriarche affolé. Où prétends-tu l'emmener ?

— Là où elle doit aller. Place, Patriarche ! Ou crains la colère de Dieu sinon la mienne !

L'échine un peu courbée, l'œil dilaté comme un fauve face au dompteur, Héraclius recula et, derrière lui, s'ouvrit docilement la chaîne des chanoines et des diacres qui fermait l'entrée. D'un pas devenu soudain solennel, Thibaut pénétra dans l'église, fit une génuflexion sans que ses bras faiblissent, puis, tournant le dos à l'Anastasis, il gagna l'escalier menant à la crypte où reposaient les rois de Jérusalem. Comme le Tombeau du Christ, elle était éclairée jour et nuit mais plus modestement : deux gros cierges de cire de chaque côté de la sépulture de Baudouin IV auprès de laquelle se voyait celle, si petite, de l'enfant de Sibylle. Sans hésiter, Thibaut déposa doucement son fardeau sur la dalle de marbre turquin où les deux flammes jaunes allumaient des profondeurs étranges, puis, tombant à genoux, il se courba jusqu'à ce que son front vînt toucher la pierre froide.

— Me voici, mon roi ! murmura-t-il si bas que nul ne l'entendit, même pas Isabelle agenouillée à présent de l'autre côté du tombeau. Et voici celle qui t'a tant aimé jusqu'à souhaiter mourir avec toi du plus affreux des maux. Et me voici, moi, ton féal à qui tu l'avais confiée et qui n'a pas su veiller sur elle. Alors je te l'apporte pour que toi tu en prennes soin et me dises, s'il plaît à Dieu, ce que doit être son sort. Et je vais prier, prier et prier encore jusqu'à ce que j'entende ton souffle à mon oreille ! *In nomine Patris et Filii et Spiritus Sanctus*...

Et Thibaut pria. Longtemps. Le temps coulait sans qu'il s'en aperçût tant était fervente la supplication qu'il adressait au Seigneur crucifié et ressuscité et au Père de tous les vivants. Et rien ne venait. Celui qui dormait là ne l'entendait pas sans doute car la voix espérée ne résonnait pas dans la tête du chevalier. Sa prière se fit plus ardente, plus pressante. Il voulait prier jusqu'à son dernier souffle s'il le fallait... Et soudain il entendit une voix toute proche, mais c'était celle d'Isabelle :

– Regardez !

Sur le glaçage bleu sombre du tombeau les flammes des cierges faisaient vivre l'étroit visage immobile sur lequel toute trace avait disparu et surtout les tragiques marques brunes. La peau du front était à nouveau de pur ivoire et les mains croisées sur la poitrines bien nettes.

N'en croyant pas ses yeux, Thibaut releva la tête et son regard rencontra les yeux émerveillés d'Isabelle que des larmes de joie faisaient étinceler comme deux étoiles bleues.

– Loué soit le Seigneur ! souffla-t-elle. Le mal a disparu ! Dieu a permis qu'au tombeau de son serviteur Baudouin, celle qu'il aimait soit délivrée de la lèpre. Elle est guérie ! Guérie !

Triomphant, le cri résonna sous les voûtes, s'enfuit vers l'envolée des marches où s'entassaient les desservants de la basilique. L'un d'eux le reprit, puis un autre et encore un autre. Cela devint une clameur célébrant le miracle insigne et la gloire de Dieu... un alléluia immense qui emplit l'église, déborda sur le parvis et galvanisa la foule en prière. Tellement que le Patriarche fit fermer en grande hâte les portes de bronze du Saint-Sépulcre pour empêcher la ruée vers les tombeaux, puis descendit lui-même à la crypte. Ce qu'il vit le laissa bouche bée : la princesse Isabelle et le bâtard de Courtenay, rayonnants de joie, se penchaient sur la lépreuse de tout à l'heure dont il était évident qu'une incroyable grâce venait de lui être accordée. Ils l'aidaient à descendre du tombeau, mais il fut vite flagrant qu'elle était encore trop faible pour se tenir debout et Thibaut l'enleva dans ses bras pour la remonter à l'air libre. Alors Héraclius s'avança :

– J'ai fait fermer les portes afin d'éviter que le peuple ne se répande ici. Vous allez sortir...

– Nous allons sortir par l'entrée principale, coupa Thibaut trop heureux pour se montrer agressif. Une telle manifestation de la puissance de Dieu ne se cache pas. Le peuple a le droit de voir. Surtout à une heure où le péril s'approche de lui.

Trop troublé pour objecter quoi que ce soit, Héraclius donna l'ordre demandé et Thibaut portant Ariane et suivi d'Isabelle parut au seuil à présent éclairé par des dizaines de torches. La clameur reprit, puis s'éteignit soudain comme une chandelle que l'on souffle, et ce fut au milieu d'une foule à genoux que les jeunes gens traversèrent la place au bout de laquelle ils trouvèrent Balian d'Ibelin dont le visage fatigué brillait de joie lui aussi.

– Une guérison miraculeuse ! exhala-t-il. C'est inespéré et cela va conforter les courages de tous. Ils vont en avoir besoin...

– Le Seigneur fera peut-être un autre miracle ? avança Isabelle.

– Peut-être, après tout ? En ce cas, il faudrait que ce soit bientôt. Les guetteurs signalent des incendies autour de la ville.

Toute la nuit, le peuple de Jérusalem se massa aux abords du Sépulcre, avec des chants d'espérance et de grandes prières. Mais quand le jour se leva, il éclaira l'armée de Saladin qui, avec ses fortes troupes et ses machines de siège, prenait position en vue des remparts...

L'heure du combat approchait mais tous, à présent, s'y préparaient avec un courage renouvelé...

Ce fut le lendemain seulement qu'Ariane, ramenée à l'hôtel d'Ibelin en dépit des protestations du Patriarche qui prétendait l'installer chez les Hospitalières, put retracer pour Isabelle et Marie ce qu'avait été son calvaire aux mains de Courtenay. Elle dit comment, les premiers jours, il l'avait attachée à son lit pour assouvir encore et encore un désir monstrueux qui semblait renaître dès qu'il s'apaisait. Cela avec le maximum de brutalité et une sorte de rage destructrice qui n'avait pas le moindre rapport avec l'amour. Et puis, quand il avait obtenu le gouvernement d'Acre, il l'avait enchaînée dans le caveau en donnant à Khoda des ordres précis. La captive ne devait être nourrie que juste ce qu'il fallait pour la garder en vie sans lui accorder le moindre soin : Courtenay voulait la retrouver encore capable de souffrir quand il reviendrait. Mais si la ville était menacée, Khoda ne rouvrirait plus la porte du cachot, laissant la prisonnière mourir de soif et de faim. Quand on l'avait recueillie, Ariane ne se rappelait plus depuis combien de temps elle n'avait pas revu l'Ethiopien...

– Mais enfin, il y a quelque chose d'incompréhensible. On disait que le sénéchal craignait les maladies au point de faire collection de tous les remèdes dont il entendait parler et entretenait même un apothicaire pour son seul usage. Comment se fait-il qu'il t'ait violée à plusieurs reprises, toi qui étais meselle ?

– Je ne l'étais pas quand il s'est emparé de moi. C'est lui qui m'a infectée. Le mal est en lui depuis longtemps... même s'il a mis plusieurs années avant de se manifester.

– Ainsi cette malédiction dont a tant souffert mon frère bien-aimé lui venait des Courtenay ?

– Ce n'est pas ce que pensait le sénéchal. C'est moi et nulle autre qui, selon lui, étais la cause première quand, la nuit du mariage de la reine Sibylle, il m'a attaquée dans un couloir du palais. Souvenez-vous, madame, je venais de vivre le seul instant d'amour charnel que m'ait donné mon roi et mon sang avait coulé...

– Et tu aurais transmis le mal de mon frère sans en être atteinte toi-même ? Allons donc ! Je croirais plutôt qu'elle lui est venue d'une des nombreuses femmes qu'il a mises dans son lit. Quand le mal n'est pas apparent, comment savoir ? Tous les mesels ne sont sans doute pas en ladrerie...

Cependant, il se pouvait que Courtenay ait eu raison. Lorsque Isabelle rapporta à Thibaut ce que lui avait dit Ariane, il se souvint alors des plaintes que Marietta émettait parfois touchant sa réserve d'huile d'encoba rapportée de Damas et qui diminuait d'inexplicable façon. Jamais on n'avait réussi à prendre le voleur, mais à la pensée que, ce faisant, Jocelin de

Courtenay abrégeait la vie du roi, le bâtard sentait croître sa haine :

– Pour cela et ce qu'il a fait à Ariane, je le tuerai de mes mains si le Dieu de vengeance le met sur mon chemin !

– Vous seriez parricide, Thibaut ! C'est péché mortel... et puni du bûcher sur cette terre.

– Que m'importe ? Dieu qui voit mon âme sera compatissant.

– Mais à moi il importe beaucoup, mon ami, murmura Isabelle. Que deviendrais-je si vous disparaissiez à jamais ?

– Cela veut dire que vous m'aimez toujours ? Oh, ma douce dame, dites-le-moi par grâce !

– Je n'en ai pas le droit. Mon époux est captif, en péril de mort peut-être et ce serait le rejeter. Il ne le mérite pas car, s'il n'est pas un preux, il est doux, tendre, dépourvu de toute méchanceté et il m'aime grandement.

– Vous lui avez donc pardonné sa... dérobade ?

– Comment faire autrement ? Il pleurait tant et tant que j'en ai eu pitié. Alors... non, mon chevalier, je ne vous dirai pas que je vous aime... même si c'est vérité ! ajouta-t-elle en lui tendant une main qu'il baisa impétueusement avant de repartir au pas de course.

En allant rejoindre Balian sur le rempart nord, Thibaut se sentait des ailes...

Face à Jérusalem, Saladin était resté un long moment en méditation devant la beauté de cette ville – la troisième de l'Islam ! – que dorait tendrement le soleil adouci du début de l'automne. Il ne souhaitait pas la détruire, mais seulement la vider de tous ces chrétiens impurs pour qui elle était l'image du royaume céleste.

Alors il fit parvenir un message à ses défenseurs : s'ils se rendaient à merci, lui, Saladin, épargnerait les vies et les biens des habitants. Depuis sa victoire aux Cornes de Hattin, il agissait en effet – quand il se trouvait là en personne, ses émirs se comportant de tout autre façon ! – en vainqueur magnanime. Il traitait avec mansuétude les populations conquises, surtout celles d'origine grecque ou syrienne, afin de leur faire comprendre qu'il venait vers eux en libérateur. Ils n'avaient donc rien à craindre de lui pour leurs vies ou leurs biens. Et naturellement, les Grecs se prononcèrent aussitôt pour la reddition. Ce que voyant et peu désireux de garder des gens susceptibles de le frapper dans le dos, Balian les rassembla avec leurs biens et les fit conduire hors les murs. Marie Comnène étant grecque d'origine, Saladin lui écrivit pour lui proposer de se mettre sous sa protection avec ses enfants, mais elle refusa de quitter l'époux qu'elle aimait toujours tendrement.

Cela fait, le siège commença et il fut vite évident qu'il serait dur. Saladin voulait récupérer ses lieux saints : le Haram es-Chérif (le Dôme de la Roche) et la Lointaine. Les Francs, eux, entendaient défendre une ville qui, pour eux, n'était pas la troisième, mais la première, l'unique, le réceptacle trois fois saint du Tombeau de Jésus. Ils ne se rendraient pas sans résistance, même s'ils n'étaient qu'un peu plus de six mille combattants – dans une ville qui, avant Hattin, comptait environ cent mille habitants ! – contre une multitude. Mais ils avaient la foi chevillée au cœur et les Turcs s'en aperçurent.

Avant même que les bannières du Prophète ne surgissent dans les monts de Judée, Balian d'Ibelin et son monde n'étaient pas restés inactifs. Les fossés avaient été recreusés, les portes renforcées, des pierriers et des mangonneaux dressés sur les remparts où s'accumulaient quartiers de rocs, bûches et chaudrons pour l'huile bouillante, et les accès les plus larges considérablement rétrécis. Les femmes prêtaient main-forte et aussi les enfants. Au chant des cantiques, chacun se démenait de son mieux pour la survie de sa cité.

Ce fut un siège assez court – quinze jours –, mais d'une rare violence. Saladin avait mis en batterie deux grosses machines auxquelles répondaient celles des remparts. Les Francs tenaient bon et, sur plusieurs points, passèrent même à la contre-attaque. Le sultan, un moment, conçut un doute pour le succès de son expédition : ces gens étaient vraiment habités par cette foi capable de soulever des montagnes. En outre, on disait qu'un miracle s'était produit, ce qui est bien le meilleur des encouragements. On pouvait d'ailleurs voir, sur les murailles, des prêtres brandissant la croix au mépris du danger pour conforter les courages.

Ce ne fut, hélas, qu'un instant. Les sapeurs égyptiens de Saladin qui travaillaient à l'abri des machines de siège réussirent à ouvrir une brèche dans la muraille. Alors les chefs des défenseurs conçurent un projet aussi hardi que désespéré : tenter une sortie en masse, à la faveur des ténèbres, afin de s'ouvrir un passage ou mourir les armes à la main.

Héraclius s'interposa. En dépit des chocs produits par la mort d'Agnès et le miracle sur ce prêtre à peu près incroyant, ils ne l'avaient pas changé au point de lui faire désirer la palme du martyre. Comme tous les lâches, il trouva de bons arguments : la sortie laisserait sans défense les non-combattants, surtout les enfants, que Saladin ne manquerait pas de convertir à l'islam, donc de perdre leurs âmes.

Balian se résigna à demander une entrevue au sultan et se rendit à son camp flanqué du seul Thibaut et de son chroniqueur Ernoul. Il venait offrir la reddition de la ville contre la libre sortie de ses habitants.

Une première surprise attendait les ambassadeurs quand ils furent sous la grande tente jaune : le sultan usait d'un interprète, et cet interprète n'était autre qu'Onfroi de Toron, le si peu vaillant mais très cultivé époux d'Isabelle. Et en passant par sa douce voix, la réponse de Saladin prit une si étrange résonance qu'agacé il acheva lui-même son discours qui était un refus : il voulait la reddition à merci et ajouta :

– Je ne me conduirai pas envers vous autrement que vos pères envers les nôtres qui ont été tous massacrés ou réduits en esclavage.

S'efforçant de maîtriser sa colère, Balian d'Ibelin répondit :

– En ce cas, nous égorgerons nous-mêmes nos fils et nos femmes, nous mettrons le feu à la ville ; nous détruirons le Temple et tous les sanctuaires qui furent aussi les vôtres. Nous massacrerons les cinq mille captifs musulmans que nous détenons ainsi que les bêtes de somme, puis nous sortirons en masse et soyez certains qu'aucun de nous ne tombera sans avoir abattu au moins l'un d'entre vous. Alors tu pourras entrer dans Jérusalem, sultan, mais elle ne sera plus qu'un monceau de ruines baigné dans le sang.

Le silence, à cet instant, pesa le poids de milliers de vies humaines. Dans les deux camps chacun retenait sa respiration. Puis, d'une voix qui avait retrouvé tout son velouté, Saladin soupira :

– J'ai peut-être le moyen de t'amener à composition, si tu aimes ton Dieu comme tu le prétends...

Il frappa dans ses mains et aussitôt un rideau se souleva pour livrer passage à un grand mamelouk élevant dans ses deux mains le chef-d'œuvre d'or ciselé contenant le bois du supplice du Christ : la Vraie Croix était devant les chefs francs.

Thibaut retint un cri de stupeur tandis que, d'un même mouvement, quasi machinal tant il était pour eux habituel et naturel, lui et ses deux compagnons mettaient genou en terre. Des larmes de douleur leur vinrent qu'ils refoulèrent de toutes leurs forces, car c'était pour eux un coup terrible tant ils étaient sûrs que leur divin symbole avait été bien caché. Le cœur de Thibaut battait à se rompre tandis que son visage brun devenait couleur de cendre.

– Je te la rends contre la ville ! dit Saladin avec un grand calme. Tu peux la prendre et partir où tu veux avec ceux qui t'accompagnent. Sois sans crainte, je prendrai soin de ton épouse et de tes enfants qui seront conduits en sûreté auprès des leurs.

Mais déjà Balian était debout, tremblant de tous ses membres tant l'heure lui était cruelle. Cependant son regard sombre, scintillant de larmes était ferme et résolu comme sa voix même :

– On te dit homme de foi, craignant ton Dieu et le mettant au-dessus de toutes tes actions, de toutes tes pensées. Le marché que tu m'offres est pour moi insoutenable. Voir la Croix sainte entre tes mains est une trop grande douleur pour moi. Si tu as l'âme aussi noble que certains le prétendent, tu n'en feras pas l'objet d'un marché qui me déchire...

Saladin allait répondre quand Thibaut se fit entendre :

– Accordez-moi un instant, sire Balian...

On le laissa approcher de la grande croix d'or sertie de pierres. Il se remit d'abord à genoux puis, après l'avoir examinée un moment, il se releva :

– Apaisez-vous, Balian d'Ibelin. Vous n'aurez pas à mettre en balance votre foi et votre honneur. Ceci n'est pas la Vraie Croix !

Aussitôt Saladin réagit :

– Tu ne manques pas d'audace, chien d'infidèle. Tu oses m'accuser de mensonge ?

– Non. Il se peut que tu aies été toi-même abusé... par un de tes émirs désireux de te plaire.

– Aucun n'oserait. Et toi, qu'est-ce qui te permet d'affirmer pareille sottise ?

– Le simple fait que je connais bien la Vraie. Pendant des années, depuis que je suis en âge de porter l'épée et la lance, je l'ai suivie de près dans le sillage du roi Baudouin qu'elle précédait en cas de péril pour le royaume, et il n'a été vaincu que le jour où elle n'était pas là ! Après sa mort, je l'ai revue de plus près encore puisqu'il m'est arrivé d'être commis à sa garde immédiate...

– Et alors ?

– La réputation des orfèvres damasquins n'est plus à faire, seigneur, et ils ont produit là une œuvre admirable. L'or employé est le plus pur. Perles et pierres sont de qualité. Seulement cet or justement est trop neuf, trop net : celui de la Vraie Croix porte des petites bosses et de légères égratignures. En outre, le renflement du fût qui permet de la porter est orné de trois rubis et de trois topazes d'un doré profond ; je ne vois ici que des rubis. Que devons-nous conclure, seigneur ?

– Que tu es habile, chevalier. Ce n'est pas la première fois que je m'en aperçois, mais je te crois honnête : es-tu prêt à jurer, sur ton honneur et le salut de ton âme, que tu as dit la vérité ?

Les yeux dans ceux du sultan et son poing ganté d'acier sur son cœur, Thibaut jura :

– Sur le salut de mon âme, mon honneur et ma foi, je jure que cette croix n'est pas celle au pied de laquelle j'ai si longtemps combattu !

La poitrine oppressée de Balian se dégonfla en un profond soupir de soulagement tandis que, du geste, Saladin faisait remporter la croix. Ce qu'il venait d'entendre, comme la résolution farouche de Balian, le plongea un moment dans un silence que nul ne s'avisa de rompre. Enfin il donna sa décision : les chrétiens de Jérusalem pourraient racheter leur vie moyennant dix besants d'or par homme, cinq pour les femmes et un pour les enfants. Balian alors reprit :

— Certes, beaucoup pourront payer, mais pas tous. Il y a beaucoup de pauvres gens incapables de trouver une telle somme. Aussi toutes ces femmes, ces enfants qui n'ont plus rien parce que vous avez tué ou pris leurs protecteurs naturels.

— Soit. La ville devra donc payer cent mille besants pour le rachat de vingt mille de ces malheureux... Je ne descendrai pas en deçà.

Il fallut bien s'en contenter. Satisfait malgré tout de ce qu'il avait pu sauver, Balian se disposait à regagner Jérusalem quand le sultan le pria de bien vouloir patienter un instant : il souhaitait s'entretenir quelques minutes avec son compagnon. Il accepta avec un haussement d'épaules, refusant les rafraîchissements qu'on lui offrait en disant qu'il préférait attendre au-dehors.

— Prétends-tu toujours être en mesure de me livrer le Sceau ? demanda Saladin. Tu n'es pas allé le chercher en quittant Tibériade.

— Comment le sais-tu, seigneur ?

— Vous avez été suivis, toi et ton ami. J'avais donné ordre qu'on vous laisse assez de liberté pour que vienne la tentation de fuir.

— Pourquoi l'aurais-je fait ? Cet objet ne m'importe pas à moi, dès l'instant où je ne peux plus obtenir en échange la liberté pour Jérusalem.

— Qu'en sais-tu ?

– N'essaie pas de me leurrer, grand sultan ! Il y a trop longtemps que tu veux la Ville sainte pour la lâcher maintenant. J'ai raison ?

– Tu as raison. Pourtant ce m'est une douleur de savoir que par ta seule obstination, je ne peux glisser à mon doigt le Sceau du Prophète – loué soit son nom jusqu'à la fin des temps !

– Et moi, ce m'est une douleur plus grande encore de voir s'écrouler sous tes coups le plus beau royaume de la Terre auquel j'ai voué ma vie et qui est mon pays. Ce qui n'est pas ton cas puisque tu es kurde. Penses-y, seigneur, cela te consolera de laisser t'échapper l'infime parcelle de pouvoir dont tu rêvais encore. Tu es empereur ; tu n'as pas besoin d'être pape !

Et sans que Saladin tente seulement de s'y opposer, il rejoignit Balian. Revenu derrière les remparts, celui-ci réunit les chefs des quartiers, les Templiers et les Hospitaliers, comptant sur les trésors des deux ordres pour payer les cent mille besants des pauvres gens, mais il s'aperçut que ce ne serait pas si facile : en dépit de leur richesse certaine, ils prétendirent être incapables de réunir pareille somme. Tout ce que l'on réussit à obtenir d'eux fut de quoi libérer sept mille personnes. Ni ordres ni prières n'y firent rien. Et comme Balian qui, lui, donnait tout ce qu'il avait se laissait aller à la colère, Thibaut émit l'idée que, pour les Templiers, la plus grande partie de leur trésor pouvait bien avoir déjà quitté Jérusalem.

– Il est, dit-il, des moyens de sortir du Temple sans passer par les portes et sans être vu de quiconque... Le trésor est loin, j'en jurerais !

Cette certitude s'appuyait sur une excellente raison : pas une seule fois, durant le siège, il n'avait aperçu Adam parmi ceux des frères qui se battaient aux remparts ; et quand, une fois dictées les conditions de

Saladin, il se rendit à la maison chevetaine pour demander à lui parler, les sergents du poste de garde, qui ne le connaissaient d'ailleurs pas, lui dirent que frère Adam et deux autres frères avaient quitté le Temple dès avant l'arrivée des Turcs pour conduire à la côte un groupe d'habitants de la ville qui souhaitait s'en éloigner et tenter de gagner les ports encore libres de la côte syrienne ou peut-être aller jusqu'à Byzance.

Pourquoi pas l'Occident ? pensa Thibaut. Il ne voyait pas bien, en effet, ce qu'Adam pourrait aller faire chez des gens aussi peu sûrs depuis la mort de l'empereur Manuel. En revanche, il le voyait très bien mettre à couvert le trésor du Temple sous couleur d'escorter des fugitifs. Et pourquoi donc les Tables n'en feraient-elles pas partie ?

Mission remplie, Adam devait à cette heure voguer sur les mers en direction de la Provence d'où il rejoindrait sa Picardie natale. Mais même si Thibaut reconnaissait que son ami avait tout fait pour l'entraîner à sa suite, il n'en éprouvait pas moins une profonde tristesse en pensant qu'il ne le reverrait sans doute plus. Cette pensée était aussi douloureuse que s'il venait de perdre un frère. Peut-être même davantage !

En attendant, on réunissait le plus d'or possible pour racheter le plus possible de chrétiens. Quant à Saladin, il tenait ses promesses. Une escorte fut envoyée à Marie Comnène, à sa fille Isabelle et à ses autres enfants pour les accompagner d'abord chez le sultan où ils furent accueillis avec honneur, ensuite jusqu'à Tyr qui était, sur la côte méditerranéenne, le seul refuge possible, avec Tripoli et le port de Saint-Siméon, qui desservait Antioche. En outre, il donna des ordres sévères pour que les principales artères fussent gardées par ses troupes qui avaient défense formelle de molester quiconque ou de se livrer au pillage. Ensuite, permission fut donnée aux Hospitaliers de rester dans la ville encore un an afin de soigner les malades. Le Saint-Sépulcre serait confié aux Grecs et aux Syriens.

Vint enfin le jour où Saladin fit son entrée dans Jérusalem au cœur d'un silence profond, qui éclata en cris de douleur mêlés aux cris de joie des musulmans quand le sultan fit abattre la grande croix dorée au sommet du Temple avant de faire laver, à l'eau de rose, le Dôme de la Roche qui redevenait le Haram es-Chérif. Puis il alla s'installer à la citadelle tandis que ceux qui voulaient partir étaient autorisés à le faire.

Toutes les portes de Jérusalem avaient été fermées. Seule demeurait ouverte la porte de David...

On vit alors s'avancer Héraclius, premier du cortège comme il se devait pour le Patriarche. Le clergé séculier ou régulier le suivait... et ses bagages qui étaient d'autant plus importants qu'il emportait les vases sacrés, les orfèvreries, les tapis et tout le trésor du Saint-Sépulcre. Saladin, qui regardait la scène du haut des remparts, aurait pu s'y opposer : il n'en fit rien.

Vint ensuite Balian d'Ibelin en tête de la noblesse franque et des notables. Raidi dans sa volonté de rester fier et ferme, il menait son cheval d'une seule main, l'autre tenant la bannière des rois de Jérusalem qui ne flotterait plus sur la tour de David. Thibaut de Courtenay et Ernoul de Gibelet chevauchaient à la croupe de son cheval, puis tous les autres derrière eux, montés ou non. Et tous s'efforçaient de faire bonne figure, mais la douleur était trop grande et bien des femmes pleuraient sur ce qu'elles laissaient et sur ceux qui restaient, voués sans doute à l'esclavage parce qu'ils n'avaient pas été rachetés. C'était à eux surtout que pensait Thibaut tandis qu'il entamait ce chemin si souvent parcouru. A eux et à Ariane qu'il avait bien fallu conduire aux Hospitalières où elle voulait toujours faire profession. Rester proche du tombeau de Baudouin était tout ce qu'elle désirait. Il n'était pas certain de la revoir un jour, mais il savait que sa présence de miraculée allait être d'un grand réconfort aussi bien pour sa communauté que pour les malades confiés à ses soins... Même sachant Isabelle hors de danger par la protection de Saladin et avec elle Marietta qu'il lui avait confiée, Thibaut se sentait l'âme lourde et pleine d'une rage qui lui serrait la gorge. Saladin était là-haut, dans le palais de Baudouin, dans l'appartement de Baudouin peut-être ou sur la terrasse, regardant l'immense et pitoyable cohorte de ceux qu'il chassait, même s'il les laissait emporter quelques miettes ! Certains restaient comme ceux de la Juiverie, comme Joad ben Ezra, blanchi par le chagrin, qui l'avait embrassé en pleurant. Il y avait surtout les morts que Thibaut avait aimés et dont les corps, privés de la Croix, demeuraient captifs aux mains des musulmans : les rois, les reines, les parents – comme sa tante Elisabeth, morte à Béthanie peu avant son retour de Hattin, reposant avec les autres abbesses dans la chapelle vide qui, demain peut-être, serait violée. Les quelques nonnes réfugiées dans la ville durant le siège devaient être perdues dans cette énorme foule... Et le regard de Thibaut, brouillé par les larmes, caressait une dernière fois les ravins, les croupes, pelées à présent, des collines où tant de fois il avait chassé, couru, galopé à la queue noire et ondoyante de Sultan... l'étalon sans pareil que Le Dru, son palefrenier, avait tué de sa main pour qu'il ne tombe pas sous les griffes du sénéchal, avant de se donner la mort à lui-même.

Et pourtant, le soleil brillait sur la Cité sainte à jamais perdue peut-être, aussi largement en cette heure cruelle qu'aux plus beaux moments de liesse, inconscient des souvenirs qu'il réveillait, des blessures qu'il ravivait.

C'était le 2 octobre 1187, jour de la fête des Anges, l'an 583 de l'hégire, et Jérusalem n'avait plus de roi ! Ceux qui partaient ne voulaient plus croire qu'il en existât encore au monde puisque aucun n'était venu à leur secours.

Et pourtant régnaient alors Isaac l'Ange, empereur de Byzance, Frédéric Barberousse, empereur d'Occident, Philippe Auguste, roi de France, et Henri II, roi d'Angleterre...

Quatrième partie

TROIS ROIS POUR UNE REINE

CHAPITRE XII

SEIGNEUR DE TYR !

Dans l'esprit de Saladin, laisser les derniers défenseurs de Jérusalem rejoindre le peu qui restait du royaume franc sur la Méditerranée – l'Outre-Jourdain résisterait encore longtemps et ne serait réduit que par la faim ! – n'était peut-être qu'une façon de reculer pour mieux sauter, son but étant d'en débarrasser à jamais la Palestine : il entrait bien dans ses intentions de s'emparer un jour ou l'autre de ces dernières places qui avaient nom Tyr, Tortose, Margat, sans compter bien entendu le comté de Tripoli et la principauté d'Antioche déjà fortement rognés. Tortose, ville des Templiers où ils se regroupaient comme les Hospitaliers à Margat, et surtout au Qalaat el-Hosn, le fameux Krak des Chevaliers, allait demander de longs efforts sans grand résultat. Quant à Tyr, elle était à peu près imprenable.

Par sa situation géographique, d'abord : une forte cité entourée des flots bleus de la Méditerranée sans autre lien avec la terre qu'une chaussée créée artificiellement jadis par Alexandre le Grand, la puissance de ses murailles abritant un port précieux et enfin, tombé quasiment du ciel au lendemain de Hattin, un défenseur aussi coriace qu'inattendu : Conrad, marquis de

Montferrat, le propre frère de Guillaume Longue-Epée, époux météorique de la belle Sibylle. Et sur ses larges épaules allait reposer tout l'espoir de survie du royaume exsangue.

Ce n'était pas n'importe qui. Parent du roi de France et de l'empereur d'Allemagne, il passait avec juste raison pour l'un des meilleurs capitaines de son temps. Dur, autoritaire et ambitieux, il s'était rappelé que le défunt petit Bauduinet était son neveu et que, même si l'enfant n'était plus de ce monde, l'état de son héritage le regardait. En foi de quoi, il s'était embarqué à Constantinople avec un groupe important de chevaliers et, ignorant ce qui venait de se passer près de Tibériade, avait fait voile sur Acre où il avait eu la surprise désagréable d'entendre les muezzins appeler à la prière et de voir les bannières de Saladin flotter sur les tours de la ville. Il décida donc d'aller voir plus loin, arriva devant Tyr, accueilli par les cloches des églises et des bannières tout à fait conformes à sa façon de voir les choses. Il débarqua avec son monde, reçu triomphalement par les habitants et la garnison qui le choisirent aussitôt pour chef, s'installa et entreprit de mettre la ville en défense. Puis il attendit les événements dont le premier fut l'exode des habitants de Jérusalem...

Thibaut connaissait Tyr depuis longtemps. Il y était venu souvent avec Baudouin au temps du cher évêque Guillaume. La ville renfermait tant de souvenirs ! Pas toujours agréables d'ailleurs, comme ce jour où on avait trouvé le pauvre Guillaume, excommunié par Héraclius, gisant sur le sol de sa chapelle, mais aimables le plus souvent et tellement qu'il éprouvait l'impression de regagner un lieu privilégié où l'attendaient de chers fantômes, ce qui adoucissait la douleur d'avoir perdu, peut-être à jamais, le Tombeau du Christ et celui de Baudouin...

Dès avant les sources du Ras el-Aïn, dont les énormes réservoirs antiques avaient été bâtis par Salomon pour remercier Hiram de Tyr, le roi-bâtisseur, d'avoir construit pour lui le temple de Jérusalem, l'escorte musulmane abandonna ceux qui arrivaient à Tyr pour continuer la route avec ceux qui voulaient chercher refuge à Tripoli ou à Antioche. De ces sources, dépendaient l'extraordinaire fertilité de toute la région ainsi que l'alimentation de la ville, mais Saladin était trop sage pour vouloir la désertification de ce beau pays à seule fin de réduire la cité par la soif. Or, pour atteindre la branche de la source qui l'abreuvait, il aurait fallu tout détruire.

Avec des pensées diverses mais, pour beaucoup, assez semblables à celles des Hébreux descendant vers la Terre promise, les émigrés s'étirèrent au long de la vieille route romaine ombragée et bordée d'antiques tombeaux. Le chemin, avec ses campements de fortune pour la nuit, avait été pénible. Tous aspiraient au repos dans ce qui était pour eux le dernier port du salut. Si certains pensaient que ce ne serait peut-être qu'une dernière étape avant l'apocalypse, la plupart espéraient que Dieu les prendrait en pitié et susciterait un miracle pour panser leurs blessures. Il y en eut bien un, en effet, mais celui qui l'incarna n'avait rien d'angélique.

Quand, au bout de la chaussée maritime, les errants parvinrent devant la barbacane défendant la porte Magistra, unique entrée de Tyr désormais coupée de l'isthme par un fossé d'eau salée et reliée par un pont-levis tout neuf, ils virent surgir sur le rempart une extraordinaire apparition : un seigneur aux armes rutilantes portées sous une pelisse de renard gris brodée d'or, à peine justifiée par les premières fraîcheurs de l'automne. Un frileux, sans doute !

Au-dessus, une tête arrogante, aux cheveux noirs et

raides, des lèvres dures, un regard d'aigle, une voix tonnante.

– Je suis Conrad, marquis de Montferrat et maître de cette cité. Qui êtes-vous ?

– Venez-vous de si loin pour ne pas reconnaître cette croix et les ornements sacrés dont je suis revêtu ? lança Héraclius dont la patience n'était pas la vertu dominante – ce qui revenait à dire qu'il n'en avait aucune ! J'ai nom Héraclius, Patriarche du Saint-Sépulcre et de la Sainte Eglise de Jérusalem. Si vous êtes chrétien craignant Dieu, vous ouvrirez devant nous cette cité qui ne peut vous appartenir, car elle est toujours le bien de notre roi Guy, premier du nom !

– Votre roi ? Où donc est-il ? Si Tyr est encore chrétienne, c'est parce que, moi, je m'y suis installé et en ai pris le commandement, à la prière des notables et de tous les habitants. Qui sont tous ces gens ?

Balian poussa son cheval à la hauteur de celui d'Héraclius.

– La noblesse de Jérusalem dont je suis, moi Balian II d'Ibelin, dernier bayle, et j'espérais prendre ici le commandement. Mais s'il est vôtre de par la volonté des habitants, je ne le contesterai pas. A moins que vous ne refusiez d'ouvrir cette porte à ceux que Dieu vous confie ?

Sur son créneau, Montferrat esquissa un salut désinvolte, mais n'eut pas le temps d'ouvrir la bouche. Auprès de lui, surgit la mince silhouette d'une jeune femme vêtue et coiffée d'un azur si doux qu'il eut l'air d'ouvrir une brèche dans les nuages gris de cette fin de journée : Isabelle ! Elle était furieuse et sa colère la jeta presque à la figure du marquis :

– Ce sont les nôtres, messire ! Ma famille, mes amis et tous ceux de mes entours. Que faites-vous là à parlementer au lieu d'ouvrir au plus large les portes de cette ville qui est encore de mon héritage ?

Montferrat prit, en la forçant un peu, la main de la jeune furie et la porta à ses lèvres :

– Nous allons ouvrir, très gracieuse dame ! Je m'assurais seulement que ces gens sont bien ce qu'ils prétendent... et non des Sarrasins déguisés ! On ne se méfie jamais assez de nos jours !

L'instant suivant, le pont-levis s'abaissait avec un grondement de tonnerre et les voyageurs entrèrent enfin dans la ville.

– Sarrasins, hein ? grogna Héraclius quand il fut devant Montferrat, en avons-nous vraiment l'air ? Ressemblerais-je à quelque sultan voyageant avec ses femmes et ses enfants ? En attendant, je vous rappelle que je suis le Patriarche, c'est-à-dire le plus haut dignitaire du royaume, au-dessus même du roi car je suis l'avoué du Christ. Et j'attends votre hommage ! ajouta-t-il en élevant légèrement sa main gantée de pourpre sur laquelle brillait l'Anneau du Pasteur.

A cet instant émanait de lui une autorité devant laquelle le marquis fut bien obligé de s'incliner. Pliant le genou, il prit la main que l'on consentait à lever vers ses lèvres et baisa la bague.

– Soyez tous et toutes les bienvenus ! s'écria-t-il enfin. Il y aura place pour chacun de vous ! Demain, quand vous serez réconfortés, ceux qui peuvent encore combattre me rejoindront à la citadelle où je loge ! Etes-vous contente, madame ? ajouta-t-il en cherchant Isabelle.

Mais la jeune femme, après avoir embrassé Balian, tendait sa main à Thibaut qui mettait genou en terre pour y poser ses lèvres. Le sourire qu'échangèrent les jeunes gens fit froncer les noirs sourcils du marquis et, en se relevant, Thibaut rencontra son regard hostile. Il sut alors que Montferrat ne serait jamais son ami. Ce qui ne le tourmenta guère : dès le moment qu'il l'avait vu sur son rempart, Montferrat lui avait déplu. A présent, il sentait qu'il le détesterait. Surtout quand il l'eut vu reprendre la main d'Isabelle pour la « ramener à sa demeure »...

– Je n'aime pas beaucoup cela, confia Balian à Thibaut. Même s'il remplit auprès de Saladin des fonctions sans gloire, Onfroi de Toron est toujours l'époux de ma belle-fille et ce Montferrat me paraît vouloir respirer les fleurs de son jardin d'un peu trop près...

– Tant qu'elle sera sous la garde de la reine Marie... et sous la vôtre maintenant, sire Balian, elle sera en sécurité, répondit le jeune homme, affichant une tranquillité qu'il était bien loin d'éprouver.

Faisant dorénavant partie de l'entourage immédiat de l'ancien gouverneur de Jérusalem, lié à lui par une amitié déjà ancienne, il s'efforçait de se rassurer en pensant qu'il ne serait jamais bien loin de la jeune femme et pourrait veiller au grain. Pour l'instant, Balian et lui devaient pourvoir à l'installation des réfugiés, surtout ces femmes et ces enfants dont les défenseurs naturels étaient morts ou captifs. Grâce à Dieu, il y avait de la place.

Bâtie sur deux îles réunies jadis par Hiram au prix de travaux cyclopéens, Tyr était l'un des fleurons du royaume franc. Son port au débouché d'une région exceptionnellement fertile était important, déterminant un commerce qui ne l'était pas moins. Génois, Pisans et Vénitiens s'étaient attachés depuis longtemps aux Echelles de Tyr où ils possédaient de riches comptoirs. C'était l'une des raisons, sinon la principale, pour lesquelles Conrad de Montferrat, natif comme eux de la botte italienne, avait reçu si bel accueil, vite suivi de l'investiture en tant que seigneur de la ville. En outre, les défenses de Tyr étaient impressionnantes : imprenable par voie de terre, elle l'était autant par la mer. Il eût fallu une énorme flotte... et un rien de trahison pour en venir à bout.

Chargée d'histoire, c'était une très belle ville. On la disait fondée en 2750 avant Jésus-Christ, à l'époque où les Hébreux revenaient d'Egypte, par les Phéniciens dont elle fut la riche capitale maritime et dont les navires allaient multiplier les comptoirs en Sicile et dans tout le nord de l'Afrique. Ses dieux étaient alors Baal et Astarté, et ses femmes jouèrent souvent des rôles de premier plan : plusieurs épousèrent des pharaons ; Jézabel, fille de son Grand Prêtre Ithobal, devint reine de Judée ; Didon, surtout, en partit un jour pour aller fonder Carthage. Tyr vit passer tous les peuples de Méditerranée orientale et ne devint chrétienne qu'au IVe siècle, où s'éleva sa première basilique, mais elle dut subir ensuite une occupation arabe jusqu'à ce qu'en 1124 une puissante flotte vénitienne la fasse tomber dans l'escarcelle des rois de Jérusalem, en l'occurrence Baudouin Ier.

Outre la cathédrale édifiée sur et avec les ruines de la basilique, elle comptait alors dix-huit églises – plus la chapelle du château – parmi lesquelles Saint-Pierre-des-Pisans, Saint-Laurent-des-Génois et Saint-Marc-des-Vénitiens. Cité tumultueuse et colorée, Tyr avait couvert de pourpre, qu'elle extrayait de certains coquillages, tous les souverains de l'Antiquité, inventé l'alphabet et donné naissance à des centaines de constructeurs de navires et d'architectes de talent : son port était riche et ses maisons solidement construites. Comme ses habitants, bien qu'ayant souvent la tête près du bonnet, étaient volontiers généreux, les malheureux qui venaient de perdre leur lieu d'existence en reçurent belle hospitalité, tandis que les malades trouvaient à l'hôpital Saint-Pierre les soins dont ils avaient besoin.

Héraclius, ses richesses et son clergé furent naturellement installés dans ce palais de l'archevêché dont il avait chassé Guillaume il n'y avait pas si longtemps. Depuis le concile de Vérone, il en connaissait le titulaire actuel, ce Josse que le roi lépreux avait chargé de négocier le mariage de Sibylle avec le duc de Bourgogne. Celui-là était un prêtre de haute vertu et peut-être la cohabitation se fût-elle révélée difficile si Josse, justement, n'eût été absent : quand le royaume s'était fissuré sur ses bases, l'archevêque était parti pour l'Occident afin d'y prêcher la croisade et de convaincre les rois de regarder un peu plus souvent du côté de la Terre Sainte en si grand péril.

Cette nouvelle donna à penser au Patriarche privé de patriarcat. Réaliste avant tout et fort soucieux de son avenir, il comprit vite que cet avenir était plutôt compromis. D'autant que, parmi les réfugiés, figuraient sa maîtresse Paque de Rivery et le dernier fils dont elle avait d'ailleurs accouché dans le palais voisin du Saint-Sépulcre. Leur réunion à l'archevêché de Tyr sous l'œil noir de Montferrat était impossible. Aussi Héraclius choisit-il la seule issue qui lui restât : partir lui aussi dépeindre aux grands de ce monde, et tout d'abord au pape, la détresse du royaume franc. A Rome, il avait des amis et même une demeure où il pourrait installer sa belle amie dont l'époux, le mercier de Naplouse, avait disparu depuis belle lurette. Dans cette âme obscure, l'appétit de vivre venait de chasser, en face des flots si bleus étendus à ses pieds, les germes de repentance et de retour au devoir éveillés par la mort d'Agnès et le drame de Jérusalem. Héraclius, la cinquantaine largement atteinte, se retrouvait un homme en pleine force de l'âge toujours aussi avide de puissance et de vie luxueuse. Oh, il était décidé à mettre son éloquence – célèbre à juste titre – au service de la bonne cause, mais il n'oubliait pas non plus que son titre de Patriarche, même s'il avait perdu son siège, faisait toujours de lui un haut dignitaire de l'Eglise. Il serait traité en conséquence.

L'hiver approchant, il choisit de ne pas s'attarder à Tyr, fit part de son projet au marquis – assez satisfait de se débarrasser d'un personnage aussi encombrant et par la même occasion d'un certain nombre de bouches inutiles –, prit langue avec un armateur pisan et quitta la Terre Sainte par un beau matin de novembre en distribuant à la foule amassée sur le port, et pour laquelle il venait de célébrer la messe, de larges bénédictions... Au contraire de ses habitudes, il portait une noire bure monacale qu'il promènerait partout afin d'impressionner les esprits... Mais sa maîtresse et l'enfant avaient pris place, la nuit précédente, dans le château arrière de la grosse nef qui allait les emporter.

Ce fut ce jour-là qu'Onfroi de Toron et sa mère arrivèrent à Tyr.

Son époux mort de la main même de Saladin et son unique fils prisonnier, l'indomptable Dame du Krak abandonna sans hésiter sa ville et son château encore intacts et, avec une très petite escorte, vint à Jérusalem demander audience au sultan. Etant donné les souvenirs d'enfance qu'elle partageait avec lui, Etiennette savait n'en avoir rien à redouter. De fait, il la reçut avec sa courtoisie habituelle, additionnée d'une nuance amicale. Non seulement il lui rendit son fils sans qu'elle eût à supplier, mais il ajouta de nombreux présents et, naturellement, une escorte pour traverser les terres conquises jusqu'aux portes de Tyr. Comme aux autres prisonniers libérés, il demanda au jeune homme le serment de ne plus jamais porter les armes contre lui, sachant parfaitement que celui-là au moins – le seul peut-être de ceux à qui ce serment avait été demandé ! – ne le trahirait pas. En effet, si Saladin avait pu apprécier la culture de son « interprète » provisoire ainsi que les qualités décoratives de sa personne, il connaissait aussi son manque total de bravoure. Il le remit donc à sa mère et celle-ci, en échange, promit de ne pas retourner en Outre-Jourdain. N'étant plus qu'une simple réfugiée comme les autres, elle put rejoindre Tyr où son arrivée souleva des réactions diverses.

Balian et son épouse en furent franchement contrariés. Marie et Etiennette se haïssaient depuis trop longtemps pour que la dureté des temps y change quelque chose. D'autre part, Montferrat offrait au château une large hospitalité, mais n'entendait pas l'étendre à une femme qui lui avait déplu au premier regard. Aussi Isabelle qui vivait avec eux fut-elle contrainte de s'éloigner pour aller vivre, avec son époux et sa belle-mère, dans la maison proche de la cathédrale qu'on lui désigna.

Pour sa part, Isabelle fut aussi triste de quitter sa famille qu'elle avait été heureuse, jadis, de lui tourner le dos pour rejoindre le beau prince de Kérak. C'est que les temps avaient bien changé ! Il est vrai que, dans l'immense château du Moab, la place ne manquait pas : elle ne se cognait pas sans arrêt sur Etiennette. Ce n'était pas le cas à Tyr. La maison blanche à toit en terrasse qu'on leur attribuait était petite : quelques pièces autour d'une cour intérieure où le caractère difficile de l'ex-Dame du Krak fit bientôt régner une atmosphère d'autant plus étouffante qu'en passant par Jérusalem, elle avait recueilli Josefa Damianos, qui avait toujours fait siens les sentiments de son ancienne maîtresse Agnès de Courtenay et détestait en bloc Marie Comnène et ses proches. Certes, Isabelle remerciait le ciel d'avoir préservé Onfroi.

Elle l'avait trop aimé pour que l'inquiétude de son sort lui eût été épargnée, mais l'amour qu'elle éprouvait pour lui – et ce n'était pas une découverte récente – ressemblait davantage à celui d'une mère pour son enfant qu'à celui d'une femme pour son époux. Il y avait à présent des comparaisons trop faciles, qui n'étaient guère à l'avantage d'Onfroi. Elle le voyait tel qu'il était : trop beau garçon, trop doux, trop mou, trop timide, trop couard, trop affligé par la perte de ses biens, et qu'il convenait de rassurer dans un univers d'orages sans cesse menaçants, un monde bardé de fer qu'il ne comprenait pas et qui l'épouvantait. Il se réfugiait dans les douceurs de la chair, le seul terrain sur lequel il fît preuve de quelque énergie. Seulement, si forte était la désillusion d'Isabelle qu'elle ne trouvait plus le même charme aux jeux de l'amour, si délicieux aux premiers temps de leur mariage et qui, à présent, l'accablaient. Elle n'en montrait rien parce qu'elle avait pitié de lui et que ce n'était pas sa faute s'il ne ressemblait plus à l'image qu'elle s'en faisait. De ce naufrage, elle n'avait à accuser qu'elle-même, si obstinée jadis à vouloir l'épouser.

Tout aurait été plus facile sans doute si Thibaut n'eût été trop près d'elle dans cette ville surpeuplée où l'on vivait les uns sur les autres. Si près... et pourtant si loin ! Dès qu'Etiennette put remettre la main sur elle, Isabelle se retrouva quasi prisonnière de la maison d'où elle n'avait le droit de sortir qu'escortée par sa belle-mère ou Josefa, qui la valait bien pour la méchanceté. Onfroi, lui, ne sortait pas par crainte des regards sans nuances de ses pairs les barons. On y lisait trop clairement le mépris qu'il leur inspirait. Aussi préférait-il de beaucoup, lorsqu'il ne caressait pas sa ravissante épouse, rester dans sa chambre ou dans la cour ombragée d'un palmier à lire les livres empruntés à la bibliothèque de l'archevêché voisin, qui avait été celle de l'érudit Guillaume de Tyr. Alors Isabelle se réfugiait plus souvent dans la prière, heureuse quand, du haut de la terrasse, elle pouvait apercevoir Thibaut passant sur son cheval aux côtés de Balian et du marquis pour aller inspecter telle ou telle défense de la cité. La messe solennelle du dimanche restait le seul moment où la terrible veuve de Châtillon lui permettait d'aller saluer sa mère. Les deux femmes avaient tout juste le temps de s'embrasser, les larmes aux yeux, avant qu'Etiennette ne fasse ramener Isabelle à sa place. Ce qu'elle ne pouvait refuser, car cela se passait régulièrement juste avant que l'office commence.

Thibaut souffrait de cet état de choses. Il gardait au fond de son cœur, comme un trésor, le souvenir des quelques jours passés dans l'aura d'Isabelle avant qu'Onfroi et sa mère ne fissent leur apparition. A présent, il s'interdisait d'approcher sa bien-aimée. Onfroi vivait et elle lui était toujours unie par mariage. Lui-même, et en admettant qu'Isabelle fût libre, ne pouvait espérer qu'un amour du bout des yeux car, même s'il refusait de vivre sous la férule d'un Gérard de Ridefort, il n'en avait pas moins prononcé les vœux qui le liaient au Temple et dont seuls le pape ou un Maître digne de ce nom possédait le pouvoir de l'affranchir.

Quelqu'un d'autre, cependant, voyait avec une irritation croissante la claustration de la jeune femme : Conrad de Montferrat lui vouait depuis leur première rencontre un amour à sa propre image, farouche, violent, égoïste et passionné. Elle était de trop grande maison pour qu'il s'empare d'elle de force, mais il rongeait son frein, bien décidé à faire disparaître l'un après l'autre les obstacles dressés entre lui et son désir.

Isabelle serait à lui que le monde entier le veuille ou non !

En attendant, il lui fallait remettre à plus tard la réalisation de ses plans amoureux. Venait de se produire ce à quoi l'on pouvait s'attendre depuis la prise de Jérusalem : l'armée de Saladin campait à présent au bout de l'isthme, barrant l'accès à la terre ferme. Et tout de suite, Montferrat comprit qu'il allait lui falloir employer les grands moyens quand on lui apprit qu'un étendard jaune, celui-là même du sultan, venait de fleurir sur la barbacane défendant la porte Magistra : il y avait donc au moins un traître dans cette ville qu'il croyait bien tenir en main. Une mauvaise nouvelle n'allant jamais seule, les voiles d'une flotte égyptienne se profilaient à l'horizon...

Après avoir donné les ordres qui convenaient pour prévenir la moindre faille dans la défense des remparts et du port, le marquis fit rassembler les notables dans la salle majeure du château.

– Nous allons avoir à subir l'attaque de Saladin et nous avons toutes chances de la repousser si chacun fait son devoir. Tous, vous devez avoir présent à l'esprit que si cette ville est le dernier bastion du royaume, elle est aussi la terre d'où surgira la reconquête. Rien n'est perdu si vous avez la foi, car des secours nous seront donnés. Je sais qu'en Occident on s'active à prêcher la croisade et que, dans peu de temps, ses armées déferleront parce que aucun roi digne de porter couronne ne peut rester indifférent à l'horreur du Saint-Sépulcre de nouveau souillé par les infidèles. Souvenons-nous de ceux qui nous ont donné cette terre ! Vous serez maudits par toutes les générations si à cause de vous l'œuvre de Godefroi de Bouillon et des grands rois de Jérusalem s'efface à jamais. Alors nous allons tenir, vous entendez ? Tenir jusqu'à l'arrivée des secours !

Pour cela, il faut d'abord éliminer les couards dont la lâcheté veut nous livrer au sultan ! Quelqu'un a planté cette bannière sur le rempart : j'exige qu'on me le livre ! Sinon je prendrai l'un de vous, n'importe qui désigné par le sort, et je le pendrai à sa place !

Une heure plus tard, le coupable était trouvé et pendu haut et court en remplacement du malencontreux étendard. Conrad de Montferrat était là qui regardait, un poing sur la hanche. Quand l'homme eut expiré, il jeta la bannière jaune dans le fossé envahi par la mer.

– Vous ne pensiez tout de même pas avoir ville conquise aussi aisément ? tonna-t-il à l'intention de Saladin qui, entouré de sa garde mamelouke, s'avançait sur la langue de terre. Ceux qui seront tentés de trahir connaîtront un sort pire que celui-là, car je les ferai plonger dans l'huile bouillante avant de jeter sur toi leurs corps gonflés comme des beignets ! Ce qu'un Montferrat tient, sache qu'il le tient bien !

– Et que fait un Montferrat à celui qui tient un Montferrat ?

D'entre les jambes des chevaux, deux mamelouks traînèrent un vieillard à barbe et cheveux blancs qu'ils amenèrent devant le sultan, face tournée vers le rempart. On voyait à ses chausses de mailles fines – le seul vêtement qu'on lui eût laissé avec sa chemise – qu'il s'agissait d'un chevalier encore que les éperons d'or lui eussent été enlevés, un seigneur aussi à sa façon de redresser la tête en dépit d'une grande lassitude. Sur son créneau, Montferrat eut un mouvement de recul :

– Mon père ! exhala-t-il. Que fait-il là ? Je le croyais à Rome ou au moins sur le retour après le pèlerinage qu'au dernier printemps il a tenu à accomplir, avant d'être trop âgé, au Tombeau du Christ et à celui de mon frère Guillaume...

Thibaut comprit que Montferrat parlait pour lui-même, non pour ceux qui étaient à ses côtés, son plus fidèle ami, Raimondo d'Acqui, Balian d'Ibelin et deux autres barons piémontais.

Cependant, la voix de Saladin s'élevait de nouveau, mordante et ironique.

– Entends-moi, Conrad de Montferrat ! Voici mes conditions : si tu me livres la ville, les habitants seront épargnés et bien traités. Sinon, voici ton père, mon prisonnier depuis Hattin, sur qui tu devras tirer avant de nous atteindre.

Le marché était affreux. Tous le ressentirent. Montferrat était devenu blême en voyant des esclaves planter en terre à peu de distance du fossé un poteau auquel les mamelouks attachèrent le vieillard à peine conscient tant il paraissait épuisé, mais ses lèvres remuaient un peu et on sentit qu'il priait. Chacun retenait son souffle, comprenant le combat intérieur que subissait son fils. Celui-ci tenta de parlementer :

– Choisis une autre rançon ! Dussé-je te donner mon dernier besant, je la paierai...

– Non. Je veux Tyr, et ton père vivra. Sinon...

Née de son impuissance, une furieuse colère s'empara du marquis :

– Je préférerais tirer moi-même sur mon père qu'abandonner une seule pierre de « ma » ville !...

Il eut juste le temps de s'abriter derrière le créneau : une volée de flèches, suivie d'une autre, puis d'une troisième s'abattit sur la barbacane sans causer d'autres dégâts que de légères blessures : tous ceux qui l'occupaient avaient eu le réflexe de se jeter à terre dès le dernier mot. Thibaut risqua un œil tandis que volaient les dards meurtriers.

– Ils s'éloignent ! cria-t-il en se redressant, mais Montferrat était déjà debout, appuyé des deux poings à l'embrasure.

Tous l'imitèrent et virent qu'en effet le sultan se retirait au bout de l'isthme. Le poteau, lui, était toujours là, supportant le vieil homme affaissé dans ses liens, voué sinon aux projectiles venus de la ville, du moins à la faim, la soif. Une horrible agonie que pourrait évidemment écourter une flèche miséricordieuse. La pluie se mit à tomber soudain avec la violence coutumière aux approches de l'hiver dans les pays de fortes chaleurs, ajoutant encore à la solitude tragique du vieux marquis. Sombre, silencieux, les bras croisés sur la poitrine, son fils le regardait.

– On ne peut pas le laisser là ! protesta Balian. C'est une insulte pour chacun de nous !

– Croyez-vous que je ne la ressente pas ? gronda Conrad. Mais aller le chercher signifie ouvrir portes et herses, abaisser le pont. Et ces chiens n'attendent que cela !

– S'il vous plaît, monseigneur, avança Thibaut, il y a peut-être un autre moyen.

– Lequel ?

– Il fera nuit bientôt. Je peux aller au port, prendre une barque, deux hommes et venir par le fossé qui ne doit pas être si difficile à escalader de ce côté. Grâce à Dieu, votre père n'est pas enchaîné : de simples cordes dont une bonne dague viendra à bout facilement.

Dans le regard quasi minéral, si froid qu'il semblait ne pouvoir refléter aucun sentiment humain, s'alluma une brève étincelle, comme si ce silex en avait frappé un autre.

– Essaie ! dit Montferrat. Mais tu n'auras qu'un homme ! Je ne veux pas risquer d'en perdre trois !

La pluie durait encore, insistante et drue, noyant le paysage nocturne quand, vers onze heures, Thibaut se mit en route avec son compagnon Jean d'Arsuf, cousin éloigné de Balian et son écuyer. C'était un garçon de dix-neuf ans, solide comme un bœuf et pourvu d'un heureux caractère rappelant un peu celui d'Adam Pellicorne. Il vouait à Thibaut une amitié admirative, mais peu démonstrative en dehors du fait que Jean avait revendiqué l'honneur de l'accompagner.

La nuit n'était pas assez sombre pour cacher les galères égyptiennes rangées en arc de cercle autour de la ville, mais à distance prudente. Demain, elles essaieraient sans doute d'entrer dans le port dont l'énorme chaîne tendue d'une tour à l'autre barrait l'accès. En sortir n'offrait aucune difficulté pour le petit bateau que les deux compagnons, entièrement vêtus de noir, trouvèrent tout préparé près de l'une des tours d'attache. A cet endroit, il était aisé de se glisser sous la chaîne.

Ce qu'ils firent. Jean empoigna les rames avec une assurance d'habitué : il avait passé toute son enfance à Sidon chez un aïeul et naviguait comme un Viking, dont il avait d'ailleurs quelques gouttes de sang. Thibaut en remercia le ciel : hors du port, en effet, la mer était formée et drossait la barque vers le rivage ; mais Jean d'Arsuf tenait bon et, après quelques efforts, on arriva dans le fossé récemment ouvert. L'isthme tranché s'élevait au-dessus d'eux comme une petite falaise. A cet endroit, le flot était plus calme. Thibaut put se mettre debout, un grappin en main. Il le balança un instant, le lança, tira. Le premier essai fut le bon : les griffes de fer étaient solidement amarrées.

Alors, à la force des poignets, il se hissa, prit pied sur la terre. L'isthme était désert mais au bout brillaient les feux du camp musulman. Le poteau était là, à deux pas, de même que sa victime trempée que seuls retenaient ses liens. En trois coups de dague, Thibaut les trancha. Le vieillard s'affala dans la boue. S'agenouillant près de lui, le chevalier s'assura qu'il respirait, encore que faiblement. Il fallait faire vite !

Il le porta au bord du fossé, prit la corde roulée autour de sa taille, la lui noua sous les aisselles, alerta Jean d'un léger sifflement puis, très doucement mais en maintenant fermement la corde, il le fit descendre vers les bras tendus de l'écuyer. A cet instant, une rafale de vent le secoua, mais il était trop solidement planté sur ses pieds pour lui faire lâcher prise. La voix étouffée de Jean lui parvint :

– Je le tiens ! Venez ! J'entends du bruit !

Thibaut aussi entendait. Des hommes armés de torches approchaient. Sans doute pour voir où en était le prisonnier. Thibaut ne s'attarda pas à les attendre. En un clin d'œil, il eut rejoint la barque, essaya de décrocher le grappin mais celui-ci résistait et il fallut renoncer. Les torches avançaient tandis que Jean ramait comme un forcené, luttant à la fois contre les bourrasques et les embruns.

– Je vous aide ! dit Thibaut.

Se glissant à côté du jeune homme, il prit l'une des rames et, joignant ainsi leurs forces, ils contournèrent la tour de la chaîne juste au moment où les soldats arrivaient près du poteau. Ils eurent encore le temps d'entendre leurs cris de colère auxquels répondirent, narquois, ceux des guerriers qui, de la barbacane, avaient suivi, arcs en main, les péripéties du sauvetage sans qu'ils les eussent seulement aperçus.

Sur le port éclairé à présent par des pots à feux, Conrad de Montferrat et Balian d'Ibelin attendaient aux marches d'un escalier de pierre plongeant dans l'eau et que la pluie rendait glissant. Avec habileté

Jean amarra son esquif à un anneau rouillé, mais déjà Thibaut soulevait le vieil homme inerte.

– Donne-le-moi ! ordonna la voix autoritaire de Montferrat.

Et, avec une force dont on ne l'aurait pas cru capable car il était maigre et pas très grand, il enleva son père dans ses bras et remonta avec lui les dangereux degrés sans permettre à quiconque de l'aider, puis il alla le déposer sur une civière que l'on avait préparée.

– Au château ! cria-t-il sans offrir le moindre remerciement aux deux sauveteurs qui regardèrent son manteau rouge se fondre dans la nuit.

La pluie, comme si elle n'avait attendu que ce retour, faisait trêve. Balian tendit aux deux hommes des pots de vin à la cannelle encore chaud, se contentant de remarquer avec l'ombre d'un sourire :

– Le marquis a trop de valeur pour que nous nous arrêtions à ces petits détails, n'est-ce pas ?

Guillaume III de Montferrat mourut au lever d'un soleil las et grisâtre au moment même où, dans le camp ennemi, le muezzin, juché sur un tertre, appelait les soldats d'Allah à la prière.

– Cette nuit, nous lui rendrons hommage en le confiant à Dieu, décréta Conrad.

Puis il se tourna brusquement vers Thibaut qui avait repris sa place auprès de Balian et dardant sur lui son œil d'aigle :

– Je n'oublierai pas !

Le siège de Tyr ne dura pas longtemps. Comptant sur la flotte égyptienne pour bloquer le port et empêcher les navires francs d'en sortir, Saladin avait bien installé trois ou quatre machines de guerre, pierrières et mangonneaux, sur l'isthme mais l'étroitesse du site en rendait l'emploi difficile. D'autant qu'au-delà des barbacanes, les projectiles ne touchaient qu'une petite partie de la ville sans faire grand mal. Le blocus, lui, semblait plus efficace, encore que Tyr, riche et bien approvisionnée, pût résister longtemps. Seulement la mauvaise saison était venue et l'idée de la passer sur ce bout de terre n'enchantait guère le sultan. Moins encore ses émirs très désireux de jouir enfin des bénéfices de leurs conquêtes. Chez les musulmans comme chez les chrétiens, le service dû au suzerain n'était pas continu. De même que les croisés venus d'Occident accomplissaient un laps de temps déterminé, les guerriers d'Allah étaient soumis à une période d'obligation sous les étendards verts. Conrad de Montferrat se chargea de mettre tout le monde d'accord.

Les galères musulmanes qui encerclaient Tyr étaient au nombre de dix et, comme il arrive lorsque l'on pense n'avoir rien d'autre à faire qu'attendre que la ville se rende, elles se gardaient mal quand le jour disparaissait. Dans la nuit du 30 décembre, Montferrat fit sortir du port, avec la plus grande discrétion, ses propres nefs assistées de deux galères provençales. La surprise fut totale : cinq des bateaux musulmans furent attaqués à l'abordage et capturés. Ce que voyant, les cinq autres prirent le large pour se réfugier à Beyrouth, mais les marins francs les poursuivirent et, sur le point d'être rejoints, ils s'échouèrent à la côte ; après quoi leurs équipages prirent la fuite.

Le matin venu, Saladin comprit que la partie était perdue. S'obstiner pouvait devenir d'autant plus dangereux que, par ses espions, il avait appris qu'une croisade, menée par l'empereur Frédéric Barberousse, allait se mettre en route. Il leva donc le siège et regagna Damas, profondément irrité contre ce marquis de Montferrat qui ne serait pas facile à réduire... C'est alors que son génie politique lui souffla une brillante idée, fondée sur cette étrange fatalité qui poussait les princes francs à se dresser les uns contre les autres... Il décida de libérer les Lusignan : le roi Guy et le connétable Amaury, ainsi que l'en priait constamment la reine Sibylle venue jusqu'à lui de Tortose où elle s'était réfugiée sous la protection des Templiers. Il aurait dû accomplir ce geste depuis le temps où, après Hattin, Guy l'avait aidé à s'emparer d'Ascalon et autres cités aux approches de Jérusalem. S'il n'en avait rien fait, c'est parce que au fond Guy, toujours indécis, toujours hésitant, ne savait trop où aller et que, bien traité, sa captivité ne lui pesait guère ; mais à présent le beau roi si falot lui semblait un pion intéressant à jouer. Il le libéra avec son frère et quelques autres captifs de son parti, non sans les avoir équipés convenablement et leur avoir fait jurer qu'ils « passeraient les mers » afin de n'être plus tentés de porter les armes contre lui.

– Il vous reste le port de Tyr que tient le seigneur de Montferrat, dit-il à Guy. Vous aurez ainsi toute facilité de vous y embarquer avec la reine, votre belle épouse...

Le « roi » promit tout ce que voulait Saladin et peut-être serait-il resté fidèle à sa parole s'il n'y avait eu sa femme et son frère. Tous deux savaient ce que représentait l'ancienne cité phénicienne : une place forte inexpugnable en face des immenses horizons marins. Pourquoi ne pas en faire une base de départ pour la reconquête ? La perte des Lieux saints allait peut-être finir par secouer enfin l'égoïste inertie des souverains d'Europe ?

Et ce fut avec des rêves plein la tête que l'on prit le chemin de la côte.

A Tyr, Conrad de Montferrat ne rêvait pas. Ce n'était pas dans ses habitudes. En revanche il jouissait pleinement de l'heure présente qui lui semblait pleine de promesses ; il avait fait reculer Saladin et une excellente nouvelle lui était arrivée : l'homme qu'il redoutait le plus de voir se dresser entre lui et le pouvoir sur le royaume franc n'était plus. Dans les derniers jours de l'année, en effet, Raymond III de Tripoli venait de mourir d'une pleurésie aggravée par le chagrin et l'état d'abattement où il se trouvait depuis qu'il avait échappé à l'enfer de Hattin. Son héritier était le fils de l'incapable Baudouin III d'Antioche qui ne pèserait pas bien lourd devant Saladin, en admettant qu'il en eût seulement envie.

Tout allait donc pour le mieux quand, un soir, alors que Montferrat jouait aux échecs avec son ami Acqui, des trompes résonnèrent au-dehors et l'on vint aussitôt lui annoncer que le roi et la reine de Jérusalem désiraient entrer dans « leur bonne ville de Tyr ».

Le marquis releva un sourcil au-dessus d'un œil où s'allumait une féroce ironie :

– Parce qu'il y a encore un roi et une reine à Jérusalem ? D'où sortent-ils, ceux-là, pour ignorer qu'ils ne sont plus rien ?

Cependant, il était impensable de les laisser frapper à la porte sans leur adresser seulement la parole. S'il n'y avait eu que Guy, Conrad eût sans doute refusé de se déranger car la réputation de celui-ci était désastreuse ; mais il y avait Sibylle et, que Montferrat le voulût ou non, elle avait été sa belle-sœur. Il quitta sa partie d'échecs pour se rendre à la barbacane. Là, se penchant au créneau, il distingua dans la brume légère du soir une petite troupe de cavaliers dont le centre était le plus beau couple qu'il eût jamais vu : une symphonie blonde en bleu et or. Mais s'il admira en connaisseur la beauté de Sibylle, ravissante sur sa haquenée blanche et dans les velours fourrés qui l'enveloppaient, celle de son époux le laissa de marbre. Le beau visage de Guy et sa haute stature lui donnaient peut-être l'air d'un roi, mais seulement l'air.

– Salut à vous, gracieuse dame, et à vous aussi, messire ! Puis-je savoir ce que vous désirez ?

– Je suis Guy, roi de Jérusalem, et voici la reine, mon épouse. Nous voulons entrer dans cette ville qui est nôtre. Alors faites abaisser le pont !

– Cette ville qui est vôtre ? Pour quoi faire ? Pour permettre à Saladin d'y entrer à votre suite comme vous avez fait d'Ascalon et d'autres ? Jamais je n'y consentirai ! Tyr est mienne parce que je l'ai prise et sauvée du désastre advenu à Jérusalem. Je vous en refuse l'entrée.

Un autre cavalier vint se placer auprès de Guy.

– Moi, je suis Amaury de Lusignan, connétable du royaume. Je vous somme, marquis de Montferrat, d'accueillir le roi et la reine de Jérusalem ! C'est votre devoir !

– Le royaume de Jérusalem n'existe plus, il n'y a donc plus ni roi ni connétable. Retournez d'où vous venez ! Et que Dieu vous garde... s'Il en a encore l'envie !

Et Conrad, avec un salut ironique, disparut du créneau, laissant ses visiteurs du soir furieux et déconfits reprendre le chemin du nord vers Tripoli où ils espéraient trouver asile. L'ennemi de toujours, le comte Raymond, ayant quitté ce monde, il était beaucoup plus facile de s'entendre avec son successeur pour qui un regain d'effectifs, fût-il léger, était toujours bon à prendre ; Saladin commençait à se montrer envahissant – au sens propre du terme. Avoir chez soi le roi sacré au Saint-Sépulcre pourrait être intéressant quand la croisade de Frédéric Barberousse ferait son apparition. N'étant pas très intelligent, Guy n'oubliait qu'une chose : Montferrat était le neveu de l'empereur.

A Tyr, donc, où la vie quotidienne reprenait ses droits, on attendait Barberousse avec quelque impatience. Montferrat tuait le temps en renforçant encore les défenses d'une ville dont la population continuait de s'augmenter par l'arrivée de chevaliers ou même de barons évadés des prisons musulmanes, ou simplement relâchés par le sultan si la personnalité de l'homme lui semblait pouvoir contribuer à la division des camps et à la zizanie entre Conrad et Guy. C'est ainsi qu'un jour l'ancien sénéchal du royaume et dernier gouverneur d'Acre, Jocelin de Courtenay, franchit le grand pont-levis.

Thibaut ne le sut pas tout de suite parce qu'il n'était pas au château au moment de l'arrivée de son père. Montferrat l'avait chargé de surveiller au port les travaux de consolidation d'une des tours de la chaîne. Ce fut Jean d'Arsuf, envoyé par Balian, qui vint l'avertir.

– Sire Balian sait que vous avez de grands ressentiments contre ce personnage, mais il vous demande d'y faire trêve au moins un moment. L'homme semble avoir beaucoup souffert de sa captivité : il a des blessures au visage et porte capuchon de soie pour cacher de graves brûlures à la tête...

– Où aurait-il attrapé cela ? Sa captivité n'a pas duré si longtemps depuis qu'il a remis les clefs d'Acre sans même avoir tiré l'épée ! En outre, Saladin ne malmène pas ses prisonniers de haut rang parce qu'il en espère une belle rançon. En l'occurrence, je ne vois pas qui aurait pu la payer et le sultan a fait preuve d'une bien grande clémence envers un homme qu'il doit mépriser...

Thibaut n'ajouta pas que le dessein profond de

Saladin n'était pas difficile à comprendre. Il relâchait Courtenay dans un but bien précis, sinon pourquoi l'envoyer à Tyr auprès de gens qui avaient toutes raisons de le détester – comme Balian et les siens – au lieu de l'expédier à Tripoli rejoindre sa nièce Sibylle ? De plus les blessures et autres brûlures de Jocelin étaient sans doute destinées à cacher les signes visibles de la lèpre mais cette idée-là, il la garda pour lui.

– S'il est en si mauvais état, reprit-il, que ne le conduit-on à l'hôpital Saint-Pierre ? Les médecins pisans sont excellents !

– Un si haut seigneur dans un hôpital avec les indigents ? Mon ami ! s'écria Jean scandalisé. Il ne veut même pas qu'un mire vienne le voir : il dit qu'avec du repos et de la bonne nourriture le mal guérira tout seul...

– Cela m'étonnerait beaucoup ! Quelque chose me dit que ces maux-là ne guériront jamais. Et c'est très bien ! jeta Thibaut avec fureur.

– Oh ! Comment pouvez-vous parler ainsi ? C'est votre père, à ce qu'il paraît ?

– Père ? Pourquoi ? Parce qu'il a engrossé ma mère avant de l'abandonner ? Je n'ai eu de lui que de mauvais procédés.

– Il vous a reconnu, tout de même ?

– Parce qu'on l'a exigé de lui. Mais laissons. Retournez au château ! Dites à sire Balian que je vais passer un moment chez maître Fabrègues, le négociant provençal.

Et, laissant le jeune homme médusé, il partit à grandes enjambées, remontant la rue principale en direction du Palais Vert où les Provençaux avaient leurs magasins. Il s'était lié d'amitié depuis peu avec ce gros homme jovial rencontré sur le port et aimait passer un moment chez lui, dans son comptoir à la porte abritée d'une toile, à boire du vin frais en l'écoutant parler de sa ville de Marseille. Mais en ce jour, Simon Fabrègues n'était pas chez lui et Thibaut, pour se calmer, décida de se rendre à la cathédrale d'abord pour prier Dieu d'apaiser son courroux, ensuite dans l'espoir d'apercevoir peut-être Isabelle que sa belle-mère contraignait à de longues stations à l'autel majeur au-dessus duquel régnait un Christ Pantocrator dans une majesté que son regard fixe et dilaté rendait un peu effrayante. L'église avait été rebâtie sous Baudouin Ier dans le style byzantin avec d'admirables colonnes de porphyre ayant appartenu à la basilique initiale.

A l'intérieur, rutilant sous les flammes courtes de nombreuses lampes à huile, se pressaient quantité de femmes. Il y en avait toujours beaucoup en ces temps périlleux, mais aucune qui ressemblât à Isabelle. Thibaut en eut de la peine. Décidément, le secours de l'amitié et de l'amour lui manquait à cet instant où il en avait tant besoin ! Vers Dieu seul il pouvait tourner son âme emplie de rancœur et de violence. Alors il pria. Du moins, il s'y efforça, mais jamais le chemin du ciel ne lui était apparu si aride et si difficile. Qu'il le voulût ou non, il portait en lui le sang de cet homme, un sang ivre de vengeance refusant le pardon à celui qui avait martyrisé Ariane après avoir osé voler l'huile d'encoba si nécessaire à soutenir le courage du roi lépreux. Comment regarder sans haine ce misérable si le Seigneur et Notre-Dame ne venaient à son secours ?

Longtemps il resta à genoux sur les dalles de marbre, quêtant une aide, un conseil... un apaisement. Et... cet apaisement vint. Il crut entendre la voix de Baudouin lui rappelant le miracle accompli sur son tombeau. « Dieu a fait grâce à la victime alors que le bourreau a déjà reçu sa punition. Laisse-le mourir de ce mal contracté par sa seule faute ! Laisse passer la justice divine ! Tu as encore beaucoup à accomplir sur la terre. Ne charge pas ton âme d'un crime majeur ! »

Un peu réconforté, il sortit sur le parvis. Un soleil timide éclairait la ville et la mer où, dans le vent, se balançaient les voiles jaunes ou rouges de deux bateaux quittant le port. Thibaut emplit ses narines de cette odeur salée qu'il aimait et se dirigea vers le château. Inutile maintenant de retarder une rencontre inéluctable. Si elle s'avérait trop rude et la proximité à venir trop pénible, il était décidé à demander son congé à Balian pour aller là où le comte jugerait utile de l'envoyer...

Le destin, lui, en décida autrement.

Débouchant de la rue où vivait Isabelle, Thibaut aperçut Jocelin. Appuyé sur un long bâton, enveloppé dans une pelisse fourrée et la tête couverte d'une capuche de soie rouge, l'ex-sénéchal se dirigeait droit vers lui. Ce fut d'ailleurs à cette coiffure mentionnée par Arsuf que Thibaut le reconnut, car le visage mangé de barbe était couturé de cicatrices encore congestionnées mais les yeux bleus Courtenay – qu'il n'avait pas transmis à son fils – brillaient toujours de la même méchanceté.

– Te voilà donc ! cria-t-il de toute sa voix. Je viens rendre grâces à Dieu de m'avoir épargné et il te met sur mon chemin... Quelle joie !

Son gourdin brandi, Courtenay s'avançait autant que lui permettait sa claudication récente, les bras ouverts, prêt à embrasser ce fils qu'il avait toujours détesté. D'une main tendue à toucher le samit de la pelisse, Thibaut évita l'accolade incongrue.

– Une joie ? C'est chose nouvelle entre nous ! Je n'ai jamais remarqué que vous me portiez une affection quelconque !

– Eh bien, disons qu'elle m'est venue. Tu étais

insupportable naguère encore. A présent, il faut resserrer nos liens de famille. N'es-tu pas mon unique enfant ?

– Il est un peu tard pour vous en apercevoir. Moi, je préfère ne pas m'en souvenir !

– Mauvaise tête, hein ? Je le sais depuis longtemps ! Tu me ressembles, après tout. Allons, oublions le passé et embrassons-nous !

Il voulut s'approcher de nouveau. Thibaut recula d'autant.

– Non !

– Non ? Mais... pourquoi ?

– Parce que je vois clair, aujourd'hui. Un instant, je l'avoue, j'ai été surpris par une bénévolence qui vous convient si peu, mais ce n'est pas la tendresse que vous voulez me transmettre avec ce baiser imité de Judas ? C'est votre mal, n'est-ce pas... mon père ? C'est cette lèpre qui vous ronge au moins autant qu'elle ronge votre âme.

– Tais-toi ! Tu es fou, ma parole ! Moi, mesel ? Où as-tu pris cela ?

– Dans la cave de votre hôtel de Jérusalem où vous aviez enchaîné Ariane pour la vouer à une mort atroce...

– Et méritée. Cent fois, mille fois méritée ! Cette ribaude pourrie avait osé se frotter à moi...

Sous sa calotte de cheveux bruns, le visage de Thibaut prit la dureté de la pierre.

– Pour cette insulte ignoble, pour ce que vous lui avez fait et pour l'encoba que vous n'avez pas craint de voler, je devrais vous tuer ! gronda-t-il, les dents serrées. Mais passez votre chemin et à l'avenir oubliez-moi !

– Oublier quel beau garçon ta garce de mère m'a donné ? Jamais ! Tu es magnifique, en pleine santé. Et moi je suis déterminé à tout partager avec toi...

Et avant que Thibaut, écœuré de ce qu'il entendait, eût le réflexe de le repousser une troisième fois, Jocelin se jeta à son cou, le baisa sur les lèvres avec une force insoupçonnée. Révulsé d'horreur, Thibaut voulut l'écarter mais déjà, avec un cri bref, les bras qui l'étreignaient se détachaient de son cou et Jocelin glissa le long du jeune homme face contre terre. Une dague venue de nulle part était plantée dans son dos...

Sidéré, Thibaut regarda le corps inerte, mit genou en terre pour toucher l'arme mortelle qui avait dû être lancée avec une force singulière et releva les yeux à la recherche du meurtrier, mais déjà des gens accouraient... En tête, une femme criait d'une voix furieuse qui éclata dans ses oreilles comme la trompette du Jugement dernier :

– Assassin ! Parricide ! Regardez tous : c'est ce misérable qui vient de tuer son vieux père ! Je l'ai vu ! J'ai tout vu !

Sortie de nulle part elle aussi, Josefa Damianos l'accusait du crime et dirigeait sur lui une meute déjà hurlante...

CHAPITRE XIII

ISABELLE ET LA DOULEUR

Ce fut l'arrivée de deux prêtres se rendant à la cathédrale qui sauva Thibaut. La petite foule excitée par Josefa était prête à le massacrer. Peu encombrés de douceur chrétienne, les arrivants le dégagèrent à l'aide de solides bourrades et en rejetant sans se soucier de l'endroit où ils allaient tomber ceux qui étaient en train de l'étouffer, le tout en braillant :

– Au nom du Christ, écartez-vous ! Laissez cet homme ! Honte à vous d'oser frapper devant la maison du Seigneur !

– Il vient de tuer son père, hurla Josefa. C'est un parricide !

– Même si c'est vrai, dit l'un d'eux, cela regarde la justice seigneuriale ! Il faut l'emmener au château !

C'était plus facile à dire qu'à faire : Thibaut était sans connaissance. Les vêtements déchirés, à moitié nu, il était couvert de meurtrissures, saignantes là où les griffes des furies avaient mordu.

– Par tous les saints du paradis, c'est un chevalier, constata le prêtre. Vous allez avoir des comptes à rendre. Où est la victime ?

– Là, fit un pêcheur qui, à genoux près de Jocelin,

était en train de retirer l'arme de la blessure. Voyez la belle dague ! Une arme de seigneur...

Puis, reculant sur ses genoux avant de se remettre debout, pour voir le visage du mort, il fit glisser la capuche rouge, découvrant de larges taches brunes. Il se signa frénétiquement en exhalant :

– Dieu Tout-Puissant... Un lépreux...

– Que personne n'y touche ! Les gens de la ladrerie de Scandelion viendront le prendre plus tard pour l'ensevelir avec ses pareils. Il faut le couvrir et mettre des pierres autour en attendant. Trouvez un brancard pour celui-là !

Tandis que l'on emportait Thibaut, Josefa rejoignit, au coin du palais de l'archevêque, un petit homme à jambes courtes, dont les muscles énormes menaçaient de faire éclater la jaque et les chausses de cuir. Elle glissa une bourse dans sa main :

– Bon travail ! Tu vois que j'avais raison de nous attacher aux pas de ce vieux. Quelque chose me disait qu'il ne tarderait guère à rencontrer son fils... et sa mort ! Disparais maintenant ! La maîtresse sera contente !

Retroussant ses jupes, elle se mit à courir pour rejoindre le petit cortège qui emmenait Thibaut toujours inconscient vers le château et ses prisons. Son témoignage serait capital pour envoyer le bâtard au bourreau. Resterait à savoir, ensuite, où il tenait caché le collier d'escarboucles et de perles de dame Agnès ? Mais, de toute façon, dame Etiennette saurait récompenser sa suivante de l'avoir débarrassée du beau chevalier qui faisait rêver sa bru.

Quand Thibaut reprit enfin une conscience qu'un mal de tête violent rendait floue, il était étendu dans un endroit qui ne pouvait être qu'une prison et quelqu'un le brûlait en lavant sa figure avec du vinaigre :

– Il revient à lui, monseigneur ! fit la voix de Jean d'Arsuf.

Le blessé réussit à ouvrir un peu ses paupières tuméfiées et vit que Balian se tenait debout, bras croisés, auprès de son écuyer occupé à le soigner. Dans la lumière de la torche accrochée au mur son visage était très sombre.

– M'entendez-vous, Thibaut ? demanda-t-il.

– Je vous... entends...

– Vous vous êtes mis dans un bien mauvais cas ! Ne vous avais-je pas cependant envoyé mon écuyer vous prévenir afin que vous gardiez votre calme ? Et que faites-vous ? Dès la première rencontre, vous le tuez !

– Je ne l'ai pas tué ! Ce n'est pas moi...

– La dague n'est pas venue seule dans son dos, je pense ?

– Non, certes ! Mais ce n'est pas moi qui l'y ai plantée. Cet homme...

– Votre père !

– Pitié, sire Balian ! Vous savez depuis longtemps ce qu'il en est de nos sentiments réciproques. Or... il s'est jeté sur moi pour me baiser la bouche afin que je prenne son mal...

– Comme c'est vraisemblable ! Devenir mesel pour un simple baiser, vous qui des années avez vécu auprès de Baudouin sans prendre son mal ? N'était-il pas normal qu'un homme... très malade sans doute, veuille faire la paix avec son unique fils... et l'embrasser ?

– Abandonnez-moi, messire, si votre siège est fait ! Sur mon honneur de chevalier et sur la mémoire sacrée de mon roi, je jure que je n'ai pas tué le sénéchal... A présent, laissez-moi à mon sort, si c'est tout ce que vous avez à me dire.

Balian s'accroupit pour être plus près de lui :

– Non. Je voulais vous pousser dans vos retranchements afin d'avoir une certitude, mais je n'ai jamais douté de votre parole. Malheureusement votre sort ne dépend pas de moi, mais du seigneur de Tyr. Et celui qui tue son père meurt sur le bûcher !

En dépit de son courage, Thibaut eut un frisson. Le feu ! Saurait-il le subir sans défaillir alors qu'il se savait innocent ?

– A la grâce de Dieu, sire Balian ! soupira-t-il. Je ne sais pourquoi cette femme m'accuse ! Elle n'a aucune raison de me haïr !

– Elle dit aussi que vous êtes un homme mauvais et qu'à Jérusalem vous avez volé dame Agnès alors qu'elle était à la mort.

Ce fut pour Thibaut un trait de lumière. Le collier ! Sans doute cette Josefa songeait-elle à se l'approprier ? Il eut un petit rire de gaieté :

– Avant de mourir, dame Agnès, me sachant impécunieux, m'a fait un présent, un grand collier d'escarboucles... Il est en mon logis. Vous le donnerez à qui vous voudrez après ma mort !

– Vous n'êtes pas encore mort ! Et moi je ferai tout pour vous sauver... Mais je crains de ne pouvoir vous épargner le jugement. Les gens de la ville, excités par cette femme, hurlent comme une meute de chacals...

– Mais ne peut-on la faire taire ! s'écria Arsuf indigné. Elle n'est qu'une suivante de la Dame du Krak ! Sa maîtresse devrait lui faire entendre raison.

– Sa maîtresse n'a aucun motif de m'aimer et moins encore de me défendre, soupira Thibaut. Bien au contraire...

– Nous allons essayer d'éclaircir l'affaire, promit Balian. En attendant, prenez repos et courage ! On va vous porter de la nourriture !

Mais Thibaut ne put manger ni dormir. Son corps lui faisait mal et son âme encore plus. La catastrophe tombée sur lui comme la foudre lui ouvrait une si affreuse perspective qu'elle le laissait anéanti, regrettant presque de ne pas avoir été occis sur le parvis de la cathédrale. Au moins il eût évité le pire : être déchu de son rang de chevalier, déshonoré, puis jeté au feu comme le cadavre d'un pestiféré. Et, au fond, à bien y réfléchir, ce dernier épisode n'était pas le pire, puisque la mort y mettrait fin. C'était l'idée que son nom, si mal porté qu'il l'eût été par Jocelin, serait à jamais honni et méprisé. C'était aussi la pensée d'Isabelle. La reverrait-il seulement, sa belle dame dont l'image l'avait toujours aidé à se garder pur ? Et donnerait-elle des larmes à son souvenir ?

S'il pensait être traîné devant le seigneur de Tyr dès le lendemain, il se trompait. Durant plusieurs jours, il ne vit que le geôlier lui apportant sa nourriture. Cette fois, il en fit usage, ayant compris qu'il aurait besoin de toutes ses forces quand viendrait l'heure s'il ne voulait pas laisser de lui-même l'image abjecte d'un être à demi détruit. Une grande semaine s'écoula avant que Balian ne revînt le voir.

– C'est pour demain, lui dit-il après avoir constaté avec satisfaction que le prisonnier avait meilleure mine. Montferrat n'a pas voulu que vous comparussiez plus tôt dans l'espoir que les esprits s'apaiseraient un peu.

– Je lui sais gré de cette bonne disposition, mais c'est Josefa Damianos qu'il faudrait calmer et je suppose qu'elle est toujours aussi agressive ?

– Je ne sais : dame Etiennette a fermé sa maison... Et ma noble épouse a vainement tenté d'aller voir sa fille, que l'on dit malade. Elle ne va plus à la cathédrale.

– Malade ? émit Thibaut tout de suite inquiet. Pas gravement j'espère ?

– Si vous voulez mon sentiment, qui est aussi celui de ma reine, elle ne l'est pas du tout. Dame Etiennette abuse simplement de son pouvoir pour l'enfermer. Allons, mon ami, reprenez-vous et ne pensez qu'à vous-même ! Montferrat, j'en suis certain, souhaite vous tirer de là. Mais vous savez ce que représente cette ville pour lui et pour la survie du royaume, et...

– ... et il ne peut risquer des émeutes susceptibles d'affaiblir sa position. Je comprends bien. Mais je voudrais tant éviter la honte d'être déchu, mes armes brisées et mon nom honni...

– De cela, le sénéchal s'est chargé et, parmi tous ceux de vos pairs réfugiés ici, il n'y en a pas un pour le regretter. On vous plaindrait plutôt !

– Je préférerais que l'on trouve le vrai meurtrier... Enfin, c'est tout de même une consolation.

Qui lui parut bien faible, en vérité, lorsque le lendemain il comparut, mené par des gardes et enchaîné, devant la cour seigneuriale qui se tenait dans la salle d'honneur du château. Rutilant à son habitude, Conrad de Montferrat siégeait à la plus haute place, entouré de ses chevaliers, des barons réfugiés et des notables de la cité. Il avait sa tête des mauvais jours. Sur un siège élevé à droite de la salle, se tenaient l'archidiacre représentant l'archevêque Josse et une partie du clergé. Des gardes, lances en travers, maintenaient la foule qui se tenait tête nue au bas bout de la vaste pièce.

Quand on amena le prisonnier, il y eut un grondement de mauvais augure auquel la voix tonnante du marquis imposa silence. Thibaut cependant n'arrivait pas à comprendre pourquoi cette ville qui, à de rares exceptions, ne le connaissait pas se dressait contre lui, pourquoi l'accusation de Josefa Damianos rencontrait une adhésion aussi complète. Il ne comprit pas davantage ce qui suivit. Et fut remarquablement bref.

Lu par un scribe du marquis, l'acte d'accusation où se retrouvaient les mots de parricide et de voleur souleva l'indignation de Thibaut :

– Un chevalier ne vole pas. Ce joyau m'a été donné par la feue dame Agnès de Courtenay en récompense des soins donnés à son fils Baudouin, quatrième du nom et mon roi vénéré. Aussi parce que je n'ai d'autre bien que mon épée. Sur l'honneur, j'en fais serment !

Suivit un débat rendu confus par les clameurs du public dans lesquelles il était difficile de se faire entendre. Seul, avec un beau courage, Simon Fabrègues s'y essaya. Il tenta d'exprimer l'amitié qui le liait au bâtard de Courtenay et sa ferme conviction qu'il était entièrement innocent des méfaits reprochés.

Pendant un temps, Montferrat écouta ce vacarme avec une attention montrant qu'il tentait d'en évaluer le pour et le contre. L'accusé se taisait, incapable de supporter ces cris de haine qu'il n'avait rien fait pour susciter, mais de sa voix criarde Josefa s'en donnait à cœur joie. Du regard le marquis interrogea les Lombards de son entourage qui, visiblement, ne tenaient guère à se mêler d'une affaire locale mettant en cause des gens qui leur étaient indifférents. Les réfugiés se taisaient, peu désireux de se mettre à dos ces citadins qui les accueillaient. Sauf Balian d'Ibelin, bien entendu, qui s'attaqua violemment à Josefa mais ne réussit pas à lui faire lâcher prise : elle maintenait qu'elle avait vu Thibaut poignarder son père pendant que celui-ci l'embrassait et qu'à Jérusalem, elle l'avait surpris en train de voler la cassette. Balian crut alors la tenir en remarquant :

– D'où vient que l'on ait retrouvé cette cassette intacte ? Apparemment, il n'y manquait rien... sauf peut-être ce collier... qui d'ailleurs n'était pas en son logis là où on me l'a indiqué !

— Pourquoi aurait-il donné la preuve de son forfait ? Il l'aura caché dans un endroit plus secret ! vociféra-t-elle. Faites-lui donner géhenne et vous aurez vraie réponse !

— C'est à vous que je voudrais la faire donner car vous êtes une mauvaise femme qui en a menti par la gueule ! clama Ibelin furieux. Craignez la colère de Dieu !

— Je la crains si peu que je jure devant Lui que j'ai dit la seule vérité : celle de mes yeux !

Thibaut n'écoutait plus. Tout cela ne servait à rien et avait cessé de l'intéresser dès l'instant où il sut que le collier avait, cette fois, été volé. Ils étaient trop à vouloir sa mort...

Une mort que les notables et la ville entière réclamaient à grands cris. Immobile sur son siège, le coude à la patte de lion qui en formait le bras et le menton dans la main, Montferrat gardait le silence ; mais son regard mobile allait de l'un à l'autre des intervenants. Il ne bougea pas davantage quand le chef des notables vint devant lui réclamer que le prisonnier soit, dans l'instant, livré aux flammes. Son regard fauve se fixa sur lui avec une expression qui fit reculer le bonhomme. Finalement il se leva et, jambes écartées, poings sur les hanches, il les fixa avec un mépris palpable. Puis il tonna :

— Cet homme, dont vous voulez la mort pour une raison qui m'échappe, a risqué sa vie pour arracher mon noble père, Guillaume III de Montferrat, au sort indigne que lui réservait Saladin. A cause de cela, et parce que, à mes yeux, la parole d'un chevalier a plus de valeur que celle d'une mégère, je ne vous le livrerai pas !

Le vacarme recommença. Alors Montferrat cria plus fort :

– Assez ! Taisez-vous ou je donne à mes gardes l'ordre de vous charger ! Je n'ai pas fini !

Le silence revenu, à peine troublé par un vague murmure ici ou là, le marquis reprit :

– En l'absence de preuves, je n'ai pas le pouvoir d'effacer tout ceci et dois tenir compte des us et coutumes d'ici, mais j'entends faire prévaloir ma justice à moi, Conrad de Montferrat, sans qui vous seriez à ce jour esclaves du sultan. Alors je décide que cet homme sera banni et laissé à la justice de Dieu !

De nouveau, la terrible voix dut surmonter les protestations et grognements, plus faibles sans doute qu'un moment auparavant.

– Taisez-vous ! Il sera conduit hors la ville, sans armes, pieds nus et sans autre protection que ses chausses et sa chemise. Il ira là où le Tout-Puissant voudra le mener. Pas très loin en pareil équipage, et sur cette terre pleine d'embûches...

Cette fois la rumeur fit entendre une satisfaction, trop légère sans doute pour que le marquis s'en contente.

– J'ajoute que, sur la porte Magistra comme aux barbacanes, des archers se tiendront prêts à tirer sur quiconque s'approchera pour lui porter secours, mais aussi sur quiconque osera le molester en jetant des pierres ou quoi que ce soit d'autre. Et mes archers tirent juste ! A présent qu'on l'emmène ! Faites place ou craignez ma colère !

Thibaut était sauvé du bûcher et, ce faisant, Montferrat payait sa dette. Mais à sa manière et cette manière ne satisfaisait pas Balian.

– C'est la mort sous une autre forme que vous lui offrez, marquis. Ou, pire, l'esclavage. Les Turcs ne sont pas loin. Quant aux gens du pays, ils ne le secourront pas...

— Je ne fais que prolonger sa vie, je le sais... Mais c'est tout de même la vie. Qui peut prévoir ce qu'il saura en faire ? Nous connaissons tous deux sa valeur... Finissons-en à présent !

Les gardes entourèrent le condamné après lui avoir ôté ses chaînes, ses bottes et la cotte de laine qu'on lui avait baillées dans sa prison en lieu et place de ses vêtements déchirés. Il allait s'éloigner avec son escorte devant laquelle des hommes d'armes repoussaient la foule sans ménagements. Mais il avait eu, avant de tourner le dos à ses juges, un tel regard que Balian n'y tint pas. Il courut vers lui, écartant brutalement les soldats qui n'osèrent pas résister à ce haut baron, le prit dans ses bras et, les larmes aux yeux, l'accola :

— Ceux qui vous aiment vont prier pour que Dieu vous préserve et vous garde, j'en fais serment ! Et contre ce recours-là, aucune flèche ne saurait prévaloir.

— Si l'on vous permet de la revoir un jour, dites à Isabelle qu'au dernier instant, son nom sera sur mes lèvres comme il est dans mon cœur depuis toujours...

Puis, repoussant doucement son ami, il poursuivit son chemin dans le cliquetis des armes auxquelles il n'avait plus droit.

Ensuite, il traversa la cour et les défenses du château près de la porte Magistra sur laquelle les archers se mettaient en position de tir, les pointes tournées vers l'intérieur de la ville. Le jour était gris, froid avec des rafales de pluie qui en un instant trempèrent la toile de sa chemise et firent frissonner le banni. Ses pieds nus se recroquevillaient déjà dans la boue froide pleine d'immondices. Il serra les dents pour s'obliger à ne pas trembler tandis qu'il s'avançait au milieu d'un univers minéral constitué du fer des armes, des pierres des bâtisses, et de ce double mur humain figé par la peur et qui n'osait plus esquisser le moindre mouvement ni émettre le moindre son.

La pluie redoubla et le vent l'enveloppa d'une énorme gifle quand ses pieds touchèrent les madriers du pont-levis. Au-delà, l'isthme s'étendait nu, désert dans le crépuscule qui venait. Thibaut passa près du poteau d'où il avait détaché le vieux marquis et que l'on n'avait pas songé à ôter. Il sentait sur son dos le poids de tous les regards tandis qu'il entamait son calvaire, trempé encore davantage par les embruns que la mer crachait sur lui du côté opposé au port. Alors il se mit à prier pour chasser la tentation d'en finir, de se jeter dans ces flots d'une vilaine couleur grise empanachée d'écume. Mais le suicide était le crime suprême fermant à jamais les portes de la miséricorde divine ; il était interdit plus encore au chevalier, même s'il s'agissait d'échapper à une torture ou à un cruel supplice. Pourtant, un instant, il faillit s'y laisser aller et entama les litanies de Notre-Dame à laquelle il vouait depuis toujours une vénération et une tendresse d'enfant qui n'a jamais connu sa mère. Peu à peu il se sentit mieux, même si le vent le maltraitait, si les pierres du chemin blessaient ses pieds...

Au créneau de la barbacane, Balian d'Ibelin et Jean d'Arsuf restèrent longtemps sous la bourrasque, regardant disparaître dans le soir et la brume la haute silhouette, naguère encore si fière, à présent si pitoyable.

Ils étaient encore là quand il n'y eut plus rien à voir mais l'image douloureuse était gravée au fond de leurs yeux où les larmes se mêlaient à la pluie et ils n'arrivaient pas à se persuader qu'elle s'était effacée...

Dans l'espace réduit de leur maison, Isabelle se sentait étouffer peu à peu sous la férule de sa belle-mère. En réalité Etiennette ne changeait pas et restait fidèle à elle-même. Mais ce qui se vivait assez aisément dans l'immense Krak de Moab devenait insupportable entre les quatre murs d'une demeure citadine. En outre, tant que vécut Renaud de Châtillon, c'était sa loi à lui que l'on appliquait et son épouse, craignant ses réactions brutales, prenait grand soin de ne pas le contrarier. A Tyr, la mollesse de son fils lui donnait des pouvoirs absolus, hormis celui de le séparer de sa femme bien-aimée. Etiennette en abusa : Isabelle dut vivre à la manière des épouses musulmanes de haut rang qui ne sortaient jamais. Une seule exception : la messe matinale à la cathédrale voisine où l'on se rendait « en famille ». Encore Isabelle se voyait-elle contrainte de porter un voile qui l'enveloppait jusqu'à la taille.

Elle s'en plaignit à son époux : s'il l'aimait tant, pourquoi permettait-il à sa mère de la rendre malheureuse en lui interdisant tout ce qui peut être agréable dans l'existence ? Onfroi, bon garçon au fond, en toucha un mot à sa mère. Celle-ci eut l'habileté de lui répondre avec le sourire :

– Sachez, mon fils, que je veux seulement votre bonheur. Votre femme est jeune, ravissante et étourdie. Elle rêve de plaisirs qui ne sauraient être de mise en temps de guerre et, si je l'oblige à ne sortir que voilée, c'est pour éviter que viennent bourdonner à notre porte une foule de damerets attirés par sa beauté. Celle-ci ne doit fleurir que pour vous, pour vous seul, et je la préserve ainsi des regards concupiscents des autres hommes. Nous ne sommes plus au Krak, hélas, et votre félicité n'est plus protégée par l'éloignement et nos fortes murailles. Alors laissez-moi faire ! Et donnez-lui tout l'amour que vous pouvez !

– Nul ne peut aimer plus que moi, ma mère ! protesta le jeune homme.

– Alors dites-moi donc comme il se fait que vous ne réussissez pas à la rendre grosse ? Depuis le temps !

– Je ne sais. Croyez que je fais de mon mieux !

– Ce n'est pas assez ! Une fois enceinte, elle aura moins envie de sortir... et elle attirera moins les regards.

En fait, Etiennette haïssait sa belle-fille. Elle ne lui pardonnait ni son sang grec, ni la passion que lui vouait son fils et encore moins le désir violent que sa beauté fraîche avait éveillé chez Renaud, la sienne ayant passé fleur depuis longtemps. Aussi ne lui épargnait-elle aucune avanie, aucune méchanceté. Et n'ignorant pas les liens tissés jadis entre Isabelle et Thibaut de Courtenay, ce fut avec la curiosité d'un entomologiste épinglant un trop beau papillon, non sans délectation, qu'elle lui apprit le drame dont son ami d'autrefois venait d'être victime. Epiant sa réaction, elle conclut :

– Pour avoir navré son propre père, ce monstre méritait les flammes du bûcher autant que celles de l'enfer ! Il a eu la chance d'avoir affaire à ce Montferrat dont la perversité et l'impiété ne font aucun doute ! N'est-ce pas votre avis, ma fille ?

Isabelle était incapable de répondre. Blême, tétanisée d'horreur, elle crut que sa vie l'abandonnait avec son sang refluant vers l'extrémité des membres. Ses lèvres s'agitèrent sans qu'aucun son les franchît. Les yeux démesurément agrandis, elle se leva pour fuir cette cruauté étalée devant elle, mais ses jambes lui refusèrent leur secours et elle s'écroula sur le sol, évanouie.

– Mère ! cria Onfroi en se jetant sur elle. Que lui arrive-t-il ? Qu'est-ce que cela signifie ?

Calmement, Etiennette acheva la coupe de vin qu'elle portait alors à ses lèvres et répondit :

— Que j'avais raison de la garder comme je l'ai fait et qu'il faudra continuer ! Celui-là évincé, il en reste d'autres... A commencer par Montferrat !

— Mais enfin, venez la secourir ! La voilà toute pâmée et si pâle.

— Ce n'est rien. Jetez-lui de l'eau au visage, cela la fera revenir !

Et, haussant les épaules, Etiennette sortit de la salle où l'on venait de prendre le repas du soir.

Les jours qui suivirent furent affreux pour Isabelle dont les nerfs cédaient sous les coups du chagrin. Elle eut des crises de larmes. Elle retomba, comme à Naplouse, dans le cercle infernal des angoisses, des cauchemars suscités par l'image du bannissement de Thibaut décrit avec une si dure précision par Etiennette. Elle ne cessait de réclamer sa mère, ce dont Etiennette ne voulait même pas entendre parler. Onfroi, lui, ne savait plus à quel saint se vouer et se sentait devenir fou en face de cette femme ravagée par les pleurs dans laquelle il cherchait en vain à retrouver l'exquise compagne de ses nuits. Cela lui donna le courage d'affronter sa redoutable mère ; il l'implora avec des larmes et, devant la douleur de son fils, Etiennette finit par céder. Un serviteur alla au château prier la reine Marie de venir faire visite à sa fille. Mais la dame prit ses dispositions pour ne pas la rencontrer :

— Vous la recevrez seul, précisa-t-elle à Onfroi. Moi j'irai prier à la cathédrale... Tâchez qu'elle ne s'éternise pas !

Or, au lieu de Marie Comnène, ce fut Conrad de Montferrat qui se présenta flanqué de son médecin.

— J'ai appris que la princesse Isabelle est souffrante, dit-il à Etiennette après l'avoir saluée comme il convenait. Et voici maître Antoni, un savant mire milanais que j'ai attaché à ma personne...

– Ma bru réclame sa mère, pas les soins d'un homme dont elle n'a nul besoin ! Ce sont maux féminins auxquels les mâles n'entendent rien, riposta vertement Etiennette que cette visite contrariait fort.

– La reine Marie est elle-même dolente. Elle viendra dès qu'elle le pourra mais, en attendant, permettez à maître Antoni de voir la malade !

– Pour quoi faire ? Elle souffre de l'esprit plus que du corps et l'amour dont l'entoure son époux la guérira mieux que vos remèdes. Cependant, je vous remercie, sire Conrad, de vous être dérangé pour elle.

Si elle espérait voir Montferrat tourner les talons, c'était une lourde erreur. La mine affable du marquis disparut derrière un nuage menaçant.

– Gracieuse dame, fit-il avec un sourire féroce, vous semblez oublier un fait d'une grande importance : c'est le prix qu'attachent tous ceux de ce royaume – ou de ce qu'il en reste ! – à la vie de la dernière fille du roi Amaury. S'il arrivait malheur à la reine Sibylle – et l'on dit que sa santé n'est pas des meilleures depuis qu'elle a accouché d'une fille morte –, c'est à la princesse Isabelle que les barons, unanimes cette fois, porteraient la couronne. Elle n'est donc pas seulement votre bru mais, avant tout, un enjeu politique.

– Ce qui veut dire ?

– Que j'entends lui procurer les meilleurs soins. Aussi vais-je envoyer une litière pour la ramener au château... avec son époux, bien entendu !

– Ce serait violer mes droits : votre princesse est l'épouse d'Onfroi de Toron, seigneur de Kérak, de Moab et de Toron, et...

– C'est vrai, je l'avais oublié, susurra le marquis avec la mine pateline du chat sur le point de croquer la souris. Mais en ce cas, que fait-il ici dans les jupes des femmes ? Si ce que l'on dit est vrai, le Krak n'est pas tombé contrairement au Toron qui n'est pas loin d'ici et qu'il n'a rien fait pour conserver. Que n'y est-il en ce moment ?

— Saladin l'a libéré contre promesse de ne plus porter les armes contre lui. Cela compte, il me semble !

— Cela compte surtout pour un couard ! riposta Montferrat sans s'encombrer de politesse superflue. Cette promesse obtenue par contrainte, le Patriarche... ou même le premier archevêque venu pouvait l'en délier, mais apparemment il préfère s'y tenir. Aussi, je déclare, moi, qu'il est incapable d'assurer la protection de si haute et si précieuse dame... La litière sera là dans un moment. Je l'escorterai moi-même !

— Vous oseriez user d'armes dans « ma » maison ?

— Sans hésiter ! D'autant plus que la maison n'est pas à vous, elle vous est seulement prêtée...

Maîtrisant sa colère, la Dame du Krak capitula :

— Si vous le prenez ainsi, je permets à votre médecin d'aller visiter ma bru, dit-elle avec une condescendance que le marquis accueillit d'un œil ironique.

— Grand merci ! Seulement il ne me plaît plus, à moi. La résistance que vous venez de m'opposer me convainc que la « princesse » n'est pas en sûreté dans cette maison. Dans un moment, elle sera au château !

Furieuse, Etiennette comprit qu'avec cet homme elle ne serait pas la plus forte. Une heure après, une litière fermée de rideaux et portée à dos d'hommes à cause de l'exiguïté des rues amenait Isabelle au château où sa mère – qui n'était pas malade le moins du monde ! – et Euphémia la reçurent à bras ouverts. On l'installa dans la chambre des dames. Quant au pauvre Onfroi, force lui fut de prendre logis dans le quartier de ces hommes de guerre qu'il détestait tant. Il ne pourrait rejoindre son épouse derrière les courtines fermées de son lit que lorsqu'elle serait guérie. Mal résigné et néanmoins prévoyant, il avait emporté deux livres.

Etiennette essaya bien de suivre sa belle-fille, mais on la pria fort courtoisement de rester là où elle était : le château manquait de place et elle n'y eût pas joui de toutes les aises qu'elle méritait. En outre, s'il y avait peu de place pour elle, il n'y en avait pas du tout pour sa servante Josefa, soupçonnée de faux témoignage par Balian d'Ibelin et qui devait seulement au respect dû à sa maîtresse de n'avoir pas été jetée, elle aussi, hors les murs de la ville.

Cependant, la guerre n'allait pas tarder à reprendre ses droits.

Celui qui la ralluma fut le dernier dont on attendît une telle audace : Guy de Lusignan, roi honni, décrié, sans armée, sans royaume, mais poussé peut-être par son frère, le connétable Amaury, et par son épouse Sibylle, enragée de n'être plus qu'une réfugiée à Tripoli, rassembla ce qu'il put trouver de chevaliers francs et pèlerins nouvellement débarqués, auxquels s'ajoutèrent les Templiers de Gérard de Rideford réfugiés à Tortose et des Hospitaliers de Margat. Avec cette petite armée, Guy s'en vint mettre le siège devant la seconde ville du royaume défunt et son port principal : Acre. La grande tente rouge des rois de Jérusalem fleurit bientôt la colline de Tell el-Foukhar à l'est de la ville, « et Sibylle y fut avec lui »...

Entreprise insensée : la place était forte, vaste, gardée par la mer à l'ouest et à l'est par un véritable barrage de hautes et longues murailles [1], dominée par

1. Plus d'un kilomètre.

un formidable donjon : la Tour Maudite. En outre une solide garnison, commandée par un neveu du sultan et plus nombreuse que les assaillants, la défendait. Néanmoins ceux-ci réussirent à bloquer la ville côté terre et à prendre pied, sur le rivage, où ils pouvaient recevoir des secours.

Quand Saladin comprit ce qui se passait, il accourut à la rescousse et enferma à son tour les assiégeants dans un demi-cercle de fer, mais les hommes des Lusignan étaient déjà retranchés dans un camp fortifié que ne pouvaient atteindre ni les hommes de l'intérieur de la ville, ni l'armée de Saladin. En outre, les renforts allaient leur arriver d'Occident et tout d'abord de France. Vinrent avec leur chevalerie le comte Robert de Dreux, petit-fils du roi Louis VI le Gros, accompagné de son frère l'évêque de Beauvais, le comte de Bar, Guy de Dampierre, Raymond de Turenne, Geoffroy de Joinville et Narjot de Toucy, tous preux chevaliers animés par une foi réelle et le désir profond de reconquérir Jérusalem et le Tombeau du Christ. On attendait la grande armée allemande de Frédéric Barberousse qui, lui, avait choisi la route de terre par Byzance et l'Anatolie. Sa prochaine arrivée suscitait de grands espoirs : on disait qu'il amenait cent mille hommes disciplinés et bien entraînés. De quoi balayer Saladin et ses mamelouks quand le vieil empereur à la barbe rouge tomberait sur lui et qu'il se retrouverait coincé entre les Francs et les Allemands. On crut même Saladin proche de la déroute quand on sut que Frédéric, à Konya, venait de vaincre le maître de cette ville clé et faisait alliance avec lui contre le sultan. Mais... un jour d'été torride où il avait fourni une longue chevauchée, Frédéric arriva au bord du fleuve Self dont les eaux fraîches le tentèrent. Il avait très chaud... et aussi soixante-dix ans : il fut frappé de congestion et coula à pic.

Le signe particulier des armées allemandes manœuvrant comme un seul homme sous les ordres d'un chef est de perdre le moral quand le chef en question vient à faire défaut. Celle de Frédéric n'y manqua pas. D'autant que Frédéric de Souabe, fils de l'empereur, n'avait guère d'autorité. L'armée se débanda. Une partie rentra au pays, une autre se dirigea vers Antioche, une troisième – la plus importante – se laissa surprendre par l'un des émirs de Saladin et ses survivants furent vendus comme esclaves. Encore que celle qui gagna Antioche fût-elle décimée par une épidémie et il ne resta plus au prince de Souabe qu'un millier d'hommes pour espérer conduire à Jérusalem le corps embaumé de l'empereur. Seule la tête y arriva un jour... trois ans plus tard. Il avait fallu enterrer le reste un peu vite. Néanmoins, Frédéric réussit à rejoindre Acre avec ses mille hommes démoralisés.

Ainsi s'installa une guerre étrange où les Francs s'efforçaient de réduire les défenseurs d'Acre par la famine, tout en se défendant de leur mieux contre le harcèlement que leur faisait subir Saladin. L'immense camp des nouveaux arrivés, étiré au long des remparts, devint une sorte de ville de toile avec ses quartiers regroupant tant de nationalités diverses que l'on y parlait vingt langues. Essentiellement militaire bien sûr, mais ne manquaient ni les musiciens, ni les cabarets en plein vent, ni les filles follieuses dont il arrivait que la beauté attire, parfois jusqu'à la désertion, un mamelouk mélancolique. Car au fil du temps s'établit une bizarre cohabitation entre les deux camps : entre deux engagements, on se parlait, on chantait, on dansait ensemble... Après quoi l'on retournait s'étriper congrûment sans le moindre état d'âme au nom du Christ ou au nom de Muhammad. Une chose était certaine : on ne progressait ni d'un côté ni de l'autre, à ceci près que, chez les Francs, une nouvelle espérance succédait à celle suscitée par l'armée de Barberousse : les deux plus grands souverains d'Occident, Philippe de France et Richard d'Angleterre, avaient pris la croix. On ne savait quand ils arriveraient, mais on croyait fermement qu'ils viendraient. Néanmoins, cela allait durer, durer... en dépit de contingents importants et prestigieux.

Vinrent ainsi de Pise une escadre menée par l'archevêque de la ville, Ubaldo, légat du pape Clément III, puis de Venise une autre escadre menée par Giovanni Morosini et Domenico Contarini, des Danois, des Bretons, des Flamands, d'autres encore. Plus tard, le comte Henri II de Champagne avec Thibaut de Blois, Etienne de Sancerre et toute une belle chevalerie. En fait, l'horreur soulevée par le massacre de Hattin et la chute de la Ville sainte portait ses fruits et, de toutes parts, on accourait vers cette petite bande de terre sous Acre où s'accrochait l'espoir de voir renaître le royaume...

Au château de Tyr, cependant, Isabelle se remettait peu à peu de la violente douleur ressentie en apprenant la condamnation de Thibaut. Débarrassée de l'obsédante présence d'Etiennette, entourée de tendresse par sa mère, la grosse Euphémia et ses deux demi-sœurs Helvis et Marguerite, la jeune femme permit à sa douleur sinon de s'endormir, tout au moins de recevoir les baumes qui apaisent les blessures à vif, les pansements qui les protègent de nouvelles atteintes. Dans le logis des dames, elle réapprit à goûter la beauté d'un soleil couchant, l'odeur de la mer, le bonheur de mordre dans un fruit ou de contempler l'immense voûte couleur lapis-lazuli d'un ciel nocturne. Elle retrouva aussi le désir de s'occuper des autres, de soigner leurs douleurs physiques ou morales.

Ainsi, elle finit par prendre en pitié son pauvre Onfroi dont elle devinait ce qu'il pouvait endurer dans le quartier des chevaliers. Elle l'appela près d'elle aussi souvent qu'il était possible, même si elle ne se sentait pas encore le courage de le recevoir dans son lit. L'étroitesse des lieux – l'épouse de Balian, ses filles, ses femmes et les vieilles dames de Gibelet et d'Arsuf, arrivées depuis peu, se partageaient deux chambres hautes ! – lui offrait une excuse toute naturelle pour le tenir à distance comme les autres hommes. De même qu'Ibelin, Onfroi n'osait protester et se contentait de ce qu'on lui donnait, sachant bien que, sans ces instants exquis passés auprès d'elle, il n'aurait pas supporté les contraintes imposées par le marquis et le sévère entraînement qu'il exigeait de tout homme en état de porter des armes. Que Tyr soit pratiquement imprenable était une chose, mais Saladin n'était pas loin et la défense de la ville surpeuplée exigeait une vigilance de tous les instants. La réputation d'Onfroi n'était déjà pas brillante et le seigneur à l'aigle noir ne se gênait pas pour lui faire entendre que noblesse oblige et que l'on était en droit d'attendre du petit-fils du grand connétable autre chose que l'art de tourner un poème ou de chanter des chansons en s'accompagnant du luth.

Cette intransigeance envers un époux dont elle savait bien qu'il ne serait jamais un héros et que l'on ne fait pas un aigle d'une tourterelle irritait Isabelle. Comme l'irritait d'ailleurs le marquis tout entier.

Depuis qu'il l'avait ramenée au château, Montferrat venait chaque jour la saluer et prendre de ses nouvelles. Son attitude était toujours parfaite de respectueuse courtoisie et d'amabilité, mais l'épouse d'Onfroi était trop fine pour ne pas deviner ce qui couvait sous les belles paroles, le souci méticuleux de sa santé et les menus présents de parfum ou de pièces de soie qu'il leur offrait, à elle et à la reine Marie. Il lui avait suffi pour cela de plonger une seule fois son regard dans les yeux ardents et avides de Conrad : il éprouvait pour elle un désir violent, une de ces passions égoïstes où l'amour n'a pas beaucoup de place, sinon pas du tout. Il la voulait, simplement, et elle s'en méfiait, ne le connaissant pas assez pour deviner jusqu'où il était capable d'aller pour la faire sienne. Dans ces conditions, il ne pouvait que lui déplaire, d'autant plus qu'elle n'arrivait pas à lui pardonner le bannissement de Thibaut.

Bien qu'elle n'aimât guère plus le marquis, Marie s'était efforcée d'amener sa fille à plus de justice :

– Soyez équitable, Isabelle ! Comme à tous ceux qui estiment le chevalier de Courtenay et croient à son innocence, sa condamnation ne peut que paraître affreusement injuste, mais je crois, en conscience, qu'en sauvant sa vie, le marquis a fait ce qu'il était possible de faire pour lui en de telles circonstances. Songez qu'ameutée par cette horrible Josefa, la ville entière l'attaquait, réclamant pour Thibaut le châtiment des parricides.

– Ce qu'il pouvait, ma mère ? A mon sens, il eût peut-être mieux valu le garder en prison le temps nécessaire à la découverte du véritable meurtrier.

– Et par quel moyen ?

– Se saisir de l'accusatrice, la bien questionner afin de lui faire cracher la vérité !

– Ma fille ! s'écria l'ex-reine abasourdie par l'impitoyable violence qu'Isabelle laissait transparaître. Etes-vous en train de me dire qu'il la fallait confier aux tourmenteurs ?

– Pourquoi pas ? Ce genre de femme – et j'ai appris à la connaître – n'est que haine, envie et méchanceté. Elle était la mauvaise conseillère de feue dame Agnès, notre ennemie, et elle exerce à présent ses talents auprès d'Etiennette de Milly qui, certes, n'avait pas besoin d'un surcroît de cruauté, en étant suffisamment pourvue. Qui vous dit qu'elle et Josefa n'ont pas machiné le crime ?

— Je n'en vois pas la raison.

— La raison, c'est mon amour pour Thibaut, cet amour né avec moi je crois bien et dont j'ai compris trop tard qu'il était l'essence même de ma vie. Cet amour que j'ai renié un moment pour ce qui n'était rien d'autre qu'une illusion, mais qui me tient à présent captive du plus fort des enchantements et qui ne s'éteindra jamais, parce que je l'emporterai avec moi dans la mort et même au-delà, jusque dans les nuages où règne notre Dieu Tout-Puissant !

Jamais encore Isabelle n'avait livré son secret, ni surtout révélé la profondeur et la force de celui-ci. En l'écoutant, en contemplant le rayonnement soudain de son visage et de son être tout entier, Marie se sentit envahie par un étrange sentiment d'humilité et d'admiration, comme si l'éblouissante lumière de l'amour absolu venait d'éclairer la profonde embrasure de fenêtre où elles se trouvaient toutes deux, rejetant les rayons du soleil à l'état d'un simple lumignon. Elle comprenait à présent pourquoi sa fille souffrait tant du sort réservé à celui qu'elle aimait.

— Isabelle, murmura-t-elle, il faut prier !

— Pour qui ? Pour lui, livré sans armure avec ses seules mains nues à tous les dangers, toutes les cruautés des hommes et de la nature dans un pays ravagé par la guerre ? Je ne fais que cela !

— Non. Pour vous, Isabelle ! Pour que le Seigneur vous préserve, vous si belle, de la passion des autres hommes et des contraintes parfois insupportables auxquelles le destin oblige presque toujours celles qui naissent aux marches d'un trône. Et parce que vous seriez plus malheureuse que quiconque.

— A quoi pensez-vous, ma mère ?

— A votre sœur Sibylle qui, depuis des mois, est là-bas devant Acre, dans le tref pourpre de son époux. Le bruit court qu'elle est malade et, avec l'hiver qui vient, son état pourrait empirer. Si elle venait à trépasser, c'est à vous que reviendrait la couronne parce que c'est elle qui a été élue par droit de primogéniture et que Guy de Lusignan est seulement roi consort. Qu'elle disparaisse et l'époux n'est plus rien. C'est vous qui serez tout !

— Peut-être, mais je ne vois pas en quoi j'en serais plus malheureuse. Je suis mariée, il me semble. Si je suis reine, mon époux deviendrait roi comme l'est aujourd'hui Lusignan.

— Lui, roi ? Croyez-vous que les hauts barons et la chevalerie entière qui le méprisent accepteraient de plier le genou devant lui ?

— Il le faudrait bien puisque moi je l'ordonnerais ainsi.

— N'en soyez pas si certaine. Avez-vous donc oublié votre père ? Pour obtenir le royaume auquel cependant sa naissance lui donnait plein droit, il a dû répudier Agnès. Il l'aimait, en avait deux enfants, après quoi il m'a épousée.

— Pour son bonheur, ma mère ! Je sais qu'il vous aimait !

— Pas un instant je n'en ai douté, mais un homme est un homme. Au lit comme au gouvernement, il impose sa loi et, si l'épouse ne trouve pas grâce à ses yeux, il peut la délaisser, chercher des compensations. Il n'en va pas de même pour une femme bien que reine : il lui faudrait subir l'époux choisi pour en avoir descendance. Quand on aime comme vous aimez le bâtard, ne serait-ce pas la pire épreuve ?

— Si cruelle que je ne veux pas y penser ! Si je devais succéder à Sibylle, ou bien j'imposerais Onfroi comme elle a imposé Guy, ou bien je refuserais la couronne !

– Je ne pense pas que vous en auriez le droit. Parce que régner serait votre devoir !

Sibylle mourut en octobre 1190, victime d'une de ces épidémies qui s'abattaient avec une sorte de régularité sur le camp devant Acre devenu pléthorique. Trop de gens s'y entassaient, plus ou moins aptes à supporter le climat. Trop de ribaudes aussi, arrivées d'un peu partout pour profiter des richesses apportées par les croisés venus d'Occident. Les plus belles étaient parfois les plus dangereuses parce qu'elles portaient en elles des maladies, des virus récoltés ici ou là et qu'elles propageaient au plus grand nombre. En outre, les vivres commençaient à manquer et les tentatives pour desserrer l'étau établi par Saladin s'avéraient infructueuses. Enfin, avec l'automne, les pluies si bénéfiques d'habitude se firent catastrophiques.

La jeune reine de trente ans s'éteignit un soir à l'heure où derrière les remparts de la ville assiégée s'élevait l'appel des muezzins à la prière du soir. L'évêque d'Acre qui prononçait alors les prières pour que Dieu soit clément à cette âme égoïste et légère éleva la voix pour étouffer celle des infidèles. Ceux qui, à genoux, emplissaient le fragile palais de soie pourpre y ajoutèrent la leur avec plus de colère que de piété. Au pied du lit habillé d'azur où s'étalait, vainement sensuel, l'or d'une chevelure dénouée, Guy de Lusignan, le visage pressé contre les pieds de sa femme, sanglotait à fendre l'âme, indifférent à ce qui se passait autour de lui. Il resta là même quand tous sortirent pour permettre aux suivantes de la reine de procéder à la toilette funèbre, inconscient des chuchotements qui s'élevaient déjà parmi les barons et les chefs de guerre réunis par force.

Quelqu'un dit – et c'était Simon de Tibériade, l'époux d'Ermengarde d'Ibelin :

– La reine Sibylle est morte. Vive la reine Isabelle !

Et comme le comte de Dreux s'étonnait, faisant observer que le roi Guy, lui, vivait toujours, on lui expliqua que Sibylle n'était pas l'épouse du roi mais la reine couronnée, et que Lusignan sans elle n'était plus rien. Le connétable Amaury qui écoutait, l'œil sombre et les bras croisés, fit observer que c'était Guy et non Isabelle qui était venu assiéger Acre et qu'il méritait bien de garder la couronne. Les barons du pays lui opposèrent alors les lois du royaume. Et il dit :

– Que vous n'aimiez pas Guy peut se comprendre, car il a eu de grands torts dont il s'est bien repenti, mais songez qui est à cette heure l'époux d'Isabelle de Jérusalem. Allez-vous détrôner Guy pour mettre à sa place Onfroi de Toron qui a peur de son ombre et ira se cacher en criant « au secours » plutôt que se laisser porter au trône ? Nous avons besoin d'un vrai chef.

– Et ce n'est pas votre frère, riposta Tibériade. Sans vous, il ne serait pas ici. Quant à Isabelle, il lui sera facile de répudier Onfroi. Il y a, dans Tyr, l'homme qu'il nous faut. Avec lui nous aurons une nouvelle dynastie forte et déterminée.

Et au matin, tandis que le deuil s'étendait sur le camp et le respectueux silence ordonné par Saladin sur celui des musulmans, un navire portant l'évêque d'Acre et les plus hauts barons du royaume anéanti fit voile vers la vieille capitale phénicienne.

La nouvelle y était déjà connue. Si Montferrat, l'œil étincelant sous la paupière qui s'efforçait de le voiler, attendait la délégation au port, en compagnie de Balian d'Ibelin, Isabelle, enfermée dans la chapelle avec sa mère, implorait le ciel d'écarter d'elle cette couronne qu'elle redoutait comme un calice empoisonné et refusait les douces représentations de Marie qui ne savait trop si elle devait se réjouir ou se désoler d'avoir eu raison si vite.

Elle ne put cependant éviter de laisser ouvrir les portes du petit sanctuaire devant l'archevêque et de plier le genou pour baiser l'anneau de la main dont il traça sur elle le signe de bénédiction. Elle l'écouta ensuite avec un calme apparent déplorer la mort de Sibylle et lui faire part de son élévation au trône qui avait été celui de son père et de son frère. Mais, quand il en vint à l'obligation pour elle de se séparer d'Onfroi de Toron, la jeune femme s'insurgea :

– Faites-vous si bon marché du mariage, monseigneur ? J'ai été unie à mon époux devant Dieu et devant les hommes, et dûment bénie en la chapelle du Krak de Moab. Ce sont liens sacrés que l'homme, fût-il roi, ne saurait rompre.

– Sauf dans certains cas. Une reine se doit d'assurer sa descendance. C'est chose primordiale aux yeux de l'Eglise. Or, mariée depuis sept ans, vous n'avez toujours pas d'enfant.

– Peut-être n'est-ce pas la faute de sire Onfroi ? Peut-être est-ce la mienne ?

Elle était prête à se charger de tous les torts, de toutes les fautes même, pour éviter un divorce qui la livrerait à Conrad de Montferrat. Elle en avait peur et l'idée de ce qui l'attendrait au soir de ses noces la révulsait. Aussi entendait-elle s'accrocher à Onfroi parce qu'il était le seul rempart entre elle et la concupiscence tellement évidente du marquis. Incapable de cruauté, son amour était comme un cours d'eau tranquille, devenu sans surprise avec le temps et à l'abri duquel ce grand amour qui lui brûlait le cœur pouvait vivre caché comme le feu sous la cendre. Cependant l'archevêque Etienne la reprenait en souriant :

– Madame ! Les femmes de votre auguste famille sont fécondes ! Il n'y a aucune raison pour qu'il n'en soit pas de même pour vous. La faute, si faute il y a en cette matière où Dieu et la nature commandent, ne saurait être imputée qu'à sire Onfroi !

– Et cependant je le garderai ! Je refuse de m'en séparer et, puisque seule la couronne m'y contraint, je refuse la couronne ! Si vous et les barons du royaume tenez tellement à prendre le marquis de Montferrat comme souverain, eh bien prenez-le !

– Un changement de dynastie sans aucun lien avec celle qui règne depuis le début ? Personne ne l'acceptera.

– Vraiment ? N'y a-t-il jamais eu de précédent ? Quand mon grand-père Foulques d'Anjou est devenu roi, il arrivait droit d'Occident et il était un Plantagenêt...

– Mais il épousait Mélisende de Jérusalem et la chaîne n'était pas rompue. Vous le savez très bien, madame, et je vous demande en grâce de réfléchir encore... au nom de votre peuple et du Dieu Tout-Puissant. Il est bien d'aimer son époux mais, quand on est reine, c'est le trône et ceux qui en dépendent qui doivent l'emporter.

– Je ne changerai pas d'avis. D'ailleurs, vous ne possédez pas le pouvoir d'annuler mon mariage. Seul Notre saint-père le pape a ce pouvoir...

– Ainsi que le cardinal légat Ubaldo qui le représente. Réfléchissez encore, madame, et priez en songeant à cette grande armée venue reconquérir le royaume de vos pères constitué autour du Saint-Sépulcre. Ils endurent mort et misère dans ce camp où les maladies détruisent ceux que ne tuent pas les guerriers de Saladin et les pots de naphte enflammée déversés sur eux par ceux d'Acre. Votre sœur elle-même vient de trépasser dans de grandes douleurs. Faut-il que ce soit pour rien ? Je vous laisse à présent...

L'archevêque se retira, laissant Isabelle abîmée devant l'autel où les flammes des cierges animaient, comme de petites vagues, les veinures chatoyantes du tabernacle de malachite et d'or. Dans le cauchemar qui venait de s'abattre sur elle, la jeune femme se tournait tout naturellement vers Dieu. Elle se sentait cernée, assiégée comme ceux d'Acre par ces volontés, ces bonnes raisons, d'Etat ou non, et surtout le désir farouche de Montferrat de se l'approprier et de coiffer la couronne. Seul Dieu pouvait la délivrer.

Il lui donna au moins des forces pour combattre, et avant tout sa mère et Balian. A celui-ci, elle jeta, furieuse :

– Que ne réclamez-vous pour vous-même la royauté, sire mon père ? Votre épouse était reine plus que je ne le serai jamais ! Pourquoi ne pas choisir la veuve du roi Amaury ?

– Parce que cela ne se peut pas, Isabelle ! Les lois et usages du royaume s'y opposent. C'est l'ordre de la primogéniture qui commande.

– Hé, je le sais bien ! Je m'y plierais à l'instant si l'on ne prétendait me contraindre à rompre mon mariage. Et pourquoi, je vous le demande ? Parce que mon époux n'est pas un foudre de guerre, qu'il préfère la paix et...

– Ne m'obligez pas à vous répéter que c'est un pleutre qui a peur de tout. Je ne suis même pas certain que ce soit un homme véritable. Pourriez-vous, sans être accablée de honte, le voir à la place de Baudouin ?

– Ma sœur y a bien mis un benêt !

– Mais qui sait quand même se battre. Isabelle, croyez-vous que j'ignore comment, depuis longtemps déjà, il a perdu votre amour... s'il l'a jamais eu. Alors pourquoi vous obstiner ?

— Parce que le marquis me fait horreur !

Et elle s'écroula sur le sol, secouée par une violente crise de larmes.

Quelques jours plus tard, une nef drapée de noir amenait à Tyr le corps, embaumé tant bien que mal, de Sibylle pour y être inhumé dans la cathédrale, la seule du royaume qui pût encore la recevoir. Si venait le temps de la reconquête, viendrait aussi celui de la rapporter aux tombeaux du Calvaire...

Tyr se vêtit de noir pour elle et suivit le cercueil porté par des chevaliers à travers les rues étroites souvent coupées d'escaliers, qu'une pluie désespérante ne cessait de tremper. Le peu de famille que laissait la défunte venait derrière dans les atours du deuil. L'époux en premier, dont les yeux mouillés de larmes ne quittaient pas la couronne d'or posée sur l'étendard royal recouvrant la longue boîte de cèdre odorant.

Isabelle aussi regardait ce cercle orfévré, bosselé de pierres dont on voulait à tout prix la coiffer ; mais, elle, c'était avec aversion, comme si elle pressentait l'incroyable suite de douleurs dont elle aurait à souffrir à cause d'elle. A cet instant, elle ne songeait qu'à poursuivre son combat pour garder auprès d'elle le magnifique garçon aux yeux en amande qui eût pu servir de modèle à une statue grecque, mais certes pas celle d'un Achille ou d'un Ulysse. Cependant, elle comptait encore sur lui, sur la réaction qu'il ne pourrait manquer d'avoir lorsque bientôt, dans la grande salle du château, la délégation des barons lui demanderait de renoncer à elle et de se retirer. S'il montrait la même détermination qu'elle-même, rien ni personne ne pourrait les séparer...

L'heure fatidique vint trop vite au gré d'Isabelle, car les guerriers qui l'entouraient étaient pressés de retourner dans leur enfer devant Acre : la courtoisie retenue de Saladin ne durerait sans doute plus longtemps. Face à ces hommes marqués de blessures anciennes ou nouvelles, de fatigue aussi, face à ceux qu'elle aimait et aussi à l'archevêque, elle prit Onfroi par la main et affirma sa volonté de ne devenir reine qu'avec lui comme roi consort. Onfroi, dont les doigts étaient glacés dans les siens, lui fit écho et une rumeur de colère passa sur l'assemblée comme un vent de tempête. Mais personne, pas même le prélat, n'eut le temps de répondre : un chevalier de carrure athlétique dont le tabard armorié portait un simple écu écartelé d'or et d'azur sortit de la délégation. Il se nommait Guy de Senlis, d'ancienne maison remontant à Charlemagne. C'était un preux et un seigneur que sa naissance autorisait à faire ce qu'il allait entreprendre.

En trois enjambées, il fut devant Onfroi, le regarda au fond des yeux et déclara d'une voix grave :

– Tout homme d'honneur a droit de défendre son bien et sa cause les armes à la main. C'est ce que je vous propose en vous donnant mon gage. Avec l'aide de Dieu, prouvez à vous-même et à cette noble assemblée que vous êtes digne d'être l'époux d'une reine !

Sans violence aucune, Guy de Senlis ôta son gantelet et le jeta aux pieds d'Onfroi...

Un profond silence s'abattit soudain. Enorme. Assourdissant parce qu'il étouffait le bruit des respirations contenues, même les battements du cœur affolé d'Isabelle. Sa main se détacha de celle de son époux afin de lui laisser toute liberté. Ses yeux pleins de larmes le suppliaient. Onfroi allait se baisser, relever le gage, puis demain, dans la cour d'honneur, il affronterait ce chevalier inconnu ! Il fallait qu'il le fasse ! Il ne pouvait pas l'abandonner, elle qu'il prétendait tant aimer, parce qu'il avait... peur ? Dieu Tout-Puissant, ce n'était pas possible qu'il reste là sans bouger, regardant cette main d'acier qui attendait la sienne. Il allait...

Non, il ne se penchait pas. Au contraire, il relevait la tête, considérant, avec ce qu'il fallait bien appeler de l'effroi, ces gens qui semblaient tous prêts à se jeter sur lui comme un vol de vautours. Mais...

– Non ! cria-t-il soudain. Non, je ne me battrai pas ! Démariez-nous si vous voulez... et gardez votre couronne !

Sans regarder sa femme devenue blanche comme un linge et que Marie se précipitait déjà pour soutenir, le petit-fils du grand connétable s'enfuit de la salle et courut se réfugier dans la maison près de la cathédrale, tandis qu'Isabelle glissait à terre, miséricordieusement évanouie.

Etiennette de Milly était là, elle aussi, prête à soutenir son fils dans ce qu'elle considérait comme un déni de justice et une spoliation. Elle aussi blêmit devant l'effondrement brutal de ses ambitions, mais elle était d'un autre bois que sa bru. Pour rien au monde, elle n'aurait voulu que ces gens, témoins de sa honte, lui adressent la parole. Elle n'avait que faire de leur commisération. Très droite sous les voiles noirs qu'elle ne quittait plus depuis la mort de Renaud, elle sortit de la grande salle et rentra chez elle.

Là, sans un mot, elle gagna sa chambre, ordonna à Josefa d'aller chercher son confesseur et ouvrit ses coffres pour mettre ordre dans ses affaires. De son immense fortune perdue, il lui restait de l'or et des joyaux. Elle en fit trois parts inégales : l'une destinée à la poignée de serviteurs qui l'avaient suivie depuis le

Krak, la deuxième pour ce fils qu'elle ne voulait plus revoir et la troisième pour le couvent où elle entendait se retirer. Josefa n'aurait rien : elle devrait se contenter du collier qu'elle avait réussi à s'approprier au prix d'un crime dont Etiennette ne se voulait complice en rien. Et dont elle ne parla pas au vieux prêtre auquel elle se confiait depuis son arrivée à Tyr. Car si elle se tournait vers Dieu à cette heure affreuse, c'était moins par amour pour Lui qu'afin de fuir à jamais le regard des hommes. Ceux-là devraient s'arranger de leur propre destin et elle n'éprouvait aucune contrition des méfaits machinés au cours d'une vie déjà longue. Dieu seul lui semblait un interlocuteur convenable pour celle qui avait été la Dame du Krak.

Le lendemain à l'aube, elle gagnait seule et à pied la maison des moniales de Sainte-Calixte.

CHAPITRE XIV

DES ROIS ET UN FANTOME...

Dix jours après la mort de sa sœur, Isabelle était couronnée reine de Jérusalem par l'archevêque d'Acre en remplacement du Patriarche toujours à Rome ; et deux jours plus tard, dans cette même cathédrale où, jadis, sa mère avait épousé Amaury Ier, elle était unie à Conrad de Montferrat. Jamais sans doute sous les joyeux atours rouge et or des épousailles, on n'avait vu mariée plus pâle et, quand il lui fallut mettre sa main dans celle du marquis, cette main était glacée.

Jusqu'au dernier moment elle avait espéré que le cardinal légat Ubaldo n'accepterait pas de rompre un mariage qui ne présentait en apparence aucune faille, mais la reine Marie et les barons avaient fait ressortir plusieurs causes d'empêchement : l'âge d'Isabelle d'abord au moment du mariage, l'absence de consentement des parents (même s'il avait été arraché à Baudouin IV malade) et surtout la contrainte dont la fillette avait été l'objet puisqu'elle avait été conduite au Krak après que l'on eut violé son couvent de Béthanie. Dans ces conditions, le légat ne pouvait faire autrement que déclarer nulle l'union d'Isabelle de Jérusalem et d'Onfroi de Toron. La pauvrette se retrouvait donc unie à un homme que non seulement elle n'aimait pas, mais dont elle avait peur.

La nuit de noces qui suivit eût pu décourager un homme moins déterminé : le corps ravissant qu'il découvrit dans le grand lit drapé de pourpre subit ses assauts avec une totale inertie et, lorsque enfin épuisé il s'endormit comme une masse, Isabelle titubante et le visage noyé de larmes s'en alla réveiller Euphémia et se rendit avec elle dans les bains du château, déserts à cette heure de la nuit. Là, elle se lava longuement comme pour effacer de sa peau des traces immondes. L'eau était froide et elle grelottait, mais, après que la vigoureuse Grecque l'eut enveloppée d'un drap hâtivement chauffé et frictionnée à lui arracher la peau, elle se sentit mieux et revenue dans le lit nuptial, le plus loin possible de Conrad, elle réussit enfin à trouver le sommeil.

Malheureusement, il ne lui fut pas possible de s'appliquer ce traitement tous les soirs et trois mois après ces noces sinistres, Isabelle fit connaissance avec l'état de grossesse.

Elle put alors respirer car son époux, soucieux de défendre ses droits à la couronne, allait prendre sa part au siège d'Acre. En effet, si les barons du pays et quelques autres avec eux tenaient Isabelle pour leur reine incontestée, il n'en allait pas de même des seigneurs venus d'Occident dont les Lusignan s'étaient hâtés de s'attirer la sympathie. Pour ceux-là Guy, couronné au Saint-Sépulcre – de la main de sa femme sans doute mais couronné tout de même –, possédait tous les droits pour hériter de Sibylle. Conrad, lui, n'avait reçu aucune couronne et entendait la recevoir de l'ensemble des croisés. Or, en cet hiver pénible entre tous, la famine régnait dans le camp sous Acre. Le marquis chargea donc des bateaux de victuailles – sans aller cependant jusqu'à affamer sa bonne ville de Tyr ! – et fit voile vers le nord.

Son arrivée fut saluée de grandes acclamations. En dépit du temps affreux, du froid et de la boue, on se jetait à l'eau pour aider à décharger plus vite les navires de leur précieuse cargaison.

Une si grande agitation n'échappa pas aux espions que le sultan entretenait chez ses ennemis et, séance tenante, il donna l'ordre d'attaquer. Pris de court, les Francs se ruèrent à leurs défenses et un combat furieux s'engagea auquel ceux d'Acre ne manquèrent pas de se mêler en jetant du haut de leurs murailles de la naphte enflammée et de grosses pierres. Si furieux même que Saladin crut avoir bataille gagnée jusqu'au moment où un incident étrange changea le cours des choses : à l'instant où un soleil timide réussissait à percer la couverture de nuages, un chevalier venu de nulle part arriva dans le dos des musulmans de toute la vitesse d'un superbe cheval blanc ; sur son passage, les rangs s'ouvraient et les hommes, frappés de stupeur, arrêtaient leur ruée pour le regarder avec dans leurs yeux de l'effroi, parce que ce guerrier fulgurant ne pouvait venir que de l'autre monde.

Dans les pâles rayons blancs, son haubert, son heaume et ses armes étincelaient comme de l'argent pur. Une couronne d'or fleuronnée cerclait son casque rayonnant comme la croix brodée sur sa cotte d'armes. Il accaparait la lumière, il resplendissait au point qu'on aurait pu croire que saint Georges en personne venait à la rescousse des chrétiens. Son épée tournoyante lançait des éclairs, mais ce qui le rendait si effrayant c'était le voile de mousseline blanche qui lui cachait le visage...

Une rumeur terrifiée achevée en invocation passa

sur tous ces hommes, simples pour la plupart et épris de merveilleux :

– Le roi lépreux ! Il revient ! Allah ! Allah !

La fantastique apparition, cependant, ne blessait personne, ne touchait personne. Elle passa comme l'éclair à travers les troupes médusées en opérant un mouvement tournant, puis disparut vers les croupes boisées qui dominaient la plaine d'Acre. Quelques cavaliers s'élancèrent, sans pouvoir le retrouver, d'autant qu'un nuage noir avala soudain le soleil et que la pluie se remit à tomber.

La scène n'avait duré qu'un instant, mais suffisant pour que les Francs se reprennent. Les mamelouks trouvèrent devant eux la belle chevalerie du comte Henri de Champagne et l'assaut fut rejeté. Conrad de Montferrat et ses vivres furent reçus avec la chaleur que l'on imagine. Sauf peut-être par les Lusignan. Le veuf de Sibylle ne perdit pas une minute pour faire entendre à l'époux d'Isabelle qu'il entendait bien rester là où l'amour de sa femme l'avait mis et peu s'en fallut qu'ils n'en vinssent aux mains. Ce fut l'évêque de Beauvais qui trancha le débat :

– Laissons aux rois qui vont arriver le soin de vous départager ! Ils ne sont plus loin...

C'était peut-être la sagesse, encore que les barons palestiniens, oubliant leurs origines européennes, considérassent avec méfiance l'idée que le roi de France ou le roi d'Angleterre décident pour eux dans leurs affaires dynastiques. Mais comme on avait grand besoin d'eux, on s'en tint là. Conrad de Montferrat, cependant, ne quitta plus le camp devant Acre de façon à se trouver à pied d'œuvre pour défendre les droits de sa femme et surtout les siens propres, sachant qu'il ne recevrait la couronne qu'une fois Isabelle définitivement reconnue de tous.

Cette décision présentait au moins l'avantage de débarrasser la jeune femme, aux prises avec les premières nausées, d'un époux que, vu son état, elle avait de plus en plus de mal à supporter, notamment pour une simple raison : très soucieux de sa personne – il fréquentait les bains plus que la moyenne des hommes –, Montferrat adorait les parfums et en usait généreusement. Or Isabelle, qui les aimait aussi en temps normal mais avec plus de modération, s'était prise d'aversion pour l'odeur que dégageait son époux au point d'avoir mal au cœur quand son pas énergique résonnait dans les salles précédant la chambre conjugale. Son départ ne lui causa donc aucune peine.

L'hiver que l'on entamait fut cruel avec ses pluies, ses froidures, ses maladies et chacun en eut sa part ; les moins atteints peut-être étaient ceux d'Acre qui avaient des maisons pour se protéger, mais dans les deux villes de toile on eut à souffrir. De plus, les combats continuaient, ajoutant des morts, des blessés. Les croisés surtout avaient fort à faire. Par deux fois, le chevalier fantôme reparut, toujours à des instants critiques, semant encore la terreur chez les musulmans. Au dernier passage, Saladin lança des hommes à sa poursuite, sans succès : il se fondit comme l'apparition qu'il était dans les bois noyés de brume qui escaladaient les hautes collines...

Dès lors, on ne le revit plus. D'ailleurs, de vigoureux secours arrivaient...

Au premier jour du printemps, la mer se couvrit de nefs aux couleurs de France. Philippe II que l'on appelait déjà « Auguste » amenait le duc de Bourgogne, Hugues III, une belle armée et aussi Philippe d'Alsace, ce comte de Flandre dont Baudouin IV avait eu à se plaindre et qui, plus âgé, plus sage et repentant, venait enfin mettre ses forces au service de la Terre Sainte.

Du flanc de ses navires, Philippe sortit les éléments de puissantes machines de siège et s'en alla planter son tref bleu aux fleurs de lys d'or en face de la Tour Maudite, l'endroit le mieux défendu de la ville et qui portait bien son nom. Devant, ses ingénieurs installèrent une gigantesque pierrière nommée « male voisine » qui entreprit de faire pleuvoir sur la muraille d'énormes blocs de rochers. Pour s'en défendre, les assiégés en hissèrent une autre sur le rempart, qui fit quelques dégâts dans le camp français sans pour autant entamer la bonne humeur qui y régnait. On baptisa la catapulte « male cousine » et on continua l'ouvrage de bon cœur comme si de rien n'était.

Entre le roi et Montferrat l'entente se fit sans peine. D'intelligence froide et de sens politique avisé, le Capétien qui, à vingt-six ans, avait déjà fait sentir à ses grands vassaux le poids de sa volonté trouvait des correspondances dans cet homme avide de puissance, possédant les moyens intellectuels de se la procurer. En outre, marié à l'héritière de Jérusalem, celui-ci lui semblait l'interlocuteur le plus indiqué.

Du reste, son compétiteur avait momentanément disparu. En effet, si Philippe arrivait tellement plus tôt que Richard d'Angleterre, c'est que celui-ci, parti quelques jours après lui de Messine où tous deux avaient passé l'hiver, avait vu le navire portant sa sœur et sa jeune épousée Bérengère de Navarre jeté par la tempête sur les côtes de l'île de Chypre. Celle-ci appartenait alors à un prince byzantin, Isaac Comnène, hostile aux Francs et entretenant d'ailleurs quelques relations avec Saladin.

L'accueil réservé à ses navires échoués s'étant montré hostile, Richard fit débarquer son armée, tomba à bras raccourcis sur Isaac qu'il battit à Tremithoussia, le fit prisonnier et entra en maître dans sa capitale de Nicosie, ce qui faisait tomber l'île tout entière dans sa main... Apprenant les faits, Guy de Lusignan s'embarqua aussitôt pour Chypre afin d'exposer son cas à Richard et le prévenir contre Conrad de Montferrat et ses tenants. Il y réussit pleinement. Séduit par sa prestance et sa beauté, Richard s'enthousiasma pour lui et lui promit son appui plein et entier. Il était ainsi avec lui. Richard passait de la plus noire fureur à des emballements d'adolescent et c'était là, avec un sens politique à peu près nul, le talon d'Achille de cet homme d'une folle bravoure, de ce guerrier fabuleux, sans doute le plus grand soldat de son temps.

Quand les lions d'Angleterre vinrent rejoindre les lys de France devant Acre, il fallut toute la diplomatie de Philippe Auguste pour que ce siège commun que l'on devait mener ne tourne pas à la querelle dynastique, tant Richard mit d'arrogance à faire savoir qu'il entendait soutenir les droits de Guy envers et contre tous. Diplomatie d'autant plus méritoire que les relations des deux hommes n'étaient pas des meilleures. Jadis amicales et même chaleureuses quand Richard, fuyant les colères de son père Henry II, séjournait à la cour de France, elles s'étaient détériorées dès que Richard s'était assis sur le trône de Henry. Il se retrouvait duc de Normandie, devant l'hommage à un roi fermement décidé à défendre l'intégrité de son royaume tout en visant à lui donner le maximum de frontières possible. En outre, Richard, fiancé à Alix de France depuis de longues années (la jeune fille avait été élevée à la cour anglaise), avait refusé de l'épouser pour la raison bien compréhensible qu'elle était devenue – par force sans doute ! – la maîtresse de son père Henry, qui s'était pris pour elle d'une passion violente. Qu'on lui eût rendu sa sœur, Philippe pouvait le comprendre, mais tandis que l'on hivernait à Messine, il avait émis l'idée d'épouser lui-même Jeanne, sœur de Richard et veuve du roi de Sicile. Sans vouloir considérer ce qu'une telle union pouvait avoir de bénéfique pour les deux pays, Richard refusa brutalement. Philippe se le tint pour dit et quitta Messine, emportant l'idée de faire payer un jour cet affront à son ancien ami. Et la déclaration intempestive de Richard l'ancra plus solidement dans l'idée de se faire le champion d'Isabelle, de Conrad et des barons locaux. Richard avait peut-être des liens de parenté avec les Lusignan, mais lui en avait avec Montferrat. Il eut la sagesse de ne répondre à cette provocation que par une simple phrase :

– Prenons d'abord Acre, nous verrons ensuite !

Et il retourna à son pilonnage de murailles qui commençait à porter ses fruits tandis que Richard allait prendre position à l'opposé en face de la tour des Mouches, un ouvrage avancé sur la mer. Incontestablement, leur double arrivée galvanisait l'armée disparate dans laquelle les assauts de Saladin d'une part, les flèches et les pots de naphte des assiégés d'autre part avaient fait des coupes claires, encore aggravées par les épidémies. Celle de Philippe avait donné la première impulsion, celle du Cœur de Lion porté par sa réputation acheva de relever les courages.

Le 2 juillet, « male voisine » ouvrait enfin une brèche près de la Tour Maudite et Philippe qui, debout près de sa catapulte, tirait à l'arbalète comme un simple homme d'armes donna l'ordre de monter à l'assaut et s'élança lui-même, mais ne put dévaler dans la ville. Saladin en personne lançait un assaut contre lui et il dut se retourner pour le repousser. Dans Acre, le découragement s'installait : les assiégés, au moyen d'un pigeon voyageur, firent savoir au sultan qu'ils étaient à bout de souffle et ne pourraient plus tenir longtemps. Aussitôt Saladin envoya une nouvelle attaque qui ne put aboutir. Pendant ce temps, Philippe Auguste reprenait l'assaut de la Tour Maudite, mené cette fois par Aubri Clément, maréchal de France, qui avait juré de prendre Acre ou de mourir. Mais le poids des soldats sur les échelles appliquées contre la brèche était trop lourd. Elles se brisèrent et Aubri Clément fut tué sous les yeux de son jeune roi que les larmes brouillaient.

Cependant Acre était frappée à mort. Le 11 juillet, après une charge furieuse menée par les Anglais, la ville demanda grâce et le lendemain elle capitulait. Des hauteurs où était placée sa grande tente jaune, Saladin put voir tomber les étendards de l'Islam qu'un guerrier remplaçait aussitôt par ceux des rois chrétiens. Ce guerrier, c'était Conrad de Montferrat...

Cependant il ne leva pas le camp. Il lui fallait racheter la vie de ces quelque trois mille hommes survivants qui, durant plus de deux ans, lui avaient conservé Acre et qui, à présent, étaient parqués dans le quartier des vainqueurs, attendant que l'on décide de leur sort après que l'on eut salué en eux de véritables héros.

Les termes de la rançon furent dictés par Richard. La chaleur torride de l'été qui exaltait les puanteurs de tous ces cadavres que l'on ne savait plus où enterrer, les miasmes de la maladie que la mort traînait après elle venaient d'avoir raison de Philippe. Atteint d'une fièvre qui le faisait transpirer et claquer des dents avant de faire peler son grand corps, il dut rester sous sa tente pendant plusieurs jours. Richard, malade aussi mais moins gravement, en profita pour se conduire en chef incontesté de la croisade. Insolent, arrogant même en face de ses compagnons d'armes, son orgueil le poussait à des gestes regrettables : après que Montferrat eut planté sur Acre les bannières des rois, le duc Léopold d'Autriche, comme c'était son droit en tant que prince souverain, y fit ajouter la sienne... que Richard fit publiquement arracher et jeter dans les latrines [1].

La rançon que demanda le roi anglais était énorme : deux cent mille dinars d'or, la libération de deux mille cinq cents prisonniers francs et la restitution de la Vraie Croix.

Bien que malade, Philippe ne perdait tout de même pas de vue les intérêts de son candidat et de celle qu'il tenait pour vraie reine de Jérusalem, même s'il ne l'avait jamais vue. Isabelle, en effet, approchait de son terme et ne pouvait quitter Tyr cependant que Philippe ne pouvait quitter Acre. Soutenu par les barons autochtones, il batailla de son mieux contre Richard. Deux camps s'étaient formés, prêts à en venir aux mains. Il fallait trouver une solution. Le camp anglais était de beaucoup celui qui avait le moins souffert du siège et de ses suites. Il jouait sans pudeur de la popularité de Richard auprès des troupes et imposa sa façon de voir : Guy de Lusignan restait roi de Jérusalem. Philippe Auguste retrouva assez de forces pour l'obliger à un compromis : Conrad de Montferrat succéderait à Guy de Lusignan lorsque celui-ci mourrait. Ce qui n'était pas un grand cadeau, car Guy n'avait que trente-cinq ans, alors que Conrad en avait quarante, mais en ces temps difficiles ce n'était pas toujours le plus vieux qui mourait le premier.

L'affaire réglée, Philippe Auguste annonça son départ. Ce fut un tollé chez les Anglais qui le taxèrent de désertion. Montferrat et ses partisans, tout en déplorant ce départ, comprirent. Le roi de France n'était pas

---

[1]. On sait qu'à son retour de croisade, Richard fut capturé par Léopold et emprisonné longtemps en Autriche, laissant la voie libre à l'« affreux prince Jean »... et à Robin des Bois !

guéri de sa mauvaise fièvre. Il ne voulait pas, si jeune et alors que son beau royaume avait tant besoin de lui, laisser ses os à une terre qui, à ses yeux, n'était plus si sainte. Cependant, pour la gloire de Dieu, il se comporta en grand prince, laissant l'armée qu'il avait amenée poursuivre la reconquête sous le commandement du duc de Bourgogne. Le 3 août, la nef royale quittait ce qui était redevenu Saint-Jean-d'Acre et faisait voile vers l'Occident. Le jour même, dans sa chambre du château de Tyr, Isabelle donnait le jour à une petite fille qu'elle appela Marie...

Philippe Auguste n'avait même pas attendu la réponse de Saladin concernant le rachat des prisonniers. Il est vrai que cette réponse se faisait attendre, mais les autochtones n'y voyaient rien d'extraordinaire, habitués qu'ils étaient, autant dire de naissance, à l'art de mener les affaires en Orient. Saladin qui était d'une extrême générosité était prêt à payer très cher la vie des preux qui avaient défendu Acre, mais il s'abandonnait volontiers aux rites du marchandage. Ce que ne supporta pas l'arrogant Richard et c'est en cela que résida le tort de Philippe : le laisser maître du terrain. Lui présent, il se fût opposé de toute son autorité au crime que perpétra le Cœur de Lion. Son orgueil ne s'accommodait pas des usages orientaux : il crut qu'on voulait le jouer et qu'à tout le moins Saladin se moquait de lui. Le 20 août, il fit rassembler les trois mille guerriers devant les murs de la ville et ordonna que l'on égorge « toute cette chiennaille » !

Ce furent les captifs francs qui firent les frais de cette boucherie et payèrent de leurs vies les violences irréfléchies du roi d'Angleterre. Saladin fit savoir que désormais il ne ferait plus de prisonniers. Quant à la Vraie Croix, elle fut renvoyée à Damas et jetée dans un débarras. Attitude étonnante de la part des musulmans qui reconnaissaient un prophète dans le Christ. Thibaut de Courtenay aurait pu donner sur ce point une opinion éclairée.

Cependant, une sorte de génie de la guerre habitait le Cœur de Lion, à défaut de sens politique sérieux. Il ne voulait pas rentrer sur une victoire qui n'appartenait pas à lui seul et il décida la reconquête du royaume. Arrachant presque de force les troupes aux délices d'Acre (la ville qui avait failli mourir de soif s'était rattrapée), il mit l'armée en marche vers le sud. Une armée qui marchait en bon ordre, car le duc de Bourgogne et les autres princes étaient convenus de lui laisser, comme au plus capable, la direction des opérations.

Hospitaliers et Templiers suivaient eux aussi. Ces derniers, déconsidérés depuis les agissements de Gérard de Ridefort en dépit de sa mort sous les murs d'Acre, et très diminués en nombre, étaient reconnaissants à Richard de leur avoir donné un nouveau maître en la personne de son ami Robert de Sablé, qu'il aimait fort parce que c'était, comme lui, un « trouvère » aimant à chanter et à composer des chansons. Il avait été deux fois marié, laissant en Europe un fils et deux filles, et ne prononça d'ailleurs ses vœux qu'à son arrivée à Acre. Mais sa renommée de sagesse, de vaillance et de « prud'homie » était grande et les Templiers, dont il ne restait guère, l'accueillirent avec immense joie. Il sut en outre, dans la campagne qui commençait, garder discipline et discrétion afin que fussent oubliées au plus vite les erreurs passées. Comme naguère, on les mit à l'avant-garde. Les Hospitaliers, encore très puissants sous la houlette de Garnier de Naplouse, qui gardaient le fort château de Margat et surtout l'imprenable Krak des Chevaliers dans les monts du Liban, assuraient pour leur part l'arrière-garde.

On partit le 23 pour longer la côte en direction du

sud. Une route malaisée sous un soleil de plomb ; les buissons et les herbes montaient si haut qu'ils fouettaient les piétons au visage et agaçaient les naseaux des chevaux. Il fallait aussi subir les attaques rapides des mamelouks de Saladin qui les attaquaient sans aller jusqu'à la bataille rangée, leur imposant une pénible guerre de harcèlement. Les Turcs suivaient de l'intérieur des terres le cheminement qu'accompagnaient sur mer les navires croisés. La situation dura jusqu'au 7 septembre où enfin, près d'Arsuf, le combat s'engagea.

Les Francs y brisèrent la résistance de Saladin et s'ouvrirent la route de Jaffa, où ils trouvèrent la ville en ruine, mais aussi des arbres portant des fruits en grande quantité : grenades, raisins, figues et olives s'offraient à eux cependant que la flotte ancrée dans le port les ravitaillait de son côté. Saladin, lui, se retira dans Jérusalem après avoir démantelé les forteresses d'alentour et pratiqué la terre brûlée. Richard alors s'arrêta sur place, dans l'agréable plaine de Sharon, et y resta quatre mois, hésitant à engager l'armée dans cette suite de montagnes arides et de défilés étroits derrière laquelle se trouvait Jérusalem. Le spectre de Hattin dont il s'était fait conter et conter encore les péripéties hantait ses nuits. En outre, il n'avait pas su se concilier les Français que commandait le duc de Bourgogne et ses propres troupes commençaient à trouver le temps long. Certes Guy de Lusignan ne le quittait pas d'une semelle mais il avait fallu bien peu de temps à Richard pour juger la valeur réelle de cet homme trop beau. Il avait vu venir aussi Onfroi de Toron que l'espoir de revoir son épouse conduisait vers lui. Quant à Conrad de Montferrat, mécontent de s'être retrouvé simple héritier, il boudait, enfermé dans Tyr... avec Isabelle !

Le retour de son époux – un époux mécontent de surcroît ! – n'avait causé aucune joie à la jeune mère. La chute d'Acre et l'ardeur avec laquelle Montferrat entendait défendre ses droits à la couronne de sa femme lui laissaient espérer un automne et un hiver paisibles. Solidement gardé et bénéficiant en outre de la sagesse de Balian revenu soigner une blessure reçue durant le dernier assaut, Tyr n'avait pas vraiment besoin de son seigneur. Isabelle encore moins !

Dès qu'on la lui eut posée entre les bras, elle avait adoré sa petite fille. Une bonne fée avait évité à l'enfant le vilain aspect si fréquent lors de la naissance. Marie était un joli bébé tout lisse et tout rond, avec au-dessus de son mignon visage une petite mousse de cheveux bruns doux et légers comme un duvet d'oiseau. Devant son premier enfant, la jeune mère allait d'émerveillement en émerveillement. Il en allait de même de son entourage. La reine Marie, Euphémia, les dames, ses jeunes sœurs et surtout Helvis qui venait d'épouser Renaud de Sidon, toutes raffolaient de la petite Marie. Helvis peut-être plus que les autres. Son mariage avec l'ex-époux d'Agnès de Courtenay était le fruit d'un amour commencé pour elle dans l'enfance mais qui apportait à Renaud ce renouveau, cette bouffée de printemps si précieuse à un homme de quarante ans. Il avait aimé Agnès, jadis, mais son inconduite l'en avait détaché très vite. Les grands yeux adorants d'une jeune fille de seize ans lui avaient rendu confiance en lui-même et en l'amour. Et c'était volontiers que Balian d'Ibelin avait confié sa plus jeune fille à son compagnon d'armes, son ami aussi. Depuis la naissance de Marie, la nouvelle épousée quittait le berceau le moins possible.

– Voyez donc le bel enfant que peut donner un homme de l'âge de mon seigneur époux ! proclamaitelle. Si je veux en avoir un tout pareil, il faut que je le regarde bien et souvent !

Et tout le monde riait autour d'elle. Mais les rires s'étouffèrent lorsque Conrad revint. C'est tout juste s'il accorda un regard au bébé, insoucieux d'ailleurs de son auguste présence et qui dormait avec application dans son berceau, les yeux bien fermés et sa petite bouche entrouverte sur l'ombre d'un sourire.

– Une fille ! lança-t-il avec dédain. Une fille, alors que j'aurais tant besoin d'un garçon pour soutenir mes droits quand Lusignan s'en ira enfin les pieds outre !

– Chez nous, les filles ont autant de droits que les garçons, protesta Isabelle indignée. La meilleure preuve n'est-elle pas que les barons m'ont reconnue comme reine ? Ce n'est pas votre cas. Si vous n'êtes pas satisfait, démarions-nous et cherchez-vous une autre épouse !

Sa colère calma celle du marquis. S'en faire une ennemie à un moment si délicat pour lui était la dernière chose qu'il souhaitât. D'autant qu'il la désirait toujours autant. Davantage même, car sa maternité l'épanouissait délicieusement. Il baissa pavillon :

– Je vous demande grand pardon, ma mie ! C'est vous qui avez raison : l'important c'est que notre mariage porte ses fruits et que tous en soient témoins. Lusignan, lui, n'a plus d'épouse...

– Mais il pourrait en reprendre une, lança Helvis qui détestait Montferrat et ne prenait guère la peine de le cacher. C'est un fort bel homme et les candidates à la succession de Sibylle ne vont pas manquer !

– Dans son lit sans doute, mais à l'autel, c'est une autre histoire. Ce roi de pacotille se devrait d'épouser une princesse. Or aucune n'accepterait, sachant qu'elle procréerait en vain puisque le compromis fait de moi l'héritier. Quelle jouvencelle couronnée me voudrait pour fils ?

Sa plaisanterie le fit rire, mais il fut à peu près le seul. Isabelle gardait sur le cœur l'accueil fait à sa petite Marie. Pourtant Conrad, repentant parce qu'il se rendait compte de son effet désastreux, multipliait les efforts pour le faire oublier. Il eut le bon goût de ne pas importuner sa femme d'assiduités, que le temps des relevailles et l'avis des médecins interdisaient : l'enfant était superbe mais la jeune mère avait beaucoup souffert et il fallait lui laisser le temps de se rétablir complètement avant de mettre en chantier le fils tant désiré. Conrad alla s'en consoler auprès d'une belle Pisane, la Margarita, qui tenait le haut du pavé de Tyr en matière de courtisanerie.

Cet hiver clément fut particulièrement doux pour Isabelle protégée comme dans un cocon par l'amour et les soins qu'elle donnait à sa petite fille et le retour de ses rêves d'antan. Ernoul de Gibelet, revenu au château avec Balian, passait de longs moments auprès d'elle afin de lui lire des poèmes et de chanter pour Marie. La jeune femme appréciait sa présence. Incidemment, il lui avait parlé du chevalier voilé de blanc dont les apparitions fulgurantes semaient la terreur chez les Turcs, persuadés d'avoir affaire au roi lépreux. Isabelle en avait été émerveillée, mais pas autrement surprise. Depuis la guérison miraculeuse d'Ariane sur le tombeau de Baudouin, elle était persuadée qu'après la lente agonie qu'avait été sa vie, Dieu avait reçu son frère au nombre des bienheureux. A présent, elle s'adressait à lui dans de petites oraisons mi-pieuses, mi-fraternelles pour lui confier ceux qu'elle aimait : son enfant avant tout et aussi sa mère, ses sœurs, son beau-père... et celui qui s'était perdu, rejeté aux ténèbres extérieures un soir d'hiver et dont l'image obsédante hantait ses nuits et faisait couler ses larmes.

A Helvis seule, devenue sa confidente, elle osait

parler de Thibaut parce qu'elle savait qu'elle l'aimait bien, l'admirait, et refusait, avec le bel optimisme qui en faisait une si précieuse compagne, de le rayer du nombre des vivants.

– Il est si fort, si vaillant, si habile aux armes et en toutes choses qu'il m'est difficile de croire que la méchanceté des hommes l'ait réduit à cette extrême misère dont seule la mort délivre.

– On ne lui a laissé aucune chance, Helvis. Encore eût-il fallu qu'il remercie qu'on lui ait fait grâce du bûcher ! Pour un crime dont il est innocent !

Helvis ne voulait rien entendre et secouait sa tête blonde, gardant entre ses fins sourcils un pli obstiné :

– Je le pense capable de se tirer des pires situations et au lieu de le pleurer, ma sœur, vous devriez prier pour obtenir de le revoir un jour parce que, s'il est vivant, rien ne pourra l'empêcher de revenir vers vous. Heureuse êtes-vous, Isabelle, d'être aimée de si grand amour ! Je crois bien que, si je n'aimais tant mon seigneur époux, c'est messire Thibaut que j'aurais aimé.

– Quel plaisir de vous entendre, ma mie ! Vous rendriez courage aux plus désespérés. Je voudrais tant vous croire !

– Mais vous me croyez, même si vous refusez de l'admettre, et je vais vous en apprendre la raison : il y a tout au fond de vous, j'en suis certaine, une petite voix, un sentiment, une émotion qui vous chuchote qu'il vit toujours.

– Elle est bien faible alors, parce que je ne l'entends guère.

– Peut-être, mais si elle n'existait pas vous seriez perdue de désespoir. Quand deux cœurs sont unis au point où vous l'êtes à Thibaut et que l'un cesse de battre, l'autre le ressent si cruellement qu'il tombe en langueur et aspire à la mort. Ce n'est pas votre cas, j'espère ?

– Non. A cause de Marie. Mais le marquis veut un fils et, quand je pense qu'il me faudra le subir encore et encore, je voudrais que ma vie s'achève.

– Pourquoi pas la sienne ? Il a vingt ans de plus que vous, des ennemis en quantité et peut-être lui viendra-t-il à l'idée qu'il serait temps pour lui d'aller prendre sa part des combats. S'il veut coiffer la couronne, ce serait, il me semble, la moindre des choses. Sinon, à l'heure de la victoire, c'est Guy de Lusignan qui en retirera le profit.

Or la victoire était loin de s'annoncer. L'armée croisée, en dépit de sa belle victoire d'Arsuf, se laissait aller au découragement dans les environs de Jaffa où elle s'attardait. En fait, elle avait épuisé devant Acre une part de son enthousiasme. Par deux fois, elle fit mouvement et s'approcha à cinq lieues de Jérusalem qu'elle put apercevoir et l'émotion fut alors à son comble, comme au temps de la première croisade quand Godefroi de Bouillon et les siens arrivèrent en vue de la Ville sainte. Mais les temps avaient changé. Saladin en personne était dans la cité dont il avait augmenté les défenses et, pour empêcher les Francs de s'installer aux abords, il en avait fait un désert. Après quelques brillants faits d'armes nés d'engagements sporadiques, Richard Cœur de Lion écouta les conseils des Hospitaliers et des Templiers, de ses barons aussi, et il entama des négociations avec Saladin. Démesuré en toutes choses comme d'habitude, il alla jusqu'à proposer sa sœur Jeanne – qu'il avait refusée à Philippe de France – en mariage à Malik al-Adil, le frère du sultan, avec l'idée que le couple pourrait régner sur Jérusalem :

ainsi les musulmans maintiendraient leur domination, tout en accordant aux chrétiens non seulement l'accès facile aux Lieux saints, mais encore des privilèges assez étendus.

Pour les barons de la Terre Sainte, cette proposition constituait un outrage : ce roi qui avait juré de reconquérir le Saint-Sépulcre choisissait donc de mêler son sang à celui de l'ennemi, de l'homme qui s'était emparé de Jérusalem et en avait abattu les croix ? Heureusement pour Richard, le projet avorta très vite : Jeanne refusa formellement de donner sa main à un musulman.

– Je suis veuve d'un roi, fille d'un roi, et vous voulez faire de moi la femme d'un infidèle dont le harem est sans doute tout bien pourvu, alors que vous m'avez refusée au roi de France ? Sire mon frère, je crois que vous perdez la tête ! Jamais, vous entendez ? Jamais !

Vint alors ce mois d'avril 1192 dont les conséquences allaient peser de si étrange façon sur la vie d'Isabelle.

Devant le mécontentement grandissant des barons – provoqué par sa bizarre idée de mariage – auxquels se joignaient les chefs croisés comme Hugues de Bourgogne, Richard ordonna leur rassemblement à Ascalon qu'il avait reconquise et dont il faisait restaurer les remparts. Là, il leur demanda de trancher une fois pour toutes le différend entre Guy de Lusignan et Conrad de Montferrat. Lequel de ces deux hommes voulaient-ils pour chef ?

La réponse ne le surprit pas vraiment : il avait depuis longtemps perdu ses illusions – en admettant qu'il en ait jamais eu – sur la valeur de son candidat. Conrad de Montferrat fut élu par acclamations à la quasi-unanimité de l'assemblée : il devenait le roi Conrad Ier de Jérusalem. Une ambassade fut envoyée à Tyr pour lui porter la nouvelle et l'inviter à prendre toutes dispositions en vue de son couronnement qui aurait lieu à Saint-Jean-d'Acre...

Dans Tyr illuminée jusqu'aux remparts et aux mâts des navires pavoisés qui dansaient dans le port comme on dansait sur les places, le nouveau roi goûtait son triomphe, tel le nectar des dieux. Enfin sa cause avait vaincu, enfin sa valeur était reconnue, et peu lui importait que l'Anglais qui se croyait le maître y eût été contraint ! Ce qui comptait, c'était le résultat : tous ses pairs enfin d'accord lui remettaient les destinées de ce royaume ramassé à bout de bras au bord du gouffre, comme on retient quelqu'un en train de se noyer. Conscient de ce qu'il valait – « l'homme le plus capable pour sa prudence et sa bravoure » –, il se sentait de taille à incarner l'immense espérance de cette terre chrétienne qui se donnait à lui.

– Je rebâtirai le royaume de vos pères, ma mie, dit-il avec beaucoup de gravité à Isabelle qui l'observait, étendue dans le lit tendu de courtines pourpres. J'y consacrerai toute mon énergie, tous mes soins parce que j'ai appris à aimer cette terre qui est vôtre par droit de naissance. De cela je fait serment, à vous comme je le ferai à Dieu quand l'archevêque posera la couronne sur ma tête. Ensemble, si vous le voulez, nous accomplirons de grandes choses pour la plus grande gloire de Dieu et le bien de nos sujets !

Tout en parlant, il quitta la profonde embrasure de la fenêtre d'où il contemplait la liesse de sa ville, et revint vers le lit devant lequel il s'agenouilla, dardant son œil d'aigle au fond des prunelles bleues de sa jeune épouse.

– Notre mariage, soupira-t-il, ne vous a pas donné le bonheur. Je sais que vous ne m'aimez pas, que vous ne m'aimerez sans doute jamais et je le déplore, car moi je vous aime. A ma façon sans doute, qui n'est pas la vôtre. Mais... je voudrais au moins conquérir votre estime et qu'à défaut de bonheur, vous ayez la fierté d'être ma reine. Je vous offre un grand destin. Voulez-vous l'accepter en toute confiance et en toute loyauté ?

Un moment Isabelle garda le silence, dévisageant cet homme qu'elle avait détesté d'instinct sans soupçonner que, derrière son implacable dureté et cet orgueil qui le rendait odieux, il y avait un sincère, un profond désir de grandeur. Elle découvrait un avenir possible dès l'instant où elle s'efforcerait de faire taire son cœur : elle comprenait à cette heure qu'elle n'aurait plus le droit de l'écouter, sauf pour ses enfants : la petite Marie... et celui qui s'annonçait. Avec un sourire mélancolique, elle tendit ses mains à Conrad :

– Soyez assuré, sire mon époux, que je vous serai loyale et toujours prête à œuvrer à vos côtés, dans votre obéissance, au bénéfice de nos peuples et de leur avenir. Pour nos enfants aussi. Peut-être aurons-nous à l'automne ce fils que vous désirez tant !

– Vous êtes enceinte ? C'est vrai ?

– Le doute, je crois, n'est pas possible. Je le sais depuis ce matin.

Montferrat enfouit alors son visage dans les douces paumes qu'il tenait toujours :

– Merci ! murmura-t-il. Merci, ma douce reine, pour cette belle joie que vous me donnez !

Dans ses mains, Isabelle sentit couler les larmes de cet homme de fer.

On activait les préparatifs du sacre : c'était, entre Tyr et Acre, un perpétuel va-et-vient. Conrad avait déjà fait deux fois le voyage pour veiller aux ornements de la cathédrale et des logis qui seraient attribués aux grands de la nouvelle cour et aux nobles invités, puisque Richard lui-même serait présent avec les principaux chefs de la croisade.

Ce soir-là – c'était le 28 avril, l'avant-veille du départ – Isabelle, un peu lasse d'être restée debout presque toute la journée pour essayer ses atours de reine, se rendit aux bains et s'y attarda longuement, oubliant même l'heure du souper. Tant et si bien que son époux, impatienté mais indulgent, lui fit dire par Helvis qu'elle continue à se baigner aussi longtemps qu'elle en aurait envie. Lui-même allait se rendre à l'hôtel de l'évêque de Beauvais, avec lequel il avait noué amitié depuis le siège d'Acre, pour lui demander à souper.

Les hommes d'Eglise n'attiraient pas spécialement l'ex-marquis de Montferrat, mais celui-là n'était vraiment pas comme les autres. Philippe de Dreux, frère du comte Robert II et petit-fils du roi de France Louis VI le Gros, était un prélat peu ordinaire. Ce bel homme de trente-neuf ans, batailleur et doté d'une incroyable vitalité, devait à son statut de cadet d'avoir été ensoutané, encore qu'il portât rarement les habits de sa fonction, leur préférant de beaucoup le haubert et la cotte d'armes. Pair de France, ayant reçu l'onction à Reims, il était l'un de ces évêques casqués dont l'époque a fourni plus d'un exemple et qui, sans manquer à leurs devoirs religieux, poussés même par une foi profonde, pouvaient accommoder l'enseignement du Christ à leur façon et ne voyaient aucun inconvénient à en découdre contre l'infidèle quand l'occasion s'en présentait. La Terre Sainte n'était pas pour lui une inconnue.

A vingt-cinq ans, en 1178, il était parti en croisade par enthousiasme après avoir appris l'éclatante victoire du roi lépreux à Montgisard. Mais Jérusalem n'avait guère eu le temps de l'admirer car, à peine arrivé, il avait été fait prisonnier au combat de Paneas et envoyé, Dieu sait pourquoi, en captivité à Babylone, emmené par un émir tout heureux d'une si belle prise. Il n'y resta pas très longtemps, ayant les moyens de payer la belle rançon demandée, et il rentra en France.

La grande pitié du royaume de Jérusalem et le siège d'Acre l'avaient ramené à la guerre mais, après le départ de Philippe Auguste, il s'était refusé à reconnaître pour son chef un roi d'Angleterre qu'il détestait cordialement. Comme à peu près tout ce qui était anglais. En foi de quoi, il s'était installé chez son ami Montferrat pour attendre la suite des événements.

– Il n'ira pas jusqu'à Jérusalem, prophétisait-il. Tout ce qu'il veut, c'est démontrer à tous et à Saladin en particulier qu'il est le seul adversaire à sa taille.

L'intronisation de Montferrat le comblait d'aise parce qu'elle contrarierait Richard. Ce soir-là, les deux amis trinquèrent joyeusement à l'événement qui se préparait, mais ne prolongèrent pas la soirée trop tard. Le lendemain on partait pour Acre.

Philippe ne raccompagna pas Conrad : la distance était courte entre sa demeure et le château. Conrad était venu à pied, en voisin. En outre, il aimait à se promener seul dans les rues de Tyr et cette nuit de printemps était tiède et claire comme une nuit d'été. Soudain, deux hommes d'apparence débonnaire s'approchèrent de lui et lui tendirent un placet qu'il accueillit sans méfiance, prêt à accorder toutes les faveurs, toutes les permissions tant il était heureux. Mais, tandis qu'il le lisait, l'un des deux hommes lui plongea un poignard dans la poitrine. Un seul cri et Montferrat s'écroulait, frappé à mort, tandis que s'enfuyaient les meurtriers.

Quelqu'un avait vu le crime. Il donna l'alerte et les assassins furent pris avant d'avoir pu gagner un refuge quelconque, en admettant qu'ils en eussent un. En effet, ils se laissèrent arrêter sans opposer de résistance et avec une indifférence au sort qui les attendait que Balian d'Ibelin, devant qui on les mena, identifia sans avoir besoin de recourir à la question. Ces hommes étaient ce que l'on appelait des Haschischins[1], dont le maître était ce personnage quasi fantastique, étrange et redoutable que l'on appelait le Vieux de la Montagne et dont la réputation, auréolée de légendes, inspirait une crainte à peu près universelle en Orient.

Il y avait un siècle environ qu'en Perse zoroastrienne, était apparu un ordre ismaélien professant que Dieu, inaccessible à la pensée, ne peut se manifester que par la raison universelle. Il avait pris naissance à Alamout, une forteresse impénétrable, sauf pour les aigles, dans les montagnes de Roudbar. Le maître en était alors un prophète visionnaire, Hassan Sabbah, qui s'était voué à une lutte sans merci contre l'islam orthodoxe. Devant Alep, dans les débuts de son règne, Saladin échappa de justesse au poignard de ses sicaires. L'ordre, en effet, s'était déplacé d'Iran en Syrie, emmené par l'enfant dont Hassan Sabbah avait fait son disciple. De ses nouveaux repaires des monts Ansarieh, Rachid ed-din-Sinan, le nouveau Vieux de la Montagne, pouvait lâcher à son gré sur les royaumes ses fidèles fanatisés à l'aide du haschisch.

« Le Vieil gardait en sa cour royale des jeunes gens de sa contrée, de douze à vingt ans, qui voulaient être des hommes d'armes. Il leur faisait boire un breuvage qui les endormait aussitôt, puis les faisait porter dans son jardin. Ils s'y voyaient alors en si beau lieu qu'ils pensaient être vraiment en paradis. Les dames et les

---

1. Mangeurs de haschisch, terme dont on a tiré le mot « assassin ».

demoiselles les satisfont tout le jour à leur volonté de telle manière qu'ayant tout ce qu'ils veulent, jamais ils ne sortiraient de là de leur propre vouloir... Et quand le Vieil veut faire occire un grand seigneur, il leur dit : " Allez et tuez telle personne et quand vous reviendrez je vous ferai porter par mes anges qu'ils vous ramènent en paradis... " Aussi faisaient-ils à son commandement sans craindre aucun péril dans le désir qu'ils avaient de retourner en paradis. Et par cette manière, le Vieil faisait occire tous ceux qu'il leur commandait[1]... »

C'était cet homme qui venait de faire « assassiner » Conrad de Montferrat...

Philippe de Dreux vint en personne annoncer à Isabelle ce qui, pour le royaume en voie de reconstruction, était une véritable catastrophe. Il lui dit aussi d'où venait le coup et elle ne comprit pas, car à premier examen ce meurtre justement était incompréhensible :

– Le Vieux de la Montagne est l'ennemi de Saladin et comme tel ne peut être celui de mon seigneur époux. Je sais que, jadis, mon père vénéré, le roi Amaury Ier, entretenait avec lui des rapports quasi amicaux et que monseigneur Guillaume de Tyr parlait de lui avec estime. Alors pourquoi ce crime ?

– J'ai peur, soupira l'évêque de Beauvais, d'une raison assez sordide. Il y a quelque temps, Montferrat a fait saisir, vider de sa cargaison et couler un gros navire marchand appartenant au Vieux. Par deux fois, celui-ci a réclamé le bateau, son chargement et l'équipage – ou tout au moins un dédommagement –, mais votre époux n'a pas cru que cet homme, dans lequel il voyait surtout une légende, pouvait être dangereux. Il a accueilli ses demandes d'un haussement d'épaules. Ce

---

1. Marco Polo, *Le Livre des Merveilles du monde*.

n'est pas à vous que j'apprendrai quel caractère entier était le sien.

— Je sais. Lorsque la colère s'emparait de lui, elle pouvait obscurcir son jugement par ailleurs clair et sagace. C'est parce que l'on m'avait appris quel grand roi il pouvait devenir que j'avais accepté de l'épouser. Et à présent, ajouta-t-elle avec un sourire amer, vais-je devoir régner seule, moi qui n'entends rien à la politique ? Ou bien la couronne va-t-elle retourner à Guy de Lusignan que ce crime doit réjouir fort ?

— Cette hypothèse est exclue, madame. L'assemblée des barons ne veut plus entendre parler de lui.

— Alors ?

Philippe de Dreux ne possédait pas la réponse à cette dernière question. Pas davantage Balian d'Ibelin ni personne dans l'entourage de la jeune veuve. Il fallut l'attendre cinq jours, le temps de procéder aux funérailles de Conrad, roi de nom pendant si peu de temps. Au milieu d'un grand concours de peuple affligé et inquiet de son devenir, Isabelle suivit, sous les voiles du deuil, le cortège funèbre à travers une ville tendue de noir jusqu'à l'église Sainte-Croix, où son époux allait reposer. Elle n'éprouvait pas de chagrin : elle avait trop détesté Conrad pour se donner l'hypocrisie de le pleurer ; le grand voile tombant de son chapel noir cachait un visage sec, mais pâle à cause de l'angoisse qui la tourmentait. L'enfant qu'elle portait en elle, quel avenir serait le sien ? Lui laisserait-on seulement le temps de vivre si c'était un mâle ? Ou bien disparaîtrait-il au bout d'une poignée de mois, comme le petit Bauduinet dont l'existence gênait ? Qui cet enfant-là gênerait-il, en dehors de Lusignan dont on lui assurait qu'il n'était plus à craindre ? Le vieux marquis de Montferrat avait eu deux autres fils en plus de Conrad et de Guillaume, père de Bauduinet. Il y avait

Boniface, l'aîné, et Renier. L'un d'eux chercherait-il à s'approprier le fragile héritage ? Toutes ces interrogations ne menaient à rien, mais avaient quelque chose d'affolant.

Montferrat était en terre depuis la veille quand des nefs de guerre franchirent les tours du port. Au mât de celle qui venait en tête, les lions d'Angleterre, or sur champ de gueules, dansaient dans le vent du matin...

Un moment plus tard, dans la grande salle du château où l'aigle de Montferrat portait crêpe noir, Richard s'avançait à grands pas vers Isabelle qui l'attendait dans le fauteuil royal près duquel se tenaient sa mère, toujours belle mais que l'âge faisait plus imposante, et ses deux sœurs Helvis de Sidon et Marguerite promise à Guillaume de Tibériade. Les hommes, à l'exception de l'évêque de Beauvais, avaient pris place un peu plus bas. Ainsi l'avait voulu Isabelle, déterminée à mettre en avant les femmes de la famille afin de faire comprendre au roi anglais que sa couronne, si elle la devait au roi son père, n'en était pas moins possession féminine et qu'elle était peu disposée à se laisser dicter sa conduite... Il ne pouvait être question d'apparaître en position de faiblesse en face d'un personnage qui avait été l'ennemi de Montferrat.

Elle regarda s'approcher le Plantagenêt blond, athlétique et arrogant, qui par le sang lui était cousin, et se leva seulement quand il fut au pied des trois larges marches soutenant le trône. Encore resta-t-elle debout sur la dernière pour lui tendre, sans un mot, ses doigts sans bagues dépassant de la longue manche de soie noire.

L'intention trop claire amena un flot de sang aux joues halées de l'Anglais, mais il s'inclina cependant sur cette main, dompté par la gravité, à la fois sévère et ensorcelante, de ce regard bleu immense et insondable. Puis sa voix s'éleva, haute et forte :

– Madame et ma cousine, je suis venu vous porter témoignage de l'affliction des barons d'Orient et d'Occident indignés et navrés de la mort cruelle de votre époux à la veille même de sa plus grande gloire...

– Soyez assuré que je vous en ai belle reconnaissance, sire mon cousin, à vous et à tous ceux dont vous daignez à cet instant vous faire l'interprète... C'est une consolation pour nous tous ici de vous y souhaiter la bienvenue. Puis-je espérer que vous serez mon hôte à Tyr comme vous l'eussiez été à Saint-Jean-d'Acre ?

– Pardonnez-moi, mais les instants me sont comptés trop chichement pour m'autoriser la douceur de votre hospitalité. Je ne viens pas seulement vous porter la douleur de ce pays, mais aussi son désir fermement affirmé de vous voir reprendre époux. Et...

Isabelle ne s'attendait pas à cela. Un éclair dans les yeux, elle coupa :

– Reprendre époux ? Alors que mon seigneur Conrad ne repose au tombeau que depuis hier ? Sire mon cousin, avez-vous bien conscience de ce que vous venez de dire ?

– Certes, ma cousine ! J'ai en effet conscience de ce que pourrait éprouver en pareille circonstance une femme quelconque. Mais vous êtes reine et cela change tout. Sans le crime qui vous a faite veuve, il devrait y avoir à Acre un roi. Il faut qu'il y en ait un, vous m'entendez ?

– Peut-être y en a-t-il un... dans mon ventre !

– L'armée qui se bat pour vous reconquérir Jérusalem n'a pas le temps d'attendre qu'il grandisse. Et moi, je ne resterai pas ici ma vie durant. Je suis venu vous dire qu'hier, dans la cathédrale d'Acre et par acclamations, les hauts hommes de Syrie mais aussi ceux d'Angleterre, de France...

— Je ne crois pas avoir été consulté ? coupa Philippe de Dreux agacé par le ton de l'Anglais. Il me semble pourtant que je fais partie des hauts hommes ?

— Votre frère, le comte Robert de Dreux, a engagé sa parole en votre nom, monseigneur. Allez-vous la renier ?

— Non, certes ! Mais je suis indigné de la désinvolture avec laquelle on a disposé en Acre d'une reine, de sa main, de son cœur, de sa vie comme si elle n'était rien d'autre qu'un enjeu politique.

— Elle l'est, en effet... ou tout au moins sa couronne ! Elle ne peut la porter seule et vous le savez parfaitement !

D'une main posée sur le bras du bouillant évêque, Isabelle s'interposa :

— Merci de prendre souci de moi, monseigneur, mais le roi Richard sait ce qu'il fait quand à la fille d'Amaury, à la sœur de Baudouin le Grand, il parle raison d'Etat – si je vous ai compris, sire mon cousin ?

— En effet. Je le répète : le prétendant a été choisi par acclamations, car nul autre ne saurait mieux convenir à ce pays, comme à ceux de France et d'Angleterre. Comme à vous-même, ma cousine. Outre qu'il est très noble et preux chevalier, aimable et sage comme il convient, il mêle en lui le sang des Capétiens à celui des Plantagenêt puisqu'il est à la fois le neveu de Philippe de France et le mien. C'est le comte Henri II de Champagne qui a été choisi... et je vais avoir l'honneur de vous le présenter, ajouta Richard en s'adressant à la brillante assemblée qui, sur un signe de lui, se fendait en se retournant vers l'entrée de la salle.

Sur le seuil apparut, suivi de ses chevaliers, un homme d'une trentaine d'années, pas très grand mais de belle mine, le cheveu et la moustache bruns, l'œil de couleur indéfinissable car tellement enfoncé sous l'arcade sourcilière qu'on ne pouvait distinguer sa nuance. Il fronçait le sourcil, ce qui lui donnait un air sévère, tout simplement parce qu'il était de mauvaise humeur n'ayant pas encore accepté son élection. Il ne souhaitait pas le trône et moins encore l'obligation d'épouser une inconnue dont il savait seulement que, loin d'être vierge, elle était déjà passée par les bras de deux hommes et que, de surcroît, elle était enceinte.

Sa discussion avec les barons et Richard avait été rude. Henri ne voulait rien entendre. D'abord, l'idée de passer le reste de sa vie sur cette terre brûlée de soleil ne le séduisait pas. Il aimait trop ses terres de Champagne, si vertes, si fertiles, si bien ordonnées, pour s'attacher à un peuple ne rêvant que plaies et bosses et toujours entre deux batailles. Ensuite, il ne trouvait pas la « promise » très fraîche. Enfin et surtout il ne supportait pas l'idée de s'unir à une femme, même reine, déjà grosse d'un autre.

– Si elle accouche d'un mâle, c'est lui qui deviendra roi et moi je resterai encombré de la dame ! J'ai fait vœu de croisade, pas de détruire ma vie, fût-ce pour l'honneur de Dieu !

– Ne mêlez donc pas Dieu à vos récriminations, mon fils, dit alors l'archevêque d'Acre avec beaucoup de douceur. Quant à la dame, comme vous dites, attendez donc de l'avoir vue ! Elle est toute jeune et plus belle et gracieuse qu'aucune femme au monde !

Henri avait fini par accepter de se rendre à Tyr, bien décidé à défendre son point de vue. D'ailleurs, en y réfléchissant, il espérait trouver une alliée dans cette Isabelle de Jérusalem que l'on prétendait jeter dans son lit moins d'une semaine après l'assassinat de son époux.

En pénétrant dans la salle, il l'aperçut aussitôt, debout sur les marches du trône. Une mince silhouette d'abord, élégante et fine dans ses atours d'un noir profond qui exaltait la douce blancheur de son visage. En approchant, il la vit mieux et ses sourcils froncés se détendirent. L'archevêque avait raison, par Dieu ! Jamais beauté plus éclatante et plus exquise à la fois n'avait empli son regard. Elle avait l'air d'une perle. Sa bouche ronde d'un joli rose devait avoir le velouté d'un pétale de fleur. Ses yeux ressemblaient sous leurs longs cils à des lacs bleus ombragés de saules.

Quand il fut devant elle, Henri remarqua l'expression d'angoisse, presque d'épouvante, de ce regard fixé sur lui et il se sentit soudain envahi d'un immense désir de lui plaire, de se faire aimer d'elle et d'abord de la voir sourire...

Après s'être incliné profondément, il mit genou en terre, leva la tête, ouvrant grandes ses prunelles, bleues elles aussi et que l'heureuse surprise illuminait.

– Noble reine, dit-il, si vous daignez m'accepter pour votre époux, sachez que je vous serai loyal, fidèle, plein de respect... et aussi aimant que vous m'y autoriserez ! Je compatis à votre douleur. Ce que l'on exige de vous est plus que difficile... hors nature ! Mais j'essaierai de vous aider, de toutes mes forces, à surmonter cette épreuve en vous demandant infiniment pardon d'en être l'instrument...

A mesure qu'il parlait, le visage d'Isabelle se détendait, cependant que l'étau qui tenait son cœur se desserrait. Elle comprit que cet homme, outre la chance qu'il représentait pour le royaume, en était peut-être une pour elle aussi et que, si elle la laissait passer, si elle refusait Henri, le nouveau candidat proposé pourrait être infiniment pire. Un autre Montferrat ?

Le sourire qu'il espérait suivit la réflexion d'Isabelle et, spontanément, elle lui tendit sa main :

– Qu'il en soit selon la volonté exprimée par tant de

nobles barons ainsi que par le peuple ! Quant à moi, seigneur comte, sachez que je vous donne ma main avec plus de joie que je n'osais l'espérer...

Une vibrante acclamation salua ses paroles et Richard embrassa avec peut-être plus d'enthousiasme qu'il ne convenait celle qui allait devenir sa nièce.

Le lendemain, dans la cathédrale de Tyr, Isabelle et Henri étaient unis par les liens du mariage... tout juste huit jours après que Conrad de Montferrat eut été porté en terre. Puis Henri fut couronné roi de Jérusalem.

La nuit de noces fut remise à plus tard. Henri avait trop de délicatesse et un trop grand désir de se faire aimer pour imposer dès le premier soir des droits qui eussent pu sembler insupportables. En outre, quelques jours plus tard, durant les préparatifs du départ pour Saint-Jean-d'Acre où le couple royal allait résider désormais, la jeune femme fit une chute et perdit son fruit. Sans grande peine et avec une sorte de facilité : elle n'était enceinte que d'un peu plus de deux mois. Elle reçut cet accident comme une expression de la volonté divine : Henri pouvait désormais être assuré de rester le premier sur ce trône qu'il n'avait pas cherché mais qui, jour après jour, lui devenait plus cher à mesure que grandissait son amour pour Isabelle.

CHAPITRE XV

LA NUIT DE SAINT-JEAN-D'ACRE

Le 10 octobre 1192, Richard Cœur de Lion quittait à son tour la Terre Sainte, moins heureux qu'au jour de son arrivée. Certes, le royaume était en partie reconstitué, mais en partie seulement : le littoral syrien de Gaza jusqu'à la Cilicie et un peu de l'arrière-pays. Jérusalem, la ville emblème, n'était pas reconquise. Pourtant ce n'était pas faute d'avoir essayé ! Peu après le (troisième) mariage d'Isabelle, l'ost chrétien faisait une nouvelle tentative, remportait des victoires, mais s'arrêtait à cinq lieues de la Cité sainte. Elle était trop bien défendue par ses ravins, ses montagnes, ses murs puissants et les puits d'alentour que Saladin avait fait boucher. Il eût fallu plus d'hommes, plus de machines de guerre, plus de temps... et moins d'écrasante chaleur ! Même les Maîtres du Temple et de l'Hôpital conseillèrent le repli. En outre, Richard souffrant de malaria dut rester de longs jours sous sa tente, rafraîchi par les pêches, les poires et les sorbets que chaque jour lui faisait porter le sultan. Ensuite, la paix avait été signée, confortant la bande de terres reconquises et permettant aux pèlerins le libre accès au Saint-Sépulcre.

Il n'y avait rien d'autre à faire qu'accepter... après de si grands rêves, après de si beaux exploits : car

Richard, à plusieurs reprises, laissa paraître le fabuleux combattant qu'il pouvait être. A présent il rentrait. Plus tôt sans doute qu'il ne l'aurait voulu, mais l'Angleterre aux mains du détestable prince Jean avait besoin de lui pour s'opposer aux visées de Philippe Auguste, fort désireux d'offrir à la France, avec la Normandie, sa frontière maritime naturelle. Ce retour n'aurait rien d'agréable. Aussi, tandis que s'éloignaient le port de Saint-Jean-d'Acre pavoisé en son honneur et les pentes bleues du mont Carmel, le Plantagenêt se sentait-il le cœur lourd. Il semblait qu'une malédiction pesât sur sa race. Redoutait-il de connaître la même fin pitoyable que son père, Henri II, mort en maudissant le fils qui l'avait combattu, trahi ? L'avenir lui faisait peur [1]...

Cinq jours après le départ de Richard, le 15 octobre, Saladin quittait Jérusalem pour aller passer l'hiver à Damas. Le 30, il était à Beyrouth où il reçut Bohémond d'Antioche, dit le Borgne. Bien qu'ayant hérité le comté de Tripoli, celui-ci n'avait participé en rien aux combats pour la reconquête. Il venait lui rendre

---

1. Non sans raisons. Le vaisseau de Richard fut chassé par la tempête dans le golfe de Venise et fit naufrage près d'Aquilée. Il se vit contraint de traverser une partie de l'Europe pour éviter le royaume de France et peut-être les oubliettes de Philippe Auguste qui avait plus d'une raison de lui en vouloir. Remontant vers le nord, il pénétra incognito sur les terres de Léopold d'Autriche qui, en dépit de son déguisement, apprit sa présence. Traqué, reconnu, arrêté, Richard fut, par lui, traité sans ménagements. Léopold d'Autriche le tint en dure prison pendant trois longues années au château de Durnstein. C'est seulement contre une rançon de cent cinquante mille marcs d'argent, dont cent mille payés comptant, que le Cœur de Lion recouvra sa liberté et son trône.

Cependant, quand il mourut d'une flèche trop bien ajustée en assiégeant le château de Châlus en Limousin afin de s'en attribuer le trésor, Richard n'avait pas d'enfants. Et Jean retrouva la couronne qu'il s'était un peu trop hâté de confisquer...

hommage et solliciter sa protection. Elle lui fut accordée avec de nombreux présents et une pension de vingt mille dinars à prélever sur le Trésor. Mais il y avait longtemps que ceux d'Antioche se préoccupaient uniquement de leurs propres intérêts.

Le 4 novembre, le sultan reçut enfin l'accueil de Damas, après quatre ans d'absence. Un accueil délirant à la mesure de sa gloire, la plus éclatante qu'eût connue l'Islam depuis celle du Prophète. Hélas pour Saladin, ses jours étaient désormais comptés. Le samedi 21 février, il mourait d'une fièvre typhoïde, ne laissant pour tout héritage que quarante-sept dinars, une pièce d'or tyrienne... et bien sûr un empire qui ne résisterait guère à son absence. L'argent ne représentait rien pour lui et il l'avait toujours dépensé à profusion pour le bien de ses armées, de ses peuples... et même des vaincus dont il paya nombre de rançons et qu'il assista quand il s'agissait de femmes ou de pauvres gens. Auprès de lui, à l'heure dernière, l'imam Ahû J'affer récitait les versets du Coran traitant de la fin de Mahomet : « Les ténèbres succédèrent à l'éclat du jour quand cet astre arrivé à son déclin disparut dans la nuit du 27 safer. Avec lui, les sources de la lumière s'obscurcirent, avec lui moururent les espérances des hommes. La générosité disparut et l'inimitié se répandit... »

Depuis son arrivée à Acre, Isabelle s'était prise d'affection pour cette blanche forteresse, cité de la foi mais aussi du commerce, jetée sur la mer comme une branche de lys et qui avait su, avec une incroyable rapidité, effacer les traces du terrible siège. Elle n'oublierait jamais le beau jour de son arrivée, accompagnée d'Henri. Toutes les rues jusqu'au port étaient tendues de courtines de soie aux couleurs vives ; des tapis de soie jonchés de fleurs et de brindilles de cèdre illuminaient le chemin et, devant les maisons, on avait placé des encensoirs dont les fumées odorantes emplissaient les rues d'une brume légère et bleutée. Toute la ville – elle comptait alors quelque soixante mille habitants – était venue à leur rencontre, dans ses plus beaux atours et portant ses plus belles armes. Des jeunes filles vêtues de blanc marchaient à reculons devant eux en jetant des fleurs à la tête des chevaux que contenaient les écuyers. Des processions de religieux leur présentèrent bannières et reliques qu'ils baisèrent avant d'être conduits à la cathédrale Sainte-Croix où ils entendirent la messe. Les pauvres reçurent d'eux de larges aumônes. Pour la première fois, la jeune femme goûtait le plaisir d'être reine devant la ferveur manifestée par cette cité qui devenait la capitale du royaume.

Ensuite, Henri partit rejoindre son oncle Richard dans sa dernière tentative pour reconquérir Jérusalem mais son absence fut courte. Sa jeune épouse en profita pour s'acclimater et s'habituer à son nouveau palais qui lui rappelait celui de Naplouse. C'était une belle demeure proche du port, construite jadis pour un riche marchand de Venise. Les pièces en étaient vastes, avec de larges ouvertures sur la mer ou sur le jardin intérieur. Tout y était magnifique, paisible et changeait Isabelle de l'austère château de Tyr et plus encore des noires murailles du Krak de Moab, dont le souvenir reculait à présent dans sa mémoire. Elle s'y efforçait d'ailleurs, souhaitant de toutes ses forces effacer les souvenirs cruels afin qu'ils ne la gênassent pas dans ce métier de reine qu'elle voulait exercer au mieux pour le bien d'un peuple que sa grâce et son sourire venaient de séduire.

Sa cour était réduite, mais vive et gaie, composée de

jeunes filles toujours prêtes à mordre la vie à belles dents, et de dames plus mûres au nombre desquelles on ne pouvait pas vraiment compter Helvis, restée près d'elle pendant l'absence de son époux. Marie Comnène, elle, habitait maintenant Caiffa, la cité située au pied du mont Carmel, juste de l'autre côté de la baie, qui avait été donnée en fief à Balian d'Ibelin. Il était agréable de s'y rendre de temps en temps, surtout en bateau quand la mer était calme. Mais, quand elle n'accomplissait pas ses devoirs religieux ou n'allait pas en ville au-devant de misères à soulager, Isabelle aimait à se tenir dans sa chambre ouverte sur le large. Elle y passait des heures, à broder, à filer ou à faire de la passementerie au milieu de ses femmes qui babillaient, chantaient ou se taisaient, accordant ces instants de silence au secret de leur cœur.

Isabelle aussi connaissait de ces moments et, quand les demoiselles la voyaient délaisser son aiguille ou son fuseau pour laisser son regard bleu rejoindre l'horizon, elles savaient qu'il était temps de se taire, sans chercher pourquoi, en dépit de l'éclat du jour, un voile de mélancolie tombait comme un brouillard d'hiver sur le ravissant visage. Elles pensaient toutes que la reine rêvait à son époux absent. Deux seulement savaient qu'Henri n'occupait pas l'esprit de son épouse et que c'était une autre image, un autre regret infiniment douloureux qui brouillait parfois ses yeux : sa sœur Helvis et la vieille Marietta à présent chargée de la petite Marie.

Quand le roi revint avec sa chevalerie – tandis que Richard s'en allait –, la vie s'organisa sur un mode plus officiel car Henri entendait bien jouer à plein le rôle qu'on lui avait assigné ; rapidement il fit montre de sa valeur en menant le royaume avec une prudence qui n'excluait pas la fermeté ou même la sévérité. Les

Pisans s'en aperçurent, qui possédaient comme les Vénitiens et les Génois des comptoirs dans cet immense marché de la soie et des épices qu'était Acre.

A Chypre dont il était désormais seigneur, Guy de Lusignan rongeait son frein, n'ayant accepté que du bout des lèvres l'exclusion massive des barons à son endroit. Il n'avait pas perdu tout espoir de reprendre ce qu'il considérait comme son bien et s'aboucha avec les Pisans qui possédaient aussi un comptoir à Chypre. On décida de s'emparer de Tyr d'abord, puis d'Acre, et de chasser Henri et son épouse. Projet assez stupide quand on connaissait la puissance défensive de l'ancienne capitale vénitienne, mais on y avait des complices. En outre, Guy comptait sur l'appui de son frère Amaury toujours connétable du royaume et donc dans l'entourage immédiat d'Henri.

Celui-ci eut vent du complot. Il chassa les Pisans de Tyr. Furieux, ceux de Chypre envoyèrent des navires ravager la côte entre Tyr et Acre, ce qui mit le nouveau roi en fureur : il fit expulser d'Acre tous les Pisans, comme de tout le royaume, en avertissant :

– S'ils osent reparaître, je les pendrai par la gueule !

Bien entendu, Amaury de Lusignan voulut se faire l'avocat des bannis. Mal lui en prit : Henri tourna sa colère contre lui et le fit arrêter sous l'inculpation de trahison. Il risquait l'échafaud.

Isabelle accueillit cette nouvelle avec satisfaction. Elle n'avait jamais aimé le connétable, n'ignorant pas qu'il avait été l'instigateur du mariage de Sibylle avec son « oison » de frère. En outre, il avait tenté à plusieurs reprises de pousser le couple royal et Héraclius à briser son mariage avec Onfroi afin d'épouser lui-même Isabelle et de s'assurer ses droits à la couronne. Enfin, il n'avait jamais caché qu'elle lui plaisait infiniment et eût dirigé sur elle une cour ardente si la Dame du Krak n'avait veillé étroitement au ménage de son fils. Le remariage avec le comte de Champagne l'avait courroucé autant qu'embarrassé : comment, sans se déshonorer, abandonner publiquement le parti de Guy en se posant comme son rival ? Il avait donc bien fallu subir le fait accompli, mais il gardait des regrets et Isabelle le savait, bien qu'il n'eût jamais manqué à ses devoirs de chef de l'armée. Cependant elle ne le détestait pas au point de vouloir sa tête. Elle fit entendre à son époux que la mort était peut-être cher payer une simple plaidoirie et fut rejointe dans son conseil par les Maîtres du Temple et de l'Hôpital.

Amaury fut relâché mais, sachant qu'Henri pouvait lui garder rancune, il renonça à l'épée de connétable et partit rejoindre son frère dans l'île de Chypre. Sans laisser de regrets à personne : le nouveau roi avait déjà d'autres chats à fouetter, et non des moindres puisqu'il s'agissait des chanoines du Saint-Sépulcre installés bien entendu dans la nouvelle capitale.

Le Patriarche Raoul qui avait succédé à Héraclius était un homme âgé. Il venait de mourir. Les chanoines, sans demander l'aval du roi comme ils en avaient le devoir, procédèrent aussitôt à l'élection d'un nouveau Patriarche, en l'occurrence l'archevêque de Césarée, Aymar le Moine, l'un des plus chauds partisans du clan Lusignan. Henri leur témoigna son mécontentement. Le chapitre répondit avec insolence qu'il n'avait pas à tenir compte de l'avis d'un roi n'ayant pas reçu la couronne au Saint-Sépulcre comme le voulait la tradition. Un comble !

Aussitôt, Henri se rendit, en armes, dans la salle capitulaire de l'église Sainte-Croix dont il fit garder les issues et s'avança seul dans le cercle de robes noires sur lesquelles brillaient de riches croix pectorales et son regard, devenu d'une dureté minérale, fit le tour de ces têtes rases, voire chauves, car les tonsures débordées ne se renouvelaient plus.

– Eh bien, mes beaux sires, s'écria-t-il narquois, il semble que vous faites bon marché du roi élu et couronné ? D'où vient que vous ayez oublié de m'appeler en vos conseils pour le choix du nouveau Patriarche ?

– Il nous est apparu, répondit le plus âgé d'une voix asthmatique, que le chef de l'Eglise de Jérusalem ne relevant que du pape, il était bien inutile d'y mêler le pouvoir séculier. Nous, chanoines du Saint-Sépulcre, mandataires de Sa Sainteté, avons donc fait notre choix et envoyé auprès d'Elle un messager...

– Et moi je vais vous envoyer par le fond ! J'ai grande envie de vous noyer, vous qui n'avez plus de raison d'être, pour vous apprendre à respecter le pouvoir royal...

– Pouvoir que vous tenez d'un meurtre... et d'un meurtre dont, sans être coupable, vous n'êtes peut-être pas innocent !

Henri marcha droit sur l'insolent et le nasal d'acier de son heaume s'approcha dangereusement du nez du chanoine.

– Voulez-vous me répéter cela, Votre Révérence ? Qu'ai-je à voir dans les affaires du Vieux de la Montagne ?

– Vous, non ! Mais votre glorieux oncle Richard d'Angleterre. On dit que dès son débarquement il a envoyé des émissaires au château d'El-Khaf pour obtenir qu'on le débarrasse de Philippe de France. Seulement Rachid ed-din-Sinan n'était pas d'accord. En revanche, il aurait accepté de chasser Conrad de Montferrat qui avait osé le défier.

– Les sicaires meurtriers ont avoué la raison.

– Ces gens-là obéissent à leur maître jusque dans la

mort. Ils avouent uniquement ce qu'on leur dit d'avouer !

– Vous, vous avez menti par la gorge ! Vous n'êtes qu'un ramassis d'incapables et de conspirateurs ! Vous n'avez d'ailleurs même plus de raison d'être. Le Saint-Sépulcre est loin et vous êtes chez moi !

Le concert de protestations s'interrompit, reprenant de plus belle quand les gardes pénétrèrent dans la salle pour s'emparer des chanoines et les jeter dans les prisons de la citadelle. Il s'ensuivit un beau scandale.

Le chancelier du royaume et meilleur conseiller d'Henri était à présent Josse de Tyr, l'archevêque dont la parole avait excité les rois à la croisade. Comme jadis Guillaume, il avait son franc-parler et ne cacha pas au roi qu'il était allé trop loin. Une fois calmé, celui-ci en convint volontiers :

– Ils vont être relâchés. Convenez-en, mon ami : ces vieilles bêtes méritaient une leçon ! Jamais hommes d'Eglise n'ont distillé tant de venin. Oser accuser le Cœur de Lion d'avoir fomenté le meurtre d'un homme de si haute valeur ? Où diable sont-ils allés chercher cette idée ?

– La rumeur en a couru, sire, il faut bien l'admettre. Quant à savoir la vérité ! Il faudrait pouvoir sonder le cœur et les reins du Vieux...

Le roi réfléchit quelques instants, puis demanda :

– Avez-vous des nouvelles d'Antioche ? Qu'en est-il de la querelle survenue entre le prince Bohémond III et l'Arménien de Cilicie Léon II ?

– Elle s'aggrave, je venais vous en parler. Le prince Léon s'est emparé de Bohémond et l'emmène captif à Sis...

Le poing d'Henri s'abattit sur la table près de laquelle il était assis.

– Cet Arménien est impossible ! Je sais bien que

Bohémond ne vaut pas cher et que sa nouvelle épouse, la dame de Burzey, a longtemps espionné au service de Saladin, mais Antioche doit rester alliée à notre royaume franc. Je vais m'y rendre. D'abord pour conférer avec les notables de la ville, ensuite, de là j'irai à Sis chercher le prince. Faites préparer la nef royale et deux autres bien armées !

– Je vais donner des ordres. Vous irez droit sur Saint-Siméon[1] ?

– Non. Je m'arrêterai à Tripoli pour prendre au passage le jeune comte Bohémond le Borgne. Il est normal qu'il fasse quelque chose pour son père, mais au retour je choisirai la voie de terre... afin de rendre visite au Vieux de la Montagne. Il est temps de renouer les liens tissés jadis par le roi Amaury. Sinan et ses ismaéliens constituent contre l'islam orthodoxe une force avec laquelle il faut compter...

Josse eut un petit sourire en coin tout à fait dans la manière qui avait été celle de Guillaume de Tyr.

– En même temps vous espérez apprendre cette vérité qui vous tient à cœur, sire ?

Henri se mit à rire :

– Je devrais savoir que vous devinez toujours les choses à demi-mot ! A présent, je vais voir la reine !

Pour la troisième fois, Isabelle était enceinte et proche de son terme ; mais, s'il n'y avait eu la rondeur gonflant sa taille sous le samit jaune brillant de sa robe, personne n'eût imaginé qu'elle attendait un enfant. Tout s'était déroulé jusque-là avec une incroyable facilité. Aucun malaise, aucune marque au visage, aucune trace de fatigue même, bien qu'elle eût refusé de renoncer à ses activités habituelles. Elle était heureuse, aussi, d'offrir bientôt à son époux l'enfant – un fils ? – qu'il désirait

1. Le port d'Antioche.

parce que, entre eux, s'étaient établies une affection, une confiance et une entente qui ne ressemblaient en rien à ce qu'elle éprouvait naguère encore pour Montferrat. Rien non plus de l'amour passionné doublé de souffrance qu'elle ressentait toujours pour Thibaut, mais elle s'appliquait à l'enfouir au plus profond d'elle-même et se jetait dans une prière éperdue quand, éveillée par un détail parfois fort mince, il arrivait que cette lave brûlante arrive à percer la couche de cendre dont elle l'étouffait. Elle se voulait épouse loyale, tendre et compréhensive en réponse à l'amour sincère qu'Henri lui portait depuis le premier jour.

Son départ pour une expédition peut-être longue la contraria :

– J'avais espéré, mon doux sire, que vous seriez auprès de moi lorsque mon jour viendra. Il n'est plus éloigné maintenant. Ne pouvez-vous remettre à plus tard ce voyage ?

– Non. Les événements survenus à Antioche sont trop graves pour qu'on laisse longtemps la situation en l'état. Je dois faire libérer le prince... mais je vous promets de revenir vers vous aussi vite que je le pourrai car, à la seule pensée que je vais vous quitter, vous me manquez déjà !

La phrase était jolie et Isabelle la savait sincère. Oui, Henri était un bon époux et elle l'aimait bien, mais pas au point de pleurer quand, une semaine plus tard, elle vit de sa chambre se gonfler les voiles armoriées de la nef royale qui s'en allait vers le nord. En fait, elle était à présent résignée à un chemin de vie tout simple, tout droit, tout uni... et même un peu ennuyeux. Elle aurait bientôt un nouvel enfant, puis un autre sans doute... et peut-être encore un quatrième pour bien asseoir la nouvelle dynastie. La vie d'une reine comme beaucoup de ses semblables, sans doute ?

Pas tellement différente de celle d'une simple châtelaine...

En peu de semaines, Henri de Champagne, calme, sagace, précis et autoritaire juste ce qu'il fallait, remit de l'ordre dans les affaires d'Antioche et ramena son prince à la maison où il put régler ses comptes avec l'épouse traîtresse qui avait contribué généreusement à sa capture. Cela fait, le roi reprit la mer, mais fit ancrer ses navires dans le petit port de Maraclée, proche de la forteresse de Margat tenue par les Hospitaliers qui en assuraient la surveillance. Ensuite, en compagnie de Balian d'Ibelin pour lequel il professait admiration et amitié, le roi d'Acre et de Jérusalem s'enfonça dans les premiers contreforts des monts Ansarieh.

Le pays des ismaéliens sur lequel régnait le Vieux de la Montagne offrait un aspect saisissant : une tourmente de mamelons, de crêtes sauvages et de pics aigus couronnés souvent de forts châteaux dominant de leurs murailles vertigineuses de profondes vallées et des villages entourés de parcelles fertiles ou de fourrés de bois de chênes verts. Nids d'aigle de pierres blondes enfermant le monde mystérieux des mangeurs de haschisch, les trois châteaux du Vieux – Quadmous, Masyaf et El-Khaf (la Caverne) –, pesaient sur la contrée de tout leur poids de légendes, de crainte religieuse, de superstition et d'un sentiment de domination intemporelle plus écrasante encore que celle de tours crénelées sur lesquelles s'allumait parfois l'éclair d'un rayon de soleil reflété sur l'acier d'une arme.

Henri s'était fait précéder de messagers, ne voulant pas indisposer le seigneur de ces lieux par une arrivée intempestive. Il en fut récompensé en voyant le respect dont témoignaient envers lui les habitants de l'étrange contrée, singulièrement ceux du village d'Hammam Wasil, situé sur un petit plateau : les hommes rangés sur deux files s'inclinèrent profondément sur son passage. Là s'amorçait la descente vers le vallon d'où l'on apercevait la fière et imposante forteresse d'El-Khaf.

Le château s'élevait sur un îlot rocheux formant promontoire, au confluent de trois vallées étroites et ténébreuses en dépit de la grande lumière du ciel. De là, on pouvait voir les défenses avancées, massées au pied du roc vertigineux ainsi que l'antique aqueduc qui l'alimentait en eau. Tout cela gardé par des hommes bien armés. Quant à la forteresse proprement dite, on y accédait par un unique chemin, en fait un escalier taillé dans le roc menant à la gueule noire d'une caverne, sorte de tunnel au fond duquel devait s'ouvrir la porte du château.

L'accès étant difficile, des serviteurs muets vêtus de blanc immaculé vinrent prendre les chevaux par la bride afin de les guider au long de ce sentier à larges marches et de faire en sorte que leurs pas demeurent sûrs sans que les cavaliers eussent à s'en préoccuper. On arriva ainsi à la Caverne dont l'intérieur était éclairé par des torches fixées aux parois. Au fond, se devinait l'éclat d'une avant-cour inondée de soleil aperçue par une gigantesque porte ouverte. D'autres hommes en blanc étaient là, droits et silencieux comme des cariatides. Aucun bruit. Pas le moindre appel de trompette !

– Quelle atmosphère étrange ! dit Henri, impressionné malgré lui. Ce silence, surtout !

– Bien des récits courent sur les châteaux du Vieux. On dit qu'en arrivant ici de Perse, il a, comme Hassan Sabbah jadis à Alamout, commencé par chasser de la région tous les hommes chétifs et leurs familles, sauf ceux qui étaient savants en quelque science. Il chassa aussi les musiciens et les conteurs. On dit que la forteresse contient une centaine de partisans organisés en mystérieuses hiérarchies, tous aveuglément dévoués à leur maître qui vit, lui, au sommet, entouré d'une dizaine de disciples... Ces nombres ne diminuent jamais car ceux qui meurent dans leurs missions sont remplacés très vite par d'autres ismaéliens venus d'autres contrées ou par des hommes qui souhaitent connaître la doctrine...

– Comment savez-vous tout cela ? Vous n'êtes pas homme à écouter les on-dit ?

– Je ne suis pas le seul, tant s'en faut, à le savoir. Vous en auriez appris tout autant si, comme moi, vous étiez né dans ce pays, sire. Il est très différent, j'imagine, de la Champagne ? ajouta Balian avec un sourire.

– Très, mais il n'est pas sans charme. Il le faut pour que j'aie accepté d'y passer le reste de ma vie. Quant à ce château, je ne saurais trop qu'en dire... sinon que je connais des monastères plus gais ! Les moines au moins vous regardent : ceux-là n'ont même pas l'air de nous voir...

Les statues blanches dont certaines portaient des marques rouges s'animèrent cependant pour se jeter face contre terre quand le Vieux de la Montagne s'avança au milieu d'elles pour venir à la rencontre du roi et de ses chevaliers qui avaient mis pied à terre. Rachid ed-din-Sinan était un homme âgé et impressionnant. Grand et maigre, osseux même sous la *tchalma*[1] neigeuse qui le coiffait, il avait des traits profondément sculptés, un nez puissant, une bouche mince traduisant un caractère impitoyable, des yeux indéfinissables, enfoncés sous l'orbite crêtée de sourcils blancs comme sa longue barbe, mais une voix extraordinaire, à la fois rauque et

1. Turban.

douce, dont on devinait que certaines notes pouvaient sonner comme un bourdon de cathédrale.

Il accueillit son hôte royal avec une dignité pleine de noblesse et l'invita à entrer dans sa demeure avec les siens.

A sa suite, ils pénétrèrent dans une enfilade de galeries dépouillées de tout ornement, coupées de quelques cloisons légères où l'on ne voyait que des nattes et des coffres. Là, expliqua le Vieux, vivaient ses fidèles groupés selon leur degré d'initiation. Puis vinrent, à l'étage, de grandes pièces aménagées en salles d'armes, de prière ou d'études où ceux qui connaissaient des langues étrangères l'enseignaient aux autres. Ce genre de visite avait un caractère inhabituel, mais Henri comprit que le but était de lui donner quelque idée d'un château qui, ainsi qu'il en avait fait lui-même la remarque en arrivant, ressemblait assez à un couvent... ou plutôt à une templerie. La dernière salle était un immense réfectoire. Un banquet y était préparé.

– Les nobles seigneurs de ton escorte vont être servis dans cette salle, dit le Vieux, et mes serviteurs ont ordre de ne les laisser manquer de rien... sauf de vin ! Il est interdit ici sous peine de mort. Quant à toi, sire, ainsi que ton ami, vous me ferez, j'espère, l'honneur de partager mon propre repas...

Sans attendre la réponse, il les ramena dans la cour pour les diriger vers l'énorme donjon situé à l'autre extrémité et qui, planté à pic sur un ravin, n'avait que cette seule entrée avec l'impossibilité d'en faire le tour, de l'extérieur ou de l'intérieur, ce qui ne permettait pas d'en évaluer l'étendue réelle.

– Seuls les *daïs* – les chefs –, peu nombreux, vivent ici auprès de moi et de la source du savoir universel que nous possédons.

Il ouvrit devant eux une pièce immense éclairée par

une seule fenêtre où s'encadrait un morceau du grandiose paysage extérieur. Là, dans des niches, des coffres et sur des tables basses s'accumulait une incroyable quantité de livres et de rouleaux dont certains, les plus précieux sans doute, étaient gardés derrière des grilles de fer et d'épaisses serrures. Il y avait aussi des pupitres bas et des nattes pour s'y accroupir et, seul luxe de cet endroit austère, d'admirables lampes de mosquée en verre irisé ou gravé d'or...

Enfin, les deux invités pénétrèrent dans une petite salle blanche et nue, à l'exception de plateaux sur pieds, flanqués de nattes de jonc et de coussins, qui attendaient leurs convives. Le Vieux prit place lui-même sur la natte. Tandis qu'on servait un repas abondant et varié – mais sans vin ! –, il se contenta de pain, de lait et de dattes. On mangea en silence, ainsi que le voulait la tradition, et c'est seulement après que l'on se fut lavé les mains dans des cuvettes – d'or comme les aiguières – que l'on se prépara à la conversation précédée d'un silence à la gloire d'Allah et quelques grâces et politesses à la mode orientale.

– Ta visite m'honore grandement, dit Sinan au roi, mais la réputation de sagesse qui te précède m'incite à croire qu'elle n'est pas de simple curiosité. Le temps d'un roi est trop précieux pour le perdre en compagnie d'un vieil homme dont le terme approche chaque jour.

– Comme celui de tous les humains ! On dit pourtant de toi que tu n'es pas un homme, mais un génie doté d'immortalité. Un tel prodige serait suffisant pour justifier la curiosité, mais tu as raison de penser qu'en venant ici j'avais un but : te poser une question si tu veux bien y répondre.

– Pourquoi pas ? La parole est un lien entre les hommes. C'est lorsqu'ils en abusent qu'elle devient néfaste. Parle !

— Des bruits courent à travers mon royaume. Des bruits qui m'offensent, car ils sont dirigés contre l'un de mes proches parents, le roi Richard d'Angleterre.

— Que disent ces bruits ? fit Sinan avec un dédain évident.

— Qu'après t'avoir vainement demandé d'envoyer tes hommes tuer mon autre parent, le roi de France, il a obtenu de toi la mort de Conrad de Montferrat.

L'austère visage se fit plus sévère encore s'il était possible :

— Il est vrai qu'il m'arrive de rendre... à un ami des services de ce genre mais Richard d'Angleterre n'est pas mon ami. Sa vaillance ne recouvre pas assez de sagesse. S'il m'avait gêné, c'est lui qui serait mort. En faisant reculer Saladin, il m'a rendu service. Quant à Montferrat, je l'ai fait tuer parce qu'il m'a offensé, tout simplement. Les *fidawis* que vous avez exécutés ont dit la vérité.

— On te prétend aussi bien disposé envers les Francs... à quelques exceptions près. Ignorais-tu qu'en agissant ainsi tu mettais le royaume en grande difficulté ?

— Non, parce que je savais que tu le remplacerais. Montferrat avait de grandes qualités sans doute, de vaillance et de bonne administration, mais trop de ruse dans un cœur violent et impur. Tu es bien meilleur roi que lui.

— Tu le savais ? Comment est-ce possible ?

— Voilà une question à laquelle je ne répondrai pas... Je le savais voilà tout ! Cependant tu as raison de me croire favorablement disposé envers toi et les tiens. Par trois fois, durant le siège d'Acre, j'ai permis une diversion qui a mis assez de désordre dans les troupes de Saladin pour vous offrir l'occasion de vous reprendre.

Balian d'Ibelin qui avait gardé un sage silence durant l'entretien réagit alors :

– Par trois fois ? Veux-tu parler du chevalier à l'armure aveuglante... et au visage voilé de blanc ? articula-t-il avec émotion.

– Le fantôme de Baudouin le Lépreux ! C'est moi, en effet, qui l'ai suscité.

– Suscité ? s'étonna Henri. C'est donc l'un de tes hommes ?

– Non. L'un des tiens.

– Pardieu ! s'écria Balian en se dressant sur ses pieds, dis-nous son nom, en grâce, car ses apparitions stupéfiantes nous ont rendu un fier service et nous devons l'en remercier ! N'est-ce pas, sire ?

– Certes ! Et je veux...

– Je ne crois pas qu'il le souhaite, coupa Sinan. Ici il a trouvé la paix dans la méditation, l'étude des grands textes et l'art de guérir les blessures des hommes. Les siennes sont cicatrisées depuis peu. Vous ne pourriez que les rouvrir. Quant à moi, si j'en ai parlé, c'est pour vous convaincre de mes bonnes dispositions envers vous. Ne m'en demandez pas davantage !

Il se levait à son tour pour indiquer la fin de la conversation, mais Balian en voulait plus. Le roi cependant le devança :

– Encore une question, s'il te plaît ! Ce chevalier a-t-il trahi son Dieu et embrassé l'islam ?

– L'islam ? Ici ? Tu devrais savoir que nous ne sommes pas les sectateurs de Muhammad, mais les fils d'Ismaël dont trois idées fondamentales régissent la doctrine : le Cycle, le retour de l'Imam parfait chassé par les sunnites et la Perfection primitive. Nous ne concevons pas le temps sous une forme rectiligne accumulant indéfiniment le passé. Le temps, à travers les cycles, reconduit à l'Origine car il s'agit de rejoindre le Commencement et la Pureté primitive. Ce retour ne se manifestera qu'avec celui de l'Imam parfait ! Allah est notre dieu, certes, mais nous ne vénérons pas Muhammad !

— L'Imam parfait ? fit Henri songeur. Nous attendons, nous, que revienne le Christ, le seul vrai Messie, le Fils de Dieu. Nul n'est plus parfait que lui !

— Le nôtre ne saurait être le tien car ce qu'il professe est différent et ceux qui le reçoivent plus encore. Aucun de tes chevaliers n'est capable d'obéir à tes ordres comme le font les miens, même si tu les donnes au nom de Dieu.

— Que veux-tu dire ?

— Viens avec moi.

Sinan conduisit les deux hommes sur une petite terrasse prolongeant la pièce où ils se trouvaient et qui donnait sur la grande cour intérieure. On y découvrait l'ensemble des remparts des côtés sud et ouest. Des ismaéliens veillaient, deux par deux, sur ces murailles où leurs blanches silhouettes se découpaient contre le ciel pur. Sinan se tourna vers ceux qui se trouvaient sur la plus haute tour et tira de sa manche un mouchoir blanc qu'il agita. Aussitôt, ces deux hommes se jetèrent dans le vide et vinrent s'écraser au sol sous les yeux horrifiés du roi et de son connétable.

— Pouvez-vous en obtenir autant de vos soldats ? demanda le Vieux.

— Non, affirma Henri avec force. Non, et je ne le souhaite pas ! Une mort n'est bonne que si elle est utile. Pas celle-là !

— Si, cette mort est utile. Ceux qui l'acceptent savent qu'ils vont droit au paradis. D'où leur enthousiasme. Veux-tu en voir partir d'autres ? ajouta Sinan en opérant un quart de tour à droite...

— Non ! Non, surtout pas ! Je reconnais ta puissance

et m'incline devant elle, mais l'expérience est suffisante. En revanche, accorde-moi encore une question : cet inconnu franc que tu gardes en ce lieu, est-il aussi de tes fidèles capables... de ça ?

— Non. C'est, je crois bien, le seul chrétien de toute la région. Oh ! J'avoue volontiers avoir essayé de le rendre captif du haschisch, la plante des bienheureux, mais il a résisté après une seule expérience que je n'ai pas renouvelée à cause de sa trop grande qualité. Par son courage, sa pureté et son goût de l'étude et du savoir, il s'est acquis mon amitié...

— Mais lui, insista Balian que tout ce mystère irritait, pourquoi s'attarde-t-il auprès de toi ? S'il est chevalier franc, c'est avec les Francs qu'il doit vivre, combattre... et étudier s'il y tient tellement ! Ce qui m'étonne, je l'avoue...

— Pourquoi ? On peut être guerrier et savant. Certains de vos Templiers le sont plus que vous n'imaginez. En outre, ma bibliothèque est certainement la plus importante du pourtour de la Méditerranée depuis que celle d'Alexandrie a disparu et que l'Almohade stupide a brûlé celle de Cordoue.

— Permets-nous au moins de le voir !

— Non. Il sait votre arrivée. Mais il ne souhaite pas vous rencontrer. Qu'en feriez-vous ? Le livrer à une nouvelle parodie de justice et à une sentence inique ?

A mesure qu'il parlait, une idée se faisait jour dans l'esprit de Balian, une idée qui, après tout, n'était peut-être pas si folle, car à y réfléchir, qui d'autre aurait pu si bien incarner le lépreux légendaire ? Oh, Seigneur, si c'était possible ? Si...

Sans réfléchir davantage et poussé par une force intérieure incontrôlable, Balian se précipita à l'intérieur du château et s'y lança à l'aveuglette en braillant de toutes ses forces :

— Thibaut ! Thibaut de Courtenay ! Si vous êtes là, venez à moi ! Je suis Balian d'Ibelin... Votre ami ! Thibaut ! A moi !

Il n'alla pas très loin. Deux *fidawis* apparus brusquement se jetèrent sur lui. Il se débattit avec rage sans cesser de hurler :

— Thibaut ! Thibaut ! Je veux vous voir !

La porte de la bibliothèque s'ouvrit :

— Me voici !

Emporté dans l'espèce de folie qui s'était emparée de lui, Balian n'en fut pas moins stupéfait en voyant se dresser soudain devant lui cet homme de haute taille dont la longue robe blanche était assez semblable à celle que portait jadis Baudouin IV quand il déposait les armes. Mais c'était bien le même visage basané aux traits vigoureusement sculptés entre la calotte de cheveux bruns et la courte barbe, le même regard gris et pénétrant. Le choc fut si intense qu'il lui mit les larmes aux yeux et il murmura avec une joie qui l'étranglait :

— Dieu soit loué qui me permet de vous revoir vivant !

D'un élan, il se jeta au cou du revenant pour une chaude accolade à laquelle Thibaut répondit.

— Salut à vous, Balian d'Ibelin ! J'ai moi aussi grande joie de cette rencontre.

— Pourtant vous ne la vouliez pas. Je viens de vous forcer quasiment, mais je ne le regrette pas un instant ! Oh non, je ne le regrette pas...

Le Vieux et le roi les rejoignirent et l'atmosphère, si chaleureuse précédemment, se refroidit. Sourcils froncés, Henri considérait avec sévérité l'enthousiasme d'un homme déjà mûr pour cet autre dont il savait parfaitement qu'il avait été condamné pour parricide et que l'on retrouvait bel et bien traité en ami par le plus dangereux des infidèles. Comme Balian proclamait son désir de ramener son ami à Saint-Jean-d'Acre, il y mit le holà :

– S'il convient de remercier messire de Courtenay de sa triple intervention qui nous fut bénéfique, je ne crois pas que l'on apprécie son retour parmi nous !

– Comment ? protesta Balian. Ne me dites pas, sire, que vous avez attaché foi aux accusations d'une folle que l'on a d'ailleurs retrouvée étranglée dans une rue de Tyr avec le collier qu'elle accusait sire Thibaut d'avoir volé ?

– Justement. Ce n'est pas une preuve d'innocence. Tout au plus une vengeance dont il faut sans doute chercher ici la source. On y dispose de tels moyens !

– Et pourtant, intervint paisiblement Sinan, ce n'est pas moi qui ai ordonné la mort de cette femme. Une mort méritée, car elle avait menti et accusé faussement par rancune et par cupidité.

– Comment pouvez-vous le savoir ? demanda Henri sans se départir de sa sévérité. Etiez-vous à Tyr au moment de cet événement ?

– Non, mais partout où j'estime en avoir besoin, j'ai des yeux et des oreilles. Ecoute-moi, ô roi ! Me croiras-tu si j'affirme que cet homme a été accusé par fausseté et vile intrigue ? Je tue mais ne mens jamais !

Cette fois, ce fut Thibaut qui s'interposa :

– Le siège du roi est fait, Grand Maître, et vous m'offenseriez en essayant plus longtemps de me disculper à ses yeux. Au surplus... je ne souhaite pas revenir chez ceux qui étaient les miens.

– Thibaut ! protesta Balian avec une note douloureuse dans la voix. Vous pouvez croire en ma parole si je dis qu'aucun parmi vos anciens compagnons de combat n'a cru que vous aviez tué Courtenay !

– J'ai été condamné ! Sachez que je vous garde, à vous, mon amitié, mais ici j'ai recouvré la paix. Vous voyez bien qu'il valait mieux ne pas nous revoir. Que Dieu vous garde ! Je l'ai toujours prié pour vous, pour le royaume... et pour la reine ! ne put-il s'empêcher d'ajouter sans un regard à Henri.

Il savait très bien qu'Isabelle avait été contrainte de l'épouser et, de ce fait, il lui inspirait une antipathie d'instinct. Lentement, les mains au fond des manches de sa longue robe blanche, il salua et partit retrouver, dans la bibliothèque le *Canon de la médecine* d'Avicenne qu'il était en train d'étudier. Mais il ne put y attacher son attention comme auparavant. Ce qu'il redoutait venait de se produire : revoir Balian, c'était réveiller des souvenirs que, depuis son arrivée à El-Khaf, il s'efforçait d'enfermer au plus profond de sa mémoire et d'écraser sous un monde de connaissance. Balian pour lui s'écrivait Isabelle. Et, à présent, le visage tant aimé s'imposait sur les pages à la somptueuse calligraphie de l'austère traité, qui n'était pas de force à le repousser. Abandonnant son étude, il courut vers la cellule blanche où il logeait, au fond de la grande bibliothèque. Là, il s'abattit sur l'étroite couchette et, la tête dans ses bras, pleura longtemps, après que le pas des chevaux portant l'époux d'Isabelle et son connétable se fut éloigné...

La déception de Balian ne s'apaisait pas non plus. La joie de retrouver celui qu'il croyait mort était trop forte et il le fit sentir à Henri par le silence obstiné qu'il garda tandis que l'on revenait vers la côte et les navires. Celui-ci – en apparence tout au moins – ne s'en émut pas. Il laissa Balian bouder jusqu'à ce que l'on mît pied à terre pour embarquer les chevaux.

– Vous m'en voulez ? dit-il alors.

Très raide, Ibelin répliqua :

— Je n'oserais, sire !

— Votre valeur et le respect que je vous porte vous y autorisent. J'ai craint cependant qu'une si étonnante résurrection en une telle compagnie n'incite les mauvaises langues à accuser votre ami d'avoir fait assassiner Montferrat pour se venger.

Du coup, Balian passa de la rancune à l'indignation :

— Courtenay employer des « assassins » ? Mais personne ne croirait pareille infamie ! On voit bien que vous ne le connaissez pas !

— Non, mais je connais les hommes et je sais les mauvais instincts qui les poussent à croire si volontiers ce qui peut ternir une image. Surtout si elle est belle ! Je suis plus jeune que vous, mon ami, mais j'ai assez vécu pour avoir appris bien des choses. Votre fraîcheur d'âme à vous est bien réconfortante !

— J'espère pouvoir la garder, même si je ne supporte pas l'idée qu'un homme de si haute valeur passe pour mort et souillé par un crime qu'il n'a jamais commis ! Demandez donc à la reine ce qu'elle pense de celui qui fut si longtemps le fidèle compagnon de son frère vénéré !... Ou plutôt, non ! Ne lui dites rien ! Sa joie à le savoir vivant vous déplairait peut-être ? ajouta-t-il avec une perfidie qui s'accordait mal à la fraîcheur d'âme annoncée plus haut.

Il en eut du remords en entendant Henri répondre paisiblement :

— Beaucoup de bien, j'imagine ? Et sans doute avec raison. Quand on connaît quelqu'un depuis l'enfance, on se trompe rarement...

En considérant le visage placide du Champenois, Balian ne put s'empêcher de se demander ce qu'il exprimerait s'il savait l'intensité de la passion qui unissait sa belle épouse à Thibaut.

Isabelle, un peu confuse mais ravie, avait en leur absence donné le jour à une nouvelle fille, à la grande joie de la petite Marie. Quoique différente de sa demi-sœur, la toute petite était elle aussi jolie comme une fleur et ce fut avec fierté que sa mère la présenta à Henri. S'il fut déçu, le père eut le bon goût de ne pas le montrer et donna à l'enfant le nom d'Alix, qui était celui de sa grand-tante, la mère de Philippe Auguste. Helvis de Sidon la porta sur les fonts baptismaux avec Balian comme compère. Henri avait lui-même fait choix de son connétable pour bien lui montrer qu'il ne lui en voulait pas. Ce qui en réalité agaça celui-ci. Il trouvait qu'Henri en faisait un peu trop. N'avait-il pas tenu à raconter à brûle-pourpoint et en présence du seul Balian l'étrange rencontre d'El-Khaf ? Sans doute voulait-il voir comment réagirait Isabelle et l'en faire témoin ? Un instant, Balian eut très peur parce que la jeune femme était devenue bien pâle avant de s'empourprer tandis que ses yeux pleins de larmes – qu'elle réussit à contenir – étincelaient comme des diamants bleus. Mais sa voix était restée douce, ferme et unie comme toujours et elle avait souri à son mari :

– Quelle bonne nouvelle, sire mon époux ! Elle prouve que Dieu, en sauvant sire Thibaut du trépas où il était voué, a jugé en sa faveur. Pour ma part, je n'ai jamais douté de son innocence...

– Vous ne me reprochez pas de ne pas l'avoir ramené ? fit Henri sans regarder Balian.

– Pourquoi vous le reprocher si lui-même ne l'a pas voulu ? Sans doute ne souhaite-t-il plus revoir ceux qui ont préféré la parole de cette misérable Josefa Damianos à la sienne ? Ce n'est à l'honneur d'aucun de ceux qui étaient à Tyr à cette époque.

Puis elle parla d'autre chose et le nuage d'inquiétude apparu sur le visage d'Henri s'effaça tout naturellement. Sans imaginer bien sûr la joie qui inondait le cœur d'Isabelle. Le bien-aimé était vivant ! Vivant ! En avoir désormais la certitude était un bonheur trop grand pour laisser place au regret de ne pas le voir revenir vers elle. Dieu qui avait sauvé Thibaut se laisserait peut-être convaincre de le ramener un jour ou l'autre ?

Il était écrit que le nouveau royaume ne jouirait pas longtemps de ce beau temps qu'Henri de Champagne avait su ressusciter et maintenir. Cette fois, les trublions furent les Allemands.

L'empereur Henri VI, successeur de Frédéric Barberousse, venait de s'emparer du royaume normand des Deux-Siciles et entendait reprendre la croisade abandonnée par son père près des eaux du Selef. En attendant d'embarquer, il envoya une grosse avant-garde qui arriva un beau matin à Acre et entreprit de s'y comporter comme en pays conquis, s'installant d'office dans les maisons après en avoir chassé les propriétaires, molestant les femmes et se conduisant comme les vrais soudards qu'ils étaient.

Le roi était alors à Tyr chez son chancelier, mais il revint à francs étriers, rappelé par Hugues de Tibériade, l'époux de la sœur d'Helvis qui faisait alors office de gouverneur mais ne pouvait prendre la décision de chasser les « croisés » sans l'aveu du roi. Il tint cependant à celui-ci un langage plein d'énergie :

– Je connais bien ces gens-là. Avec eux, il faut employer la manière forte : ils ne connaissent qu'elle !

En foi de quoi on appela la population aux armes tandis que l'on mettait femmes et enfants à l'abri dans la citadelle que tenaient depuis toujours les Hospitaliers, mais on n'eut pas à en venir aux mains : les chefs des indésirables « croisés », ayant compris qu'ils allaient se faire écharper, se hâtèrent de les faire sortir de la ville et d'installer leur camp dans la campagne, autour du château de Montfort qui avait appartenu un temps à Jocelin de Courtenay[1].

Malheureusement, la déclaration de croisade de l'empereur Henri VI avait résonné un peu trop fort aux oreilles du nouveau sultan, Malik al-Adil, frère de Saladin. Se jugeant défié, celui-ci envoya un corps expéditionnaire piller Jaffa. Il fallait reprendre les combats !

Henri n'hésita pas et rassembla des troupes pour les envoyer au secours de sa ville.

N'ayant pas l'intention de les mener lui-même, il voulut les passer en revue avant leur départ et ordonna qu'elles défilassent devant son palais. Il se plaça alors à une fenêtre haute, que ne défendait aucun balcon, pour répondre joyeusement aux acclamations des soldats et de la foule. Pourquoi fallut-il qu'à cet instant on lui annonçât une délégation de Pisans, qu'il se retournât pour la voir entrer et lui intimer d'attendre ? En voulant revenir à sa précédente position, il perdit l'équilibre, bascula et vint se fracasser devant ses gardes épouvantés...

Le chagrin d'Isabelle fut violent, bien plus même qu'elle ne l'eût imaginé. Elle se jeta en larmes sur le corps de son époux en le suppliant de revenir, de ne pas l'abandonner. Il lui avait donné quatre années de sérénité et d'une sorte de bonheur tranquille qu'elle ne retrouverait jamais. Il faudrait de nouveau souffrir, subir...

---

[1]. Un an plus tard, ces gens formaient avec ce qui restait d'Allemands d'une ancienne maison de pèlerins à Jérusalem l'ordre des Chevaliers teutoniques.

Le corps d'Henri ne reposait pas depuis vingt-quatre heures dans la crypte de la cathédrale Sainte-Croix qu'elle se retrouvait confrontée à son destin. Un destin incarné cette fois par les Maîtres du Temple et de l'Hôpital, Gilbert Erail et Geoffroy du Donjon, le Patriarche Aymar le Moine, le chancelier Josse de Tyr et les principaux barons du royaume. Leur discours était aussi clair qu'accablant : la reine devait reprendre époux et sur l'heure ! Le royaume ne pouvait se passer d'un roi énergique en ce temps où la guerre menaçait à nouveau. Elle était reine et la couronne passait avant tout, même avant sa très légitime douleur !

Ce fut un moment terrible. Jamais Isabelle n'avait ressenti à ce degré le poids de la royauté. Elle n'avait plus le droit d'être une femme. Rien qu'une sorte d'être hybride faisant corps avec le trône, à qui l'on déniait jusqu'à l'ombre d'un sentiment.

Son regard bleu pâli par les larmes fit le tour des visages fermés, résolus, qui ne voyaient en elle que le cercle d'or et de pierreries posé sur ses voiles de deuil. Deux d'entre eux seulement laissaient deviner un peu de compassion : le cher Balian, bien entendu, et Hugues de Tibériade.

– Je suppose, dit-elle d'une voix qu'elle s'efforçait de raffermir, que votre choix est arrêté, messeigneurs ?

Le Patriarche allait répondre mais Tibériade le devança :

– J'ose proposer à la reine mon frère Guillaume qui est sage, réfléchi, vaillant et preux chevalier. Fort attaché en outre à la terre que nous aimons tous... ainsi qu'à votre personne, noble Isabelle !

– Vous oubliez, mon ami, répondit la jeune femme, qu'il est fiancé à ma sœur Marguerite et que Marguerite l'aime. Je n'accepterai jamais de briser un amour, de faire trois malheureux quand une seule suffit à votre exigence à tous. Alors, qui d'autre ? ajouta-t-elle avec lassitude.

– Le nouveau roi de Chypre, qui est aussi notre ancien connétable, proposa le Patriarche. L'épouser serait réunir les deux royaumes et il a toutes les qualités d'un grand souverain.

En effet, depuis la mort de Guy de Lusignan survenue trois ans plus tôt, Amaury, son frère, lui avait succédé.

La réponse d'Isabelle fut un cri d'indignation :

– Vous voulez que moi, j'épouse l'ancien amant d'Agnès de Courtenay ? L'homme qui avait osé s'élever contre mon seigneur époux ? Suis-je donc à vos yeux un simple objet que l'on peut jeter dans n'importe quel lit ? Je suis lasse de me marier, vous entendez ? Lasse... et écœurée ! On m'a démariée du gentil Onfroi de Toron pour me livrer à Conrad de Montferrat qui a été assassiné, puis mariée contre notre gré à tous deux au noble comte de Champagne, mon époux regretté, et voilà qu'à présent...

Le grand Templier sortit du rang et s'avança vers elle. Déjà âgé mais plein de noblesse, de vaillance et de sagesse, Gilbert Erail, par ses vertus, avait rendu au Temple un peu de son éclat perdu. Sur son beau visage énergique, Isabelle lut la compassion et sa parole fut d'une grande douceur quand il s'adressa à elle dans l'espoir d'atténuer les rigueurs de la raison d'Etat.

– Le roi Amaury a envoyé des émissaires. Il demande que la reine de Jérusalem accepte de donner sa main au roi de Chypre, réunissant ainsi deux Etats proches et qui, dès lors, seraient indissolubles. Il faut laisser le passé s'effacer des mémoires et vos loyaux sujets vous portent trop d'affection pour ne pas vous soutenir dans cette épreuve... malheureusement nécessaire ! Réfléchissez, madame !

Isabelle garda le silence puis murmura, se parlant à elle-même plus qu'aux autres :

– Le roi Amaury Ier ! Comme mon père vénéré ! Comme si le temps revenait en arrière ! Quelle dérision !

– Amaury Ier pour Chypre, madame ! Le roi de Jérusalem ne peut être qu'Amaury II, corrigea doucement Josse de Tyr. L'histoire ne revient jamais en arrière !

– Croyez-vous, monseigneur ? Je voudrais pourtant qu'il en soit ainsi... au moins une fois !

Le Conseil dispersé, Isabelle pria son beau-père de demeurer près d'elle. Cependant, elle resta silencieuse quelques minutes, puis, comme n'osant interrompre sa méditation, il l'interrogeait du regard, elle ordonna :

– Allez chercher Thibaut... par grâce ! J'ai besoin de lui !

– Isabelle ! A quoi pensez-vous ? Songez à ce qu'il est, en dépit de l'affection que nous lui portons tous : un Templier qui a rejeté ses vœux, renégat au Christ peut-être ? Vous ne pouvez l'épouser !

– Qui parle de l'épouser ? murmura Isabelle avec une profonde lassitude. Je vous demande de l'aller chercher. Je veux le voir, vous comprenez ? Je le veux ! Et cela avant que Lusignan ne vienne ici. Sinon... je refuse de l'épouser !

Il n'eut pas le temps d'ajouter une parole : Isabelle secouée de sanglots venait de quitter la salle en courant.

Comprenant qu'il n'y avait rien d'autre à faire, Balian se mit en devoir de lui obéir...

C'était la veille de l'arrivée de Lusignan. Il était tard et le palais dormait, fatigué par les préparatifs des festivités du lendemain, quand Balian d'Ibelin y pénétra suivi d'un chevalier enveloppé d'un grand manteau noir. Une entrée sans rien d'extraordinaire et aucun garde ne leva seulement le sourcil quand il gagna le logis de la reine. Depuis la mort d'Henri, c'était vers elle que convergeaient messagers, envoyés, conseillers ou requêtes à n'importe quelle heure du jour ou de la nuit... Dans la salle précédant la chambre royale où se tenaient dans la journée les dames de parage ou de suite, il ne trouva que sa fille Helvis et s'en étonna, mais avec un bref sourire elle lui apprit que, depuis son départ, elle passait toutes ses nuits auprès d'Isabelle... pour qu'elle se sente moins seule. Son époux avait trop à faire à Sidon pour s'y opposer. A Thibaut qu'elle avait reconnu du premier coup d'œil, elle murmura :

– Encore un peu de temps et il eût été trop tard, sire chevalier.

– Nous n'avons pas perdu une seule seconde, soupira Balian, mais au retour, un vent contraire s'est levé et il s'en est fallu de peu que nous n'arrivions que demain...

– Venez ! Elle n'a que trop attendu !

Prenant Thibaut par la main, elle l'entraîna à sa suite dans la chambre où elle ne resta qu'un instant, tout juste le temps de dire :

– Le voici enfin, Isabelle !

Puis elle se retira, les laissant seuls dans la pièce somptueuse adoucie de tapis, où de grands cierges de cire rouge brûlaient en crépitant dans de hauts chandeliers d'argent, mais laissaient dans l'ombre le vaste lit à fines colonnettes habillé de brocart blanc et rouge. Isabelle, les cheveux dénoués sur son ample dalmatique blanche que les flammes moiraient, était à demi étendue sur les coussins d'une bancelle placée près de la délicate ogive ciselée de la fenêtre où un rosier pourpre s'épanouissait dans un grand pot de terre. En voyant paraître celui qu'elle attendait, elle se leva mais resta là, debout dans les plis neigeux de sa robe dont luisaient les cassures, à le regarder comme si ce regard devait être le dernier.

Lui s'était arrêté, émerveillé de la découvrir plus belle encore que dans les rêves qui, tant de fois, la lui avaient livrée. Jamais femme n'avait brillé d'un si doux éclat, même si les cernes bleutés de ses grands yeux révélaient des douleurs rendant cette icône de chair plus humaine, plus désirable encore. Lentement, il rejeta son manteau, mit un genou en terre et les bras étendus attendit sans qu'aucun mot vînt troubler l'enchantement...

Cet instant magique, tous deux l'avaient vécu des centaines de fois au cours des années de séparation. Ils n'avaient pas besoin de mots pour expliquer ce qu'ils en espéraient. Thibaut savait pourquoi Isabelle l'appelait et, tandis que le bateau le ramenait vers elle, il avait confié au vent chaque mot de sa prière d'amour, sachant qu'elle les avait entendus et qu'il serait exaucé...

Les yeux dans ses yeux, elle fit un pas vers lui, écartant du pied les coussins tombés qui la gênaient. Un seul pas, puis ses jolis doigts ouvrirent le fermail d'or et de perles de sa robe. Elle la rejeta en arrière d'un geste ailé qui fit saillir comme une offrande le double fruit rose de ses seins. Dressée sur la pointe de ses petits pieds, elle courut, ravissante et nue, se jeter dans les bras tendus vers elle...

Avec une ardeur affamée, Thibaut les referma sur le satin vivant de cette peau si douce. Le sang battait lourdement à ses tempes et ses reins brûlaient tandis que, pressé contre elle, il laissait ses mains commencer une lente exploration. Elle prit sa tête entre les siennes et ce fut elle qui scella leurs bouches dans le vertige du premier baiser.

Ce fut elle encore qui le dévêtit avec des gestes hâtifs et un peu maladroits qui le ravissaient parce qu'ils trahissaient une inexpérience touchante chez une jeune femme déjà mariée trois fois. Les doigts soyeux tremblaient un peu sur sa peau tannée, dessinant le contour des muscles, s'attardant à la toison brune de la poitrine... puis ce fut lui qui l'enleva pour la poser sur le lit. Ensemble, ils se perdirent en une infinité de baisers et de caresses qui s'acheva dans un éblouissement, mais ils recommencèrent presque aussitôt. La faim qu'ils avaient l'un de l'autre venait de trop loin pour se satisfaire si vite...

Thibaut n'ignorait plus ce que pouvait être le plaisir de chair. A son arrivée à El-Khaf, le Vieux avait essayé sur lui le pouvoir du haschisch. Il avait connu alors une étrange euphorie, la sensation de détenir des possibilités illimitées. Comme tous ceux que Sinan éduquait dans ses nids d'aigle, il avait connu le demi-réveil dans un endroit de rêve, un kiosque semblable à ceux où l'on se réfugiait aux heures chaudes en Orient, somptueux... Ouvert sur un jardin plein d'odeurs, il semblait fait d'or comme tout ce qui s'y trouvait... comme le corps lisse de la houri qui lui avait fait connaître cette volupté dont il s'était toujours gardé. A cause de Baudouin d'abord, mais aussi par choix délibéré parce qu'il se voulait pur pour le pur amour qui habitait son cœur, et parce qu'il avait eu sous les yeux les débauches d'Agnès. Quant aux ribaudes des rues chaudes de Jérusalem comme celles qui suivaient l'ost, elles lui répugnaient. Il s'était farouchement gardé des premières et chassait les autres à coups de houssine.

Deux fois, il était tombé sous l'emprise de la

drogue, mais il n'y eut pas de troisième. Il se méfia de ce qu'on lui servait à manger ou à boire, n'accepta que de l'eau et des fruits jusqu'à ce que Sinan lui en fît le reproche. Il dit alors nettement qu'il refusait de laisser embrumer son cerveau et de devenir ainsi, à la longue, un jouet mortel entre les mains du Vieux.

– Je suis chevalier chrétien et entends vivre et mourir digne de ce titre. Tu peux me tuer ou me chasser à ton gré.

– Un *fidawi* chrétien, c'était pourtant bien tentant. Je n'ai pu m'empêcher d'essayer. Ce n'est d'ailleurs pas ce que j'avais promis, mais j'aime aller au fond des âmes. Reste ici autant que tu le voudras et vis à ta guise. Je ne t'enverrai plus au paradis !

C'est alors que Thibaut, pour le remercier, avait parlé du Sceau du Prophète que le Vieux n'avait eu aucune peine à faire récupérer et qui, dans ses mains, pouvait devenir une arme efficace contre l'Islam....

Le paradis, Thibaut le connaissait à présent. Tellement plus beau, tellement plus grisant que celui du Vieux, parce que le plaisir d'amour partagé avec la femme aimée ne peut se comparer à aucun autre. Durant des heures, lui et Isabelle s'en gorgèrent joyeusement. Oui, joyeusement, même s'ils savaient que cette nuit divine n'aurait pas de seconde, ils la vécurent comme s'ils avaient l'éternité devant eux et, quand ils parlèrent, ce fut seulement pour accumuler des mots d'amour plus beaux que les plus beaux poèmes...

Ils pensaient l'un et l'autre que raconter par le détail une aussi longue séparation aurait pris trop de ce temps si précieux. Par Balian, Isabelle avait appris le principal. Sauf peut-être comment son amant en était venu à chercher refuge chez le Vieux de la Montagne.

– Lorsque j'ai été banni de Tyr, expliqua Thibaut, je ne suis pas allé bien loin seul. Un homme m'attendait au bord du chemin. C'était un ismaélien, qui m'a conduit à un casal à demi détruit et abandonné où il m'a réconforté, nourri et fait comprendre que le seul asile pour moi se trouvait près de son maître. Alors je l'ai suivi !

— Il t'attendait ? Comment est-ce possible ?

— Tout est possible à ces gens. Ils ont des espions dans tous les lieux où il se passe quelque chose et Rachid ed-din-Sinan, le Vieux, ne perd pas une occasion de chercher à s'attirer la reconnaissance de malheureux condamnés... justement ou injustement. C'est ce qu'il a fait...

Thibaut n'en dit pas davantage et Isabelle se contenta de ces paroles, le seul fait important pour elle étant que le bien-aimé soit sauf. Aussi bien il était impossible au chevalier de lui dire l'incroyable vérité, une vérité qui l'attendait à El-Khaf sous la forme d'une lettre d'Adam Pellicorne. Une lettre dans laquelle son ami lui apprenait qu'avant de faire voile vers l'Occident avec ce qu'il cherchait (sans préciser quoi), le Picard avait relâché dans le petit port de Maraclée afin de se rendre auprès du Vieux, avec qui le Maître caché et certains de ses dignitaires entretenaient des relations, épistolaires ou autres. Adam avait déjà rencontré Sinan et, s'il était venu jusqu'à lui, c'était pour lui demander de veiller sur l'ami fraternel qu'il laissait en arrière. C'est ainsi que, sans jamais s'en douter, Thibaut avait été suivi et surveillé partout où il était allé... et sauvé de la mort ou de l'esclavage. Mais rien de tout cela ne pouvait être confié, même à Isabelle, car il s'agissait de secrets qui n'appartenaient pas à Thibaut...

La nuit fut trop courte et, quand le chant d'un coq en annonça la fin, Isabelle, soudain éperdue, s'accrocha au cou de son amant pour le retenir contre elle :

- Non ! Pas déjà ! Je ne vais pas te perdre à nouveau ?

- Il le faudra, mon amour ! Dans quelques heures, le roi de Chypre sera là et il te ramènera dans son île...

- Pourquoi ne resterait-il pas ici ? En l'épousant, je le fais roi de Jérusalem donc de Saint-Jean-d'Acre... Je veux vivre dans ce palais... dans cette chambre où je pourrai recréer ton image... Mais toi, où iras-tu ? A El-Khaf, de nouveau ?

- Non, j'ai tourné cette page-là. Tout à l'heure, Balian me conduira à la maison chevetaine du Temple...

- Au Temple ? Mais ils vont te chasser ou même te livrer à Amaury !

- Pour quelle raison ? J'ai déjà été jugé et banni. De plus, avant mon départ, Sinan m'a remis un message pour le Maître. Il y explique comment le sénéchal a été tué... et révèle que c'est lui qui a fait étrangler Josefa Damianos. Je sais que Gilbert Erail m'accueillera. Sans doute serai-je puni pour une aussi longue absence, mais je resterai à Acre... Ainsi je serai moins loin de toi.

- Encore trop loin ! Te reverrai-je jamais ?

A cet instant, Helvis pénétra dans la chambre :

- Le jour va venir ! Vite, chevalier ! Il faut vous hâter ! Mon père vous attend !

- Je viens !

Une dernière fois, Thibaut prit Isabelle dans ses bras, la serra contre lui à lui faire mal et baisa sa bouche tremblante...

- Nous sommes unis à jamais, Isabelle. Un jour nous nous retrouverons, je le sais...

- Quand ?

- Peut-être pas dans cette vie, mais nos âmes sont si fort attachées l'une à l'autre que le temps, les siècles mêmes ne pourront les séparer. Je suis à toi pour l'éternité et s'il existe, pour l'homme, d'autres existences terrestres, alors je saurai te rejoindre... Je saurai te reconnaître !

S'arrachant des bras de la jeune femme, il la confia à ceux d'Helvis, s'habilla en hâte et quitta la chambre en courant sans un regard en arrière.

Un moment plus tard, accompagné de Balian d'Ibelin, Thibaut traversait le port pavoisé en l'honneur de celui qu'on attendait et rejoignit la voûte d'Acre, la forteresse templière près du phare au-delà duquel il n'y avait plus que l'horizon étincelant de la Méditerranée...

Aux mains de ses femmes, Isabelle, immobile comme une statue, le visage inondé de larmes, se préparait à recevoir un quatrième époux, une nouvelle couronne, mais son âme ne l'habitait plus...

Epilogue

OU LA FIN
N'EST QU'UN RECOMMENCEMENT

« ... Je n'ai jamais revu Isabelle, sinon de loin : elle, dans le faste d'une cour élégante, moi, dans les rangs des chevaliers du Temple où les blancs manteaux à la croix rouge, les camails et les heaumes d'acier nous font tous semblables. Mais c'était tout de même une joie de l'apercevoir. Après son mariage, elle résida à Saint-Jean-d'Acre le plus souvent. C'est là qu'un peu plus de huit mois après les noces, elle donna le jour à une nouvelle petite fille qu'elle appela Mélisende. Une petite fille dont j'ai eu, plus tard, la certitude qu'elle était mienne, ce qui me fit une douce consolation en attendant de devenir douleur...

« L'union avec Amaury fut ce qu'elle devait être : un mariage de convenance où l'amour n'avait pas sa part. L'époux ressemblait plus à Montferrat qu'à Henri de Champagne. Un politique prudent et dur, indifférent à l'impopularité si c'était nécessaire, sachant briser impitoyablement une cabale. Roi de Chypre depuis trois ans, il avait fait de l'île un modèle d'organisation. Il entreprit donc de mettre le royaume de Jérusalem à son image : quelques semaines après les épousailles, il reprenait Beyrouth aux musulmans, rétablissant ainsi les communications terrestres du royaume avec Tripoli et Antioche. Je lui fus reconnaissant d'avoir donné la ville en fief à Jean d'Ibelin, le fils aîné de mon cher Balian, qui lui ressemblait fort et venait d'épouser Mélisende d'Arsuf. Quant à ses relations avec Isabelle, les rares bruits qui vinrent jusqu'à moi disaient Amaury fier de sa beauté, la parant volontiers et la traitant avec respect. L'aima-t-il un tant soit peu, nul ne le pouvait deviner car il savait se garder. Même au temps des folles amours avec dame Agnès, il offrait un visage impénétrable, une attitude froide, irréprochable. Il ordonna de belles fêtes pour la naissance de « sa » fille dont il se montra convenablement heureux n'ayant plus depuis longtemps souci d'un héritier mâle : il l'avait déjà d'un premier mariage contracté longtemps auparavant, et passé presque inaperçu, avec une nièce de Balian, Eschive de Ramla, fille de ce Baudouin qui avait si follement aimé Sibylle et qui, dépité de la savoir mariée à Guy, avait tourné le dos à Jérusalem pour se réfugier à Antioche sans plus se mêler de rien. En même temps, Amaury conclut un traité de paix avec le sultan Malik al-Adil. Tous les espoirs renaissaient pour le royaume si longtemps en péril...

« Le nouveau siècle allait apporter beaucoup de changements et pas en bien. Lothaire de Segni qui venait d'accéder au trône de Pierre sous le nom d'Innocent III appela à la croisade afin d'obtenir enfin la délivrance des Lieux saints. En 1204, il put réunir une large assemblée de hauts seigneurs et de petites gens. Malheureusement, détourné par le doge de Venise, Henri Dandolo, qui avait des comptes à régler, ce bel élan de foi aboutit à la prise de Constantinople et à la fondation d'un empire latin parfaitement inattendu, si incongru même qu'il échappa de justesse à l'anathème papal. Le premier souverain en fut Baudouin de Flandre. En attendant les princes de Courtenay !

« Les quelques croisés obstinés à respecter le plan initial poursuivirent leur chemin jusqu'à Acre, animés des intentions les plus belliqueuses. Amaury, qui tenait à ses trêves, les calma non sans vigueur, en signa de nouvelles avec Malik al-Adil et récupéra ce qui lui manquait encore de la plaine côtière.

« Malheureusement – et là c'est l'habitant de Terre Sainte qui parle en moi, puisque l'homme n'avait aucune raison d'aimer l'époux d'Isabelle –, Amaury II mourut brusquement, dans la force de l'âge, le 1er avril 1205. L'ensemble à la fois puissant et uni que formaient Chypre et Acre éclata. Hugues de Lusignan, le fils d'Amaury, devint roi de Chypre résidant au palais de Nicosie. Quant à Jérusalem... eh bien, ce qui s'était passé à la mort de mon cher lépreux se renouvela : ce fut la première des filles d'Isabelle, Marie de Jérusalem-Montferrat, qui reçut la couronne selon le droit de primogéniture. Par chance, les barons firent choix de Jean d'Ibelin comme régent, car elle n'avait que treize ans, et il sut gouverner sagement tout en maintenant les trêves.

« Le temps des deuils était venu pour moi. Le grand Balian d'Ibelin était mort dans son château de Caiffa alors que le siècle n'avait qu'un an et Marie Comnène, son épouse bien-aimée, brisée de douleur, ne lui survécut pas. Puis ce fut Isabelle, et la belle lumière bleue du ciel d'Orient s'éteignit quand elle ferma les yeux.

« C'était un soir d'automne, quand le soleil se couche, que les barques des pêcheurs aux voiles rouges rentrent au nid et replient leurs ailes, que les lavandières du palais reviennent en chantant, leurs corbeilles de linge sur la tête. Isabelle avait pris froid au bain et le mal fit son chemin très vite. Délicate et fragile, celle qui était à présent la reine douairière – à moins de quarante ans ! – n'y résista pas. Peut-être parce qu'elle n'avait plus envie de lutter pour retenir une vie devenue à ses yeux sans intérêt. Et moi, du fond de ma douleur, je remerciai le Seigneur Dieu de lui avoir épargné les affres d'une longue agonie... On l'enterra dans la cathédrale Sainte-Croix et ce fut seulement trois jours après qu'Helvis de Sidon me fit porter par un moine le billet scellé à ses armes qu'Isabelle lui avait confié pour moi : " A cette heure où je m'en vais loin de toi, écrivait-elle, je veux que tu saches qu'il n'y a plus dans mon cœur que toi et l'enfant que tu m'as donnée. Elle sait qu'en cas de malheur elle pourra t'appeler à son secours. Alors, par grâce, évite de te faire tuer, même si c'est dans l'impatience que j'attends notre réunion. Je ne t'ai jamais tant aimé ! Jamais je n'ai été aussi sûre d'être à toi jusqu'à la consommation des siècles et même au-delà. Aussi n'est-ce pas un adieu, mais un dernier baiser que je te donne, comme si je m'en allais simplement en voyage... "

« Isabelle partie, il me restait, avec les austères devoirs du couvent qui ne me pesaient guère, les grands travaux de reconstruction de l'Ordre auxquels je m'intéressais vivement, et l'excitation de la guerre dont Dieu m'est témoin que je ne fus pas privé. En l'an 1208, tandis que la deuxième fille d'Isabelle, Alix de Champagne-Jérusalem, devenait reine de Chypre en épousant Hugues Ier, fils de son beau-père, le Conseil du royaume s'occupa d'en marier l'héritière, Marie de Jérusalem-Montferrat, et s'en remit pour le choix de l'époux au roi de France. A cette petite reine de dix-sept ans, Philippe Auguste – toujours aussi grand politique – fit épouser un baron champenois de soixante ans. Mais c'était Jean de Brienne, le parangon de la chevalerie, l'homme aux mille exploits devant lequel s'inclinaient les hommes et dont raffolaient les femmes, car l'âge n'avait éteint ni sa vigueur ni sa séduction.

D'ailleurs, la petite Marie s'éprit de lui au premier salut et eut fort à souffrir de cet amour... et de l'arrivée, presque sur les pas de Brienne, de la belle comtesse Blanche de Champagne liée à lui par une passion si folle que Philippe Auguste avait justement souhaité la rompre en expédiant l'amant régner à Saint-Jean-d'Acre. Or elle l'y suivit et, comme elle n'était pas femme à mettre sa lumière sous le boisseau, Marie endura l'enfer en dépit des efforts de son époux. Après avoir mis au monde une nouvelle fille que l'on prénomma Isabelle, elle quitta cette terre avec le sentiment de délivrance qu'éprouvent ceux que la vie a trop malmenés.

« Restait la troisième fille de ma reine, la plus chère à mon cœur, dont j'appréhendais le mariage auquel on pourrait la contraindre. De sa tante Helvis, par l'intermédiaire de Renaud de Sidon car les femmes n'avaient guère accès en nos couvents, j'appris que mes craintes n'étaient pas vaines. La raison d'Etat fit choix pour elle du plus mauvais. Bohémond IV était peut-être prince d'Antioche et comte de Tripoli, il n'en était pas moins un affreux personnage. Qu'il soit borgne n'était pas le pire. Lui aussi avait quarante ans de plus qu'elle. En outre, il était méchant comme la gale, faux comme une mauvaise monnaie, retors et traître à l'occasion (il s'était emparé d'Antioche par une spoliation qui avait failli mettre à feu et à sang le nord de la Syrie). De son premier mariage avec Plaisance de Gibelet, il avait quatre fils et pouvait donc s'estimer satisfait, mais il aimait la chair jeune et Mélisende, fraîche comme une rose, ressemblait beaucoup à sa mère. Il la voulut pour s'assurer en même temps un droit à la couronne de Jérusalem – un peu lointain peut-être, puisque Marie avait eu une fille –, mais, s'il obtenait de Mélisende un fils, Bohémond se faisait fort de déblayer pour lui le chemin du trône...

« Le mariage eut lieu... et Mélisende eut une fille. Aussitôt, son vieil époux relégua sa femme dans un petit casal des bords de l'Oronte, presque sans serviteurs et dans la seule compagnie de sa nourrice Amena qui veillait sur elle depuis la mort de sa mère, tandis qu'il installait dans son palais d'Antioche une belle Grecque parée par lui des joyaux de Mélisende. Tout cela, je ne l'ai appris qu'à mon retour d'Egypte.

« Jean de Brienne y mena, en effet, une campagne vigoureuse parce que, à cette époque, les clefs de Jérusalem se trouvaient au Caire. Elle dura trois années, nous livra Damiette et eût dû nous rendre Jérusalem que le sultan proposa en échange de cette même ville de Damiette, mais tout échoua par la faute du légat papal. Le cardinal Pélage, un Espagnol orgueilleux jusqu'à la stupidité, toujours vêtu de rouge éclatant des bottes jusqu'au chapeau, qui se croyait un grand stratège, obligea le roi Jean à plier devant les foudres de l'Eglise et finalement nous fit tout perdre, sauf l'honneur, avant de retourner à Rome subir tout de même la colère du pape. Mais le mal était fait.

« L'Egypte cependant me valut un ami. C'est devant Damiette que je rencontrai Olin des Courtils, un peu ahuri de se retrouver sur le Nil alors qu'il s'était croisé avec le comte Hervé de Donzy [1] pour venir prier au Tombeau du Christ et demander, pour sa femme et lui, le bonheur d'avoir un fils. Ils étaient mariés déjà depuis plusieurs années et aucune postérité ne s'annonçait.

« Il me débarrassa, non sans habileté, d'une flèche que j'avais reçue dans l'épaule et s'attacha à moi comme je m'attachai à lui. J'obtins même qu'il

1. Gendre de l'empereur latin Pierre II de Courtenay.

remplaçât l'écuyer que j'avais perdu dans la bataille. Quand nous revînmes en Palestine, je pus l'aider à accomplir son vœu en l'escortant, jusqu'à la distance permise, aux abords de Jérusalem. Avec une troupe de pèlerins nouvellement débarqués, il put gagner le Saint-Sépulcre.

« Je m'attendais à le voir repartir mais il préféra rester avec moi. La Terre Sainte le fascinait, ainsi que la vie du Temple. Il se présenta donc à la voûte d'Acre, puis, le Maître m'envoyant à Tortose pour une inspection des derniers travaux, il décida qu'il s'embarquerait de là et rentrerait enfin chez lui : pourrait-il voir son vœu exaucé avant que sa femme ne soit trop vieille ? Il eut ainsi l'occasion de prier devant le portrait de la Sainte Vierge fait par saint Luc qui, dans la basilique Notre-Dame de Tortose, était un objet de culte dans ce très important fief templier. C'est à ce moment que le destin me rattrapa.

« Nous étions sur place depuis deux jours quand, avant l'office du soir, on vint m'annoncer qu'à la maison des pèlerins une femme demandait à me parler. Elle était malade et, en outre, avait avec elle un enfant de quelques jours. J'allai donc la voir, suivi d'Olin qui me quittait le moins possible avant notre séparation. La femme semblait en effet épuisée. Son visage ne m'était pas inconnu. Elle me dit alors qu'elle m'avait reconnu la veille quand j'avais traversé la maison et que c'était Dieu lui-même qui avait voulu cette rencontre parce qu'elle était en route vers Acre pour me rencontrer quand le mal l'avait terrassée.

« – Je suis Amena, la nourrice et fidèle suivante de la princesse Mélisende. C'est elle qui m'envoie pour que vous secouriez son enfant. Le bébé est en grand péril si Bohémond le Borgne vient à s'en emparer...

Elle me montra un nourrisson qui dormait paisiblement, enveloppé dans des couvertures, et semblait, lui, en excellente santé. Elle ajouta qu'il s'appelait Renaud et qu'il avait été baptisé...

« – Pourquoi, en ce cas, son époux voudrait-il le tuer ? Un fils est une bénédiction...

« – Sauf s'il est d'un autre... La mère aussi pourrait mourir !

« – D'un autre ? Mais de qui, alors ?

« Elle m'attira près d'elle pour s'assurer que nul ne l'entendrait, pas même Olin très occupé à contempler avec émerveillement le petit garçon dans son paquet de couvertures. Amina me chuchota qu'il s'agissait simplement d'une histoire d'amour entre deux êtres qui n'auraient jamais dû se rencontrer : l'aventure d'un chasseur égaré à la poursuite de son faucon, qui croise le chemin d'une jeune châtelaine esseulée, assise au bord d'un fleuve en compagnie d'une suivante, à peu de distance d'une tour et de quelques bâtiments en mauvais état. Elle dit comment le beau chasseur revint, encore et encore, et comment ce qui devait arriver arriva. Elle dit aussi que la guerre avait éloigné l'amant et qu'il ne savait pas que l'amour avait donné un fruit.

« J'insistai alors pour savoir le nom et celui qu'elle articula me bouleversa en me faisant comprendre l'urgence qu'il y avait à soustraire l'enfant au prince d'Antioche. Enfin elle ajouta qu'elle avait mission de me le confier afin de lui faire quitter le pays car j'étais le seul capable de prendre soin de lui puisqu'il était mon petit-fils.

« – Comment le pourrais-je ? Un Templier ne possède rien en propre et le couvent n'accepte pas d'enfants, surtout en bas âge.

« – J'ai un peu d'or pour lui, et le lait de chèvre se

trouve partout... même sur les bateaux qui partent vers l'Occident...

« – Pourquoi l'Occident ? Il y a assez de place dans ce pays pour le cacher

« – Non. Il faut l'envoyer très loin si on veut le sauver... J'étais prête à l'accompagner, mais me voilà malade. Sa mère veut qu'il soit élevé en chrétien et ici, étant ce qu'il est, on ne peut le remettre à personne ! Ne refusez pas ! Vous êtes le seul en qui elle ait confiance parce que sa mère Isabelle lui a toujours dit qu'en cas de malheur, elle devrait s'adresser à vous...

« Isabelle ! Amena venait de prononcer le seul nom capable de vaincre n'importe quelle résistance ! Cet enfant était son petit-fils... et le mien. Cependant, un peu effrayé par ce bouleversement que provoquait cette nouvelle, je m'efforçai de réfléchir et pour gagner du temps demandai :

« – Comment êtes-vous venue jusqu'ici et pensiez-vous aller jusqu'à Acre ? A pied et seule ?

« – Je l'aurais fait pour elle, mais j'avais des mules, ainsi que le vieux moine qui est tout dévoué à Mélisende et a baptisé le petit. Il est à l'église pour l'instant. Oh, sire Thibaut, allez-vous nous abandonner et nous obliger à repartir quand je serai guérie ?

« – Enfin, pourquoi Mélisende n'a-t-elle pas songé plutôt à ses tantes, la comtesse de Sidon ou la princesse de Tibériade ?

« – Dame Helvis pleure son époux et ne veut voir personne. Quant à dame Marguerite, elle a le cœur bien trop dur... Il n'y a vraiment que vous...

« Sans répondre, je me penchai et pris le petit garçon des bras d'Olin qui, lui, n'avait pas résisté longtemps. Et mon cœur fondit d'amour à le regarder. Ah ! Certes, je ne demandais qu'à me charger de lui, à le garder auprès de moi ! Mais comment, sans encourir les foudres du Temple qui pouvaient m'en séparer à jamais ? L'*in pace* pour moi ? Et pour lui ? N'importe quelle maison pieuse... ou Dieu sait quoi ?

« – L'Occident ! répétai-je. Mais où ? Chez qui ?

« – Ma maîtresse dit que vous êtes un Courtenay et que les Courtenay sont princes dans votre pays.

« – Mon pays, c'est ici... Je ne sais même pas où est Courtenay.

« – Moi je sais, intervint Olin de sa voix paisible. Ce n'est pas loin de chez moi. Si vous le voulez, je peux me charger de ce petit enfant puisque je vais repartir. Ma bonne épouse le recevra avec toute sa bonté et, j'en suis sûr, tout son cœur. En outre, j'ai quelques biens, même si je ne suis pas un Courtenay. Et je me demande si... si ce n'est la réponse de Dieu à mes prières. Nous ne sommes plus très jeunes...

« Le brave homme en avait les larmes aux yeux et je ne pus m'empêcher de l'embrasser, mais déjà j'avais peine à devoir me séparer pour toujours de Renaud. En un instant, je pris la résolution de partir avec lui, de tout abandonner de ce qui avait été ma vie, mon pays, les tombes de ceux que j'avais aimés et même, s'il le fallait, le salut de mon âme pour suivre ce petit garçon qui me rendait un peu d'Isabelle. Tant pis pour les conséquences... Oui, j'allais partir moi aussi !

« Le Grand Maître eût-il encore été Gilbert Erail, j'aurais couru à Acre lui demander de m'envoyer en France. Mais c'était à présent Pierre de Montaigu, un homme dur, cassant et sans indulgence. Il ne comprendrait pas et j'essuierais un refus, sinon pire ! Alors je décidai qu'une fois Renaud installé aux Courtils, j'irais confesser ma faute à la commanderie la plus proche pour rester fidèle à des vœux devenus chers avec le temps. Du moins recevrais-je mon châtiment sur la terre où allait vivre Renaud... Et c'est ainsi que je sortis du Temple.

« Quelques jours plus tard, le moine et Amena rétablie repartirent vers Mélisende, tandis que nous embarquions, sous des habits de pèlerins, à Tripoli sur un navire provençal, emmenant une chèvre pour la nourriture de l'enfant. Une digne veuve de Marseille qui retournait chez elle après pèlerinage se chargea spontanément de lui durant ce qui était pour moi un voyage vers l'inconnu. Dieu, Notre-Dame et la mer nous furent cléments et ce fut sans tempêtes ni mauvaises rencontres que nous atteignîmes tous trois les côtes de Provence... »

*
* *

Le jour s'était enfui depuis longtemps et la nuit s'achevait quand Renaud fut à la dernière page. La chandelle, allumée pour permettre la lecture, brûlait encore. Renaud l'éteignit d'un souffle et resta là un moment, dans la lumière indécise et grise de l'aube hivernale, une main attardée sur le gros paquet de feuilles d'où il sortait comme d'un rêve étrange et un peu effrayant. La découverte des racines profondes qui l'attachaient à la Terre Sainte et à tant de hauts personnages lui donnait le vertige...

Appuyé toujours au livre comme s'il craignait de perdre l'équilibre en s'en écartant, il se leva, avisa le feu mourant et se hâta à son secours. Puis il se tourna vers la couchette. Le vieux Thibaut dormait, les mains nouées sur la poitrine, tellement semblable à un gisant de cathédrale que Renaud eut peur qu'il ne fût mort dans son sommeil. Vraiment peur, parce que ce vieil homme si noble lui était devenu mystérieusement cher... et que le récit laissait tant de questions sans réponses ! Il se pencha, perçut son souffle. Rassuré, il prit la cruche et sortit tirer de l'eau...

Il faisait moins froid. La neige fondait, laissant paraître les mousses vertes et même quelques pousses d'herbe. Le printemps n'était plus loin. Renaud s'assit un instant au seuil de la vieille tour pour observer ces signes du renouveau. Bien qu'il ignorât ce qu'ils lui apporteraient dans sa vie, les signes lui parurent de bon augure. Alors il rentra, but une bonne goulée d'eau froide pour chasser les brumes de sa longue veille, mit ce qu'il restait de soupe à chauffer et s'agenouilla devant la croix pour prier...

Le dernier « *amen* » tombé de ses lèvres, il se retourna et vit que Thibaut, assis sur son lit, le regardait. Aussitôt son visage s'éclaira :

– Vous allez mieux... mon père ?

Tendre et respectueuse, l'appellation fit passer la lumière dans les yeux du vieux chevalier, amenant un sourire :

– Je crois... Dieu m'accorde une nouvelle rémission. J'en suis heureux parce qu'elle me permet de rester encore un peu avec toi...

– La soupe doit être chaude. Je vais vous en donner. Elle vous fera du bien.

– Merci... Auparavant je veux prier.

Il essaya de se lever, mais ses jambes refusèrent de le soutenir. En même temps, une violente douleur le plia en deux tandis que les traits creusés de son visage se tiraient tragiquement. Il eut un petit rire :

– La rémission, je le crains, ne sera pas très longue mais... que la volonté de Dieu soit faite ! ajouta-t-il en s'étendant de nouveau avec l'aide de Renaud.

Le grand corps maigre tremblait et le jeune homme chercha sa propre couverture pour l'ajouter à la sienne.

Après quoi il préleva un peu du remède qu'il lui fit boire.

— Tu as tout lu ? demanda Thibaut avec un soupir de soulagement.

— Tout, oui... et il y a...

— Des choses que tu voudrais savoir ? Gageons que je connais la première : qui est ton père ?

— C'est bien naturel, il me semble ?

— Très naturel. Encore que je ne sois pas certain que tu en aies grande joie car, si tu es mon cher petit-fils, tu es aussi celui... de Saladin !

— Quoi ? Mais ce n'est pas possible ? s'écria Renaud étranglé d'horreur.

— Pourquoi pas ? En Palestine, tout est possible, même l'incroyable. Le chasseur au faucon égaré était le *malik* d'Alep, Al-Aziz, qui a succédé à son père Al-Zahir deux ans avant le mariage de ta mère avec Bohémond. D'après ce que j'ai compris, lors de sa rencontre avec Mélisende il séjournait à Kella non loin de l'Oronte. Il a aimé ta mère et elle l'a aimé...

— Un Sarrasin infidèle ? Comment a-t-elle pu ?...

— L'amour, tu l'apprendras peut-être – et je ne suis pas certain de le souhaiter ! –, se moque des frontières de race, de religion, de couleur de peau... et même des pires maladies. S'il n'en était ainsi, dis-moi par quelle magie Ariane l'Arménienne aurait-elle pu aimer un lépreux jusqu'au bout de l'horreur ?

— Je pense qu'elle devait voir son âme à travers le corps détruit.

— Jolie phrase ! Le corps était pourri, pourtant.

— Oui... mais ce devait être un homme tellement exceptionnel ! J'aurais aimé le connaître. Au fait, le manuscrit ne dit rien de cette Ariane. Qu'est-elle devenue ?

– Un an après la prise de Jérusalem, les Hospitalières comme les Hospitaliers ont dû quitter la Ville sainte pour Acre, ainsi que le spécifiait le traité passé entre Saladin et le roi anglais. Ne la trouvant pas au moment du départ, les saintes filles la cherchaient partout. Cette miraculée représentait pour elles une sorte de trésor et elles se lamentaient déjà, quand l'un des moines grecs chargés du Saint-Sépulcre est venu chercher la mère prieure pour lui montrer ce qu'il venait de découvrir : Ariane étendue sur le tombeau de Baudouin. Morte !

– Morte ? De quoi ?

– Personne n'a su le dire ! Aucune blessure, aucune trace de poison, ce qui l'eût rejetée dans les ténèbres extérieures. Rien ! Elle était morte, tout simplement, et son visage était empreint d'une telle joie qu'on l'a enterrée sous une dalle, près du tombeau de celui qu'elle venait de rejoindre. Tu vois, l'amour, le vrai, moins rare qu'on ne peut le supposer dès l'instant où l'on sait l'attendre et le reconnaître, peut tout obtenir de l'homme ou de la femme et tout donner...

– Un infidèle ?

– Qui est fidèle à un seul Dieu... comme nous ! Ils l'appellent autrement, ils ont d'autres lois et une autre morale qui n'inclut pas l'amour. Pour eux, le paradis se conquiert au tranchant du cimeterre. Ils reconnaissent au Christ la qualité de prophète. Quant au leur, il a dit : « Le salut est dans les sabres fulgurants et le paradis dans l'ombre des épées. Celui qui combat pour que ma parole soit au-dessus de tout, celui-là est dans ma voie... » Voilà où ils se trompent, et j'ai peur qu'ils ne s'obstinent dans cette erreur parce que leur loi correspond mieux à l'instinct profond des hommes. Vers quoi es-tu attiré toi-même ? Le fracas de la guerre ou le silence du monastère ?

– J'aurais tellement voulu être chevalier ! soupira Renaud.

– Pourquoi pas ? Non, ne dis rien ! Il ne faut pas m'interrompre tant que le mal me laisse l'esprit encore clair, car il y va de ton avenir...

Une violente quinte de toux coupa la parole du vieil homme. Même après avoir bu un peu de miel fondu, il mit du temps à reprendre son souffle. A l'évidence, parler lui coûtait un effort difficile, pourtant il réussit à reprendre :

– Ecoute ! Il faut que je te dise... tout de suite... parce que c'est important... Quand tu partiras... et ce sera bientôt, va à la commanderie Saint-Thomas... de Joigny ! Sous ce froc, tu y arriveras sans péril. Le commandeur... a reçu de moi... il y a longtemps... un acte important pour toi...

– Depuis si longtemps, ce n'est peut-être plus le même commandeur ? hasarda Renaud.

– Si... Frère Adam est très âgé... mais toujours vivant. Sinon j'en aurais été prévenu...

– Frère Adam ?

Si souffrant qu'il fût, Thibaut trouva la force de rire :

– Oui... lui-même ! Frère Adam Pellicorne ! Un haut dignitaire du Temple qui n'a rien accepté de plus qu'une commanderie. Il te guidera... que tu veuilles devenir Templier ou rester dans le siècle ! Mais je voudrais que tu puisses... aller là-bas... en Terre Sainte, pour retrouver ce que je ne suis jamais allé chercher. La Croix ! La Vraie Croix !

– Pourquoi ? Le royaume en avait bien besoin, pourtant !

– Le royaume, oui... mais, dans leurs ambitions, les rois ne pensaient qu'à eux-mêmes. Henri de Champagne seul... la méritait et je voulais aller lui proposer de lui dire où elle était quand j'ai appris sa mort ! Ensuite j'ai préféré la laisser dans cette terre sanctifiée jadis par les pas du Christ et, plus tard, par tout ce sang versé aux Cornes d'Hattin. Va la chercher... pour notre roi Louis qui a déjà sauvé la Couronne d'épines et qui en est digne entre tous !

– Avec l'aide de Dieu, j'obéirai... mon père !

Un sourire heureux vint éclairer le vieux visage miné par la souffrance :

– C'est un mot bien doux, tu sais ? Mais j'ai encore quelque chose à dire : fais en sorte que la Croix ne tombe jamais aux mains des Templiers ! Jamais, tu entends ?

– Pourquoi ? Vous en êtes un... et vous révérez le Temple.

– Certes, certes ! Cependant... je n'ai... ni le temps... ni le droit de te... révéler ses obscurités ! Fais... ce que je te dis... et que Dieu... soit avec toi !

La belle main sèche levée sur la tête du jeune homme eut tout juste le temps d'y tracer le signe de la bénédiction. La toux revenait, déchirante et, cette fois, incessante. Durant des heures, Renaud s'efforça d'apporter un peu d'adoucissement à la douloureuse agonie. C'était une douleur pour lui aussi, qui ne découvrait son grand-père que pour le perdre et s'en trouvait si malheureux...

Thibaut de Courtenay mourut la nuit suivante.

Dans le vieux coffre d'où il avait tiré la robe noire pour l'en revêtir, Renaud trouva un grand manteau blanc frappé d'une croix pattée d'un rouge éteint. Il le sortit pour en envelopper celui qui s'en allait comme il eût fait avant de monter à cheval. En dépliant avec respect le noble vêtement il en fit tomber un petit rouleau de parchemin qu'il déroula.

Dessiné à la plume – la même sans doute qui avait écrit toutes les pages du manuscrit –, avec une extrême finesse et pas le moindre repentir, un jeune visage de femme apparut, plus beau que le plus beau des rêves, si fascinant que le jeune homme le regarda longtemps avant de décider ce qu'il convenait de faire. C'était très certainement le visage d'Isabelle et, un instant, il pensa à glisser le portrait dans les mains du mort, mais l'idée de s'en séparer lui fut tout à coup insupportable. Elle était son aïeule après tout et, dans la vie incertaine qu'il allait entamer, elle représenterait le seul trésor le rattachant au passé, un viatique pour lui en même temps qu'une obscure espérance... Il garda le rouleau.

Ensuite, ayant revêtu du manteau le corps apaisé du vieux chevalier, il décrocha du mur la petite croix de bois, la mit entre les doigts du défunt et s'agenouilla pour prier longuement.

Puis il sortit dans le matin clair pour commencer à creuser la fosse...

Saint-Mandé, avril 2002.

TABLE

Prologue 13

Première partie
UN SI GRAND AMOUR !...

I.	Les revenants	59
II.	Ce que femme veut...	98
III.	Les dames de Naplouse	140

Deuxième partie
UNE AGONIE A CHEVAL

IV.	Un voile de mousseline blanche	173
V.	Le roi-chevalier et la gloire....................................	208
VI.	A Damas...	238
VII.	Un feu sur la tour...	272

Troisième partie
TEMPLIER !...

VIII.	La maison chevetaine	317
IX.	Sombres nuages...	349
X.	La course à l'abîme...	380
XI.	Pleure, ô Jérusalem...	415

Quatrième partie
TROIS ROIS POUR UNE REINE

XII. Seigneur de Tyr !...	467
XIII. Isabelle et la douleur..	496
XIV. Des rois et un fantôme...	529
XV. La nuit de Saint-Jean-d'Acre...............................	561

Epilogue.. 601

DU MÊME AUTEUR
CHEZ POCKET

Les Treize Vents
1. LE VOYAGEUR
2. LE RÉFUGIÉ
3. L'INTRUS
4. L'EXILÉ

Les Loups de Lauzargues
1. JEAN DE LA NUIT
2. HORTENSE AU POINT DU JOUR
3. FÉLICIA AU SOLEIL COUCHANT

La Florentine
1. FIORA ET LE MAGNIFIQUE
2. FIORA ET LE TÉMÉRAIRE
3. FIORA ET LE PAPE
4. FIORA ET LE ROI DE FRANCE

Les Dames du Méditerranée-Express
1. LA JEUNE MARIÉE
2. LA FIÈRE AMÉRICAINE
3. LA PRINCESSE MANDCHOUE

Catherine
1. IL SUFFIT D'UN AMOUR t. 1
2. IL SUFFIT D'UN AMOUR t. 2
3. BELLE CATHERINE
4. CATHERINE DES GRANDS CHEMINS
5. CATHERINE ET LE TEMPS D'AIMER
6. PIÈGE POUR CATHERINE
7. LA DAME DE MONTSALVY

DANS LE LIT DES ROIS
DANS LE LIT DES REINES

LE ROMAN DES CHÂTEAUX DE FRANCE t. 1 et t. 2

UN AUSSI LONG CHEMIN

DE DEUX ROSES L'UNE

LA PERLE DE L'EMPEREUR

REINES TRAGIQUES

SEIGNEURS DE LA NUIT

Les Chevaliers
1. THIBAUT OU LA CROIX PERDUE
2. RENAUD OU LA MALÉDICTION
3. OLIVIER OU LES TRÉSORS PERDUS

"Alliances secrètes"

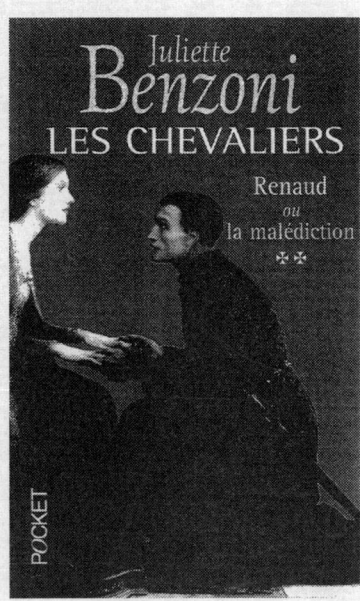

(Pocket n°11947)

Peu avant sa mort, Thibaut de Courtenay confie à son petit-fils Renaud une mission des plus importantes : retrouver à tout prix l'arche d'alliance qu'il avait lui-même jadis caché à Jérusalem et empêcher qu'elle ne tombe dans les mains de leurs pires ennemis, les templiers. Mais abusé par sa jeunesse, il faudra beaucoup de temps à Renaud pour comprendre les âpres lois de l'intrigue qui régissent la Cour. Alors seulement il pourra embarquer pour la 7e croisade, à la recherche de la croix perdue…

Il y a toujours un Pocket à découvrir

"La fierté d'une famille"

(Pocket n°11948)

Obéissant au courroux de Saint Louis, Renaud de Courtilles épouse Sancie de Valcroze. Peu à peu, leur relation s'apaise, et le couple finit par avoir un enfant, Olivier. À sa majorité, ce dernier annonce son souhait ardent de devenir templier. Cette décision plonge Renaud dans une profonde affliction, car il sait que le Temple, chassé de Terre sainte et banni de France, est promis à une fin prochaine. Mais Olivier est fermement résolu à rendre son éclat à un Ordre terni par la corruption…

Il y a toujours un Pocket à découvrir

"Parure mortelle"

(Pocket n°11611)

De passage à Paris, le prince Morosini apprend que son frère est menacé de mort. C'est une tzigane qui lui confie ce secret et qui le mène jusqu'à l'appartement cambriolé du jeune homme, où il ne reste qu'un seul joyaux, « la Régente ». Depuis des siècles, le bijou porte malheur à ses propriétaires, et Morosini s'apprête à en faire la douloureuse expérience. Très vite, les morts s'accumulent autour de lui, et il décide alors de mener l'enquête, remontant jusqu'à ce jour où Napoléon Ier offrit une magnifique perle à son épouse Marie-Louise…

Il y a toujours un Pocket à découvrir

www.pocket.fr
Le site qui se lit comme un bon livre

Informer
Toute l'actualité de Pocket, les dernières parutions collection par collection, les auteurs, des articles, des interviews, des exclusivités.

Découvrir
Des 1ers chapitres et extraits à lire.

Choisissez vos livres selon vos envies : thriller, policier, roman, terroir, science-fiction...

POCKET

Il y a toujours un Pocket à découvrir sur www.pocket.fr

Cet ouvrage a été composé par
Graphic Hainaut (Condé-sur-l'Escaut)

Impression réalisée sur Presse Offset par

BRODARD & TAUPIN

GROUPE CPI

30495 – La Flèche (Sarthe), le 09-06-2005
Dépôt légal : juin 2004
Suite du premier tirage : juin 2005

POCKET – 12, avenue d'Italie - 75627 Paris cedex 13
Tél. : 01.44.16.05.00

Imprimé en France

Isabelle + Thibaut
↓
Melisende
1 fille de Bohemond V — 1 fils Renaud de Saladin